MW01613378

UEBERREUTER

Herausgegeben von Dr. E. A Schmid
Diese Ausgabe erscheint in enger Zusammenarbeit
mit dem Karl-May-Verlag, Bamberg
© 1951 Karl-May-Verlag, Bamberg. Alle Rechte vorbehalten
Die Verwendung des Umschlagbildes erfolgt mit
Bewilligung des Karl-May-Verlages
Karl-May-Taschenbücher dürfen in Leihbüchereien
nicht eingestellt werden

Bestellnummer
T 9

ISBN 3-8000-4009-3
Papier und Gesamtherstellung: Salzer - Ueberreuter, Wien
Printed in Austria

1. Der Mann ohne Ohren

Ich hatte seit dem frühen Morgen eine tüchtige Strecke zurückgelegt. Jetzt fühlte ich mich einigermaßen ermüdet und von den kräftigen Strahlen der hoch im Scheitelpunkt stehenden Sonne belästigt. Deshalb beschloß ich, Rast zu halten und mein Mittagsmahl zu mir zu nehmen. Die Prärie dehnte sich, eine Bodenwelle nach der anderen bildend, in unendlicher Weite vor mir aus. Seitdem unsere Gesellschaft vor fünf Tagen durch einen zahlreichen Trupp von Ogellallah zersprengt worden war, hatte ich weder ein nennenswertes Tier noch die Spur eines Menschen entdeckt und begann mich nun nach irgendeinem vernünftigen Wesen zu sehnen, an dem ich erproben konnte, ob mir nicht vielleicht infolge des langanhaltenden Schweigens die Sprache verlorengegangen sei.

Einen Bach oder sonst ein Wasser gab es hier nicht, Wald oder Buschwerk ebensowenig. Ich brauchte also nicht lange zu wählen und konnte haltmachen, wo es mir beliebte. So sprang ich in einem Wellental zur Erde, hobbelte[1] meinen Mustang an, nahm ihm die Decke ab und stieg die kleine Bodenerhebung hinan, um mich dort niederzulassen. Das Pferd mußte unten bleiben, damit es im Fall einer feindlichen Annäherung nicht bemerkt wurde. Ich selbst aber mußte den erhöhten Punkt wählen, um die Gegend überblicken zu können, während es nicht leicht möglich war, mich zu sehen, wenn ich mich auf den Boden legte.

Gute Gründe veranlaßten mich, vorsichtig zu sein. Wir waren in einer Gesellschaft von zwölf Männern vom Ufer des Platte aufgebrochen, um im Osten der Felsenberge nach Texas hinabzugehen. Zur gleichen Zeit hatten die verschiedenen Stämme der Sioux ihre Lagerdörfer verlassen, weil einige ihrer Krieger von Weißen getötet worden waren und sie nun Rache nehmen wollten. Wir wußten das, fielen aber trotz aller Vorsicht in ihre Hände und wurden nach einem harten, blutigen Kampf, wobei fünf von uns das Leben ließen, in alle Richtungen über die Prärie zerstreut.

Da die Indsmen aus meiner Fährte, die ich nicht ganz verwischen konnte, wohl ersehen hatten, daß ich nach Süden ritt, war mit Sicherheit anzunehmen, daß sie mir folgen würden. Es galt also, die Augen offenzuhalten, wenn man nicht gewärtig sein wollte, sich eines Abends in die Decke zu wickeln und am Morgen dann ohne Skalp in den Ewigen Jagdgründen zu erwachen.

Ich legte mich nieder, langte ein Stück getrocknetes Büffelfleisch hervor, rieb es in Ermangelung von Salz mit Schießpulver ein und versuchte es mit den Zähnen in einen Zustand zu bringen, der es mir ermöglichte, die lederharte Masse in den Magen zu befördern. Dann nahm ich eine von meinen ‚Selbstgefertigten', steckte sie in Brand und blies Rauchfiguren mit einem Behagen, als wäre ich ein virgini-

[1] Trapperausdruck: mit dem Lasso die Beine fesseln

scher Pflanzer und rauchte die mit Glanzhandschuhen ausgezupften Herzblätter des besten *Goosefoot.*

Noch hatte ich nicht lange so auf meiner Decke gelegen, als ich einmal ohne jede Absicht hinter mich blickte und einen Punkt am Rand des Gesichtsfelds bemerkte, der sich in einem spitzen Winkel zu der von mir verfolgten Richtung gerade auf mich zu bewegte. Ich schlüpfte von der Erhöhung so weit herab, daß mein Leib durch sie völlig verdeckt wurde, und beobachtete die Erscheinung, in der ich allmählich einen Reiter erkannte, der nach Indianerart auf dem Pferd weit vornüberhing.

Als ich ihn zuerst gewahr wurde, war er wohl anderthalb englische Meilen[1] von mir entfernt. Sein Pferd ging in einem so langsamen Schlenderschritt, daß es beinahe eine halbe Stunde brauchte, um eine Meile zurückzulegen. Wieder in die Ferne spähend, woher er kam, entdeckte ich zu meiner Überraschung noch vier Punkte, die sich genau auf seiner Fährte hielten. Das mußte nun erst recht meine Aufmerksamkeit erregen. Der einzelne Reiter war ein Weißer, wie ich jetzt an der Kleidung untrüglich erkannte. Waren die anderen vielleicht Indianer, die ihn verfolgten? Ich zog mein Fernrohr hervor. Richtig, ich hatte mich nicht geirrt. Sie kamen näher, und ich konnte durch das Glas an ihrer Bewaffnung und Bemalung deutlich erkennen, daß sie zu den Ogellallah, dem kriegerischsten und grausamsten Stamm der Sioux, gehörten. Sie waren sehr gut beritten, während das Pferd des Weißen ein recht minderwertiges Tier zu sein schien.

Der Reiter war von kleiner, hagerer Gestalt und trug auf dem Kopf einen alten Filzhut ohne Krempe, ein Umstand, der in der Prärie nicht auffallen konnte, hier aber einen Mangel hervorhob, der mir besonders auffällig erscheinen mußte: der Mann hatte nämlich keine Ohren. Die Stellen, wo sie sich befinden sollten, zeigten die Spuren einer gewalttätigen Behandlung. Sie waren ihm jedenfalls abgeschnitten worden. Um die Schultern hing ihm eine ungeheure Decke, die den Oberleib völlig verhüllte und kaum die dürren Beine erkennen ließ, die in einem Paar so eigentümlicher Stiefel steckten, daß man in Europa darüber gelacht hätte. Sie waren nämlich von der Art, wie sie Gauchos in Südamerika zu fertigen und zu tragen pflegen. Man zieht von einem enthuften Pferdefuß die Haut ab, steckt, solange sie noch warm ist, das Bein hinein und läßt sie daran erkalten. Die Haut legt sich eng und fest an Fuß und Unterbein und bildet so eine vortreffliche Fußbekleidung, die allerdings die Eigentümlichkeit hat, daß man damit auf seinen eigenen Sohlen geht. Am Sattel hatte der Unbekannte ein Ding hängen, das jedenfalls eine Büchse sein sollte, aber eher einem Knüttel ähnlich sah, wie man ihn gerade im Wald findet. Sein Pferd war eine alte kamelbeinige Stute, der die Schweifhaare gänzlich fehlten. Ihr Kopf war unverhältnismäßig groß, und die Ohren besaßen eine Länge, worüber man hätte erschrecken können. Das Tier sah aus, als wäre es aus verschiedenen Körperteilen von Pferd, Esel und Dromedar zusammengesetzt. Es beugte beim Gehen den Kopf tief zur Erde und ließ dabei die Ohren wie ein Neufundländer Hund hart am Kopf herabfallen, als wären sie ihm zu schwer.

Unter anderen Verhältnissen oder als Neuling hätte man über Reiter und Pferd wohl lachen müssen, mir aber kam der Mann trotz seines sonderbaren Äußeren doch vor wie einer jener Westmänner, die man

---

[1] engl. Meile = 1,609 km

6

erst kennenlernen muß, um ihren Wert zu beurteilen. Er hatte wohl keine Ahnung, daß ihm vier von den fürchterlichsten Feinden des Präriejägers so nahe waren, sonst hätte er nicht so langsam und sorglos seinen Weg verfolgt oder hätte sich doch wenigstens zuweilen nach ihnen umgeschaut.

Er war jetzt bis auf hundert Schritt herangekommen und hatte meine Fährte erreicht. Wer sie eher bemerkte, er oder sein Pferd, das vermochte ich nicht zu sagen, aber ich sah deutlich, daß die Stute von selber stehenblieb, den Kopf noch tiefer als vorher zur Erde senkte, mit den Augen auf die Fußspuren meines Mustangs schielte und dabei lebhaft mit den langen Ohren wedelte, die bald auf und nieder gingen und sich bald vor- und rückwärts legten, so daß es aussah, als sollten sie von einer unsichtbaren Hand aus dem Kopf gedreht werden. Der Reiter wollte absteigen, um die Fährte genau zu untersuchen. Dabei hätte er unnütz kostbare Zeit verloren, und so kam ich ihm mit meinem Ruf zuvor.

„Halloo, Mann! Bleibt im Sattel und kommt ein wenig näher heran!"

Ich hatte meine Stellung so verändert, daß er mich sehen konnte. Seine Stute hob sogleich den Kopf, legte die Ohren steif vor, als wollte sie meinen Anruf wie einen Ball auffangen, und wedelte dabei emsig mit dem kurzen, nackten Schweifstumpf.

„Halloo, Sir", antwortete er, „nehmt ein andermal Eure Stimme in acht und brüllt ein wenig leiser! Auf dieser alten Wiese hier weiß man niemals, ob es nicht vielleicht hier oder da Ohren gibt, die nichts zu hören brauchen. Komm, Tony!"

Die Stute setzte auf diesen Zuruf ihre schier unendlichen Beine in Bewegung und blieb dann ganz von selbst bei meinem Mustang stehen, dem sie nach einem hochmütigen und hämischen Blick den Teil ihres Körpers zukehrte, den man bei einem Schiff den Stern zu nennen pflegt. Sie war wohl eines jener Reittiere, die — in der Prärie keine Seltenheit — nur für ihren Herrn leben, sich jedem anderen aber so widerspenstig zeigen, daß sie für ihn unbrauchbar sind.

„Woiß genau, wie laut ich reden darf!" gab ich ihm Bescheid. „Woher kommt Ihr, und wohin wollt Ihr, Sir?"

„Das geht Euch verteufelt wenig an!" entgegnete er.

„Meint Ihr? Übermäßig höflich seid Ihr nicht. Dies Zeugnis kann ich Euch schon jetzt mit gutem Gewissen ausstellen, obgleich ich kaum ein paar Worte mit Euch gesprochen habe. Doch will ich Euch aufrichtig gestehen, daß ich gewohnt bin, eine Antwort zu erhalten, wenn ich frage."

„Hm, ja. Ihr scheint mir allerdings ein sehr vornehmer Gentleman zu sein", meinte er mit einem geringschätzigen Blick auf mich. „Daher werde ich Euch sogleich die verlangte Auskunft geben!" Er winkte rückwärts und dann vorwärts. „Ich komme von daher und will dorthin."

Der Mann begann mir zu gefallen. Jedenfalls hielt er mich für einen von seiner Gesellschaft abgekommenen Sonntagsjäger. Der echte Westmann gibt auf sein Äußeres nichts und hegt eine offene Abneigung gegen alles Gepflegte. Wer sich jahrelang im Wilden Westen herumtreibt, ist in Hinsicht auf seinen Anzug nicht gesellschaftsfähig und vermutet in jedem, der sich sauber trägt, ein Greenhorn, dem nichts Rechtes zuzutrauen ist. Ich hatte mich droben in Fort Randall mit neuer Kleidung versehen und war von jeher gewohnt, meine Waffen blank zu halten, zwei Umstände, die nicht geeignet waren, mich in den Augen eines Savannenläufers als vollgültig erscheinen zu lassen. Daher nahm ich das kurzangebundene Wesen des fremden Männchens nicht übel und deutete nun ebenso wie er vorwärts.

„So macht, daß Ihr ‚dorthin‘ kommt! Nehmt Euch aber vor den vier Indsmen in acht, die sich auf Eurer Fährte halten! Ihr habt sie wohl gar nicht bemerkt?"

Der Hagere sah mich aus den hellen, scharfen Äuglein mit einem Blick an, worin sich Erstaunen und Belustigung zugleich kundgaben.

„Nicht bemerkt? Hihihihi! Vier Indsmen hinter mir, und ich sie nicht bemerken! Ihr scheint mir zum Beispiel ein sonderbarer Kauz zu sein! Die guten Leute sind bereits seit heute früh hinter mir her. Ich aber brauche mich nach ihnen gar nicht umzusehen, denn man kennt ja die Gewohnheit dieser roten Gentlemen. Sie werden sich in gehöriger Entfernung halten, solang es Tag ist, und mich erst beschleichen, wenn ich mir irgendwo einen Lagerplatz gesucht habe. Aber sie sollen sich zum Beispiel sehr verrechnet haben, denn ich werde einen Ring schlagen, der mich in ihren Rücken bringt. Hatte nur bisher kein passendes Gelände dazu. Hier zwischen diesen Wellen kann ich's endlich tun, und wenn Ihr lernen und sehen wollt, wie ein alter Westmann es einrichtet, sich an die Redmen[1] zu bringen, so braucht Ihr nur etwa zehn Minuten hier zu warten. Werdet es aber wohl bleibenlassen, denn ein Mann Eures Schlags dürfte zum Beispiel verteufelt wenig Lust haben, eine Nase voll Indianerduft einzuschnuppern! *Come on, Tony!*"

Ohne sich weiter um mich zu kümmern, ritt er davon und war bereits nach einer halben Minute samt seiner seltsamen Stute zwischen den Bodenerhebungen verschwunden.

Sein Plan war mir verständlich, denn ich an seiner Stelle hätte einen ähnlichen Gedanken ausgeführt. Er wollte einen Bogen reiten, der ihn hinter seine Verfolger brachte. Dabei mußte er sich ihnen nähern, bevor sie noch aus der veränderten Richtung auf sein Vorhaben schließen konnten. Um diesen Zweck zu erreichen, durfte er sich nur in den Wellentälern halten, doch besser war es, wenn er sich nicht hinter die Indsmen brachte, sondern den Bogen so kurz schlug, daß sie an ihm vorüber mußten. Sie hatten ihn bisher genau beobachten können, wußten also, wie weit sie ihn vor sich hatten, und konnten nun nicht vermuten, daß er ihnen wieder nahe war.

Es waren vier gegen einen, und es bestand die Möglichkeit, daß ich in die Lage kam, meine Waffen zu gebrauchen. Ich untersuchte sie daher und erwartete dann den Verlauf der Dinge.

Die Indianer kamen näher, immer einer hinter dem anderen. Sie hatten beinahe die Stelle erreicht, wo die Spur des Kleinen mit der meinigen zusammenlief, als der vorderste von ihnen sein Pferd anhielt und sich zurückwandte. Es schien sie doch zu befremden, daß der von ihnen verfolgte Weiße nicht mehr zu sehen war. Sie hielten eine kurze Beratung, während der sie eng beisammen blieben. Mit einer Kugel meines Bärentöters konnte ich sie im Notfall bereits erreichen. Aber das war nicht nötig, denn jetzt krachte ein Schuß, und in der nächsten Sekunde ein zweiter. Zwei Indianer sanken von ihren Pferden, und zu gleicher Zeit ertönte ein lauter, triumphierender Ruf.

„O — hi — hi — hiii!" erscholl es in jenem Kehllaut, der den Schlachtruf der Indianer bildet.

[1] Rotmänner, Indianer

Aber nicht ein Indianer ließ ihn hören, sondern der kleine Jäger, der aus einer nahen Talrinne auftauchte. Er hatte seinen Vorsatz ausgeführt, war hinter mir verschwunden und nun vor mir wieder zu sehen. Er tat, als wollte er nach seinen beiden Schüssen fliehen. Seine Stute schien jetzt auf einmal ein ganz anderes Wesen zu sein. Sie warf die Beine mächtig auseinander, der Kopf mit den lebhaft gespitzten Ohren lag tief im Genick, und jede Sehne, jede Faser schien angespannt zu sein. Reiter und Pferd waren wie verwachsen miteinander. Der Mann schwang sein Gewehr und lud es im Galopp mit einer Sicherheit, die darauf schließen ließ, daß er sich nicht das erstemal in einer solchen Lage befand.

Hinter ihm knatterten zwei Schüsse. Die beiden unverletzten Indianer hatten auf ihn abgedrückt, aber keine Kugel traf ihn. Die Indsmen stießen ein Wutgeheul aus, griffen zu den Tomahawks und sprengten hinter ihm her. Er hatte sich bisher noch gar nicht umgesehen. Jetzt aber war er mit dem Laden fertig und riß sein Pferd herum. Es war, als dächte das Tier die Entschlüsse seines Herrn mit. Es hielt an, streckte sich und stand dann bewegungslos wie ein Sägebock. Der Reiter nahm das Gewehr hoch und zielte kurz. In den nächsten Augenblicken blitzte es zweimal auf, ohne daß die Stute zuckte — die beiden Indsmen waren offenbar durch die Köpfe getroffen.

Ich hatte bisher im Anschlag gelegen, aber nicht losgedrückt, da der Kleine meiner Hilfe nicht bedurfte. Jetzt war er vom Pferd gestiegen, um die Gefallenen zu untersuchen, und ich ging zu ihm hin.

„Nun, Sir, wißt Ihr jetzt zum Beispiel, wie man diesen roten Halunken einen Ring schlägt, he?" fragte er mich.

„Thank you, Sir! Ich sehe, daß man bei Euch etwas lernen kann!"

Mein Lächeln mußte ihm wohl etwas zweideutig erscheinen. Er blickte mich scharf an und meinte dann: „Oder wärt Ihr etwa auch auf einen solchen Gedanken gekommen?"

„Ein Ring war nicht gerade notwendig", erklärte ich. „Bei diesem Gelände, wo man sich in den Wellentälern unsichtbar machen kann, genügt es, sich auf einen großen Vorsprung dem Feind zu zeigen, und dann reitet man einfach auf der eigenen Spur zurück. Der Ring ist weit angebrachter für die ebene und offene Prärie."

„Schaut, wo Ihr das alles nur herhaben mögt! Wer seid Ihr denn eigentlich, he?" — „Ich schreibe Bücher."

„Ihr — schreibt — Bücher —?" Er trat erstaunt einen Schritt zurück und zog ein halb bedenkliches, halb mitleidiges Gesicht. „Seid Ihr krank, Sir?"

Der ohrlose Reiter deutete dabei auf die Stirn, so daß ich genau wissen konnte, welche Krankheit er im Sinn hatte.

„Nein!" entgegnete ich.

„Nicht? So kann Euch vielleicht ein Bär begreifen, ich aber nicht! Ich schieße mir einen Büffel, weil ich essen muß. Aus welchem guten Grund schreibt Ihr denn Eure Bücher?"

„Damit sie gelesen werden."

„Sir, nehmt es mir nicht übel, aber das ist ja die allergrößte Dummheit, die sich denken läßt! Wer Bücher lesen will, mag sie sich selber schreiben, das muß ja zum Beispiel jedes Kind einsehen. Ich schieße doch mein Fleisch auch nicht für andere! Also, hm, ja ein *book-maker* seid Ihr? Aber wozu kommt Ihr da in die Savanne, he? Wollt Ihr etwa hier zum Beispiel Bücher schreiben?"

„Das tu ich erst, wenn ich wieder daheim bin. Dann erzähle ich alles, was ich erlebt und gesehen habe, und viele Tausende von Leuten lesen es und wissen dann, wie es in der Savanne zugeht, ohne daß sie nötig haben, selbst in die Prärie zu gehen."

„So erzählt Ihr wohl auch von mir?"

„Versteht sich!"

Er fuhr noch einen Schritt weiter zurück. Dann trat er hart an mich heran und legte die Rechte an den Griff seines Bowiemessers, die Linke an meinen Arm.

„Sir, dort steht Euer Pferd! Hockt Euch hinauf und macht, daß Ihr weiterkommt, wenn Ihr nicht wollt, daß Euch einige Zoll kaltes, spitzes Eisen zwischen die Rippen schleichen! Bei Euch dürfte man ja kein Wort sprechen und keinen Arm bewegen, ohne daß es alle Welt erfährt. Hol Euch dieser und jener! Trollt Euch schleunigst von dannen!"

Der kleine Mann reichte mir gerade bis an die Schulter und dennoch war es ihm mit seiner Drohung ernst. Das belustigte mich, ohne daß ich es mir anmerken ließ.

„Ich verspreche Euch, nur Gutes von Euch zu schreiben", lenkte ich ein.

„Ihr geht! Ich habe es gesagt, und dabei muß es bleiben!"

„So gebe ich Euch mein Wort, daß ich gar nicht über Euch schreiben will."

„Gilt nichts!" Wer sich hinsetzt, um für andere Leute Bücher zu machen, der ist verrückt, und ein Verrückter wird nie sein Wort halten. Also vorwärts, Mann, sonst läuft mir zum Beispiel die Galle in die Finger, und ich tue etwas, das Euch nicht angenehm ist!"

„Was könnte das wohl sein?"

„Das würdet Ihr sogleich sehen!"

Ich blickte ihm lächelnd in die zornig funkelnden Augen.

„Nun, so laßt es sehen!"

„Da schaut her! Wie gefällt Euch diese Klinge?"

„Nicht übel. Das will ich Euch beweisen!"

Im Nu hatte ich ihn gepackt, riß ihm die Arme nach hinten, steckte zwischen ihnen und seinem Rücken meinen linken Arm hindurch, preßte sie fest an mich und legte ihm dann meine Rechte so derb um das Handgelenk, daß er mit einem Schmerzensruf das Messer fallen ließ. Dieser unerwartete Überfall hatte den kleinen Mann so überrascht, daß ihm der Riemen seines Kugelbeutels die Hände auf dem Rücken zusammenschnürte, bevor er eine Bewegung des Widerstands unternommen hatte.

„Damn it!" rief er. „Was fällt Euch ein! Was wollt Ihr denn zum Beispiel mit mir machen?"

„Halloo, Sir, nehmt Eure Stimme in acht und brüllt ein wenig leiser!" entgegnete ich ihm mit seinen eigenen früheren Worten. „Auf dieser alten Wiese weiß man niemals, ob es vielleicht hier oder da Ohren gibt, die nichts zu hören brauchen."

Ich ließ ihn fahren und ergriff dann mit einer raschen Bewegung das Messer und auch die Büchse, die er vorhin bei der Untersuchung der Toten weggelegt hatte. Er versuchte die Hände loszureißen. Die Anstrengung trieb ihm das Blut ins Gesicht, aber es gelang ihm nicht. Der Riemen war zu fest.

„Geduld, Sir. Ihr kommt doch nicht eher frei als ich es will!" riet ich ihm. „Ich will Euch nämlich nur beweisen, daß ein *book-maker* mit den Leuten so zu sprechen gewohnt ist, wie sie mit ihm reden. Ihr zogt das Messer gegen mich, ohne daß ich Euch beleidigt oder sonstwie geschädigt hatte, und seid mir nun nach den Gesetzen der Savanne verfallen. Ich kann mit Euch tun, was mir beliebt. Kein Mensch darf mir etwas sagen, wenn ich es jetzt so einzurichten suche, daß sich dieses kalte, spitze Eisen zwischen Eure Rippen schleicht, statt zwischen die meinigen, wie Ihr vorhin wolltet."

„Stoßt zu, Mann!" erwiderte er finster. „Es ist mir ganz recht, wenn Ihr mich auslöscht, denn die Schande, von einem einzigen Gegner Auge in Auge und am hellen Tag überwunden und gebunden zu werden, ohne daß ich ihm ein Haar zu krümmen vermochte, die mag Sans-ear nicht überleben."

„Sans-ear? Ihr seid Sans-ear?" rief ich.

Ich hatte viel von diesem berühmten Westmann gehört, den man nur selten in der Gesellschaft eines anderen antraf, weil er kaum einen für würdig hielt, sich ihm anzuschließen. Er hatte vor langen Jahren bei den Navajos seine Ohren gelassen und trug daher den eigentümlicherweise aus zwei Sprachen zusammengesetzten Namen ‚Ohneohr', unter dem er bekannt war, soweit die Savanne reichte und noch darüber hinaus.

Sans-ear schwieg auf meine Frage, und erst, als ich sie wiederholt hatte, meinte er: „Mein Name geht Euch nichts an! Habe ich einen schlechten, so ist er nicht wert, genannt zu werden, und habe ich einen guten, so hat er es verdient, daß ich ihn vor der Schande dieses Augenblicks bewahre."

Ich trat auf ihn zu und löste seine Fessel.

„Hier habt Ihr Euer Messer und Eure Büchse; Ihr seid frei! Geht, wohin es Euch beliebt!"

„Macht keinen dummen Spaß!" knurrte er. „Kann ich die Schande hierlassen, von einem Greenhorn besiegt worden zu sein? Wenn es ein richtiger Kerl gewesen wäre wie der rote Winnetou oder gar ein Pfadfinder wie Old Firehand oder Old Shatterhand, ja dann —"

Der Alte tat mir leid. Mein Streich war ihm wirklich zu Herzen gegangen, und es war mir lieb, daß ich ihn trösten konnte, denn er hatte ja soeben den Namen genannt, unter dem ich am Lagerfeuer der Weißen und in den Wigwams der Indianer bekannt geworden war.

„Ein Greenhorn?" fragte ich. „Glaubt Ihr wirklich, daß ein Neuling es vermag, dem wackeren Sans-ear einen solchen Streich zu spielen?"

„Was seid Ihr anders? Ihr seht ja aus, als kämt Ihr geradewegs aus einem Schneiderladen, und Eure Waffen sind so schön blank geputzt, wie man sie für den Maskenball herrichtet!"

„Aber sie sind gut; das sollt Ihr sehen! Paßt auf!"

Ich nahm einen losen Stein von der doppelten Größe eines Dollarstücks von der Erde auf, warf ihn hoch in die Luft, legte schnell an, und in dem Augenblick, als ihn die Kräfte des Wurfs und die Erdanziehung den höchsten Punkt erreichen ließen, so daß er bewegungslos in der Luft zu schweben schien, traf ihn meine Kugel, die ihn noch höher trieb.

Ich hatte diesen Schuß früher zu meiner Übung unzählige Male versucht, bevor er mir gelang. Es war ein Kunststückchen, das den Zuschauer verblüffte. Der Kleine sah mich denn auch mit einem Paar Augen an, worin ich fast den Ausdruck der Bestürzung zu erkennen glaubte.

„*Heavens,* war das ein Schuß! Gelingt er immer?"

„Neunzehnmal unter zwanzig."

„Dann seid Ihr ja einer, wie man ihn suchen muß! Wie lautet denn zum Beispiel Euer Name?"

„Old Shatterhand."

„Nicht möglich! Old Shatterhand muß viel älter sein als Ihr, sonst würde man ihn nicht den ,*alten* Schmetterhand' nennen."

„Ihr vergeßt, daß das Wort *old* sehr oft anders gebraucht wird als zur Bezeichnung des Alters."

„Richtig! Aber, hm, nehmt mir's nicht übel, Sir: Old Shatterhand hat von Winnetou einen Stich in den Hals bekommen, der —"

„Schaut her — da ist die Narbe!"

„Tatsächlich! Da ist sie! — Und — Old Shatterhand soll immer zwei Gewehre mit sich führen, einen Bärentöter und einen Stutzen."

„Hier sind sie!"

„*Behold,* also seid Ihr doch Old Shatterhand! Hm, ich will Euch einmal etwas sagen: Glaubt Ihr, daß ich zum Beispiel ein entsetzlicher Dummkopf bin?"

„Nein, das glaube ich nicht. Ihr habt ja nur den Irrtum begangen, mich für ein Greenhorn zu halten, weiter nichts. Von einem Neuling konntet Ihr keinen solchen Angriff erwarten. Sans-ear ist nur durch Überraschung zu besiegen."

„Oho! Bei Euch bedarf es, wie es scheint, keiner Überraschung. Es wird wohl wenige Männer geben, die Eure Büffelstärke besitzen. Von Euch überrumpelt zu werden ist keine Schande. Also wollen wir Freundschaft schließen! Mein richtiger Name ist Mark Jorrocks, und wenn Ihr mir einen Gefallen tun wollt, so nennt mich Mark!"

„Und ihr mich Charley, wie alle meine Freunde. Hier habt Ihr meine Hand!"

„Topp, so mag es sein, Sir! Der alte Mark ist nicht der Mann, der jedem gleich die Finger drücken mag. Bei Euch jedoch schlage ich augenblicklich ein. Aber ich bitte Euch, macht es gnädig, daß Ihr mir nicht etwa die Hand zu Pudding quetscht! Ich brauche sie weiter."

„Keine Angst, Mark! Diese Hand soll mir noch manchen Gefallen erweisen, ebenso wie die meinige bereit ist, Euch zu dienen. Aber jetzt darf ich wohl meine erste Frage zum zweitenmal aussprechen: Woher des Wegs und wohin?"

„Ich komme ein wenig von Kanada herunter, wo ich den *lumberjacks*[1] Gesellschaft geleistet habe, und will nun zum Beispiel hinein nach Texas und Mexiko, wo es so viele Schufte geben soll, daß einem das Herz lacht bei dem Gedanken an die Kugeln und Messerstiche, die man da zu erwarten hat."

„Das ist ja ganz mein Weg! Auch ich will nach Texas und Kalifornien, und dabei kann es mir gleich sein, ob ich einen kleinen Seitenweg über Mexiko einschlage. Darf ich mit?"

„Ob Ihr dürft! Na und ob! Ihr seid bereits da unten im Süden gewesen, wie ich hörte, und somit just der Mann, den ich brauche. Aber sagt mir nun im Ernst: Macht Ihr wirklich Bücher?" — „Ja."

„Hm! Wenn das Old Shatterhand sagt, so muß es doch anders sein, als ich es mir gedacht habe. Ich aber versichere Euch, ich will lieber unversehens und rücklings in eine Bärenhöhle stürzen, als eine Feder in die Tinte stopfen. Brächte all mein Leben lang das erste Wort

[1] Holzfällern

nicht fertig. Nun aber erklärt mir, wie die Indsmen hier in diese Gegend kommen! Es sind Ogellallah, vor denen man sich schon in acht nehmen darf. Für gewöhnlich sind diese Halunken doch viel weiter nördlich zu suchen."

Ich erzählte ihm, was ich wußte.

„Hm!" machte er dann. „So wird es geraten sein, nicht hier anzu- wachsen. Gestern traf ich auf eine Fährte, die nicht von Pappe war. Ich zählte wenigstens sechzig Pferde. Die vier Roten hier müssen zu dem Trupp gehören und sind wohl als Streifwache ausgeschickt worden. Wart Ihr schon einmal hier?"

„Nein."

„Die Indsmen müssen sich etwa dreißig Meilen westlich von uns befinden. Wir gehen ihnen aus dem Weg und halten lieber gerade nach Süden zu, obgleich wir da erst morgen auf Wasser stoßen. Wenn wir bald aufbrechen, kommen wir heute noch vor Nacht an die Bahn, die sie aus den Staaten hinüber in die Westlande gebaut haben, und wenn wir gerade die richtige Zeit treffen, können wir uns den Spaß machen, einen Zug zu sehen, der zum Beispiel an uns vorüberfährt."

„Ich bin zum Aufbruch bereit. Aber was tun wir mit den Leichen?"

„Was wir mit ihnen tun? Nicht viel. Wir lassen sie hier liegen. Vorher aber will ich ihnen die Ohren nehmen."

„Wir müssen sie vergraben, denn wenn man sie findet, ist unsere Anwesenheit verraten."

„Man soll sie finden, Charley; das will ich gerade."

Sans-ear trug die toten Indianer auf die Spitze eines Hügels, legte sie nebeneinander, schnitt ihnen die Ohren ab und gab sie ihnen in die Hände.

„So, Charley! Man wird sie finden und sogleich wissen, daß Sans- ear hier gewesen ist. Ich sage Euch, es ist ein ganz ekliges Gefühl, wenn es einen im Winter an den Ohren frieren will, und man hat keine mehr. Einst war ich so ungeschickt, mich von den Roten fangen zu lassen. Ich hatte mehrere von ihnen getötet, einem aber nur das Ohr abgehauen, statt ihn mit dem Tomahawk richtig zu treffen. Darum schnitten sie mir aus Spott die Ohren ab, bevor es mir ans Leben gehen sollte. Die Ohren haben sie, das Leben aber nicht, denn Mark machte sich unerwartet auf und davon. Für meine zwei Ohren aber — na — da zählt einmal!" Er nahm seine Büchse vor und zeigte mir gelassen die zahlreichen Kerben, die er hineingeschnitten hatte. „Jede Kerbe bedeutet den Tod eines feindlichen Indsman. Jetzt kommen vier neue dazu."

Er machte die vier Einschnitte und fuhr dann fort:

„Das sind lauter Rote. Hier oben aber sind acht Kerben für Weiße, die meine Kugel gekostet haben. Warum, das werde ich Euch schon einmal erzählen. Ich habe nur noch zwei zu suchen, Vater und Sohn, die größten Schurken, die es auf Gottes weiter Erde geben kann. Habe ich diese zwei gefunden, so ist mein Tagewerk vollbracht."

Seine Augen glänzten auf einmal feucht, und über sein verwittertes Gesicht ging ein Zug von Wehmut, Rührung und Weichheit. Ich ahnte, daß das Herz des alten Jägers einst wohl auch seine Rechte geltend gemacht hatte. Vielleicht hatte auch ihn, wie so manchen anderen, der Schmerz oder die Rache dem rauhen Leben der Wildnis in die Arme geworfen; denn der echte Präriejäger weiß nichts mehr von dem Gebot: Liebet eure Feinde!

Mark hatte seine Büchse wieder geladen. Sie war eines jener seltsamen Schießeisen, wie man sie in der Prärie nicht selten findet: Der Schaft hat seine ursprüngliche Form verloren. Kerbe sitzt an Kerbe, Schnitt an Schnitt. Jedes einzelne dieser Zeichen erinnert an den Tod eines Feindes. Der Lauf ist mit dickem Rost bedeckt und scheint sich gezogen zu haben. Kein Fremder vermag auch nur einen leidlichen Schuß daraus abzugeben. In der Hand des Besitzers aber ist eine solche Büchse unfehlbar. Er ist seit Lebenszeit auf sie eingeübt, kennt alle ihre Vorzüge, alle ihre Tücken und Gebrechen, und wenn er eine Kugel hinabstößt auf das Pulver, so wettet er Leben und Seligkeit, daß sie ihr Ziel erreicht.

„Tony!" rief der Kleine.

Die Stute hatte bisher in der Nähe gegrast. Auf seinen Ruf kam sie herbeigesprungen und stellte sich so bequem neben ihn, daß er nur den Arm zu heben brauchte, um sich aufzuschwingen.

„Mark, Ihr habt da ein vorzügliches Pferd! Wer es zum erstenmal sieht, mag keinen Dollar dafür bieten. Wer es aber genauer beobachtet, der bemerkt bald, daß es Euch für fünfhundert Dollar nicht feil ist."

„Fünfhundert? *Pshaw!* Sagt tausend! Ich kenne da droben in den Felsenbergen Adern, wo ich das Gold scheffelweise herausnehmen könnte, und wenn ich einen treffe, der es verdient, daß ihn Mark Jorrocks von Herzen liebhat, werde ich ihm diese *placers* zeigen. Für Geld also brauche ich meine Tony nicht wegzugeben. Ich will Euch nur soviel sagen, Charley: Der, den sie jetzt Sans-ear nennen, war einst ein ganz anderer Kerl als heute, voll Glück und Frohsinn wie der Tag voll Licht und das Meer voll Tropfen. Er war ein junger Farmer und hatte ein Weib, für das er tausend Leben geopfert hätte, und ein Kind, das ihm zehntausend Leben wert war. Das Weib hatte er einst auf seiner besten Stute heimgeholt, die Tony hieß. Und als nachher die Stute ein Füllen brachte, gesund, munter und klug wie selten ein Geschöpf, warum sollte es nicht auch Tony heißen wie seine Mutter? Habe ich nicht recht, Charley?"

„Ja", erwiderte ich, tief gerührt von der Kindlichkeit des Gemüts, das jetzt so unerwartet zu mir sprach.

„*Well!* Dann kamen die zehn, von denen ich Euch vorhin sagte. Es war eine Bande *bushheaders*[1], die die Gegend damals unsicher machten. Sie verbrannten meine Farm, töteten mein Weib und mein Kind, erschossen meine Stute, die sie nicht gebrauchen konnten, weil sie keinen Fremden trug, und nur das Füllen entkam, weil es sich gerade verlaufen hatte. Ich kam von der Jagd zurück und fand das Tier als einzigen Zeugen meines verlorenen Glücks. Was soll ich Euch weiter erzählen! Acht von den Schuften sind gefallen, gefallen durch meine Hand, durch Kugeln aus dieser Büchse. Die beiden letzten werden auch noch mein, denn wessen Fährte der alte Sans-ear betritt, der mag laufen bis zu den Mongolen hinüber. Er entkommt ihm nicht. Gerade deshalb will ich ja nach Texas und Mexiko hinunter. Aus dem jungen, munteren Farmer ist ein grauer Wald- und Prärieläufer geworden, der nur auf Blut und Rache sinnt, und das Füllen hat sich in ein Wesen verwandelt, das einem Ziegenbock ähnlicher sieht als einem guten Pferd. Aber wacker sind beide noch heute und wir werden auch tapfer miteinander aushalten, bis ein Pfeil schwirrt,

[1] Strauchdiebe

14

eine Kugel pfeift oder ein Tomahawk niedersaust, um dem einen von ihnen ein Ende zu bereiten. Der andere — sei es nun das Pferd oder der Mann — stirbt dann vor Gram und Sehnsucht nach."

Sans-ear fuhr sich mit der Hand über die Augen. Dann schwang er sich auf und meinte:

„Soviel von den alten Geschichten, Charley. Ihr seid der erste, zu dem ich davon spreche, obgleich ich Euch zum erstenmal sehe, und werdet wohl auch der letzte sein. Ihr habt von mir gehört, und auch von Euch wurde erzählt, wenn es mir einmal in den Sinn kam, mich zu diesen oder jenen Leuten auf eine Viertelstunde ans Feuer zu setzen. Daher wollte ich Euch zeigen, daß ich Euch nicht für einen Fremden halte. Nun tut mir noch den Gefallen und vergeßt, daß ich mich heute von Euch überrumpeln ließ! Ich werde Euch zu beweisen suchen, daß der alte Mark Jorrocks trotzdem zu jeder Zeit auf dem Posten ist."

Ich enthobbelte meinen Mustang und stieg gleichfalls auf. Jorrocks hatte gesagt, daß wir nach Süden halten wollten; dennoch ritt er gerade nach Westen. Ich fragte ihn nicht darum. Jedenfalls leitete ihn dabei ein wohlüberlegter Plan. Auch darüber verlor ich kein Wort, daß er die Lanzen der vier Indianer mitnahm.

Wir mochten bereits eine gute Strecke zurückgelegt haben, ohne daß einer von uns ein Wort gesprochen hatte, als er sein Pferd anhielt. Er stieg ab und steckte eine der Lanzen auf die Spitze einer Bodenwelle. Jetzt erkannte ich seine Absicht. Er wollte die Lanzen als Wegweiser aufrichten, wodurch die Indsmen zu ihren Toten geführt werden sollten, um zu sehen, daß die Rache Sans-ears vier neue Opfer gefordert hatte.

Dann öffnete er eine alte Satteltasche und nahm acht starke Lappen heraus, die er zwischen mir und sich teilte.

„Hier, Charley, steigt ab und wickelt die Hufe Eures Mustangs ein! Sie geben dann auf dieser Art von Boden nicht die geringste Spur, und die Redmen müssen denken, wir wären durch die Luft davongeflogen. Jetzt reitet Ihr gerade nach Süden, bis Ihr an die Bahn kommt, wo Ihr auf mich wartet! Ich werde noch die drei anderen Lanzen aufpflanzen und dann zum Beispiel hinter Euch herkommen. Treffen werden wir uns sicher, und sollten wir uns doch um eine kleine Strecke irren, so gilt bei Tag der Schrei des Geiers und bei Nacht das Heulen des Kojoten[1] als Zeichen."

Fünf Minuten später sahen wir einander nicht mehr. Ich ritt, in stilles Sinnen versunken, in der vorgezeichneten Richtung. Die Hufverhüllung meines Pferdes hinderte es am schnellen Lauf. Daher stieg ich ab, als ich vielleicht fünf englische Meilen zurückgelegt hatte, und nahm die Lappen weg. Sie hatten ja nur den Zweck gehabt, unsere Spuren in der nächsten Umgebung der Lanzenzeichen unbemerkbar zu machen.

Jetzt konnte der Mustang wieder ausgreifen. Die Prärie wurde nach und nach ebener und zeigte hier und da ein kleines Nuß- oder Wildkirschengestrüpp, und noch stand die Sonne ein wenig über dem westlichen Himmesrand, da bemerkte ich im Süden eine Linie, die sich beinah genau von West nach Ost hinzog.

Sollte sie das Gleis der bezeichneten Bahn bedeuten? Jedenfalls. Ich hielt darauf zu und fand meine Erwartungen bestätigt. Die Bahn, deren Schienen auf einem fast mannshohen Damm liefen, lag vor mir.

[1] Wölfe, aber mehr der feigen Hyäne als unserem Wolf ähnelnd

Ein eigentümliches Gefühl erfaßte mich, dunkel zwar, doch verständlich. Hier trat ich seit langer Zeit wieder in Berührung mit der Zivilisation. Ich brauchte beim Nahen eines Zugs nur ein Zeichen zu geben, um einsteigen und nach West oder Ost davondampfen zu können. Doch dieser Gedanke wurde mir nicht zur Lockung. So sehr hielt mich der Zauber der Prärie gefangen.

Nachdem ich mein Pferd mit dem Lasso angepflockt hatte, suchte ich unter den Büschen nach Dürrholz für ein Lagerfeuer. Einer der Sträucher stand hart an der Böschung des Bahndamms. Ich bückte mich, um einiges Geäst aufzusammeln, und gewahrte zu meinem Erstaunen einen Hammer, der da am Boden lag. Er konnte sich erst seit kurzer Zeit hier befinden, denn sein Kopfbahn war blank, also erst kürzlich noch in Gebrauch gewesen, und weder seine Backen noch seine Haube oder seine Finne zeigten eine Spur von dem Rost, der sich sicher angesetzt hätte, wenn das Werkzeug nur einige Tage lang der Feuchtigkeit des nächtlichen Taus ausgesetzt gewesen wäre. Es mußten sich heute oder höchstens gestern Leute hier aufgehalten haben.

Zunächst untersuchte ich die mir zugekehrte Seite des Damms, fand aber nichts Auffälliges. Dann stieg ich hinauf und suchte wieder lange Zeit erfolglos. Schließlich aber bemerkte ich ein dichtes Büschel duftenden, kurzlockigen Grammagrases, das mir an diesem Ort als eine Seltenheit auffiel. Ich betrachtete es genauer und machte eine überraschende Wahrnehmung. Wahrhaftig, es hatte ein Fuß darauf gestanden! Die Spur war noch neu, höchstens zwei Stunden alt. Die vom Sohlenrand nur umgebogenen Halme hatten sich bereits wieder erhoben, während der von der inneren Fußfläche niedergedrückte Teil des Büschels noch genau die Fersen- und Zehenbreite zeigte. Die Spur war durch einen indianischen Mokassin verursacht worden. Sollten Indianer in der Nähe sein? In welche Beziehung konnte ich sie dann zu dem Hammer bringen? Tragen nicht auch Weiße indianische Mokassins, und konnte sich nicht auch ein die Bahnstrecke abgehender *railroader*[1] dieser bequemen Art von Schuhwerk bedient haben? Dem mochte sein, wie ihm wollte, ich durfte mich durch keinerlei Vermutung zu beruhigen suchen. Gewißheit war hier die Hauptsache.

Allerdings mußte ich mir sagen, daß eine Untersuchung der Strecke äußerst gefährlich war. An beiden Seiten des Bahndammes konnte hinter jedem Busch ein Feind lauern, und auf dem Damm selber war ich auf weite Entfernung hin zu bemerken. Unter anderen Verhältnissen hätte ich wegen des Hammers wenig Unruhe empfunden und die Nachforschung ohne Zögern begonnen. Jetzt aber, da ich die Ogellallah in der Gegend wußte, war selbst bei der geringsten Kleinigkeit die größte Vorsicht nötig. Ich hängte die Gewehre über und nahm nur den Revolver zur Hand. Von Busch zu Busch schleichend, pirschte ich mich eine weite Strecke vorwärts — ohne Erfolg! Ich kehrte also zum Ausgangspunkt meiner Erkundung zurück. Diese Untersuchung hatte sich nach Westen von der Stelle erstreckt, wo mein Pferd weidete. Ich setzte sie jetzt nach Osten fort, anfangs mit gleicher Erfolglosigkeit. Nun wollte ich vorsichtig über das Bahngleis hinüber. Auf Händen und Füßen kriechend, bewegte ich mich quer über die Schienen. Da fiel es mir auf, daß der Schotter des Damms hier in Kreisform frisch aufgelegt war. So arbeiteten die *railroaders*

[1] Eisenbahner

16

bei Ausbesserungen doch nicht. Ich scharrte mit den Fingern und erschrak. Meine Hand hatte sich blutig gefärbt, und auch der Schotter war rot und naß. Ich untersuchte, nun mit dem ganzen Körper hart am Boden liegend, die Sache genauer und mußte erkennen, daß man eine große, tiefe Blutlache mit Schotter überstreut hatte.

Hier war ein Mord geschehen. Soviel stand fest. Das Blut eines Tiers hätte man nicht so zu verbergen gesucht. Nun aber fragte es sich: wer war der Ermordete und wer der Mörder? Eine Spur war oben nicht zu sehen, da der Boden wegen seiner Härte keine aufnehmen konnte. Aber als ich einen Blick auf die mit Büffelgras bewachsene Böschung hinüberwarf, bemerkte ich mehrere Fußspuren und auch zwei fortlaufende Eindrücke, als hätte man hier einen Menschen, dessen Füße nachschleiften, beim Oberkörper gefaßt und vom Damm hinabgezogen.

Es war sehr gefährlich, an dieser Stelle hinüberzugehen. Die Spuren zeigten sich so frisch, daß der vermutete Mord erst vor kurzer Zeit verübt sein mußte, die Mörder also noch in der Nähe sein konnten. Ich kroch daher hüben wieder hinab und eine bedeutende Strecke westlich, ging dort über den Damm und schlich nun erst auf der anderen Seite ostwärts.

Das geschah nur sehr langsam, da ich alle Schlauheit und Vorsicht anwenden mußte, um unbemerkt zu bleiben, falls Gefahr in der Nähe war. Glücklicherweise standen hier die Sträucher näher beisammen, und wenn ich mich auch sorgfältig hinter jedem Busch verbergen und den nächsten Busch auf das schärfste mit den Augen durchdringen mußte, bevor ich es wagen konnte, den Zwischenraum zwischen beiden zu überspringen oder, mich schlangengleich an der Erde windend, zu durchkriechen, so gelangte ich doch ohne Unfall bis unterhalb der Stelle, wo ich vorhin auf dem Damm das Blut bemerkt hatte.

Ein dichtes Lentiskengesträuch stand gegenüber der Kirschgruppe, hinter der ich spähend lag, von ihr durch einen acht Meter breiten freien Raum getrennt. Sosehr mich das Kirschengebüsch am deutlichen Sehen hinderte, und so dicht auch die Lentisken standen, es war mir doch, als läge etwas einem menschlichen Körper Ähnliches darunter. Der Gegenstand mochte zugedeckt sein, aber er bildete eine dunkle Masse, die von der Umgebung abstach, und hatte die Länge eines Menschen. War dort vielleicht der Ermordete verborgen? Es konnte auch einer der Mörder sein. Ich mußte versuchen, das klarzustellen.

Behutsam nahm ich einen daliegenden Ast, spießte meinen Hut darauf und schob ihn, mit Absicht ein kleines Geräusch verursachend, durch das Kirschgesträuch, so daß es drüben scheinen mußte, als versuche hier jemand hindurchzudringen. Drüben regte sich nichts. Entweder war kein Feind da, oder ich hatte es mit einem zu tun, der zu schlau und zu erfahren war, um sich durch eine solche Finte irremachen zu lassen.

So beschloß ich denn, alles zu wagen. Ich kroch zurück und holte aus. Mit wenigen Sprüngen hatte ich den freien Raum durchmessen und drang, das Messer zum Stoß bereit haltend, in die Lentisken ein. Unter abgebrochenen Zweigen lag ein Mensch; das fühlte ich sofort, aber er lebte nicht mehr. Ich hob die Zweige empor und erblickte ein von Todeszuckungen gräßlich entstelltes Gesicht mit blutigem Schädel. Es war ein Weißer. Man hatte ihn skalpiert und völlig entkleidet. Im Rücken steckte, wie ich bei der Untersuchung des Körpers bemerkte, die mit Widerhaken versehene Spitze eines abgeknickten Pfeils. Ich hatte es also mit Indianern zu tun, die sich auf dem Kriegspfad befanden. Das sagte mir der Widerhaken.

Hatten die Roten sich entfernt, oder befanden sie sich noch in der Nähe? Das mußte ich wissen. Ihre Spuren waren von hier aus deutlich zu bemerken. Sie führten vom Bahndamm in die Prärie hinein. Ich folgte ihnen, immer gefaßt, einen Pfeil zu erhalten oder mein Messer gebrauchen zu müssen, von Busch zu Busch. Es waren vier Mann gewesen, zwei ältere und zwei Jünglinge, wie ich aus der Größe der Fußstapfen schließen konnte. Sie hatten, während ich mich nur auf den Finger- und Zehenspitzen fortbewegte — eine Aufgabe, die große Übung und nicht unbedeutende Kraft erfordert —, ihre Fährte gar nicht zu verbergen gesucht, mußten sich hier also ganz sicher gefühlt haben.

Der Wind blies aus Südost, wehte mir also entgegen. Daher erschrak ich nicht sonderlich, als ich das Schnauben eines Pferdes vernahm. Es konnte mich ja nicht gewittert haben. Ich kroch weiter und befand mich endlich am Ziel oder bemerkte doch wenigstens genug, um mich wieder zurückziehen zu können. Vor mir sah ich nämlich zwischen den Büschen etwa sechzig Pferde, alle, außer zweien, auf indianische Weise aufgezäumt. Die Sättel hatte man ihnen abgenommen, jedenfalls um sie am nahen Lagerplatz als Sitze oder Kopfunterlagen zu gebrauchen. Bei den Tieren standen nur zwei Mann Wache. Der eine, ein noch junger Mann, hatte ein paar derbe, rindlederne Stiefel an, jedenfalls das frühere Eigentum des Ermordeten, dessen Kleider und Habseligkeiten vermutlich unter seine Mörder verteilt worden waren. Der Posten gehörte also wohl zu den vieren, deren Fährte mich herbeigeführt hatte.

Der Indianer verkehrt öfters mit Weißen, die seine Sprache nicht verstehen. Aus diesem Grund hat sich zwischen den roten Männern und den Bleichgesichtern eine Gebärdensprache herausgebildet, deren Zeichen samt ihrer Bedeutung jeder kennen muß, der den Wilden Westen betritt. Bei einer lebhaften Gemütsart oder bei aufregenden Veranlassungen kommt es dann häufig vor, daß jemand die mündliche Ausdrucksweise unwillkürlich mit Gebärden begleitet, die die gleiche Bedeutung wie die Worte haben. Die beiden Wächter unterhielten sich, und der Gegenstand ihres Gesprächs mußte sie lebhaft fesseln, denn sie benahmen sich in einer Weise, die ihnen gewiß den Tadel älterer Krieger zugezogen haben würde. Sie deuteten nach Westen, gaben das Zeichen des Feuers, des Pferdes, also der Lokomotive, die von den Indianern ja ‚Feuerroß‘ genannt wird, hieben mit ihren Bogen auf die Erde, als wollten sie hacken oder wuchtige Hammerschläge führen, zielten wie zum Schießen und machten die Bewegung des Stechens und des Tomahawkschwingens. Ich hatte genug gesehen und kehrte unverzüglich um, wobei ich meine Spuren so gut wie möglich verwischte.

Aus diesem Grund dauerte es lange, bis ich mein Pferd wieder erreichte. Es hatte mittlerweile Gesellschaft gefunden, denn neben ihm weidete die Stute Marks, der gemütlich hinter einem Busch lag und an einem mächtigen Stück Dörrfleisch kaute.

„Wie viele sind es, Charley?" fragte er mich. — „Wer?" — „Indsmen."
„Wie kommt Ihr darauf?"

„Der alte Sans-ear scheint Euch wohl auch ein Greenhorn zu sein, wie Ihr vorher ihm? Da irrt Ihr Euch aber gewaltig, hihihihi!"

Es war das halblaute, selbstbewußte Lachen, das ich bereits einmal von ihm vernommen hatte und das er wohl nur hören ließ, wenn er sich einem anderen überlegen wußte. Diese Angewohnheit meines neuen Gefährten erinnerte mich übrigens an Sam Hawkens, der fast ebenso lachte.

„Inwiefern, Mark?" erkundigte ich mich.

„Muß ich Euch das erst sagen, Charley? Was hättet Ihr wohl getan, wenn Ihr hier angekommen wärt und hättet diesen Hammer da beim Pferd gefunden, nicht aber Euren Gefährten?"

„Ich hätte gewartet, bis er zurückgekehrt wäre."

„So? Das möchte ich zum Beispiel nicht recht glauben. Ihr fehltet, als ich kam. Es konnte Euch etwas zugestoßen sein, und so ging ich Euch nach."

„Ich hätte aber auch bei einem Vorhaben sein können, das durch Eure Gegenwart vereitelt werden konnte. Zudem denke ich, daß Old Shatterhand nichts unternimmt, ohne dabei die nötige Vorsicht anzuwenden. Wie weit seid Ihr mir gefolgt?"

„Erst dahin, dann dorthin und schließlich hinüber bis zu dem armen Mann, den die Indsmen ausgelöscht haben. Ich konnte rasch machen, denn ich wußte Euch vor mir. Als ich dann den Toten sah, dachte ich, daß Ihr nur auf Spähe wärt und kehrte hierher zurück, wo ich nachher zum Beispiel ruhig auf Euch gewartet habe. Also, wie viele sind es?"

„Sechzig vielleicht."

„Schau! Also wohl der Trupp, dessen Spur ich gestern schon bemerkte. Auf dem Kriegspfad?"

„Ja." — „Kurzes Lager?"

„Sie haben abgesattelt."

„Blitz! Da haben sie hierherum etwas vor! Habt Ihr nichts gesehen?"

„Wie mir scheint, wollen sie die Schienen aufreißen, so daß der Zug verunglückt und sie ihn dann berauben können."

„Seid Ihr närrisch, Charley? Das wäre ja ein äußerst gefährliches Ding für die *railroaders* samt ihren Fahrgästen! Woher wißt Ihr das?"

„Ich habe die Roten belauscht."

„So versteht Ihr die Mundart der Ogellallah?"

„Ja. Es war aber gar nicht nötig, denn die Pferdewache, in deren Nähe ich gelangte, sprach in deutlichen Gebärden."

„Das ist zuweilen trügerisch. Beschreibt mir doch die Gesten, die Ihr gesehen habt!"

Ich tat es. Der kleine Mann sprang auf, beherrschte sich aber und ließ sich wieder nieder.

„Dann habt Ihr sie richtig verstanden, und wir müssen dem Zug Hilfe bringen. Aber wir wollen uns zum Beispiel nicht übereilen, denn solch wichtige Dinge müssen mit Ruhe überlegt und besprochen werden. Also sechzig? Hm, ich bringe kaum noch zehn Kerben auf meine Büchse! Wohin schneide ich sie nachher?"

Trotz der ernsten Lage hätte ich beinahe laut gelacht. Das kleine Männchen hatte sechzig Indsmen vor sich und war, statt sich vor ihrer Überzahl zu fürchten, nur um den Platz für seine Kerben besorgt.

„Wieviel wollt Ihr denn niederstrecken?" frage ich ihn.

„Das weiß ich zum Beispiel selbst noch nicht. Denke aber, höchstens zwei oder drei, denn sie werden davonlaufen, wenn sie zwanzig oder dreißig Weiße bemerken."

Mark zog also ebenso, wie ich es bereits im stillen gemacht hatte, den Gedanken mit in Berechnung, daß wir durch die Eisenbahnmannschaft und die Fahrgäste verstärkt werden müßten.

„Die Hauptsache ist", bemerkte ich, „daß wir auch wirklich den Zug erraten, den sie überfallen wollen. Es wäre recht verdrießlich, wenn wir die falsche Richtung einschlügen."

„Nach ihren Gebärden meinen sie den Mountainzug, der aus Westen kommt, und das wundert mich. Der Ostzug hat doch wohl bedeutend mehr von den Gütern oder Dingen bei sich, die die Indsmen brauchen können, als der andere. Es wird uns da wohl nichts übrigbleiben, als uns zu trennen. Der eine geht nach Morgen und der andere nach Abend."

„Dazu sind wir allerdings gezwungen, wenn es uns nicht gelingt, Sicherheit zu bekommen. Ja, wenn wir wüßten, wie und wann die Züge fahren!"

„Wer soll das wissen! Ich habe all meine Lebtage noch nicht in so einem Ding gesteckt, das sie Waggon nennen, worin man vor Angst nicht weiß, wohin man seine Beine stecken soll. Ich lobe mir die Prärie und meine Tony! — An der Arbeit habt Ihr die Indsmen noch nicht getroffen?"

„Nein. Ich habe überhaupt nur die Pferde gesehen. Aus allem aber war zu erraten, daß sie wissen, wann der Zug kommt, und anscheinend werden sie vor der Nacht nicht an die Arbeit gehen. Es ist höchstens noch eine halbe Stunde bis zur Dämmerung. Dann beschleichen wir sie, um vielleicht zu erfahren, was wir noch nicht wissen."

„*Well*, so mag es sein!"

„Dann aber ist es nötig, daß sich einer von uns hier auf den Damm begibt. Es könnte ja möglich sein, daß es den Roten einfiele, sich hier auf der anderen Seite heranzumachen. Wenigstens denke ich, daß sie in unserer Richtung die Schienen aufreißen werden, da sie den Angriffsplatz zwischen sich und dem Zug herrichten müssen."

„Ist richtig. Aber das Postenstehen da oben ist nicht notwendig, Charley. Da seht Euch die Tony an! Ich pflocke oder hobble sie nie an. Sie ist ein ausnehmend kluges Vieh und hat eine Nase, auf die ich mich verlassen kann. Habt Ihr schon ein Pferd gesehen, das nicht schnaubt, wenn es einen Feind wittert?"

„Nein."

„Nun, es gibt auch nur ein einziges, und das ist die Tony. Das Schnauben warnt zwar den Herrn des Pferdes, aber es verrät auch zweierlei, nämlich erstens, wo sich Tier und Mann befinden, und zweitens, daß der Mann gewarnt worden ist. Daher habe ich es der Tony abgewöhnt, und das gescheite Viehzeug hat mich wohl verstanden. Ich lasse sie stets frei grasen, und sobald sie eine Gefahr wittert, kommt sie herbei und stößt mich mit dem Maul."

„Und wenn sie gerade heute nichts merkt?"

„*Pshaw!* Die Luft kommt von den Indsmen her, und ich lasse mich auf der Stelle erschießen, wenn die Tony nicht jede Rothaut auf tausend Schritte ankündigt. Übrigens haben diese Kerle Augen wie die Adler, und selbst wenn Ihr Euch der Länge nach auf den Damm legt, ist es möglich, daß sie Euch von weitem entdecken. Also bleibt nur ruhig hier, Charley!"

„Ihr habt recht, und ich will der Tony ebenso vertrauen wie Ihr. Ich kenne sie noch nicht lange, aber ich habe doch beinahe schon die Überzeugung, daß man sich auf sie verlassen kann."

Ich langte wieder eine meiner ‚Selbstgefertigten' hervor und steckte sie in Brand. Mark riß die kleinen Augen und den Mund so weit wie möglich auf. Seine Nasenflügel weiteten sich und sogen den Duft des Krautes begierig ein, während ein helles Entzücken seine Züge verklärte. Der Westmann kommt nicht oft in die Lage, einen guten Tabak zu kosten, und ist doch meist dem Rauchen leidenschaftlich ergeben.

„*O wonderful!* Charley! Ihr habt Zigarren?"

„Versteht sich! Wollt Ihr eine?"

„Her damit! Ihr seid ein Kerl, vor dem man einen ganzen Kürbis[1] voll Achtung haben muß!"

Er brannte seine Zigarre an der meinigen an, verschlang nach indianischer Gewohnheit den Rauch und stieß ihn wieder aus dem Magen hervor. Sein Gesicht zeigte dabei eine Verzückung, als sei er bis in den siebenten Himmel Mohammeds emporgestiegen.

„*Hang it all*, ist das ein Vergnügen! Soll ich raten, was für eine Sorte es ist, Charley?"

„Ratet! Seid Ihr ein Kenner?"

„Will es meinen!"

„Nun?"

„*Goosefoot* aus Virginien oder Maryland!"

„Nein!"

„Was? Dann irrte ich mich zum erstenmal. Es ist *goosefoot*, denn diesen Geruch und diesen Geschmack kenne ich!"

„Es ist keiner."

„Dann ist es sicher brasilianischer Legitimo!"

„Auch nicht."

„Curaçao aus Bahia?"

„Wieder nicht."

„Nun, was denn?"

„Seht Euch die Zigarre an!"

Ich zog noch eine hervor, drehte sie auf und reichte ihm dann Deckblatt und Einlage hinüber.

„Seid Ihr verrückt, Charley, daß Ihr eine solche Zigarre zuschanden macht! Jeder Fallensteller gibt Euch unter Umständen, wenn er nämlich lange nicht geraucht hat, ein bis zwei Biberfelle dafür!"

„Ich werde in zwei oder drei Tagen wieder neue bekommen."

„In drei Tagen? — Neue? — Woher denn?"

„Aus meiner Fabrik."

„Was? Ihr habt eine Zigarrenfabrik?"

„Ja."

„Wo denn?"

Ich zeigte auf meinen Mustang.

„Dort!"

„Charley, ich bitte Euch, macht nur dann einen Witz, wenn er zum Beispiel etwas taugt"

„Es ist kein Witz, sondern Wahrheit."

„Hm! Wenn Ihr nicht Old Shatterhand wärt, dächte ich wirklich, daß es in Eurem Kopf etwas zu viel oder zu wenig gibt."

„Seht Euch erst den Tabak an!"

Jorrocks tat es mit aller Sorgfalt.

„Kenne ich nicht. Aber gut ist er, ausgezeichnet."

„So will ich Euch meine Fabrik zeigen."

[1] Trapperausdruck: sehr viel

Ich ging zu meinem Mustang, lockerte den Sattel und zog darunter ein kleines Kissen hervor, das ich öffnete.

„Da greift hinein!"

Mark zog eine Handvoll Blätter hervor.

„Charley, macht mich nicht zum Narren! Das sind ja lauter Kirsch- und Lentiskenlätter!"

„Richtig! Ein wenig wilder Hanf ist auch dabei, und das Deckblatt hier ist weiter nichts als eine Ochsenzungenart, die man hier wohl Verhally nennt. Dieses Kissen ist wirklich meine Tabakfabrik. Finde ich gute Blätter dieser Sorte, so sammle ich sie nach Bedarf, stecke sie ins Kissen und lege es unter den Sattel. Es entwickelt sich Wärme, und die Blätter gären — da habt Ihr meine Kunst!"

„Unglaublich!"

„Aber wahr! Eine solche Zigarre ist allerdings nur ein recht erbärmliches Ersatzmittel, und drüben im Osten wird jeder Rippenpuffer, dessen Gaumen wie Büffelleder ist, höchstens einen Zug davon tun und sie dann wegwerfen. Aber lauft jahrelang in der Savanne herum und raucht dann ein solches Ding, so werden Euch die Ochsenzungenblätter wie der beste *goosefoot* erscheinen. Ihr seht es ja an Eurem eigenen Beispiel."

„Charley, Ihr steigt in meiner Achtung!"

„Verratet nur nichts davon, wenn Ihr bei Leuten sitzt, die noch nicht im Westen waren! Man hält Euch sonst für einen Tungusen, Kirgisen oder Ostjaken, der seine Geschmacks- und Geruchswerkzeuge mit Teer eingerieben oder mit Pech verkleistert hat!"

„Tunguse oder Ostjake, ist mir alles gleich, wenn nur die Zigarre schmeckt. Übrigens weiß ich nicht, wo diese Art von Leuten zu finden ist."

Er ließ sich durch die Enthüllung meines Fabrikgeheimnisses nicht im geringsten in seinem Genuß stören, sondern rauchte die Zigarre bis auf einen Stummel, der so war, daß er ihn kaum noch zwischen den Lippen zu halten vermochte.

Mittlerweile hatte sich die Sonne gesenkt. Die Dämmerung war hereingebrochen, und es begann so stark zu dunkeln, daß wir an unser Vorhaben denken konnten.

„Jetzt?" fragte Mark.

„Ich bin bereit."

„Wie denn?"

„Wir gehen miteinander bis zu den Pferden der Rothäute. Dann trennen wir uns, beschleichen ihr Lager und stoßen dahinter wieder zueinander."

„Gut! Und sollte etwas geschehen, was uns zur Flucht treibt, wobei wir uns verlieren könnten, so kommen wir von hier aus gerade im Süden am Wasser zusammen. Ein Urwald, der von den Bergen niedersteigt, streckt dort seine letzte Spitze weit in die Prärie hinein. Zwei Meilen von dieser Spitze aus, am südlichen Rand des Waldes, gibt es eine Präriebucht, wo wir uns leicht finden können."

„Gut! Also vorwärts!"

Es schien mir nicht wahrscheinlich, daß wir versprengt würden, doch war es ein Gebot der Vorsicht, sich für alle Fälle sicherzustellen.

2. An der großen Westbahn

Wir brachen auf.

Jetzt war es bereits so dunkel, daß wir gefahrlos in aufrechter Stellung über die Bahn gehen konnten. Dann wandten wir uns links und schritten, das Messer für den Fall einer feindlichen Begegnung zum Stoß bereit haltend, längs des Dammes dahin. Das Auge gewöhnt sich bekanntlich rasch an die Dunkelheit. Wir hätten auf einige Schritte Entfernung jeden Feind erkannt. An der Leiche des getöteten Weißen vorüber gelangten wir an den Platz, wo vorhin die Pferde geweidet hatten. Sie standen noch da.

„Ihr rechts und ich links!" raunte Mark und schlich weg.

Ich huschte in einem Bogen um die Pferde herum und kam an einen von Gesträuch freien Platz, wo die dunklen Gestalten der Indianer lagen. Sie hatten kein Feuer angezündet und verhielten sich so still, daß ich das leiseste Geräusch zu hören vermochte. Etwas abseits von ihnen sah ich drei Männer sitzen, die einzigen, die ein Gespräch zu führen schienen. Ich beschlich sie so vorsichtig wie möglich.

Als ich mich kaum noch sechs Schritte hinter ihnen befand, erkannte ich zu meinem Erstaunen in dem einen der drei einen Weißen. Was hatte der Mann mit den Indsmen zu schaffen? Ein Gefangener war er nicht; das lag klar auf der Hand. Vielleicht war er einer jener Savannenklepper, die es bald mit den Roten und bald mit den Weißen halten, je nachdem es ihre räuberischen Absichten erfordern. Er konnte allerdings auch einer jener Jäger sein, die sich, von den Indianern gefangen, ihr Leben dadurch retten, daß sie ein rotes Mädchen zur Squaw nehmen und fortan zu dem betreffenden Stamm gehören. Dann aber wäre seine Kleidung, deren Bestandteile und Schnitt ich trotz der Dunkelheit gut zu erkennen vermochte, wohl mehr indianisch gewesen.

Die beiden anderen waren Häuptlinge, wie ich aus den Adlerfedern schloß, die sie auf dem hoch aufgetürmten Schopf befestigt hatten. Demnach schienen die Krieger von zwei verschiedenen Stämmen oder Dörfern zu dem beabsichtigten Unternehmen zusammengetreten zu sein.

Die drei saßen am Rand des freien Platzes hart an einem Busch, der es mir ermöglichte, mich ihnen so weit zu nähern, daß ich vielleicht einige Worte ihres Gesprächs erlauschen konnte. Vorsichtig schob ich mich zu ihnen hin und lag bald so dicht hinter ihnen, daß ich sie mit der Hand erreichen konnte.

Es schien eine Pause in ihrer Unterhaltung eingetreten zu sein. Das Schweigen währte wohl einige Minuten, dann fragte der eine Häuptling den Jäger in der aus englischen und indianischen Wörtern gemischten Mundart, deren sich der Indianer bediente, wenn er mit einem Weißen spricht:

„Und mein weißer Bruder weiß genau, daß mit dem nächsten Feuerroß das viele Gold kommen wird?"

„Ich weiß es", bestätigte der Gefragte.

„Wer hat es ihm gesagt?"

„Einer der Männer, die bei dem Stall des Feuerrosses wohnen."

„Das Gold kommt aus dem Land der Waikur[1]?"

„Ja." — „Und es soll zum großen Vater der Bleichgesichter[2] gehen, der Dollars daraus machen will?"

[1] Kalifornien   [2] Der Präsident der Vereinigten Staaten

„So ist es."

„Der große Vater wird nicht so viel von dem Gold erhalten, daß er sich eine einzige Münze daraus machen kann. Werden viele Männer auf dem Feuerroß reiten?"

„Das weiß ich nicht. Aber es mögen ihrer noch so viele sein, mein roter Bruder wird sie mit seinen tapferen Kriegern alle besiegen."

„Die Krieger der Ogellallah werden viele Skalpe erbeuten, und ihre Frauen und Mädchen werden den Tanz der Freude tanzen. Werden die Reiter des Feuerrosses vieles bei sich haben, was die roten Männer brauchen können? Kleider, Waffen, Decken und dergleichen?"

„Das alles werden sie bei sich haben und noch viel mehr. Aber werden die roten Männer ihrem weißen Bruder auch geben, was er verlangt?"

„Mein weißer Bruder wird alles Gold und Silber erhalten, das das Feuerroß mit sich führt. Die Krieger der Ogellallah brauchen es nicht, denn in ihren Bergen sind so viele Nuggets, wie sie nur haben wollen. Ka-womien, der Häuptling der Ogellallah" — und dabei zeigte er mit dem Finger auf sich selbst — „lernte einst ein kluges, tapferes Bleichgesicht kennen, das sagte, das Gold sei nichts als *deadly dust*[1], geschaffen vom bösen Geist der Erde, um die Menschen zu Dieben und Mördern zu machen."

„Dieses Bleichgesicht war ein großer Narr. Wie war sein Name?"

„Er war kein Narr, sondern, wie gesagt, ein kluger und tapferer Krieger. Die Ogellallah waren droben an den Wassern des Missouri versammelt, um sich die Skalpe einer Anzahl Trapper zu holen, die in ihrem Gebiet viele Biber gefangen hatten. Bei den Fallenstellern war ein weißer Mann, den sie für närrisch hielten, weil er nur gekommen war, um sich die Savanne anzusehen. Aber in seinem Kopf wohnte die Weisheit und in seinem Arm die Stärke. Seine Büchse fehlte nie, und sein Messer fürchtete selbst den Grauen Bären des Felsengebirgs nicht. Er wollte ihnen Klugheit geben gegen die roten Männer, sie aber verlachten ihn. Deshalb wurden sie alle getötet, und ihre Skalpe zieren noch heute die Wigwams der Ogellallah. Da er seine weißen Brüder nicht im Stich ließ, besiegte er viele rote Männer. Aber ihrer waren so viele, daß sie ihn niederrissen, obgleich er stand wie die Eiche des Waldes, die alles zerschmettert, wenn sie unter der Axt des *woodman* fällt. Er wurde gefangengenommen und in die Dörfer der Ogellallah geführt. Sie töteten ihn nicht, denn er war ein mutiger Krieger, und manches Mädchen unseres Stammes wollte als Squaw mit ihm in seine Hütte gehen. Ma-ti-ru, der größte Häuptling der Ogellallah, wollte ihm das Wigwam seiner Tochter geben, oder er sollte sterben. Er aber verschmähte die Blume der Prärie, raubte das Pferd des Häuptlings, stahl sich seine Waffen wieder, schlug mehrere Krieger nieder und entkam."

„Wie lange ist das her?"

„Die Sonne hat seitdem acht Winter besiegt."

„Und wie hieß er?"

„Seine Faust war wie die Tatze des Bären. Es war bekannt, daß er mit einem Schlag der bloßen Hand an den Schädel viele rote Männer und auch Bleichgesichter vorübergehend tötete. Daher nannten ihn die weißen Jäger Old Shatterhand."

Es war wirklich eins meiner früheren Abenteuer, das Ka-wo-mien

[1] Tödlicher Staub

da erzählte. In der Tat kannte ich ihn und auch den neben ihm sitzenden Ma-ti-ru, die mich einst gefangengenommen hatten. Der Erzähler hatte die Wahrheit berichtet, nur mußte ich ihm im stillen den Vorwurf machen, daß er über meine Fähigkeiten doch etwas zu überschwenglich sprach.

Ma-ti-ru, der bis jetzt geschwiegen hatte, erhob seine Hand.

„Wehe ihm, wenn er wieder in die Hände der roten Männer fällt! Er würde an den Marterpfahl gebunden, und Ma-ti-ru nähme ihm jeden einzelnen Muskel von den Knochen. Er hat die Krieger der Ogellallah getötet, das beste Pferd des Häuptlings geraubt und das Herz der schönsten Tochter der Savanne von sich gestoßen!"

Hätten die beiden Häuptlinge gewußt, daß der, gegen den Ma-ti-ru solche Drohungen ausstieß, kaum drei Spannen weit hinter ihnen lag!

„Die roten Männer werden ihn niemals wiedersehen", meinte der Weiße, „denn er ist weit über das Wasser in das Land gezogen, wo die Sonne wie Feuer brennt, wo die Sandöde größer ist, als hier die Savanne und wo der Löwe brüllt."

Ich hatte an einigen Lagerfeuern gelegentlich erwähnt, daß ich in die Sahara gehen wollte. Das war auch geschehen, und nun erfuhr ich zu meinem Erstaunen, daß die Kunde davon sogar schon zu den Indianern gedrungen war. Es schien mir hier mit dem *bowieknife* besser gelungen zu sein, ein bekannter Mann zu werden, als drüben in der Heimat mit der Feder.

„Er wird wiederkommen", beharrte Ma-ti-ru. „Wer den Atem der Prärie getrunken hat, dürstet nach ihr, solange ihm der Große Geist das Leben läßt."

Damit hatte er recht. Wie sich der Gebirgsbewohner im flachen Land bis zur Krankheit nach hohen Höhen sehnt und der Seemann nicht vom Meer zu scheiden vermag, so tut es auch die Prärie jedem an, den sie einmal umfangen hat. Ich war wirklich zurückgekehrt.

Jetzt deutete Ko-wo-mien auf die Sterne.

„Mein weißer Bruder sehe den Himmel an! Es ist Zeit zum Pfad des Feuerrosses zu gehen. Sind die eisernen Hände, die meine Krieger dem weißen Diener des Rosses genommen haben, stark genug, seinen Weg zu zerreißen?"

Diese Frage sagte mir, wer der Ermordete gewesen war. Jedenfalls ein Bahnbeamter, der mit seinen Werkzeugen, die der Häuptling ‚eiserne Hände' nannte, die Strecke begangen hatte, um den Schienenweg nachzusehen.

„Sie sind stärker als die Hände von zwanzig roten Männern", erwiderte der Weiße.

„Und versteht es mein weißer Bruder, sie zu gebrauchen?"

„Ja. Die roten Männer mögen mir folgen! In einer Stunde wird der Zug kommen. Doch mögen meine Brüder noch einmal bedenken, daß alles Gold und Silber mir gehört!"

„Ma-ti-ru lügt nie!" versicherte der Häuptling stolz, indem er sich erhob. „Das Gold ist dein, und alles andere samt den Skalpen der Bleichgesichter gehört den tapferen Kriegern der Ogellallah."

„Und ihr gebt mir Maultiere, mein Gold zu tragen, und Männer, die mich auf dem Weg über den Canadian beschützen?"

„Du bekommst Maultiere, und die Krieger der Ogellallah werden dich bis an die Grenzen des Landes Aztlan¹ bringen. Und trägt das

¹ So heißt Mexiko in der Sprache der Sioux

Feuerroß sehr viele Dinge, die Ko-wo-mien und Ma-ti-ru gefallen, so führen sie dich auch noch weiter bis an die große Stadt Aztlan, wo du mit deinem Sohn hinwillst, wie du uns vor einigen Tagen erzähltest."

Nun stieß der Sprecher einen Ruf aus, und sofort erhoben sich alle Indianer. Ich wandte mich zurück. Unweit der Stelle, wo ich gelegen hatte, vernahm ich ein leises Geräusch, als ginge ein leichter Luftzug über die Halme.

„Mark!"

Ich hatte das Wort mehr gehaucht als gesprochen, und doch richtete sich in der Entfernung von einigen Schritten die kleine Gestalt meines Gefährten für einen Augenblick halb auf.

„Charley!" — Ich kroch zu ihm hin.

„Was habt Ihr gesehen?" fragte ich ihn.

„Nicht viel; die Indsmen, genau wie Ihr."

„Und gehört?"

„Kein einziges Wort. Und Ihr?"

„Sehr viel. Doch kommt! Sie brechen auf, jedenfalls dem Westen zu, und wir müssen eilen, daß wir unsere Pferde erreichen." Ich huschte voran, Jorrocks mir nach. Wir gelangten an die Bahn und stiegen über den Damm auf die andere Seite. Dort hielten wir an.

„Geht zu den Pferden, Mark, reitet eine halbe Meile die Bahn entlang und wartet dort auf mich!" schlug ich vor. „Ich möchte die Roten doch nicht eher aus den Augen lassen, als bis ich genau im Bilde bin."

„Kann ich das nicht auf mich nehmen? Ihr habt bisher so viel ausgekundschaftet, daß ich mich schämen müßte, gar nichts zu tun."

„Ist nicht zu machen, Mark. Mein Mustang gehorcht nur Euch; Eure Tony aber würde sich von mir vielleicht nicht fortbringen lassen."

„Da habt ihr zum Beispiel recht, Charley, und deshalb will ich gehen."

Sans-ear schritt aufrecht davon. Es wäre jetzt eine überflüssige Mühe gewesen, darauf zu achten, daß der Fuß keine Fährte zurückließ. Er war kaum im Dunkel des Abends verschwunden, da erblickte ich, an der diesseitigen Böschung liegend, jenseits des Dammes die Indianer, die — einer hinter dem anderen — vorüberhuschten.

Unauffällig folgte ich ihnen hüben so, daß ich nach meiner Schätzung immer auf gleicher Höhe mit ihnen blieb. Nicht weit von der Stelle, wo ich den Hammer gefunden hatte, hielten sie an. Das ersah ich daraus, daß sie den Damm bestiegen. Ich zog mich hinter die Büsche zurück und vernahm nach kurzer Zeit das Geklirr von Eisen an Eisen und dann laute Hammerschläge. Man hatte sich also daran gemacht, mit den dem Bahnwärter abgenommenen Werkzeugen die Schienen von ihrer Unterlage zu reißen.

Nun war es Zeit. Ich verließ den Schauplatz des bevorstehenden Kampfes und eilte vorwärts. In fünf Minuten hatte ich Mark eingeholt.

„Die Ogellallah arbeiten an den Schienen?" fragte er mich.

„Ja."

„Habe es gehört. Wenn man das Ohr hier auf die Gleise legt, vernimmt man zum Beispiel jeden Hammerschlag."

„Schon richtig. Und nun vorwärts, Mark. In drei Viertelstunden kommt der Zug, und wir müssen ihn abfangen, noch bevor die Roten sein Licht sehen können. Außerdem dürfen sie es auch nicht merken, daß er anhält."

„Hört, Charley, ich gehe nicht mit!"

„Weshalb nicht?"

„Verlassen wir beide den Platz, so müssen wir nachher mit einer nochmaligen Erkundung kostbare Zeit vergeuden. Schleiche ich aber zu den Indsmen zurück, um sie zu beobachten, so kann ich Euch bei Eurer Rückkunft sofort unterrichten."

„Das ist wahr. Und Eure Tony?"

„Lasse ich hier. Sie geht nicht von der Stelle, bis ich zurückkehre. Also macht, daß Ihr fortkommt, Charley! Ihr werdet mich hier wiederfinden."

Ich stieg aufs Pferd und ritt, so schnell es die Dunkelheit gestattete, dem zu erwartenden Zug entgegen. Die Nacht ward allmählich lichter. Die Sterne wurden sichtbar und warfen ihren milden Schein über die Prärie, so daß man auf einige Pferdelängen alles ziemlich deutlich zu erkennen vermochte. Mein Ritt nahm infolgedessen an Schnelligkeit zu und wurde durch keine Störung unterbrochen, bis ich eine Strecke von vielleicht drei englischen Meilen zurückgelegt hatte.

Dann hielt ich an, saß ab, pflockte meinen Mustang an und hobbelte ihm zugleich die Vorderbeine zusammen. Der durch den Eisenbahnzug entstehende Lärm hätte ihn sonst veranlassen können, auszubrechen.

Hierauf suchte ich einen Haufen Dürrgras zusammen, legte Reisig darauf und fertigte mir außerdem eine Fackel, indem ich einige Grasbüschel an einem Ast befestigte, den ich mir vom Busch brach. So vorbereitet, konnte ich auf den Zug warten, breitete meine Decke auf das Bahngeleis und setzte mich darauf. Von Zeit zu Zeit legte ich das Ohr an die Schiene und spähte dann wieder hinaus in die Gegend, woher der Zug kommen mußte.

Kaum zehn Minuten hatte ich gewartet, da vernahm ich ein leises Rollen, das von Sekunde zu Sekunde anschwoll. Dann erblickte ich in weiter Ferne einen kleinen, lichten Punkt, der unter den Sternen hart über dem Rand des Gesichtsfeldes auftauchte, aber kein Stern sein konnte, da er sich auffällig vergrößerte und schnell näher rückte[1]. Der Zug nahte.

Jetzt war es Zeit. Ich zündete den Haufen an. Er gab sofort eine hochauflodernde Flamme, die bereits jetzt vom Zug aus bemerkt werden konnte. Sein Rollen nahm ständig zu. Schon vermochte ich den Lichtkegel zu erkennen, der vor der Maschine die Dunkelheit durchbrach. In einer Minute mußte er mich erreicht haben.

Ich brannte meine Fackel an, wirbelte sie um den Kopf und lief dem Zug entgegen. Der Maschinist sah, daß ich ihm ein Zeichen zum Halten geben wollte, und stoppte. Mehrere schrille Pfiffe erschallten kurz hintereinander, die Bremsen legten sich kreischend an die Räder, ein ohrenzerreißendes Rauschen, Rollen, Zischen und Prasseln, und die Lokomotive hielt an der Stelle, wo mein Feuer am Bahndamm brannte. Der Maschinist beugte sich zu mir herab und fragte:

„Halloo, Mann, was soll Euer Zeichen bedeuten? Wollt Ihr vielleicht einsteigen?"

„Nein, Sir. Ich möchte Euch im Gegenteil ersuchen, auszusteigen. Da vorn sind Indianer, die die Schienen aufgerissen haben."

„Was sagt Ihr: Indianer? 's death! Redet Ihr die Wahrheit, Mann?"

„Habe keine Gründe zu lügen."

---

[1] Die amerikanischen Lokomotiven haben im Gegensatz zu den europäischen nur ein starkes Licht an der Stirnseite der Maschine

„Was wollt Ihr?" fragte mich jetzt auch der Zugführer, der abgestiegen und herbeigekommen war.

„Es sollen Rothäute vor uns sein, Mr. Fanning", erklärte ihm der Maschinist. — „Habt Ihr sie gesehen?"

„Gesehen und belauscht", versicherte ich. „Es sind Ogellallah."

„Die schlimmsten, die es gibt. Wieviel?" — „Ungefähr sechzig."

„Zum Henker! Das ist in diesem Jahr bereits der dritte Eisenbahnüberfall, den die Halunken unternehmen. Aber wir werden sie heimschicken. Habe längst schon gewünscht, eine Gelegenheit zu finden, ihnen auf die Finger zu klopfen. Wie weit sind sie von hier entfernt?"

„Drei Meilen ungefähr."

„Dann deckt das Licht zu, Maschinist! Die Roten haben scharfe Augen. Hört, Sir, wir sind Euch großen Dank schuldig dafür, daß Ihr uns gewarnt habt! Ihr seid ein Präriemann, wie ich an Eurem Äußeren erkenne?"

„So etwas Ähnliches. Ich habe noch einen bei mir, der die Roten beobachtet, bis wir kommen."

„Das ist klug von Euch. — Aber, gebt Raum, ihr Leute! Die Sache ist ja kein Unglück, sondern verspricht uns eine ganz erwünschte Unterhaltung."

Man hatte vom nächsten Wagen aus unser Gespräch gehört, und die Nachricht pflanzte sich wie ein Lauffeuer fort. Sämtliche Reisenden eilten herbei und drängten mit hundert Ausrufen und Fragen durcheinander. Auf die Mahnung des Zugführers aber wurde die nötige Ruhe hergestellt.

„Ihr habt eine Ladung Gold und Silber bei Euch?" fragte ich den Zugführer Fanning. — „Wer sagt das?"

„Die Indsmen. Sie werden von einem weißen *bushheader* angeführt, der das Metall haben will, während das übrige samt allen Skalpen den Indianern zufallen soll."

„Ah! Wie kann der Halunke wissen, was wir geladen haben?"

„Er scheint es von einem Bahnbeamten erfahren zu haben. Auf welche Weise, kann ich nicht sagen."

„Werden schon dahinterkommen, wenn er lebendig in unsere Hände fällt, was ich sehr wünsche. Aber sagt doch Euren Namen, Sir, damit man weiß, wie man Euch zu nennen hat!"

„Mein Kamerad heißt Sans-ear, und ich —"

„Sans-ear? *Behold!* Ein tüchtiger Kerl, der bei der Sache so viel tun wird wie ein Dutzend andere. Und Ihr?"

„Mich nennen sie hier in der Prärie Old Shatterhand."

„Old Shatterhand, der vor etwa drei Monaten droben in Montana von mehr als hundert Sioux gejagt wurde und die ganze Strecke des Yellowstone von den Snow Mountains an bis Fort Union auf Schneeschuhen in sechs Tagen zurücklegte?"

„Ja." — „Sir, ich habe manches von Euch gehört und freue mich."

„Laßt das, Mr. Fanning, und faßt lieber einen Entschluß!" unterbrach ich den Zugführer. „Die Indsmen wissen genau, wann der Zug eintreffen muß, und könnten Verrat ahnen, wenn wir zu lange zögern."

„Da habt Ihr recht. Wollen also nur noch das Nötigste erörtern. Vor allen Dingen möchte ich wissen, welche Stellung die Roten einnehmen. Wer einen Feind angreifen will, muß sich darüber unterrichten, welche Vorkehrungen der Gegner getroffen hat."

„Ihr sprecht wie ein großer Feldherr, Sir", lächelte ich. „Leider kann ich Euch keine genügende Auskunft geben. Ich durfte, um Euch zu warnen, nicht warten, bis die Indsmen schlagfertig dastanden. Wir werden von meinem Gefährten alles erfahren, was nötig ist. Wenn ich Euch bat, einen Entschluß zu fassen, so wollte ich damit nur wissen, ob Ihr überhaupt gesonnen seid, anzugreifen."

„Gewiß werde ich angreifen", antwortete er eifrig. „Ich habe ja die Pflicht, diesem Volk die Lust auf unsere Frachtgüter ein für allemal zu verleiden. Ihr und Euer Kamerad seid zu wenig gegen sechzig Indsmen und dürft es nicht wagen, an einen —"

„Pshaw, Sir!" fiel ich ihm in die Rede. „Was wir wagen dürfen oder nicht, das wissen wir allein. Es kommt hier weniger auf die Zahl als vielmehr auf andere Dinge an, die man in der Faust und im Kopf haben muß. Wenn ich in der Finsternis des Abends mit meinem Henry-stutzen fünfundzwanzig Schüsse abgeben kann, ohne laden zu müssen, so wissen die Indsmen nicht, ob sie zwei oder zwanzig gegen sich haben. Hört, ihr Männer, gibt es unter euch welche, die Waffen bei sich tragen?"

Diese Frage war eigentlich überflüssig. Ich konnte sicher sein, daß jeder dieser Leute ein Schießzeug bei sich führte. Aber der Zug-führer hatte getan, als wollte er die Leitung in die Hand nehmen, und das konnte ich nicht zugeben. Einen nächtlichen Angriff gegen eine Indianerschar zu befehligen, dazu gehörte mehr, als ich einem Bahn-beamten zutrauen durfte, selbst wenn er ein wackerer und mutiger Mann war. Ich erhielt rundum ein einstimmiges „Ja!" als Antwort, und der Zugführer fügte hinzu:

„Ich habe als Fahrgäste sechzehn Bahnarbeiter, die mit ihren Mes-sern und Büchsen vortrefflich umzugehen wissen, und zwanzig Miliz-men, die ins Fort Scott bestimmt sind und Gewehr, Revolver und Messer tragen. Außerdem gibt es noch einige Gentlemen hier, die sich gewiß gern das Vergnügen machen werden, den guten Indsmen ein wenig einzuheizen. He, wer macht mit, ihr Leute?"

Alle ohne Ausnahme erklärten sich bereit, mit vorzugehen, und wenn es ja einen gab, dem es eigentlich an Mut gebrach, so sagte er doch zu, um nicht als Feigling zu gelten. Solche Leute konnten mir freilich nicht viel nützen. Es war besser, sie blieben zurück, und darum meinte ich:

„Hört, Mesch'schurs, ihr seid sehr tüchtige Männer, aber alle kön-nen doch nicht mit. Das seht ihr wohl ein? Ich bemerke da einige Ladies, die wir unmöglich ohne Schutz lassen dürfen. Selbst wenn wir siegen, was ich nicht bezweifle, ist es doch möglich, daß flüchtige und versprengte Indsmen hier vorbeikommen und sich dann auf den verlassenen Zug werfen. Daher müssen wir ein paar mutige Männer als Bedeckung zurücklassen. Wer diesen Posten übernehmen will, mag sich melden!"

Wirklich erklärten sich acht Mann bereit, den Zug mit ihrem teuren Leben zu verteidigen. Es waren die Männer der erwähnten Damen und fünf Reisende, die auf mich den Eindruck machten, als ob sie sich auf die Preise von Eisenwaren, Wein, Zigarren und Hanfsamen besser verstünden als auf die richtige Handhabung eines Bowiemessers. Den Ehegatten konnte ich ihre Zurückhaltung nicht verargen. Sie mußten vor allen Dingen ihre Pflichten gegen die Ladies erfüllen.

„Und der Zug kann nicht ohne Beamte gelassen werden. Wer bleibt hier?" fragte ich den Zugführer.

„Der Maschinist mit dem Heizer", lautete die Antwort. „Er kann den Oberbefehl über die tapferen Gentlemen übernehmen. Ich gehe mit Euch und werde die Truppe befehligen."

„Ganz wie Ihr wollt, Sir!" lächelte ich spöttisch. „Ihr seid gewiß schon oft gegen Indsmen im Feld gewesen?"

„Ist nicht nötig", wehrte Fanning großartig ab. „Diese Yambaricos[1] wissen ihre Gegner nur hinterlistig zu überfallen und abzuschlachten. Bei einem regelrechten Angriff aber suchen sie ihr Heil in der Flucht. Wir werden auf alle Fälle leichte Arbeit haben."

„Meine es nicht, Sir", widersprach ich. „Es sind Ogellallah, die blutdürstigsten der Sioux, und sie werden angeführt von den berühmten Häuptlingen Ka-wo-mien und Ma-ti-ru."

„Ihr wollt damit doch nicht etwa sagen, daß ich mich vor ihnen fürchten soll? Wir sind über vierzig Männer, und ich denke, die Sache ist sehr einfach. Ich habe das Licht verdecken lassen, damit die Roten nicht merken, daß ich gewarnt bin. Jetzt nehmen wir die Maske wieder ab. Ihr steigt auf die Maschine und laßt die Maschinisten bis hart an die zerstörte Stelle fahren. Dort halten wir, springen ab und fallen über die Redmen her, daß nicht einer von ihnen übrigbleibt. Wir stellen dann den Schienenstrang wieder her und haben so einen Aufenthalt von vielleicht einer Stunde einzubringen."

„Ich muß gestehen, daß Ihr Anlagen zu einem tüchtigen Reiterobersten verratet, der kein größeres Vergnügen kennt, als den Feind im Anprall niederzurennen. Doch dazu gehören andere Verhältnisse als die gegenwärtigen. Führt Ihr Euer Vorhaben wirklich aus, so werdet Ihr Eure vierzig Mann in den sicheren Tod treiben, und ich werde mich sehr hüten, an der Ausführung eines solchen Planes teilzunehmen."

„Was? Ihr wollt uns nicht helfen?" fuhr der Beamte auf. „Ist das Feigheit? Oder ärgert Ihr Euch darüber, daß Ihr nicht den Anführer spielen sollt?"

„Feigheit? *Pshaw!* Wenn Ihr wirklich von mir gehört habt, so ist es sehr unüberlegt von Euch, dieses Wort auszusprechen, denn Old Shatterhand könnte leicht Lust bekommen, mit seiner Faust auf Eurem Schädel zu beweisen, daß er seinen Namen mit Recht trägt. Und was den Ärger anbelangt, so kann es mir ja gleichgültig sein, wem der Zug und eure Skalpe nach einer Stunde gehören, euch oder den Indianern. Auf meine Kopfhaut aber hat kein Mensch ein Recht als ich allein, und ich werde sie noch einige Zeit lang zu behalten suchen. *Good evening*, Mesch'schurs!"

Ich wandte mich ab. Doch der Zugführer faßte mich beim Arm.

„*Stop*, Sir! So geht das nicht! Ich habe hier den Oberbefehl übernommen, und Ihr müßt mir gehorchen. Ich denke nicht daran, den Zug in einer solchen Entfernung vom Kampfplatz stehenzulassen, denn ich muß jeden Verlust verantworten. Es bleibt bei meinem Plan. Ihr führt uns bis zu der betreffenden Stelle, und wir verlassen die Wagen nicht eher, als bis wir dort angelangt sind. Ein guter Feldherr muß jede Möglichkeit in Berechnung ziehen, auch die, daß er die Schlacht verliert. In diesem Fall bieten uns die Wagen einen sicheren Zufluchtsort, von wo aus wir uns verteidigen können, bis wir mit dem nächsten Zug von Osten Hilfe erhalten. Ist's nicht so, ihr Männer?"

Alle stimmten Fanning bei. Es befand sich nicht ein einziger West-

[1] „Wurzelgraber", ein Komantschenstamm

mann unter ihnen, und so hatte der Plan des Beamten für sie einen Schein von Zweckmäßigkeit, durch den sie sich bestechen ließen. Er war sehr befriedigt von diesem Ergebnis und forderte mich auf:

„Also aufgestiegen, Sir!"

„Schön! Ihr befehlt, und ich gehorche!"

Ein rascher Sprung brachte mich auf den Rücken meines Mustangs, den ich während des Gesprächs bereits losgehobbelt hatte

„O nein, *my dear,* ich meine auf die Maschine!" rief der Beamte.

„Und ich auf das Pferd, Sir", lachte ich. „Unsere Meinungen gehen eben auch hier auseinander." — „Ich befehle Euch abzusteigen!"

Da drängte ich mein Tier an seine Seite und beugte mich zu ihm nieder.

„Mann, Ihr scheint noch niemals mit einem richtigen Westläufer zusammengeraten zu sein, sonst würdet Ihr in einem anderen Ton mit mir sprechen. Seid so gut und stellt Euch selbst auf die Lokomotive!"

Dabei faßte ich Fanning mit der Rechten bei der Brust und zog ihn empor. Ein kräftiger Schenkeldruck brachte meinen Mustang hart an die Maschine. Im nächsten Augenblick flog der Eisenbahn-Feldherr hinter den Wetterschirm, und ich galoppierte davon.

Es war jetzt so sternenhell geworden, daß mich die Büsche nicht am schnellen Ritt hinderten. Ich brauchte nicht viel mehr als eine Viertelstunde, um Mark zu erreichen.

„Nun?" fragte er, als ich vom Pferd stieg. „Ich denke, Ihr bringt Leute!"

Ich erzählte ihm, weshalb das nicht geschah.

„Habt's recht gemacht, Charley, sehr recht!" lobte er. „So ein *railroader* sieht unsereinen über die Achsel an, weil man sich zum Beispiel nicht täglich dreimal frisieren lassen kann. Sie führen den Plan aus, werden sich aber wundern, hihihihi!"

Während dieses halblauten Gelächters macht er die Bewegung des Skalpierens und fuhr dann fort:

„Aber Ihr habt mir noch gar nicht erzählt, was Ihr da vorn erfahren habt!"

„Ka-wo-mien und Ma-ti-ru sind die Anführer."

„Ah! Dann gibt es einen Kampf, woran sich das alte Herz erfreuen kann."

„Es ist ein Weißer bei ihnen, der ihnen verraten hat, daß der Zug Gold führt."

„Das will er haben und ihnen das andere und die Skalpe lassen?"

„Ja."

„Konnte es mir denken. Jedenfalls ein *bushheader!* Wie heißt er?"

„Weiß es nicht. Ist auch nicht von Belang, da sich diese Sorte von Menschen täglich anders nennt. — Ihr habt Umschau gehalten?"

„Ja. Die Indsmen haben sich geteilt und zu beiden Seiten der Bahn aufgestellt, ungefähr in der Mitte zwischen der zerstörten Stelle und ihren Pferden, bei denen ich wieder zwei Mann Wache fand. Aber was tun denn wir, Charley? Helfen wir den *railroaders* oder gehen wir zum Beispiel fort?"

„Es ist unsere Pflicht, ihnen zu helfen, Mark. Oder seid Ihr vielleicht anderer Meinung?"

„Bin ganz Eurer Meinung. Mit der Pflicht habt Ihr recht, und außerdem müßt Ihr an meine Ohren denken, die noch lange nicht vollständig bezahlt sind. Ich wette meine Tony gegen einen Laubfrosch, daß morgen in der Frühe einige tote Indsmen ohne Ohren an der Bahn liegen. Aber was jetzt tun, Charley?"

„Wir trennen uns auch und legen uns zu beiden Seiten des Damms zwischen die Roten und ihre Pferde."

„Well! Doch da kommt mir ein Gedanke! Was meint Ihr zu einem Stampedo[1]?"

„Hm! Wäre wohl gut, wenn wir den Feinden überlegen wären und es auf die völlige Vertreibung der Indsmen absehen könnten. Hier aber möchte ich nicht dazu raten. Die *railroaders* werden den kürzeren ziehen, und wir beide können nichts tun, als die Roten bis zum nächsten Zug hinhalten oder ihnen einen plötzlichen Schreck einjagen. daß sie fliehen. In beiden Fällen ist es gut, wenn sie fort können. Nehmen wir ihnen aber die Pferde, so behalten wir sie in der Nähe. Habt Ihr noch nichts von der guten Regel gehört, daß man dem Feind unter Umständen goldene Brücken bauen muß?"

„Habe bisher nur hölzerne, steinerne und eiserne Brücken kennengelernt. Eure Ansicht in Ehren, Charley, aber wenn ich mir zum Beispiel vorstelle, was für Gesichter die Roten schneiden werden, wenn sie aufsteigen wollen und kein Pferd mehr finden, so juckt es mich in allen Fingerspitzen. Und was die Hauptsache ist, können wir sie denn nicht gerade dadurch heillos erschrecken, daß wir ihnen die Pferde auf den Leib jagen?"

„Das ist richtig. Doch ist es besser, wir warten erst die Entwicklung der Dinge ab."

„Meinetwegen! Aber eins müßt Ihr mir auf alle Fälle zugestehen!"

„Was?"

„Daß ich die beiden Wächter beseitige. Nicht wahr?"

„Ich bin in keiner Lage ein Freund von unnützem Blutvergießen, doch sehe ich ein, daß Ihr hier recht habt — es ist traurige Notwehr. Wenn die Wachen fallen, sind die Pferde in unsere Hand gegeben. Bringen wir also zunächst unsere eigenen Tiere in Sicherheit, und dann vorwärts!"

Wir ritten eine Strecke ins Land hinein, wo ich mein Pferd so befestigte, daß es kaum drei Schritte Spielraum hatte. Mark tat mit seiner Tony das gleiche. So sicher er ihrer auch sonst war, im Fall eines Stampedo konnte der ausbrechende Pferdetrupp leicht die Richtung zu unseren Tieren nehmen und sie ohne diese Vorsichtsmaßnahme mit sich fortreißen.

Nun kehrten wir in einem Bogen, der uns hinter die Indsmen brachte, zurück. Noch immer war das Licht der Lokomotive nicht zu bemerken. Entweder hatte der Plan des Zugführers doch seine Gegner gefunden, oder man hatte sich nicht sofort entschließen können, nun ohne meine Führung weiterzufahren.

Bei den Pferden erkannten wir leicht die Gestalten der beiden Wächter, die einzeln um die Lichtung die Runde machten. Der eine von ihnen näherte sich langsam dem Strauch, hinter dem wir standen. Als er vorüberschritt, blitzte die Klinge Marks und fuhr ihm ins Herz. Kein Laut war zu hören. Der andere hatte das gleiche Schicksal, als er nachher vorüberkam. Wer die Prärie nicht kennt, ahnt nichts von der Glut der Erbitterung, mit der sich hier zwei Rassen bekämpfen.

Bei der Bewegung, die ich machte, um das Fallen des zweiten Opfers

[1] Spanisch: Durchbrennen der Pferde

32

nicht mit ansehen zu müssen, fiel mein Blick auf ein Pferd in meiner Nähe. Es trug den bequemen spanischen Sattel mit großen Steigbügelschuhen, wie er in Mittel- und Südamerika gebräuchlich ist, und war nicht auf indianische Weise aufgezäumt. Sollte es das Pferd des Weißen sein? Ich trat näher. Zu beiden Seiten waren am Sattelrand tiefe schmale Taschen angebracht, die ich untersuchte. Sie enthielten einige Papiere und zwei Beutel, deren Inhalt ich jetzt nicht prüfen konnte. Ich steckte alles zu mir.

„Was nun?" fragte jetzt Mark, die beiden Tomahawks der zwei Getöteten in der Hand, wovon er mir einen entgegenhielt. „Nehmt ihn an Euch! Er kann uns gute Dienste leisten."

Ich folgte seiner Aufforderung und beantwortete dann erst seine Frage.

„Wir trennen uns: ich rechts und Ihr links. Aber halt, schaut vorwärts!"

„Der Zug, wahrhaftig, es ist der Zug, der jetzt zum Beispiel herangedampft kommt! Bleiben wir noch, Charley, um zu sehen, wie der Stecken schwimmen wird[1]!"

Der Plan des Zugführers war also doch aufrechterhalten worden. Das scharfe Licht am Rauchfang der Maschine kam näher, aber langsam, sehr langsam, denn es galt, die Stelle zu erkennen, wo die Schienen aufgerissen waren. Bald hörten wir das Rollen der Räder. Es wurde immer lauter, und endlich, ja, da hielt der Zug hart an der Gleisunterbrechung.

Welcher Grimm mußte jetzt die Roten überkommen, wenn sie sahen, daß die erste Voraussetzung für ihren Sieg vereitelt war! Vielleicht errieten sie, daß die *railroaders* gewarnt waren. Für die Weißen war es jetzt geraten, sich in ihren Wagen ruhig zu verhalten. Ich hoffte beinahe, daß sie es tun würden, sah mich aber enttäuscht, denn die Türen gingen auf, die Männer sprangen heraus und schritten zum Angriff. Sie sollten die Unklugheit dieses Verfahrens augenblicklich erkennen. Im Vordringen kamen sie in den Bereich des starken Maschinenlichts und boten den Indsmen so genaue Zielpunkte, daß sich die Roten nichts Besseres wünschen konnten. Eine Salve krachte, noch eine, und dann erhob sich ein Geheul, wie es gräßlicher und markerschütternder nicht gedacht werden konnte.

Mit den abgeschossenen Gewehren in der Hand stürzten die Indianer herbei, fanden aber nur die Toten und Verwundeten, da sich die übrigen Weißen augenblicklich zurückgewandt hatten, um das Innere der Wagen zu gewinnen. Einige der Indsmen bückten sich nieder, um den Gefallenen die Skalpe zu nehmen, mußten aber davon ablassen, da man aus dem vordersten Wagen auf sie schoß.

Nun wäre es das klügste gewesen, der Maschine Rückdampf zu geben. Das geschah aber nicht. Vielleicht hatte sich der Maschinist mit dem Heizer ebenso wie die anderen in einen Wagen geflüchtet.

„Jetzt wird zum Beispiel eine regelrechte Belagerung beginnen", meinte Mark.

„Glaube es nicht. Die Roten wissen, daß sie nur Zeit bis zum nächsten Zug haben, und werden einen Sturm versuchen, obgleich sie das nie gern tun."

„Und wir? Es ist hier sehr schwierig, einen guten Entschluß zu fassen."

[1] Trapperausdruck: wie es gehen wird

„Der Entschluß ist nur etwas wert, wenn er schnell kommt und ebenso rasch ausgeführt wird. Das beste Angriffsmittel ist das Feuer. Wir müssen zu den Pferden. Jeder reitet einen weiten Halbkreis und steigt alle fünfzig bis sechzig Pferdelängen ab, um die Prärie anzubrennen. Vorher aber lassen wir den Stampedo los, um die Feinde am schnellen Angriff zu hindern und ihnen die Mittel zur Flucht zu entziehen. Unter den jetzigen Verhältnissen gibt es nichts Besseres."

„*Behold*, das ist ein schlimmer Plan für sie", meinte Mark. „Aber wir werden die Wagen mitverbrennen!"

„Bewahre! Zwar weiß ich nicht, ob sie feuergefährliche Gegenstände, wie Öl und Teer, geladen haben, aber das Holz der Wagen ist stark genug, einem Grasfeuer zu widerstehen, und dann müßt Ihr an das einzige Mittel denken, das den Indianern bleibt, sich vor dem Geschmortwerden zu retten: sie müssen Gegenfeuer anzünden und werden das in unmittelbarer Nähe der Wagen tun. Darauf könnt Ihr Euch verlassen. Ich zum Beispiel würde an ihrer Stelle auf jeden Fall das Gleis unter den Wagen zu gewinnen suchen."

„Schön. Euer Vorschlag soll gelten. Aber habt Ihr auch an die Zeit gedacht, die wir brauchen, um mit unseren langsamen Punks Feuer zu bekommen? Und Fackeln dürfen wir nicht machen, weil sie uns verraten würden."

„Ein guter Präriemann muß auf alle Fälle vorbereitet sein. Ich habe mir für ähnliche Gelegenheiten eine hinreichende Anzahl Zündhölzer aufbewahrt. Hier nehmt!"

„Bravo, Charley! Nun aber den Stampedo und dann zu unseren Pferden!"

„Halt, Mark, da merke ich soeben, daß ich ganz unverzeihlich dumm gewesen bin! Wir brauchen ja unsere Tiere gar nicht; hier gibt es mehr als genug. Ich nehme gleich diesen Braunen da!"

„Und ich den Fuchs daneben. Vorwärts, die Lassos durchgeschnitten!"

Das taten wir, indem wir eilig von einem Pferd zum anderen schlüpften. Dann brannten wir das Gestrüpp hinter den Tieren an und stiegen auf. Die Flammen leckten erst nur einige Zentimeter hoch auf und konnten von den Indsmen noch nicht gesehen werden. Wir durften jetzt ans Werk gehen, ohne von ihrem Schein verraten zu werden.

„Wo treffen wir uns wieder?" fragte Mark.

„Droben an der Bahn stoßen wir wieder zusammen, aber nicht vor der Flamme, sondern zwischen den Feuern. Verstanden?"

„Gewiß. Also *go on*, alter Fuchs!"

Das Lösen der Fesseln hatte die Pferde bereits aufgeregt. Jetzt rochen sie den nahen Brand. Mehrere bäumten schon auf. Der Ausbruch war jeden Augenblick zu erwarten. Ich ritt rechts in die Prärie hinein, schlug im Galopp einen Bogen mit einem Halbmesser von beinahe einer englischen Meile, sprang fünfmal ab, um das Gras anzuzünden, und befand mich schon wieder in der Nähe des Damms, als mir einfiel, daß wir uns einer argen Gedankenlosigkeit schuldig gemacht hatten. Wir waren der Eingebung des Augenblicks gefolgt, ohne an unsere eigenen Tiere zu denken.

Sofort riß ich mein Pferd herum und sprengte in gerader Linie dem Ort zu, wo wir sie zurückgelassen hatten. Der Feuerkreis um uns beleuchtete jetzt jeden Gegenstand. Weit draußen in der Savanne war der Hufdonner der durchgehenden Pferde zu hören. In der Nähe erscholl ein Wut- und Schreckensgeheul, wie es nur von indianischen Kehlen hervorgebracht werden kann, und dicht neben den Wagen des Zuges, unter die sich die Indsmen geflüchtet hatten, loderten mehrere kleine Flammen auf. Ich hatte mich also nicht geirrt in der Voraussetzung, daß die Roten versuchen würden, sich durch Gegenfeuer zu retten. Links drüben hielt mein Mustang mit der langbeinigen Tony, und dort — wahrhaftig, dort kam Mark herbeigejagt, daß der Leib seines Pferdes beinahe den Boden berührte. Auch er hatte sich offenbar im letzten Augenblick auf unsere Unterlassungssünde besonnen.

Aber unsere Tiere waren bereits auch von Indianern bemerkt worden. Eine Anzahl von ihnen lief darauf zu, und die zwei schnellsten befanden sich nur noch wenige Schritte davon entfernt. Ich zog die Riemen der Gewehre fester an, richtete mich im Sattel auf und griff zum Tomahawk. In mächtigen Sätzen schnellte mein Pferd vorwärts, und ich gelangte mit den zweien zugleich ans Ziel. Es waren die beiden Häuptlinge.

„Zurück, Ma-ti-ru! Die Pferde sind mein!" Er drehte den Kopf zu mir herum und erkannte mich. „Old Shatterhand! Stirb, du Kröte!"

Ma-ti-ru riß das Messer hervor. Ein Sprung brachte ihn an die Seite meines Pferdes. Er holte zum Stoß aus, wurde aber von meinem Schlachtbeil so getroffen, daß er niederstürzte. Ka-wo-mien war inzwischen auf den Rücken meines Mustangs gesprungen, hatte aber nicht beachtet, daß das Pferd gefesselt war.

„Ko-wo-mien, du hast vorhin mit dem weißen Verräter von mir gesprochen; jetzt werde ich mit dir reden!"

Der Ogellallah sah, daß er auf dem gefesselten Pferd verloren war, und glitt wieder herab, um hinter den Büschen zu verschwinden. Ich schwang den Tomahawk zum Wurf um den Kopf, und die schwere Waffe traf den Roten so auf den mit Adlerfedern geschmückten Schädel, daß auch er zusammenbrach. Jetzt saß ich ab, griff zum Henrystutzen und wandte mich zu den anderen zurück. Drei Schüsse warfen ebenso viele Feinde nieder, dann war mir das Feuer bereits so nahe gekommen, daß keine Zeit zum weiteren Kampf übrigblieb. Ich durchschnitt die Fesseln meines Mustangs und sprang auf. Der Braune war schon auf und davon.

„Halloo, Charley, dort in die Lücke hinein!" rief Mark.

Er erreichte eben jetzt den Platz, sprang von dem Fuchs, der unverweilt weiterjagte, auf seine Stute hinüber, bückte sich von ihrem Rücken nieder, um den Riemen zu trennen, und jagte dann neben mir einer Stelle zu, wo sich die Flammen noch nicht vereinigt hatten.

Wir kamen glücklich hindurch, schwenkten links hinter die Flammen ein und hielten an. Wir befanden uns gerade da, wo ich mein drittes Feuer angefacht hatte. Der Boden sah vom Brand schwarz aus und hatte sich bereits wieder abgekühlt. Vor und hinter uns bezeichnete ein dunkler, schon ausgebrannter Streifen meinen Weg von vorhin. An beiden Seiten aber wogte das Feuermeer und verbreitete eine Glut, die allen Sauerstoff der Luft verzehrte, so daß uns das Atmen beinahe zur Unmöglichkeit wurde.

Dieser beklemmende Zustand besserte sich jedoch sehr bald. Die Luft wurde frischer, je weiter das Feuer von uns wich, und nach kaum einer Viertelstunde glühte nur noch der Himmelsrand in purpurnen Tönen. Um uns her aber lag die Prärie so schwarz, daß man kaum drei Schritte weit zu sehen vermochte, denn die Sterne waren durch Rauch verhüllt.

„*Bless me*, war das eine Höllenglut!" meinte Mark. „Soll mich wundern, wenn der Zug keinen Schaden gelitten hat."

„Das glaube ich nicht. Die Wagen sind ja für solche Fälle eingerichtet, da es öfters vorkommt, daß ein Zug einen Wald- oder Savannenbrand durchfahren muß."

„Was jetzt tun, Charley? Man hat uns bemerkt und wird nun auf der Hut sein."

„Man sieht uns auch jetzt noch, da wir zwischen den Indsmen und dem lichten Himmel stehen. Wir müssen in ihnen den Glauben erwecken, daß wir fortgehen. Vielleicht halten sie uns für Mitglieder eines Jägertrupps und nehmen an, daß wir eilen werden, die Unseren zum Entsatz der Überfallenen herbeizuholen. Wir reiten im Galopp nach Norden, wenden uns dann gegen Osten und kehren in einem Bogen zurück."

„Das ist zum Beispiel ganz meine Meinung, und ich glaube, daß die Sache ein Ende nimmt, das einigen Roten die Ohren kosten wird. Euer Tomahawk hat zum Beispiel vorhin auch wacker gearbeitet."

„Und doch sind die Getroffenen nicht tot!" erwiderte ich ruhig.

„Nicht tot? Inwiefern denn zum Beispiel?"

„Ich habe sie mit dem Tomahawk nur betäubt."

„Nur betäubt? Seid Ihr bei Trost? Einen Indsman nur betäuben, wo er einem so hiebgerecht unter das Beil kommt! Ihr habt es ja wieder von neuem mit ihnen zu tun."

„Und doch gibt es Gründe für mein Verhalten, wovon Ihr wohl einen wenigstens begreifen werdet."

„Nein, keinen einzigen, Charley. Ich vermute, daß es die beiden Häuptlinge waren, und gerade bei denen darf keine Schonung gelten."

„Ich war einst ihr Gefangener. Sie konnten mich töten, aber sie taten es nicht. Ich mußte ihre Schonung mit Undank lohnen, als ich von ihnen floh, und gab deshalb vorhin dem Tomahawk nur die halbe Kraft."

„Nehmt es mir nicht übel, Charley, aber das war zum Beispiel eine ganz schauderhafte Dummheit von Euch. Ja, wenn Euch die Kerle Dank wüßten! Aber sie werden höchstens sagen, Old Shatterhand hätte nicht einmal Mark genug im Arm, den Schädel eines Roten richtig zu behandeln. Ich hoffe jedoch, daß das Feuer Euren Fehler ausgeglichen hat."

Während dieses Wechselgesprächs jagten wir nebeneinander über die Prärie hin. Die alte Stute Marks warf ihre langen Beine so wacker durcheinander, daß sie mit meinem Mustang gleichen Schritt hielt, und es waren wirklich nur Minuten vergangen, als wir wieder bei der Bahn anlangten, und zwar an einem Punkt, der vielleicht eine Meile östlich von der Stelle lag, wo der Zug hielt. Hier hobbelten wir unsere Pferde an und schlichen den Schienen entlang dem Ort des Überfalls zu.

Die Luft war von einem starken Brandgeruch erfüllt, und feine Asche bedeckte die weite Ebene. Der leise Wind hob die Asche empor und führte sie den Atmungswerkzeugen zu, und so war es schwierig, den Hustenreiz zu besiegen, der an uns zum Verräter werden konnte. Wir sahen deutlich das Einauge der Maschine. Weder auf der einen noch auf der anderen Seite des Bahndamms war einer der Roten zu bemerken. Wir krochen näher. Ich blickte schärfer hin, und wirklich, was ich vermutet hatte, war geschehen: sie lagen noch immer dort, wohin sie sich vor dem Feuer zurückgezogen hatten, unter den Eisenbahnwagen. Vermutlich getrauten sie sich nicht vor, weil sie sich dann den Kugeln der Weißen ausgesetzt hätten.

Da kam mir ein Gedanke. Seine Ausführung war schwierig, mußte aber eine durchschlagende Wirkung haben.

„Mark, geht zurück zu den Pferden, daß sie uns nicht von den Indsmen genommen werden!" forderte ich den Kameraden auf.

„*Pshaw!*" meinte er. „Die sind froh, daß sie sicheren Unterschlupf haben!"

„Ich werde sie daraus vertreiben."

„Mit dem Henrystutzen?"

„Nein."

Ich erklärte ihm meinen Plan, und er nickte vergnügt.

„*Well*, Charley, das ist der richtige Gedanke, zumal Ihr mir versichert, Ihr wärt mit dem Krimskrams dieser Lokomotive vertraut. Macht Euch nur schnell hinauf, daß sie Euch nicht während des Sprunges erwischen! Ich werde zum Beispiel im richtigen Augenblick mit den Pferden bei der Hand sein. — Hihihihi, dann fahren wir unter sie wie der Büffel unter die Kojoten!"

Sans-ear bewegte sich rückwärts. Ich aber kroch hart am Boden weiter vor, das Messer zwischen den Zähnen, um im Fall einer Überraschung sofort zur Gegenwehr bereit zu sein. So kam ich unbemerkt an der Stelle unten am Bahndamm an, wo oben die Lokomotive stand. Die großen Treibräder und mein niedriger Haltepunkt verhinderten mich, zu sehen, ob auch unter der Maschine Indianer lagen. Ich schob mich an der Böschung hoch und schnellte mich mit zwei raschen Sprüngen auf das ‚Feuerroß'.

Ein lauter Ruf erscholl unter mir. Ich legte die Hände an die Hebel, und im nächsten Augenblick setzte sich der Zug rückwärts in Bewegung. Ein vielstimmiger Schrei des Schmerzes und der Überraschung erscholl. Als ich ungefähr dreißig Meter gefahren war, gab ich Gegendampf.

„Hund!" rief es da neben mir, und eine Gestalt mit dem Messer in der Hand versuchte, sich zu mir heraufzuschwingen.

Es war der Weiße. Ein kräftiger Fußtritt vor seine Brust warf ihn wieder hinab.

„Hier, Charley!" hörte ich jetzt rufen. „Schnell, schnell!"

Zur Linken von mir war Sans-ear auf seiner Tony aufgetaucht, mein Pferd mit der einen Hand am Zügel haltend, während er mit der anderen zwei Rote von sich abwehrte, und vor mir liefen die Indsmen, die von den Rädern nicht verletzt worden waren, in der Richtung, wo ihre Pferde gestanden hatten. Sie konnten freilich nicht hoffen, daß sich die Tiere trotz des Feuers am Platz gehalten hatten.

Ich stoppte, sprang von der Maschine und eilte auf die Gruppe zu. Die beiden Indianer, mit denen es mein Gefährte zu tun hatte, waren durch den Zuruf Marks auf mich aufmerksam geworden; sie flohen. Ich schwang mich auf meinen Mustang, und bald befanden wir uns im dicksten Haufen der Flüchtenden. Das war kein so gefährliches Unternehmen, wie es vielleicht scheinen könnte. Die Indsmen waren von einem heillosen Schrecken ergriffen, und als sie gar merkten, daß ihre Pferde verloren waren, stoben sie vor uns auseinander wie ein furchtsames Rudel Wild, in das die Meute des Jägers gebrochen ist.

Da hörte ich einen lauten Ruf aus Marks Mund.

„*Damn it!* Das ist Fred Morgan! *Halloo*, du Satan, nieder mit dir!"

Ich blickte hinüber und sah gegen den Schein des lohenden Brandes am Saum des Blickfeldes, daß Sans-ear zu einem gewaltigen Hieb ausholte, der aber nicht traf, denn der Gegner duckte sich augenblicklich und verschwand dann im Schwarm der Fliehenden.

Mark spornte seine Stute zu einem mächtigen Satz an, der ihn in ihre Mitte brachte. Weiter konnte ich das Zwischenspiel nicht verfolgen, da sich mir einige Rothäute entgegenstellten, die mir wacker zu tun gaben, bevor sie sich wieder abwandten.

Ich folgte ihnen nicht. Es war Blut genug geflossen, und ich konnte sicher sein, daß es den Indianern nach dieser Lehre nicht in den Sinn kommen würde, wieder umzukehren. Um Mark ein Zeichen zu geben, von der Verfolgung abzulassen, die ihm nichts als Gefahr bringen konnte, ahmte ich so laut wie möglich das Geheul des Kojoten nach und ritt dann zum Zug zurück.

Die Begleitmannschaft war ausgestiegen und suchte, während der Maschinist den Dampf ausströmen ließ, nach den Toten und Verwundeten. Der Zugführer stand fluchend dabei. Als er mich erblickte, fuhr er wütend auf mich zu.

„Was fällt Euch ein, Euch an der Maschine zu vergreifen und uns die Roten zu vertreiben, die wir so fest hatten, daß wir sie bis auf den letzten Mann vertilgen konnten?"

„Sachte, sachte Mann!" wehrte ich ab. „Seid froh, daß sie fort sind, denn es hätte leicht so kommen können, daß sie euch hatten, statt ihr sie. Gut genug hattet ihr es bereits eingefädelt!"

„Wer hat die Prärie angezündet?" fragte der Beamte kurz.

„Ich."

„Seid Ihr verrückt? Und an mir habt Ihr Euch vergriffen! Wißt Ihr, daß ich Euch festnehmen und dem *Court of justice*[1] überliefern kann?"

„Nein, das weiß ich nicht, aber ich gebe Euch recht gern die Erlaubnis dazu, Old Shatterhand vom Pferd herunterzuholen, in einen Wagen zu sperren und dann dem Gericht zu übergeben. Wäre neugierig, zu erfahren, wie Ihr das anfangt."

Fanning schien einigermaßen in Verlegenheit zu geraten.

„So ist's nicht gemeint, Sir! Ihr habt allerdings einen dummen Streich begangen, aber den will ich Euch vergeben."

„Danke, Mr. Fanning! Es berührt das Herz ungemein wohltuend, wenn die Mächtigen der Erde eine schöne Neigung zu Gnade und Barmherzigkeit verspüren. — Was werdet Ihr denn jetzt tun?"

„Was kann ich sonst tun, als die Schienen herstellen lassen und die Fahrt dann fortsetzen! Oder werden wir einen zweiten Angriff zu gewärtigen haben?"

„Denke es nicht, Sir. Euer Feldzugplan war so ausgezeichnet ersonnen und ausgeführt, daß den Roten sicher die Lust vergehen wird wiederzukommen."

„Ihr wollt mich doch nicht etwa verspotten, Sir? Das möchte ich mir streng verbitten. Ich konnte doch nicht dafür, daß ihrer so viele waren, und daß sie sich auf unseren Angriff derart vorbereitet hatten!"

„Ich hatte es Euch vorher gesagt. Die Ogellallah wissen ihre Waffen vortrefflich zu gebrauchen. Seht hin! Von Euren sechzehn Bahnarbeitern und zwanzig Milizsoldaten sind nicht weniger als neun gefallen. Ich habe das nicht zu verantworten. Und wenn Ihr bedenkt, daß mein Kamerad und ich nur zu zweien die ganze Rotte in die Flucht getrieben

[1] Gerichtshof

38

haben, so könnt Ihr ungefähr vermuten, wie es gegangen wäre, wenn Ihr mir statt Euch gefolgt wärt."

Fanning schien große Lust zu haben, mir zu widersprechen. Es waren aber andere hinzugetreten, die mir recht gaben, und so meinte er ziemlich kleinlaut:

„Bleibt Ihr noch hier, bis wir fort sind?"

„Versteht sich. Ein rechter Westmann tut niemals halbe Arbeit. Macht Euch ans Werk! Zündet einige Feuer an, die Euch dazu leuchten, Buschwerk ist ja genug hier — und stellt ein paar Wachen aus für den unwahrscheinlichen Fall, daß die Redmen sich noch einmal zurückwenden sollten!"

„Wollt Ihr das nicht übernehmen, Sir?" — „Was?"

„Die Wache."

„Denke nicht. Habe genug für Euch getan und noch weitere Anstrengungen zu erwarten, während Ihr dahin geht, wo Ihr Euch pflegen könnt. Eure Feldherrnkunst wird Euch schon sagen, wie Ihr den Postendienst am besten einrichten müßt."

„Aber wir haben keine so scharfen und geübten Augen und Ohren wie Ihr!"

„Strengt sie an, Sir, strengt sie an! Dann seht und hört Ihr ebenso scharf wie ich! Den Beweis dafür will ich Euch sogleich liefern. Seid still, Ihr Leute, und horcht da links hinaus! Hört Ihr etwas?"

„Ja", hieß es. „Da kommt ein Reiter. Das ist sicher ein Roter!"

„Pshaw! Glaubt Ihr wirklich, daß ein Indsman so laut herbeigeritten kommt, um Euch zu überfallen? Es ist mein Gefährte, und ich rate Euch sehr, ihn höflich zu empfangen. Sans-ear versteht keinen Spaß!"

Allerdings war es Mark, der herbeigeritten kam und mit einer Miene von seiner Tony stieg, als wollte er die ganze Welt erwürgen.

„Habt Ihr mein Zeichen gehört?" fragte ich ihn.

Er nickte bloß und wandte sich an den Zugführer.

„Seid Ihr der Mann, der so schöne Feldzugpläne aussinnen kann?"

„Ja", bestätigte Fanning so harmlos, daß ich Mühe hatte, das Lachen zu unterdrücken.

„Well, Sir, dann spreche ich Euch meine Anerkennung aus, denn hier meine alte Stute, die Tony, hat mehr Grütze im Kopf, als Ihr jemals gesehen habt. Aus Euch kann noch etwas werden. Nehmt Euch nur in acht, daß sie Euch nicht einmal gar zum Präsidenten wählen! Bleib, Tony, ich komme gleich wieder!"

Der brave Bahnbeamte stand verblüfft da und wußte sichtlich nicht, was er sagen sollte. Aber selbst wenn er Worte gefunden hätte, wäre es unmöglich gewesen, sie an den Mann zu bringen, denn Sans-ear war im Dunkel der Nacht verschwunden. Ich sann darüber nach, was meinen guten Mark in so überaus schlechte Laune versetzt haben mochte, und konnte nichts anderes denken, als daß der Grund bei jenem Fred Morgan liegen müsse. Jedenfalls war das kein anderer als der weiße busheader, den ich von der Lokomotive gestoßen hatte. Wohin Mark jetzt gegangen war, konnte ich mir wohl denken. Ich hätte baldigst das gleiche getan, hatte aber bisher noch keine Zeit gehabt. Nach einigen Minuten kehrte Mark zurück. Inzwischen hatte ich mich niedergesetzt und sah den Vorbereitungen zu, die man beim Schein der aufflammenden Feuer zur Wiederherstellung des Bahngleises traf. Mark nahm neben mir Platz. Seine Miene war nicht freundlicher, sondern womöglich noch grimmiger geworden.

„Nun?" fragte ich ihn. — „Was nun?" herrschte er mich an.

„Sind sie tot?"

„Tot? Lächerlich! Wie können Indianerhäuptlinge tot sein, wenn Ihr ihnen auf dem Kopf krabbelt wie einer Fliege, die gejuckt sein will! Wißt Ihr, was ich vorhin dem Zugführer sagte?"

„Was?"

„Daß die Tony mehr Grütze im Kopf hat als er."

„Und weiter?"

„Denkt es Euch selbst! Die Tony hätte Ka-wo-mien und Ma-ti-ru zum Beispiel ganz totgeschlagen, nicht nur halb. — Nun sind sie fort!"

„Ist mir lieb!"

„Lieb? Hört, ich finde es gar jammervoll, zwei solche Burschen laufen zu lassen, wenn man ihre Skalpe bereits in den Händen hat!"

„Ich habe Euch meine Gründe genannt, Mark, laßt also das Schimpfen! Sagt lieber, was Euch die Laune so verdorben hat!"

„Well, ist auch danach. Wißt Ihr, wen ich getroffen habe?"

„Fred Morgan."

„Egad! Wer hat Euch das gesagt?"

„Ihr habt den Namen ja laut genug gerufen, als Ihr den Mann erkanntet."

„So! Weiß nichts davon. Ratet, wer der Kerl ist!"

Bei dieser Frage und dem aufgebrachten Benehmen des alten Jägers kam mir der Gedanke.

„Doch nicht etwa gar der Mörder Eures Weibes und Kindes?"

„Ja — gerade der!" Ich fuhr hoch.

„Das ist stark! Und Ihr habt ihn nicht erwischt?"

„Entkommen ist mir der Halunke. Fort ist der Schuft, weg über alle Berge! Oh, ich könnte mir die Ohren herausreißen vor Grimm, wenn ich noch welche hätte!"

„Ich sah doch, wie Ihr ihm zu Pferde nachschnelltet, mitten unter die Indianer hinein!"

„Hat nichts geholfen. Habe ihn nicht wiedergesehen. Vielleicht hat er sich zur Erde geworfen, so daß ich an ihm vorübergeritten bin. Aber mein wird er! Finden muß ich ihn! Die Pferde sind fort, und so können wir uns an die Fußspuren halten."

„Wird eine schwierige Aufgabe sein. Zwar sind die Spuren eines Weißen recht gut von denen eines Roten zu unterscheiden, aber wird es auch immer ein Gelände geben, wo überhaupt eine Fährte zu erkennen ist?"

„Ihr habt recht, Charley. Doch was soll ich sonst tun?"

Ich griff in die Tasche und zog die zwei Beutel und die Papiere hervor, die ich bei dem Pferd des Weißen gefunden hatte.

„Vielleicht finden wir hier einen Anhalt", meinte ich.

Damit öffnete ich die Beutel. Ganz in unserer Nähe brannte eines der Feuer. Sein Schein fiel auf den Inhalt, und sogleich stieß ich einen Ruf der Überraschung aus.

„Steine, echte Steine, Diamanten! Mark, ich halte einen Reichtum in den Händen!"

Wo hatte dieser bushheader die Steine her, und wie kamen sie mit ihm in die wilde Savanne? Auf rechtmäßige Weise konnte er sie schwerlich erworben haben, das war sicher, und ich hatte die Verpflichtung, den wahren Eigentümer ausfindig zu machen.

„Diamanten? 's death!" rief mein Gefährte. „Sie waren in den Beuteln, die Ihr drüben aus den Satteltaschen des spanisch aufgeschirrten Gauls genommen habt? Zeigt her! Ich habe in meinem ganzen Leben zum Beispiel noch niemals das Glück gehabt, so ein teures Stückchen Erdreich zwischen meinen Fingern zu halten."

Ich gab sie ihm hin.

„Es sind Brasilianer", sagte ich. „Hier, schaut sie an!"

„Hm, was für sonderbare Geschöpfe doch die Menschen sind! Es ist ja nur Stein, nicht einmal ein rechtes, gutes Metall, nicht wahr, Charley?"

„Kohlenstoff, Mark, nichts als Kohlenstoff!"

„Kohlenstoff oder Koks meinetwegen! Ich gebe für den ganzen Kram hier mein altes Schießeisen nicht hin. Was werdet Ihr mit den Schlacken tun?"

„Sie dem rechtmäßigen Eigentümer aushändigen."

„Und wer ist das?"

„Weiß es nicht, werde es aber wohl erfahren, denn ein so empfindlicher Verlust wird nicht still ertragen, sondern in allen Zeitungen ausgeschrieben."

„Hihihihi! So müssen wir gleich morgen ein Blatt bestellen. Nicht, Charley?"

„Ist vielleicht nicht nötig. Womöglich finden wir in diesen Papieren irgendeinen Aufschluß."

„Da seht doch zum Beispiel gleich nach!"

Ich tat es und fand zwei sehr gute Karten der Vereinigten Staaten und einen Brief, dem der Umschlag fehlte. Er lautete:

„Galveston, den ...

Lieber Vater!

Ich brauche Dich. Komm so schnell wie möglich, ganz gleich, ob Dir Dein Streich mit den Juwelen gelungen ist oder nicht! Reich werden wir auf alle Fälle. Mitte März triffst Du mich in der Sierra Blanca, und zwar da, wo der Rio Peñasco in den Rio Pecos mündet. Das Weitere mündlich.

Dein Patrick."

Die Zeitangabe war bei Galveston abgerissen. Man konnte also nicht bestimmen, wann der Brief geschrieben worden war. Auf alle Fälle war er sehr aufschlußreich für mich. Er nannte die Sierra Blanca als Morgans Ziel, während Morgan den Indianerhäuptlingen weisgemacht hatte, er wolle sich mit seinem Sohn in Mexiko treffen.

Ich las Mark das Schreiben vor.

„Behold!" meinte er, als ich fertig war. „Das stimmt, denn Fred Morgans Bube heißt zum Beispiel gar nicht anders als Patrick, und gerade diese beiden fehlen mir noch zu meinen zehn, die ich haben muß. Aber sagt, welcher Nebenfluß des Rio Pecos wurde da erwähnt?"

„Der Rio Peñasco."

„Kennt Ihr den?"

„Ein wenig."

„Dann seid Ihr der Mann, den ich brauche. Wir wollten nach Texas und Mexiko und können uns nebenbei einige Schritt weiter rechts halten. Übrigens wollte ich nur dorthin, weil ich zum Beispiel dachte, meine Leute da zu finden. Da sie uns aber so schön sagen, wo sie anderweit zu treffen sind, wäre ich ja ein Narr, wenn ich sie nicht den alten Sans-ear mit seiner Tony sehen ließe. Geht Ihr mit, wenn wir morgen früh keine Spur von diesem Fred Morgan finden?"

„Gewiß. Auch ich muß ihn haben, denn bei ihm werde ich am sichersten erfahren, wem die Steine gehören."

„Dann steckt diese Sachen wieder ein! War doch ein guter Einfall, sie an Euch zu nehmen. — Und nun laßt uns sehen, was die *railroaders* machen!"

Der Zugführer hatte meinem Rat gemäß Wachen ausgestellt. Die Begleitmannschaft war nebst den Bahnarbeitern beschäftigt, den zerstörten Schienenweg wieder in Ordnung zu bringen, und die Fahrgäste standen teils dabei, um zuzuschauen, teils beschäftigten sie sich mit den Leichen der Gefallenen oder betrachteten uns beide, deren Unterhaltung sie nicht zu stören gewagt hatten. Jetzt, da wir uns erhoben, traten einige zu uns heran, um uns ihren Dank für unser Eingreifen abzustatten. Sie waren verständiger als der Zugführer und fragten uns, ob sie uns ihre Erkenntlichkeit in Form eines Geschenkes beweisen könnten. Ich bat, mir Pulver, Blei, Tabak, Brot und Zündhölzer kaufen zu dürfen, wenn etwas von diesen Dingen vorhanden sein sollte, und sofort griff jeder in seinen Vorrat, so daß wir mehr als reichlich mit dem Gewünschten versehen wurden. Eine Bezahlung, die rundweg abgeschlagen wurde, konnte ich den Leuten nicht aufdrängen.

So verging die kurze Zeit, die zur Ausbesserung vonnöten war. Die Werkzeuge wurden wieder verwahrt, und der Zugführer trat zu uns und fragte:

„Wollt Ihr mit einsteigen, Mesch'schurs? Ich nehme Euch gern eine Strecke mit, so weit es Euch gefällt."

„Danke, Sir! Wir bleiben hier", wehrte ich ab.

„Ganz wie Ihr wollt. Ich muß über das heutige Ereignis einen Bericht abstatten und werde nicht verfehlen, Euch ehrenvoll zu erwähnen. Eine Belohnung wird dann jedenfalls nicht ausbleiben."

„Sehr freundlich, wird uns aber nichts nützen, da wir nicht im Land bleiben."

„Dann noch eine Frage: Wem gehören die Waffen, die hier erbeutet wurden?"

„Nach dem Gesetz der Savanne gehört alles Eigentum des Besiegten dem Sieger."

„Wir haben gesiegt, folglich können wir den Indsmen abnehmen, was sie bei sich tragen. Greift zu, Ihr Leute! Wir müssen doch jeder ein Andenken an den heutigen Kampf aufzuweisen haben!"

Da trat Mark nahe zu ihm heran.

„Wollt Ihr uns wohl den Indianer zeigen, den Ihr besiegt oder getötet habt, Sir?"

Fanning sah den Sprecher einigermaßen verblüfft an.

„Wie meint Ihr das?"

„Wenn Ihr einen getötet habt, so könnt Ihr seine Habseligkeiten an Euch nehmen, sonst aber nicht."

„Mark, laß ihnen das Vergnügen", wandte ich mich an den Gefährten, „wir brauchen ja nichts von alledem!"

„Wenn Ihr meint, so mag es sein; aber die Skalpe rührt Ihr uns nicht an!"

„Und den ermordeten Bahnwärter, der da drüben liegt, nehmt Ihr mit!" fügte ich hinzu. „Das ist Eure Schuldigkeit!" Dieser Wunsch mußte mir erfüllt werden. Die toten Indianer wurden ihrer Waffen und sonstigen Habseligkeiten beraubt. Dann lud man die toten Weißen in einen Wagen — ein kurzer Abschied, und der Zug dampfte davon. Einige Zeit lang vernahmen wir noch das immer schwächer werdende Rollen, dann waren wir wieder allein in der weiten, stillen Savanne.

„Was jetzt, Charley?" fragte Mark.

„Schlafen."

„Denkt Ihr nicht, daß die Indsmen zurückkehren, nun, da die tapferen Leute fort sind?"

„Wenn auch nicht gleich, so werden sie doch später zumindest ihre Toten bestatten."

„Sollte mich außerdem zum Beispiel wundern, wenn Fred Morgan nicht wiederkäme, um wenigstens den Versuch zu machen, sein Pferd und mit ihm die Steine wiederzufinden!"

„Möglich, aber nicht wahrscheinlich. Wer will ein Pferd, das vor dem Feuer flieht, wiederfinden? Und dazu weiß er ja, daß außer den *railroaders* noch andere Leute hier sind, vor denen er sich nicht sehen lassen darf, wenn er nicht höchste Gefahr laufen will."

„Morgan hat mich ebensogut erkannt wie ich ihn, und es sollte mich im Gegenteil wundern, wenn er nicht Lust hätte, mir eine Kugel oder einen Messerstich zu geben!"

„Das müssen wir abwarten. Heute aber sind wir jedenfalls sicher. Trotzdem können wir uns von der Bahn eine weite Strecke zurückziehen, so daß wir gewiß sind, nicht gestört zu werden."

„*Well*, also vorwärts!"

Jorrocks saß auf. Ich bestieg meinen Mustang, und wir ritten vielleicht eine englische Meile weit nach Norden. Hier machten wir halt. Ich hobbelte meinen Mustang an, Mark ließ seine Tony grasen, und dann wickelten wir uns in unsere Decken.

Ich war wirklich müde geworden und schlief bald ein. Später war es mir einmal wie im Traum, als hörte ich den Zug von Osten nach Westen vorüberrollen; doch wurde ich nicht recht munter und schlief wieder ein.

Als ich erwachte und mich aus der Decke wickelte, war es noch früh am Tag. Dennoch saß Mark bereits vor mir und rauchte behaglich eine der Zigarren, die wir gestern abend erhalten hatten.

„*Good morning*, Charley! Es ist wirklich ein Unterschied zwischen diesem Kraut und Euren Patent-Smokers, deren Herstellung Ihr dort unterm Sattel betreibt. Nehmt Euch auch eine, und dann wollen wir ans Werk gehen! Aufs Frühstück müssen wir verzichten, bis wir Wasser finden."

„Wenn wir es nur bald treffen. Das wäre wünschenswert um unserer Tiere willen, die nur wenig Futter haben. Übrigens kann ich meine Zigarre auch zu Pferd genießen."

Damit steckte ich mir eine an und hobbelte dann meinen Mustang los.

„Wie reiten wir?" fragte Mark.

„Eine Schneckenlinie von hier aus bis an den Ort, wo der Zug gestanden hat. Dann kann uns keine Spur entgehen."

„Aber nicht nebeinander."

„Nein; wir nehmen genügend Abstand. Vorwärts!"

Die feine Asche des niedergebrannten Grases hatte die Spuren der flüchtigen Ogellallah deutlich aufgenommen, was ursprünglich eine sehr gut lesbare Fährte ergab. Aber der Luftzug hatte sie während der Nacht so vollständig verweht, daß jetzt nicht das geringste mehr zu bemerken war. So kamen wir endlich ergebnislos an Ort und Stelle.

„Habt Ihr etwas gesehen, Charley?" erkundigte sich Mark.

„Nein."

„Ich auch nicht. Der Kuckuck hole den Wind, der immer nur dann kommt, wenn er zum Beispiel gar nicht gebraucht wird! Hättet Ihr den Brief nicht gefunden, so wüßten wir wahrhaftig nicht, was wir anfangen sollten."

„Also fort, zum Rio Pecos!"

„Well! Vorher aber will ich den Roten zeigen, wem sie das gestrige Vergnügen zu verdanken haben."

Während ich abstieg und mich auf dem Damm ausstreckte, begann Sans-ear sein Werk, woran ich mich nicht zu beteiligen vermochte, und bald lagen die toten Indsmen nebeneinander, die abgeschnittenen Ohren in den Händen.

„Nun kommt!" meinte Mark. „Wir haben einen weiten Ritt bis zum nächsten Wasser, und ich bin begierig, zu erfahren, wer ihn besser aushält, Euer Mustang oder meine alte Tony."

„Euer Tier hat etwas weniger zu tragen als das meinige."

„Well, Charley, etwas weniger Menschenfleisch, aber dafür etwas mehr Grütze. Mann, daß mir dieser Fred Morgan ausgekommen ist, dafür kann ich nichts. Daß Ihr aber die beiden Häuptlinge nicht gehörig ausgelöscht habt, das vergebe ich Euch zum Beispiel erst dann, wenn Ihr mir die Morgans fangen helft!"

3. „Wasser! Wasser!"

Zwischen Texas, New Mexiko und dem Indianer-Territorium oder, anders ausgedrückt, zwischen den Ausläufern des Ozark-Gebirges und der Sierra Guadelupe, rings eingefaßt von den Höhen, die den oberen Lauf des Rio Pecos, des Canadian und die Quellen des Red River, des Brazos und des Colorado umgrenzen, liegt eine weite, furchtbare Landstrecke, die die ‚Sahara der Vereinigten Staaten' genannt werden könnte.

Wüste Gebiete voll dürren, glühenden Sandes wechseln mit nackten, brennenden Felslagerungen, die nicht imstande sind, auch nur dem allerdürftigsten Pflanzenwuchs die kargsten Daseinsbedingungen zu bieten. Schroff und unvermittelt folgt die kalte Nacht auf die Hitze des Tages. Kein einsamer Dschebel[1], kein grünendes Wadi[2] unterbricht wie in der Sahara die tote, einförmige Wüste. Kein stiller Bir[3] lockt mit seiner belebenden Feuchtigkeit eine kleine Oase hervor. Sogar die Steppe als Übergang von den reichbewaldeten Berggebieten zur leblosen Wildnis fehlt gänzlich, und der Tod tritt dem Auge überall unverhüllt in seiner fürchterlichsten Gestalt entgegen. Nur hier und da steht — man weiß nicht, durch welche Kraft hervorgerufen und erhalten — ein einsamer, lederartiger Mezquite-Strauch, gleichsam zum Hohn für den Blick, der sich nach einem grünen Punkt sehnt. Oder man trifft zuweilen auf eine wilde Kaktusart, die entweder in einzelnen Stücken oder Gruppen steht oder auch weite, ausgedehnte Flächen eng bedeckt, ohne daß man sich ihr Dasein erklären kann. Aber weder

[1] Berg [2] Tal [3] Brunnen

der Mezquite noch der Kaktus bietet einen erfreulichen, wohltuenden Anblick. Graubraun ist ihre Farbe und unschön ihre Gestalt. Sie werden von dickem Sandstaub bedeckt, und wehe dem Pferd, das der Reiter unvorsichtig in eine solche Kaktusoase lenkt! Es wird von den haarscharfen, stahlharten Stacheln so an den Füßen verwundet, daß es nie wieder laufen kann. Der Reiter muß es aufgeben, und es kommt sicher elend um, wenn er es nicht tötet.

Trotz aller Schrecken, die diese Wüste bietet, hat es der Mensch doch gewagt, sie zu betreten. Es führen Straßen hindurch, hinauf nach Santa Fé und Fort Union, hinüber nach Paso del Norte und hinunter in die wohlbewässerten Prärien und Wälder von Texas. Aber bei dem Wort ,Straße' darf man nicht an den Wegebau denken, der in zivilisierten Ländern diese Bezeichnung trägt. Wohl reitet ein einsamer Jäger oder Pfadfinder, eine Gesellschaft kühner Wagehälse oder ein zweideutiger Indianertrupp in Eile durch die Wüste. Wohl knarrt ein langsamer Ochsenkarrenzug durch die trostlose Einöde, aber einen Weg gibt es da nicht, nicht einmal jene viertelstundenbreit auseinander gehenden Gleise, wie man sie in der Lüneburger Heide oder im Sand Brandenburgs findet. Jeder reitet oder fährt seine eigene Bahn, solange ihm der Boden noch einige wenige Merkmale bietet, woraus er erkennen kann, daß er sich überhaupt in der gewünschten Richtung befindet. Aber diese Merkmale hören nach und nach selbst für das geübteste Auge auf, und von da an hat man Vorsorge getroffen, diese Richtung mit Pfählen zu bezeichnen, die in gewissen Abständen in den Boden gesteckt werden.

Und dennoch fordert die Wüste ihre Opfer, die im Verhältnis zur Ausdehnung dieser Einöde viel zahlreicher und schrecklicher sind als die der Sahara Afrikas und der Schamo Hochasiens. Menschenleichen, Tierkadaver, Sattelstücke, Wagenreste und andere schauerliche Überbleibsel liegen am und im Weg und erzählen Geschichten, die zwar das Ohr nicht hören, aber das Auge desto deutlicher bemerken kann. Und darüber schweben hoch in den Lüften die Aasgeier, die jeder geringsten Bewegung unten im Sand mit beängstigender Ausdauer folgen, als wüßten sie, daß ihnen ihre sichere Beute nicht entgehen kann.

Und wie heißt diese Wüste? Die Bewohner der umliegenden Landstriche geben ihr verschiedene, bald englische, bald französische oder spanische Namen. Weithin aber ist sie wegen der eingerammten Pfähle, die den Weg bezeichnen sollen, als Llano Estacado[1] bekannt. —

In der Richtung von den Quellen des Red River der Sierra Blanca zu ritten zwei Männer, deren Pferde fürchterlich ermüdet schienen. Die armen Tiere waren beinahe bis auf die Knochen abgemagert, sahen struppig aus wie ein Vogel, der am nächsten Morgen tot im Käfig liegen wird, und schleppten ihre kraftlosen Glieder, bei jedem Schritt stolpernd, so langsam fort, als wollten sie im nächsten Augenblick zusammenbrechen. Ihre Augen waren matt, die Zunge hing ihnen trocken zwischen den schlappen Lefzen hervor, und trotz der sengenden Tageshitze war an ihrem ganzen Körper kein einziger Tropfen Schweiß und an dem Gebiß kein einziges Flöckchen Schaum zu bemerken, ein Zeichen, daß außer dem von der Wüstenglut eingedickten Blut nicht eine Spur von Feuchtigkeit mehr in ihrem Körper zu finden war.

Die beiden Pferde waren die Tony und mein Mustang, und folglich

[1] Llano: Baumlose Ebene, Estacado: abgesteckt

konnten die Reiter kaum andere sein als der kleine Mark und ich. Fünf Tage ritten wir bereits durch den Llano Estacado, wo wir erst hier und da noch etwas Wasser angetroffen hatten. Jetzt aber gab es weit und breit kein Anzeichen mehr dafür, und ich hatte den Gedanken nicht von mir weisen können, wie praktisch die Überführung von Kamelen in diese Wüste wäre. Es fielen mir Uhlands Worte ein:

> *„Den Pferden war's so schwach im Magen,*
> *fast mußte der Reiter die Mähre tragen."*

Aber an die Ausführung des letzten Verses, selbst wenn sie sonst möglich gewesen wäre, konnte nicht gedacht werden, da sich die Reiter im gleichen hoffnungslosen Zustand befanden wie ihre Tiere.

Der kleine, zusammengetrocknete Mark hing auf dem Hals seiner Stute, als würde er nur durch einen glücklichen Umstand auf dem Pferd festgehalten. Sein Mund war geöffnet, und seine Augen zeigten jenen stieren, seelenlosen Blick, der die Nähe der völligen Abstumpfung erkennen läßt. Mir selbst war es, als seien mir die Lider mit Blei beschwert. Der Schlund war so trocken, als müßte mir jeder Laut die Kehle zersprengen oder aufreißen, und durch die Adern glühte es wie flüssiges Erz. Ich fühlte, daß es kaum noch eine Stunde dauern konnte, bis wir vom Pferd sinken und verschmachtend liegenbleiben würden.

„Was—ser!" stöhnte Mark.

Ich hob den Kopf. Was sollte ich antworten? So schwieg ich lieber. Da stolperte mein Pferd und blieb stehen. Ich gab mir die erdenklichste Mühe, aber es war nicht weiter fortzubringen. Die alte Tony folgte augenblicklich diesem Beispiel.

„Absteigen!" meinte ich, und jeder Laut tat meinen Stimmwerkzeugen weh. Es war, als sei der Weg von der Lunge bis zu den Lippen mit Tausenden von Nadeln bespickt.

Ich kroch vom Pferd, nahm es beim Zügel und schritt wankend voran. Es folgte mir langsam, von seiner Last befreit. Mark zog seine Rosinante hinter sich her, war aber augenscheinlich noch matter als ich. Er taumelte und drohte bei jedem Schritt umzusinken. So schleppten wir uns wohl noch eine halbe englische Meile weiter, bis ich hinter mir einen lauten Seufzer hörte. Ich sah mich um. Dem guter Mark lag im Sand und hatte die Augen geschlossen. Ich trat zu ihm und setzte mich bei ihm nieder, still und wortlos, denn kein Reden konnte unsere Lage ändern.

Das sollte der Abschluß meines Lebens, das Ende meiner Wanderungen sein? Ich wollte denken, an die Eltern, an die Geschwister daheim im fernen Deutschland, wollte meine Gedanken zum Gebet sammeln — es ging nicht, denn mein Gehirn kochte. Wir waren die Opfer mißlicher Umstände geworden. Mein Mustang war vor zwei Tagen gestrauchelt und lahmte seitdem, so daß wir zu dem Weg durch den Llano bedeutend mehr Zeit benötigten als vorgesehen. Zudem mußte ich heute plötzlich feststellen, daß die den Weg weisenden Pfähle von der Richtung abwichen. Es war also jener grausame Kunstgriff angewendet worden, der vor uns gar manchem das Leben gekostet hatte.

Von Santa Fé herab und Paso del Norte herüber kommen häufig Trupps von Goldsuchern, die in den Minen und Diggins von Kalifornien glücklich gewesen sind und nun mit dem Ertrag ihrer Arbeit nach Osten wollen. Sie müssen den Llano Estacado durchqueren, und gerade hier lauert eine furchtbare Gefahr auf sie.

Leute, die in den Minen unglücklich gewesen sind und die Lust an ehrlicher Arbeit verloren haben, heruntergekommene Kerle, die der Osten ausspeit, die Vertreter aller möglichen Verderbtheit, ziehen sich am Saum des Estacado zusammen, um die Goldsucher abzufangen. Da dies aber meist kräftige, abgehärtete Männer sind, die ihren Mut in tausenden Drangsalen und Kämpfen erprobt haben, ist es auf alle Fälle gefährlich, mit ihnen anzubinden. Daher sind die Freibeuter, die man als Stakemen, also Pfahlmänner, oder Llanogeier bezeichnet, auf einen Einfall gekommen, wie er grausamer und teuflischer nicht erdacht werden kann: sie nehmen die den Weg weisenden Pfähle fort und steckten sie in einer falschen Richtung ein, so daß die ortsunkundigen ahnungslosen Reisenden in das tiefste Grauen der Wüste geführt und dem Tod des Verschmachtens in die Arme getrieben werden. So wird es den Verbrechern leicht, sich das Eigentum der Toten anzueignen, und die Gebeine von Hunderten bleichen dann in tiefer Einsamkeit im Sonnenbrand, während ihre Angehörigen daheim vergeblich auf die Rückkehr der Glücksucher warten und nie im Leben wieder etwas von ihnen zu hören bekommen.

Wir waren bisher den Pfählen mit Vertrauen gefolgt, und erst heute gegen Mittag hatte ich bemerkt, daß sie uns falsch führten. Seit wann wir von unserer Richtung abgewichen waren, konnte ich bei meiner Erschöpfung nicht sagen. Umzukehren war daher nicht geraten, zumal unser Zustand uns jede Minute teuer werden ließ. Mark konnte unmöglich weiter, und auch ich wäre wohl kaum noch eine Meile fortgekommen, selbst wenn ich meine Kraft bis aufs äußerste angestrengt hätte. Es war gewiß: noch lebend befanden wir uns bereits im Grab, wenn uns nicht irgendein glücklicher Umstand zu Hilfe kam, und das mußte bald geschehen.

Da erscholl hoch über uns ein schriller, heiserer Schrei. Ich blickte empor und gewahrte einen Geier, der sich augenscheinlich erst vor kurzem, und zwar ganz in der Nähe, von der Erde erhoben hatte. Er beschrieb einen Kreis über uns, als betrachte er uns bereits als seine gewisse unentreißbare Beute. Es mußte sich nicht weit von uns ein Opfer der Wüste oder der Stakemen befinden, und ich schaute in die Runde, um vielleicht eine Spur davon zu entdecken.

Obgleich mir die Hitze der Sonne und des Fiebers das Blut in die Gefäße der Augen trieb, so daß sie schmerzten und ihren Dienst versagen wollten, erspähte ich doch in der Entfernung von ungefähr tausend Schritt einige Punkte, die weder Steine noch Bodenerhöhungen sein konnten. Ich nahm meinen Stutzen und bemühte mich näherzukommen.

Noch hatte ich nicht die Hälfte der Strecke zurückgelegt, da gewahrte ich drei Kojoten und etwas weiter von ihnen einige Geier. Die Tiere saßen rund um einen Körper, den ich nicht genau erkennen konnte. Es mußte ein Tier oder ein Mensch sein, jedenfalls ein Lebewesen, das noch nicht ganz tot war, sonst hätten sich die gefräßigen Geschöpfe längst in seine Leiche geteilt. Gleichwohl erfüllte mich die Gegenwart der Kojoten mit einem Anflug von Hoffnung, da sich diese Tiere, die nicht lange ohne Wasser zu leben vermögen, nicht weit in die unwirtlichen Strecken der Wüste hineinwagen können. Übrigens mußte ich sehen, welcher Art der Körper war, den sie umringt hielten, und schon hob ich den Fuß, um weiterzugehen, als mir ein Gedanke kam, der mich schnell den Stutzen in Anschlag bringen ließ.

Wir waren dem Verschmachten nahe. Wasser gab es hier nicht. Aber konnte uns nicht das Blut dieser Tiere wenigstens einigermaßen Erquickung bringen? Ich legte an, doch meine Schwäche und das Fieber bewirkten, daß die Mündung des Gewehrs mehrere Zentimeter weit hin und her wankte. Deshalb ließ ich mich nieder, stemmte den Arm aufs Knie und hatte nun einen sicheren Schuß.

Ich drückte los und noch einmal: — zwei Kojoten wälzten sich im Sand. Dieser Anblick ließ mich alle meine Schwäche vergessen, und im eiligen Lauf rannte ich hinzu. Der Wolf war durch den Kopf getroffen, der andere Schuß aber war so mangelhaft ausgefallen, daß ich mich dessen zeitlebens schämen müßte, wenn mein Zustand nicht so geschwächt gewesen wäre. Die Kugel hatte dem zweiten, aufspringenden Tier die beiden Vorderbeine zerschmettert, so daß es sich heulend im Sand wälzte.

Sofort zog ich das Messer, öffnete dem ersten Wolf die Halsader, brachte die Lippen an den Schnitt und sog das Blut mit Begierde ein, als wäre es olympischer Nektar. Dann nahm ich den Lederbecher vom Gürtel, ließ ihn vollaufen und trat zu dem Mann, der wie tot in der Nähe lag. Es war ein Neger, und kaum hatte ich einen Blick in sein Gesicht geworfen, das jetzt nicht schwarz sondern schmutzig dunkelgrau war, so hätte ich vor Überraschung beinahe den Becher fallen lassen.

„Cäsar!"

Der Neger öffnete bei diesem Ruf die Augenlider ein wenig. „Wasser!" seufzte er.

Ich kniete neben ihm nieder, hob seinen Oberleib empor und hielt ihm das Gefäß an den Mund.

„Trink!"

Er öffnete die Lippen, aber sein ausgetrockneter Schlund vermochte kaum noch zu schlucken, und es dauerte lange, bis ich ihm die ekelhafte Flüssigkeit eingeflößt hatte. Dann sank er wieder hintenüber.

Jetzt mußte ich an Mark denken. Ich hatte mit Vorbedacht zuerst das Blut des tödlich getroffenen Kojoten genommen, denn es mußte eher gerinnen als das des anderen, der bloß äußerlich verletzt war.

Ich trat zu dem zweiten Tier. Obgleich es wütend um sich biß, faßte ich es beim Genick und schleppte es bis zu Sans-ear hin. Dort drückte ich es zur Erde, daß es sich nicht zu bewegen vermochte, gab ihm den Gnadenstoß und öffnete ihm die Ader.

„Mark, hier trink!"

Der Gefährte hatte in völliger Stumpfheit am Boden gelegen; jetzt aber richtete er sich auf.

„Trinken? Oh!"

Hastig ergriff er den Becher und leerte ihn mit einem Zug. Ich nahm ihm das Gefäß aus der Hand und füllte es nochmals. Mark trank es zum zweitenmal aus.

„Blut, *fie* —! Ah, brr! — Aber es ist doch besser, als man denken sollte!"

Ich schlürfte die wenigen Tropfen, die es noch gab, und sprang dann auf. Der entflohene dritte Kojote war zurückgekehrt und machte sich trotz der Anwesenheit des Negers an seinem zuerst getöteten Genossen zu schaffen. Rasch hob ich meinen Stutzen wieder, pirschte mich näher und schoß ihn nieder. Mit Hilfe seines Blutes brachte ich den Schwarzen so weit, daß er wieder zur Besinnung und zum Gebrauch seiner Glieder kam.

Der Reisende hat oft Begegnungen zu verzeichnen, die geradezu wunderbar erscheinen müssen, und ein solches Wunder war mein jetziges Zusammentreffen mit dem Neger, den ich gut kannte. Ich hatte im Haus seines Herrn, des Juweliers Marshal in Louisville, eine mehrtägige Gastfreundschaft genossen und damals den treuen, stets lustigen Schwarzen liebgewonnen. Die zwei Söhne des Juweliers hatten mit mir einen Jagdausflug in die Cumberlandberge[1] gemacht und mich dann an den Mississippi begleitet. Beide waren prächtige Jungen gewesen, deren Gesellschaft mir behagte. Wie nun kam Cäsar hierher in den Llano Estacado?

„Geht es jetzt besser, Cäsar?" fragte ich ihn. „Besser, sehr besser, oh, ganz besser!" Er stand auf und schien mich erst jetzt zu erkennen. „Massa, sein es möglich? Massa Charley, der ganz viel groß Jäger! Oh, Neger Cäsar sein froh, daß treffen Massa, denn Massa Charley retten Massa Bern, der sonst sein tot, ganz viel tot."

„Bernard? Wo ist er?"

„Oh, wo sein Massa Bern?" Er blickte sich um und zeigte nach Süden. „Massa Bern sein dort! O nein, sein dort — oder dort — oder dort!" Er drehte sich dabei um seine eigenen Achse und deutete nach Süd, West, Nord und Ost. Der gute Cäsar konnte selber nicht sagen, wo sein junger Master war.

„Was tut Bernard hier im Llano Estacado?"

„Was tun? Cäsar nicht wissen das, denn Cäsar doch nicht sehen Massa Bern, der sein fort mit all ander Massa."

„Wer sind die Leute, mit denen er reist?"

„Leute sein Jäger, sein Kaufmann, sein — oh, Cäsar nicht alles wissen!"

„Wo wollte er hin?"

„Nach Pecos-Fluß, dann nach Francisco zu jung Massa Allan."

„So ist Allan in Francisco?"

„Massa Allan dort sein, kaufen groß viel Gold für Massa Marshal. Aber Massa Marshal nicht mehr brauchen Gold, weil Massa Marshal sein tot."

„Mr. Marshal ist gestorben?" fragte ich erstaunt, denn der Juwelier war damals noch recht rüstig gewesen.

„Ja, aber nicht tot von Krankheit, sondern tot von Mord."

„Ermordet wurde er?" rief ich entsetzt. „Von wem?"

„Mörder kommen in Nacht, stoßen Messer in Brust von Massa Marshal und nehmen mit all Stein, Juwel und Gold, was gehören Massa Marshal. Wer Mörder sein und wohin Mörder gehen, das nicht wissen Sheriff, auch nicht Jury, das nur wissen Detektiv und Massa Bern Bern und auch Cäsar."

„Wann ist das geschehen?"

„Das war sein vor viel Tag, vor viel Woch. Massa Bern sein worden ganz viel arm. Massa Bern schreiben an Massa Allan in Kaliforn, aber nicht erhalten Antwort und darum jetzt Mörder fangen und dann gehen nach Kaliforn, um suchen Massa Allan."

Das war nun allerdings eine fürchterliche Nachricht, die ich hier erhielt. Ein Raubmord hatte das Glück der braven Familie zerstört, dem Vater das Leben gekostet und seinen beiden Söhnen schwere Verluste gebracht. Ihre kostbarsten Juwelen waren verschwunden, wenn auch wohl nicht alle und nicht aller Goldbesitz, wie der Neger

[1] In Tennessee

in verzeihlicher Übertreibung sagte. Ich mußte unwillkürlich an die Diamanten denken, die ich Fred Morgan abgenommen hatte und noch immer bei mir trug. Aber was sollte den Täter von Louisville weg in die Prärie getrieben haben?

„Wie seid ihr gereist?" fragte ich weiter.

„Von St. Louis zum Fort Scott und dann über viel Wasser und Berg, Massa. Cäsar sein fahren, reiten, laufen bis in groß, furchtbar Wüste Estacado, wo niemand mehr haben find Wasser. Da werden müd Pferd und Cäsar; da haben Durst groß wie Mississippi Pferd und Cäsar; da fallen Cäsar vom Pferd, Pferd laufen fort und Cäsar bleiben liegen. Nun ganz groß sehr Not haben Cäsar und sterben vor Durst immer mehr, bis kommen Massa Charley und geben Cäsar Blut in Mund. Oh, Massa retten Massa Bern, und Cäsar haben lieb Massa Charley so groß, so viel wie ganze Welt in ganze Erde!"

Das war nun allerdings ein Verlangen, für dessen Erfüllung ich jetzt nur wenig Hoffnung hegen konnte. Woher das Vertrauen des Negers kam, konnte ich nicht sagen, und zu entsprechen vermochte ich ihm vielleicht ebensowenig. Dennoch fragte ich weiter:

„Wie stark war eure Gesellschaft?"

„Sehr groß stark, Massa: neun Männer und Cäsar."

„Wohin wolltet ihr zunächst?"

„Das Cäsar nicht wissen. Cäsar immer reiten hinterher und nicht hören, was viel Massa sagen."

„Du hast ein Messer und einen Säbel. Hattet ihr alle Waffen?"

„Ja, viel Flint und Büchs und Messer und Pistol und Revolver."

„Wer war euer Führer?"

„Ein Mann, heißen Williams."

„Erinnere dich noch einmal genau, wohin sie geritten sind, als du vom Pferd fielst!"

„Weiß nicht mehr. Dahin, hierhin, dorthin."

„Wann war es? Zu welcher Tageszeit?"

„Es sein Abend bald und — ah, oh, jetzt wissen Cäsar: Massa Bern reiten grad in Sonne hinein, als Cäsar fallen vom Pferd."

„Gut! Kannst du wieder gehen?"

„Cäsar laufen wieder wie Hirsch. Blut sein gut Arznei für durstig."

Wirklich hatte auch mich der seltsame Trunk so erquickt, daß alles Fieber aus meinen Gliedern gewichen war, und neben mir stand jetzt der kleine Mark, der die gleiche glückliche Änderung verspürte. Er war herbeigekommen, um uns zuzuhören, und sah weit besser aus als vor noch kaum fünf Minuten.

Die Gesellschaft, in der sich Bernard Marshal befunden hatte, mußte ebenso erschöpft gewesen sein wie wir, sonst hätte der wackere junge Mann seinen treuen Diener sicherlich nicht im Stich gelassen. Vielleicht hatten Durst und Fieber so in seinen Eingeweiden gewühlt, daß er gar nicht mehr Herr seiner Gedanken und Sinne gewesen war. Die letzte Angabe Cäsars ließ mich vermuten, daß Bernard Marshal seine Richtung ebenso wie wir nach Westen hatte. Aber, wie ihn erreichen, wie ihm Hilfe bringen, da wir dieser Hilfe selbst so sehr bedurften und nicht imstande waren, unsere Pferde zu gebrauchen.

Ich sann und sann, vermochte aber keine rettenden Gedanken zu finden. Die Gesellschaft konnte nicht weit entfernt sein, obwohl ringsum keine Spur von ihr zu bemerken war.

Ich wandte mich an Mark. „Bleib hier bei den Pferden! Vielleicht erholen sie sich so weit, daß sie später noch eine Meile laufen können. Bin ich in zwei Stunden noch nicht zurück, so folgst du meiner Spur!"

„Well, Charley; wirst nicht allzuweit kommen, denn dieser kleine Schluck Kojotensaft kann zum Beispiel unmöglich lange vorhalten."

Wenn ich hier in der Wiedergabe unserer Wechselrede das ,Du' an Stelle des ,Ihr' gebrauche, so will ich damit andeuten, daß wir jetzt wie alte Kameraden miteinander verkehrten. In Wahrheit sagten wir nach wie vor ,you', denn wir bedienten uns des Englischen.

Ich untersuchte den Boden und fand, daß die Spuren Cäsars von dem Ort, wo er gelegen hatte, nach Norden gingen. Ihnen folgend, gelangte ich nach ungefähr zehn Minuten an eine Stelle, wo die Fährte von zehn Pferden von Osten nach Westen lief. Hier hatte die Mattigkeit den Neger von seinem Tier geworfen, ohne daß man es bemerkt zu haben schien. Vielleicht war er eine gute Strecke hinter seinem Trupp zurück gewesen. Ich folgte den Spuren weiter und sah, daß sein Tier den anderen nachgetrottet war, doch schienen sämtliche Pferde entsetzlich müde gewesen zu sein, denn alle waren von Zeit zu Zeit gestolpert, und ihr Gang war so schleppend gewesen, daß sie von Schritt zu Schritt mit den Schärfen ihrer Hufe leicht über den Sand gestrichen waren.

Das machte die Spuren gut kenntlich, so daß ich ihnen ohne Mühe schnell nachzulaufen vermochte. Ich sage ,schnell' und es ging auch schnell, obgleich ich heute noch nicht zu entscheiden vermag, ob der grausige Trunk oder die Besorgnis um Bernard Marshal mir so plötzlich diese unerwarteten Kräfte verlieh.

So war ich wohl eine Meile weit vorangekommen, als ich einige vereinzelt stehende Kaktusstauden bemerkte, die so völlig abgedorrt waren, daß sie beinahe eine gelbe Farbe angenommen hatten. Weiterhin standen sie in einzelnen Gruppen, die allmählich immer häufiger wurden, bis sie endlich eine unabsehbare und geschlossene Strecke bildeten, die sich weit bis über den Rand des Sehkreises hinüberzog.

Die erwähnte Fährte lief um die gefährlichen Gewächse herum. Ich betrachtete sie, und plötzlich kam mir ein Gedanke, der mich sofort mit neuen Kräften erfüllte.

Wenn in den glühenden Niederungen der Halbinsel Florida die Hitze so groß wird, daß Mensch und Tier verschmachten müssen, und dennoch die Erde bleibt wie ,flüssiges Blei und der Himmel wie glühendes Erz', ohne die kleinste Wolke sehen zu lassen, so stecken dort die Leute das Schilf und alles dürre Gesträuch in Brand, und siehe da, der Regen kommt. Wer einigermaßen mit den Gesetzen, Kräften und Erscheinungen der Natur vertraut ist, kann sich den Vorgang gewiß erklären, ohne an Wunder und Zauberei zu glauben.

Hieran dachte ich in diesem Augenblick, zumal ich selbst schon von dieser Tatsache Gebrauch gemacht hatte[1], und kaum war's gedacht, da kniete ich auch bereits bei den Pflanzen, um mir mit dem Messer die nötigen Zündfasern abzuschleißen. Einige Minuten später flackerte ein lustiges Feuer empor, das erst langsam und dann immer schneller um sich griff, bis ich endlich vor einem Glutmeer stand, dessen Grenzen nicht abzusehen waren.

Ich hatte schon mehrere Präriebrände erlebt, keiner aber war mit solch donnerndem Getöse über den Boden geschritten wie dieses Kaktusfeuer. Die einzelnen Pflanzen platzten mit büchsenschuß-ähnlichem

[1] Vgl. Ges. Werke Bd. 35 „Unter Geiern"

Knall, so daß es klang, als hätte sich ein ganzes Armeekorps zum Einzelgefecht aufgelöst. Die Lohe stieg himmelan, und über ihr webte und zitterte ein Meer von glühenden Dünsten, durchschossen und durchflogen von den Kaktussplittern, die von der Hitze wie Pfeile emporgeschnellt wurden. Der Boden bebte merklich unter meinen Füßen, und in den Lüften hallte es dumpf wie das Getöse einer Schlacht.

Das war die beste Hilfe, die ich — wenigstens jetzt — Bernard Marshal und den Seinen bringen konnte. Ich kehrte um, unbesorgt, ob ich ihre Spuren später abermals finden würde oder nicht. Die Hoffnung stärkte mich so, daß ich zu dem Rückweg nur etwa eine Viertelstunde gebraucht hätte. Doch war es nicht nötig, ihn ganz zurückzulegen, denn schon halbwegs kam mir Mark mit Cäsar und den beiden Pferden, die sich wieder ein wenig fortzuschleppen vermochten, entgegen.

„*Zounds*, Charley, was ist denn eigentlich da vorn los?" fragte Sans-ear. „Erst dachte ich, wir hätten ein Erdbeben. Jetzt aber glaube ich zum Beispiel, daß dieser höllische Sand gar noch in Brand geraten ist."

„Der Sand nicht, Mark, aber der Kaktus, der dort in Menge steht."

„Wie fängt der Feuer? Ich glaube doch nicht, daß du ihn angezündet hast."

„Weshalb nicht?"

„Wahrhaftig, er ist's gewesen! Aber sag doch Charley, zu welchem Zweck?"

„Um Regen zu bekommen."

„Regen? Nimm mir's nicht übel, Charley, aber ich glaube, du bist zum Beispiel ein wenig übergeschnappt!"

„Weißt du nicht, daß bei manchen Naturvölkern die Übergeschnappten für sehr gescheite Leute gelten?"

„Ich hoffe nicht, daß du behaupten willst, etwas Gescheites angefangen zu haben! Die Hitze ist ja doppelt so schlimm geworden wie vorher."

„Die Hitze ist gestiegen, und so wird sich Elektrizität entwickeln."

„Bleib mir zum Beispiel mit deiner Elektrizität vom Leib! Ich kann sie nicht essen, ich kann sie nicht trinken, ich weiß überhaupt gar nicht, was für ein fremdes Wesen ich darunter zu verstehen habe."

„Du wirst sie bald zu hören bekommen, denn in kurzer Zeit werden wir das schönste Gewitter haben und vielleicht auch ein wenig Donner dabei."

„Nun hör aber auf! Armer Charley, du bist wirklich vollständig übergeschnappt!"

Er blickte mich so besorgt an, daß ich erkennen mußte, er spaßte nicht. Ich deutete empor.

„Siehst du die Dünste, die sich drüben schon zusammenballen?"

„Alle Wetter, Charley, das ist wahr! Am Ende bist du doch nicht ganz so verrückt, wie ich gedacht habe!"

„Sie werden eine Wolke bilden, die sich mit Heftigkeit entladen muß", fuhr ich fort.

„Charley", rief er, „wenn es wirklich so ist, dann bin ich ein Esel, und du bist der klügste Kerl in den Vereinigten Staaten und auch etwas darüber hinaus."

„Ist nicht so schlimm, Mark. Ich habe das Ding früher schon einmal im Llano angewendet und heute wiederholt, weil ich denke, daß uns eine Handvoll Regen nicht schaden wird. Schau, da hast du bereits die Wolke! Sobald der Kaktus niedergebrannt ist, geht es los. Und wenn du es nicht glauben willst, so sieh nur deine Tony an, wie sie mit dem Schweifstummel wirbelt und die Nüstern aufbläht! Auch mein Mustang wittert bereits den Regen, der sich allerdings nicht viel weiter als über die Brandstrecke verbreiten wird. Kommt vorwärts, damit er uns auch richtig erwischen kann!"

Wir schritten voran, aber wir hätten jetzt ebensogut aufsitzen können, denn unsere Tiere zeigten sich so munter, wie es ihre Kräfte nur immer gestatteten und drängten förmlich vorwärts. Ihr Naturtrieb ließ sie die ersehnte Erquickung wittern.

Meine Vorhersage traf ein. Eine halbe Stunde später hatte sich die kleine Wolke so ausgebreitet, daß der ganze Himmel über uns, bis rund um das Gesichtsfeld, tiefschwarz erschien. Dann brach es los, nicht allmählich wie in gemäßigteren Breiten, sondern plötzlich, als ob die Wolken aus festen Gefäßen beständen und umgestoßen worden wären. Es war, als trommelten derbe Fäuste auf unseren Schultern, und in der Zeit von einer Minute waren wir so völlig durchnäßt, als wären wir in den Kleidern durch einen Fluß geschwommen. Die beiden Pferde standen erst ruhig und ließen die stürzende Flut mit freudigem Schnauben über sich ergehen. Dann aber begannen die Tony und selbst mein lahmender Mustang allerlei Bocksprünge zu machen, und bald konnten wir bemerken, daß ihre Kräfte wieder ganz zurückgekehrt waren. Wir selbst empfanden ein außerordentliches Wohlbehagen, hielten unsere Decken auf, um das kostbare Naß zu sammeln, und füllten, was wir nicht tranken, in unsere Schläuche.

Am freudigsten gebärdete sich Cäsar, der Neger. Er schlug Räder und Purzelbäume und schnitt unbeschreibliche Grimassen.

„Massa, Massa, oh, oh, Wasser, schön Wasser, gut Wasser, viel Wasser! Cäsar sein gesund, Cäsar sein stark. Cäsar wieder laufen, fahren und reiten bis nach Kaliforn! Wird Massa Bern auch haben Wasser?"

„Wahrscheinlich, denn ich glaube nicht, daß er weit über die Kaktusstrecke hinausgekommen ist. Aber so trink doch; es wird gleich aufhören zu regnen!"

Cäsar hob seinen breitrandigen Hut, der ihm entfallen war, von der Erde auf, hielt die untere Seite empor, riß die wulstigen Lippen auseinander, daß ein Abgrund entstand, der von einem Ohr bis zum anderen reichte, warf den Kopf nach hinten und goß sich den erquickenden Trank zwischen die klaffenden Zähne.

„Oh, ah, gut! Massa! Cäsar trinken noch groß viel mehr!" Er hielt den Hut wieder hoch, sah sich aber getäuscht. „Ah, Regen alle sein; kein Wasser mehr kommen!"

Wirklich hörte nach einem letzten Donnerschlag der Regen ebenso plötzlich auf, wie er eingetreten war; doch brauchten wir ihn nicht mehr, denn unser Durst war gestillt, und dazu hatten wir die Schläuche bis zum Überlaufen füllen können.

„Jetzt laßt uns ein wenig essen", mahnte ich, „und dann schnell vorwärts, damit wir Marshal einholen!"

Das Mahl war in einigen Minuten beendet. Es bestand nur aus einem Stück gedörrten Büffelfleisches. Dann saßen wir auf und trabten vorwärts, wobei sich Cäsar als ein so guter Läufer erwies, daß er mit uns leicht Schritt zu halten vermochte. Mein Tier hatte sich erstaunlich gut erholt, auch das Lahmen schien gemildert, und es hielt mit der Tony Schritt, worüber ich besonders erfreut war.

Allerdings waren die Spuren Marshals und seiner Gefährten durch den Regen gänzlich verwischt worden, aber ich kannte ja ihre Richtung, und es dauerte auch nicht lange, so bemerkte ich einen Flaschenkürbis, der an der Erde lag und jedenfalls von einem der Leute fortgeworfen worden war.

Die Kaktusstrecke mußte sich weit von Ost nach West hingezogen haben, denn die schwarze Brandfläche wollte gar nicht enden. Das war mir lieb, da ich daraus schließen konnte, daß die Gesuchten von dem Regen mitbetroffen worden waren. Endlich hörte die Brandstätte doch auf, und gleich nachher erblickte ich in der Ferne eine dunkle Gruppe, die aus Menschen und Tieren bestehen mußte. Ich nahm das Fernrohr zur Hand und zählte neun Männer und zehn Pferde. Acht der Gestalten hockten am Boden, die neunte aber saß zu Pferd und trennte sich soeben von der Schar, um im Galopp gerade auf uns zuzuhalten. Da aber schien der Reiter uns zu bemerken und zügelte sein Tier. Ich nahm ihn schärfer ins Auge und erkannte Bernard Marshal.

Nun erriet ich den Zusammenhang der Dinge. Marshal hatte sich in einem Zustand solcher Auflösung und Gleichgültigkeit befunden, daß er ebenso wie die anderen auf das Verschwinden seines Dieners nicht geachtet hatte. Durch den erquickenden, neu belebenden Regen war er wieder in den Besitz seiner geistigen Spannkraft gelangt und hatte es als seine erste Pflicht angesehen, Cäsar zu suchen und zur Gesellschaft zurückzubringen. Darauf deutete auch das zweite Pferd, das er am Zügel mit sich führte. Daß sich ihm keiner der anderen anschloß, konnte nicht für sie einnehmen, und ich hätte wetten mögen, daß es lauter Yankees waren, denen das Leben eines ‚Niggers‘, wenn er noch dazu nicht ihr eigener Diener war, soviel wie eine taube Nuß galt.

Marshall musterte unseren kleinen Trupp, rief einige Worte zurück, und sofort saßen alle auf ihren Pferden und hatten die Waffen zur Hand.

„Vorwärts, Cäsar, weise uns aus!“ gebot ich dem Neger.

Cäsar setzte sich in Dauerlauf, und wir folgten ihm in einem guten Schritt. Als Marshal seinen Diener erkannte, war aller Argwohn verschwunden. Die Gesellschaft stieg wieder und erwartete uns in friedlicher Haltung. Wir hatten Cäsar nur einen geringen Vorsprung gelassen und vernahmen so die Meldung, die er dem Juwelier zurief.

„Nicht schießen, Massa, nicht stechen! Sehr gut schön Männer kommen, Massa Charley sein, der totschlagen bloß Indsmen und Spitzbub, aber laß leben Gentlemen und Neger!“

„Charley, ist’s möglich!“ rief sein Herr überrascht und faßte mich einen Augenblick scharf ins Auge.

Ich hatte mich in seiner Heimat etwas mehr städtisch getragen, als es in der Savanne möglich ist. Ein Gesicht mit einem nur kleinen Bärtchen erkennt man nach Monaten nicht sofort wieder, wenn es sich hinter einem verwilderten Vollbart verbirgt. Und da mich Marshal überdies in meinem gegenwärtigen Anzug noch nie gesehen hatte, nahm ich es ihm nicht übel, daß er mich nicht schon von weitem erkannte. Jetzt war ich ihm vielleicht auf zehn Pferdelängen nahegekommen, und nun merkte er, daß Cäsar ihm recht berichtet hatte. Im Nu war er bei mir und reichte mir die Hand vom Pferd herüber.

„Charley! Seid Ihr es wirklich? Ich denke, Ihr wolltet zum Fort Benton und zu den Schneebergen? Wie kommt Ihr in den Süden herab?“

„War auch oben, Bernard. Erschien mir aber dort zu kalt und bin daher ein klein wenig heruntergerückt. Übrigens Gott zum Gruß hier im Estacado! Wollt Ihr mich Euren Kameraden vorstellen?" — „Gern! Charley, ich sage Euch, tausend Dollars sind mir nicht so lieb wie Eure Gegenwart. Steigt ab und tretet näher!"

Bernard Marshal nannte den Männern meinen bürgerlichen Namen und mir die ihrigen und stürmte dann mit unzähligen Fragen auf mich ein, die ich ihm so gut wie möglich beantwortete. Die anderen waren sämtlich Yankees, fünf Einkäufer der Mountain-Pelzhandelsgesellschaft mit vortrefflicher Ausrüstung und drei Personen, die sich so mit Waffen behängt hatten, daß sie keine Westmänner sein konnten. Jedenfalls waren es die Kaufleute, von denen Cäsar gesprochen hatte. Ich hielt sie mehr für Abenteurer, die in den Westen gingen, um ihr Glück auf irgendeine ehrliche oder unehrliche Weise zu suchen. Der älteste der Einkäufer, der mir als Williams vorgestellt wurde, war der Anführer der Truppe und schien mir zunächst ein ganz leidlicher ‚Waschbär' zu sein, wie man sich im Westen ausdrückt. Er wandte sich an mich, als die ersten Fragen Bernards beantwortet waren. Der kleine Mark mochte keinen besonderen Eindruck auf ihn zu machen.

„Wir wissen jetzt so ungefähr, wer Ihr seid und woher Ihr kommt. Nun laßt uns auch erfahren, wohin Ihr wollt!"

„Vielleicht nach Paso del Norte, vielleicht auch anderswohin, Sir, je nachdem wir Beschäftigung bekommen."

Ich hielt es nicht für nötig, ihm mehr zu sagen, als er vorläufig zu wissen brauchte.

„Und was ist Eure Beschäftigung?"

„Uns ein wenig in der Welt umzusehen."

„Lack-a-day, das ist eine Arbeit, wobei man keine Langeweile hat, obwohl man sich dabei nicht anzustrengen braucht! Da müßt Ihr ja wohl ein sehr wohlhabender, wenn nicht gar ein reicher Mann sein. Man sieht das auch Euren blanken Waffen an!"

Mit dieser Vermutung befand er sich allerdings auf dem Holzweg, denn ich besaß eben nur diese Waffen. Im übrigen gefiel mir die Frage nicht und noch weniger der Blick, der sie begleitete, und der halb spöttische, halb lauernde Ton, in dem sie ausgesprochen wurde. Der Mann war sehr unvorsichtig und flößte mir trotz seines wohlbeschaffenen Äußeren kein Vertrauen ein. Ich beschloß, ihn scharf aufs Korn zu nehmen, und antwortete daher weder bejahend noch verneinend.

„Ob arm, ob wohlhabend, das ist im Estacado so ziemlich gleichgültig, sollte ich meinen."

„Da habt Ihr recht, Sir. Noch vor einer halben Stunde waren wir alle am Verschmachten und hätten uns um alles Gold der Welt keinen Schluck Wasser kaufen können. Nur ein reines Wunder hat uns gerettet, ein Wunder, wie es hier in diesem Llano Estacado noch niemals vorgekommen ist."

„Was meint Ihr damit?"

„Den Regen natürlich. Oder kommt Ihr vielleicht aus einer Richtung, wo er Euch nicht treffen konnte?"

„Er hat uns getroffen, denn wir haben ihn ja erst gemacht."

„Gemacht? Was wollt Ihr damit sagen, Sir?"

„Daß wir ebenso verschmachtet waren wie Ihr und erkannten, daß wir nur dann Rettung finden konnten, wenn wir Wolken, Blitz und Donner herbeizaubern."

„Hört, Master Schlabbermaul, ich will nicht hoffen, daß Ihr uns für Leute haltet, denen man einen Bären für einen Whippoorwill[1] geben kann; sonst würde es nach wenigen Augenblicken mit Eurer Haut schlecht beschaffen sein! Ihr wart gewiß einmal da drüben in Utah am großen Salzsee und gehört zu den ‚Heiligen der letzten Tage‘, die auch so ähnliche Wunder tun wie Ihr."

„Allerdings war ich einmal drüben, bin deswegen aber noch lange kein Mormone. Im übrigen stimmt, was ich gesagt habe. — Und nun zur Sache! Werdet Ihr uns beiden erlauben, uns Euch anzuschließen?"

„Warum nicht? Besonders da Ihr mit Mr. Marshal bekannt seid. Wie kommt es denn, daß Ihr Euch zu zweien in den Llano Estacado wagt?"

Ich folgte meinem Mißtrauen, indem ich mich leichtsinnig und unerfahren stellte.

„Was gibt es da zu wagen?" fragte ich. „Der Weg ist abgesteckt. Man geht also hinein und kommt glücklich wieder heraus."

„*Good luck,* seid Ihr rasch fertig! Habt Ihr denn noch nie etwas von den Stakemen gehört?"

„Was für Leute sind das?"

„Da hat man es! Ich will nicht von ihnen reden, denn man soll den Teufel nicht an die Wand malen. Aber das sag' ich Euch: wer sich zu zweien in den Estacado wagt, der muß ein Kerl sein wie Old Firehand, Old Shatterhand oder wie Sans-ear, der alte Indianertöter. Habt wohl auch von diesen Leuten noch nichts gehört?"

„O doch, meine aber, daß es auch sonst noch ganze Männer gibt. Wie lange werden wir noch reiten, bis wir aus dem Estacado herauskommen?"

„Zwei Tage,"

„Wir sind doch auf der rechten Straße?"

„Warum sollten wir es nicht sein?"

„Weil es mir vorkam, als gingen die Pfähle plötzlich nach Südost statt nach Südwest."

„Das kann wohl Euch so vorkommen, nicht aber einem alten, erfahrenen Reisenden, wie ich es bin. Ich kenne den Estacado wie meinen Kugelbeutel."

Mein Verdacht wurde größer. War Williams wirklich erfahren, so mußte er wissen, daß er aus der Richtung geraten war. Ich beschloß, ihn noch etwas näher anzulaufen.

„Wie kommt es, daß Euch die Mountain-Pelzhandelsgesellschaft so tief nach Süden schickt? Es scheint mir, daß es im Norden mehr Pelzwerk gibt als hier."

„Was Ihr weise und klug seid! Pelz ist Pelz und Fell ist Fell. Abgerechnet, daß es graue und schwarze Bären, Racoons[2], Opossums und andere Pelztiere auch hier in Menge gibt, gehen wir nach Süden, um uns bei der Herbstwanderung der Büffel einige tausend Felle zu holen."

„Ah so! Ich habe geglaubt, daß Ihr sie droben in den Parks und da herum viel leichter haben könnt. Übrigens seid Ihr als Pelzeinkäufer in einer guten Lage, da Ihr von keinem Indsman etwas zu befürchten habt. Man hat mir erzählt, daß die Mountain-Pelzhandelsgesellschaft ihre Einkäufer zugleich als Briefträger und Stafetten benützt, und ein solcher Brief soll der beste Talisman gegen die Feindseligkeit der Indianer sein. Ist das wahr?"

[1] Amerikanischer Vogel   [2] Waschbär

„Ja. Wir können uns, statt die Feindseligkeiten der Roten befürchten zu müssen, stets auf ihre Hilfe verlassen."

„So seid Ihr wohl auch mit solchen Briefen versehen?"

„Gewiß. Ich brauche nur das Siegel vorzuzeigen, so gewährt mir jeder Indianer seinen Schutz."

„Ihr macht mich neugierig, Sir. Laßt mich doch ein solches Siegel sehen!"

Ich bemerkte, daß Williams in Verlegenheit kam, sie aber unter einer zornigen Miene zu verbergen suchte.

„Habt Ihr schon etwas vom Briefgeheimnis gehört, Mann?" fuhr er auf. „Ich habe nur die Erlaubnis, Indsmen das Siegel zu zeigen."

„Ich habe nicht verlangt, den Inhalt des Briefes kennenzulernen", erwiderte ich. „Außerdem verstehe ich Eure Weigerung nicht. Ihr scheint also gar nie in die Lage zu kommen, Euch auch vor einem Weißen ausweisen zu müssen!"

„In einem solchen Fall genügt meine Büchse. Merkt Euch das!"

Da nahm ich eine Miene an, als fühlte ich mich eingeschüchtert, und schwieg in möglichst wohlgespielter Verlegenheit. Der kleine Mark blinzelte nicht mich — denn das hätte ihn verraten können —, sondern seine Tony verschmitzt an. Ich aber drehte mich zu Marshal um.

„Cäsar hat mir gesagt, wohin Ihr wollt, Bernard, und aus welchem Grund Ihr die Reise unternehmt. Müßt mir das später ausführlicher erzählen! Jetzt erst eine kurze Frage: Werdet Ihr heute weitergehen, oder haltet Ihr hier Lager?"

„Es wurde ausgemacht, daß wir bleiben."

„So will ich mein Pferd absatteln."

Damit erhob ich mich, nahm dem Mustang Sattel und Zaum ab und gab ihm einige Handvoll Maiskörner zu fressen. Mark tat das gleiche mit seiner Stute. Wir hüteten uns dabei, ein Wort miteinander zu wechseln. Es war auch nicht nötig, da wir uns ohnedies recht wohl verstanden. Wenn zwei Jäger eine Zeitlang beisammen gewesen sind, so lesen sie sich die Gedanken an den Augen ab. Auch mit Marshal sprach ich kein heimliches oder leises Wort. So verging der Rest des Tages unter meist gleichgültigen Gesprächen, und der Abend brach herein.

„Verteilt die Wachen, Sir!" forderte ich Williams auf. „Wir sind müde und wollen schlafen."

Er tat es, und ich bemerkte, daß absichtlich niemals ein Doppelposten aus einem seiner Leute und einem der Unsrigen zusammengesetzt wurde. Das gab mir zu denken.

„Schlaft mitten unter ihnen, damit sie nicht heimlich miteinander sprechen können!" raunte ich Marshal zu, der mich bei dieser geheimnisvollen Weisung erstaunt anblickte, ihr aber doch folgte.

Die Pferde hatten sich gelagert, da es kein Futter für sie gab. Während die anderen einen Kreis bildeten, legte ich mich zu meinem Mustang, dessen Leib ich als Kopfkissen benutzte, wozu den übrigen die Sättel dienten. Ich hatte meinen Grund zu dieser Ausnahmestellung. Mark bedurfte keines Winks von mir. Er verstand mich und wählte seinen Platz so zwischen den Fremden, daß sie nur auf Posten heimlich miteinander zu reden vermochten.

Die Sterne begannen zu leuchten, aber es hing — vielleicht infolge des Regens — ein eigentümlicher Dunst zwischen ihnen und dem

Boden, so daß ihr Schimmer nicht so hell wie an anderen Abenden herabzudringen vermochte. Zwei von den Kaufleuten hatten die erste Wache. Sie verlief ohne irgendeinen Zwischenfall. Williams hatte die zweite Wache für sich und den jüngsten seiner Leute gewählt, der bei der Vorstellung Mercroft genannt worden war. Als die Reihe an sie kam, waren sie noch nicht eingeschlafen. Sie erhoben sich, und jeder schritt seinen Halbkreis ab. Ich merkte mir genau die beiden Punkte, wo sie regelmäßig zusammentrafen. Der eine Punkt lag in der Nähe des Pferdes, das dem Neger gehörte, und das erschien mir als ein günstiger Umstand, da nicht anzunehmen war, daß dem Schwarzen ein gutes Präriepferd anvertraut worden sei, vor dessen Witterung man sich in acht nehmen mußte.

Zu sehen, ob die beiden Männer miteinander sprachen, sobald sie sich begegneten, vermochte ich nicht. Aber es war mir, als verriete mir der Schall ihrer Schritte, daß sie vor dem Umkehren stets eine Weile zögerten. Der Aufenthalt in der Savanne hatte mein Gehör geschärft, und wenn ich mich nicht täuschte, so hatte ich es hier mit zwei abgefeimten Burschen zu tun.

Ich kroch in einem Bogen vorsichtig zu dem Pferd Cäsars heran. Es schien ein geduldiger und zutraulicher Klepper zu sein, denn er verriet mein Nahen weder durch das leise Schnauben noch durch die geringste Bewegung, und ich vermochte mich so eng an seinen Körper zu schmiegen, daß ich keine Entdeckung zu fürchten hatte.

Eben kam Williams von der einen und Mercroft von der anderen Seite. Bevor beide wieder kehrtmachten, vernahm ich deutlich die Worte:

„Ich ihn und du den Neger!"

Williams hatte diese Worte gesprochen. Als sie wiederkamen, hörte ich:

„Aber auch sie!"

Wahrscheinlich hatte Mercroft drüben am gegenüberliegenden Berührungspunkt eine Frage in bezug auf Mark und mich ausgesprochen. Als sie sich mir näherten, klang es:

„Pshaw! Der eine ist klein, und der andere — es geschieht ja im Schlaf!"

Mit dem ‚Kleinen' war jedenfalls Mark und mit dem ‚anderen' ich gemeint. Es war klar, wir sollten ermordet werden. Weshalb, das konnte ich mir nicht erklären. Wieder nahten sie und ich vernahm deutlich die Antwort:

„Alle drei!"

Vielleicht war drüben die Frage ausgesprochen worden, ob die drei Kaufleute unser Schicksal teilen sollten oder nicht. Diese fünf Pelzeinkäufer wollten sich also über uns hermachen, fünf gegen sieben. Das Ende war leicht zu erraten: sie hätten uns kaltgemacht, ohne sich selbst nur die Haut zu ritzen, wenn ich nicht auf den Gedanken gekommen wäre, sie zu belauschen. Jetzt trafen die beiden Buschklepper wieder zusammen.

„Keine Minute eher — und nun Schluß!" sagte Williams.

Die schöne Unterhaltung war also zu Ende, und ich konnte mir leicht denken, daß sich die letzten Worte auf den Zeitpunkt bezogen, an dem die Tat geschehen sollte. Im Schlaf — das hatte ich erlauscht. Wann aber war das? Heut oder morgen? Ich ging jedenfalls sicherer, wenn ich mit heute rechnete, und da die beiden Schurken höchstens noch eine Viertelstunde zu lustwandeln brauchten, war es hohe Zeit, ihnen zuvorzukommen.

Ich machte mich sprungfertig. Sie trafen wieder zusammen, diesmal ohne ein Wort zu sprechen. Beide drehten sich zur gleichen Zeit um, und kaum war Williams an mir vorüber, schnellte ich hinter ihm in die Höhe, legte ihm die Linke um den Hals, so daß er keinen Laut auszustoßen vermochte, und traf ihn mit der geballten Rechten so an die Schläfe, daß er still an mir niederglitt.

Jetzt setzte ich an seiner Stelle den Weg fort und stieß am jenseitigen Berührungspunkt mit Mercroft zusammen. Er war ahnungslos und hielt mich für Williams. Ich nahm ihn gleich von vorn bei der Gurgel und schlug ihn nieder. Wenigstens zehn Minuten lagen die beiden ohne Besinnung; das wußte ich. Daher schritt ich nun rasch auf die Gruppe der Schlafenden zu. Nur zwei waren wach. Mark natürlich und Bernard, der durch meine geflüsterte Weisung in eine solche Unruhe versetzt worden war, daß er nicht hatte einschlafen können.

Ich schnallte den Lasso von der Hüfte — Mark tat sofort ein Gleiches.

„Die drei Einkäufer nur", flüsterte ich, und dann rief ich laut: „Halloo, auf, Ihr Männer!"

Im Nu fuhren alle empor, sogar Cäsar, der Neger, aber ebenso schnell saßen auch die Schlingen unserer Lassos zweien der Pelzhandelsleute um Arme und Oberleib — ein zweiter Ruck, und die Riemen schlossen so fest, daß sie von den Gefangenen nicht gelöst werden konnten. Bernard Marshal hatte sich, mehr ahnend als begreifend, auf den dritten geworfen und hielt ihn fest, bis ich den Mann mit seinem eigenen Lasso gebunden hatte. Und das war so schnell geschehen, daß wir bereits fertig waren, als sich einer der drei Kaufleute ermannte und zu seiner Büchse griff.

„Verrat! Zu den Waffen!"

Mark lachte laut auf.

„Laß deine Feuerspritze in Ruhe, mein Junge! Es möchte dir und auch den anderen der Zünder fehlen, hihihihi!"

Der vorsichtige Kleine hatte während meines Lauschens von den drei Gewehren die Zündhütchen genommen, ein Beweis, wie scharf er mich verstand, ohne daß wir ein Wort gewechselt hatten.

„Seid ohne Sorge, ihr Leute, es wird euch nicht das geringste geschehen!" beruhigte ich sie. „Diese Männer hier wollten uns und euch ermorden; daher haben wir sie bis auf weiteres unschädlich gemacht."

Trotz der Dunkelheit war der Schreck zu bemerken, den meine Worte auf sie hervorbrachten, und auch Cäsar trat eilig näher.

„Massa, wollen sie morden auch Cäsar?"

„Auch dich!"

„Dann sie sterben. Cäsar sie hängen in Estacado, viel hoch an Pfahl!"

Die Gefangenen gaben keinen Laut von sich; sie mochten auf die Hilfe der Wachen rechnen.

„Cäsar, dort drüben liegt Williams und dort der andere. Bring sie herbei!" gebot ich dem Neger.

„Schon tot sie?" fragte er mich.

„Nein, aber ohne Besinnung."

„Gut, sie holen!"

Der riesige Schwarze schleppte einen nach dem anderen auf seinen breiten Schultern herbei und warf sie zu Boden. Sie wurden augenblicklich gebunden. Nun konnten wir endlich sprechen, und ich klärte die drei Kaufleute über das auf, was wir erlauscht und getan hatten. Sie gerieten in große Wut und verlangten auf der Stelle den Tod der Überrumpelten. Ich mußte ihnen widersprechen.

„Auch die Savanne hat ihr Recht und ihre Gesetze", erklärte ich. „Ständen sie uns mit den Waffen gegenüber, so daß unser Leben an einem Augenblick hinge, so könnten wir sie niederschießen. Wie die Dinge aber jetzt liegen, dürfen wir keinen Mord begehen, sondern müssen eine Jury bilden."

„Oh, oh, ja, eine Jury", meinte der Neger, erfreut über solches Abenteuer, „und dann Cäsar hängen all ganz fünf!"

„Jetzt nicht! Es ist Nacht; wir haben kein Feuer und müssen warten, bis der Tag anbricht. Wir sind sieben Männer. Fünf können also ruhig schlafen, während immer zwei wachen. Dabei sind uns die Gefangenen sicher, bis die Sonne kommt."

Ich hatte Mühe, mit meiner Ansicht durchzudringen, brachte es aber endlich doch so weit, daß fünf sich wieder zur Ruhe legten, während ich mit einem der Kaufleute die Wache bezog. Nach einer Stunde wurden wir abgelöst. Mark übernahm die letzte Wache allein, da um diese Zeit der Tag bereits zu dämmern begann und zwei Augen hinreichten, um die nötige Sicherheit zu gewährleisten.

4. Die ‚Geier' des Llano Estacado

Während der Nacht hatte keiner der Gefangenen einen Laut von sich gegeben; doch bemerkte ich, als wir uns erhoben, daß Williams und Mercroft die Besinnung längst wiedererlangt hatten. Jetzt wurde zunächst gefrühstückt. Unsere Pferde erhielten ihr Körnerfutter, und dann schritten wir zur Verhandlung. Mark deutete auf mich.

„Das ist unser Sheriff. Er wird zum Beispiel jetzt die Jury eröffnen."

„Nein, Mark, den Vorsitz übernehme ich nicht. Das wirst du tun!"

„Ich *Heigh-ho*, wo denkst du hin, Mark Jorrocks und Sheriff! Wer Bücher schreibt, paßt besser dazu!"

„Ich bin kein Bürger der Vereinigten Staaten und nicht so lange in der Savanne gewesen wie du. Wenn du nicht willst, muß es Cäsar tun!"

„Cäsar? Ein Schwarzer und Sheriff? Das wäre der dümmste Streich, den wir in diesem alten Sandloch begehen könnten, und so muß ich wohl ja sagen, wenn du zum Beispiel gar nicht anders willst!"

Er setzte sich zurecht und nahm eine Miene an, woraus deutlich zu erkennen war, daß bei diesem Savannengericht wenigstens die gleiche Sorgfalt und Gerechtigkeit obwalten sollten wie bei der Jury einer zivilisierten Grafschaft.

„Nehmt Platz im Kreis, Mesch'schurs; Ihr seid alle Schöffen! Nur Cäsar, der Neger, bleibt stehen, denn er wird der Constabel sein!"

Cäsar zog den Gurt seines Säbels fester an und suchte seinem Gesicht möglichst viel Würde zu geben.

„Constabel, nimm den Gefangenen die Fesseln ab, denn wir sind in einem freien Land, und in einem solchen Land erscheinen selbst Mörder mit freien Gliedern vor ihrem Richter!"

„Aber wenn ausreißen alle fünf, so —", wagte der Neger einzuwenden.

„Gehorchen!" donnerte ihn Sans-ear an. „Von diesen Männern wird keiner entfliehen, denn wir haben ihnen die Waffen genommen, und bevor sie zum Beispiel zehn Schritte getan hätten, wären unsere Kugeln schon bei ihnen!"

Die Riemen wurden gelöst, und die Gefangenen richteten sich auf, immer noch schweigend. Jeder von uns hatte seine Büchse zur Hand. An eine Flucht war also nicht zu denken.

„Ihr nennt Euch Williams", begann Mark. „Ist das Euer richtiger Name?"

Der Gefragte zeigte eine grimmige Miene.

„Ich sollte Euch eigentlich überhaupt nicht antworten. Ihr selber seid Gesetzesübertreter. Ihr selber habt uns überfallen und gehört vor ein Savannengericht."

„Tut, was Ihr wollt, Freundchen. Ihr habt Euren freien Willen! Aber ich sage Euch, daß Schweigen als ein Geständnis gilt. Also — seid Ihr wirklich Einkäufer der Mountain-Pelzhandelsgesellschaft?" — „Ja."

„Beweist es! Wo habt Ihr Eure Briefe?"

„Ich habe keine."

„Gut, das genügt, um zu wissen, woran man mit Euch ist. Wollt Ihr mir wohl sagen, was Ihr gestern abend während Eurer Wache mit Eurem Kameraden Mercroft gesprochen und beschlossen habt?"

„Nichts! Kein Wort ist gesprochen worden."

„Dieser ehrenwerte Sir hier hat euch belauscht und alles deutlich gehört. Ihr seid keine Westmänner, denn ein echter Savannenläufer würde die Sache gescheiter angefangen haben."

„Wir keine Westmänner? *Hang it all,* bringt Eure Posse zu Ende, und dann wollen wir Euch zeigen, daß wir uns vor keinem von Euch fürchten! Wer seid denn Ihr? Halunken, die andere im Schlaf überfallen, um sie zu ermorden und zu berauben!"

„Regt Euch nicht unnötig auf!" knurrte Sans-ear. „Ich werde Euch sagen, wer die Halunken sind, die hier über Leben und Tod entscheiden. Dieser Mann hat Euch, nachdem er Euch belauschte, mit der bloßen Faust niedergestreckt, und das ist zum Beispiel so sauber geschehen, daß es kein Mensch gemerkt hat, nicht einmal Ihr selbst. Und der Jäger, der diese schöne Faust besitzt, nennt sich Old Shatterhand. — Jetzt seht mich an! Darf sich wohl einer, dem die Navajos einst die Ohren genommen haben, Sans-ear heißen lassen? Wir sind also die zwei, die sich ganz allein in den Llano Estacado wagen können. Und auch das ist wahr, daß wir es gestern regnen ließen: Wer sollte es denn sonst gewesen sein? Oder hat man jemals gehört, daß es im Estacado freiwillig geregnet hat?"

Es war sichtlich kein ermutigender Eindruck, den unsere Namen auf die fünf Männer machten. Williams ergriff zuerst das Wort. Er hatte sich die Lage überlegt, und gerade unsere Namen mochten den Gedanken in ihm erwecken, daß er eine Gewalttat von uns nicht befürchten müsse.

„Wenn Ihr wirklich die seid, für die Ihr Euch ausgebt, haben wir Gerechtigkeit zu erhoffen", erklärte er. „Ich werde Euch die Wahrheit sagen. Früher habe ich anders geheißen als Williams, aber das ist kein Verbrecher, denn Ihr heißt eigentlich auch anders als Old Shatterhand und Sans-ear. Ein jeder kann sich nennen, wie es ihm beliebt."

„*Well,* wegen des Namens seid Ihr aber auch nicht angeklagt!"

„Und eines Mordes könnt Ihr uns nicht beschuldigen, denn wir haben weder einen begangen, noch einen begehen wollen. Ja, wir haben gestern abend miteinander gesprochen, haben dabei auch einen Mord erwähnt, aber — haben wir Eure Namen genannt?"

Der gute Mark blickte lange vor sich nieder und meinte endlich ziemlich verdrießlich:

„Nein, das habt Ihr allerdings nicht getan. Aber aus Euren Worten ließ sich alles deutlich schließen."

„Ein Schluß ist kein Beweis, ist keine Tatsache. Ein Savannengericht ist ein löbliches Ding, doch auch eine solche Jury darf nur nach Tatsachen und nicht nach Vermutungen urteilen. Wir haben Sans-ear und Old Shatterhand freundlich bei uns aufgenommen, und zum Dank dafür wollen sie uns widerrechtlich töten. Das werden alle Jäger erfahren vom Großen Meer bis zum Mississippi, vom mexikanischen Meerbusen bis zum Sklavenfluß, und alle werden sagen, daß die beiden berühmten Westmänner Räuber und Mörder geworden sind."

Ich mußte mir innerlich gestehen, daß der Schurke seine Verteidigung ausgezeichnet führte. Mark wurde dadurch so überrumpelt, daß er aufsprang.

„s' death, das wird niemand sagen, denn wir werden Euch nicht verurteilen. Ihr seid frei, soviel ich meine! Was sagt Ihr anderen dazu?"

„Sie sind frei. Sie sind unschuldig!" nickten die drei Kaufleute, deren Überzeugung von der Schuld der Angeklagten gleich von vornherein nicht groß gewesen war.

„Auch ich kann nach dem, was ich weiß, nichts gegen sie vorbringen", entschied Bernard. „Was sie sind, und wie sie heißen, geht uns nichts an, und für unsere Anklage haben wir nur Vermutungen, keineswegs aber Beweise."

Cäsar, der Neger, machte ein verblüfftes Gesicht. Er sah sich um die Hoffnung betrogen, die Angeklagten hängen zu dürfen. Was mich betraf, so war ich mit dieser Wendung der Dinge leidlich zufrieden. Ich hatte sie sogar vorgesehen und daher nicht nur gestern zum Aufschub geraten, sondern heut auch dem guten Mark den Vorsitz überlassen. Er besaß als Jäger eine seltene Schlauheit; einen Mörder aber im Kreuzverhör festzulegen, dazu war er nicht der Mann. In der Prärie ist man niemals seines Lebens sicher. Weshalb also fünf Menschenleben auslöschen, wenn nicht die geringste feindselige Tat vorlag? Dann müßte ja überhaupt jeder Feind schon auf seine bloße Gesinnung hin getötet werden. Es lag mir weniger am Tod dieser Männer als vielmehr an unserer Sicherheit, und dafür konnten geeignete Maßnahmen leicht getroffen werden. Einen kleinen Stich aber mußte ich Mark doch dafür geben, daß er sich das abringen ließ, was wir besser aus Milde oder Gnade hätten bewilligen sollen. Als er sich daher mit der Frage an mich wandte, was ich dazu sagte, entgegnete ich:

„Weißt du noch, was der Vorzug deiner Tony ist?"

„Welcher?"

„Daß sie Grütze im Kopf hat."

„Egad, ich besinne mich, und auch du scheinst ein gutes Gedächtnis für dergleichen Dinge zu haben. Aber was kann ich dafür, daß ich ein Jäger und kein Rechtsgelehrter bin? Du hättest aus diesen Leuten vielleicht etwas herausgekniffen. Warum hast du nicht den Sheriff gemacht? Nun sind sie frei, und was einmal gesagt ist, das muß auch gelten."

„Gewiß, denn meine Meinung könnte nun doch nichts mehr ändern.

Frei sind sie, nämlich von der Anklage auf Mordversuch, doch frei in anderer Beziehung noch nicht. — Mr. Williams, ich werde jetzt eine Frage an Euch richten, und auf Eure Antwort soll es ankommen, was mit Euch weiter geschehen wird. In welche Richtung erreicht man am schnellsten den Rio Pecos?"

„Grad nach Westen."

Das stimmte mit meiner Erfahrung.

„In welcher Zeit?" — „In zwei Tagen."

„Ich halte Euch für Stakemen, obgleich Ihr uns gestern vor ihnen warnen wolltet, und obgleich Ihr mit Eurer Truppe, allerdings nachdem sie gehörig geschwächt war, anscheinend den richtigen Weg eingehalten habt. Ihr werdet zwei Tage lang als Gefangene bei uns bleiben. Sind wir dann noch nicht am Fluß, so ist Euer Leben verwirkt. Ich selbst werde dann eine Jury über Euch abhalten. Jetzt wißt Ihr, woran Ihr seid. — Bindet sie auf ihre Pferde, und dann vorwärts!"

„Oh, ah, das sein gut!" meinte Cäsar. „Wenn nicht kommen an Fluß, Cäsar werden hängen wie an Baum!"

Bereits nach einer Viertelstunde befanden wir uns unterwegs, die auf ihre Pferde gebundenen Gefangenen in der Mitte Cäsar schien sein Amt als Constabel nicht niederlegen zu wollen. Er wich nicht von den Pfahlmännern und und hielt sie unter strenger Aufsicht. Mark befehligte den Nachtrab, und ich ritt mit Bernard Marshal voran.

Ihn bewegte das gestrige Ereignis sehr, und es war Gegenstand unseres Gesprächs, doch hatte ich keine Lust, mich sonderlich darüber zu verbreiten. Endlich meinte er, von den angeblichen Pelzeinkäufern ablenkend:

„Ist es wahr, was Sans-ear behauptete, daß Ihr den Regen gemacht habt?" — „Ja."

„Mir unbegreiflich, obgleich ich weiß, daß Ihr keine Unwahrheit sagt."

„Ich ließ es regnen, um uns und Euch zu retten."

Und nun erklärte ich ihm den einfachen Vorgang, mit dessen Hilfe sich die Wettermacher und Medizinmänner mancher Naturvölker bei ihren Anhängern in ungeheures Ansehen zu setzen wissen.

„Dann haben also wir alle Euch das Leben zu verdanken", bekannte Marshal. „Wir wären verschmachtet an der Stelle, wo Ihr uns traft."

„Verschmachtet nicht, sondern ermordet worden", lautete meine Entgegnung. „Ich würde die Gefangenen niederschießen, wenn ich mich nicht scheute, Menschenblut zu vergießen. Am verdächtigsten kommt mir dieser Mercroft vor, und es ist mir, als hätte ich ein ähnliches Gesicht schon unter nicht empfehlenden Umständen gesehen. — Doch jetzt erzählt mir die näheren Umstände bei der Ermordung und Beraubung Eures Vaters!"

„Nähere Umstände gibt es dabei nicht. Allan war nach San Francisco gereist, um Einkäufe in Gold zu machen. Wir waren also mit Cäsar und der Wirtschafterin nur zu vieren, da die Arbeiter und Gehilfen, wie Ihr wißt, außerhalb des Hauses wohnten. Der Vater ging abends stets aus, wie Ihr Euch wohl erinnern werdet, und eines Morgens fanden wir seine Leiche im verschlossenen Hausflur, die Werkstatt und den Laden aber geöffnet und alles Wertvolle geraubt. Vater trug immer einen Schlüssel bei sich, der alle Türen öffnete. Den hat man ihm nach der Ermordung abgenommen, so daß man den Raub ohne alle Mühe durchführen konnte."

„Hattet Ihr keinen Verdacht?" forschte ich.

„Mein Verdacht richtete sich gegen die beiden Gehilfen", erklärte Bernard Marshal, „denn nur einer von ihnen konnte die Sache mit dem Schlüssel wissen. Das meldete ich der Polizei, doch blieben alle Nachforschungen fruchtlos. Ich betraute daher einen Detektiv mit der weiteren Verfolgung der Angelegenheit, besonders mit der Beobachtung der beiden Gehilfen. Ich mußte sie entlassen, weil ich das Geschäft aufgeben und nach Kalifornien fahren wollte, um meinen Bruder zu suchen, der uns längere Zeit ohne jede Nachricht gelassen hatte. Unter den geraubten Juwelen hatte sich ein bedeutende Anzahl von Schmucksachen befunden, die uns zur Aufbewahrung anvertraut waren. Diese Gegenstände mußte ich ersetzen und so behielt ich kaum die nötigen Mittel zur Bestreitung der Reisekosten und zur Bezahlung des Detektivs übrig."

„Und der Detektiv?" fragte ich. „Hat er eine greifbare Spur gefunden?"

„Ja", war die Antwort. „Er ermittelte bald, daß einer der Gehilfen, namens Holfert, in seiner Wohnung viel mit einem übelbeleumundeten Menschen, einem gewissen Fred Morgan, verkehrt hatte und noch verkehrte. Die beiden waren eines Tages plötzlich aus Louisville verschwunden. Zum Glück hatte Holferts Wirtin ein Gespräch der zwei belauscht, woraus hervorging, daß sie sich Mitte März mit dem Sohn Morgans am Rio Peñasco treffen wollten. Auch von Edelsteinen war die Rede gewesen. — Als mir der Detektiv das mitteilte, war mir klar, daß Morgan und Holfert die Täter seien. Ich machte mich mit Cäsar sofort auf, um ihnen zum Rio Peñasco zu folgen. Wenn es mir gelingen sollte, sie zu fassen und ihnen den Raub wieder abzunehmen, gehe ich dann erst recht nach San Francisco, um meinen Bruder zu suchen."

Fast hätte ich meinem guten Bernard ins Gesicht gelacht. Man denke sich: Bernard und Cäsar hinter Morgan her! — Ich beherrschte mich jedoch und sagte nur:

„Wie nun, wenn ich imstande wäre, Euch wieder zu einem großen Teil Eures Eigentums zu verhelfen?"

„Treibt keinen üblen Scherz, Charley!" wehrte er ab. „Ihr wart in der Prärie, als die Tat geschah. Wie sollte Euch das möglich sein, was die am nächsten Beteiligten nicht zustande brachten?"

„Bernard, ich bin ein rauher Gesell, aber wohl dem Menschen, der sich aus der glücklichen Jugendzeit seinen Kinderglauben in die Zeit des ernsten Mannesalters hinübergerettet hat! Es gibt ein Auge, das über allem wacht, und eine Hand, die selbst die bösesten Anschläge für uns zum Guten lenkt, und für dieses Auge, für diese Hand liegen Louisville und die Savanne eng beisammen. Da seht her!"

Ich zog die Beutel hervor und reichte sie ihm hin. Marshal nahm sie mit fieberhafter Aufregung in Empfang, und als er sie öffnete, sah ich seine Hände zittern. Kaum hatte er einen Blick hineingeworfen, so stieß er einen Ruf freudiger Überraschung aus.

„Herr, mein Gott, unsere Diamanten! Ja, sie sind's wahrhaftig! Wie kommt — —"

„Stop!" unterbrach ich ihn. „Beherrscht Euch, mein Freund! Die da hinter uns brauchen nicht zu wissen, worüber wir uns unterhalten. Wenn es Eure Steine sind, wovon ich bereits vollkommen überzeugt bin, so behaltet sie. Und damit Ihr nicht etwa gar mich selber für den

Spitzbuben haltet, will ich Euch erzählen, wie ich dazugekommen bin."

„Charley, was denkt Ihr denn! Wie könnt Ihr meinen —"

„Sachte, sachte! Ihr schreit ja, als sollten sie drüben in Australien hören, was wir hier miteinander verhandeln!"

Der gute Bernard befand sich in einem leicht erklärlichen Freudenrausch. Ich gönnte ihm sein Glück von ganzem Herzen und bedauerte nur, daß es nicht möglich war, ihm mit den Steinen auch den Vater zurückzugeben.

„Erzählt, Charley, ich bin begierig zu hören, wie unsere Steine in Eure Hände gekommen sind", bat er mich.

„Ich hatte auch den Täter beinahe fest", fuhr ich fort. „Er war mir so nahe, daß ich ihn mit meinem Fuß von der Lokomotive stieß, auf der ich stand, und Mark ist hinter ihm her gewesen, freilich vergeblich. Aber wir hoffen, ihn wieder zwischen die Hände zu bekommen, und zwar bald, womöglich da drüben am Rio Peñasco. Euer Detektiv hat Euch recht berichtet. Morgan hat sich in der Tat dorthin gewandt, jedenfalls einer neuen Gaunerei wegen, der wir wohl auch noch auf die Spur kommen werden."

„Erzählt, Charley, erzählt!"

Ich schilderte Marshal den Bahnüberfall durch die Ogellallah mit allen Einzelheiten und las ihm dann auch den Brief vor, den Patrick an Fred Morgan geschrieben hatte. Er hörte aufmerksam zu und meinte am Schluß:

„Wir fangen ihn, Charley, wir fangen ihn und werden dann auch erfahren, wohin das übrige gekommen ist!"

„Beginnt nicht wieder zu schreien, Bernard!" mahnte ich. „Wir sind zwar um einige Pferdelängen voraus, aber hier im Westen muß man selbst beim einfachsten Ding vorsichtig sein."

„Und Ihr wollt mir die Steine tatsächlich überlassen, ohne jede Bedingung, ohne jedweden Anspruch?"

„Gewiß, sie gehören ja Euch!"

„Charley, Ihr seid — doch nein", — er griff in den Beutel und zog einen der größeren Steine hervor —, „tut mir den Gefallen und nehmt diesen da als Andenken von mir an!"

„*Pshaw!* Werde mich hüten, Bernard! Ihr habt nichts zu verschenken, denn diese Steine gehören nicht Euch allein, sondern auch Eurem Bruder."

„Allan wird gutheißen, was ich tue!"

„Das ist möglich, ja, ich bin sogar überzeugt davon. Aber bedenkt, daß diese Steine noch lange nicht alles sind, was Ihr verloren habt! Behaltet also den Diamanten, und wenn wir einmal scheiden, so gebt mir etwas anderes, was Euch nichts kostet und mir als Andenken dennoch lieb und teuer ist! Jetzt aber reitet in dieser Richtung fort, ich werde auf Mark warten!"

Damit ließ ich ihn mit seinem Glück allein und blieb halten, um die Truppe an mir vorüberzulassen, bis Sans-ear mir zur Seite war.

„Was hattest du denn da vorn so Außerordentliches zu besprechen, Charley?" fragte er mich. „Ihr habt ja die Luft mit den Armen geprügelt, daß es zum Beispiel aussah, als wolltet Ihr Ballett reiten."

„Weißt du, wer der Mörder von Bernards Vater ist?" fragte ich zurück.

„Nun? Du hast es doch nicht etwa herausbekommen?" — „Doch!"

„*Well done!* Du bist ein Mensch, dem alles glückt. Wenn ein anderer jahrelang vergeblich nach etwas ringt und jagt, so greifst du im Traum in die Luft und hast es. Nun, wer ist es? Ich hoffe, daß du dich nicht verrechnest." — „Fred Morgan."

„Fred Morgan — der? Charley, ich will dir alles glauben, das aber nicht. Morgan ist ein Schuft unter den Westmännern, doch in den Osten kommt er nicht."

„Ganz, wie du willst. Die Steine aber gehören Marshal. Ich habe sie ihm bereits wiedergegeben."

„Hm, wenn du das getan hast, so mußt du freilich völlig davon überzeugt sein. Wird sich freuen, der arme Junge. Und nun gibt es einen Grund mehr, mit Fred Morgan einige Worte im Vertrauen zu reden. Ich hoffe, seine Kerbe bald einschneiden zu können."

„Und wenn wir ihn finden und mit ihm fertig sind, was dann?"

„Was dann? Hm, ich bin nur seinetwegen in den Süden gezogen und wäre ihm gefolgt bis nach Mexiko, Brasilien und dem Feuerland. Finde ich ihn aber hier, so ist es mir ganz gleich, wohin ich nachher gehe. Vielleicht hätte ich zum Beispiel Lust, hinüber ins alte Kalifornien zu reiten, wo es so prächtige Abenteuer geben soll."

„Für diesen Fall bleiben wir beisammen. Ich habe noch einige Monate Zeit und möchte den guten Bernard nicht allein diesen weiten und gefährlichen Weg machen lassen."

„Well, so sind wir einig. Sorge nur dafür, daß wir erst glücklich aus diesem Sand und von dieser Gesellschaft kommen! Sie gefällt mir immer weniger, und besonders will mir das Gesicht dieses Mercroft verwünscht schlecht behagen. Es ist ein Ohrfeigengesicht, und ich meine, daß ich es schon gesehen habe, als irgendwo irgendeine Schlechtigkeit im Werk war."

„Geht mir ebenso. Vielleicht besinne ich mich noch, wo ich ihm begegnet bin."

Der Ritt wurde ohne besondere Unterbrechung bis zum Abend fortgesetzt, dann machten wir halt, betreuten unsere Pferde, aßen einige Bissen hartes Dörrfleisch und begaben uns zur Ruhe. Die Gefangenen waren für die Nacht gefesselt worden, und die Wache sorgte dafür, daß sie sich nicht zu befreien vermochten. Als der Morgen anbrach, ging es wieder vorwärts, und am Mittag bemerkten wir, daß der Boden fruchtbarer wurde. Der Kaktus, dem wir begegneten, wurde saftiger, und schon zeigte sich hier und da im Sand ein Halm oder ein Büschel grüngelbes Gras, das unsere Pferde mit Begierde abweideten. Nach und nach drängten sich die Halme und Büschel zusammen, die Wüste wurde zum wiesenartigen Plan, und wir mußten absteigen, um unsere Tiere zufriedenzustellen. Mit wahrem Heißhunger labten sie sich an dem langersehnten frischen Grün. Zuviel durften wir ihnen freilich nicht gewähren. Deshalb pflockten wir sie an, damit sie nur so weit weiden konnten, wie die Lassos reichten. Jetzt konnten wir sicher sein, bald Wasser zu finden, und so gingen wir mit dem Rest unseres Vorrats nicht sparsam um.

Wie freuten wir uns, die furchtbare Wüste endlich hinter uns zu haben! Williams trat zu mir.

„Sir, glaubt Ihr nun, daß ich die Wahrheit gesagt habe?"

„Ich glaube es."

„So gebt uns unsere Pferde und Waffen zurück, und laßt uns frei! Wir haben Euch nichts getan und können diese Forderung mit gutem Recht stellen."

„Möglich. Da ich aber nicht allein über Euch zu entscheiden vermag, werde ich erst noch die anderen fragen."

Wir setzten uns zur Beratung zusammen, der ich eine vorbedachte Einleitung gab.

„Mesch'schurs, wir haben die Wüste im Rücken und gutes Land vor uns. Nun gilt die Frage, ob wir noch beisammen bleiben können. Wohin gedenkt Ihr zu gehen?" wandte ich mich zuerst an die Kaufleute.

„Nach Paso del Norte", lautete die Antwort.

„Wir vier reiten hinauf nach Santa Fé; unsere Wege laufen also auseinander. — Vorher ist noch zu entscheiden, was wir mit diesen fünf Männern tun."

Diese wichtige Frage wurde nach kurzer Besprechung mit dem Entscheid gelöst, daß die Gefangenen freizulassen seien, und zwar nicht erst morgen, sondern noch heute. Das war meinem Plan nicht zuwider. Sie erhielten also ihr Eigentum zurück und machten sich sofort auf den Weg. Auf die Frage, wohin sie sich zu wenden beabsichtigten, gab Williams den Bescheid, daß sie dem Pecos bis zum Rio Grande folgen würden, um dort Büffel zu jagen. Sie waren kaum eine halbe Stunde fort, da brachen auch die Kaufleute auf, und bald waren beide Gruppen außer Sicht.

Wir hatten seitdem schweigend dagesessen. Jetzt unterbrach Mark die Stille.

„Was meinst du, Charley?" fragte er mich.

„Daß sie nicht zum Rio Grande gehen, sondern uns den Weg nach Santa Fé verlegen werden."

„Well, ist auch meine Ansicht. War doch gescheit von dir, daß du sie belehrtest, wir wollten just da hinauf. Jetzt fragt es sich, ob wir zum Beispiel hierbleiben oder sogleich weiterreiten sollen."

„Ich entscheide mich für das Bleiben. Folgen können wir den Männern noch nicht, denn sie vermuten es und passen auf. Und da wir vielleicht Strapazen vor uns haben, denen unsere Pferde noch nicht gewachsen sind, ist es geraten, wir lassen die Tiere bis morgen Rast und Weide halten."

„Aber wenn diese Menschen nun heute zurückkehren und uns überfallen?" fragte Marshal.

„Dann würden wir endlich Grund haben, so mit ihnen zu sprechen, wie sie es verdienen", erklärte ich. „Übrigens reite ich auf Spähe aus. Bernard wird mir dazu sein Pferd leihen, damit ich meinen Mustang wegen seines Lahmens noch etwas schonen kann. Ihr bleibt hier, bis ich wiederkomme, was möglicherweise erst am Abend geschehen wird."

Damit stieg ich auf und ritt, von keinem Einspruch Marks zurückgehalten, den Spuren der Verdächtigen nach. Sie führten in südwestlicher Richtung ins Land hinein, während die Fährte der drei Kaufleute mehr nach Süden strich.

Ich folgte im Trab den angeblichen Pelzeinkäufern. Sie hatten sich in langsamem Schritt entfernt, mußten sich aber später schneller vorwärts bewegt haben, denn es dauerte wohl eine halbe Stunde, bis ich sie zu sehen bekam. Da ich wußte, daß sie kein Fernrohr hatten, konnte ich ihnen folgen, daß ich sie immer vor meinem Glas behielt.

Nach einiger Zeit trennte sich zu meinem Erstaunen einer von dem Trupp und schlug eine genau westliche Richtung ein. Dort sah ich in der Ferne Strecken von Buschwerk, die sich wie Halbinseln in die Prärie hineinzogen. Es mußte auch Bäche und andere Wasserläufe dort geben. Was tun? Wem sollte ich folgen? Den vieren oder dem einen? Eine Ahnung sagte mir, daß dieser eine einen Plan hatte, der sich auf uns bezog. Wohin die anderen gingen, konnte mir gleichgültig sein, da sie sich stetig von unserem Lagerplatz entfernten. Aber was der eine vorhatte, schien mir wissenswert zu sein. Deshalb spürte ich ihm nach.

Nach ungefähr drei Viertelstunden sah ich ihn zwischen den Büschen verschwinden. Jetzt setzte ich mein Tier in gestreckten Galopp und ritt einen Bogen, um mich dem Verfolgten nicht zu verraten, wenn er auf dem gleichen Weg zurückkehren sollte. Unweit des Punktes, wo er in die Büsche eingedrungen war, erreichte auch ich sie, drang aber noch eine gute Strecke in das Buschwerk ein, bis ich einen kleinen, freien und rings von Sträuchern umfaßten Platz fand, der von besonders frischem Grün bestanden war. Wie ich zu meiner Freude bemerkte, entsprang hier ein klarer Quell. Ich stieg ab und band Bernards Pferd so an, daß es saufen und weiden konnte. Dann trank ich selbst von dem herrlichen, frischen Wasser und schritt nachher der Richtung zu, in der ich auf die Fährte des Reiters stoßen mußte.

Zu meinem Erstaunen bemerkte ich bald, daß hier mehrere Reiter geritten waren, ja, daß es hier einen regelrechten Pfad gab, der offenbar fleißig benutzt wurde. Ich hütete mich wohl, ihn zu betreten. Er konnte bewacht sein, und dann mußte ich jeden Augenblick eine Kugel erwarten. Vielmehr pirschte ich mich, immer in gleicher Linie mit ihm, durch das Gebüsch, bis mich nach einiger Zeit ein lautes Schnauben warnte.

Eben wollte ich um einen Strauch biegen, um zu sehen, wo das Pferd stand, das sich da bemerkbar gemacht hatte, als ich blitzschnell wieder zurückfuhr, denn vor mir lag ein Mann, der den Kopf so zwischen den Zweigen versteckt hatte, daß er den Pfad genau beobachten konnte, während es unmöglich war, ihn von da aus zu entdecken. Das war jedenfalls die Wache, die ich vermutet hatte, und aus ihrer Anwesenheit ließ sich schließen, daß eine ganze Bande in der Nähe sein mußte.

Der Mann hatte mich weder gesehen noch gehört. Ich schlich einige Schritte zurück, um den Wächter zu umgehen, und das gelang mir so gut, daß ich nach fünf Minuten das ganze Gelände erkundet hatte.

Der Pfad lief auf eine große, weite Lichtung zu, deren Mitte ein dichtes, rundes Buschwerk trug, das von wildem Hopfen so durchschlungen war, daß man nicht hindurchzublicken vermochte. Aus diesem Gebüsch war das Schnauben gedrungen. Ich pirschte mich längs des Randes der Lichtung hin, um zu sehen, ob sich eine Öffnung im Gebüsch fände, konnte aber keine erspähen. Sie mußte verdeckt worden sein, denn soeben wurde eine und dann noch eine menschliche Stimme laut, die mir die Anwesenheit von Männern verrieten.

Sollte ich es wagen, mich anzuschleichen? Es war gefährlich, aber ich beschloß dennoch, es zu tun. Mit einigen raschen Sprüngen schnellte ich quer über den Lichtungsring hinüber, und zwar an einer Stelle, wo mich der Posten nicht bemerken konnte, weil sich das Gebüsch zwischen ihm und mir hinzog. So weit ich gehen durfte, ohne gesehen zu werden, fand ich das Buschwerk so dicht, daß ich nicht hindurchzublicken vermochte. Eine einzige Stelle nur gab es, tief unten am Boden, ganz am Wurzelwerk, die es mir allenfalls erlaubte, mich, hart an der Erde liegend, einzuschieben. Es ging zwar langsam, aber ich brachte es doch fertig, und nun stellte ich fest, daß das früher ohne Zweifel zusammenhängende Buschwerk ausgehauen worden war, so daß die Mitte einen freien Raum von ungefähr zwanzig Metern im Durchmesser bildete, eine Lichtung, die durch die dichte Laubwand nach außen völlig abgeschlossen war. An der einen Seite gewahrte ich nicht weniger als achtzehn Pferde, die eng nebeneinander angebunden waren. Ganz in der Nähe meines Verstecks lagen oder saßen siebzehn Männer am Boden, und der übrige Platz zeigte ganze Haufen verschiedener Gegenstände, die mit Büffelhäuten zugedeckt waren. Ich bekam den Eindruck eines Räuberlagers, in dem alles aufgestapelt wird, was man den Überfallenen abgenommen hat.

Eben sprach einer der Männer zu den übrigen. Es war Williams, in dem ich also den Reiter erkannte, der sich von den übrigen vier Verfolgten getrennt hatte. Ich konnte alles gut verstehen.

„Der eine mußte uns belauscht haben, denn ich erhielt auf einmal einen Fausthieb an den Kopf, daß ich wie ein Klotz niederfiel —"

„Belauscht bist du worden?" fragte einer, der eine ziemlich reiche mexikanische Kleidung trug, streng. „Du bist ein Tölpel, den wir nicht mehr brauchen können. Wie kann man sich belauschen lassen, noch dazu im Estacado, der dem Lauscher kein Versteck bietet!"

„Sei nicht ungehalten, Capitán!" meinte Williams. „Wenn du wüßtest, um wen es sich handelt, würdest du bekennen, daß selbst du vor ihm nicht sicher bist."

„Ich? Soll ich dir eine Kugel durch den Kopf jagen? Und nicht nur belauscht, sondern sogar niedergeschlagen bist du worden, niedergeschlagen durch einen Faustschlag, wie ein Kind, wie eine Memme!"

Die Stirnadern Williams' schwollen an.

„Du weißt, Capitán, daß ich keine Memme bin. Der mich niedergeschlagen hat, streckt auch dich mit einem einzigen Hieb zu Boden."

Der Capitán lachte hell auf. Dann machte er eine lässige Handbewegung.

„Erzähle weiter!"

„Auch Patrick, der sich einstweilen Mercroft nannte, wurde von ihm niedergeschmettert."

„Patrick? Mit seinem Stierschädel? Und was dann?"

Williams erzählte das Ereignis bis dahin, wo wir die Gefangenen wieder freigegeben hatten.

„*Carája* — verdammt, Schurke, ich schieße dich nieder wie einen Hund!" fuhr hier der Capitán auf. „Läßt sich der Lümmel mit vier meiner besten Leute von zwei hergelaufenen Schuften niederschlagen und gefangennehmen wie ein Knabe, der kein Mark in den Knochen hat und noch niemals von der Schürze der Mutter losgekommen ist!"

„*Bless my soul,* Capitán", knurrte Williams, „weißt du, wer die beiden waren, dieser eine, den sie Charley hießen, und der andere, der sich in den ersten Stunden Mark Jorrocks nennen ließ? Wenn Sie jetzt hereinträten, nur diese zwei, mit den Büchsen in der Hand und das Messer locker im Gürtel, so würde es wohl manchen unter uns geben, der nicht wüßte, ob er sich wehren oder sich lieber ergeben soll. Es waren Old Shatterhand und der kleine Sans-ear!"

Der Anführer fuhr auf.

„Lügner! Du willst nur Eure Feigheit beschönigen!"

„Capitán, stich mich nieder! Du weißt, daß ich nicht mit der Wimper zucke!"

„So sprichst du die Wahrheit?"

„Ja."

„Wenn es so ist, *por todos los santos* — um aller Heiligen willen, müssen die beiden sterben, und der Yankee mit dem Nigger auch, denn diese zwei Jäger werden nicht ruhen, bis sie uns entdeckt und vernichtet haben."

„Sie werden uns nichts tun, denn sie sprachen davon, sofort nach Santa Fé zu reiten."

„Schweig! Du bist tausendmal dümmer als sie, und doch würdest du ihnen nicht sagen, wohin du wirklich gehst. Ich kenne die Art und Weise dieser nördlichen Waldläufer zu gut. Wenn sie unsere Spuren suchen wollen, werden sie sie finden, selbst wenn wir durch die Luft fahren könnten. Ja, wir sind nicht sicher, daß nicht bereits einer von ihnen hier in den Büschen steckt und alles hört, was wir sprechen."

Bei diesen Worten war es mir nicht ganz gleichgültig zumute. Zum Glück aber fuhr der Sprecher fort:

„Ja, ich kenne ihre Art genau, denn ich war ein volles Jahr mit dem berühmten Florimont beisammen, den sie nur Track-Smeller[1] nannten, während er bei den Indios As-ko-lah[2] hieß. Bei ihm habe ich alle ihre Schliche und Eigentümlichkeiten kennengelernt. Ich sage euch, diese Leute werden nicht nach Santa Fé gehen und ebensowenig ihren Lagerplatz heute verlassen. Sie wissen, daß sie auch morgen eure Spuren finden, und daß ihre Pferde vor allen Dingen ausruhen müssen. Dann werden sie morgen mit gestärkten Gliedern und scharfem Geist hinter euch her sein, und wenn wir sie auch sicher erlegen, werden sie doch über die Hälfte von uns niederstrecken. Ich hab erzählen hören, daß dieser Old Shatterhand ein Gewehr hat, womit er eine ganze Woche lang schießen kann, ohne daß er zu laden braucht. Der Teufel hat es ihm gemacht, und er hat ihm dafür seine Seele verschrieben. Daher müssen wir sie noch heute abend überfallen, wenn sie schlafen. Sie haben, weil sie nur vier Personen sind, höchstens einen Mann als Wache aufgestellt. Kennst du den Ort, an dem diese Kerle lagern?"

„Ja", erklärte Williams.

„So macht euch bereit! Punkt Mitternacht müssen wir dort sein, aber ohne Pferde. Wir schleichen uns an und fallen über sie her, so daß sie an eine Gegenwehr gar nicht denken können."

Der gute Capitán kannte uns doch nicht so genau, wie er dachte; er hätte sonst noch ganz andere Maßnahmen ergriffen. Gleichwohl schätzte er uns fast zu hoch ein, was freilich durchaus erklärlich war. Man begegnet in der Prärie, genau so wie in den Ortschaften der zivilisierten Länder, jener Übertreibungssucht, die aus ‚einer Mücke einen Elefanten macht', wie man zu sagen pflegt. Wenn sich der Jäger ein- oder zweimal wacker gegen seine Feinde hält und es nebenbei versteht, seinen Scharfsinn zur Geltung zu bringen, so wird es von Lager zu Lager erzählt. Überall kommt etwas hinzu, und zuletzt ist er ein Held von schier überirdischen Ausmaßen, dessen Namen beinahe die gleiche Wirkung hat wie seine Waffen.

„Wo ist Patrick mit den anderen?" fragte der Anführer weiter.

[1] Fährten-Riecher   [2] Bärenherz

„Zum Rio Peñasco, um dort seinen Vater zu erwarten, wie er dir ja gemeldet hat", lautete die Antwort. „Bei dieser Gelegenheit wird er sich an die drei Kaufleute machen, die ausgezeichnete Waffen und auch ein hübsches Stück Geld bei sich führen. Vielleicht ist er bereits mit ihnen fertig, denn er wollte keine Zeit damit verlieren."

„So wird er mir die Beute schicken?"

„Mit zwei Männern; den dritten nimmt er mit."

„Gut. Wir werden alles gebrauchen können, auch die Waffen. Die besten Gewehre aber werden wir von den beiden Jägern bekommen. Man erzählte mir, daß Sans-ear eine Büchse hat, mit der man zwölfhundert Schritt weit schießen kann"

In diesem Augenblick ertönte von weitem das Gebell eines Präriehundes. Das war jedenfalls ein Zeichen.

„Antonio kommt mit den Pfählen, die er für den Estacado holen soll", meinte der Capitán. „Er soll sie nicht draußen abladen, sondern hereinkommen! Seit die Jäger in der Nähe sind, müssen wir doppelt vorsichtig sein."

Diese Worte überzeugten mich vollends, daß ich es mit einer Schar Pfahlmänner zu tun hatte. Die unter den Häuten verborgenen Gegenstände bestanden sicherlich nur aus zusammengetragenem Raub, der die früheren Besitzer das Leben gekostet hatte.

Jetzt öffnete sich gerade mir gegenüber die Buschwand. Sie wurde an dieser Stelle nur aus herabhängenden Schlingpflanzen gebildet, die leicht emporgehoben oder zur Seite geschoben werden konnten, und es ritten drei Reiter in den Kreis, deren Pferde eine Anzahl Stangen trugen, die mit Riemen zu beiden Seiten der Sättel befestigt waren.

Die Ankunft dieser Männer nahm die Aufmerksamkeit der Versammlung so in Anspruch, daß ich mich unbemerkt zurückziehen konnte, doch tat ich das nicht, ohne ein Zeichen meiner Anwesenheit mitzunehmen. Der Anführer hatte nämlich seinen Gürtel mit dem Messer und zwei messingbeschlagenen Doppelpistolen hinter sich gelegt, so daß ich eine der Pistolen mit dem ausgestreckten Arm erreichen konnte. Ich zog sie an mich und kroch nun langsam zurück, indem ich hinter mir sorgfältig jede Spur meiner Anwesenheit verwischte. Das tat ich auch draußen vor der Buschwand, und dann schnellte ich mich über den Lichtungsring wieder hinüber und in die Sträucher hinein. Hier bewegte ich mich, rückwärts kriechend, um meine Fährte wieder zu zerstören, auf den Fingern und Zehenspitzen weiter, bis ich es wagen konnte, nun in aufrechter Stellung fortzuschreiten und zu Marshals Pferd zurückzukehren. Ich band es los, saß auf und schlug einen so bedeutenden Bogen, daß ich sicher sein konnte, die Stakemen würden meine Anwesenheit nicht entdecken.

Als ich bei den Gefährten anlangte, begann die Dämmerung bereits hereinzubrechen, und ich sah es ihren Mienen an, daß sie besorgt um mich gewesen waren und meine Rückkehr mit Ungeduld erwartet hatten.

„Da sein Massa Charley!" rief Cäsar in einem Ton, der mir einen nicht geringen Grad von Zuneigung zu mir verriet. „Oh, Sorge haben Cäsar, und Sorge haben all wir um Massa Charley!"

Die anderen waren weniger stürmisch. Sie ließen mich erst absteigen und bei ihnen Platz nehmen, bevor Mark seine Erkundigungen begann.

„Nun?" — „Die Kaufleute sind verloren!"

„Dachte es! Diese angeblichen Pelzeinkäufer, die doch nur Stakemen sind, haben ihren Kurs geändert und werden des Nachts über ihre Opfer herfallen, wenn sie es nicht bereits am hellen Tag getan haben."

„Rate, wer dieser Mercroft ist!"

„Habe dir schon öfters erklärt, daß ich mich lieber mit einem Bären balge, als daß ich um etwas rate, was mir gleich gesagt werden kann."

„Mercroft war ein falscher Name, und —"

„War auch nicht so dumm, zu glauben, daß es der richtige sei!"

„— und", fuhr ich in meinem unterbrochenen Satz fort, „der Mann heißt eigentlich Patrick Morgan!"

„Pa — trick — — Mor — gan!" rief Mark, indem sein Gesicht zum erstenmal seit unserer Bekanntschaft Bestürzung zeigte. Patrick Morgan! Ist das möglich? Oh, Mark Jorrock, altes Coon[1], was für ein Esel bist du! Hast diesen Schurken bereits zwischen den Fingern, machst den Sheriff bei der Jury über ihn und läßt ihn wieder laufen! — Charley, weißt du genau, daß er es ist?"

„Sehr genau und nun verstehe ich auch, weshalb er mir so bekannt vorkam. Er sieht seinem Vater ähnlich."

„*All right*, jetzt gehen mir tausend Lichter auf! Auch ich dachte gleich, daß ich ihn schon gesehen haben müßte. Und doch erkannte ich ihn nicht, weil er damals noch sehr jung war. — Wo ist er? Ich hoffe doch nicht, daß er uns entwischt!"

„Er mordet die Kaufleute und geht dann mit nur einem Begleiter zum Rio Peñasco, um dort seinen Vater zu treffen."

„Dann auf, Ihr Leute, vorwärts! Wir müssen ihm nach!"

„*Stop*, Mark! Jetzt bricht der Abend herein, wo wir seine Spur nicht sehen können, und außerdem müssen wir uns auf einen ehrenvollen Besuch vorbereiten." — „Besuch? Wer wird kommen?"

„Dieser Patrick ist Mitglied einer Bande Stakemen, die da drüben ihr Lager haben. Ihr Anführer ist ein Mexikaner, den sie Capitán nennen und der beim alten Florimont eine gar nicht üble Schule durchgemacht hat. Ich habe die Räuber belauscht, als ihnen Williams unser Abenteuer erzählte. Sie wollen um Mitternacht über uns herfallen."

„Sie nehmen also an, daß wir hier liegenbleiben?"

„Allerdings."

„*Well*, so sollen sie ihren Willen haben, denn nun bleiben wir erst recht hier und sagen ihnen *good evening!* Wieviel Köpfe sind es?"

„Einundzwanzig."

„Das ist ein wenig viel für uns vier! Was meinst du, Charley? Wir zünden ein Feuer an und legen unsere Röcke so darum, daß sie die Kittel für die Träger halten. Wir selber aber stellen uns weiter draußen auf, so daß die Gegner zwischen uns und die Flammen kommen. Auf diese Weise erhalten wir ein sicheres Ziel."

„Der Plan ist gut", stimmte Bernard Marshal bei, „und wohl auch der einzige, dessen Ausführung in unserer Lage möglich ist."

„Schön! So laßt uns gleich Brennstoff für das Feuer suchen, bevor es ganz dunkel wird!" drängte Mark, indem er sich erhob.

„Bleib sitzen!" widersprach ich. „Glaubst Du wirklich, daß wir es auf diese Weise mit einundzwanzig Männern aufnehmen können?"

„Warum nicht? Sie werden gleich bei den ersten Schüssen davonlaufen, weil sie nicht wissen können, wen sie hinter sich haben."

[1] Racoon, Waschbär, ein Ausdruck, womit sich die Trapper gern selbst bezeichnen

„Und wenn nun dieser Capitán klug genug ist, den Sachverhalt zu ahnen? Dann bekommen wir einen harten Stand und werden trotz unserer Gegenwehr ausgelöscht."

„Auf so etwas muß der Jäger zum Beispiel immer gefaßt sein!"

„Dann wirst du unter Umständen die beiden Morgans fahrenlassen müssen!"

„*Behold,* das ist richtig! Du meinst wohl, daß wir uns leise davonmachen sollen, ohne diesen Raubmördern das Handwerk zu legen? Das können wir aber vor Gott und allen braven Männern, die durch den Estacado ziehen, nicht verantworten."

„Durchaus nicht. Ich habe einen anderen und, wie mir scheint, besseren Plan."

„Heraus damit!"

„Während sie uns hier suchen, machen wir uns über ihr *Hide-spot*[1] her und bemächtigen uns ihrer Pferde und Vorräte."

„*Good luck,* das ist wahr!" Aber du sagst, ihrer Pferde — wollen sie uns denn zu Fuß angreifen?"

„Ja. Und das läßt darauf schließen, daß sie ihr Versteck zwei Stunden vor Mitternacht verlassen werden, weil sie so lange gehen müssen, um hierher zu kommen."

„Hast du dir das gut gemerkt?"

„Verstehe sich. Wenn wir sie hier erwarten, setzen wir unser Leben aufs Spiel. Nehmen wir ihnen aber ihre Lebensmittel, ihren Schießvorrat, ihre Pferde, so ist es ihnen, wenigstens für lange Zeit, unmöglich, ihr Handwerk fortzusetzen. Mit anderen Worten: wir machen sie unschädlich und brauchen dabei kaum einen Schuß zu tun."

„Sie werden aber jedenfalls Wachen zurücklassen!"

„Ich kenne den Ort, wo sich der Posten befindet."

„Sie werden uns verfolgen!"

„Das werden sie auch tun, wenn wir auf sie warten und dann doch noch fliehen müssen."

„Nun gut, so sollst Du recht haben. Wann brechen wir auf?"

„Wir können es schon in einer Viertelstunde tun. Da ist es stockfinster."

„Oh, das werden schön!" meinte der Neger. „Cäsar reiten mit und nehmen all die Sachen, die liegen bei Räuber. Das besser sein, als bleiben hier, und Pfahlmänner schießen tot Cäsar!"

Es wurde bald so dunkel, daß man kaum zehn Schritt weit zu sehen vermochte. Wir saßen auf. Ich ritt voran, und die anderen folgten mir, nach Indianerart einer hinter dem anderen.

Mit Bedacht schlug ich nicht die gerade, zum Versteck führende Richtung ein, sondern machte einen möglichst großen Bogen, der uns an eine Stelle des Buschsaums führte, die wohl eine englische Meile vom *Hide-spot* entfernt lag. Hier hobbelten wir unsere Pferde an und schritten dann zu Fuß auf das Versteck zu. Obgleich weder Marshal noch der Neger große Gewandtheit im Anschleichen besaßen, gelangten wir doch unbemerkt an den Rand der Lichtung, genau dem Pfad gegenüber, in dessen Buscheinfassung vorhin die Wache gelegen hatte. Ein lichter Schein über dem Versteck bewies, daß dort ein Feuer oder wenigstens eine Fackel brannte. Um uns her aber war es so dunkel, daß ich ohne Sorge aufrecht über die Lichtung schreiten konnte. Ich fand die Stelle wieder, wo ich das Gespräch der Stakemen belauscht

[1] Versteck

hatte, und hörte auch jetzt, noch bevor ich mich gebückt hatte, von innen die Stimme des Anführers. Rasch drängte ich mich zwischen dem Wurzelwerk hindurch und sah nun, daß die ganze Bande in der Mitte des Platzes stand, wohlbewaffnet und zum Aufbruch bereit. Der Capitán war noch im Sprechen begriffen.

„Wenn wir nur die geringste Spur gefunden hätten, so dächte ich, es wäre einer von den Jägern hiergewesen und hätte uns belauscht. Wo ist die Pistole hingekommen? Vielleicht ging sie heute am Morgen auf meinem Ritt verloren, und ich habe es nicht bemerkt, als ich den Gürtel ablegte. Also, Hoblyn, du hast sie wirklich alle vier beisammensitzen sehen?"

„Alle vier. Es waren drei Weiße und ein Schwarzer, und ihre Pferde weideten hart daneben. Eins der Tiere hatte keinen Schweif und sah aus wie ein Ziegenbock ohne Hörner."

„Das ist die alte Stute von Sans-ear, die ebenso bekannt ist wie er selber. Sie haben dich doch nicht bemerkt?"

„Nein. Ich ritt mit Williams nur so weit hinzu, wie es ohne Gefahr möglich war, und kroch dann auf der Erde weiter, bis ich alles deutlich überblicken konnte."

Der Schüler des alten Florimont war also so klug und vorsichtig gewesen, zwei Kundschafter gegen uns auszuschicken. Ein Glück für uns, daß es geschehen war, als ich wieder bei den Freunden gesessen hatte.

„Dann wird alles gut gehen", schloß der Capitán seine Ansprache. „Du, Williams, bist ermüdet, du bleibst hier, und du, Hoblyn, nimmst den Posten am Weg! Ihr anderen aber vorwärts!"

Beim Schein des Feuers sah ich, daß der Eingang geöffnet wurde. Neunzehn Männer verließen das Versteck, und nur die beiden Genannten blieben zurück. Noch waren nicht alle im Pfad verschwunden, da stand ich wieder neben Mark.

„Wie ist's, Charley? Mir scheint, sie brechen auf!"

„Ja. Zwei bleiben hier, einer als Posten dort am Weg und Williams drin im Versteck. Williams ist nicht bewaffnet, der Posten aber hat das Gewehr in der Hand. Wir dürfen jetzt noch nichts unternehmen, denn man könnte etwas vergessen haben und wiederkommen. Aber machen wir uns bereit! Komm, Mark! Ihr beiden bleibt hier, bis wir Euch rufen oder holen!"

Wir schlichen bis zum Pfad hin und mußten wohl zehn Minuten warten, bis der Posten heraustrat. Er schlenderte unbesorgt auf der Blöße hin und her, so daß wir überzeugt sein konnten, er hege nicht die mindeste Befürchtung wegen seiner Sicherheit. So mochte im ganzen wohl eine Viertelstunde vergangen sein, als Hoblyn sich uns näherte. Jetzt war nicht mehr zu befürchten, daß jemand zurückkehren würde. Wir brauchten also nicht länger zu zögern.

Ich drückte mich hüben und Mark sich drüben eng an einen Busch. In dem Augenblick, als der Posten zwischen uns vorüber wollte, hatte Mark ihn bei der Kehle gefaßt. Ich riß ihm von seinem alten Tuchwams einen tüchtigen Fetzen herunter, drehte den Lappen zu einem Knebel zusammen und steckte Hoblyn den Knäuel zwischen die Zähne. Dann wurde der Mann mit seinem eigenen Lasso, den er an der Hüfte trug, an Händen und Füßen gefesselt und an einen Stamm gebunden.

„Jetzt weiter!"

Wir traten zum Eingang, wo ich die wilden Hopfenranken ein wenig zur Seite schob. Williams saß am Feuer und briet ein Stück Fleisch darüber. Er wandte mir den Rücken zu. Ich konnte mich ihm nähern, ohne daß er es bemerkte.

„Haltet das Sück höher, Mr. Williams, sonst verbrennt es!" sagte ich.

Der Pfahlmann fuhr herauf und blieb, als er mich erkannte, vor Schreck starr und bewegungslos sitzen.

„Guten Abend!" fuhr ich fort. „Fast hätte ich das Grüßen vergessen, und mit Gentlemen Eures Schlags kann man doch nie höflich genug sein."

„O — O — Old Shat — Shatterhand!" stammelte er, mich mit weitgeöffneten Augen anstarrend. „Was wollt Ihr hier?"

„Ich möchte dem Capitán diese Pistole hier wiederbringen, die ich heute mitnahm, als Ihr ihm Euer Abenteuer erzähltet."

Williams zog das eine Bein an, als wollte er sich zum Aufspringen vorbereiten, und blickte sich um, ob er eine Büchse erlangen könnte. Aber nur sein Bowiemesser lag neben ihm.

„Bleibt ruhig sitzen, Mr. Stakeman, denn die geringste Bewegung kostet Euch das Leben!" warnte ich. Erstens ist die Pistole Eures Hauptmanns geladen, und zweitens braucht Ihr nur zum Eingang zu blicken, um zu sehen, daß es hier noch mehr Kugeln gibt!"

Er drehte sich noch weiter um und gewahrte Mark, der mit angeschlagener Büchse auf ihn zielte.

„*Damn it* — ich bin verloren!" knirschte er.

„Vielleicht noch nicht, wenn Ihr Euch ruhig fügt. — Bernard, Cäsar, herbei!"

Dieser laute Ruf hatte zur Folge, daß die beiden Draußenstehenden unter dem Eingang erschienen.

„Dort an den Sätteln hängen Lassos, Cäsar. Nimm einen und binde diesen Mann!"

„Tod und Hölle!" fuhr Williams auf. „Lebendig sollt Ihr mich nicht nochmals fangen!"

Mit diesen Worten stieß sich der Pfahlman sein eigenes Bowiemesser ins Herz und brach zusammen.

„Gott sei seiner Seele gnädig!" sagte ich betroffen.

Mark aber ließ sich nicht aus der Ruhe bringen.

„Dieser Schurke hat vielleicht mehr als hundert Menschen auf dem Gewissen", meinte er dumpf. „Nie war ein Messerstich besser angebracht."

„Er hat sich selbst gerichtet", erwiderte ich. „Wohl uns, daß wir es nicht tun mußten!"

Dann schickte ich Cäsar hinaus, um Hoblyn zu holen. Bald lag der Gefangene vor uns am Boden. Der Knebel wurde entfernt, und der Mann holte tief Atem. Voll Entsetzen haftete sein Blick auf der Leiche seines Spießgesellen.

„Du bist ein Mann des Todes wie dieser da, wenn Du Dich weigerst, uns Auskunft zu geben", drohte ich.

„Ich werde alles sagen", versprach der Geängstigte.

„Nun also, wo ist das Gold versteckt?"

„Dort hinten, unter den Mehlsäcken ist es vergraben."

Die Häute wurden entfernt, und es ging an eine Untersuchung der Vorräte. Da gab es nun einen wahren Reichtum von allem, was jemals durch den Estacado befördert worden war: Waffen von allen Sorten und Arten, Pulver, Blei, Patronen, Lassos, Sättel, Beutel, Decken, vollständige Reise- und Jagdanzüge, Tuch und andere Stoffe, unechte Korallenketten und Schmucksachen nebst Perlenschnüren, wie sie bei den Indianerinnen beliebt sind, allerhand Kurzwaren und Werkzeuge, eine Menge Büchsen und Pemmican[1], große Vorräte von anderen Nahrungsmitteln, und das alles war bestimmt zusammengeraubt.

Cäsar warf die Säcke um sich, als hätte er es mit leichten Tabaksbeuteln zu tun. Marshal suchte unter den Werkzeugen Hacke und Schaufel. Es wurde nachgegraben und nach kurzer Zeit waren wir im Besitz von so viel Goldstaub und Goldkörnern, daß wir ein Pferd damit beladen konnten.

Es graute mir, wenn ich bedachte, wieviel arme Goldsucher den Tod hatten erleiden müssen, um diese Menge von Gold zusammenzubringen, das den Namen *deadly dust*[2] mit vollem Recht verdient.

Die zurückkehrenden Diggers nehmen nur wenig davon mit in die Heimat und wechseln den Ertrag ihrer Arbeit meist in Papiergeld oder Anweisungen um. Die Ermordeten hatten bestimmt solche Papiere bei sich gehabt. Wo waren sie hingekommen?

„Wo ist das Geld, und wo sind die Papiere, die Ihr den Beraubten abgenommen habt?" fragte ich Hoblyn.

„In einem Versteck weit von hier. Der Capitán wollte diese Werte nicht hier aufbewahren, weil es Mitglieder gab, die nicht zuverlässig waren."

„So kennt er dieses Versteck ganz allein?"

„Nur er und der Leutnant."

„Wer ist Euer Leutnant?"

„Patrick Morgan."

Es blitzte in mir auf. ‚Reich werden wir auf alle Fälle', hatte dieser Mensch an seinen Vater geschrieben. Sollte er einen Verrat an seinen Kameraden planen?

„Hast Du keine Ahnung, wo dieses Versteck ungefähr sein könnte?" forschte ich weiter.

„Ich weiß es nicht sicher, aber der Capitán scheint dem Leutnant nicht zu trauen. Patrick Morgan ist mit noch einem heute zum Rio Peñasco geritten, und morgen sollte ich mit zweien ihm nach, um ihn zu beobachten."

„Ah! Der Hauptmann hat dir einen Ort genannt und ihn deutlich beschrieben?"

Der Pfahlmann schwieg verlegen.

„Antworte! Schweigst du, so bist du ein toter Mann. Redest du aber aufrichtig, so sollst du Gnade finden, obwohl ihr alle den Strang verdient habt."

„Ihr ratet richtig, Sir!" gestand Hoblyn.

„Welches ist der Ort?"

„Ich soll ihn von hier aus sofort aufsuchen und den Leutnant niederschießen, wenn er sich ihm nähert. Es ist ein kleines Tal, das ich genau kenne, weil ich einmal dort gewesen bin. Euch aber kann seine Beschreibung wenig nützen, denn Ihr würdet es doch nicht finden."

„Hat dir der Capitán nur das Tal bezeichnet, oder wurde dir ein gewisser Punkt ausdrücklich genannt?"

„Er wird sich hüten, mir diesen Punkt zu verraten. Sein Befehl lautet, mich zu verbergen und dem Leutnant eine Kugel zu geben, wenn er das Tal betreten sollte."

[1] Getrocknetes und gestoßenes, mit Fett verknetetes Fleisch   [2] Tödlicher Staub

„Gut! Ich schenke dir das Leben, doch nur unter der Bedingung, daß du uns in dieses Tal führst", entschied ich.

„Ich werde es tun."

„Doch merk dir, daß du verloren bist, wenn du uns zu täuschen suchst! Du wirst als Gefangener mitreiten."

„Well", meinte Mark, „so wären wir hier mit unserem Forschen zu Ende. Was nun?"

„Wir nehmen das Gold mit, und alles, was wir von dem übrigen brauchen: Waffen, Schießbedarf, Tabak und Lebensmittel, auch einige Kleinigkeiten zu Geschenken für Indianer für den Fall, daß wir mit solchen zusammentreffen sollten. Macht Euch an die Auswahl! Ich will unterdessen die Pferde betrachten."

Ich fand vier stämmige Michigantraber, die sich gut zum Lasttragen eigneten. Außerdem verdienten noch drei Mustangs das Mitnehmen. Sie waren besser als die Tiere, die Bernard und Cäsar ritten. Zwei konnten also ausgetauscht werden, während ich das dritte für Hoblyn bestimmte.

Packsättel, wie sie Maultiere tragen, gab es unter den Vorräten auch. Ich schnallte jedem der Traber einen auf. Nun wurde alles, was wir uns anzueignen gedachten, in Decken gebunden, so daß acht Pakete entstanden, von denen ein Pferd je zwei aufgebürdet bekam. Aus den übrigen Gegenständen bildeten wir einen großen Haufen, an dessen Fuß wir das Pulver, das nicht mitgenommen werden konnte, und alle leicht entzündbaren Gegenstände unterbrachten.

„Was tun wir mit den übrigen Pferden?" fragte Mark.

„Cäsar bindet sie los und jagt sie hinaus in die Prärie; es ist zwar unklug, aber es widerstrebt mir, sie zu töten. Führe du den Zug fort, und zwar längs des Buschsaumes nach Westen! Ich werde zurückbleiben, um den Scheiterhaufen anzubrennen."

„Warum kann das nicht gleich geschehen?" fragte mich Marshal.

„Das Feuer wird weit hinaus gesehen. Die Stakemen werden, wenn sie uns an unserem Lagerplatz nicht finden, sicher schleunigst zurückkehren und könnten uns dann trotz der Dunkelheit erwischen. Es ist also besser, ich lasse Euch erst weit genug fort und komme dann schnell nachgeritten."

„Well, du hast recht, Charley; fort also, Boys!" befahl Mark.

Er schritt voran, eins der Packpferde am Zügel führend. Die anderen drei folgten, und Marshal beschloß mit Cäsar und dem auf sein Tier gefesselten Hoblyn den kleinen Zug. Ich blieb mit meinem Pferde halten und wartete. Die Schritte der Gefährten verklangen. So verging über eine Viertelstunde, und ich durfte nicht länger zögern, da die Stakemen sonst zurückkehren und mich überraschen konnten. Deshalb trat ich wieder in das Versteck, um den Haufen anzuzünden.

Wir hatten mit Hilfe einer zerrissenen Decke eine Art Lunte gemacht, die mir Zeit gab, mich, bevor das Pulver in die Luft flog, gehörig weit zu entfernen. Es war ja, da wir auch eine Menge Patronen hinzugelegt hatten, eine kräftige Entladung zu erwarten. Ich zündete also an, nahm dann mein Pferd am Zügel und folgte dem Pfad hinaus in die Prärie. Vor den letzten Büschen schwang ich mich in den Sattel. Da erhob sich im Hide-spot ein Prasseln und Knattern. Das Feuer hatte die Decke ergriffen, worin die Patronen eingewickelt waren. Ich gab meinem Pferd die Sporen und ritt, so schnell es die Dunkelheit gestattete, davon, um aus dem Bereich des hellen Scheins zu kommen, den die hochlodernden Flammen des brennenden Versteckes warfen. Das Feuer verzehrte das ganze zusammengeraubte Gut der Stakemen.

5. Der Kundschafter der Apatschen

Im südöstlichen Teil des Staates New Mexico, der weit in das Gebiet von Texas hinein vorstößt, erheben sich die Berge der Sierra Blanca, deren Gebirgszug durch die Sierra Guadelupe nach Süden fortgesetzt wird. Diese Berge bilden ein Gebiet von wilden, wirr durcheinanderlaufenden Kämmen und zeigen sich bald als riesige, nackte Bollwerke und werden hier durch tiefe, fast senkrecht abfallende Cañons und dort durch sanft absteigende Talrinnen getrennt, die seit ihrer Entstehung von der Außenwelt abgesondert zu sein scheinen. Und dennoch trägt der Wind Blütenstaub und Samen über die hohen Zinnen und Grate, so daß sich ein Pflanzenwuchs entwickeln kann. Dennoch klimmen der Braune und Graue Bär an den Felsen empor, um dann in die unwegsame Einsamkeit hinabzusteigen. Dennoch findet der streifende Bison hier einige Pässe, durch die er auf seinen Herbst- und Frühjahrswanderungen in Herden von Tausenden zu drängen vermag. Dennoch tauchen hier bald weiße, bald kupferfarbige Gestalten auf, so wild wie die Gegend selbst, und wenn sie wieder abgezogen und verschwunden sind, weiß niemand, was geschehen ist. Die schroffen Steinriesen sind stumm, der Urwald schweigt, und noch kein Mensch hat die Sprache der Tiere verstanden.

Hierherauf kommt der kühne Jäger, nur auf sich und seine Büchse angewiesen. Hierherauf steigt der Flüchtling, der mit der gesitteten Welt zerfallen ist. Hierherauf schleicht der Indsman, der aller Welt den Krieg erklärt, weil alle Welt ihn vernichten will. Da taucht bald die Pelzmütze eines Trappers, bald der breitrandige Sombrero[1] eines Mexikaners, bald der Haarschopf eines Roten zwischen den Zweigen auf. Was wollen sie hier? Was treibt sie herauf in diese abgeschlossenen Höhen? Es gibt auf diese Frage nur eine Antwort: die Feindschaft gegen Mensch und Tier, der Kampf um ein Dasein, das dieses Kampfes nicht immer wert zu nennen ist.

Unten auf der Ebene stoßen die Jagdgründe und Gebiete der Apatschen mit denen der Komantschen zusammen. An diesen Grenzen geschehen Heldentaten, von denen keine Geschichte etwas meldet. Durch die Zusammenstöße dieser reckenhaften Völkerschaften wird mancher einzelne oder mancher versprengte Trupp hinaufgetrieben in die Berge, und muß hier Schritt für Schritt mit dem Tod oder mit Gewalten ringen, die zu besiegen eine Unmöglichkeit scheint.

Der Rio Pecos entspringt am Truchas Peak in der Sierra Moro, hält erst eine südöstliche Richtung ein und wendet sich dann, an der Sierra Blanca entlang, genau nach Süden. Nahe am Südende der Gebirgskette schlägt er nach Westen einen weiten Bogen, den rechts und links Berge einfassen. Diese Höhen weichen zu beiden Seiten der Flußufer so weit zurück, daß hüben und drüben ein bald schmalerer, bald breiterer Präriestreifen Platz findet, bestanden mit üppig grünem Graswuchs, der sich in dem von den Höhen bis zum Fuß des Gebirges niedersteigenden Urwald verliert.

---

[1] Deutsch: „Schattenmacher", breitrandiger Hut, aus Palmblattfaser geflochten

Das ist ein gefährliches Gelände. Die Berge sind langgestreckt, so daß es nur selten einen Spalt, eine Schlucht gibt, die zur Seite führt, und wer hier einem Feind begegnet, vermag nicht auszuweichen, wenn er nicht sein Pferd im Stich lassen will, ohne das er vielleicht erst recht verloren ist.

Wir hatten dieses Flußtal erreicht, das ich schon kannte. Wenig weiter nördlich lag Winnetous Pueblo. Gar zu gern hätte ich einen Abstecher dorthin unternommen, um mich nach meinem Freund zu erkundigen, ihn vielleicht selbst anzutreffen. Doch ich mußte solche Gedanken von mir weisen; es galt zunächst Mark Jorrocks und Bernard Marshal beizustehen.

Hoblyn ritt jetzt frei in der Mitte des Trupps neben Cäsar. Mark war voran, und ich folgte mit Bernard, der sich als tüchtiger Reiter bewährte.

Am frühen Morgen hatten wir den Rio Pecos durchschwommen und unseren Ritt dann auf seinem westlichen Ufer fortgesetzt. Jetzt war es Vormittag, und die Sonne hatte soeben die Spitzen der Höhen jenseits des Flusses erreicht. Ihre Strahlen berührten uns wohltuend, denn die Nacht war kalt gewesen, und der Morgen war hier so feucht und frisch, daß wir unsere Decken noch um die Schultern trugen.

„Haben wir noch weit zum Rio Peñasco?" fragte mich Marshal.

„Wir würden ihn heute noch erreichen, wenn wir nach der Beschreibung Hoblyns nicht vorher rechts abbiegen müßten."

„Wäre es nicht besser, erst zum Peñasco zu gehen, da wir Fred Morgan dort treffen werden?"

„Selbst in diesem Fall dürften wir nicht geradewegs auf den Peñasco zuhalten, da uns Morgan dann bemerken würde. Er ist sicher da, denn wir haben heute den vierzehnten März. Und im übrigen denke ich, Patrick ist in das Tal geritten, also wird wohl der Vater auch dort zu treffen sein."

„Have care!" rief in diesem Augenblick Mark Jorrocks von der Spitze unseres Trupps her. „Dort am Waldrand liegt ein Zweig, der noch grün ist. Er muß erst vor kurzer Zeit abgebrochen sein, und folglich ist kürzlich jemand hier gewesen."

Wir ritten näher und stiegen ab. Mark hob den Zweig auf, besah ihn und reichte ihn dann mir.

„Schau dir doch das Ding zum Beispiel einmal an, Charley!"

„Hm, ich meine, daß dieser Zweig vor kaum einer Stunde abgeknickt wurde."

„Meine es auch. Siehst du hier die Fußtapfen?"

Ich bückte mich zur Erde.

„Ein Weißer! Wahrscheinlich Patrick oder sein Vater. Wir können nicht weiter, Mark!"

„Hast recht. Der Strolch darf nicht merken, daß jemand hinter ihm ist. Doch, wenn er hier vom Pferd gestiegen ist, muß er eine Absicht dabei gehabt haben. Dort ließ er das Pferd stehen, das mit den Hufen gescharrt hat, und hier gehen die Fußspuren ins Holz. Wollen sehen!"

Wir ließen die drei anderen warten und drangen, die Fährte verfolgend, in den Wald ein. So mußten wir ein geraume Strecke gehen, bis Mark, der voranschritt, stehenblieb. Gerade vor ihm war der Boden zerstampft und die Moosdecke aufgelockert. Er sah aus, als hätte man darunter gegraben und sie dann wieder an ihre frühere Stelle gelegt. Ich bückte mich und entfernte das Moos.

„Eine Hacke!" rief Mark.

„Richtig!" bestätigte ich. „Hier hat eine Hacke gelegen."

Unter dem Moos zeigte der lockere, modrige Boden genau den Abdruck einer Hacke, die hier verborgen gewesen war.

„Die hat sich Patrick geholt. Aber wer hatte sie hier versteckt?" fragte Mark.

„Diese Frage ist leicht zu beantworten", erklärte ich ihm. „Als der Capitán und der Leutnant den Schatz vergraben und das Tal verlassen hatten, ist ihnen nach einiger Zeit dieses Werkzeug beschwerlich gefallen, und sie haben sich dessen hier entledigt. Es kann also jetzt in der Tat nur Patrick hiergewesen sein, denn der Capitán ist noch hinter uns, und Fred Morgan kennt diese Stelle nicht. Jedenfalls werden wir draußen an den Saumbäumen ein Zeichen finden, das sich der Capitán und der Leutnant für den Fall ihrer Rückkehr gemacht hatten, denn die Hacke wird ja beim Bergen des Schatzes erneut gebraucht."

Ich deckte das Moos wieder auf das Versteck und ging zurück, um die Bäume draußen zu betrachten. Richtig! An zweien, nämlich an denen, die rechts und links von der Fährte standen, waren noch die Spuren von drei Kerben zu sehen, übereinander eingeschnitten, und außerdem hatte man bei beiden Bäumen die untersten drei Äste abgebrochen.

„Was folgt aus alledem, Charley? Kannst du dir's denken?" fragte mich Sans-ear.

„Ebensogut wie du und jeder andere, denn das zu erraten ist ja leicht: Patrick hat wirklich die Absicht, in das Tal zu gehen."

„Richtig. Es ist notwendig, daß wir ihm dort zuvorkommen, und es fragt sich also, ob er geradewegs hingeht oder erst seinen Vater sucht." — „Das werden wir sofort erfahren."

Ich wandte mich an Hoblyn:

„Haben wir noch weit bis dahin, wo euer Weg in das Tal des Pecos abzweigt?"

„Höchstens noch zwei Stunden, wenn ich mich recht entsinne."

„Dann reiten wir bis dorthin. Folgt Patrick diesem Weg, so geht er gleich zu dem Versteck; behält er aber die gegenwärtige Richtung bei, so will er erst seinen Vater holen, und nach seinem Verhalten werden wir uns richten! Übrigens kann Patrick kaum eine Stunde vor uns sein. Aus diesem Grunde ist es ratsam, ein wenig zu rasten. Er könnte um irgendeiner Ursache willen halten bleiben, und so liefen wir ihm möglicherweise gerade vor die Augen."

„All right, Charley", nickte Sans-ear. „Bleiben wir hier! Aber wir wollen nicht so unvorsichtig sein wie er und die Pferde nicht im Freien lassen. Zieht sie herein zwischen die Bäume und nehmt etwas zu essen aus den Taschen, denn ich habe zum Beispiel seit Sonnenaufgang noch keinen Bissen zwischen die Zähne bekommen!"

Wir befolgten seinen Vorschlag und ließen uns im weichen Moos nieder. Kaum war das geschehen, da stieß Hoblyn einen schwachen Ruf aus und deutete mit der Hand flußabwärts zwischen die Bäume hinaus.

„Blickt zur Schlucht da drüben überm Pecos, Mesch'schurs! Es war mir just so, als hätte ich oben auf ihrem höchsten Punkt etwas schimmern sehen, gleich einer stählernen Lanzenspitze."

„Unmöglich!" meinte Sans-ear. „Wie kann man auf so weite Entfernung eine Lanzenspitze bemerken?"

„Und doch, Mark", entgegnete ich. „Wenn das Auge gerade auf den Punkt fällt, wo sie sich befindet, so ist es recht gut möglich. Aber solche Lanzen tragen nur die Indsmen, und es müßten demnach — wahrhaftig, jetzt sehe auch ich es blinken, einmal ganz oben und dann ein Stück weiter unten. Hört, Ihr Leute, das können nur Indianer sein, und es ist ein großes Glück, daß wir auf den Gedanken gekommen sind, hier unterzukriechen! Wären wir weitergeritten, so hätten sie uns unbedingt bemerkt, da wir die Sonne gerade gegenüber haben."

Ich nahm mein Fernrohr heraus und richtete es auf die Schlucht. Was ich entdeckte, war geeignet, mich besorgt zu machen.

„Hier, Mark, sieh dir die Reiter genauer an! Es sind ihrer wenigstens hundertfünfzig."

Er nahm das Glas ans Auge und gab es dann Bernard.

„Guckt Euch die Rothäute an, Mr. Marshal! Habt Ihr vielleicht schon mit Komantschen zu tun gehabt?"

„Noch nicht. Es sind also Komantschen?"

„Ja. Der Gegend nach könnten es wohl auch Apatschen sein, aber diese tragen den Schopf anders als die Leute, die dort herabkommen. Seht Ihr die roten und blauen Farben, womit sie ihre Gesichter bemalt haben? Das ist das sichere Zeichen, daß sie sich auf dem Kriegspfad befinden. Deshalb haben sie die Lanzenspitzen so blank geschliffen, und in jedem Köcher stecken einige Pfeile, mit denen ich zum Beispiel nicht gern zu tun haben mag. Was meinst du, Charley, wenn sie hier vorüberkämen?"

„Sie würden uns unbedingt bemerken."

„Wenn man nur hinaus könnte, um den Zweig zu entfernen und unsere Spuren zu verwischen. Das geht aber nicht mehr."

„Würde auch nichts helfen, Mark, denn sie würden weiter oben unsere Fährte entdecken und sie sicherlich bis hierher verfolgen."

„Das weiß ich. Doch wir könnten dann Zeit gewinnen, hier auszubrechen und uns davonzumachen, bevor sie zurückkämen."

„Ist richtig. Die Hufspuren sind gleich hier am Rand. Vielleicht geht es, auch ohne daß man hinaustritt."

Hinter mir stand ein dürres, dünnes Fichtenstämmchen. Ich schnitt es ab und angelte damit den Zweig herein. Dann suchte ich eine Stelle, wo trockene Nadeln auf dem Boden lagen, sammelte einige Handvoll davon und streute sie über die Spur hinweg, die allerdings so schwach war, daß sie nur vom scharfen Auge eines Indianers bemerkt werden konnte.

„Wollen sehen, ob es hilft, Charley", meinte Sans-ear. „Mich würdest du damit nicht täuschen."

„Inwiefern?"

„Hat ein Ahorn Kiefernnadeln?"

Allerdings stand gerade über den Hufspuren ein Ahorn, aber die Sache war nun nicht zu ändern. Übrigens nahmen jetzt die Indsmen unsere Aufmerksamkeit voll in Anspruch. Sie hatten eben den unteren Teil der Schlucht erreicht, machten dort halt und schickten einige Krieger auf Kundschaft aus.

„Heigh-day, sie kommen nicht hierher!" rief Mark erfreut.

„Woraus seht Ihr das?" fragte Bernard.

„Erkläre es ihm, Charley, da du dich seiner einmal als Lehrmeister angenommen hast!"

„Sehr einfach", belehrte ich Bernard. „Von den drei Männern, die auf Kundschaft gehen, reiten zwei längs der Höhe stromab und einer auf das Wasser zu. Sie wollen also übersetzen, werden aber nicht aufwärts kommen, da sie in diesem Fall das Gelände nicht abwärts, sondern aufwärts prüfen würden. Die zwei sollen es nach Spuren, also auf seine Sicherheit, untersuchen, während der dritte erkunden soll, ob der Pecos hier zum Durchschwimmen geeignet ist."

Bald kehrten alle drei zu den Wartenden zurück. Sie schienen befriedigende Kunde zu bringen, denn der Trupp setzte sich gerade auf das Wasser zu in Bewegung. Wir konnten sie jetzt mit bloßem Auge zählen, und es ergab sich, daß ich sie eher etwas zu niedrig als zu hoch geschätzt hatte. Es waren lauter junge, kräftige Leute, die zu zwei Stämmen oder Dörfern gehören mußten, da zwei Häuptlinge an ihrer Spitze ritten.

„Die beiden mit den Adlerfedern im Haar sind die Häuptlinge?" erkundigte sich Bernard.

„Ja."

„Ich hörte, daß die Anführer stets Schimmel reiten?"

„Schimmel? Hihihihi!" lachte Mark belustigt vor sich hin.

„Da seid Ihr falsch berichtet, Bernard", meinte ich. „Drüben im alten Land kommt es wohl vor, daß ein Feldherr seinen Lieblingsschimmel reitet, hier aber nicht. Der Indianer ist überhaupt kein Freund der hellen Farben beim Pferd, und kann er schon auf der Jagd keinen Schimmel brauchen, weil das Weiß das Wild verscheucht, so bei einem Kriegszug erst recht nicht. Nur im Winter, wo die weiße Farbe im Schnee als Maske dient, kann es bei einem einzelnen Unternehmen vorkommen, daß man auf einen Schimmel steigt, und dann nimmt auch der Reiter einen weißen Kattun über. Ich selbst habe das einmal oben am Nord-Park mit gutem Erfolg versucht."

Mittlerweile waren sämtliche Pferde der Roten ins Wasser gegangen, und obgleich der Pecos hier ein starkes Gefälle hatte, hielten sie sich doch so wacker, daß sich, als sie hüben landeten, kaum einige Meter Abtrift ergaben .Nun wurde wieder die Umgebung abgesucht, und dann setzte sich der Zug flußabwärts in Bewegung.

Jetzt konnten wir erleichtert Atem holen, denn die Gefahr war für uns nicht gering gewesen. Mark streichelte seiner Stute den Hals.

„Was meinst du, alte Tony, wenn uns die Roten heute abgestutzt hätten, mir die Ohren und dir den Schweif? — Ja so, das ist ja schon früher geschehen!" unterbrach er sich schmunzelnd und wandte sich dann an mich. „Aber Charley, was wird nun zum Beispiel mit Patrick? Denn seine Spur bemerken sie sicher!"

„Sie werden ihm nichts tun", ließ sich Hoblyn vernehmen.

„Nichts? Warum?"

„Weil sie ihn kennen. Es sind Komantschen vom Stamm der Racurrohs, mit denen er und der Capitán die Friedenspfeife geraucht haben, weil wir vieles von unserer Beute an sie verhandelten."

„Das ist schlimm, denn so ist es leicht möglich, daß er mit ihnen gegen uns gemeinschaftliche Sache macht."

„Müssen auch das abwarten, Mark", tröstete ich. „Patrick wird sich hüten, die Roten mit ins Tal zu nehmen! Höchstens erfordert es die Höflichkeit, daß er einige Stunden bei ihnen bleibt, um das Kalumet mit den Häuptlingen zu rauchen. Dann ist er wieder sein eigener Herr."

Ich trat an den Saum des Waldes und steckte den Kopf durch die

Zweige, um den Indianern nachzusehen. Sie waren schon hinter der nächsten Krümmung des Flusses und der Berge verschwunden. Bevor ich mich zurückwandte, richtete ich meinen Blick unwillkürlich auch einmal stromauf und — fuhr mit dem Kopf schnell hinter die Zweige. Mark hatte diese rasche, beinahe heftige Bewegung bemerkt und fragte:

„Was gibt's? Kommen dort oben auch Indsmen?"

„Wie es scheint, ja. Wenigstens hält einer dort drüben am Ausgang der oberen Schlucht."

Sans-ear hatte das Fernrohr noch neben sich liegen und setzte es an.

„*Zounds*, es ist richtig! Aber es ist nur einer, wenn nicht vielleicht noch andere hinter ihm sind." Er lugte noch immer hinaus und hob plötzlich den Kopf. „Aber was sehe ich! Das ist doch zum Beispiel ein Apatsche!"

„Ein Apatsche?"

„Ja. Er trägt das Haar lang herab. Es hängt ihm weit auf dem Rücken nieder. Jetzt reitet er auf das Wasser zu."

„Gib mir das Rohr!"

Mark reichte es mir, leider aber konnte ich nichts mehr sehen, da sich der Mann bereits im Wasser befand und durch eine Erhöhung des diesseitigen Ufers verdeckt wurde.

„Weißt du, wie das ist, Charley?" fragte Sans-ear. „Die Komantschen werden, ohne daß sie es ahnen, von den Apatschen verfolgt, und deren Kundschafter ist vorangegangen, um sie stets im Auge zu behalten. Er fängt das verteufelt klug an, denn er ist ihnen nicht auf ihrer Fährte gefolgt, sondern oberhalb von ihnen in der nächsten Schlucht über die Berge gegangen. Tretet zurück, denn die Roten haben scharfe Augen! Der Apatsche kommt auf alle Fälle hier vorüber, drum haltet Euren Pferden die Nüstern zu! Sie sind es gewohnt zu schnauben, wenn ein Indianer in der Nähe auftaucht. Meine Tony hat allerdings etwas mehr Grütze im Kopf. Und nun still!"

Wir konnten die Apatschen nicht kommen sehen, da wir uns am oberen Teil einer Talkrümmung befanden, aber kaum waren fünf Minuten seit den letzten Worten verflossen, so vernahmen wir den Huftritt seines Pferdes.

Die anderen hatten sich zurückgezogen, ich jedoch lag vorn am Waldsaum hinter einem ziemlich dichten Gesträuch. Der Kundschafter kam, langsam den Boden musternd. Hatte er vielleicht einige niedergetretene Grashalme oder sonst eine Spur bemerkt? Es mußte so sein, denn jetzt hielt er gerade mir gegenüber an und richtete den Blick auf die Nadeln, die ich vorhin hinausgeworfen hatte. Im Nu stand er am Boden, mit dem Tomahawk in der Faust, denn er hatte Verdacht geschöpft. Ich aber drang ebenso schnell, wie der Rote vom Pferd gesprungen war, durch den Busch und eilte ihm entgegen. Sein sehniger Arm holte aus zum fürchterlichen Hieb.

„Winnetou!" rief ich. „Will der große Häuptling der Apatschen seinen Bruder töten?"

Er ließ den Arm sinken, und sein dunkles Auge leuchtete hell auf.

„Scharlih!"

Er rief nur das eine Wort, aber es lag in dem Ton eine Freude, die ein stolzer Indsman sonst lieber beherrscht, als laut werden läßt. Dann schlang er die Arme um mich und drückte mich an sich.

Auch ich freute mich herzlich über dieses Zusammentreffen. Doch es war jetzt nicht Zeit dazu, irgendwelchen Gefühlen Raum zu geben.

„Was tut mein roter Bruder an dieser Stelle des Pecos? fragte ich. Winnetou steckte den Tomahawk in den Gürtel.

„Die Komantschen haben ihr Lager verlassen, um die Apatschen zu belästigen. Der Große Geist sagt, daß Winnetou sie besiegen wird. — Und was tut mein weißer Bruder in diesem Tal? Sagte er nicht vor vielen Monden, daß er wieder über das große Wasser ziehen würde zum Wigwam seines Vaters und seiner Schwestern?"

„Ich habe das Wigwam des Vaters gesehen, aber der Geist der Savanne hat mich zurückgerufen im Licht des Tages und im Traum der Nacht. Da bin ich seiner Stimme gefolgt."

„Mein weißer Bruder hat recht getan. Das Herz der Prärie ist groß und weit. Es umfaßt das Leben und den Tod, und wer seinen Puls gefühlt hat, der darf wohl fortgehen, aber er kommt immer wieder zurück. Howgh!"

Der Häuptling nahm sein Pferd beim Zügel und trat mit mir unter die Bäume. Hier erst erblickte er meine Begleiter. Obgleich ich sie mit keinem Wort erwähnt hatte, zeigte er sich nicht im mindesten überrascht über ihre Anwesenheit; vielmehr tat er, als hätte er sie gar nicht bemerkt. Er griff zur Pfeife und zum Tabaksbeutel und setzte sich mit würdevoller Haltung.

„Winnetou ist weit im Norden gewesen, um den heiligen Ton für sein Kalumet zu graben", sagte er, „und Old Shatterhand ist der erste, der es mit ihm rauchen wird."

„Es werden heute noch andere mit meinem roten Bruder rauchen", bemerkte ich. „Hat der große Häuptling der Apatschen schon von Sans-ear gehört, dem tapferen, klugen Jäger?"

„Der Apatsche kennt ihn, aber er hat ihn noch nicht gesehen. Sansear ist listig wie die Schlange, klug wie der Fuchs und tapfer wie der Jaguar. Er trinkt das Blut der roten Männer und hat ihren Tod auf dem Kolben seiner Büchse eingegraben. Aber er tötet nur die Bösen. Dort steht sein Pferd. Warum kommt er nicht zu Winnetou, um mit ihm die Pfeife des Friedens zu rauchen?"

Mark erhob sich und trat herbei. Ich sah es ihm an, daß er sich bewußt war, jetzt dem Mann zu begegnen, der als der größte, tapferste und gerechteste Krieger aller Savannen bekannt war.

„Mein roter Bruder hat recht gesprochen. Ich töte nur die Bösen, den Guten aber gehört meine Hilfe", bestätigte er.

Ich winkte auch Bernard herbei.

„Der Häuptling der Apatschen möge sein Auge auch über diesen Krieger leuchten lassen. Er war ein reicher Mann. Die weißen Mörder aber haben ihm seinen Vater getötet und seine Diamanten und Dollars geraubt. Der Mörder ist hier am Rio Pecos. Er wird von seiner Hand sterben!"

„Winnetou ist sein Bruder. Er wird ihm helfen, den Mörder seines Vaters zu ergreifen. Howgh!"

Dieses Wort galt bei Winnetou stets als eine Beteuerung, die ihm heilig war. Ich hatte also für Bernard eine Hilfe gewonnen, wie wir uns keine bessere wünschen konnten. Der Apatsche hatte jetzt seine Pfeife gestopft und steckte sie in Brand. Nachdem er den Rauch zuerst empor zum Himmel und dann nieder zur Erde geblasen hatte, stieß er ihn in die vier Himmelsrichtungen aus und reichte dann mir das Kalumet. Ich tat ebenso und gab die Pfeife an Mark weiter. Nachdem auch

Marshal die Förmlichkeit beendet hatte, ging das Kalumet in die Hände Winnetous zurück. Dann erkundigte sich Mark bei dem Apatschen:

„Mein roter Bruder hat viele Krieger in der Nähe?"

„Uff!"

Das war bei Winnetou stets ein Ausruf des Erstaunens.

Mark kannte die Gewohnheiten des Apatschen noch nicht, und da er nur den einen Laut zur Antwort bekam, glaubte er, falsch verstanden worden zu sein. Daher wiederholte er seine Erkundigung.

„Ich fragte, ob mein roter Bruder seine Krieger in der Nähe hat?"

„Uff! Mein weißer Bruder mag mir sagen, wie viele Bären vorhanden sein müssen, um tausend Ameisen zu zertreten!"

„Nur einer."

„Und wie viele Krokodile, um hundert Kröten zu verschlingen?"

„Nur eins."

„Und wie viele Häuptlinge der Apatschen, um diese Komantschen unschädlich zu machen? Wenn Winnetou das Kriegsbeil ausgräbt, nimmt er nicht seine Männer mit, sondern er geht allein. Er kennt keinen einzelnen Stamm, dessen Häuptling er ist, sondern er ist der oberste Häuptling aller Apatschen. Er mag die Hand ausstrecken hier oder dort, so eilen tausend Krieger herbei, um seine Befehle zu vollziehen. Er hat viele Zungen, die ihm erzählen, was die Krieger der Komantschen tun, und er ist stark genug, um seine Feinde mühelos abzuwehren."

Dann wandte er sich zu mir.

„Der Mann soll mit der Faust sprechen. Doch mein Bruder Scharlih erzähle mir, was er mit diesen Männern will, die bei ihm sind!"

Ich gab ihm einen kurzen, aber genauen Bericht über die Ereignisse, die uns an den Rio Pecos geführt hatten. Er hörte aufmerksam zu und blickte dann eine Weile zu Boden. Den letzten Rauch aus seiner Pfeife blasend, erhob er sich und hängte das Kalumet wieder um den Hals.

„Meine weißen Brüder mögen mir folgen!"

Der Apatsche nahm sein Pferd, führte es hinaus und schwang sich auf. Ich hielt mich ihm zur Seite, und in scharfer Gangart setzten wir unseren Weg fort. Winnetou ritt einen braunen, starkknochigen Klepper, den ich schon von früher her kannte, ein Tier, das er gern auf Kundschaft benützte, wenn er seinen Rapphengst Iltschi[1] schonen wollte. Dieses Pferd hatte ganz das Aussehen eines abgetriebenen Karrengauls, und nur ein Kenner wie Winnetou konnte sich entschließen, es als Reitpferd zu gebrauchen. Es war ausgezeichnet im Galopp, ruhig im Trab, ausgiebig und unermüdlich im Schritt und kerngesund auf der Lunge. Seine Klugheit stand keineswegs hinter der von Marks Stute zurück, und mit seinen scharfen, stahlharten Hufen hatte es mehr als einmal den gefährlichen grauen Wolf oder gar den Puma in die Flucht geschlagen.

Als wir die Spuren der Komantschen erreichten, erkannten wir, daß sich der Trupp recht sicher gefühlt haben mußte, denn man hatte sich keine Mühe gegeben, die Fährte unkenntlich zu machen. So ritten wir wohl eine Stunde weit, bei jeder Biegung des Wegs haltend, um die vor uns liegende Strecke zu überblicken. Eben waren wir wieder an eine Waldecke gekommen und standen schon im Begriff, sie zu umreiten, als der Apatsche plötzlich sein Pferd zurückriß.

[1] Iltschi = Wind

Er deutete mit dem rechten Arm vorwärts, während die geschlossene Linke das Zeichen zur Schweigsamkeit und Vorsicht gab. Ich streckte den Kopf vor und strengte meine Augen an, konnte aber nichts bemerken.

Winnetou hängte seine Büchse an den Sattelknopf, stieg ab, zog das Messer und verschwand zwischen den Bäumen, ohne ein Wort zu verlieren. — „Was mag es geben, Charley?" fragte Mark.

„Weiß es nicht. Er hat etwas Verdächtiges bemerkt und ist gegangen, sich zu überzeugen. Das hast du aus seinem Tun erkannt, und darum brauchte er keine Rede zu halten. Wir müssen hier hinter der Ecke warten, bis er zurückkehrt oder uns ein Zeichen gibt."

„Massa, oh, ah, haben hören Massa?" unterbrach Cäsar den kleinen Wortwechsel.

„Was?"

„Haben schreien ein Tier!"

„Wo?"

„Da, hinter Ecke!"

Ich blickte die anderen fragend an, aber keiner hatte etwas gehört, doch konnte der Neger trotzdem recht haben.

Da erscholl — und jetzt hörten wir es alle — der Lockruf des Spottvogels. Jeder andere hätte diese Töne wirklich für die Stimme dieses kleinen Gesellen gehalten, ich aber wußte, daß sie aus dem Munde des Apatschen kamen, denn diesen Ruf hatten wir während unserer früheren Fahrten oft als Zeichen angewandt.

„Ein Spottvogel hier", meinte Mark. „Möchte zum Beispiel wissen, wo diese Vogelart nicht anzutreffen wäre!"

„Diese Vogelart hast du heut zum erstenmal gesehen und gehört", belehrte ich ihn. „Es ist Winnetou, der uns ruft. Vorwärts, dort steht er am Waldrand!"

Ich nahm das Pferd des Apatschen beim Zügel, und die anderen folgten. Winnetou stand einige hundert Schritt weit von uns am Saum des Forstes, verschwand aber im Gehölz, sobald er merkte, daß seinem Ruf Folge geleistet wurde. An der Stelle angekommen, stieg ich ab und trat unter die Bäume. Dort wartete der Apatsche, und zu seinen Füßen lag ein junger Mensch, gebunden mit seinem eigenen Gürtel. Er hielt die Augen angstvoll auf Winnetou gerichtet und stöhnte leise.

„Memme!"

Nur das eine Wort sprach der Apatsche, dann wandte er sich verächtlich ab. Der Gefangene war ein Weißer. Als er mich erblickte, hellte sich sein Gesicht etwas auf. Er mochte, da ich zu seiner Rasse gehörte, einige Hoffnung fassen, die sich noch vergrößerte, als jetzt auch Mark hinzutrat.

„Ein Weißer!" rief Mark. „Weshalb behandelt ihn mein roter Bruder als Feind?"

„Böses Auge!" erwiderte Winnetou kurz.

Hinter uns erscholl jetzt ein lauter Ruf, und als ich mich umwandte, sah ich, daß Marshal den Gefangenen mit einem unbeschreiblichen Gesichtsausdruck betrachtete.

„Holfert! Um Gottes willen, wie kommt Ihr hierher?"

„Marshal! Mr. Marshal!" stammelte der Angeredete betroffen. Er war also Holfert, der ehemalige Angestellte der Marshals, der Spießgeselle Morgans.

Da wandte ich mich an den Gefangenen:

„Mr. Holfert, wir haben Euch seit langer Zeit gesucht. Wollt Ihr mir wohl sagen, wo sich Euer guter Freund befindet, der sich Fred Morgan nennt?"

Er erschrak:

„Seid Ihr ein Detektiv, Sir?" fragte er.

„Wer und was ich bin, werdet Ihr noch erfahren, doch will ich Euch sagen, daß ich nicht als Richter mit Euch verfahren möchte, denn ich bin geneigt, anzunehmen, daß Ihr nur verführt worden seid. Also antwortet! Wo ist Morgan?"

„Bindet mich los, Sir, dann werde ich alles sagen!"

„Vom Losbinden kann keine Rede sein, doch wollen wir Eure Fesseln ein wenig lockern. Cäsar, schnalle ihn lockerer!"

Der Neger trat vor und bückte sich nieder.

„Cäsar, auch du?" rief Holfert erstaunt.

„Cäsar, auch da, yes! Oh, wo sein Massa Bern, da auch immer sein Neger Cäsar."

Der Schwarze lockerte Holfert den Gürtel, so daß der Gefangene aufrecht sitzen konnte. Ich setzte das Verhör fort.

„Also zum drittenmal: Wo ist Morgan?"

„Am Rio Peñasco."

„Wie lange wart Ihr mit ihm zusammen?"

Der Mann schwieg. Ich zog den Revolver.

„Seht Euch diese kleine Ding hier an, Mr. Holfert! Ich weiß genau, woran ich mit Euch bin, aber ich wünsche doch, daß Ihr mir über den Tod Eures Brotherrn und über das Verschwinden seines Eigentums etwas Näheres erzählt. Redet ihr nicht, oder bringt Ihr die Unwahrheit vor, so erhaltet Ihr die Kugel. Im Westen macht man mit einem Raubmörder noch weniger Federlesens als da drüben in den Staaten des Ostens!"

„Ich bin kein Mörder!" beteuerte der Mann in höchster Angst.

„Ich habe Euch bereits gesagt, daß ich genau weiß, was ich von Euch halte. Es kommt nun einzig darauf an, ob wir Euch als einen verstockten oder reumütigen Menschen behandeln sollen. Also, Ihr kanntet Morgan schon früher?"

„Er ist ein Verwandter von mir."

„Und hat Euch in Louisville besucht?"

„Ja."

„Weiter! Ich habe nicht Lust, eine Menge Fragen zu tun, da Ihr auch ohnedies reden könnt. Denkt an den Revolver!"

„Wenn Mr. Marshal weggeht, werde ich alles erzählen!"

Ich mußte die Gefühlsregung des so unverhofft entdeckten Verbrechers berücksichtigen.

„Ihr sollt Euren Willen haben."

Damit winkte ich Bernard, der sich entfernte, aber, wie ich wohl bemerkte, in einem Bogen wieder zurückkehrte und sich im Rücken des Gefangenen hinter den Stamm eines Baumes stellte. Ich hätte in diesem Augenblick in sein Herz blicken mögen.

„Nun also!"

„Fred Morgan besuchte mich öfters, und ich ließ mich überreden, mit ihm zu spielen."

„Er besuchte Euch in Eurer Wohnung?"

„Ja, nie im Geschäft. Ich gewann und spielte leidenschaftlich weiter.

Dann verlor ich, mehr und mehr, bis ich Fred einige tausend Dollar schuldig wurde. Ich konnte die Schuld nicht bezahlen, und da drohte er mir mit Anzeige, denn ich hatte ihm Wechsel mit der gefälschten Unterschrift meines Herrrn gegeben. Jetzt konnte ich mich nicht anders retten, ich mußte ihm mitteilen, wo sich der Schlüssel zum Laden befand."

„Ihr wußtet, was Morgan dort wollte?"

„Ja. Wir wollten teilen und dann nach Mexiko gehen."

„Ihr sagtet ihm, daß Euer Dienstherr stets einen Hauptschlüssel bei sich trüge?"

„Ja. Aber ich dachte nicht, daß Fred den Herrn ermorden würde. Er sagte, er wolle ihn nur betäuben. Wir lauerten Mr. Marshal auf, doch anstatt ihn nur niederzuschlagen, erstach Fred ihn. Dann öffneten wir die Haustür und legten den Toten in den Flur. Was wir fanden, teilten wir gleich an Ort und Stelle."

„Morgan nahm die Diamanten, und Ihr erhieltet das übrige?"

„Ja. Da ich Fachmann war, fiel es mir nicht schwer, meinen Anteil, allerdings unter Verlust, in Geld umzusetzen —"

„Und nun — ah, ich errate! Dieses Geld hat Euch Fred Morgan jetzt abgenommen?"

„So ist es."

„Wart Ihr wirklich töricht genug, zu glauben, daß ein so schlechter Mensch ehrlich gegen Euch handeln würde? Ihr konntet es Euch doch denken, daß er Euch in die Wildnis lockte, nur um sich ungestraft in den Besitz des gesamten Raubes zu setzen! Auf welche Weise nahm er Euch das Geld ab?"

„Morgan hatte gestern abend die Wache. Ich schlief fest. Da fühlte ich eine Berührung und wachte auf. Der Schuft hatte mir bereits die Waffen und die Brieftasche genommen und stand im Begriff, mir sein Messer in die Brust zu stoßen. Die Angst gab mir Kräfte. Ich warf ihn zur Seite, sprang auf und rannte fort. Er verfolgte mich, aber weil es dunkel war, glückte es mir, zu entkommen. Ich bin während der ganzen Nacht gelaufen, denn ich konnte mir denken, daß er meinen Spuren nachgehen würde, sobald der Tag anbrach. Erst vor kurzer Zeit habe ich es gewagt, mich hier zu verstecken, um ein wenig zu schlafen. Aber ich kam nicht dazu, denn die Indianer ritten vorüber. Deshalb wollte ich sogleich wieder fort. Da erblickte ich diesen Roten und verkroch mich wieder. Er hat mich dennoch gefunden!"

Der Mann war sehr abgespannt. Vielleicht trug dieser Zustand auch das meiste dazu bei, daß er alles so offen bekannte, denn im Ton seiner Stimme war nicht viel von Reue und innerer Bewegung zu hören.

Ich wandte mich an Bernard, der inzwischen wieder vorgetreten war.

„Dieser Mann ist Euer. Was werdet Ihr mit ihm tun?"

Marshal schwieg. In seinem Herzen mochte die Rache mit dem Mitleid kämpfen. Dann legte er Holfert noch einige Fragen vor und erklärte uns schließlich:

„Der Schurke ist schuld am Tode meines Vaters und hat nach den Gesetzen der Savanne selbst den Tod verdient. Aber ich bin in dieser Sache Ankläger, also Partei und das Amt des Richters steht mir infolgedessen nicht zu."

„Ist auch gar nicht nötig, Mr. Marshal", ließ sich jetzt Sans-ear hören. „Wir sind zum Beispiel auch noch da. Ich stimme für den Tod. Gebt dem Verbrecher eine Kugel! Solch Ungeziefer muß ausgerottet werden."

„Auch ich stimme für seinen Tod", bestätigte Winnetou das Urteil Sans-ears. „Aber der Knall eines Schusses dringt weit und könnte uns verraten. Hier stehen Bäume genug. Der Neger mag den Verräter am nächsten starken Ast aufhängen. Was meint mein Bruder Old Shatterhand?"

Ich wollte dem Urteil widersprechen, das mir zur hart erschien. Aber ich kam nicht dazu, meine Gedanken auszusprechen, denn es ereignete sich etwas, was keiner von uns erwartet hatte. Wir alle hatten zuletzt nicht auf den Gefangenen achtgegeben. Wie es ihm gelang, seine Fessel so schnell abzustreifen, weiß ich nicht. Wahrscheinlich war Cäsar bei der Lockerung des Gürtels unbedacht vorgegangen. Noch bevor ich meinen Mund zum Einspruch öffnete, schnellte Holfert sich in Sätzen, die ich seinem geschwächten Körper nicht zugetraut hätte, an uns vorbei und unter den letzten Bäumen des Walds ins Freie auf die Stelle zu, wo die Pferde standen.

Augenblicklich waren wir hinter ihm her, aber wir sahen nur noch, wie er auf dem Tier Marshals im Galopp dem Pecos zusprengte, dessen Ufer an dieser Stelle ungefähr zweihundert Schritte entfernt sein mochte.

„Bless me!" zürnte Sans-ear, „da reitet zum Beispiel der Schuft dahin, ohne ,Good bye' gesagt zu haben. Rasch, wir müssen ihm nach!"

Ich eilte zu meinem Mustang, sprang in den Sattel und drückte dem Tier die Sporen in die Weichen, eben als Holfert das Ufer erreicht hatte. Sein Pferd setzte zum Sprung an, da krachte hinter mir die Silberbüchse Winnetou. Der Flüchtling ließ, mitten durch den Kopf getroffen, die Zügel fahren und stürzte in die Fluten des Pecos, die sich augenblicklich über ihm schlossen. Das reiterlose Pferd arbeitete sich in einem Bogen an das diesseitige Ufer zurück und trabte laut wiehernd auf uns zu.

Winnetou lud den abgeschossenen Lauf kaltblütig wieder.

„Der Geist der Savanne ist gerecht; der weiße Mann mußte sterben. Leider ist nun doch der Schuß gefallen, den der Apatsche gern vermieden hätte. Aber der Schurke durfte unmöglich lebendig entkommen, denn er hätte uns verraten. Der Große Geist hat seinen Tod gewollt."

Dann bestieg der Apatsche sein Pferd und ritt davon, ohne sich nach uns umzusehen.

Schweigend und in ernster Stimmung folgten wir. Ich überprüfte im stillen die Handlungsweise Winnetous und mußte ihm recht geben.

Die Spuren der Komantschen blieben auch weiterhin gut kenntlich. Daß sie einen Kriegszug unternahmen, hatte ihre Bemalung gezeigt. Doch mußte ihr Ziel weit entfernt sein, sonst hätten sie sich vorsichtiger benommen. Winnetou kannte jedenfalls ihr Vorhaben, aber er war viel zu schweigsam, als daß er ohne zwingende Veranlassung eine Bemerkung darüber hätte fallen lassen. Eben wollte ich mich an seine Seite begeben, als wir vor uns einen — zwei — drei Schüsse knallen hörten.

Sofort hielten wir an. Winnetou winkte zurück und ritt bis zur nächsten Biegung vor. Er stieg ab und huschte in die Sträucher, aus denen er bald zurückkehrte, um uns durch eine Handbewegung herbeizurufen.

„Komantschen und zwei Bleichgesichter!"

Mit diesen Worten kroch er wieder in die Büsche, und wir drei folgten, während Cäsar bei Hoblyn und den Pferden blieb.

Vor uns erweiterte sich das Tal des Pecos zu einem breiten Kessel, wo sich uns ein überraschender Anblick bot. Hart am Ufer des Flusses hatten die Häuptlinge der Komantschen ihre Lanzen in die Erde gesteckt und an deren Schäfte die Schilde gelehnt. Sie selbst saßen dabei am Boden und rauchten ihre Kalumets mit zwei Weißen, die zu beiden Seiten von ihnen Platz genommen hatten. Die Tiere dieser vier Männer weideten in der Nähe. Vor ihnen entwickelte sich eine kriegerisch wilde und dennoch friedliche Szene: Die Komantschen führten eins jener Kampfspiele auf, wobei sie ihre ganze Meisterschaft im Reiten und im Gebrauch der Waffen bewiesen. Die Entfernung war zu groß, als daß man ihre Züge zu erkennen vermochte, und ich griff deshalb zu meinem Fernrohr. Plötzlich stutzte ich:

„*Halloo*, wer ist das! Mark, guck hindurch!"

Sans-ear nahm das Rohr und richtete es.

„*'s death*, das ist Fred Morgan mit seinem Sohn! Sie haben sich also schon hier getroffen und sind dabei unter die Indsmen geraten."

„Richtig. Patrick war immer kurz vor uns, und Fred Morgan ist vom Peñasco her diesem Holfert gefolgt. So sind sie sich begegnet. Und vor den Indsmen brauchen sie sich nicht zu verstecken, wie du ja auch gehört hast."

„So wird es sein. Eine unliebsame Wendung der Dinge!"

„Wieso?"

„Wie werden wir uns die beiden aus den Indsmen herausholen können?"

„Ich hoffe, die Weißen und die Roten werden nicht beisammenbleiben. Es kann doch keineswegs die Absicht der zwei Spitzbuben sein, die Indianer von dem Schatz, den sie heben wollen, etwas wissen zu lassen."

„Dann ist es am besten, wir warten hier, um sie zu beobachten."

„Sicher scheinen wir hier zu sein, denn es ist nicht anzunehmen, daß einer von den Roten umkehren wird."

„Kann nicht Morgan kommen, der doch Holfert verfolgen will?" fragte Marshal.

„Fred Morgan wird von seinem Sohn und den Komantschen erfahren, daß sie Holfert nicht begegnet sind und wird annehmen, daß er einen anderen Weg eingeschlagen hat", folgerte ich. „Ziehen wir die Pferde in ein Versteck!"

Winnetou nickte zustimmend, und ich trat zurück, um das zu besorgen. Die Packpferde wurden, da sich ein mehrstündiger Aufenthalt vermuten ließ, abgeladen und mit unseren anderen Tieren etwas tiefer in den Wald hineingebracht.

Als Hoblyn den Talkessel erblickte, streckte er den Arm aus.

„Sir, dort rechts hinauf geht die Schlucht, der wir folgen müssen!"

„Dort? Das ist Pech!" — „Weshalb, Charley?" fragte Mark.

„Weil wir nicht hin können, um den beiden zuvorzukommen. Du kannst dir doch denken, daß sie sich sofort nach Abzug der Komantschen auf den Weg machen werden."

„Da habt keine Sorge, Sir!" fiel Hoblyn ein. „Diesen Weg kennen nur der Capitán und ich. Der Leutnant aber geht einen anderen, der weiter unten am Bett des Peñasco hinaufführt."

„Dann mag es sein, und wir können diesen Leuten da ruhig und unbesorgt zuschauen!"

Die Komantschen hatten sich in zwei Parteien geteilt, die sich gegenseitig zu bekämpfen schienen, bald in geschlossener Truppe, bald aufgelöst im Einzelkampf, und zeigten dabei eine Ausdauer und Behendigkeit, die einen europäischen Zuschauer in Erstaunen versetzen mußten. Bei ihnen gab es keinen Sattel und auch nicht das Zaumzeug. Sie binden eine Decke, ein Fell oder eine Matte auf den Rücken des Tieres. An jeder Seite dieses Fells ist ein breiter, besonders starker Riemen befestigt, der über den Nacken des Pferdes gelegt ist und dazu dient, den Arm hindurchzustecken, wenn sich der Reiter auf die eine oder andere Seite des Tieres legen will, während er mit einem Fuß am Pferderücken hängenbleibt. Diese eigentümliche Sattelung und die große Übung machen es den Reitern möglich, das Tier als Schild zu gebrauchen, es zwischen sich und den Feind zu bringen und doch Bewegungsfreiheit genug zu haben, um über den Rücken des Pferdes hinweg oder unter seinem Hals hindurch den Pfeil auf den Gegner zu schnellen oder ihn, falls sie mit einem Feuergewehr bewaffnet sind, eine Kugel zuzuschicken. Die roten Krieger sind dabei so außerordentlich gewandt, daß sie sich, je nachdem es erforderlich ist, bald auf die rechte, bald auf die linke Seite des Tiers werfen und zugleich eine Leichtigkeit und Schnelligkeit entwickeln, die einem Kunstreiter Ehre machen würde. Und ihre Pferde gehen so sicher, daß selten eine Kugel oder ein Pfeil das Ziel verfehlt. Der Riemen, worin der Arm nahe an der Schulter hängt, ist an der Mähne des Tiers auf dem Widerrist befestigt, so daß selbst dann, wenn die Satteldecke sich löste, dieser Stützpunkt nicht versagen kann. Hat der gewandte Reiter die Schlinge gut befestigt, so bedarf es zur Ausführung seiner Kunststücke überhaupt keiner Decke und keines Sattels: seine mit Mokassins bekleideten Füße haften mit der Ferse sicher und fest auch auf dem nackten Pferderücken. — Unsere ganze Aufmerksamkeit war dem Kampfspiel der Komantschen, das einer arabischen ,Fantasia' ähnelte, zugewandt, und nur ein einziges Mal blickte ich durch die Büsche in die Richtung zurück, woher wir gekommen waren — zu unserem Glück, denn gerade noch rechtzeitig sah ich längs des Waldrandes zwei Reiter herabkommen, die die Fährte der Komantschen sorgfältig beobachteten.

„Have care, ihr Männer, dort kommen Leute!"

Alle blickten zurück.

„Der Capitán mit Conchez!" stellte Hoblyn erregt fest.

„Wahrhaftig, er ist's! Schnell weiter in den Wald hinein und die Spuren verwischt!" drängte ich.

In zwei Minuten war das geschehen. Nur Winnetou und ich blieben an einer etwas weiter vorgeschobenen Stelle, wo es uns möglich war, die Nahenden zu beobachten, ohne von ihnen bemerkt zu werden.

Schon waren sie sehr nahe, und sicher wären sie um die Biegung geritten, wenn nicht gerade jetzt die Komantschen ein Kampfgeschrei erhoben hätten, das wie ein Geheul von wilden Tieren klang. Die beiden Reiter stutzten, stiegen ab, lugten vorsichtig um die Ecke und führten dann ihre Pferde an die Stelle, wo die unsrigen gestanden hatten. Wir wichen zu unseren Gefährten zurück.

Hart hinter den Ankömmlingen standen zwei Ahornbäume eng beisammen. Es gelang mir, bis zu ihnen hinzuschleichen, um die halblaute

Unterhaltung der beiden Männer, die sich niedergelassen hatten, zu belauschen.

„Es sind Komantschen", meinte der Capitán. „Wir haben also nichts von ihnen zu befürchten. Nur müssen wir zuvor wissen, wer die beiden Weißen sind."

„Es ist zu weit. Man kann sie nicht erkennen."

„Man könnte sich nach der Kleidung richten. Den vorderen kenne ich nicht, und der andere wird von den Häuptlingen verdeckt."

„Capitán, sieh dir doch von den vier Pferden den Goldfuchs an! Er hat einen Stutz, was in der Savanne und auf den Bergen eine Seltenheit ist. Was meinst du dazu?"

„Carája, das ist der Fuchs des Leutnants!"

„Denke es auch. Dann wird der zweite Weiße kein anderer sein als er."

„Richtig! Jetzt beugt er sich vor. Siehst du die bunte Serape[1]? Er ist es. Was ist da zu tun?"

„Ja, wenn ich nur wüßte, was du eigentlich mit ihm vorhast, dann ließe sich vielleicht über die Sache sprechen."

„Jetzt wird es allerdings notwendig, daß ich offen zu dir spreche. Ich habe nämlich das Beste von unseren Schätzen in dieser Gegend vergraben, weil ich es nicht im Hide-spot aufbewahren wollte, da es einige unter uns gibt, denen ich nicht trauen kann. Den Ort, wo die Sachen liegen, kennt niemand außer mir und dem Leutnant. Er hat seinen Vater erwartet und ihn — statt in unser Lager — hierher zum Rio Pecos bestellt. Das machte meinen Verdacht rege, und da er nach seinem letzten Ritt durch den Estacado geradewegs hierherging, ohne mich erst aufzusuchen, war ich überzeugt, daß er sich vorgenommen hat, uns den Schatz zu rauben. Mit den Indsmen ist Patrick nur zufällig zusammengetroffen. Nun fragt es sich, ob wir gleich jetzt zu ihnen gehen und ihn bestrafen, oder ob wir ihm folgen und ihn auf der Tat ertappen."

„Der zweite Vorschlag ist jedenfalls der beste. Suchen wir ihn da unten auf, so ist es nicht möglich, ihm eine böse Absicht zu beweisen. Er wird einfach behaupten, er sei nur hergekommen, um seinen Vater zu holen, und wer weiß, was ihm dann noch für Wege offenbleiben, zum Ziel zu gelangen. Wir sind zu zweien, er mit seinem Vater auch, und auf die Indsmen ist kein sicherer Verlaß."

Conchez gab sich sichtlich Mühe, seinen Hauptmann vom ersten Plan abzubringen. Es mußte ihm sehr daran liegen, das Versteck kennenzulernen.

„Recht hast du", nickte der Capitán. „Die Racurrohs befinden sich auf einem Kriegszug und werden sich nur kurze Zeit hier aufhalten. Dann bricht Patrick sicher sofort auf. Er muß noch eine gute Strecke reiten, bevor er zur Seite einbiegen kann. Ich aber weiß einen näheren Weg, auf dem wir vor ihm hingelangen. Er soll sicherlich nichts bekommen, wenn — wenn der Schatz überhaupt noch da ist."

„Noch da ist? Wer sollte ihn denn weggenommen haben, da nur Ihr beide das Versteck kennt?"

„Hm, Sans-ear und Old Shatterhand, denen wir unsere letzte große Schlappe verdanken."

„Die? Wie sollten denn diese beiden hinter das Geheimnis gekommen sein?"

[1] Schärpe, Decke

„Auf eine sehr einfache Weise. Ich wollte Hoblyn dem Leutnant nachschicken und war so unvorsichtig, ihm schon die entsprechende Unterweisung zu geben. Er ist spurlos verschwunden, und ich kann den Gedanken nicht loswerden, daß er den Jägern in die Hände gefallen ist und gemeinschaftliche Sache mit ihnen gemacht hat, um sich das Leben zu retten."

„Hm, dann wäre es vielleicht am besten, wenn —"

„Nun, wenn —?"

„— wenn wir uns an die Komantschen wendeten."

„Und ihnen unser Geheimnis mitteilten, so daß sie uns den Schatz abnehmen? Nein. Übrigens haben wir Zeit, uns die Sache noch zu überlegen, und wie ich sehe, ziehen die Roten ihre Lebensmittelsäcke hervor. Auch wir können einen Bissen essen. Hol das Fleisch!"

Wenn Conchez aufstand, um zu den Pferden zu gehen, mußte er mich unbedingt sehen. Ich kroch deshalb so schnell wie möglich zurück und kam auch wirklich kaum eine Sekunde zu früh aus dem Bereich seiner Augen.

Den Gefährten teilte ich das Ergebnis meines Lauschens mit.

„Von den drei angeblichen Pelzeinkäufern, die mit dem Leutnant den Kaufleuten nachritten, haben sie zum Beispiel nichts gesagt?" fragte Mark. „Es müßte doch wohl einer davon bei Patrick sein."

„Nichts. Vielleicht hat er diesen einen ermordet, um freie Hand zu haben. Was aber tun wir mit den beiden da?"

„Ruhig gehen lassen, Charley."

Winnetou schüttelte den Kopf.

„Meine weißen Brüder mögen bedenken, daß sie nur einen Skalp zu verlieren haben!"

„Wer sollte ihn uns nehmen?" entgegnete Mark.

„Die Krieger der Racurrohs."

„Wird ihnen nicht gelingen. Sie werden sich überhaupt bald davonmachen, denn sie befinden sich auf dem Kriegspfad."

„Mein weißer Bruder ist ein kluger Jäger und ein tapferer Krieger, doch kennt er die Wege der Komantschen nicht. Die roten Männer werden, bevor sie zu den Wigwams der Apatschen schleichen, in die Berge gehen zum Grab ihres Häuptlings Tschu ga-chal[1], wie sie es jedes Jahr tun an dem Tag, da er von Winnetou getötet wurde."

Jetzt war es auf einmal klar, weshalb Winnetou diesen Trupp Komantschen verfolgte.

„Das ist doch gleich", meinte Mark. „Wenn sie auf einem solchen Weg sind, werden sie sich zum Beispiel den Kuckuck um uns und die Stakemen kümmern."

„Auch ich möchte mich nicht unnötigerweise mit Blut beflecken", stimmte ich bei.

„Meine weißen Brüder mögen tun, was ihnen beliebt", sagte der Apatsche. „Sie schonen den Feind, der ein Räuber und Mörder ist, und werden dafür ihr eigenes Blut geben. Der Apatsche hat gesprochen. Howgh!"

Es tat mir leid, ihm widersprechen zu müssen, aber es war heute schon das Blut eines Menschen geflossen, und es widerstrebte meinen Gefühlen, selbst gegen Mörder die Waffe zu richten, wenn dies nicht von erlaubter Notwehr geboten war.

Noch hing ich diesen Gedanken nach, als vom Lagerplatz der

[1] Dunkler Rauch

Komantschen her Rufe erschollen, die auf ein unvorhergesehenes Ereignis schließen ließen. Wir bemerkten, daß auch der Capitán mit seinem Begleiter aufmerksam wurde, und so pirschte ich mich in einem Bogen an den Waldsaum, um die Ursache zu erkunden.

Als ich einen Punkt erreicht hatte, der mir einen sicheren Durchblick bot, sah ich die Komantschen dichtgedrängt am Ufer des Flusses stehen und einen Gegenstand betrachten, den ich nicht erkennen konnte. Er wurde nach einiger Zeit wieder in den Pecos gestoßen. Sämtliche Krieger bildeten darauf einen Kreis um die zwei Häuptlinge und die beiden Weißen. Dann saßen alle plötzlich auf und setzten ihren Weg fort. Ich kehrte zu den Gefährten zurück.

„Was war es?" fragte Bernard.

„Sie haben etwas im Fluß gefunden, vielleicht gar Holferts Leiche."

Winnetou horchte auf. Wenn ich recht hatte, war ja unsere Anwesenheit verraten!

„Glaubt mein weißer Bruder, daß ein toter Mann in dieser kurzen Zeit so weit getrieben werden kann?"

„Unter Umständen, ja. Der Pecos ist hier tief und reißend und hat glatte Ufer, so daß sich nicht leicht etwas ansetzen kann."

Ohne weiter ein Wort zu sagen, erhob sich Winnetou und verschwand links hinauf zwischen den Bäumen. Ich wußte, was er beabsichtigte. Er ging jedenfalls im Schutz des Waldes so weit stromauf, bis er nicht mehr gesehen werden konnte, und begab sich dann ins Wasser, um an Ort und Stelle zu schwimmen und sich zu überzeugen, welcher Gegenstand den Komantschen aufgefallen war.

Obgleich der Apatsche der vortrefflichste Schwimmer war, den ich kannte, mußte ich mir doch sagen, daß dieses Unternehmen nicht ungefährlich war. Erstens konnte der Capitán mit Conchez aufbrechen und, von gleicher Wißbegierde getrieben, an den Fluß gehen. Zweitens konnten, was als wahrscheinlich anzusehen war, die Komantschen Verdacht geschöpft haben und schließen, daß jemand dasein muß, der dieser frischen Leiche den tödlichen Schuß beigebracht hatte. In diesem Fall war zu vermuten, daß ihr Abmarsch nur ein Versteckspiel war und daß sie zurückkommen würden, um sich Gewißheit zu holen. Wenn es während eines Feldzugs bestimmte Regel ist, eine Festung nicht unerobert oder wenigstens umzingelt hinter sich zu lassen, so ist es im Wilden Westen ebenso gefährlich, nicht genau zu wissen, wen man im Rücken hat.

Die Strecke, die Winnetou erst stromab und dann wieder aufwärts durchschwimmen mußte, mochte eine halbe Meile lang sein. Er als guter Schwimmer konnte höchstens eine halbe Stunde brauchen, um sie zurückzulegen, zehn Minuten für den zu durchlaufenden Landweg dazugerechnet. Noch aber war er keine Viertelstunde fort, so brach der Capitán mit seinem Begleiter auf.

Was ich vermutet hatte, geschah: sie ritten bis zum Rastplatz der Komantschen und wandten sich dann dem Fluß zu. Jetzt galt es, Winnetou, der jedenfalls da, wo er ins Wasser gegangen war, seine Kleider und Waffen abgelegt und wohl nur das Messer bei sich hatte, zu beschützen, ohne daß ich mich dabei sehen ließ. Ich ergriff meinen Henrystutzen.

„Bleibt hier!"

Mit diesen Worten verließ ich unser Versteck und eilte, so schnell es mir der Wald gestattete, innerhalb seines Saums abwärts zu einer

Stelle, von wo aus der Ort, wo der fragliche Gegenstand wieder ins Wasser geworfen worden war, frei vor meinem Stutzen lag. Noch aber hatte ich diese Stelle nicht erreicht, als der Capitán sein Gewehr erhob und ins Wasser feuerte. Er hatte sicher nicht getroffen. Ich kannte die Behendigkeit Winnetous im Tauchen. Und wirklich sah ich ihn keine fünf Sekunden später wie einen Fisch emporschnellen, das Ufer erklimmen und sich auf den Capitán stürzen. Da erhob Conchez den Karabiner. Mit einer blitzschnellen Bewegung wandte sich Winnetou vom Capitán ab, warf sich zu Conchez hinüber und schlug ihm in dem Augenblick, als er abdrücken wollte, den Lauf des Karabiners in die Höhe. Der Schuß ging in die Luft. Winnetou entriß ihm das Gewehr, nahm es beim Lauf, um es als Keule zu gebrauchen, und tat gerade zur rechten Zeit einen gewaltigen Seitensprung, denn der Capitán hatte bereits ausgeholt, um ihm von hinten einen Kolbenschlag zu versetzen.

Jetzt stand Winnetou im Begriff, sich gegen beide zugleich zu wenden, als von abwärts her ein lautes Geschrei erscholl. So bestätigte sich also auch meine zweite Vermutung: die Komantschen waren nicht allzuweit fortgeritten und hatten den Schuß des Capitán vernommen. Sie kamen im Galopp zurück.

Kaum hatte Winnetou sie bemerkt, so schlug er dem Capitán die Büchse, die zum Glück nur einläufig war, aus der Hand, schleuderte den Karabiner weit ins Wasser hinüber und sprang in Sätzen, die denen eines gehetzten Panthers glichen, stromaufwärts.

Ich wußte, daß er in dieser Weise volle zehn Minuten lang mit dem schnellsten Renner um die Wette zu laufen vermochte. Er hatte mich diese Sprünge gelehrt, wobei man nicht laufend, sondern sich in weiten Sätzen durch die Luft werfend, den Schwerpunkt immer nur auf das eine Bein legt, das gleichsam als Spannfeder dient, und dann, wenn es müde wird und zu zittern beginnt, auf das andere überwechselt. Winnetou brauchte keine zehn Minuten, um zu seinen Kleidern zu gelangen, und dann war er sicherlich so klug, noch eine Strecke weiterzufliehen, bevor er sich in den Wald wandte und unter seinem Schutz zu uns zurückkehrte.

Ich rannte so schnell wie möglich zu unserem Versteck.

„Rasch auf! Wir müssen fliehen!"

„By Jove! Wohin zum Beispiel?" fragte Mark. „Dort kommen die Komantschen. Die beiden Weißen sind auch dabei!"

„Das ist ein Glück! Sie werden an uns vorüberjagen und da oben genug zu tun haben, um die Fährte Winnetous zu finden! Schnell die Pferde an den Waldrand! Sobald die Roten vorüber sind, jagt ihr flußab, und zwar auf ihrer eigenen Spur, damit sie später die eurige nicht zu unterscheiden vermögen. Ich bleibe hier, um den Rückzug zu decken und den Apatschen zu erwarten."

„Du allein?" fragte Mark.

„Ja", entgegnete ich ihm mit einem erklärenden Seitenblick auf Hoblyn, dem doch immerhin nicht zu trauen war. „Die anderen sind nicht erfahren genug. Ich muß sie dir übergeben!"

„Well, dann vorwärts; sie sind vorüber!"

Wirklich sprengte soeben der letzte Komantsche an uns vorbei, und nun lag die Waldecke zwischen uns und ihnen, so daß wir von ihnen nicht gesehen werden konnten. Während Mark mit den anderen davonritt, vertilgte ich unsere Spuren, so gut es sich tun ließ. Eben war ich damit fertig, als es im Unterholz raschelte. Winnetou stand vor mir.

„Uff! Die Komantschen suchen die Spur des Apatschen. Wo sind die Gefährten meines weißen Bruders?"

„Sie sind vorangeritten."

„Die Gedanken meines Bruders sind stets klug. Die Bleichgesichter sollen nicht lange auf uns warten!"

Er legte eiligst seine Kleider an, die er bisher in der Hand getragen hatte, und zog dann sein Pferd ins Freie. Ein Blick talaufwärts belehrte mich, daß wir vor den Komantschen jetzt noch sicher waren. Deshalb nahm ich mir Zeit zu einer Frage.

„Was hat mein roter Bruder im Pecos gefunden?"

„Die Leiche des Bleichgesichtes. Winnetou hat heute zweimal gehandelt wie ein Knabe, der keine Gedanken hat. Aber er nimmt die Folgen auf sich, und seine weißen Brüder werden ihm verzeihen!"

Das war ein Eingeständnis, das der stolze Apatsche sicher keinem anderen als mir allein gemacht hätte. Einer Antwort wurde ich enthoben, denn er brauste auf seinem Braunen bereits wie ein Sturmwind dahin, so daß ich ihm auf meinem Mustang rasch folgen mußte.

6. Ein Blick in die „finstern und blutigen Gründe"

Da, wo unser Weg rechtsab in die Berge führte, also von der Fährte der Komantschen abzweigte, hielten die Unsrigen. Mark war abgestiegen, um unter Mithilfe der übrigen die Füße der Pferde zu umwickeln. Es mußten zu diesem Zweck einige aus dem *Hide-spot* der Stakemen mitgenommene Decken zerschnitten werden. Dann ging es vorwärts, in die Schlucht hinein. Winnetou zu Fuß hinterher, um die etwa noch entstehenden Spuren zu verwischen.

Als wir die erste Krümmung der Schlucht hinter uns hatten, blieb ich halten.

„Bernard, nehmt mein Pferd beim Zügel, bis ich nachkomme!"

„Was willst du tun, Charley?" fragte Mark.

„Hierbleiben, um abzuwarten, was die Roten anfangen werden."

„*Well*, das ist gut! So werden wir erfahren, ob sie hinter unsere Schliche kommen."

Die Gefährten ritten weiter, während ich in die Büsche kroch. Ich hatte noch nicht lange dagelegen, so vernahm ich Hufschlag. Die Komantschen kamen zurück, aber es war nur der halbe Trupp. Wo steckten die anderen? Ich sah auch die beiden Morgans. Der Capitán und Conchez fehlten. Die Indsmen kamen sehr langsam geritten, die Blicke auf den Boden gerichtet. Da, wo wir abgestiegen waren, um die Hufe zu umwickeln, hielten sie an. Der eine Häuptling, der sich bei ihnen befand, sprang plötzlich vom Pferd, bückte sich und nahm einen Gegenstand von der Erde auf, den ich nicht erkennen konnte. Er zeigte ihn vor. Der Boden wurde genauer untersucht. Man hielt eine Beratung, und dann trennten sich die beiden Weißen und der Häuptling von dem Trupp, um zu Fuß in die Schlucht einzudringen.

Mit scharfen Augen selbst das scheinbar Bedeutungslose untersuchend, kamen sie näher. Es waren gefährliche Augenblicke für mich. Doch bemerkten sie dank unserer Vorsicht nicht das geringste Zeichen unserer Anwesenheit. Als sie vorübergingen, erblickte ich den fraglichen Gegenstand in der Hand des Häuptlings. Es war ein wollener Faden, den einer von uns beim Zerschneiden der Decken achtlos zur Erde geworfen hatte. Es hing also hier ganz wörtlich unser aller Leben an einem Faden.

Sie schritten noch ein Stück in die Schlucht hinein; dann kehrten sie um. Wahrscheinlich hatten sie die Überzeugung gewonnen, daß hier kein Mensch geritten oder gegangen sei, und hielten Schweigen nicht mehr für unbedingt geboten.

„Hier war niemand", hörte ich Fred Morgan sagen. „Die Pferdespuren waren also wohl unsere eigenen."

„Aber wer war die Rothaut, und wer waren die beiden Weißen, die wir noch nicht gefunden haben?" fragte sein Sohn.

„Das werden wir bald erfahren, denn entgehen können sie uns unmöglich. Der Rote war nackt, und es ließ sich nicht feststellen, zu welchem Stamm er gehört."

„Er hat uns keinen schlechten Dienst erwiesen, wenn der Tote wirklich dieser Holfert war, von dem du mir erzählt hast."

„Er war es. Aber wie kam der Indianer an die Stelle, wo wir so lange lagerten? War er schon vorher dort, oder kam er später hin? Ich glaube —"

Mehr konnte ich nicht hören, denn sie waren nun an mir vorüber. Aus dem Erlauschten aber durfte ich schließen, daß wir uns zunächst in Sicherheit befanden und daß es der Capitán vorgezogen hatte, sich den Komantschen nicht zu zeigen. Das geschah jedenfalls aus dem Grund, weil es ihm nur so möglich war, den Leutnant auf der Tat zu ertappen. Immerhin schien es sehr fraglich, ob es dem Capitán und Conchez gelingen würde, den scharfen Augen der Komantschen auf die Dauer zu entgehen.

Jetzt erreichten die drei Späher ihren Trupp wieder, der auf einen kurzen Befehl des Häuptlings umschwenkte und hinter den Bäumen verschwand. Ich hatte somit meine Absicht erreicht und eilte den Gefährten nach, die bereits eine so bedeutende Strecke zurückgelegt hatten, daß ich erst nach einer halben Stunde zu ihnen stieß. Winnetou sah mich fragend an, und ich berichtete, was ich ermittelt hatte.

„Well", meinte Mark, „so ist es zum Beispiel gelungen, ihnen ein Schnippchen zu schlagen."

„Die Krieger der Komantschen haben Augen und sehen nicht, und ihre Ohren sind verstopft, daß sie die Schritte ihrer Feinde nicht hören. Meine weißen Brüder mögen den Pferden ihre Mokassins abnehmen!"

Dieser Mahnung Winnetous wurde gern Folge geleistet, da es den Tieren hart ankam, mit den umwickelten Hufen die Beschwerden des Wegs zu überwinden.

Es war ein böser Ritt, eine ungebahnte, von Felstrümmern übersäte Schlucht entlang, worin Bäume lagen, die das Alter oder der Sturm von den Hängen herabgestürzt hatte. Je weiter wir kamen, desto wilder wurde das Gelände, bis wir gegen Abend die Höhe des Gebirgszugs erreichten, der sich in gleicher Linie mit der Sierra von Nord nach Süd erstreckt. Wir ritten jenseits hinab und fanden, als die Sonne sank, einen vortrefflichen Lagerplatz.

Der Abend und die Nacht verflossen in ungestörter Ruhe, und ein kurzer Erkundungsritt, den ich am Morgen den Weg zurück unternahm, bestärkte mich in der Überzeugung, daß wir unverfolgt geblieben seien.

Jetzt ging es weiter, und zwar in ein Gelände, wie ich es früher am Colorado getroffen hatte. Der Wald hörte nach und nach auf, da es an Wasser zu mangeln begann. Es gab eine Menge trockener Flußbette, die sich in der Ferne schon als dunkle Striche in der weiten Hochebene kennzeichneten. Alle waren tief eingeschnitten und gaben von der Gewalt der Wasser, die früher hier geflossen waren, beredtes Zeugnis. Sobald man sich einem dieser netzförmig unter sich verbundenen Flußläufe näherte, gewahrte man das gegenüberliegende Ufer als eine Abschattung des Bodens, auf dem man sich befand. Je weiter man kam, desto deutlicher trat der vorher bemerkte Strich hervor, bis man vor einem tiefen Abgrund stand, dessen Furchtbarkeit zwar dadurch gemildert wurde, daß es auf seiner Sohle fast ebenso hell war wie oben, der jedoch wegen der Steilheit seiner Wände ein schwer zu überwindendes Hindernis bot.

Betrachtet man diese Täler genauer, so findet man, daß während der Regenzeit ihre ganze Breite mit Wasser angefüllt sein muß, denn zu beiden Seiten zeichnen sich die Spuren des Wasserstandes sichtbar ab. Hier sieht man prachtvoll übereinandergelagerte Felsen mit wunderbar malerischen Umrissen. Es türmen sich Pyramiden und würflige Massen, es bauen sich gewaltige Säulen und Bogen auf- und übereinander, und das Wasser hat stellenweise so eigentümliche Rundungen ausgehöhlt, so wunderbare Umrisse, man möchte sagen Verzierungen, ausgewaschen, daß man sich kaum des Gedankens erwehren kann, sie seien von Menschenhänden planvoll so geformt.

Der Boden dieser Flußbetten muldet sich der Mitte zu nur wenig aus, und nur selten ist es möglich, von dem hohen Ufer hinabzugelangen, man müßte denn ein sehr guter Kletterer sein. Aber das Hochland ist in allen Richtungen hin so durchfurcht, daß man, am Ufer eines solchen trockenen Flußbetts fortschreitend, jederzeit zu einem Seitental gelangt, durch das man ins Haupttal zu kommen vermag. Da sich nun diese Schluchten gewöhnlich in einer bestimmten Richtung hinziehen, können sie recht gut als Straßen dienen und bieten wegen ihrer tiefen Lage dem Reisenden den Vorteil, daß er nur unmittelbar vom Ufer aus bemerkt werden kann. Allerdings ist damit zugleich der Nachteil verbunden, daß auch er einen Feind nicht eher entdeckt, als bis er ihn gerade vor sich hat.

Wir folgten einem solchen Tal in westlicher Richtung. Es verlor allmählich seine ursprüngliche Tiefe, immer weniger Seitentäler mündeten ein, und endlich sahen wir vor uns die bewaldeten Höhen der Sierra Blanca aufsteigen.

Am Fuß des Gebirgs trafen wir wieder auf zahlreiche Wasserläufe, die alle dem Rio Pecos zuströmten. Unter ihnen befand sich auch der Rio Peñasco, der das von uns gesuchte Tal durchfloß.

Am späten Nachmittag erreichten wir dieses Tal. Es hatte die Länge von mehreren englischen Meilen und die durchschnittliche Breite von einer halben Stunde. Rings war es von waldbesetzten Höhen eingefaßt und zeigte längs des Wassers auf seiner Sohle eine frischgrüne Trift. Leider durften wir unsere Tiere nicht weiden lassen, sonst wäre unsere Anwesenheit sofort verraten gewesen.

„Ist dieses Tal auch wirklich das gesuchte?" fragte ich Hoblyn, da ein Irrtum leicht möglich war.

„Ich bin meiner Sache sicher, Sir. Da oben unter jener Wintereiche habe ich damals mit dem Capitán mein erstes Nachtlager gehalten."

„So schlage ich vor, bis zu einem der nächsten Täler zu reiten, dort könnte dann eine Wache bei den Pferden zurückbleiben, und wir hätten hier freie Hand", bemerkte ich.

„Klingt ganz gut", meinte Mark, „aber kann nicht der Fall eintreten, daß wir unsere Tiere plötzlich brauchen? Ich gebe meine Tony nicht so weit weg!"

„Well, so müssen wir im Wald nach einem versteckten Plätzchen forschen. Ich will mit Cäsar diese Seite absuchen, während Winnetou die andere begeht. Ihr übrigen wartet, bis wir zurückkommen!"

Damit stieg ich ab, nahm meine Gewehre und schritt mit dem Neger in den Wald hinein, der an der Seite des Tals ziemlich steil emporkletterte. Es war wegen der umgestürzten Bäume und der zahlreich zerstreuten Felsblöcke nicht leicht, die Pferde hier hinaufzubringen. Wir gingen in einiger Entfernung in gleicher Höhe miteinander fort und hatten die vorgesehene Strecke wohl bereits halb hinter uns, als ich Cäsar plötzlich einen lauten Schrei ausstoßen hörte.

„Massa, oh, ah, Massa, kommen schnell, schnell!"

Ich sah, wie er zum Stamm einer niedrigen Buche sprang, den untersten Ast erfaßte und sich emporschwang.

„Was gibt's, Cäsar?"

„Massa, kommen schnell, helfen armen Cäsar! O nein, nicht kommen, sondern laufen und holen all, viel ganz Leute und machen tot das Ungetüm!"

Was für ein Ungetüm er meinte, brauchte ich nicht zu fragen, denn ich sah es soeben durch das Unterholz brechen. Es war ein Grauer Bär, einer von der liebenswürdigen Sorte, die der Westmann Grizzly nennt.

Ich habe den Löwen in der Wildnis jene Laute ausstoßen hören, die der Araber mit dem Wort ,Rad', das ist Donner, bezeichnet. Ich habe den bengalischen Tiger brüllen hören, und das Herz ist mir, wenn auch die Hand nicht zittern durfte, dabei unruhig geworden. Aber das ist alles nicht zu vergleichen mit dem tiefen, heiseren, heimtückischen, dämonischen Brummen des Grauen Bären. Es schneidet durch Mark und Bein und verursacht selbst dem Beherzten ein Gefühl, als wenn ihm die Zähne ,eilig' würden, nur daß einem diese Empfindung nicht nur durch die Zähne, sondern durch den ganzen Körper läuft.

Vielleicht noch acht Schritte von mir entfernt richtete der Bär sich auf den Hinterfüßen auf und öffnete den Rachen. Er oder ich — einer mußte sterben. Ich hatte schon die Büchse vom Rücken gerissen, zielte auf die Schläfe und drückte ab. Im nächsten Augenblick hielt ich auf das Herz und gab den zweiten Schuß ab. Den Bärentöter wegwerfend, zog ich das Messer und sprang zur Seite, um besser zustoßen zu können. Das riesige Tier schritt kerzengerade auf mich zu, als wären beide Kugeln an ihm vorübergegangen — zwei, drei, fünf, sechs Schritte, und eben holte ich zum Stoß aus, als der Bär die erhobenen Vordertatzen sinken ließ, ein beinah heulendes Grunzen ausstieß, wohl eine Minute lang regungslos stehenblieb und dann wie unter einem gewaltigen Keulenschlag zusammenbrach. Die eine Kugel war ihm ins Gehirn und die andere ins Herz gedrungen, also beide mitten ins Leben. Ein Panther oder Jaguar wäre unter gleichen Verhältnissen wie eine Katze zusammengezuckt. Mein Grizzly war ruhig weitergegangen — nur noch zwei Schritte, und ich wäre verloren gewesen, falls mein Messer nicht genau traf.

„Oh, ah, gut, schön!" rief Cäsar vom Baum herunter. „Bär richtig tot sein, Massa?"

„Ja. Komm herunter!"

„Aber auch gewiß tot sein, Massa? Nicht fressen Neger Cäsar?"

„Er ist ganz tot."

So schnell, wie er hinaufgeklettert war, kam Cäsar wieder herab. Doch als er näher trat, zögerte sein Fuß. Ich beugte mich mit aller Vorsicht zu dem Tier nieder und stieß ihm mein Messer wiederholt zwischen die zweite und dritte Rippe.

„Oh, ah, groß Bär, sein mehr groß als ganz Cäsar! Kann Cäsar essen Bär?"

„Ja. Die Tatzen und die Schinken sind sehr schmackhaft."

„Oh, Massa geben Cäsar auch Tatzen und Schinken, denn Neger Cäsar sein sehr ganz viel gern schmackhaft!"

„Bekommst ja dein Teil wie jeder andere. Doch warte hier, ich komme gleich wieder!"

„Cäsar warten hier? Oh, wenn nun Bär bekommen wieder Leben?"

„Dann springst du wieder auf den Baum."

„Wenn Massa gehen, dann Cäsar lieber gleich springen auf Baum."

Wirklich saß er einen Augenblick später abermals oben auf dem Ast. Der gute Cäsar war kein Hasenfuß, er hielt menschlichen Feinden gegenüber recht wacker stand. Einem Grizzly aber war er noch nicht begegnet, und so konnte ich ihm seine weise Vorsicht auch nicht verargen.

Ich suchte zunächst die Umgebung ab, um zu sehen, ob ich es nur mit einem einzelnen Bären oder mit einer ganzen Familie zu tun hatte. Doch ich fand nur die Spuren des einen Tiers und konnte also ruhig sein. Übrigens blieben Cäsar und ich nicht lange allein. Man hatte meine Schüsse gehört und war, da man nicht wußte, wen ich gegen mich hatte, dem Ort zugeeilt, wo sie gefallen waren.

Alle erklärten den Bären für einen der größten, die man bisher gesehen hatte, und Winnetou half mir, das Tier aus dem Fell zu bringen und die wertvollsten Fleischteile abzulösen. Dazu die Ohrenspitzen und Krallen als Siegeszeichen. Das übrige wurde so mit Zweigen, Steinen, Moos und Erde bedeckt, daß wir hoffen konnten, es werde kein Geier angezogen, der uns leicht verraten konnte.

Der Apatsche hatte drüben auf der anderen Seite des Tals bereits ein Versteck für uns und unsere Pferde entdeckt, das wir jetzt aufsuchten. Da es noch heller Tag war, konnten wir es wagen, ein Feuer anzumachen und daran die saftigen Bärentatzen zu braten. Trefflich war dann die Mahlzeit.

Als es dunkel wurde, wickelten wir uns, nachdem die Wachordnung bestimmt war, in unsere Decken und suchten die Ruhe. Unser Schlaf erlitt keine Störung, und selbst der größte Teil des nächsten Vormittags verging, ohne daß unsere Aufmerksamkeit durch etwas Besonderes in Anspruch genommen wurde.

Wir hatten am Eingang des Tals einen Posten aufgestellt. Um die angegebene Zeit war Mark mit diesem Amt betraut. Er hatte noch nicht lange seinen Vordermann abgelöst, als er wieder zurückkehrte.

„Sie kommen!" meldete er.

„Wer?" fragte ich.

„Ja, das kann ich zum Beispiel noch nicht genau sagen, weil sie noch zu weit entfernt sind."

„Wie viele sind es?"

„Zwei, zu Pferd."

„Laß sehen!"

Ich eilte der bezeichneten Stelle zu und erkannte mit Hilfe meines Fernrohrs die beiden Morgans, die allerdings noch eine Viertelstunde zu reiten hatten, bevor sie das Tal erreichten. Alle Spuren unserer Anwesenheit waren gestern sorgfältig vertilgt worden, und da wir den Nahenden an Zahl überlegen waren, konnten wir ihre Ankunft in aller Gemütsruhe erwarten.

Eben wollte ich mit Mark, der mir gefolgt war, zu den Gefährten zurückkehren, als ich es über uns in den Büschen krachen hörte. War es vielleicht wieder ein Bär? Ein sorgfältiges Horchen überzeugte uns, daß es zwei Wesen sein mußten, die sich uns bergabwärts näherten.

„*Zounds*, Charley, wer mag das sein?"

„Werden es gleich erfahren. Schnell, zwischen die Sträucher!"

Wir verbargen uns, so daß uns die Zweige zwar völlig deckten, wir aber sofort wehrbereit waren, wenn es sich ja um wilde Tiere handeln sollte. Einige Minuten später erkannten wir, daß wir es mit keinem Wild, sondern mit zwei Männern zu tun hatten, die ihre Pferde hinter sich herzogen. Und diese zwei waren — der Capitán und Conchez. Ihre Tiere sahen recht mitgenommen aus, und auch die Reiter zeigten in ihrem ganzen Äußeren, daß sie eine schlimme Reise hinter sich hatten.

Unweit unseres Verstecks blieben sie halten. Sie hatten da eine freie Aussicht hinaus in die Weite.

„Endlich!" meinte der Capitán mit einem Seufzer der Erleichterung. „Das war ein Ritt, wie ich ihn nicht bald wieder machen möchte. Aber wir kommen noch zur rechten Zeit. Es ist noch niemand hier gewesen."

„Woran siehst du das, Capitán?" erkundigte sich Conchez.

„Mein Versteck ist noch unberührt. Wir haben also die Morgans überholt. Und wie sollte ein anderer gerade hierher in diese abgelegene Gegend kommen?"

„Du hast wahrscheinlich recht. An diesen Sans-ear und Old Shatterhand denkst du also nicht mehr?"

„Nein; denn wären sie den Morgans gefolgt, so hätten sie unbedingt auf die Komantschen stoßen müssen, und da wäre ihnen das Weitergehen wohl verleidet worden."

„Aber wer ist jener nackte Indianer im Rio Pecos gewesen und woher stammte die weiße Leiche dort im Wasser?"

„Geht uns jetzt nichts an. Schaden kann uns niemand, denn wir haben die Komantschen zwischen uns und einem jeden, dem es etwa in den Sinn gekommen sein sollte, uns zu folgen."

„Also denkst du wirklich, daß wir die Roten sicher hinter uns haben?"

„So sicher, wie ich dich neben mir sehe. Sie haben den Indianer niedergemacht, wenn er ein Feind von ihnen gewesen ist — was ich aber nicht glaube, denn ein Apatsche wagt sich jetzt nicht hierher — und sind uns dann gefolgt. Wir mußten ja so eilen, wodurch wir eine Spur zurückgelassen haben, wie sie keine Bisonherde deutlicher macht."

„Und wenn sie uns hier finden?"

„Schadet nichts. Wir sind Freunde. Sie werden sich höchstens wundern, daß wir uns ihnen nicht sogleich gezeigt haben, und das werde ich ihnen schon erklären, indem ich ihnen von diesem Leutnant erzähle, der — *carája,* ich lasse mich hängen, wenn er da draußen nicht bereits kommt."

„Patrick ist's mit seinem Vater!"

„Gut, so haben wir ihn endlich fest, und er soll erfahren, was es heißt, seinen Hauptmann und seine Kameraden zu betrügen!"

„Sie kommen allein, und das ist allerdings ein Beweis, daß uns die Komantschen auf dem Fuß folgen. Aber, Capitán, willst du den Schatz schon heute heben — in meiner Gegenwart?"

„Ja."

„Für wen?"

„Für uns."

„Für uns? Wie meinst du das? ,Für uns', das kann heißen für die ganze Gesellschaft oder auch für uns beide."

„Was wäre dir lieber?"

„Das ist leichter zu denken als zu sagen, Capitán. Aber wenn du dir vergegenwärtigst, wie es jetzt im *Hide-spot* steht, wirst du wohl einsehen, daß es besser ist, gar nicht dorthin zurückzukehren. Wenn man sich seine gute Zeit lang abgemüht hat, verlangt es einem auch einmal nach Ruhe und Bequemlichkeit, und ich denke, was du dazu brauchst, das hast du hier in deinem Versteck reichlich beisammen, so reichlich, daß für mich auch etwas abfällt."

„Du sprichst wie ein Buch, und ich kann dir nicht unrecht geben", nickte der Capitán. „Aber jetzt gilt es vor allen Dingen, diesen zwei Schurken auf die Finger zu klopfen. Komm weiter aufwärts! Dort gibt es einen Platz, wie wir ihn nicht besser für uns finden können, und der Schatz, den sie heben wollen, ist ganz in der Nähe."

Meinte der ahnungslose Capitán vielleicht den Ort, wo wir unser Lager aufgeschlagen hatten? Sie schritten in dieser Richtung mit den Pferden davon, und wir folgten ihnen. Sie waren so unbesorgt und achtlos, daß sie nicht einmal die Fußspuren bemerkten, die Mark und ich hinterlassen hatten. Allerdings gehörte auch ein gutes Auge dazu, sie zu erkennen.

Die Unsrigen vernahmen, daß etwas Ungewöhnliches nahte, und hatten sich erhoben. Noch heute kann ich mir den Gesichtsausdruck der beiden Ehrenmänner vergegenwärtigen, als sie, durch die letzten Büsche dringend, den Indianer erkannten, dem sie am Rio Pecos nachgesprungen waren. Zu gleicher Zeit gewahrten sie auch ihren Gefährten, den Winnetou weggefangen hatte.

„Hoblyn!" rief Conchez erstaunt beim Anblick seines früheren Spießgesellen.

„Hoblyn?" rief der Capitán. „Wahrhaftig! Wie kommst du in die Sierra Blanca, und wer sind diese Leute hier?"

Ich trat von hinten an ihn heran und klopfte ihm auf die Schulter.

„Lauter gute Bekannte sind's, Capitán. Tretet nur näher, nehmt Platz, und macht es Euch bequem!"

„Wer seid Ihr, Sir?" fragte er mich.

„Ich werde Euch diese Männer vorstellen und komme also zuletzt dran. Dieser schwarze Master heißt Cäsar und reiste mit einem gewissen Mr. Williams, den Ihr ja wohl gekannt habt. Dieser weiße Gentleman ist Mr. Marshal aus Louisville, der einige Worte mit den Morgans reden muß, die Euch die Eier aus dem Nest nehmen wollen. Dieser braune Señor heißt Winnetou, Ihr habt den Namen wohl schon gehört. Ich will also über ihn keine lange Rede halten. Dieser Gentleman hier wird gewöhnlich Sans-ear genannt, und mich heißt man zuweilen Old Shatterhand."

Der Mann war vor Schreck so verblüfft, daß er keine Worte fand und nur zu stammeln vermochte: „Ist's — möglich?"

„Gewiß! Ich wiederhole: Setzt Euch, und macht es Euch bequem! So bequem, wie ich es mir machte, als ich Euch im *Hide-spot* belauschte. Ich lag hart hinter Euch und eignete mir Eure Pistole als Andenken an. Vorgestern lag ich wieder in Eurer Nähe, als Ihr die Komantschen belauschtet und Eure Herzen einander ausgeschüttet habt. Cäsar, nimm diesen beiden Mesch'schurs die Waffen ab, und binde ihnen die Hände und Füße ein wenig zusammen!"

„Señor — —!" fuhr der Capitán auf.

„Schon gut! Wir sprechen mit Euch, wie man mit Stakemen redet. Gebt Euch keine unnütze Mühe, denn ich sage Euch: bevor die Morgans das Tal vollends erreichen, seid Ihr gefesselt und geknebelt oder — tot!"

Das war alles so schnell und unerwartet über die beiden gekommen, daß sie gar nicht Zeit fanden, eine Gegenwehr zu versuchen.

„Sagt, Señor Capitán, wo sich das Versteck befindet, wonach es die Morgans so gelüstet!" erkundigte ich mich dann.

„Die Sachen gehören nicht Euch!"

„Ganz wie Ihr wollt. Sie werden aber doch vielleicht unser. Ich will Euch nicht zwingen, Euer Geheimnis auszuplaudern, aber eine andere Frage werdet Ihr mir wohl beantworten: Was ist aus den sogenannten Pelzeinkäufern, die mit Eurem Leutnant gingen, und aus den Kaufleuten geworden, denen sie folgten?"

„Die Kaufleute — hm, ich weiß es nicht —"

„*Well*, aber ich weiß es nun. Und die Einkäufer?"

„Zwei werden zum *Hide-spot* zurückgekehrt sein, den dritten ermordete der Leutnant unterwegs. Wir haben seine Leiche gefunden."

„Dachte es mir! — Und nun laßt Euch ruhig den Knebel geben! Es geschieht, damit Ihr uns den beiden Morgans nicht verratet."

Wir waren gerade mit ihnen fertig, als Fred Morgan mit seinem Sohn am Eingang des Tals erschien. Sie blieben eine Minute halten und überblickten das Gelände. Dann gab Patrick seinem Pferd die Sporen und kam im Trab herbei. Sein Vater folgte ebenso schnell. Sie schienen nicht die Absicht zu haben, sich lange hier aufzuhalten. Genau uns gegenüber, etwa zwanzig Schritt von unserem Lager entfernt, stand ein junges Brombeergerank. Dahin wandten sich die beiden.

„Hier ist es, Vater!"

„Hier? Ein wohlfeiler Platz, wo man einen Schatz nicht sucht!"

„Heraus damit, und dann fort! Man weiß nicht, wer die beiden Weißen sind, und ob es den Komantschen gelungen ist, sie festzunehmen."

Beide sprangen ab und pflockten ihre Pferde am Ufer des Bachs an. Während die durstigen Tiere tranken, knieten die Spitzbuben nieder, legten ihre Waffen beiseite und begannen, das Gestrüpp mit Hilfe der Hacke zu entfernen. Es kam lockere Humuserde zum Vorschein, die aufgewühlt wurde.

„Hier!" rief Patrick nach einiger Zeit und brachte ein Paket zum Vorschein, das sorgfältig in behaarte Büffelhaut eingenäht war.

„Ist das alles?"

„Alles, aber reichlich: Banknoten, Hinterlegungsscheine und so weiter. Jetzt das Loch zu und dann fort!"

„Vielleicht bleibt Ihr auch ein wenig länger da!"

Diese Worte wurden von Mark gesprochen, während ich mit einem Sprung zwischen den Schatzgräbern und ihren Waffen stand und die anderen ihre Büchsen auf sie anlegten. Die beiden waren im ersten Augenblick völlig überrascht, besannen sich aber schnell und wollten ihre Waffen ergreifen. Ich hielt ihnen den Revolver entgegen:

„Bleibt stehen! Jeder Versuch, einen Schritt vorwärts zu tun, kostet Euch das Leben!" erklärte ich.

„Wer seid Ihr?" forschte Fred Morgan.

„Fragt diesen sogenannten Mr. Mercroft, Euren Sohn!"

„Wer gibt Euch das Recht, uns hier anzufallen?"

„Wir selbst, ebenso wie Ihr Euch das Recht gegeben habt, andere anzufallen, zum Beispiel Mr. Marshal in Louisville, später den Bahnzug und früher die Farm eines gewissen Mark Jorrocks, der jetzt hier vor Euch steht. Tut uns doch den Gefallen und legt Euch platt auf die Erde!" — „Werden es bleiben lassen!"

„Werdet es dennoch tun, wenn ich Euch unsere Namen nenne. Hier steht Winnetou, der Häuptling der Apatschen. Dieser ist Sans-ear, der frühere Mark Jorrocks, und wer ich bin, wird Euch Euer Sohn bereits erzählt haben. Ich zähle bis drei. Liegt Ihr dann noch nicht, seid Ihr des Todes. Eins — zwei — —"

Mit zusammengebissenen Zähnen und geballten Fäusten gehorchten die Halunken.

„Cäsar, binde sie!"

„Cäsar werden binden sehr schön, ganz fest, Massa!" meinte der Schwarze und tat sein Möglichstes, dieses Versprechen wahrzumachen.

Bernard war bisher bei den anderen Gefangenen geblieben. Jetzt löste ihn der Neger ab, und er trat herzu. Als Fred Morgan ihn erblickte, riß er die Augen auf, als hätte er ein Gespenst vor sich.

„Marshal!"

Bernard warf ihm einen kurzen Blick zu, sprach aber kein Wort. Doch der Blick sagte mehr als Worte. Es lag darin der kalte, ruhige Entschluß der gerechten Vergeltung.

„Cäsar, bring die anderen herbei!" meinte Mark. „Auch wir haben zum Beispiel keine Ursache, uns lang hier aufzuhalten, und wollen kurz und bündig über diese Leute richten."

Der Neger brachte Conchez und den Hauptmann herbei. Auch Hoblyn erschien. Er hatte sich bisher besser gehalten, als es einem Stakeman zuzutrauen gewesen war, so daß wir ihm eine gewisse Freiheit zugestanden.

„Wer soll sprechen?" fragte Bernard.

„Charley, du!" meinte Mark.

„Nein. Wir sind hier alle Partei, nur Winnetou nicht. Er ist ein Häuptling der Prärie und soll das Wort haben!"

Alle waren einverstanden. Der Apatsche neigte zustimmend das Haupt.

„Der Häuptling der Apatschen hört den Geist der Savanne reden. Er wird ein gerechter Richter über die angeklagten Bleichgesichter· sein. Meine Brüder mögen ihre Waffen nehmen, denn nur Männer dürfen über Gefangene richten!"

Das war so indianische Sitte, und wir folgten ihm.

„Wie ist der Name dieses Weißen?" begann er dann.

„Hoblyn", erwiderte Mark.

„Was hat er getan?"

„Er war ein Stakeman."

„Haben meine Brüder gesehen, daß er einen ihrer Gefährten tötete?"

„Nein."

„Hat er selbst gesagt, daß er ein Mörder ist?"

„Nein."

„Wem hat er bisher geholfen, den Stakemen oder meinen Brüdern?"

„Uns."

„So mögen meine Brüder mit dem Herzen und nicht mit der Büchse richten. Winnetou wünscht, daß dieser Mann frei sei, aber nicht wieder zu den Stakemen gehe!"

Wir stimmten alle bei, und der Ausspruch des Apatschen hatte so sehr meine eigene Ansicht getroffen, daß ich das Gewehr und das Messer Fred Morgans ergriff und beides Hoblyn hinreichte.

„Nehmt! Ihr seid frei und dürft wieder Waffen tragen."

„Ich danke Euch, Sir", meinte er freudig. „Ihr sollt Euch in mir nicht täuschen!"

Es war ihm anzusehen, daß er den guten Willen hatte, dieses Versprechen zu erfüllen. Winnetou fuhr fort:

„Wer ist dieses Bleichgesicht?"

„Der Anführer der Stakemen."

„Das ist genug. Er soll sterben! Denken meine Brüder anders?"

Keiner antwortete, das Urteil war also bestätigt.

„Und wie heißt dieser Mann?"

„Conchez."

„Das ist ein Name, wie ihn die falschen Männer des Südens tragen. Was war er?"

„Ein Stakeman."

„Was wollte er hier? Er wollte seine eigenen Gefährten um den Schatz betrügen. Er hat zwei Seelen und zwei Zungen. Conchez soll sterben!"

Auch jetzt erhob sich keiner zur Verteidigung des Angeklagten. Winnetou fuhr abermals fort:

„Aber nicht von der Hand eines braven Mannes sollen sie sterben, sondern von der Hand dessen, der selber gerichtet wird. Wie heißt dieser Mann?"

„Patrick Morgan."

„Man nehme ihm die Fesseln ab! Er mag die Stakemen ins Wasser werfen, denn keine Waffe soll ihren Körper berühren, sondern sie mögen im Wasser ertrinken."

Cäsar band Patrick los, und während wir ihn vor den Läufen unserer Büchsen behielten, vollbrachte der Leutnant der Pfahlmänner den Befehl Winnetous mit einer Bereitwilligkeit, wie sie nur der wirklich hartgesottene Sünder zeigen kann. Er sah sich verloren, und es war ihm sichtlich eine Genugtuung, vorher an seinen früheren Kumpanen den Henkerdienst zu verrichten. Die Verurteilten waren so fest gebunden, daß sie sich nicht zu wehren vermochten. Sie versuchten es auch nicht, und ich mußte mich abwenden, denn ich konnte den Blick unmöglich auf die Stelle richten, wo zwei Menschen eines zwar zehnfach verdienten, aber immerhin gewaltsamen Todes starben. Der grausige Vorgang war in zwei Minuten vorüber. Patrick ließ sich wieder binden. Es gab keine andere Wahl für ihn.

„Wer sind nun diese zwei Bleichgesichter?" fragte Winnetou, auf die beiden Morgans deutend.

„Sie sind Vater und Sohn."

„Wessen klagen meine Brüder sie an?"

„Ich klage sie an des Mordes an meinem Weib und meinem Kind", erklärte Mark.

„Ich klage Fred Morgan an des Raubmordes an meinem Vater", fügte Bernard hinzu.

„Und ich klage den alten Morgan an des Raubüberfalls auf einen Bahnzug und des Mordes an einem Bahnbeamten", ergänzte ich. „Ich klage Patrick Morgan an des Mordversuchs an mir und Euch. Es ist genug, wir brauchen das übrige gar nicht zu rechnen!"

„Mein weißer Bruder hat recht gesagt: es ist genug. Sie sollen sterben. Der schwarze Mann mag sie töten!"

„Halt!" rief da Mark. „Das gebe ich nicht zu. Ich bin ihnen gefolgt seit vielen Jahren. Das, was sie an mir verübt haben, ist ihr ältestes Verbrechen. Sie sind mein, und ich lasse sie keinem anderen. Ihr Leben gehört mir, und ihre Kerben kommen auf meine Büchse. Dann ist Sans-ear am Ziel, und er und seine alte Tony mögen Ruhe finden in irgendeiner Kluft des Gebirges oder draußen in der Prärie, wo die Gebeine von unzähligen Jägern bleichen!"

„Das Verlangen meines Bruders ist gerecht. Er mag den Mörder nehmen!" entschied der Apatsche.

„Mark", sagte ich leise, indem ich mich zu ihm neigte, so daß die anderen meine Worte nicht hörten, „beflecke dich nicht mit dem Blut der Mörder, indem du die Wehrlosen kaltblütig niederschießt! Solche Rache entehrt einen Christen und ist Sünde. Überlaß sie dem Neger, der hier als Vollstrecker eines ordnungsgemäßen Richterspruchs auftritt!"

Der harte Jäger starrte finster vor sich nieder und schwieg. Um ihm Zeit zum Überlegen zu geben, trat ich mit Bernard zu dem Pferd Fred Morgans. Wir fanden in den Satteltaschen einige Perlen, die der Juwelier als sein Eigentum erkannte. Weiter nichts. Nun untersuchten wir den Verbrecher selbst und entdeckten endlich ein Päckchen, das mit Hirschsehne an die innere Seite seines Büffelhemdes angenäht war. Es enthielt Banknoten von bedeutendem Wert. Das war jedenfalls der Anteil, den er Holfert abgenommen hatte. Bernard steckte das Päckchen zu sich.

In diesem Augenblick vernahm ich von dem Platz her, wo unsere Pferde standen, ein ängstliches Schnauben. Es war mir, als könnte das nur mein Mustang gewesen sein. Ich überzeugte mich und sah, wie das Pferd aufgeregt am Riemen zerrte, um sich zu befreien. Entweder gab es ein Raubtier in der Nähe, oder es waren Indianer da. Sofort stieß ich einen Warnungsruf aus. Er wurde aber nicht gehört, denn im gleichen Augenblick erscholl von der Wiese her ein entsetzliches Geheul.

Schnell war ich am Rande des Buschwerks und blickte durch die Zweige. Der ganze Platz wimmelte von Indianern. Drei oder vier knieten auf Mark, den sie niedergerissen hatten. Zwei hatten zu gleicher Zeit den Lasso über Winnetou geworfen und schleiften ihn auf der Erde hin. Hoblyn lag mit zerschmettertem Schädel am Boden, und

Bernard war von der Überzahl der Gegner völlig verdeckt. Wo Cäsar steckte, konnte ich nicht feststellen.

Die Racurrohs waren also dem Capitán wirklich gefolgt, waren bei der Gerichtsverhandlung unbemerkt herangeschlichen und nun so unerwartet über die Gefährten hergefallen, daß eine Gegenwehr der reine Wahnsinn gewesen wäre. Was konnte ich für sie tun? Nichts als mich retten. Es wäre mir möglich gewesen, ein halbes Dutzend Indsmen niederzuschlagen, aber wem war damit geholfen? Getötet war außer Hoblyn wohl noch keiner, und sowie ich die Komantschen kannte, ließ sich erwarten, daß sie die Überrumpelten als Gefangene mit sich führen würden, um sie daheim einen langsamen Martertod sterben zu lassen. Ich kehrte also zu meinem Pferd zurück, band es los und kletterte, das Tier hinter mir herziehend, so schnell wie möglich zur Höhe hinauf. Etwas anderes mit mir zu retten, dazu gab es keine Zeit, denn die Roten hatten mich jedenfalls ins Gesträuch treten sehen und ließen es sich sicher angelegen sein, mich zu fangen.

Unsere Schätze — sowohl die von uns aus dem *Hide-spot* mitgebrachten, als auch das den beiden Morgans abgenommene Paket — waren verloren: — das Gold ist nun einmal *deadly dust*, tödlicher Staub. Es führt unter hundert Menschen, die ihm in den Diggins und im Wilden Westen nachjagten, neunzig in den Tod. Der Glanz und Klang des verführerischen Metalls weckt finstere Geister, und nur unter dem Gesetz bewährt es seine segensreiche Macht.

Die bedeutende Steigung machte es mir schwer, mit dem Pferd vorwärtszukommen. Aber als ich die Höhe erreicht hatte, hörte das hindernde Unterholz auf. Da stieg ich in den Sattel und verfolgte den lang sich hindehnenden Bergrücken mit einer Hast, als wäre die ganze Indianerhorde hinter mir her. Drüben ging es wieder in ein Tal hinab. Ich gab mir keine Mühe, meine Spur zu verbergen. Im Gegenteil, ich wußte, daß sie sicher gefunden und verfolgt würde, und das war meine Absicht. Die Verfolger mußte ich irreleiten.

So ritt ich, ohne anzuhalten, einen großen Teil des Tages immer nach Westen, bis ich einen Wasserlauf erreichte, der meinem Zweck dienlich war. Hier lenkte ich mein Pferd in das Wasser, das über ein felsiges Bett hinfloß, in dem die Hufe keine Eindrücke hinterlassen konnten, und ritt darin so lange aufwärts, bis ich glaubte, daß die Verfolger ermüden würden. Dann band ich dem Tier die Lappen um die Füße und kehrte auf einem Umweg zum Ausgangspunkt meines Fluchtritts zurück.

Die Sonne war schon untergegangen, als ich den Höhenzug erblickte, hinter dem das verhängnisvolle Tal lag. Weiter durfte ich mich heute nicht nähern, und so suchte ich im Wald eine moosige Stelle, die sich zum Lager eignete. Mein Pferd war durch das Laufen mit umhüllten Hufen so ermüdet, daß es keine Lust zum Fressen verspürte, sondern sich sofort neben mich auf den Boden legte.

Wie schnell hatten sich die Verhältnisse geändert! Ich überdachte meine Lage, war aber nicht etwa zu empfindsamen Betrachtungen aufgelegt. Hier konnten nur Taten helfen, und um dazu fähig zu sein, bedurfte ich vor allen Dingen der Ruhe und des Schlafes. Ich empfahl mich dem Schutz Gottes, schloß die Augen und öffnete sie erst wieder, als die Sonne bereits hoch am Himmel stand. So lange hatte ich geschlafen.

Jetzt suchte ich zunächst einen verborgenen Platz, wo es ein wenig

Weide gab. Dort band ich mein Pferd an und machte mich dann auf, den Schauplatz des gestrigen Überfalls zu besuchen. Es war ein gefährliches Unternehmen. Doch es mußte gewagt werden, wenn ich den Gefährten nützlich sein wollte. Schritt um Schritt pirschte ich mich zur Höhe hinauf. Für eine Strecke, die ein langsamer Fußgänger in zehn Minuten zurücklegt, brauchte ich zwei volle Stunden. Dann aber ging es, und nun mit verzehnfachter Vorsicht, bergab. Eben wollte ich an einer alten Steineiche vorüber, als ich einen eigentümlichen Laut vernahm.

„Pst!"

Ich blickte mich um, konnte aber nichts bemerken.

„Pst!"

Jetzt hörte ich, daß der Laut von oben kam, und schaute hinauf.

„Pst, Massa!"

Ah, da oben über dem ersten Ast des Baums war ein Loch ausgefault, und daraus grinste mir das schwarze Gesicht Cäsars freundlich entgegen.

„Warten, Massa, Cäsar kommen!" flüsterte er von oben herab.

Dann hörte ich ein Geräusch, ähnlich dem, das ein im Zimmer Sitzender vernimmt, wenn ein Schornsteinfeger in der nebenan emporführenden Esse arbeitet, und gleich darauf bewegten sich die Haselruten, die rund um den Baumstamm aufgeschossen waren.

„Massa, kommen herein in Zimmer! Kein Indian finden dann klug Cäsar und Massa."

Ich kroch hinein und befand mich im Innern des hohlen Baums, dessen Öffnung durch die Haseln dicht verdeckt wurde.

„Lack-a-day, wie hast du diesen Aufenthalt gefunden?" fragte ich.

„Viehzeug reißen aus vor Cäsar, kriechen in Baum und gucken oben durch Fenster. Cäsar können machen auch so."

„Was für ein Tier war es?"

„Cäsar wissen nicht. War so groß, haben vier Beine, zwei Augen und einen Schwanz."

Infolge dieser ebenso genauen wie geistreichen Schilderung kam ich auf den Gedanken, daß vielleicht ein Waschbär gemeint sei.

„Wann hast du den Baum entdeckt?" forschte ich weiter.

„Gleich, als Indian kommen."

„Also seit gestern hast du hier gesteckt! Was alles hast du gehört und gesehen?"

„Cäsar haben hören und sehen viel Indian."

„Weiter nichts?" — „Sein das nicht genug?"

„Waren Rothäute in der Nähe?"

„Waren hier, haben suchen, aber nicht finden Cäsar. Dann machen Feuer, als Abend sein, und braten Schinken von Bär, den Massa haben schießen. Warum dürfen Indian fressen unsern Bär?"

Die Entrüstung des guten Schwarzen war gerechtfertigt, konnte aber leider die Tatsache nicht ändern.

„Weiter!"

„Dann werden es Morgen, und Indian sein fort."

„Ah, fort! Wohin?"

„Cäsar nicht wissen, denn nicht können gehen mit, aber sehen viel Indian fortreiten aus Tal. Von klein Fenster droben können sehen alles. War auch dabei Massa Winnetou und Massa Mark und Massa Bern. Haben viel Strick und Riemen um Leib."

„Und dann?"

„Dann? Dann schleich Indian hierher und dorthin. Wollen Cäsar fangen, aber Cäsar sein klug."

„Wie viele sind noch da?"

„Nicht wissen Cäsar, aber wo sind, das wissen."

„Nun, wo?"

„Drüben bei Bär. Cäsar kann sehen durch Fenster."

Ich blickte in die Höhe. Es war möglich, sich im Innern des hohlen Baumes hinaufzuarbeiten. Cäsar hatte das bewiesen. Ich versuchte es ebenso, und es gelang. Oben aus dem Loch, das Cäsar Fenster nannte, konnte ich wirklich einen Blick zur jenseitigen Talwand werfen. Es war so ziemlich ein Blick aus der Vogelschau. Und wahrhaftig, am Stamm der Buche, auf die sich Cäsar vor dem Bären gerettet hatte, sah ich die Gestalt eines Indianers hocken. Man hatte also die Gefangenen weggeführt und heimlich eine Besatzung im Tal zurückgelassen, um Cäsar und mich festzunehmen, wenn wir zu der Jagdbeute und an den Ort des Überfalls zurückkehrten.

Nun kletterte ich wieder hinab und überlegte, was zu tun sei.

„Es ist nur einer da drüben, Cäsar?" fragte ich.

„Woanders sein noch einer und noch einer, aber Cäsar nicht wissen."

„Erwarte mich hier!"

„Massa wollen gehen? Oh, Massa, lieber bleiben hier bei Cäsar!"

„Wir müssen sehen, daß wir unsere Freunde retten können."

„Retten? Retten Massa Bern? Oh, oh, das sein schön und sein sehr viel gut! Cäsar auch mit retten Massa Bern und Massa Mark und Massa Winnetou!"

„So verhalte dich ruhig, daß du nicht erwischt wirst!"

Vorsichtig verließ ich den hohlen Baum. Es war mir ein recht wohltuendes Gefühl, wenigstens einen außer mir noch verschont zu wissen, wenn dieser eine auch gerade der Neger war. Übrigens mußte ich es wirklich schlau nennen, daß man zu den Überresten des Bären eine Wache gesetzt hatte. Das Fleisch konnte ja für uns eine Anziehungskraft besitzen, die uns ins Verderben führte.

Eine Stunde später befand ich mich auf der anderen Seite des Tals, keine zwei Meter von dem Indianer entfernt, der unbeweglich wie eine Statue saß und kein Glied rührte. Nur zwei Finger der rechten Hand spielten mit einer kleinen Geierpfeife, die an seinem Hals hing. Ich wußte, daß die Töne dieser Pfeifen oft als Zeichen verwendet werden. Sollte hier vielleicht etwas Ähnliches verabredet sein?

Der Indianer war noch jung, kaum achtzehn Jahre alt. Vielleicht war der gegenwärtige Kriegszug sein erster. Er hatte ausdrucksvolle Züge, und die Sauberkeit seiner Kleidung ebenso wie die Arbeit seiner Waffen ließen mich vermuten, daß er der Sohn eines Häuptlings sei. Sollte ich ihn töten? Sollte ich dieses junge, hoffnungsvolle Leben zerstören? Nein.

Leise schob ich mich vorwärts, packte mit der Linken seine Kehle und gab ihm mit der Rechten einen gelinden Hieb an die Schläfe, der einem älteren Mann wohl nicht viel geschadet hätte, diesen Jüngling aber auf der Stelle betäubte. Dann fesselte und knebelte ich ihn und befestigte ihn so an dem Stamm eines Baums, daß er rings von Büschen umgeben war, also nicht gesehen werden konnte. Die Geierpfeife hatte ich ihm abgenommen. Nun versteckte ich mich, setzte sie an den Mund und stieß einen kurzen, halblauten Pfiff aus. Sofort raschelte es mir gegenüber in den Büschen; ein alter Indianer trat hervor und kam eiligen Laufs herübergesprungen. Ein Faustschlag an die Schläfe streckte auch ihn nieder.

Es mußten mehr als drei oder vier Indianer in der Nähe sein, und alle diese Leute auf diese Weise herzupfeifen und niederzuschlagen war ein Ding der Unmöglichkeit. Vor allem mußte ich erfahren, wo sich die Pferde der Indsmen befanden, und das war eine gefahrvolle Sache. Ich versuchte es gleichwohl, ahmte das kurze Wiehern eines Hengstes nach, und sieh da, eben dort, wo der zweite Indianer herausgekommen war und wo unsere Pferde gestanden hatten, ertönte eine mehrstimmige Antwort.

Jetzt mußte ich auf mein gutes Glück vertrauen. Ich band den alten Indianer mit seinen eigenen Riemen fest und ließ ihn liegen, nahm den Jungen auf meine Schulter und eilte unter dem Schutz der Bäume um die kurze Krümmung, die den Hintergrund des Tals bildete, zum Versteck der Pferde. Es waren ihrer sechs, ein sicherer Beweis, daß sich noch vier Indsmen auf der Lauer befanden. Sie standen jedenfalls weiter vorn dem Eingang zu, so daß ich genug Zeit zu meinen Vorbereitungen hatte.

Mit meiner Bürde stieg ich nun zunächst zu Cäsar. Er war im Innern des Baums in die Höhe geklettert und blickte durch sein Fenster von oben herab. Als er mich gewahrte, kam er herabgerutscht und äugte zwischen den Haselruten hindurch.

„Massa, oh, haben fangen ein jung Indian! Massa machen wohl tot Indian?"

„Nein, ich will ihn nur gefangenhalten. Willst du Massa Bernard mit retten?"

„Oh, Cäsar werden retten gern lieb gut Massa Bern! Wie es müssen machen Cäsar?"

„Du nimmst hier diesen Indianer und trägst ihn in gerader Richtung immer bergab, bis du an den großen Hickory kommst. Da legst du ihn ab und wartest auf mich!"

„Cäsar werden es machen so, Massa!"

„Aber du rührst seine Fesseln nicht an. Wenn er frei wird, bist du verloren!"

„Gut, also vorwärts!"

Der riesige Neger warf sich den Indianer über die Schulter und stieg jenseits von der Höhe hinab. Ich kehrte zu den Pferden der Komantschen zurück. Es war gewiß eine schwere Aufgabe, alle sechs Tiere bei diesem Gelände zu entführen, das heißt, sie aus dem Tal empor- und drüben wieder hinabzubringen. Allein jedoch brachte ich es wohl besser fertig als mit Hilfe des Negers, da alle indianischen Pferde einen unüberwindlichen Abscheu gegen die schwarze Rasse hegen, deren Ausdünstung den Tieren zuwider ist. Aufsteigen lassen sie den Neger, aber wenn er, vor ihnen hergehend, sie führen will, weigern sie sich, ihm zu folgen.

Um die sechs Pferde als einzelner Mann leiten zu können, band ich mit Hilfe der Bauchriemen den Kopf je eines Tieres an den Schweif des anderen, so daß sie eine fortlaufende Reihe bildeten. Dann faßte ich das vorderste beim Zügel, und fort ging es, die steile Berglehne hinan. Ich hatte meine liebe Not mit den widerspenstigen Gäulen, und die übrigen vier Indianer mußten weit entfernt stehen, daß sie das

Schnauben und Stampfen nicht vernahmen. Doch gelangte ich glücklich hinauf und drüben wieder hinab. Die Roten hatten keine Pferde mehr und waren nun nicht mehr imstande, die Ihrigen einzuholen. Ebenso war ihr Hauptzweck, Cäsar und mich nachträglich zu fangen oder zu töten, verfehlt.

Der Neger saß unter dem erwähnten Hickory und bewachte den Indsman. Es mochte ihm, so allein mit dem Feind, doch etwas bänglich zumute gewesen sein, und er war sichtlich erfreut und erleichtert durch mein Erscheinen.

„Oh, schön, daß kommen Massa! Indian machen Augen wie Teufel, haben auch brummen und grunzen wie Vieh, aber Cäsar haben geben ihm Klaps aufs Maul, daß sein still!"

„Du darfst ihn nicht schlagen, Cäsar, denn das ist nicht ritterlich und außerdem eine Beleidigung, die ein Indianer nur mit dem Tod vergilt. Wenn er wieder frei werden sollte und dich trifft, wird er dich töten!"

„Cäsar töten? Oh, oh, Massa! Dann lieber gleich schlagen tot Indian, daß er nicht werden frei!"

Der Schwarze zog auch sogleich sein Messer und setzte die Spitze auf die Brust des Komantschen.

„Halt, Cäsar, keinen Mord!" mahnte ich rasch. „Wenn wir ihn leben lassen, wird er uns großen Nutzen bringen. Hilf mir, ihn aufs Pferd zu binden!"

Ich nahm dem Indianer den Knebel aus dem Mund.

„Mein roter Bruder mag atmen! Aber er darf nicht sprechen, außer wenn ich frage."

„Ma-ram wird reden, wenn es ihm beliebt", entgegnete er. „Das Bleichgesicht wird ihn töten und seinen Skalp nehmen, auch wenn er nicht spricht."

„Ma-ram wird leben und seinen Skalp behalten, denn Old Shatterhand tötet seinen Feind nur im Kampf."

„Das Bleichgesicht ist Old Shatterhand? Uff!"

„Ich bin es, Ma-ram ist nicht mehr mein Feind, sondern mein Bruder. Old Shatterhand wird ihn in den Wigwam seines Vaters bringen."

„Der Vater von Ma-ram ist To-kei chun[1], der große Häuptling, der über die Krieger der Racurrohs gebietet. Er wird Ma-ram töten, weil er der Gefangene des Bleichgesichts ist."

„Will mein Bruder frei sein?"

Der Indianer blickte mich verwundert an.

„Kann Old Shatterhand den Krieger freigeben, dessen Leben und Skalp ihm gehören?"

„Wenn mein junger roter Bruder mir verspricht, nicht zu fliehen, sondern mich in die Wigwams seines Stammes zu begleiten, werde ich ihn losbinden und ihm sein Pferd geben. Auch seine Waffen, die dort am Sattel hängen, darf er wieder tragen."

„Uff! Old Shatterhand hat eine starke Faust und ein großes Herz, er ist nicht wie die anderen Bleichgesichter. Aber hat er nicht eine doppelte Zunge?"

„Ich rede stets die Wahrheit. Will mein roter Bruder mir gehorchen, bis wir vor dem Angesicht To-kei-chuns stehen?"

„Ma-ram will es!"

[1] Der gehörnte Stier

„So nehme er das Feuer des Friedens aus meiner Hand. Es wird ihn verzehren, wenn er sein Wort nicht hält!"

Das Versteck meines Pferdes befand sich in der Nähe. Ich holte das Tier herbei und nahm aus der Satteltasche zwei von den Zigarren, die ich mir aus den Vorräten der Stakemen angeeignet hatte. Ein Streichholz gab es auch, und so wurden die dünnen ‚Habanos', nachdem ich den Indianer von seinen Fesseln befreit hatte, in Brand gesteckt und unter den gebräuchlichen Formalitäten geraucht.

„Haben die Bleichgesichter keinen Großen Geist, der ihnen Ton zu einem Kalumet wachsen läßt?" fragte Ma-ram.

„Sie haben einen Geist, der größer ist als alle Geister. Er hat ihnen viel Ton gegeben, aber sie rauchen die Pfeife meist nur in ihrem Wigwam, denn er lehrte sie, den Rauch des Friedens aus diesen Zigarren zu trinken, die nicht so viel Platz brauchen wie die Pfeife."

„Uff! Si-karr? Der Große Geist der Bleichgesichter ist klug! Diese Si-karr kann leichter getragen werden als das Kalumet."

Cäsar zog ein verwundertes Gesicht darüber, daß ich jetzt so gemütlich und in der Nähe lauernder Feinde Zigarren mit einem Indianer rauchte, den er erst auf das Pferd hatte binden sollen.

„Massa, auch Cäsar wollen rauchen mit Frieden!" sagte er.

„Hier hast du eine Zigarre, aber rauche sie im Sattel, denn wir müssen aufbrechen!"

Der Komantsche suchte sich sein Pferd aus und schwang sich auf. Ich brauchte nicht die mindeste Sorge zu haben, daß er mir entfliehen würde. Ein zweites Pferd bestieg Cäsar, allerdings erst nach vieler Mühe. Die übrigen band ich auseinander und koppelte sie dann mit den Zügeln so zusammen, daß ich sie gut an der Hand zu führen vermochte. Endlich setzte auch ich mich auf meinen Mustang, und der Ritt begann.

Zwischen der Tiefe, in der wir uns befanden, und dem für unsere Gesellschaft so verhängnisvoll gewordenen Tal dachte sich die Höhe, der Ebene zu, immer weiter ab. Wir folgten ihr und ritten dann um sie herum, bis wir auf die Fährte der Komantschen stießen, wobei uns freilich vom Tal aus die fünf Indianer bemerkten, denen wir die Pferde entführten. Sie erhoben ein Wutgeheul, das weithin schallte. Wir kümmerten uns nicht darum, und auch Ma-ram hatte so viel Selbstbeherrschung, daß er mit keiner Wimper zuckte und nicht die geringste Absicht verriet, sich nach seinen Leuten umzublicken.

Ohne daß ein Wort gesprochen wurde, folgten wir der Fährte bis zum Abend, wo wir den Rio Pecos erreichten und einen zum Nachtlager passenden Ort entdeckten. In den Decken der indianischen Pferde fand sich ein Vorrat von getrocknetem Fleisch, so daß wir weder zu hungern noch ein Wild zu schießen brauchten. Im übrigen waren wir so weit von den fünf Komantschen entfernt, daß sie uns während der Nacht sicherlich nicht erreichten.

Ma-ram legte sich sofort schlafen. Ich wechselte mit Cäsar in der Wache ab. Als es Tag zu werden begann, nahm ich den übrigen Pferden die Decken, Zügel und alles, was sie trugen, ab und jagte sie in den Fluß. Sie schwammen hinüber und verschwanden bald jenseits im Wald. Der Indianer hatte dabei schweigend zugesehen.

Die Spur, der wir nun folgten, war sehr deutlich. Die Komantschen mußten sich also wieder sicher fühlen. Sie hatten sich immer an der rechten Seite des Rio Pecos gehalten und waren dem Fluß abwärts gefolgt bis dahin, wo er die Ausläufer der Sierra Guadalupe berührte. Hier teilte sich zu meinem Erstaunen die Fährte. Die größere Anzahl der Roten hatte sich ins Gebirge gewendet, während die anderen weiter dem Pecos gefolgt waren.

Ich stieg ab, um die Spuren zu untersuchen. Inmitten der zweiten Fährte sah ich deutlich die Hufeindrücke der alten Tony, die ich zu genau kannte, als daß ich sie hätte verkennen können. Kurz vorher hatten wir die Spur eines Nachtlagers gefunden.

„Die Krieger der Komantschen sind in die Berge gegangen", wandte ich mich an Ma-ram, „um das Grabmal ihres großen Häuptlings zu besuchen?"

„Mein Bruder sagt es."

„Und diese hier" — ich deutete dabei auf die andere Fährte — „wollen die Gefangenen zu den Wigwams der Komantschen bringen?"

„So befahlen die beiden Häuptlinge der Racurrohs."

„Die Komantschen haben auch die Schätze der Bleichgesichter bei sich?"

„Sie haben sie behalten, weil sie nicht wissen, welchem von den Bleichgesichtern sie gehören."

„Und wo haben die Komantschen ihre Wigwams aufgeschlagen?"

„In der Savanne, die zwischen diesem Wasser hier und dem Fluß liegt, den die Bleichgesichter den Rio Grande nennen."

„Also in einer Savanne zwischen den Apache Mountains?"

„So ist es."

„Dann werden wir dieser Fährte nicht folgen, sondern mehr gen Mittag reiten."

„Old Shatterhand wird tun, was er will. Aber er mag wissen, daß dort kein Wasser für ihn und seine Pferde ist!"

Ich blickte ihm scharf in die Augen.

„Hat mein roter Bruder einmal Berge gesehen, die nahe an einem großen Fluß liegen und dennoch kein Wasser haben? Jeder Fluß bekommt sein Wasser aus den Bergen."

„Mein weißer Bruder mag sich überzeugen, wer recht hat, er oder der Komantsche!"

„Ich weiß, warum der Komantsche nicht unmittelbar nach Süden will."

„Mein Bruder sage es mir!"

„Die Krieger der Racurrohs reiten mit ihren Gefangenen am Fluß entlang, der einen großen Bogen macht. Wenn ich mehr nach Süden reite, ereile ich sie, noch ehe sie ihre Wigwams erreichen."

Ma-ram schwieg, denn er sah ein, daß ich ihn durchschaut hatte. Ich zählte die Hufspuren und fand, daß sie von sechzehn Pferden herrührten. Winnetou, Mark und Bernard wurden also von dreizehn Komantschen geleitet. Sie waren jedenfalls sorgfältig gefesselt, und selbst wenn ich sie einholte, konnte ich sie eher durch List als mit Anwendung von Gewalt retten.

Deshalb lenkte ich mehr nach Süden ein und ließ die Pferde soweit wie möglich ausgreifen. Es war ein böser und beschwerlicher Ritt, da ich die Gegend nicht kannte und von Ma-ram keine genügende Auskunft erlangen konnte. Das Unternehmen glückte aber, und schon am nächsten Vormittag hatten wir die Berge überwunden und sahen eine weitgedehnte Savanne vor uns liegen. Von links her glänzten die Wasser des Rio Pecos, dem wir jetzt wieder zuhielten, zu uns herüber.

Der Wald stieg mit uns von den Bergen hinab und begleitete uns eine Strecke weit längs des Flusses in die Prärie hinein. An einem Bach, der in den Pecos mündete, trafen wir wieder die Spuren der Komantschen. Sie stammten wohl von gestern mittag, und gar nicht weit davon, an einem zweiten Bach, hatten die Roten gerastet, vermutlich um die größte Tageshitze vorüberzulassen.

Auch ich beschloß, hier ein wenig auszuruhen, wählte aber eine Stelle, die sich nicht so nahe am Fluß, sondern mehr rückwärts im Gebüsch befand und infolgedessen mehr Deckung gegen Sicht gewährte. Diese Vorsichtsmaßnahme sollte sich bald bewähren, denn ich hatte kaum mit Ma-ram Platz genommen, da kam Cäsar, der sich und sein Pferd im Fluß baden wollte, wieder zurück und rief:

„Massa, oh, oh, Reiter kommen — ein, zwei, fünf, sechs Reiter. Reißen aus, Massa, oder schlagen tot Reiter?"

Ich sprang an den Rand des Gebüsches vor und gewahrte in der Tat sechs Pferde, die in zwei Gruppen von je dreien von fern her stromaufwärts auf uns zugesprengt kamen. Die zwei letzten in jeder Gruppe schienen Pakete zu tragen, während auf dem vordersten je ein Reiter saß. Wir hatten es also nur mit zwei Feinden zu tun, wenn es überhaupt Feinde waren, denn ich erkannte trotz der Entfernung, daß es keine Indianer, sondern Weiße waren.

Aber hinter ihnen jagten fünf Gestalten, die nichts anderes als Indsmen sein konnten und die beiden Flüchtlinge in höchstens fünf Minuten erreichen mußten. Es konnte sich hier nur um eine Verfolgung handeln, und um zu sehen, wie ich mich verhalten mußte, nahm ich mein Fernglas zur Hand.

„Zounds!" entfuhr es mir unwillkürlich, denn der vorderste Reiter war Fred Morgan und der andere sein Sohn Patrick.

Ich beschloß, sie lebendig zu fangen, machte mich schußfertig und wartete. Sie kamen hart am Fluß herauf, die Indianer keine fünfhundert Schritt hinter ihnen. Schon hörte ich das Schnauben der Pferde. Jetzt waren sie da und wollten an uns vorüber. Ich drückte zweimal ab. Sorgfältig hatte ich auf die Köpfe der beiden Reittiere gezielt. Sie brachen zusammen. Die Saumtiere waren an ihnen befestigt und versuchten, durch die Schüsse erschreckt, sich loszureißen. Die Reiter waren weit fort zur Erde geschleudert worden. Ich wollte mich auf sie werfen.

„O—hi—hi—hiiii!" erscholl da der Schlachtruf der herbeieilenden Roten, in den auch Ma-ram mit einstimmte, und schon war ich umzingelt. Drei Tomahawks und zwei Messer blitzten über meinem Kopf.

„Cha!" rief da Ma-ram, indem er die Hand abwehrend ausstreckte. „Dieses Bleichgesicht ist der Freund von Ma-ram!"

Sie ließen von mir ab, aber die Folgen ihres Angriffs waren nicht mehr zu ändern: die beiden abgeworfenen Reiter hatten Zeit gehabt, sich aufzuraffen und in die Büsche zu entfliehen, und die Pferde, bei dem fürchterlichen Geheul der Indianer wild aufbäumend, hatten sich losgerissen und waren in den Fluß gestürzt. Ich hatte in ihnen gleich von vornherein unsere vier Lastpferde erkannt. Sie waren schwer beladen und deshalb sofort nach dem Sturz untergegangen.

Vier der Indianer sprengten den beiden Flüchtlingen nach. Den fünften hielt ich zurück.

„Mein roter Bruder mag mir sagen, warum die Krieger der Komantschen ihre weißen Freunde verfolgen!"

„Die weißen Männer sind wie die Schlangen. Ihre Zunge hat zwei Spitzen. Sie haben während der Nacht die Wache getötet und sind mit ihren Schätzen entflohen."

„Mit dem Gold?"

„Sie nehmen das Metall und die vielen Medizinzettel, die in dem Fell waren."

Er ließ uns stehen und eilte seinen Kameraden nach. Die beiden Morgans hatten also Sorge gehabt, daß ihnen die Komantschen ihre Schätze vorenthalten würden, und hatten sich damit heimlich davongemacht. Unter den ‚Medizinzetteln' waren die Hinterlegungsscheine und Banknoten zu verstehen, die wir ihnen hatten abnehmen wollen. Gerade da, wo die Pferde ins Wasser gestürzt waren, machte der Fluß eine Krümmung, so daß ein Wirbel entstand, der uns alle Hoffnungen nehmen mußte, das von den Fluten Verschlungene je wieder herauszubekommen. *Deadly dust*, tödlicher Staub!

Was war jetzt zu tun? Die Sorge um die Freunde war aber größer als das Verlangen, der beiden Feinde habhaft zu werden. Übrigens waren ja hinter den Morgans die fünf Komantschen her. Ihnen konnten wir die Verfolgung recht gut überlassen.

„Weshalb schießt mein weißer Bruder auf das Pferd und nicht auf den Reiter?" fragte mich Ma-ram. „Hat Old Shatterhand nicht zielen gelernt?"

„Weshalb tötete Old Shatterhand nicht Ma-ram, den Komantschen, über dessen Herzen schon das Messer war? Er tötete die Pferde, weil er mit den Reitern reden wollte."

„Er wird mit ihnen reden, denn er wird sie mit seinen roten Brüdern verfolgen!"

Ich mußte beinahe lächeln über das Bestreben des Indianers, mich so viel wie möglich von der Verfolgung der Fährte meiner gefangenen Freunde zurückzuhalten.

„Er wird sie nicht verfolgen. Die Krieger der Komantschen sind klug und tapfer. Sie werden die bösen Bleichgesichter fangen und in ihre Wigwams bringen. Ma-ram mag sein Pferd besteigen und mir folgen!"

Das Ereignis hatte mir alle Lust zur Rast genommen, und hierzu kam eine Betrachtung, die sich mir aufdrängen mußte: Unsere Freunde waren von dreizehn Reitern geleitet worden. Die beiden Morgans, fünf Komantschen und die ermordete Wache mußten jetzt abgerechnet werden, und so ergab sich, daß sie nur noch von fünf Indianern bewacht wurden. Unter diesen Verhältnissen war es leichter, sie zu befreien.

Ich ließ also die Pferde schärfer ausgreifen als vorher. Bis zur Abenddämmerung hatten wir eine so bedeutende Strecke zurückgelegt, daß ich, als ich die Fährte sorgfältig untersuchte, zu der Überzeugung kam, der kleine Trupp sei erst am Mittag hier vorübergekommen. Die Flucht der Morgans, die Ermordung des Wachpostens und die Annahme, daß sie nicht verfolgt würden, hatten ihre Eile gemindert.

Obgleich Ma-ram sich gelegentlich nach einem Ort zur Rast umsah, mußte er mir doch noch fast vier englische Meilen folgen, bis es so dunkel wurde, daß es einfach unmöglich war, die Fährte noch zu erkennen. Dann erst gab ich den Befehl abzusteigen. Kaum graute der Morgen, so wurde wieder aufgebrochen.

Jetzt führte die Spur vom Fluß ab in die Savanne hinein, immer nach Süden. Wir trafen hier und da auf Büffelwege, auf denen wir uns vorwärts bewegten, und dabei bemerkte ich, sooft ich die Fährte prüfte, daß wir den Verfolgten immer näher rückten. Schon hegte ich die Hoffnung, sie um die Mittagszeit einzuholen, als mich ein einziger Augenblick enttäuschte. Wir kamen nämlich auf einen Platz, der von zahlreichen Pferden zerstampft war, und von hier aus führten wenigstens vierzig Hufspuren nach Süden.

„Uff!" rief Ma-ram.

Weiter sagte er nichts, aber sein Auge leuchtete vor Vergnügen, während seine Züge unbeweglich blieben. Und ich verstand ihn recht gut. Die Bedeckung unserer Gefährten war auf einen Komantschentrupp gestoßen, unter dessen Schutz sie dem gemeinsamen Zeltdorf zueilte.

„Wie weit ist es noch bis zum Lager der Komantschen?" fragte ich den Indianer.

„Die Racurrohs haben kein Lager. Sie bauen sich ein Dorf in der Savanne, das größer ist als die Städte der Bleichgesichter", lautete der Bescheid. „Wenn mein weißer Bruder schnell reitet, wird er es erreichen, noch bevor die Sonne hinter den Gräsern verschwindet."

Um Mittag wurde eine kurze Rast gemacht, und wirklich tauchten gegen Abend mehrere dunkle Linien am Himmel auf, die ich mit Hilfe des Fernrohrs als langgestreckte Zeltreihen erkannte.

Die Komantschen hatten jedenfalls der nahen Büffeljagd wegen hier eine so bedeutende Niederlassung errichtet und schienen durch die Ankunft der Gefangenen sehr in Anspruch genommen zu sein, da wir uns dem Lager beträchtlich zu nähern vermochten, ohne auf einen Indianer zu treffen.

Ich zügelte mein Pferd.

„Dort sind die Wigwams der Komantschen?" fragte ich.

„Sie sind es", bestätigte Ma-ram.

„Wird To-kei-chun, der große Häuptling, dort anwesend sein?"

„Der Vater Ma-rams ist stets bei seinen Kriegern."

„Will mein roter Bruder hinreiten und ihm sagen, daß Old Shatterhand ihn besuchen wird?"

Er blickte doch ein wenig überrascht auf.

„Fürchtet sich Old Shatterhand nicht vor so vielen Feinden? Er tötet den Büffel und den Grauen Bären, aber er kann nicht die Komantschen töten, die zahlreich sind wie die Bäume des Waldes."

„Old Shatterhand will seine roten Brüder nicht töten. Er fürchtet sich nicht vor den Sioux, den Kiowas, den Apatschen und Komantschen, denn er ist aller tapferen Krieger Freund und gibt seine Kugel nur dem Bösen und dem Verräter. Er wird hier warten. Mein Bruder mag gehen!"

„Aber Ma-ram ist sein Gefangener. Wenn Old Shatterhand ihn nun verliert?"

„Ma-ram ist jetzt nicht mehr mein Gefangener. Er hat den Rauch des Friedens mit mir getrunken; er ist frei!"

„Uff!"

Mit diesem Wort gab er seinem Tier die Fersen zu fühlen und ritt im Galopp davon. Ich stieg mit Cäsar ab. Wir setzten uns nieder und ließen die Pferde grasen. Der gute Neger machte ein höchst bedenkliches Gesicht.

„Massa, was werden Indian machen mit armen Cäsar, wenn Massa nehmen Cäsar mit zu Indian?"

„Das müssen wir abwarten."

„Abwarten sein bös, schlimm, schlecht Ding. Soll Cäsar abwarten, daß Indian braten Cäsar am Pfahl?"

„Es wird vielleicht nicht so schlimm, wie du denkst. Wir müssen zu den Komantschen, wenn wir deinen Massa Bernard retten wollen."

„Oh, ah, ja, Cäsar werden retten gut Massa Bern! Werden sich lassen braten und kochen und fressen, wenn nur Indian geben frei Massa Bern!"

Der Schwarze begleitete diesen heldenhaften Entschluß mit einem Grinsen, das den Indianern sicher alle Lust, ihn zu verspeisen, genommen hätte, und langte dann nach einem Stück Dörrfleisch, um vor seinem Martertod wenigstens noch in etwas des Lebens Reize zu genießen.

Wir brauchten nicht lange auf den Erfolg unserer Anmeldung zu warten. Nach einiger Zeit kam ein ansehnlicher Reitertrupp auf uns zu, der sich auflöste, einen weiten Kreis bildete, in dem wir eingeschlossen wurden, und diesen Kreis dann im Galopp und unter Heulen und Waffenschwenken plötzlich so verengte, daß es schien, als sollten wir niedergeritten werden. Eine Gruppe von vier Häuptlingen kam wirklich in gestrecktem Galopp gerade auf uns zu und setzte über uns hinweg. Cäsar fiel hintenüber zur Erde, ich aber blieb ruhig sitzen und bog den Kopf kein Haar breit rechts oder links.

„Oh, ah, Indian reiten tot Cäsar und Massa!" brüllte der Neger, indem er den Kopf hob, um sich vorsichtig über den neuesten Stand der Dinge zu unterrichten.

„Fällt ihnen nicht ein!" belehrte ich ihn. „Sie wollen uns nur auf die Probe stellen, ob wir Mut haben."

„Probe stellen? Oh, Indian mögen nur kommen; Cäsar haben Mut, sehr ganz viel, groß Mut!"

Er setzte sich mit seiner fürchterlichsten Miene wieder aufrecht, und zwar gerade zur rechten Zeit, denn die Häuptlinge waren abgestiegen und kamen auf uns zu. Der älteste von ihnen nahm das Wort.

„Warum erhebt sich der weiße Mann nicht, wenn die Häuptlinge der Komantschen zu ihm treten?"

„Er will ihnen damit zeigen, daß sie ihm willkommen sind", erwiderte ich. „Meine roten Brüder mögen an meiner Seite Platz nehmen!"

„Die Häuptlinge der Komantschen setzen sich nur an die Seite eines Häuptlings. Wo hat der weiße Mann seine Wigwams und seine Krieger?"

Ich nahm das Bowiemesser in die Rechte.

„Ein Häuptling muß stark und tapfer sein. Wenn die roten Männer nicht glauben, daß ich ein Häuptling bin, so mögen sie mit mir kämpfen. Dann werden sie erfahren, ob ich die Wahrheit sage."

„Wie ist der Name des Bleichgesichts?"

„Die roten und weißen Krieger und Jäger nennen mich Old Shatterhand."

„Der weiße Mann wird sich diesen Namen selbst gegeben haben!"

„Wenn die Häuptlinge der Komantschen mit mir kämpfen wollen, dürfen sie den Tomahawk und das Messer nehmen. Ich aber nehme nur meine Hand. Howgh!"

„Der weiße Mann spricht stolze Worte. Er wird zeigen können, ob er etwa nur prahlt. Er steige auf sein Pferd und komme mit den Kriegern der Racurrohs!"

„Werden die Komantschen das Kalumet mit mir rauchen?"

„Sie werden beraten, ob sie es tun dürfen."

„Sie dürfen es, denn ich komme in Frieden zu ihnen."

Ich saß auf, und auch Cäsar krabbelte auf sein widerspenstiges Pferd. Um ihn schien man sich gar nicht zu kümmern. Der Indianer ist gegen die schwarze Rasse noch stolzer als der Weiße. Ich aber wurde von den Häuptlingen in die Mitte genommen, und fort ging es in rasendem Galopp auf das Dorf zu, dann hinein und die Lagergasse entlang, bis wir an ein großes Zelt gelangten, vor dem sie anhielten und absprangen. Ich tat das gleiche.

Cäsar war nicht zu sehen. Ich war umringt von sämtlichen Kriegern, die mich geholt hatten. Der Häuptling, der schon vorhin das Wort geführt hatte, griff zu meinen Gewehren.

„Das Bleichgesicht mag uns seine Waffen geben!"

„Ich behalte meine Waffen, denn ich bin freiwillig zu Euch gekommen und nicht Euer Gefangener."

„Der weiße Mann wird uns dennoch seine Waffen geben, bis die roten Männer wissen, was er bei ihnen will."

„Fürchten sich die roten Männer vor mir? Wer verlangt, daß ich meine Waffen abgeben soll, hat Angst vor mir."

Der Häuptling fühlte sich bei seiner Kriegerehre angegriffen und warf den anderen einen fragenden Blick zu. In ihren Augen mußte er eine beruhigende Antwort lesen, denn er meinte:

„Die Krieger der Komantschen wissen nicht, was Angst und Furcht ist. Der weiße Mann mag seine Waffen behalten."

„Welche Namen führt mein roter Bruder?" erkundigte ich mich jetzt.

„Old Shatterhand spricht mit To-kei-chum, vor dem die Feinde zittern." — „Ich bitte meinen Bruder To-kei-chun, mir ein Zelt zu geben, wo ich warten kann, bis die Häuptlinge der Komantschen mit mir reden werden!"

„Deine Worte sind gut. Das Bleichgesicht soll ein Zelt bekommen, bis die Krieger der Racurrohs beraten haben, ob sie mit ihm das Kalumet rauchen können."

To-kei-chun machte eine auffordernde Handbewegung und schritt voran. Ich nahm meinen Mustang beim Zügel und folgte ihm. Die Indianer bildeten eine Gasse, die wir durchschritten, und dabei bemerkte ich manches alte und junge Frauengesicht, das heimlich aus dem oder jenen Zelt lugte, um sich den Weißen anzusehen, der es wagte, die Höhle des Löwen zu betreten. Glücklicherweise war dieser Komantschenstamm nicht der, mit dem Winnetou damals in der Mapimi gekämpft hatte[1].

Die Zelte oder Hütten waren ganz in der Weise aufgeführt, wie ich sie auch bei den nördlichen Indianern gefunden hatte. Die Arbeit wird dabei nur von den Frauen besorgt, wie denn der Indianer keine Beschäftigung als Krieg, Jagd und Fischfang kennt und alles übrige den Schultern des Geschlechts aufbürdet, das bei uns gewöhnlich das schwache genannt wird.

[1] Siehe „Winnetou" II

Die Frauen holen die Häute, die die Zelt- und Hüttenwände bilden sollen, herbei, breiten sie in der Sonne aus und zeichnen mit einem Stück Kohle die Form darauf. Dann schneiden sie diese Formen zu und nähen mit feinen Riemen die Felle zusammen. Nun werden die Stangen herangeschafft, und man bringt alles an den Platz, der für die Wohnung ausgewählt wurde. Hier wird mit Hilfe der dürftigsten Werkzeuge eine Feuergrube etwa einen halben Meter tief ausgeworfen, um die herum man in entsprechenden Abständen mehr oder weniger Pfähle, je nach der beabsichtigten Größe der Wohnung, aufstellt. Sie werden oben zusammengeneigt und mit jungen Weiden oder Haseln verbunden. Diese Arbeit ist nicht leicht, da die Frauen und Mädchen an den Stangen hochklettern müssen und sich während des Bindens nur mit den Füßen festhalten können. Ist das Gerüst auf diese Weise hergestellt, so beginnt der schwierigste Teil des Baues, nämlich die Bekleidung des Zeltgerippes mit den schweren Häuten. Die Stangen dieses Gerippes sind in halber Höhe durch andere, lotrechte Stangen gesichert, die oben eine Gabel haben und durch Riemen mit den Hauptpfählen verbunden sind. Es entsteht so innerhalb des ersten Kreises ein zweiter, wodurch der ganze Raum in zwei Abteilungen geschieden wird. Der äußere Stangenkreis wird nun dachziegelähnlich mit Häuten belegt, und zwar so, daß oben ein Loch bleibt, um den Rauch des Feuers in der Mitte des Zeltes einen Ausweg zu lassen. Die zwei kreisrunden Abteilungen können dann durch Häute oder Flechtwerk in beliebige Unterabteilungen zerlegt werden, je nach Wunsch des Besitzers.

Das Zelt, zu dem ich geführt wurde, war nur klein und augenblicklich unbewohnt. Ich band mein Pferd draußen an, öffnete die Türvorhänge, die aus zwei halben Fellen bestanden, und trat ein, ohne mich weiter um den Häuptling zu kümmern, der mir auch gar nicht folgte.

Noch befand ich mich nicht zwei Minuten lang im Innern des Raumes, als eine uralte Indianerin erschien und ein dickes Gebund Reisholz von ihrem Rücken auf den Boden warf. Sie verschwand wieder und kam nach einiger Zeit mit einem großen irdenen Topf zurück, worin sich Wasser und noch etwas anderes zu befinden schien. Jetzt schürte sie ein Feuer an und setzte den Topf mitten in die Glut hinein.

Ich hatte mich auf dem Boden ausgestreckt und sah ihr schweigend zu, denn ich wußte, daß ich nach indianischen Begriffen meiner Ehre etwas vergeben würde, wenn es mir einfallen sollte, ein Gespräch mit ihr anzufangen. Auch konnte ich mir leicht denken, daß ich mich hier sozusagen unter Beobachtung befand, und daß, ungesehen von mir, wohl verschiedene Augen durch irgendwelche Löcher oder Lücken auf mich blickten.

Das Wasser im Topf begann zu kochen, und nun sagte mir der Geruch, daß ich Büffelfleisch zu essen bekommen sollte. Wirklich setzte mir die Alte nach Verlauf von vielleicht einer Stunde den glühend heißen Topf gerade zwischen die ausgestreckten Beine, entfernte sich und überließ es mir, nach meinem Belieben zu speisen. Ich tat es und will gestehen, daß ich dem großen Stück Lende, das ich vorfand, gehörig zusprach und schließlich auch die Fleischbrühe nicht verschmähte, obgleich die Reinlichkeit des Gefäßes viel zu wünschen übrigließ und das Mahl ganz ohne Salz zubereitet war.

Bei ruhiger Betrachtung mußte ich mir sagen, daß man mir eine hochanständige Behandlung angedeihen ließ, und noch heute würde ich hundert gegen eins wetten, daß mein Kochtopf der einzige war, den es im ganzen Lager gab.

Nach beendigter Mahlzeit streckte ich mich wieder aus, legte mir eine Decke unter den Kopf und gab mich Betrachtungen hin, die mich lange wach hielten. Daher merkte ich, daß auch mein Pferd gefüttert wurde und daß zwei Wachtposten unablässig um meine Hütte die Runde machten. Später brannte das Feuer nieder, und ich schlief ein. Ich stand — oder richtiger — ich lag jedenfalls am Vorabend wichtiger Ereignisse; aber eine schlaflos verbrachte Nacht konnte mir nichts nützen. So wurde ich erst am Morgen durch ein prasselndes Geräusch geweckt, und als ich die Augen aufschlug, sah ich die Alte wieder, die ein neues Feuer angefacht und den bekannten Topf abermals in die Glut gesetzt hatte.

Sie verrichtete ihre Obliegenheiten, ohne mir einen Blick zuzuwerfen, und ich hatte keine Veranlassung, mich durch diese Achtlosigkeit gekränkt zu fühlen. Ich verzehrte mein Fleisch mit gleichem Behagen wie am vergangenen Abend, und beschloß dann, ein wenig vor die Hütte zu treten. Kaum aber hatte ich den Kopf durch die Tür gesteckt, so fuhr einer der beiden Wächter mit der Lanze auf mich zu, als wollte er mich von oben bis unten durchspießen.

Das durfte ich mir nun allerdings nicht gefallen lassen, wenn ich mir nicht mein Ansehen ein für allemal untergraben wollte. Rasch entschlossen faßte ich also die Lanze unweit ihrer Spitze mit beiden Händen, stieß sie von mir und zog sie dann so plötzlich und kräftig wieder zurück, daß der rote Krieger sie nicht festzuhalten vermochte. Er ließ los und stürzte zu meinen Füßen nieder.

„Uff!" brüllte er, sich aufraffend und zu seinem Messer greifend.

„Uff!" machte auch ich, indem ich mein Messer zog und dabei mit der Linken die eroberte Lanze in die Hütte warf.

„Das Bleichgesicht mag mir meinen Speer geben!"

„Die Rothaut mag sich ihren Speer holen!"

Das schien dem Komantschen, wie ich aus seiner Miene entnehmen konnte, doch nicht ganz ratsam zu sein, aber er fand Hilfe, denn der andere Posten kam um das Zelt herum auf mich zu.

„Der weiße Mann gehe hinein!" befahl er mir barsch.

Auch er hielt mir die Spitze seiner Lanze so dicht vors Gesicht, daß ich der Versuchung nicht widerstehen konnte, den wohlgelungenen Versuch zu wiederholen. Im nächsten Augenblick lag er genau da, wo der andere gelegen hatte, und seine Lanze flog ins Zelt, wie die vorige. Das war den beiden denn doch zuviel. Sie stießen Rufe aus, die das ganze Lager in Bewegung brachten.

Meinem Zelt gegenüber stand gerade eine bedeutend größere Behausung, vor deren Tür drei Schilde an Lanzen aufgehängt waren. Auf den Ruf der Wächter wurden die Vorhänge zurückgeschlagen, und ein dunkler Mädchenkopf erschien, um nach der Ursache des Lärms auszuschauen. Zwei schwarze, feurige Augen ruhten kurze Zeit auf mir, dann verschwand das Köpfchen wieder. Wenige Sekunden später aber traten die vier Häuptlinge hervor und auf uns zu. Auf einen gebieterischen Wink To-kei-chuns wichen die Wächter zurück.

„Was tut das Bleichgesicht hier vor dem Zelt?"

„Was ich hier tue? Mein roter Bruder will wohl fragen, was die zwei roten Krieger hier vor meinem Wigwam tun!"

„Sie geben acht, daß dem Bleichgesicht nichts Übles geschieht, und deshalb soll der weiße Mann in seiner Hütte bleiben."

„Hat To-kei-chun so schlimme Männer unter seinen Kriegern, oder gilt sein Befehl so wenig, daß er seinen Gast mit Wächtern schützen muß? Old Shatterhand braucht keinen Beschützer, denn seine Faust wird jeden zerschmettern, der Böses sinnt und Lügen denkt. Meine roten Brüder können ruhig wieder in ihr Wigwam gehen. Ich werde mir ihr Dorf ansehen und dann kommen, um mit ihnen zu reden."

Damit trat ich in mein Zelt zurück, um meine Gewehre mitzunehmen. Als ich dann wieder ins Freie wollte, starrten mir wohl ein Dutzend Lanzen entgegen. Also gefangen! Sollte ich mich wehren oder nicht?

Wortlos ging ich zur hinteren Seite des Zeltes und schnitt mit dem Jagdmesser ein Loch in das Leder, so daß ich den Raum unbehelligt verlassen konnte. Als ich jetzt hinten erschien, während sie vorn Wache hielten, bekam ich zunächst verdutzte Gesichter zu sehen, und dann erhob sich ein Geheul, als hätten sich hundert Hunde von ihren Ketten losgerissen. Die Häuptlinge waren wieder in ihr Zelt zurückgekehrt. Jetzt traten sie abermals hervor, und zwar mit einer Eile, die sich wenig mit ihrer üblichen Würde vereinbaren ließ. Sie drängten sich durch die Krieger hindurch, und es schien, als wollten sie mich fassen.

Mich mit den Waffen zur Wehr setzen, ging nicht, denn ich wäre verloren gewesen, und die Gefährten mit mir. Ich riß also mein Fernrohr aus der Tasche, zog es in zwei Teile auseinander und hielt sie den Häuptlingen mit drohender Miene entgegen.

„Halt, sonst sind alle Söhne der Komantschen verloren!"

Sie prallten wirklich zurück, denn sie kannten diesen Gegenstand offenbar noch nicht. Hatten sie aber wirklich schon ein Fernrohr gesehen, so konnten sie wohl nicht wissen, was für unheilvolle Wirkungen gegebenenfalls mit seinem Gebrauch verbunden waren.

„Was will der weiße Mann tun?" fragte To-kei-chun. „Warum bleibt er nicht in seinem Wigwam?"

„Old Shatterhand tut stets, was ihm gefällt. Er braucht sich nicht gegen seinen Willen festhalten zu lassen, denn er ist ein großer Medizinmann unter den Bleichgesichtern und kann im Ernstfall alle Seelen der Komantschen töten. Das wird er den roten Männern beweisen."

Ich steckte das Fernrohr wieder zu mir und nahm den Henrystutzen vor.

„Die roten Männer mögen auf den Pfahl dort vor dem Zelt sehen!"

Dabei deutete ich auf eine hohe, dicke Stange, die vor einem der entfernten Zelte stand. Dann hob ich das Gewehr und schoß. Der Pfahl war oben an seiner Spitze durchlöchert, und ein Gemurmel des Beifalls ließ sich hören. Der Rote erkennt Mut und Geschicklichkeit selbst bei seinen ärgsten Feinden an. Beim zweiten Schuß drang die Kugel zwei Zentimeter unter der ersten ein. Beim nächsten Schuß schlug die dritte in gleicher Entfernung unter der zweiten ein. Aber Beifall ließ sich nicht hören, denn die Indsmen waren verblüfft. Sie hatten zwar gewiß schon oft von meinem bei den Roten als Zaubergewehr bekannten Henrystutzen gehört, aber vielleicht doch nicht ernstlich an das vielschüssige Wunder geglaubt. Beim vierten Schuß stand die ganze Menge regungslos. Beim sechsten und siebenten wurde das Erstaunen noch größer. Dann ging das Erstaunen in eine Bestürzung über, die sich auf den Gesichtern aller malte. So versandte ich zehn Kugeln. Jede saß zwei Zentimeter unter der vorherigen. Dann hörte ich auf. Ich hängte das Gewehr mit ruhiger Miene über die Schulter und sagte gelassen:

„Sehen die roten Männer nun, daß Old Shatterhand ein großer Medizinmann ist? Wer ihm ein Leid tun will, der muß sterben. Howgh!"

Jetzt schritt ich durch die Menge hindurch, ohne daß einer den Versuch gewagt hätte, mich anzuhalten. Zu beiden Seiten der Zelt-gasse standen die Frauen und Mädchen vor den Türen und staunten mich an wie ein höheres Wesen. Ich konnte zufrieden sein mit dem Eindruck, den mein Kunstschießen hervorgebracht hatte.

Vor einem der nächsten Zelte entdeckte ich eine Wache. Drinnen befand sich jedenfalls ein Gefangener. Wer konnte es sein? Ich ging noch mit mir zu Rate, ob ich den Posten fragen sollte oder nicht, als ich aus dem Zelteingang den Klang einer wohlbekannten Stimme vernahm.

„Massa, oh, oh, lassen heraus armen Cäsar! Indian haben fangen Cäsar und werden schlachten und fressen Cäsar."

Ich trat hinzu, öffnete die Tür und ließ ihn heraus. Die Wache war so eingeschüchtert, daß sie keinen Widerstand leistete, und auch unter den Roten, die mir folgten, erhob sich kein Einspruch.

„Bist du gleich hier hineingesteckt worden, als wir ins Dorf kamen?" fragte ich den Schwarzen.

„Ja, Massa. Indian nehmen Cäsar von Pferd und führen ihn in Zelt. Dort stecken bis jetzt."

„So hast du keine Ahnung, wo dein Massa Bernard sein mag?"

„Von Massa Bern nichts sehen, nichts hören Cäsar!"

„Komm und halte dich eng hinter mir!"

Wir waren kaum um einige Zelte weitergegangen, so kamen uns schon die vier Häuptlinge mit einer zahlreichen Begleitung entgegen. Die vorsichtigen Leute waren uns hinter den Zelten vorausgeeilt, um mich in meinem Spaziergang zu unterbrechen. Ich legte die Hand an den Kolben meines Stutzens, doch To-kei-chun deutete mir schon von weitem durch einen Wink an, daß er keine feindselige Absicht hege. Gelassen blieb ich stehen und erwartete ihn.

„Wohin will mein weißer Bruder gehen? Er komme mit zum Platz der Beratung, wo die Häuptlinge der Komantschen mit ihm spre-chen werden!"

Vorher war ich der ,weiße Mann' oder das ,Bleichgesicht'; jetzt nannte er mich seinen ,weißen Bruder'. Ich mußte mich also bei die-sen Leuten doch einigermaßen in Achtung gesetzt haben.

„Werden meine roten Brüder das Kalumet mit Old Shatterhand rauchen?"

„Sie werden mit ihm reden, und wenn seine Worte gut sind, wird er sein wie ein Krieger der Komantschen."

Es ging wieder zurück, an meinem Zelt vorüber. Etwas weiter oben sah ich Marks alte Tony angepflockt und daneben Winnetous und Bernards Pferde. Die drei Gefangenen selbst aber befanden sich nicht in der Nähe, sonst hätte ich ihre Wache bemerken müssen.

Endlich kamen wir an eine Stelle, wo sich die Zeltgasse zu einem beinahe kreisförmigen Platz erweiterte, der von mehreren Reihen von Indianern eingefaßt war. Das war der Ort der Beratung.

Die Häuptlinge schritten auf die Mitte zu und ließen sich dort nieder. Eine Anzahl Roter, gewiß irgendwie Bevorzugte, näherte sich und setzte sich den Häuptlingen gegenüber in einem Halbkreis zur Erde. Ich machte wenig Federlesens, setzte mich auch und gab sogar Cäsar einen Wink, hinter mir Platz zu nehmen. Das aber mißfiel den Häuptlingen.

„Warum setzt sich der weiße Mann, da doch Gericht über ihn gehalten werden soll?" fragte mich To-kei-chun mit gerunzelter Stirn.

Ich machte eine Bewegung der Geringschätzung.

„Warum setzen sich die roten Männer, da doch Old Shatterhand über sie Gericht halten wird?"

Trotz der Regungslosigkeit ihrer Mienen sah ich, daß sie diese Antwort überraschte.

„Der weiße Mann hat eine scherzhafte Zunge, doch er mag sitzenbleiben. Weshalb aber befreit er den schwarzen Mann und bringt ihn mit in die Versammlung? Weiß er nicht, daß der Neger nie sitzen darf, wenn der rote Mann dabei ist?"

„Der schwarze Mann ist mein Diener. Wenn ich es ihm gebiete, so setzt er sich, und wenn viele hundert Häuptlinge dabeistehen. Ich bin bereit, man beginne die Beratung!"

Es war mir klar, daß nur in dieser unverfrorenen Weise ein Heil für mich zu finden war. Je schroffer ich auftrat, doch ohne die Roten etwa zu beleidigen, desto mehr Eindruck machte ich auf sie. Fügsamkeit wäre mein sicheres Verderben gewesen.

To-kei-chun brannte das Kalumet an und gab es herum. Mir wurde es nicht gereicht. Als diese einleitende Förmlichkeit beendet war, erhob er sich und begann seine Rede. Gegen Fremde sind die Indianer überaus schweigsam. Wo es aber gilt, da entwickeln sie eine Beredsamkeit, die der weißer Männer in einer Versammlung keineswegs nachsteht. Es gibt unter ihnen Häuptlinge, die wegen ihrer Rednergabe weithin berühmt geworden sind und mit der gleichen Geschicklichkeit zu Werke gehen wie die großen Sprecher der zivilisierten Völker alter und neuer Zeit. Ihre blumenreiche Sprache erinnert dabei an die Ausdrucksweise der orientalischen Völkerschaften. Der Häuptling begann mit der Einleitung, die immer wieder gebracht wird, wenn es gilt, gegen einen Weißen zu reden, nämlich mit einer Anklage gegen die ganze Rasse der Bleichgesichter:

„Der weiße Mann mag hören, denn To-kei-chun, der Häuptling der Komantschen, wird sprechen! Es sind nun viele Sommer her, da wohnten die roten Männer ganz allein auf der Erde zwischen den beiden großen Wassern. Sie bauten Städte, sie pflanzten Mais, sie jagten den Bison. Ihnen gehörten der Sonnenschein und der Regen; ihnen gehörten die Flüsse und Seen; ihnen gehörten der Wald, das Gebirge und alle Savannen des weiten Landes. Sie hatten ihre Frauen und Töchter, ihre Brüder und Söhne und waren glücklich. Da kamen die Bleichgesichter, deren Farbe ist wie der Schnee, deren Herz aber ist wie der Ruß des Rauches. Es waren ihrer nur wenige, und die roten Männer nahmen sie auf in ihre Wigwams. Doch sie brachten mit die Feuerwaffen und das Feuerwasser; sie brachten mit andere Götter und andere Medizinmänner; sie brachten mit den Verrat, viele Krankheiten und den Tod. Es kamen immer mehr von ihnen über das große Wasser. Ihre Zungen waren falsch und ihre Messer spitz. Die roten Männer glaubten ihnen und wurden betrogen. Sie mußten das Land hergeben, wo die Gräber ihrer Väter lagen. Sie wurden aus ihren Wigwams und ihren Jagdgebieten verdrängt, und wenn sie sich wehrten, tötete man sie. Um sie zu besiegen, säten die Bleichgesichter Zwietracht unter die Stämme der roten Männer, die nun sterben müssen wie das gehetzte Wild der Savanne. Fluch den Weißen! Fluch ihnen, soviel Sterne am Himmel sind und Blätter auf den Bäumen des Waldes!"

Lauter Beifall belohnte diese Auslassung des Häuptlings, der so laut sprach, daß es rundum deutlich gehört werden konnte. Er fuhr fort:

„Eins von diesen Bleichgesichtern ist in die Wigwams der Komantschen gekommen. Dieser Weiße hat die Farbe der Lügner und die Sprache der Verräter. Die roten Krieger aber werden seine Worte hören und mit Gerechtigkeit über ihn richten. Er mag sprechen!"

To-kei-chun setzte sich wieder, und nun erhoben sich die anderen drei Häuptlinge, einer nach dem anderen. Jeder hielt eine Rede im gleichen Sinne und schloß daran die Aufforderung an mich, zu sprechen. Ich hatte während dieser Vorträge mein kleines Skizzenbuch hervorgezogen und bemühte mich, die vor mir sitzenden Häuptlinge mit dem Hintergrund der Krieger und der Zelte zu zeichnen.

Als die vierte Rede unter Beifall vollendet war, winkte To-kei-chun mit der Hand zu mir herüber. „Was tut der weiße Mann, während die Häuptlinge der Komantschen sprechen?"

Ich riß das Blatt aus dem Buch, erhob mich und gab es ihm.

„Der große Häuptling mag selber sehen, was ich tue!"

„Uff!" rief er beinahe überlaut, als er einen Blick auf das Blatt warf. „Uff! Uff! Uff!" klang es noch dreimal, als die drei anderen Häuptlinge das Blatt ergriffen, und To-kei-chun fügte hinzu:

„Das ist eine große Medizin! Der weiße Mann zaubert die Seelen der Komantschen auf dieses weiße Fell. Hier sitzt To-kei-chun, hier sind seine drei Brüder, und dort stehen ihre Krieger und Zelte! Was will das Bleichgesicht damit tun?"

„Das soll der rote Mann sogleich sehen!"

Ich nahm ihm das Blatt aus der Hand und ließ auch die hinter mir sitzenden Krieger einen Blick darauf werfen, die ebenso erstaunt waren wie die Häuptlinge. Dann knitterte ich es zusammen, rollte es zwischen den Händen zu einer Kugel und schob sie in den Lauf meines Henrystutzens.

„To-kei-chun", sagte ich. „Du selbst hast erklärt, daß ich Eure Seelen auf dieses Papier gezaubert habe. Jetzt stecken sie im Lauf meines Gewehrs. Soll ich sie hinausschießen in die Luft, daß sie von den Winden zerrissen werden und niemals in die Ewigen Jagdgründe gelangen?" — Der Eindruck dieses Streichs war wirksamer, als ich erwartet hatte. Alle vier Häuptlinge sprangen auf, und ringsumher ertönte ein einziger Schrei des Entsetzens. Ich beeilte mich, sie zu beruhigen.

„Die roten Männer mögen sich setzen und das Kalumet mit mir rauchen. Wenn sie meine Brüder sind, werde ich ihnen ihre Seelen zurückgeben!"

Sie nahmen schnell wieder Platz, und To-kei-chun griff zur Pfeife. Es kam mir ein lustiger Einfall, durch den ich diese Leute vielleicht noch willfähriger machen konnte. Einer der drei Häuptlinge hatte nämlich auf seinem büffelledernen Jagdrock als besondere Zierde zwei talergroße Messingknöpfe. Ich ging nahe zu ihm heran.

„Mein roter Bruder leihe mir ein wenig diesen Schmuck. Er wird ihn gleich wieder bekommen."

Bevor er sich weigern konnte, hatte ich ihm beide Knöpfe mit dem Messer abgeschnitten und trat um einige Schritte zurück, ohne mich um seine Bestürzung zu kümmern.

„Meine roten Brüder sehen hier diese Knöpfe zwischen meinen Fingern, einen in jeder Hand. Sie mögen genau aufmerken!"

Ich tat, als schleuderte ich die Knöpfe in die Luft und hielt ihnen dann die leeren Hände entgegen.

„Meine Brüder mögen herschauen! Wo sind die Knöpfe?"

„Fort!" rief ihr Besitzer mit aufsteigendem Zorn.

„Ja, sie sind fort, weit hinauf gegen die Sonne. Mein roter Bruder mag sie herunterschießen!"

„Das kann kein roter und kein weißer Mann, auch kein Medizinmann!"

„So werde ich es tun! Meine roten Brüder mögen aufmerken, wenn die Knöpfe herabkommen!"

Ich nahm nicht meinen Henrystutzen, weil darin die Skizze steckte, sondern den Bärentöter, der bei To-kei-chun lag, richtete den Lauf kerzengerade empor und drückte ab. Einige Sekunden später schlug etwas hart neben uns in den Boden. Der Besitzer des kostbaren Knopfes fuhr hinzu und grub ihn mit Hilfe seines Messers aus der Erde.

„Uff, er ist's!"

Während alle den Gegenstand bewundernd betrachteten, legte ich unbemerkt den zweiten Knopf auf die Mündung des zweiten Laufs und richtete das Gewehr abermals empor. Der Schuß krachte, und jedermann blickte in die Höhe. Da stieß Cäsar einen lauten Schrei aus, sprang vom Boden auf und rieb sich, auf einem Bein herumspringend, die Schulter.

„Oh, ah, Massa mich treffen, armen Cäsar auf Achsel schießen!"

Der Knopf war ihm wirklich auf die Schulter gefallen und lag neben ihm am Boden. Der Häuptling hob ihn auf und steckte die beiden wiedererlangten Wertgegenstände mit einer Miene zu sich, worin der feste Entschluß lag, sie nicht wieder in die Sonne werfen zu lassen. Dieses kleine Taschenspielerstückchen machte bedeutenden Eindruck. Ich hatte zwei Knöpfe in die Sonne geworfen und sie wieder heruntergeschossen. Sie waren wirklich oben gewesen, sonst wäre der eine nicht so tief in die Erde geschlagen und hätte der andere dem Schwarzen, der vor Schmerzen fürchterliche Gesichter schnitt, nicht eine so merkliche Beule verursacht. Die Häuptlinge saßen still am Boden, sichtlich im Zweifel darüber, wie sie sich jetzt benehmen sollten, und ihre Umgebung wartete mit Spannung der Dinge, die nun kommen würden. Ich versuchte, die Spannung in einer allerdings etwas gewagten Weise zu lösen. Neben To-kei-chun lag noch die Pfeife nebst dem Opossumbeutel, worin sich der nach indianischer Sitte mit Hanfblättern vermischte Tabak befand. Rasch ergriff ich das Kalumet, stopfte es, nahm meine stolzeste Haltung an und begann:

„Meine roten Brüder glauben an einen Großen Geist, und sie haben recht, denn ihr Manitou ist auch mein Manitou. Er ist der Herr des Himmels und der Erde, der Vater aller Völker und will, daß alle Menschen in Frieden und Eintracht beieinanderwohnen. Die roten Männer sind wie das Gras zwischen diesen Zelten. Die Bleichgesichter aber haben eine Zahl wie die Halme aller Prärien und Savannen,

Sie sind herübergekommen über das große Wasser und haben die roten Männer von ihren Jagdgründen vertrieben. Das ist nicht gut von ihnen. Aber weshalb hegen nun die roten Männer Feindschaft gegen alle Bleichgesichter? Wissen die roten Männer nicht, daß sehr viele Stämme der Bleichgesichter auf Erden wohnen, und daß es nur einige sind, die die roten Krieger vertrieben haben? Wollen die Krieger der Komantschen ungerecht sein und den Unschuldigen mit dem Schuldigen hassen? Old Shatterhand gehört zu dem mächtigen und weisen Stamm der German. Hat dieser Stamm den roten Männern jemals ein Leid getan? Meine roten Brüder mögen Old Shatterhand anblicken, der vor ihnen steht! Sehen sie in seinem Gürtel den Skalp eines roten Mannes? Finden sie an seinen Leggins und Mokassins die Haare eines ihrer Brüder? Wer kann sagen, daß er seine Hand in das Blut der roten Männer tauchte? Er hat mit seinen Freunden am Wald gelegen, als die Krieger der Komantschen mit seinen beiden Feinden das Kalumet rauchten, und keinem ein Haar gekrümmt. Er hat Maram, den Sohn des großen Häuptlings To-kei-chun, gefangengenommen. Aber er hat ihn nicht getötet, sondern seine Waffen wiedergegeben und ihn ins Wigwam seines Vaters geführt. Hat er nicht sechs Krieger der Racurrohs töten können, ihnen aber nichts zuleide getan, sondern nur den einen gebunden, damit ihn seine Brüder finden und losbinden sollen? Konnte er nicht den Kriegern folgen, die in die Berge gezogen sind, viele von ihnen töten und das Grabmal des toten Häuptlings entweihen? Hat er nicht mit seiner Büchse auf die beiden Bleichgesichter geschossen, die die Wache der Komantschen ermordeten und dann mit dem Gold entflohen? Hat er nicht die Seelen der Komantschen in seinem Rohr und will sie dennoch nicht verderben? Kann er nicht alle Medizinen der Racurrohs in die Sonne werfen, ohne daß er sie wieder herunterschießt? Er kann es, aber er tut es nicht und begehrt vielmehr, der Bruder der Komantschen zu sein und das Kalumet mit ihnen zu rauchen. Die Häuptlinge der Komantschen sind tapfer, weise und gerecht. Wer das nicht glaubt, den wird Old Shatterhand töten mit dem Rohr, aus dem unzählige Kugeln kommen, und deshalb wird er jetzt mit ihnen den Rauch des Friedens trinken!"

Ich steckte den Tabak in Brand, tat zwei Züge, blies den Rauch zum Himmel, zur Erde und in die vier Himmelsrichtungen und gab dann To-kei-chun die Pfeife. Es gelang mir wirklich, ihn zu überrumpeln. Er nahm das Kalumet, tat gleichfalls seine zwei Züge und gab es dann weiter. Der letzte Häuptling reichte es mir zurück, und jetzt erst setzte ich mich, und zwar mitten unter die Roten hinein.

„Wird mein weißer Bruder uns nun unsere Seelen wiedergeben?" fragte einer der Häuptlinge besorgt.

Ich mußte sehr vorsichtig antworten.

„Bin ich nun unter den roten Männern wie ein Krieger der Komantschen?" lautete meine Gegenfrage.

„Old Shatterhand ist unser Bruder. Er ist frei. Er wird ein Zelt erhalten und kann tun, was er will."

„Welches Zelt werde ich bekommen?"

„Old Shatterhand ist ein großer Krieger. Er wird das Zelt erhalten, das er sich wählt."

„So mögen meine roten Brüder mit mir kommen, damit ich wählen kann!"

Sie erhoben sich, um mir zu folgen. Ich ging die Dorfgasse weiter aufwärts, bis ich ein Zelt bemerkte, vor dem vier Männer Wache hielten. Sofort wußte ich, woran ich war, und tat einen Sprung bis an die Tür.

„Hier ist die Wohnung von Old Shatterhand!"

Die Häuptlinge sahen einander verblüfft an, denn diesen so leicht denkbaren Fall hatten sie nicht vorgesehen.

„Dieses Zelt kann mein weißer Bruder nicht bekommen."

„Warum nicht?"

„Es gehört den Feinden der Komantschen."

„Wer sind diese Feinde?"

„Zwei Bleichgesichter und ein roter Mann."

„Wie sind die Namen dieser Männer?"

„Der rote Mann ist Winnetou, der Häuptling der Apatschen, und einer der Weißen ist Sans-ear, der Indianertöter."

„Old Shatterhand will diese Männer sehen!"

Mit diesem Worte trat ich ein. Die Häuptlinge folgten augenblicklich.

Die Gefangenen lagen, an Händen und Füßen gebunden auf der Erde und waren außerdem noch an die Zeltstangen gefesselt. Keiner von ihnen sprach ein Wort, keiner verriet durch eine Miene die frohe Empfindung, die meine Anwesenheit bei ihnen hervorrufen mußte.

„Was haben diese Männer getan?" fragte ich.

„Sie haben Krieger der Komantschen getötet."

„Hat mein roter Bruder das gesehen?"

„Die Krieger der Racurrohs wissen es."

„Die Krieger der Racurrohs werden es beweisen müssen. Dieses Zelt ist mein, und diese drei Männer sind meine Gäste!"

Ich zog das Messer, um die Bande der Gefangenen zu lösen. Da ergriff einer der Häuptlinge meinen Arm.

„Diese Männer müssen sterben. Mein weißer Bruder wird sie nicht zu seinen Gästen machen!"

„Wer kann mir das verbieten?" — „Die vier Häuptlinge der Racurrohs."

„Sie mögen es wagen!"

Damit stellte ich mich zwischen sie und die Gefangenen. Außer ihnen war nur Cäsar eingetreten.

„Cäsar, schneide die Stricke entzwei. Zuerst bei Winnetou!"

Der Neger war bereits zu seinem Herrn geschlichen, doch folgte er meinem Befehl, da auch er einsehen mochte, daß Winnetou uns mehr nützen könne als Bernard.

„Der schwarze Mann mag sein Messer einstecken!" gebot der eine Häuptling, aber Winnetou war schon frei von seinen Fesseln.

„Uff!" rief der Komantsche, als er seinen Befehl mißachtet sah, und wollte sich auf Cäsar werfen, der inzwischen zu Mark geeilt war, um ihn zu befreien.

Ich trat dem Roten entgegen. Er zückte das Messer gegen mich und fuhr mir, da ich mich schnell zur Seite wandte, in den Oberarm. Er hatte nicht Zeit, das Messer herauszuziehen. Ein Faustschlag von mir streckte ihn zu Boden. Ein zweiter traf mit gleicher Wucht seinen Nebenmann. Dann faßte ich den dritten bei der Kehle, während Winnetou trotz seiner geschwollenen Handgelenke seine Finger bereits um den Hals To-kei-chuns gelegt hatte.

Nur das einzige „Uff!" war erschollen. Draußen standen die Wächter, und doch waren wir in zwei Minuten Herren des Zeltes, und die Häuptlinge lagen gebunden und geknebelt am Boden.

„*Heavens*, das war Hilfe in der Not!" gestand Mark, indem er sich die steifgewordenen Glieder rieb. „Charley, wie hast du das nur zum Beispiel fertiggebracht?"

„Später erkläre ich Euch das. Jetzt bewaffnet Euch vor allen Dingen. Diese vier Männer tragen genug Waffen bei sich!"

Auch ich öffnete, um allen Möglichkeiten begegnen zu können, die an meinem Gürtel hängende Patronentasche und lud meine Gewehre wieder. Während dieser kurzen Arbeit gab ich den Gefährten einige Verhaltungsmaßregeln, die darauf hinausliefen, die vier Häuptlinge augenblicklich zu töten, wenn man einen Angriff auf uns unternehmen sollte. Dann trat ich aus dem Zelt. Die Wachen hatten sich aus Achtung vor den Häuptlingen etwas zurückgezogen, und weiterhin standen zahlreiche Komantschen, die uns gefolgt waren und den Verlauf des gegenwärtigen Abenteuers gespannt verfolgten. Ich ging zunächst zu den Wachen.

„Meine Brüder haben vernommen, daß Old Shatterhand ein Freund und Bruder der Komantschen geworden ist?"

Das Senken der Augenlider bedeutete eine bejahende Antwort.

„Die roten Krieger werden das Zelt gut bewachen und keinen hineinlassen, bis die Häuptlinge anders befehlen!"

Nun trat ich zu den übrigen Kriegern.

„Meine Brüder mögen gehen und alle Krieger zum Ort der Beratung rufen!"

Sie zerstreuten sich, und ich schritt allein der angegebenen Stelle zu. Wer mit den Gebräuchen der Roten nicht vertraut ist, wird in meinem Verhalten eine tolle Waghalsigkeit sehen. Doch mit Unrecht. Der Indianer ist keineswegs der ‚Wilde', für den er meist ausgegeben wird. Er hat seine unumstößlichen Gesetze und Gebräuche. Wer sie sich nutzbar zu machen versteht, läuft wenig Gefahr. Übrigens handelte es sich hier ja gleich von vornherein um Leben oder Tod, und mehr als das Leben konnte ich durch kein Wagnis aufs Spiel setzen.

Es gelang mir unterwegs, die Spuren des unbedeutenden Stichs zu verwischen. Dann setzte ich mich da nieder, wo ich vorhin gesessen hatte. In zehn Minuten war der ganze Platz von Kriegern angefüllt. In der Mitte blieb ein freier Raum, wo sich jene Bevorzugten niedergelassen hatten, die bereits vorhin dabeigewesen waren. An anderen Orten geht eine Versammlung nie ohne Lärm ab; hier aber unter den sogenannten Wilden wurde kein einziges Wort gesprochen. Jeder kam ernst und still, suchte sich seinen Platz und stand dann bewegungslos wie eine Bildsäule, um das Kommende zu erwarten.

Ich winkte die vorhin erwähnten Ausgezeichneten zu mir heran. Sie nahmen vor mir in einem Halbkreis Platz und ich begann:

„Old Shatterhand ist Freund und Bruder der Komantschen geworden. Meine Brüder haben es gehört?"

„Wir wissen es", erwiderte einer für alle.

„Er sollte sich eine Wohnung aussuchen und wählte das Zelt der Gefangenen. War es nun sein Eigentum?" — „Er gehört ihm."

„Und dennoch wurde es ihm verweigert. Sind die Häuptlinge der Komantschen Lügner? Die Gefangenen standen als Bewohner dieses Zeltes unter dem Schutz Old Shatterhands. Durfte er ihnen diesen Schutz gewähren?" — „Ja."

„Gut. Er handelte danach und sagte, diese Männer seien seine Gäste. Durfte er das tun?"

„Old Shatterhand hatte das Recht und die Pflicht dazu. Aber er darf sie dem Gericht nicht entziehen. Er darf sie nur beschützen und gegebenenfalls mit ihnen sterben."

„Und er darf ihre Fesseln lösen, wenn er sich für sie verbürgt?"

„Das darf er."

„So hat Old Shatterhand nur getan, wozu er das Recht hatte. Dennoch wollte man ihn töten. Das Messer traf nur seinen Arm. Was tut ein Komantsche, wenn ein anderer Mann ihn in seinem Zelt töten will?" — „Er darf ihm das Leben nehmen."

„Und allen, die dem Mörder helfen wollen?" — „Allen!"

„Meine Brüder sind weise und gerecht. Die vier Häuptlinge der Racurrohs wollten mich ermorden. Ich tötete sie aber nicht, sondern meine Hand schmetterte sie zu Boden. Sie liegen gebunden in meinem Zelt und werden von meinen Gästen bewacht. Ich verlange die Freiheit meiner Gäste gegen die Freiheit meiner Mörder! Meine Brüder mögen beraten und ich werde warten. Aber sie mögen meine Gäste nicht beunruhigen, denn diese Männer werden die Häuptlinge töten, wenn ein anderer als Old Shatterhand in das Zelt tritt!"

Kein Zug ihrer Gesichter verriet den starken Eindruck, den diese Rede auf die Roten machen mußte. Ich zog mich so weit von ihnen zurück, daß ich ihre Worte nicht hören konnte. Sie bildeten, wie ich mir gedacht hatte, sozusagen eine unter den Häuptlingen stehende Ratsversammlung. Auf ihre Winke kamen von jeder Seite des Platzes einige Männer herbei, denen sie den Sachverhalt zur Weitergabe an die Umstehenden mitzuteilen schienen. Diese Maßnahme brachte einige Bewegung in der Versammlung hervor, aber ohne daß mir irgendwelche Belästigung daraus erwuchs. Dann wurde lange beraten, bis sich drei von ihnen erhoben und zu mir traten. Einer nahm das Wort:

„Unser weißer Bruder hat die Häuptlinge der Komantschen in seinem Zelt gefangen?" — „So ist es."

„Er wird sie den Kriegern der Komantschen ausliefern, damit diese über sie Gericht halten."

„Meine Brüder vergessen, daß Krieger nie über ihren Häuptling Gericht halten können, außer wenn er im Kampf feig ist. Die Häuptlinge der Komantschen wollten Old Shatterhand töten. Sie sind in seinem Wigwam, und er allein kann sie bestrafen."

„Und was wird er mit ihnen beginnen?"

„Old Shatterhand wird sie töten, wenn er nicht die Freiheit seiner Gäste bekommt." — „Kennt er diese Gäste?" — „Ja."

„Der eine ist Sans-ear, der Indianertöter."

„Haben meine Brüder gesehen, daß er einen Komantschen getötet hat?"

„Nein. Dafür ist aber ein anderer der Gefangenen Winnetou, der Pimo[1], der Hunderte von Komantschen tötete!"

„Aber nur im Felsenkessel der Mapimi, nachdem er ihnen dreimal Frieden und Freundschaft vergeblich angeboten hatte. Und es war kein einziger Krieger vom Stamm der Racurroh darunter."

Das konnten sie nicht bestreiten, und so tat der Sprecher der Roten endlich eine Frage nach Bernard Marshal. — „Wer ist der dritte?"

[1] Schimpfname der Apatschen

„Ein Mann aus dem Norden, der noch niemals gegen einen Indianer kämpfte."

„Wenn unser Bruder die Häuptlinge tötet, so wird auch er mit seinen Gästen erschlagen."

„Meine Brüder treiben Scherz. Wer will Old Shatterhand töten? Hat er nicht die Seelen der Komantschen im Lauf seines Gewehrs?"

Die Komantschen befanden sich in Verlegenheit und besannen sich. Unmöglich konnten sie ihre Häuptlinge preisgeben.

„Mein Bruder mag warten, bis wir wiederkehren!"

Sie entfernten sich, und die Beratung begann von neuem. So weit ich blicken konnte, verriet kein Gesicht eine Spur von Haß oder Wut gegen mich. Ich wehrte mich mutig und vertraute ihnen. Es war also keine Schande für sie, mit mir zu unterhandeln. Nach beinah einer halben Stunde kehrten die drei Abgesandten wieder zu mir zurück.

„Old Shatterhand soll seine Freiheit und die Freiheit seiner Gäste haben, aber nur für den vierten Teil eines Tages."

Ah! Also gerieten sie auf das alte Indianervergnügen, ihre Gefangenen freizulassen, um dann eine aufregende Jagd abhalten zu können, und verbanden damit den Vorteil, alle Gefahr von ihren Häuptlingen abzuwenden. Sechs Stunden gaben sie uns Vorsprung. Das war wenig. Aber wenn wir gerade sechs Stunden vor Abend aufbrachen, dehnte sich diese Frist zugleich über die ganze Nacht aus, während der sie uns nicht folgen konnten. Ich wäre unter den gegenwärtigen Verhältnissen ein Tor gewesen, wenn ich nicht zugegriffen hätte; nur mußte das mit der nötigen Zurückhaltung geschehen.

„Old Shatterhand sagt ja, wenn seine Gäste die Waffen zurückerhalten, die man ihnen abgenommen hat."

„Sie werden sie bekommen." — „Auch alles andere, was ihnen gehört?"

Ich zielte damit besonders auf die Wertsachen, die Bernard bei sich getragen hatte und von denen ich nicht wußte, ob man sie ihm genommen hatte. — „Alles!"

„Meine weißen Gäste sind gefangen worden, obgleich sie den Komantschen nichts Böses getan hatten. Die Häuptlinge aber sollen freigelassen werden, obwohl sie mich töten wollten. Der Tausch ist nicht gleich." — „Was verlangt mein Bruder noch?"

„Der Stich in den Arm soll die Häuptlinge drei Pferde kosten, die ich mir unter ihren Tieren auswähle. Ich gebe ihnen dafür drei von den unsrigen."

„Mein Bruder ist klug wie der Fuchs. Er weiß, daß seine Tiere ermüdet sind. Aber er soll haben, was er begehrt. Wann wird er die Häuptlinge aus seinem Wigwam gehen lassen?"

„Wenn er von seinen roten Brüdern fortreitet."

„Und wird er die Seelen aus dem Lauf seiner Büchse freigeben?"

„Er wird sie nicht in die Winde schießen."

„So mag er ziehen, wohin er will. Er ist ein großer Krieger und ein listiger Fuchs. Die Sinne der Häuptlinge der Komantschen sind verdunkelt gewesen, daß sie mit ihm das Kalumet des Friedens geraucht haben. Howgh!"

Der Handel war gemacht, und ich konnte gehen. Die Umstehenden ließen mich unbehelligt durch, und langsam, ohne mich zu beeilen, schritt ich meinem Wigwam zu. Dort wurde ich mit großer Spannung erwartet, und als ich allein eintrat, war es den Gefährten ein Zeichen, daß die Sache nicht sehr schlimm abgelaufen sein könne.

„Nun?" fragte Bernard, den die Wißbegierde keinen Augenblick warten ließ.

„Wurden Euch Eure Diamanten oder Papiere abgenommen?"

„Nein. Warum?"

„Weil Ihr sie sonst wiedererhalten müßtet. Wir sind auf sechs Stunden frei!"

„Frei, Massa?" rief Cäsar. „Oh, ah, frei sein Cäsar und Massa Bern! Aber bloß sechs Stunden, dann wieder fangen Indian Massa Bern und Cäsar!"

„Well", meinte Mark, „das ist alles, was wir nur wünschen können. Das war ja eine ganz verteufelte Patsche, in die wir da zum Beispiel hineingeraten sind! Doch sag, wie steht es mit der Tony?"

„Die bekommst du, und dazu alles, was dir gehört. Auch Winnetou erhält sein Pferd. Die anderen Tiere aber sind zu angegriffen, und obgleich ich meinen braven Mustang nicht gern fortgebe, habe ich mir doch ausbedungen, unter den Pferden der Häuptlinge drei für uns auswählen zu dürfen."

„Heigh-day, Charley!" lachte Mark. „Sechs Stunden Vorsprung und fünf gute Pferde, das ist genug für Leute, wie wir sind. Denn daß du dir keine Ziegenböcke aussuchen wirst, das will ich gewißlich meinen."

Jetzt ging es nicht anders, ich mußte meinen Gefährten wenigstens kurz erzählen, was ich seit unserer gewaltsamen Trennung erlebt hatte. Noch war ich damit nicht fertig, da ertönte draußen ein Ruf. Ich trat hinaus und sah die Alte, aus deren Topf ich zweimal gegessen hatte.

„Das Bleichgesicht mag kommen!" — „Wohin?" — „Zu Ma-ram."

Das war eine sonderbare Botschaft. Ich verständigte erst meine Gefährten und folgte ihr dann. Sie führte mich zu dem Zelt, das meiner gestrigen Wohnung gegenüberlag. Davor hielten zwei Pferde, auf einem saß Ma-ram.

„Mein weißer Bruder mag sich seine Pferde wählen!"

Also das war es! Ich stieg auf, und schnell ging es die Straße entlang und hinaus in die Prärie, wo wir eine beträchtliche Anzahl von Pferden angehobbelt fanden. Der junge Indianer führte mich geradewegs zu einem Rapphengst.

„Das beste Roß der Komantschen! Ma-ram erhielt es von seinem Vater. Er schenkt es Old Shatterhand für den Skalp, den er ihm gelassen hat."

Ich war überrascht über das reiche, großmütige Geschenk, denn auf einem solchen Roß konnte ich nicht eingeholt werden. Mit Freuden nahm ich es an und suchte für Bernard und Cäsar zwei Tiere aus, mit denen sie zufrieden sein konnten.

Nun ging es wieder zurück. Ma-ram hielt vor seinem Zelt.

„Mein weißer Bruder steige ab und komme herein!"

Diese Einladung konnte ich nicht ausschlagen. Ich wurde in das Innere des Zeltes geführt und erhielt ein Stück Kammaskuchen[1] zu kosten. Dann verabschiedete ich mich. Als ich aus der Hütte trat, sah ich das dunkeläugige Mädchen, das ich bereits am Morgen bemerkt hatte, bei meinen Pferden beschäftigt. Sie packte den Tieren, die schon unsere Sättel trugen, Mundvorrat auf.

„Wer ist die Tochter der Racurrohs?" fragte ich Ma-ram.

[1] Ein aus einer zwiebelartigen Wurzel hergestellter Kuchen

„Es ist Hi-lah-dih[1], die Tochter des Häuptlings To-kei-chun. Sie bittet dich, zu nehmen, was sie dir bietet, weil du ihren Bruder Ma-ram verschont hast." — Ich reichte dem Mädchen die Hand.

„Manitou gebe dir Glück und viele Sommer, du Blume der Savanne! Dein Auge ist hell und deine Stirn ist rein. Möge auch dein Leben so licht und ungetrübt bleiben!"

Dann schwang ich mich auf und brachte meine drei Pferde zu den Freunden. Sie alle und namentlich Mark gerieten in Entzücken beim Anblick des Rapphengstes.

„Charley" meinte er, „der ist beinahe so viel wert wie meine alte Tony, nur daß sie einen kürzeren Schweif und längere Ohren hat. Übrigens ist nun alles beisammen, denn diese roten Kerle haben uns alles gebracht, was uns fehlte. Jetzt ist es gerade sechs Stunden vor Abend. Laß uns aufbrechen und dann zum Beispiel sehen, ob sie uns nochmals erwischen werden!"

Wir machten uns reisefertig und lösten dann die Fesseln unserer Gefangenen.

„Massa, nun fort", mahnte Cäsar, „sehr viel schnell fort, daß nicht kommen noch Indian und fangen wieder all ganz Massa Bern, Mark, Old Shatterhand und Winnetou!"

Die Häuptlinge rührten sich nicht, solange wir uns noch im Zelt befanden. Wir stiegen auf, und fort ging es. Die Zeltstraße war leer. Kein Indianer war zu sehen. Jedenfalls aber wurde unser Abzug von allen beobachtet. Nur beim Zelt To-kei-chuns war es mir, als lugten vier Augen durch die Ritze des Vorhangs. Hundert Herzen klopften in der Erwartung, uns einzuholen. Hier aber gab es sicherlich zwei, die wünschten, daß wir entkommen möchten.

8. Auf dem Rancho des Don Fernando

Wir waren etwa dort, wo die Staaten Arizona, Nevada und Kalifornien zusammenstoßen, über den Colorado gegangen, hatten das Gebiet der Pah-Utahs glücklich hinter uns und dachten nun bald die östlichen Ausläufer der Sierra Nevada zu erreichen, wo wir am Mono-See einige Tage Rast halten wollten. Vom Gebiet der Komantschen bis hierher ist es beträchtlich weit. Man muß unendlich scheinende Savannen, himmelhohe Gebirge und dann öde Salzwüsten überwinden, und so kräftig Pferd und Reiter auch sein mögen, die Folgen solcher Strapazen machen sich doch geltend.

Und was trieb uns, diesen weiten Weg nach Kalifornien zurückzulegen? Erstens wollte Bernard Marshal dort seinen Bruder suchen, und zweitens nahmen wir an, die beiden Morgans seien in das Land des Goldes gegangen, nachdem sie am Rio Pecos ihren Raub so plötzlich verloren hatten.

Zu dieser Vermutung war hinreichend Grund vorhanden.

Als wir damals das Zeltdorf der Komantschen verließen, ritten wir den Nachmittag und die ganze Nacht hindurch, so daß wir bereits am nächsten Mittag die obere Sierra Guadalupe vor uns sahen. Marks Stute und Winnetous Klepper hielten sich trotz der gewaltigen Anstrengung außerordentlich gut, und die anderen Pferde waren ja so

[1] Die reine Quelle

frisch, daß wir um sie keine Sorge hatten. Auch die Sierra Guadalupe wurde überwunden, ohne daß wir eine Spur von Verfolgung bemerkten, und als wir einige Tage später den Rio Grande überschritten hatten, brauchte es uns wegen der Komantschen nicht mehr bange zu sein.

Westlich vom Rio Grande schieben sich von Süden her zahlreiche Höhenzüge vor, darunter das Zuñi-Gebirge, das wir ohne besondere Abenteuer erreichten. Hier aber trat ein wichtiges Ereignis ein.

Wir hatten uns nämlich um die Mittagszeit auf der Höhe eines Passes gelagert, und Winnetou stand als Ausguck auf einem Felsen über uns, von wo sein Blick den ganzen Weg vor und hinter uns beherrschen konnte.

„Uff!" rief er da plötzlich, legte sich auf den Boden und glitt zu uns herab. — Wir griffen sofort zu unseren Waffen und erhoben uns.

„Was gibt's?" fragte Marshall. — „Rote Männer."

„Wieviel?" — „Acht." — „Von welchem Stamm?"

„Winnetou konnte es nicht sehen, denn die Männer haben alle Zeichen abgelegt." — „Sind sie auf dem Kriegspfad?"

„Sie haben keine Farben im Gesicht, aber sie tragen Waffen."

„Wie weit sind sie noch entfernt?"

„Im vierten Teil einer Stunde werden sie hier sein. Meine Brüder mögen sich teilen. Winnetou geht mit Sans-ear vorwärts und Marshal mit dem schwarzen Mann rückwärts, um sich hinter die Felsen zu verstecken. Mein Bruder Scharlih wird hier bei seinem Pferd bleiben."

Er nahm die anderen vier Pferde bei den Zügeln und führte sie hinter das Gestein, wo sie nicht bemerkt werden konnten. Dann wurde von ihm und den drei Gefährten die vorgeschlagene Stellung eingenommen. Ich blieb sitzen, der Richtung, woher die Erwarteten kommen sollten, halb zugewandt. Mein Henrystutzen lag bereit.

Die Viertelstunde war kaum vergangen, so vernahm ich Pferdegetrappel. Ich tat, als hätte ich nichts gehört, hielt aber verstohlen das Auge scharf auf die acht Gestalten gerichtet, die mich schon erspäht hatten und einen Augenblick lang ihre Pferde zügelten. Sie wechselten einige Worte und kamen dann auf mich zu. Der Boden war hier so felsig, daß er keine Spuren annahm. Sie konnten also nicht sehen, daß ich nicht allein war.

Jetzt stand ich ruhig auf und nahm meinen Stutzen zur Hand. Die Roten blieben wohl zehn Schritt vor mir halten, und der vorderste fragte: „Was tut das Bleichgesicht hier in den Bergen?"

„Der weiße Mann hält Rast von einem weiten Weg."

„Woher kommt er?" — „Vom Ufer des Rio Grande."

„Und wohin will er?"

„Uff!" rief da ein anderer, noch bevor ich die letzte Frage beantworten konnte. „Die Krieger der Komantschen haben diesen weißen Mann am Wasser des Pecos gesehen. Er war da mit Ma-ram, dem Sohn des Häuptlings To-kei-chun, und schoß auf die beiden Bleichgesichter, denen meine Brüder nachgejagt sind!"

Dieser Mann gehörte also zu den fünf Komantschen, die durch ihren Angriff auf mich das Entkommen der Morgans verschuldet hatten. Ich hatte ihn nicht erkannt, weil er damals die Kriegsbemalung im Gesicht trug und mir nur ein kurzer Blick auf die Roten vergönnt gewesen war.

„Wohin ist das Bleichgesicht mit Ma-ram gegangen?" fragte mich

nach dieser Erklärung der Anführer. — „Zu den Wigwams der Komantschen." — „Wie kam der weiße Mann mit Ma-ram zusammen?"

„Ich nahm ihn in dem Tal gefangen, wo er zurückgeblieben war, als
die Krieger der Komantschen Winnetou, Sans-ear, ein anderes Bleichgesicht und einen Neger überfielen."

Bei dieser Antwort griffen die Komantschen zu ihren Messern.

„Uff!" rief der Anführer. „Das Bleichgesicht hat Ma-ram gefangengenommen! Wo blieben die andern roten Männer?"

„Ich tat ihnen kein Leid. Den einen band ich, und die vier anderen
hatten keine Augen und Ohren, um zu sehen und zu hören, daß ich
den Sohn des Häuptlings mit mir nahm."

„Aber Ma-ram war nicht gebunden, als wir ihn mit dem Bleichgesicht trafen", bemerkte der frühere Sprecher.

„Ich gab ihn wieder frei, denn er versprach, mir ruhig in die Wigwams der Komantschen zu folgen."

„Uff! Was wollte der weiße Mann dort?"

„Den Häuptling der Apatschen und Sans-ear befreien. Ich nahm
die vier Häuptlinge der Racurrohs gefangen und gab sie nur gegen
ihre Gefangenen wieder los. Sie durften mit mir gehen, und die
Komantschen gaben uns den vierten Teil eines Tages Zeit."

„Und die Gefangenen sind entkommen?" — „So ist es!"

Es machte mir Spaß, die Roten durch Darstellung dieser Verhältnisse in Harnisch zu bringen. Und wirklich fuhr jetzt der Anführer der
kleinen Schar auf. — „Dann muß das Bleichgesicht sterben!"

Er ergriff sein Gewehr. Die anderen hatten nur Bogen und Pfeile.

„Wenn es zum Kampf käme, würden die roten Männer tot sein,
noch bevor sie ihre Waffen erhoben hätten, denn ich fürchte mich
nicht vor acht Indsmen", erklärte ich gelassen. „Aber die Krieger der
Komantschen werden mir nichts tun, wenn ich ihnen sage, daß sie
Sans-ear, Winnetou und die beiden übrigen heute wieder fangen
könnten." — „Uff! Wo?"

„Hier!" Ich deutete nach rechts und links. „Dort steht Winnetou mit
Sans-ear und hier der Weiße mit dem schwarzen Mann!"

Hüben und drüben waren die Genannten hervorgetreten und hielten
ihre Büchsen im Anschlag. Zu gleicher Zeit war ich um einige Schritte
zurückgesprungen und richtete den Stutzen auf den Anführer.

„Die roten Männer sind unsere Gefangenen. Sie mögen von ihren
Pferden steigen!" gebot ich.

Sie zählten drei Mann mehr als wir, unsere fünf Büchsen aber waren
ihnen überlegen. Zur Flucht gab es weder vor- noch rückwärts eine
Gelegenheit, und so wunderte ich mich nicht, als der Anführer die
Hand von seinem Schießeisen nahm und fragte:

„Sieht mein weißer Bruder nicht, daß sich die roten Männer nicht
auf dem Kriegspfad befinden?"

„Und dennoch wollten sie mich töten! Aber der weiße Mann will
nicht das Blut seiner roten Brüder. Sie mögen absitzen und mit uns das
Kalumet des Friedens rauchen!"

Sie zögerten, dieser Aufforderung, hinter der eine Kriegslist stecken
konnte, zu folgen. — „Wie heißt mein weißer Bruder?" fragte der Rote.

„Man nennt mich Old Shatterhand."

„Uff! Dann dürfen wir seinen Worten glauben. Meine Brüder mögen
von ihren Pferden steigen!"

Er nahm die Pfeife vom Hals und setzte sich neben mir nieder. Seine

Gefährten folgten ihm. Meine Gefährten kamen auch herbei und nahmen Platz. Die Pfeife wurde gestopft und herumgereicht. Bernard bot sie auch Winnetou an. Der wehrte ab.

„Der Häuptling der Apatschen lagert bei den Komantschen, weil sein Bruder mit ihnen redet, aber er raucht nicht das Kalumet aus ihren Händen. Sie mögen an die Mapimi denken, wo sie alle Friedensangebote des Apatschen hartnäckig ausgeschlagen haben."

Die Komantschen taten, als hätten sie diese Worte nicht gehört. Ich wandte mich wieder an ihren Anführer:

„Die roten Männer sind den beiden weißen Verrätern nachgejagt?"

„Mein Bruder hat es gehört." — „Und haben sie nicht erreicht?"

„Nein. Die Weißen kamen auf das Gebiet der Feinde der Komantschen, wo wir umkehren mußten."

„Wie konnten die Schurken entkommen, da sie doch keine Pferde hatten?" — „Sie stahlen sich die Tiere der Komantschen."

„Ah! Haben die Komantschen keine Augen, den Dieb zu sehen, und keine Ohren, seine Schritte zu hören?"

„Sie waren um das Grabmal ihres Häuptlings versammelt, und als sie zu den Pferden zurückkehrten, war die Wache getötet und die zwei besten Tiere fehlten."

Das war für die Morgans der einzige Weg gewesen, sich zu retten. Allerdings hatte eine nicht geringe Verwegenheit dazu gehört, sich — die Verfolger im Rücken — an die Komantschen zu wagen, um ihnen ihre Pferde zu entführen. Die beiden Räuber waren kühne Männer, die als Gegner nicht unterschätzt werden durften. In unsere Hände mußten sie aber doch fallen, und wenn wir ihnen rund um die Erde folgen sollten. Deshalb war mir das Zusammentreffen mit diesen Komantschen eine willkommene Begegnung.

Sie hielten nur kurze Rast, und erst beim Aufbruch fragte ich sie:

„Wo haben meine roten Brüder die Spur der weißen Männer zuletzt gesehen?" — „Zwei Tageritte von hier. Will mein Bruder ihnen folgen?"

„Ja. Wenn wir sie treffen, sind sie verloren!"

„Uff! Old Shatterhand spricht aus dem Herzen der Komantschen. Er reite immer nach Sonnenuntergang, bis er nach einem Tag ein großes Tal erreicht, das von Mittag nach Mitternacht geht! Diesem Tal folge er nach Mitternacht, wo er die Stelle ihres Feuers finden wird! Dann reite er über die Höhe bis an das Wasser, das nach Westen fließt, und folge ihm. Er wird zweimal die Asche von ihrem Feuer finden. Hier mußten die Krieger der Komantschen umkehren, weil dort das Jagdgebiet der Navajos beginnt."

„Wie nahe waren meine Brüder den Verfolgten, als sie umkehren mußten?"

„Nicht ganz einen Tageritt. Die roten Krieger wären ihnen doch gefolgt, aber sie erblickten in den Tälern die Wigwams der Feinde, bei denen sie den Tod gefunden hätten."

„Die Krieger der Komantschen können To-kei-chun und den anderen drei Häuptlingen sagen, daß Winnetou, Sans-ear und Old Shatterhand die beiden Verräter ereilen werden. Ma-ram mag oft an Old Shatterhand denken, denn der weiße Jäger denkt auch an ihn."

„Wird Winnetou, der Apatsche, den Kriegern der Komantschen nachstellen?"

„Nein. Er ist ihr Feind, aber sie haben das Kalumet des Friedens mit seinen Brüdern geraucht. Er wird sie ziehen lassen."

Die Komantschen stiegen auf und ritten fort. Wir taten ebenso. Sie trugen nach Osten die Kunde, daß sie uns getroffen hatten, und wir nahmen nach Westen die Gewißheit mit, daß wir die Morgans fangen würden.

Wir fanden alles nach ihrer Beschreibung. Da Winnetou und ich mit den Navajos befreundet waren[1], konnten wir bei ihnen einkehren. Hier erfuhren wir, daß die Gesuchten sich da nur einige Stunden aufgehalten und nach den nächsten Pfaden zum Colorado gefragt hatten. Auch den Mono-See hatten sie erwähnt, und obgleich wir etliche Tagelängen hinter ihnen waren, hatten wir ihre Spuren bisher doch so deutlich gefunden, daß wir überzeugt waren, sie endlich doch zu treffen.

Nun hielten wir auf die Sierra Nevada zu und ritten dann auf einer weiten Ebene mit zahlreichen Büffelspuren am Ostabhang des gewaltigen Gebirges entlang. Wir wünschten sehr, einem dieser Tiere zu begegnen, denn wir hatten lange Zeit nur Dörrfleisch genossen, und wenn unser Vorrat auch noch einige Tage reichte, so wäre uns die frische Lende oder Keule eines Büffels oder eines zahmen Rindes doch recht willkommen gewesen.

Aus diesem Grund schweifte ich mit Bernard, der noch bei keiner Büffeljagd gewesen war, von unserer Richtung rechts ab, wo allerlei Strauchwerk auf Wasser und infolgedessen auf die Anwesenheit von Büffeln schließen ließ. Es war jetzt die heiße Mittagsstunde, in der sich dieses Wild gern im Wasser kühlt oder in seiner Nähe wiederkäut.

Wirklich sollte meine Hoffnung in Erfüllung gehen, denn am Rand des Gesichtskreises tauchte eine Gruppe von vier Tieren auf, gegen die wir uns sofort in Bewegung setzten. Leider hatten wir den Wind mit uns, so daß wir bald bemerkt wurden. Dadurch sahen wir uns gezwungen, unsere Pferde so weit wie möglich ausgreifen zu lassen. Hier bewährte sich Ma-rams Rapphengst glänzend. Er flog mit einer Leichtigkeit dahin, als wäre ich ein Rennreiter mit Federgewicht und ließ das Pferd Bernards weit hinter sich zurück. Diese wertvolle Seite des Tiers bewog mich, es auch auf eine andere Eigenschaft zu prüfen, worauf im Westen großer Wert gelegt wird. Ich beschloß nämlich, nicht die Büchse, sondern den Lasso zu gebrauchen. Der meinige hatte kein Öhr, sondern einen Ring, durch den die Schlinge viel sicherer und besser läuft, als durch die bei den Indianern gebräuchliche Lederöse.

Unweit eines Weidengestrüpps erreichte ich die Tiere und bemerkte nun, daß wir nicht Büffel, sondern weidende Rinder vor uns hatten. Es war ein sehr starker Bulle mit drei Kühen, von denen ich mir die auswählte, deren glattes Aussehen auf ein zartes Fleisch schließen ließ. Ich schnitt sie von den anderen Tieren ab, hielt mich ihr nahe zur Seite und warf die Schlinge. Mein Pferd bewährte sich auch hier. Sobald der Lasso durch die Luft sauste, warf sich der Hengst von selbst herum und stemmte die Beine mit weit vorgebeugtem Körper auf die Erde. Die Schlinge zog sich um den Hals der Kuh zusammen — ein gewaltiger Ruck riß mein Pferd beinah auf die Hinterschenkel nieder, aber es hielt sich aufrecht und zog den am Sattelknopf befestigten Riemen straff an. Die Kuh war niedergeworfen worden. Ich sprang vom Pferd, ergriff das Messer und fing sie mit einem kräftigen Stoß

[1] Vgl. Bd. T 37 „Der Ölprinz"

ins Genick ab. Der Hengst war mir mit den Augen gefolgt und ließ den Lasso jetzt locker. Ich trat zu dem braven Tier und streichelte liebkosend seinen Nacken, wofür es dankbar seinen Kopf an meiner Schulter rieb.

Jetzt nahm ich die Schlinge vom Hals der Kuh und wollte mich eben an das Aufbrechen machen, als Bernard herbeikam.

„Zu spät!" klagte er. „Soll ich weiter?"

„Nein. Wir haben damit genug, und Ihr könnt hier helfen."

Er stieg ab, und ich warf das Rind auf die andere Seite. Dabei bemerkte ich, daß ihm ein Zeichen eingebrannt war.

„Dachte es mir. Das Tier gehört zur Herde einer Estancia oder eines Ranchos." — „Durften wir die Kuh denn töten?" fragte Bernard.

„Ja. Die Rinder haben in diesen Gegenden nur den Wert, den ihre Haut besitzt. Jeder Reisende — so ist es gebräuchlich — darf eins zu seinem Bedarf töten, muß aber die Haut an den Besitzer abliefern."

„Dann müssen wir ihm die Haut bringen?"

„Wieder nein. Sollte ja ein Rancho hier in der Nähe liegen, so brauchen wir dort nur zu melden, wo das Fell zu finden ist."

Die Kuh lag höchstens fünf Schritt vom erwähnten Gebüsch. Ich hatte meine Auseinandersetzung kaum beendet, da hörte ich ein scharf sausendes Geräusch, und Bernard stieß einen Schrei aus. Von meiner Arbeit aufblickend, gewahrte ich noch, daß er mit einem Lasso quer durch den schmalen Gebüschstreifen geschleift wurde. Ich raffte den neben mir liegenden Stutzen auf, sprang durch die Sträucher vor und gewahrte einen Reiter in mexikanischer Tracht, der mit Marshal am Riemen davongaloppierte.

Hier gab es kein Zaudern, sonst wurde Bernard zu Tode geschleift. Gedankenschnell hob ich den Stutzen, zielte auf das Pferd des Reiters und drückte ab. Es tat noch einige Schritte und brach dann zusammen. Ich eilte hinzu. Der Mann war abgeworfen worden. Er stand auf, und als er mich erblickte, ließ er alles im Stich und ergriff die Flucht.

Ich durfte ihm nicht folgen, sondern mußte zunächst nach Bernard sehen. Die Schlinge hatte ihm die Arme so fest an den Leib gezogen, daß er sich nicht zu rühren vermochte. Rasch löste ich sie, und er zeigte sich glücklicherweise so wenig beschädigt, daß er sich sofort mit heiler Haut erheben konnte.

„By Jove, war das eine Rutschfahrt!" sagte er aufatmend. „Was wollte dieser Kerl?" — „Weiß es nicht."

„Warum habt Ihr die Kugel nicht ihm, sondern dem Pferd gegeben?"

„Erstens ist er ein Mensch und das Pferd ein Tier, und zweitens hätte Euch sein Tod nicht viel genützt, denn der Lasso ist, wie Ihr seht, am Sattel befestigt, und das Pferd hätte Euch ohne Reiter weitergeschleift."

„Konnte diesen Gedanken auch haben", meinte Bernard, seine Glieder untersuchend, ob sie noch in gutem Zustand seien.

„Kommt zurück zur Kuh!" mahnte ich. „Wir wollen machen, daß wir mit ihr fertig werden, denn hier scheint es nicht recht geheuer zu sein."

„Ich denke, wir sind hier ähnlichen Gefahren gar nicht mehr ausgesetzt, da das Gebiet der Indsmen hinter uns liegt?"

„Da irrt Ihr Euch sehr. Wir befinden uns bereits auf jenem gefährlichen Gelände, wo statt der Indios Bravos, wie der Spanier die freistreifenden Roten nennt, die mexikanischen Straßenräuber und die

Yankeegauner ihr Unwesen treiben. Ihr werdet bald von ihnen zu sehen und zu hören bekommen!"

Wir nahmen nur die besten Stücke von dem Rind, packten sie hinter uns auf die Sättel und suchten den Unsern nachzukommen. Das wurde uns nicht schwer, da sie inzwischen haltgemacht hatten. Als Cäsar unsern Fleischvorrat bemerkte, rief er schon von weitem:

„Oh, ah, da kommen Massa mit Beefsteak! Cäsar gleich holen Holz, machen Feuer und braten Schinken von Büffel!"

Wir ließen ihn gewähren und besprachen, während er emsig als Koch beschäftigt war, unser Abenteuer. Als der Braten die richtige Bräune zeigte, war es zum Verwundern, welch gewaltige Stücke hinter den dicken Lippen des Negers verschwanden. Er war so in seine Beschäftigung vertieft, daß er gar nicht auf den Ruf Marks merkte:

„*Behold*, kommen da drüben Reiter, oder sind es nur Pferde?"

Ich sah durchs Fernrohr. — „Reiter — drei, fünf, acht, ja — acht."

„Ob sie uns sehen werden?" — „Gewiß. Sie müssen den Rauch längst bemerkt haben." — „Welche Sorte von Menschen ist es?"

„Mexikaner, nach den breiten Hüten und hohen Sätteln zu schließen."

„Dann wollen wir zum Beispiel die Waffen zwischen die Finger nehmen. Dieser Besuch könnte mit Euerm Lassoreiter in Verbindung stehen!"

Der Trupp blieb in einiger Entfernung von uns halten. Es waren lauter Mexikaner, ein Herr und sieben Knechte, wie es schien, und ich erkannte in einem der Knechte den Mann, dessen Pferd ich erschossen hatte. Sie berieten augenscheinlich, schwenkten auf zwei Seiten ab und bildeten dann einen Kreis, worin wir eingeschlossen waren.

„Scheinen mit uns reden zu wollen, diese Männer, hihihihi!" kicherte Mark, der Kleine, in jenem Ton, der stets ein Zeichen war, daß er sich belustigt fühlte. „Nehme es zum Beispiel ganz allein mit allen auf!"

Der Kreis wurde enger gezogen, so daß sein Halbmesser höchstens zwanzig Pferdelängen betrug. Dann ritt der Anführer einige Schritte vor. Er redete uns in dem in jenen Gegenden landläufigen Gemisch von Englisch und Spanisch an. — „Wer seid Ihr?"

Mark antwortete für uns.

„Wir sind Mormonen aus der großen Salzseestadt und kommen als Missionare nach Kalifornien."

„Werdet schlechte Geschäfte machen, sag ich Euch. Wer ist der Indianer?"

„Das ist kein Indianer, sondern ein Eskimo aus Neu-Holland, den wir für Geld sehen lassen werden, wenn unsere Geschäfte wirklich schlecht gehen sollten." — „Und der Nigger?"

„Ist kein Nigger, sondern ein Lawyer[1] aus Kamtschatka, der in San Franzisco einen Prozeß zu verhandeln hat."

Der gute Mexikaner war in der Länderkunde wohl nicht heimischer, als es seine Landsleute im Durchschnitt sind.

„Saubere Gesellschaft!" brummte er. „Drei mormonische Missionare und ein fremder Advokat stehlen mir eine Kuh und machen einen Mordversuch auf meinen Vaquero[2]! Ich werde Euch lehren, was das zu bedeuten hat. Ihr seid meine Gefangenen und begleitet mich auf meinen Rancho!"

[1] Advokat [2] Rinderhirt

Mark drehte sich mit pfiffigem Gesichtsausdruck zu mir herum.

„Wollen wir, Charley? Vielleicht gibt es in dem Rancho ein wenig mehr zu essen als hier."

„Können es versuchen. Wenn der Mann kein Estanciero mit mehreren hundert Untergebenen, sondern nur ein kleiner Ranchero ist, kann er uns nichts anhaben."

„*Well*, werden uns also den Spaß machen."

Er wandte sich wieder an den Mexikaner.

„Wollt Ihr Euch wirklich wegen solcher Kleinigkeiten mit uns befassen, Señor?"

„Ich bin kein Señor, ich bin ein Don, ein Grande, und man nennt mich Don Fernando de Venango y Colonna de Molynares de Gajalpa y Rostredo, merkt Euch das!"

„*Heigh-day*, seid Ihr ein großer Herr! Wir werden Euch also gehorchen müssen, doch hoffe ich, daß Ihr gnädig mit uns seid."

Wir hatten keine Miene gemacht, uns zu widersetzen. Jetzt erhoben wir uns, löschten das Feuer und stiegen zu Pferd. Dabei lachte Cäsar vergnügt.

„Oh, ah, schön! Neger Cäsar sein Lawyer aus — aus — Cäsar nicht mehr wissen! In Rancho werden sein viel gut Speis und Trank, und Cäsar werden wohnen da sehr viel ganz schön!"

Wir wurden in die Mitte genommen, und fort ging es in sausendem Galopp, wie es diese Mexikaner nicht anders gewohnt sind. Dabei hatte ich reichlich Gelegenheit, die Kleidung dieser Leute in Augenschein zu nehmen.

Sie ist so malerisch schön, wie man sie wohl kaum in einem andern Land findet. Das Haupt ist beschattet von einem niedrigen Hut mit sehr breiter Krempe, dem sogenannten Sombrero, der entweder aus schwarzem oder braunem Filz oder aus jenem weichen, feinen Grasgeflecht gefertigt ist, das wir auch in Europa kennen, da Kopfbedeckungen dieser Art unter dem Namen Panamahüte auch zu uns herüberkommen. Der Hut eines Señors, also eines Herrn, mag dieser nun Estanciero, Ranchero oder Räuber sein, ist immer an der einen Seite aufgeschlagen, und eine Spange von Gold oder Messing, mit Edelsteinen oder buntem Glas besetzt, hält die Krempe und zugleich die Schmuckfeder, die je nach dem Reichtum des Besitzers in der Höhe des Preises wechselt, aber niemals fehlen darf.

Der Mexikaner trägt eine kurze, offne Jacke mit weit aufgeschlitzten Ärmeln. An diesen Ärmeln sowohl als auch auf den Nähten des Rückens und auf den beiden Bruststücken ist sie mit möglichst reichen Stickereien versehen, die aus feinen Schnüren von Wolle, Baumwolle oder Seide, aus unedlen Metallen oder aus Gold und Silber bestehen.

Um den Hals wird ein schwarzes Tuch geschlungen und vorn in einem kleinen Knoten vereinigt. Die Zipfel dieses Tuches würden bis über den Gürtel herabreichen, wenn es nicht der Sitte widerspräche, sie in dieser Weise zu tragen. Sie werden über die Schulter geschlagen, was dem Träger ein recht malerisches Aussehen gibt.

Das Beinkleid ist von besonderer Art. Es schließt um den Gürtel fest an und liegt stramm und glatt auf den Hüften und dem übrigen Teil des Oberkörpers, den es bedeckt. Die Hose wird aber von ihrer Beinteilung abwärts immer weiter. Sie ist unten doppelt so weit wie an dem dicksten Teil der Lenden. Überdies ist das Beinkleid an den äußeren Seiten aufgeschlitzt, mit breiten Tressen und Stickereien geschmückt, und der Schlitz ist mit Seidenzeug gefüttert, dessen Farbe so gewählt wird, daß sie lebhaft gegen die Hose absticht.

Auch die aus fein lackiertem Leder gefertigten Stiefel sind an den Schäften stets mit Stickereien geziert. Zu ihnen gehören unbedingt zwei Sporen von ungeheuren Ausmaßen. Sie bestehen entweder aus Silber, aus schönem, durchbrochenem Stahl oder aus schlechtem Messing, vielleicht gar aus Horn, mit einer Knochenspitze, die geeignet ist, dem armen Pferd tiefe Wunden in die Seiten zu bohren. Die Größe dieser Sporen übertrifft alles, was jemals die gepanzerten Ritter im Mittelalter an Sporen trugen. Sie sind mit dem Gabelteil reichlich fünfundzwanzig Zentimeter lang, wovon also mindestens fünfzehn auf die Stange kommen, die das ‚Rad' trägt. Was wir bei uns ‚Rädchen' nennen, das dann etwa die Größe eines Groschens hat, ist bei dem Mexikaner ein zwölfstrahliger Stern von fünfzehn Zentimeter Durchmesser. Der ganze Sporn wiegt ein Kilogramm und oft noch beträchtlich mehr.

Die Mexikaner sind immer beritten — mit wohlabgerichteten, äußerst gelenkigen und jeder Strapaze gewachsenen Pferden. Und dabei besitzen sie eine große Geschicklichkeit im Gebrauch aller Waffen. Sie legen sie kaum des Nachts von sich und sind bei der geringsten Veranlassung bereit, sich ihrer zu bedienen.

Besondere Fertigkeit entwickeln sie in der Führung einer langen Reiterpistole mit gezogenem Rohr, die stets so eingerichtet ist, daß man mit einem einzigen Druck einen Gewehrkolben damit verbinden kann, wodurch die Pistole in einen Karabiner umgewandelt wird. Diese Waffe trägt in der Hand eines Mexikaners den sicheren Tod auf eine Entfernung von hundertfünfzig Schritt hin, denn die Züge sind sehr kurz gewunden. Das Geschoß bekommt folglich eine starke Achsendrehung und kann nicht leicht von der vorgeschriebenen Bahn abweichen. Die Geschoßkammer aber fordert, der gedachten Einrichtung wegen, nur eine geringe Menge Pulver und stößt und schlägt nicht. Ein solches Gewehr ist in der Hand des Geübten ein wahrer Schatz, und die Pferde sind so gut abgerichtet, daß man auf ihnen sowohl dem Feind zugewendet als auch von ihm abgewandt, schießen kann. Es genügt, dem Pferd die Büchse zu zeigen, um das kluge Tier für die Dauer des Zielens und Schießens so unbeweglich zu machen, als wäre es aus Stein gemeißelt oder aus Bronze gegossen.

Eine beinah noch gefährlichere Waffe als dieses sichertreffende Schießeisen ist der Lasso, jene furchtbare Lederschlinge, womit der Geübte den wilden Stier im Lauf, den Puma im Sprung und den Menschen sowohl beim Angriff als auch während der Flucht fesselt und fängt. Der Lasso, ein wohl zwölf Meter langer mit einer Schlinge versehener Riemen, wird auf Mensch oder Tier meist während des Galoppierens geworfen, und es kommt unter hundert Malen vielleicht einmal vor, daß das Ziel nicht getroffen wird. Mit dem Lasso üben sich schon die Kinder, und endlich scheint es, als wäre er mit dem Menschen vollkommen verwachsen. Er gehorcht nicht nur der Hand, man möchte sagen, er gehorcht schon dem Gedanken, denn die tödliche Schlinge fliegt dahin, wo der Werfer sie haben will, gleichviel ob im Spiel oder Scherz, auf der Kampfbahn oder im ernsten Vernichtungskampf.

Sitzt der Mexikaner zu Pferd, so hängt über dem Sattelknopf noch der Poncho, eine Decke, die den ganzen Körper verhüllen kann und in der Mitte einen Schlitz hat, durch den man den Kopf steckt, so daß die eine Hälfte des Ponchos über den Rücken und die andere über die Brust herabfällt.

Die Kleidung des Reiters und das Sattelzeug des Pferdes sind gleich kostspielig. An Sattel und Zaum befindet sich überall Silber, mitunter auch Gold. Bei reichen Leuten ist das Gebiß des Pferdes immer von schwerem, gutem Silber, und die Ketten, die das Zaumzeug verzieren, sind nicht etwa hohl gearbeitet, sondern von gediegenem Gold. Bisweilen kostet ein so verziertes Gebiß nur fünfzig Escudos, aber häufig ist ein bloßes Gebiß mit dem Zaumzeug fünfhundert Escudos de oro[1] wert.

Die Pferde tragen alle den berühmten oder auch berüchtigten spanischen Sattel von ungewöhnlicher Höhe, so daß man kaum herausfallen kann, wenn man darin einmal festsitzt. Und wenn der Reiter nur einiges Geschick hat, so dürfte es dem Pferd schwer werden, ihn abzuwerfen. Die Lehne schließt sich bis da, wo die kurzen Rippen beginnen, eng an den Rücken. Das Vorderteil geht ebenso hoch hinauf, und da es in dem messingnen Sattelknopf, der gewöhnlich einen Pferdekopf darstellt, noch eine Verlängerung um fünfzehn Zentimeter hat, so reicht es bis an das Brustbein.

Vom Sattel geht bis zum Schweifriemen hin ein Panzer von Sohlenleder, der die Kruppe und die Flanken des Tieres schützt. Die Reiter von heute lassen ihn immer weg. Zu einer Reise aber wird er gewöhnlich hervorgeholt, besonders schon deshalb, weil er eine beträchtliche Anzahl Taschen und andere zweckmäßig angebrachte Behälter birgt. Dieser Panzer führt den drolligen Namen *cola de pato*[2].

Die Steigbügel, häufig an silbernen Ketten hängend, sind im allgemeinen aus Holz und waren in alten Zeiten wirkliche, eigentliche Schuhe, die den Fuß bedeckten und gegen jede Verletzung oder Beschädigung schützten. Die Holzschuhe hat man abgelegt, die hölzernen Bügel dagegen beibehalten. Um aber den Fuß dennoch gegen eine Verletzung zu sichern, trägt der vordere Teil des Bügels *tapageres*[3], die schön mit Drahtstickereien verziert sind und den Vorderfuß umschließen. Sehr reiche Leute haben wohl Steigbügel von durchbrochenem Eisenblech, kostbar gearbeitet, ganz so, wie wir sie in alten Rüstkammern zu sehen bekommen. Da sich der Reiter gegen alles mögliche schützen will, so hat er auch noch die *armas de pelo* an jeder Seite des Sattelknopfs hängen. Das sind derbe Ziegenfelle, mit der Haarseite nach außen, die bei Regenwetter über die Lenden und die Knie gedeckt werden. Auch wenn man durch dorniges Gestrüpp reitet, gewähren sie einen guten Schutz für die Beine. —

Nach ungefähr einer halben Stunde tauchte ein Gebäude vor uns auf, in dem wir den Rancho vermuteten. Wir sprengten in den geräumigen Hof und stiegen ab.

„Señora Eulalia, Señorita Alma, kommt kommt, und seht, wen ich bringe!" rief der Ranchero in spanischer Sprache, gegen das Hauptgebäude gewendet, mit lauter Stimme.

Auf diesen Ruf kamen zwei Wesen mit solcher Eile aus der Tür gerannt, daß ich in Gedanken unwillkürlich Schillers Verse abwandelte.

> *„Da speit das doppelt geöffnete Haus*
> *zwei — Damen auf einmal aus."*

[1] Ein Escudo ist 8,25 Mark   [2] Entenschwanz   [3] Lederne Decken

Ja, Damen waren es, eine Señora und eine Señorita, wie wir gehört hatten, ihr Aussehen aber ließ nicht darauf schließen. Beide waren barfuß und barhäuptig. Ob das seltsame Gewirr, das sie auf dem Kopf trugen, Haare sein sollten, konnte ich nicht gleich feststellen. Ein kurzer Rock bedeckte den oberen Teil der Beine, während der untere einen Schmutzüberzug zeigte, den man leicht für Stulpenstiefel hätte halten können. Den Oberkörper schützte nur ein Hemd, das vor Jahren vielleicht einmal weiß gewesen war, jetzt aber den Anschein erweckte, es sei etwa zum Ausputzen des Kamins benützt worden.

Diese beiden Damen kamen aus der Tür herausgeschossen und starrten uns mit weitaufgerissenem Mund aufdringlich an.

„Wen bringen Sie uns da, Don Fernando de Venango y Colonna?" kreischte die ältere der beiden Frauen. „Was wird das für Arbeit geben, wenn fünf Gäste essen, trinken, spielen, rauchen und schlafen wollen! Das kann ich nicht leiden! Das kann ich nicht dulden! Lieber laufe ich auf der Stelle fort und lasse Sie mit Ihrem ganzen Gesindel in diesem unglückseligen Rancho allein. Ich wollte, ich hätte mich niemals von Ihnen bereden lassen, mein schönes San José zu verlassen und —"

„Mutter", unterbrach sie die jüngere, indem sie auf Marshal deutete, „weißt du auch, wem dieser Señor auffallend ähnlich ist? Meinem guten Don Allano!"

„Mag er ihm ähnlich sehen, er ist es nicht!" entgegnete die andere, sichtlich erbost über die Unterbrechung ihres ausgezeichneten Redeflusses. „Wer sind diese Männer, und wer wird die Arbeit mit ihnen haben? Ich, kein anderer Mensch! Und das will etwas heißen, wenn man so schon für eine unendliche Wirtschaft sorgen muß. Ich weiß oftmals gar nicht, ob ich einen Kopf habe oder nicht, und wenn ich nun gar noch für fünf fremde Gäste zu —"

„Aber, Señora Eulalia, es sind ja gar keine Gäste!" fiel ihr jetzt der Ranchero in die Rede.

„Keine Gäste? Was denn, Don Fernando de Gajalpa y Colonna?"

„Gefangene, Señora Eulalia."

„Gefangene? Weshalb sind sie gefangen, Don Fernando de Venango de Molynares?" — „Sie haben uns eine Kuh und drei Vaqueros getötet, meine liebe Señora Eulalia."

Es war wirklich verblüffend, mit welcher Unverfrorenheit Don Fernando unsere Untaten vervielfachte.

„Eine Kuh und drei Vaqueros!" rief sie, die rußfarbenen Hände zusammenschlagend, daß unsere Pferde erschrocken die Ohren spitzten. „Das ist ja schrecklich — gräßlich — himmelschreiend! Haben Sie sie auf der Tat ertappt, Don Fernando y Colonna de Gajalpa?"

„Nicht nur auf einer, sondern auf allen Taten, Señora Eulalia. Und sie haben sie nicht nur getötet, sondern auch gebraten und verzehrt."

Die Augen der Doña wurden noch einmal so groß.

„Gebraten und verzehrt? Die Kuh oder die drei Vaqueros, Don Fernando de Gajalpa y Rostredo?" — „Zuerst die Kuh, Señora Eulalia."

„Zuerst! Und dann, Don Fernando de Venango?"

„Dann? Weiter nichts, denn wir haben sie gestört und von allem weiteren abgehalten. Wir haben sie festgenommen und herbeigeschleppt, Señora Eulalia."

„Festgenommen und herbeigeschleppt! Oh, alle Welt weiß, was für ein tapferer Ritter Sie sind! Wer sind denn diese Menschen, Don

Fernando de Molynares y Colonna?" — „Diese drei Weißen sind Missionare aus der Mormonenstadt, die nach San Francisco wollen, um Kalifornien zu bekehren."

„Hilfe, Hilfe! Missionare, die Kühe stehlen und töten und Vaqueros fressen wollen! Weiter, Don Fernando de Rostredo y Venango!"

„Dieser Schwarze, der genau wie ein Nigger aussieht, ist ein Advokat aus — aus, wo die Feuerländer wohnen. Er will in San Francisco eine Erbschaft erschleichen, Señora Eulalia!"

„Erschleichen! Oh, da ist es kein Wunder, daß er auch Kühe und Vaqueros erschleicht! Und der letzte, Don Fernando de Colonna y Gajalpa?"

„Der sieht grad wie ein Indio bravo aus, ist aber ein Hottentott aus — aus — aus Grönland. Er will die Missionare für Geld sehen lassen, Señora Eulalia!"

„Oh! Oh! Oh! Was werden Sie mit diesen Leuten tun, teuerster Señor Don Fernando de Molynares y Gajalpa de Venango y Rostredo?"

„Ich werde sie hängen und erschießen lassen. Rufen Sie alle meine Leute herbei, Señora Eulalia!"

„Alle Ihre Leute? Sie sind ja schon alle da, außer der alten Negerin Betty, und auch die kommt dort geschlichen. Aber, da fällt mir eben ein, daß niemand fehlt, und doch haben diese Männer drei von Ihren Vaqueros getötet, Don Fernando y Rostredo de Colonna!"

„Das wird sich schon noch finden, Señora Eulalia. Macht alle Tore und Türen zu, ihr Leute, damit die Gefangenen nicht entfliehen können! Ich werde sofort ein strenges Gericht über sie halten."

Es war nur ein einziges Tor vorhanden. Das wurde mit einem starken Riegel so fest verschlossen, daß wir den guten Don mit allen seinen Leuten sicher hatten.

„So!" meinte der Ranchero. „Jetzt bringt mir einen Stuhl herbei! Die Pferde, auch die der Gefangenen, werden an die Balken gebunden, und dann können wir beginnen!"

Wir störten die Vaqueros nicht in der Vollziehung dieser Befehle. Durch das Entfernen der Pferde erhielten wir den nötigen Raum. Im übrigen hatten wir nicht die geringste Angst vor dem angekündigten Gerichtsverfahren.

Es wurden drei Stühle gebracht. Auf dem mittleren nahm Don Fernando Platz, und ihm zur Seite setzten sich Señora Eulalia und Señorita Alma in ihrem vorhin beschriebenen amtsrichterlichen Talar nieder. Wir selbst hatten uns in eine Gruppe zusammengezogen und wurden von den Vaqueros in die Mitte genommen.

„Ich werde jetzt zunächst nach Euren Namen fragen", begann der Ranchero. „Wie heißt du?"

„Cäsar", antwortete der Neger, an den die Frage gerichtet war.

„Ein richtiger Spitzbubenname. Und du?" — „Winnetou."

„Winnetou? Ein gestohlener Name, denn so heißt der größte und berühmteste Indianerhäuptling, den es gibt. Und du?" — „Marshal."

„Hörst du, daß er auch seinen Namen trägt?" warf schnell die Señorita ein, indem sie sich zu ihrer Mutter wandte.

„Ein Yankeename", meinte der Ranchero, „und die Yankees taugen alle nichts. Und du?" — „Sans-ear."

„Auch ein gestohlener Name, denn so heißt ein alter Scout, der weit und breit als der tapferste Jäger und berühmteste Indianerfeind bekannt ist. Und du?" „Old Shatterhand."

„Wieder gestohlen. Ihr seid nicht nur Räuber, sondern auch freche Lügner!"

Ich trat ein wenig vor, so daß ich hart neben den rohen Vaquero zu stehen kam, der Bernard mit dem Lasso geschleift hatte und einen Denkzettel verdiente.

„Wir lügen nicht. Soll ich es Ihnen beweisen?" — „Beweisen Sie es!"

Im Nu fuhr meine geballte Faust dem Vaquero an den Kopf, so daß er lautlos niederstürzte.

„Ist diese Faust nicht eine Schmetterhand?"

„Halte mich, Alma! Ich falle in Ohnmacht, mich trifft der Schlag, ich bekommen den Starrkrampf!" rief Señora Eulalia, breitete die Arme aus und sank dem guten Don Fernando ans Herz.

Er wollte aufspringen, konnte sich aber seiner süßen Bürde, die ihn fest gepackt hielt, nicht entledigen. Er schrie Zeter und Mordio, und Señorita Alma stimmte kräftig ein.

Der Mexikaner ist zu Pferd ein sehr guter, zu Fuß aber ein desto schlechterer Kämpfer. Die Vaqueros waren von dieser Regel nicht ausgenommen, denn als wir fünf sofort nach meinem Jagdhieb die Büchsen gegen sie erhoben, gerieten sie sichtlich in Verlegenheit. Ich nahm das Wort.

„Fürchtet Euch nicht, Señores! Es wird Euch kein Leid geschehen, wenn ihr verständig seid. Wir wollen Euch nur auf einen kleinen Irrtum aufmerksam machen, und dann steht es Euch frei, nach Belieben mit uns zu verfahren."

Jetzt trat ich etwas näher an die Stühle heran und machte eine tiefe und achtungsvolle Verbeugung.

„Doña Eulalia, ich bin ein Verehrer der Schönheit und ein leidenschaftlicher Bewunderer der weiblichen Tugenden. Darf ich Sie bitten, zu erwachen und mir einen Blick aus Ihren holden Augen zu schenken?" — „Ahhh!"

Mit einem langgedehnten Seufzer öffnete sie ihre kleinen Katzenaugen und gab ihrem gelben Gesicht einen Ausdruck, der schmachtend sein sollte, aber mehr angstvoll und verlegen war.

„Schöne Señora, Sie haben gewiß von dem *cours d'amour* gehört, von den Liebeshöfen früherer Zeiten, wo die bewundertste der Damen zu Gericht saß und ein jeder sich ihrem Ausspruch fügen mußte. Das Gericht, das Don Fernando über uns halten will, kann nicht gerecht sein, da er selbst Partei ist. Wir bitten ihn, seine Gewalt in Ihre zarten Hände zu legen, und sind überzeugt, daß Ihr Urteil nur den wirklichen Missetäter treffen wird!" — „Ist das tatsächlich Ihr Wunsch, Señor?" flötete sie mit einer Stimme, die so klang, als wäre ihre Stimmritze zwischen zwei Scheuerbürsten angebracht.

„Es ist unser voller Ernst, Doña Eulalia! Zwar sind wir eigentlich nicht in der Lage, einer Dame von Ihren Vorzügen unsere Aufwartung zu machen, denn wir befinden uns bereits seit Monaten im Wilden Westen, aber die Güte ist ja der schönste Schmuck des weiblichen Geschlechts, und so hoffen wir, daß Sie unsere Bitte erhören werden."

„Sind Sie wirklich die Männer, deren Namen Sie sich gegeben haben?" fragte sie, sichtlich gefangen durch meine Schmeicheleien.

„Wir sind es."

„Hören Sie es, Don Fernando de Venango y Gajalpa? Diese berühmten Señores haben mich zur Richterin über sie gesetzt. Sie wissen, daß ich keinen Widerstand dulde. Sind Sie's zufrieden?"

Der Mexikaner machte eine saure Miene, schien aber seiner Dame keineswegs gewachsen zu sein und war wohl auch froh, wieder frei Atem schöpfen zu können.

„Übernehmen Sie das Amt, Señora Eulalia!" sagte er. „Ich bin überzeugt, daß Sie die Strolche hängen werden."

„Je nach ihren Verdiensten, Don Fernando de Colonna y Molynares!" — Dann wandte sie sich zu mir.

„Sprechen Sie, Señor. Ich gebe Ihnen das Wort!"

„Ich setze den Fall, Doña Eulalia, Sie wären ein hungriger, müder Reisender und fänden in der Savanne eine Kuh, deren Fleisch Ihren Hunger stillen könnte. Dürften Sie diese Kuh töten, wenn Sie das Fell ihrem Besitzer lassen wollen?" — „Gewiß. So ist es ja überall Brauch!"

„Nein. So ist es nicht überall —" wollte der Ranchero einfallen. Sie aber unterbrach ihn schnell:

„Still, Don Fernando! Ich habe jetzt hier zu befehlen, und Sie dürfen nur dann sprechen, wenn ich Sie dazu auffordere."

Er lehnte sich ergeben in den Stuhl zurück. Auch aus den Mienen der Vaqueros ließ sich schließen, daß in Wirklichkeit Señora Eulalia die eigentliche Gebieterin des Ranchos sei.

„Das war unser ganzes Verbrechen, Doña Eulalia", fuhr ich fort. „Da kam dieser Vaquero, der hier am Boden liegt, warf den Lasso über Señor Marshal, der hier vor Ihnen steht, und riß ihn mit sich fort. Er hätte ihn getötet, wenn ich das Pferd des Vaqueros nicht niedergeschossen hätte!" — „Marshal?" wiederholte sie fragend. „Dieser Name ist uns teuer. Ein Señor Marshal, Allano Marshal, wohnte bei meiner Schwester in San Francisco."

„Allan Marshal? Vielleicht aus Louisville in den Vereinigten Staaten?" erkundigte ich mich. — „Gewiß, gewiß, er ist es! Kennen Sie ihn?"

„Freilich! Dieser Señor Bernard Marshal, Juwelier aus Louisville, ist sein Bruder."

„Santa Lauretta! Ja, das stimmt! Juwelier war er, und er hatte einen Bruder, der Bernardo heißt. Alma, dein Herz hat dich nicht getäuscht. Kommen Sie in meine Arme, Señor Bernardo, denn Sie sind mir willkommen!"

Dieser plötzliche Freudenerguß entbehrte ein wenig der Erklärung, und obgleich Bernard hocherfreut war, so unerwartet eine Kunde von dem Gesuchten zu erhalten, zog er es doch vor, nur die Hand der Señora leise in die Gegend zu bringen, wo sich seine Lippen befanden, die Umarmung aber zu unterlassen.

„Ich bin im Begriff", meinte er dann, „meinen Bruder zu suchen. Wo befindet er sich jetzt, Doña Eulalia?"

„Alma, meine Tochter war bei meiner Schwester", erklärte die Gebieterin des Ranchos. „Als sie hierher zurückkehren mußte, bereitete er sich vor, in die Minen zu gehen. Sind diese Männer alle Eure Freunde, Señor Bernardo?"

„Alle! Ich habe ihnen sehr viel, sogar die Freiheit und das Leben zu verdanken. Dieser Señor Shatterhand hat mich vom Tode des Verschmachtens, aus der Hand der Pfahlmänner und aus der Gefangenschaft der Komantschen befreit."

Sie schlug aufs neue die Hände zusammen.

„Ist's möglich? Solche Abenteuer haben Sie erlebt? Oh, die müssen Sie uns erzählen! Aber, wie kommt es, daß Sie Mormone sind und Ihr Bruder nicht?"

„Wir sind keine Mormonen, Doña Eulalia! Wir machten nur einen Scherz." — Schnell drehte sich die Dame zum Ranchero herum.

„Hören Sie's, Don Fernando de Venango y Gajalpa, die sind keine Mormonen und keine Räuber und Mörder! Ich spreche sie frei. Sie werden unsere Gäste sein und bei uns bleiben, solange es ihnen gefällt. Alma, lauf schnell in die Küche und hole die Flasche mit Basilikjulep! Wir müssen den Wilkomm trinken."

Bei dem Worte Basilikjulep heiterte sich die Miene des Rancheros augenblicklich auf. Es schien, als käme er nur bei besonders festlichen Angelegenheiten mit dieser Flasche in Berührung, und daher war es ihm auch nicht zu verargen, daß er sich freute, unser Erscheinen als eine solche Angelegenheit behandelt zu sehen. Ich erkannte in dem Julep das beste Mittel zur Versöhnung zwischen ihm und uns.

Señorita Alma sprang fort — fast möchte ich sagen, daß der Schmutz an ihren Füßen platzte — und kehrte ebenso rasch mit einer großbauchigen Flasche und einem Glas von entsprechender Größe zurück. Wer da weiß, welch elenden Fusel die Yankees unter dem Titel Julep in jene Gegenden bringen, der wird sicher der Überzeugung sein, daß wir von dem Zeug höchstens genippt, die Damen davon aber gar nicht getrunken haben. In bezug auf uns müßte ich ihm recht geben. Von den Damen aber trank jede ihr Glas mit einem Behagen aus, als hätte sie Lunel[1] vor sich. Winnetou genoß nicht einen Tropfen, wie er überhaupt niemals ,Feuerwasser' trank. Der Ranchero jedoch schenkte sich solange ein, bis ihm seine Wirtschafterin kurzerhand die Flasche entriß.

„Nicht zuviel, Don Fernando de Venango y Rostredo y Colonna! Sie wissen, daß ich nur noch zwei Flaschen dieser Sorte habe. Führen Sie die Señores ins Zimmer! Wir Damen werden uns zunächst in Staat werfen und dann den Hunger stillen, den Sie alle gewiß haben. Komm, Alma! *Hasta luego*[2], Señores!"

Die ,Damen' verschwanden in einem Mauerloch, hinter dem entweder ihr Ankleidezimmer oder die Küche, vielleicht auch beides zugleich liegen mußte. Wir aber wurden von dem Ranchero in den Raum geleitet, den Señora Eulalia mit dem Namen ,Zimmer' beehrt hatte, der jedoch andernorts mit dem Wort ,Tenne' bezeichnet worden wäre. Einen Tisch gab es da, einige aus rohen Stangen zusammengenagelte Bänke auch. Wir konnten also Platz nehmen. Dabei bemerkten wir, daß sich die Vaqueros eilig über unsere Pferde hermachten, um den Inhalt unserer Satteltaschen zu untersuchen. Ich ging deshalb hinaus, um die Taschen samt dem Inhalt in Sicherheit zu bringen, denn ich wußte, daß der beste Vaquero unbedingt auch der größte Spitzbub ist. Cäsar mußte bei den Pferden bleiben, um sie auf der Weide, die sie vor dem Tor fanden, zu beaufsichtigen. Er beklagte sich bitter über diese Anordnung.

„Massa jetzt essen viel gut schön Sachen im Zimmer. Weshalb da Cäsar bleiben müssen bei Pferden?"

„Weil Du stärker und tapferer bist als Winnetou und Sans-ear, so daß ich Dir unsere guten Pferde am ehesten anvertrauen kann."

„Oh, ah, das sein richtig! Cäsar sein stark und mutig und werden aufpassen, daß niemand angreifen Pferde."

Er war zufriedengestellt. Ich aber kehrte ins Zimmer zurück, wo ich eine sehr einsilbige Unterhaltung vorfand, bis endlich die Damen

[1] Französischer Likör   [2] „Bis nachher", „Auf Wiedersehen!"

erschienen. Sie waren gegen vorhin äußerlich ganz umgewandelt und trugen sich wie auf der Alameda zu Mexiko[1].

Die Kleidung der mexikanischen Damen ist nur hin und wieder die europäisch neuzeitliche. Hüte sind selbst bei den größten Putznäherinnen etwas Unbekanntes. Eine allen gemeinsame Tracht dagegen besteht in dem Rebozo, einem zwei Meter langen Schal, der zugleich als Kopfputz dient. Die Damen tragen ihn in Gesellschaft gewöhnlich über die Schulter gehängt, ungefähr wie bei uns. Wenn man aber nach der Siesta seine Freundinnen besuchen oder abends spazierengehen will, wird der Rebozo über den Kopf genommen. Er bedeckt nach hinten das Haar, läßt das Gesicht frei. Da er nun in der Regel fein und schleierartig ist, kann er eben auch als Schleier benützt werden, und in diesem Fall umgibt er nicht nur den Kopf, das Gesicht und die Schultern, sondern er hüllt die ganze Gestalt ein.

Der Rebozo einer vornehmen Mexikanerin muß von indianischen Händen gewebt sein— geflochten könnte man viel mehr sagen, und da er die Arbeit zweier Jahre verlangt, ist der Preis von achtzig Pesos gewiß mäßig. Es gibt übrigens auch solche, die das Doppelte kosten.

In einem solchen Rebozo zeigten sich jetzt unsere Damen. Sie hatten Gesicht und Hände gewaschen. Die Füße steckten in Strümpfen und Schuhen. Wenn ich die beiden nicht vorhin in ihrem Haus- oder vielmehr Ranchokleid gesehen hätte, würde wenigstens die jüngere einen recht befriedigenden Eindruck auf mich gemacht haben.

Sie nahmen am Tisch Platz und überließen die Beschickung der Tafel bis ins kleinste der alten Negerin. Auffällig war, daß sie unausgesetzt von ‚Señor Allano' sprachen, und so stellte sich infolgedessen bei mir der Verdacht ein, daß Señorita Alma auf den schmucken Juwelier ein wenig Jagd gemacht hatte und ihn auch heute noch nicht vergessen konnte.

Die Gerichte, die es gab, waren echt mexikanisch: Rindfleisch mit Reis, der durch spanischen Pfeffer ziegelrot gefärbt war. Mehlspeisen mit Knoblauch, trockene Gemüse mit Zwiebeln, Hammelfleisch, durch gewöhnlichen Pfeffer schwarz gefärbt, junge Hühner mit Zwiebeln und Knoblauch. Mir ward der Mund so gepfeffert, der Schlund so gezwiebelt und der Magen so geknoblaucht, daß ich hätte aus dem Stegreif dichten mögen:

> *„Und hab' ich das Zeug hinuntergedruckt,*
> *so ist's mir ganz zum Verzweifeln,*
> *als hätt' ich die Hölle hinuntergeschluckt*
> *mit Millionen von Teufeln."*

Die zarten Damen indessen waren weniger empfindlich als Old Shatterhand und steigerten den Genuß durch fleißige Schlucke Basilikjulep, denen dann die unvermeidliche Zigarette folgte. Und damit unser Cäsar nicht zu kurz kam, mußte ihm einer der Vaqueros auf einer alten, abgetretenen Strohmatte seinen Anteil zu den Pferden hinaustragen. Der beliebte Julep wurde in einer leeren Pomadenbüchse beigefügt. Vielleicht verwandelte sich der Fusel unterwegs mit den kosmetischen Resten in der Büchse zu einer heilsamen und empfehlenswerten Karfunkelsalbe!

Von einer Fortsetzung unserer Reise war für heute keine Rede.

[1] Prunkstraße in der Hauptstadt mit vielen Denkmälern, Bevorzugter Spazierweg

Señorita Alma kam nicht von der Seite meines guten Bernard fort, und ich unglückseliger Westmann hatte meine wohlberechnete Höflichkeit mit der unzertrennlichen Gesellschaft der Señora Eulalia zu büßen. So sehr sich die ‚Dame‘ bei ihrem ersten Auftreten — gut bayrisch gesprochen — als eine echte ‚Z'widerwurzen‘ gezeigt hatte, so viel Liebenswürdigkeit träufelte jetzt aus jedem ihrer Worte. Ich rückte in ihrer Anrede von Old Shatterhand über *Señor* Carlos zu *Don* Carlos auf, und als Bernard seine Schicksale erzählte, erlitt ich eine schnelle Verwandlung zum *braven* und *wackeren* Carlos. Schließlich, als wir uns von der Tafel erhoben, fragte sie *ihren* lieben Carlos, was er seiner Braut als Reiseandenken nach Deutschland mitnehmen werde. Ich konnte diese schlau versteckte Erkundigung nicht mit einer Unwahrheit beantworten und sagte ihr, daß ich nicht das mindeste Recht hätte, eine solche Gabe mitzubringen, da ich in der Personenstandsliste als ‚eine ledige Mannsperson‘ verzeichnet sei. Um sie ihren häuslichen Pflichten nicht weiter zu entziehen, teilte ich ihr dann mit, daß ich zu unseren Pferden sehen müsse, und ging hinaus zu Cäsar.

Der Neger lag mit dem Bauch auf der Erde, machte mit Händen und Füßen allerlei mir unverständliche Bewegungen und stieß dabei so merkwürdige Töne aus, daß es mir schien, als studiere er auf einem javanischen Anklong[1] Richard Wagners Zukunftsmusik.

„Cäsar!" — Bei diesem Ruf hob er den Kopf.

„Oh, Massa — Massa — Massa!" — „Was gibt es?"

„Oh, oh, oh, Massaaaah! Cäsar haben essen all ganz Zeug, und nun brennen Feuer in Cäsar, als sein Cäsar ein Ofen. Massa helfen Cäsar, sonst sterben Cäsar!"

Das waren die Folgen von Doppelpfeffer, Zwiebeln und Knoblauch! Die Pomadebüchse war gänzlich leer. Hier war schnelle Hilfe notwendig, denn der brave Cäsar schnitt ein Gesicht, als läge er bereits im Sterben.

„Du mußt etwas trinken, was die Schmerzen stillt, sonst bist du verloren, mein armer Cäsar! Was hältst du für besser: Milch, Wasser oder Basilikjulep?"

Er schnellte hoch und blickte mir mit dankbarer, verständnisinniger Miene in mein besorgtes Gesicht.

„Massa, oh, oh, Milch und Wasser nicht helfen! Nur Julep können retten armen Neger Cäsar."

„So lauf schnell hinein zu Doña Eulalia, und sag ihr, daß du sterben mußt, wenn du nicht augenblicklich Basilikjulep bekommst."

Der Neger rannte spornstreichs davon und kehrte wirklich nach einiger Zeit mit — ich staunte, als ich es sah — mit einer halben Flasche Julep zurück. Er hatte den ganzen Rest des Vorrates erhalten.

„Miß Eula nicht wollen geben Julep, aber Cäsar sagen, daß haben schicken Massa Charley, dann geben Miß Eula gleich her ganz Julep!"

„So trink, er wird helfen!"

Das Abendessen wurde wieder im ‚Zimmer‘ eingenommen. Die Señora saß neben mir. Während der Unterhaltung raunte sie mir zu:

„Don Carlos, ich habe Ihnen ein Geheimnis zu offenbaren."

„Wieso?"

„Nicht hier! Kommen Sie gleich nach Tisch zu den drei Platanen draußen!"

[1] Ein aus 24 Bambusstücken bestehendes, wohl 25 kg schweres Musikinstrument

Ein Stelldichein also! Ich durfte es ihr nicht abschlagen, da immerhin die Möglichkeit bestand, daß sie mir eine beachtenswerte Mitteilung zu machen hatte. Während der Mahlzeit waren die Pferde in den Hof hereingeschafft worden, doch fand ich später das Tor noch offen. Ich ging nach Tisch hinaus und streckte mich unter den Platanen aus. Aber ich mußte mich aus dieser bequemen Lage sehr bald erheben, denn Señora Eulalia ließ nicht lange auf sich warten.

„Don Carlos", begann sie, „ich danke Ihnen! Ich mußte Sie um diese Unterredung bitten, weil ich Ihnen ein Geheimnis mitzuteilen habe. Ich hätte die Sache auch anderen sagen können, aber ich habe just Sie gewählt, weil —"

„— weil wir nebeneinander saßen und Sie mich also am allerleichtesten hierherbescheiden konnten, nicht wahr, Doña Eulalia?"

„Allerdings! Und nun hören Sie! Señor Bernardo erzählte von den zwei Räubern, die Sie verfolgen. Sie sind auf unserem Rancho gewesen." — „Ah, wann?" — „Sie gingen vorgestern früh wieder fort."

„Wohin?"

„Über die Sierra Nevada nach San Francisco. Meine Tochter sprach viel mit ihnen von Señor Allano, und sie wollten ihn besuchen."

Das war allerdings eine wertvolle Mitteilung, und ich erriet leicht den ganzen Zusammenhang. Die Señorita sprach mit jedermann gern von Allan. Sie hatte ihn auch gegen die Morgans erwähnt, und von ihnen war die treffliche Gelegenheit, sich an Bernard zu rächen und seinen jedenfalls mit bedeutenden Mitteln ausgerüsteten Bruder zu berauben, sofort mit Freuden ergriffen worden.

„Wissen Sie genau, daß es die beiden waren, Doña Eulalia?" fragte ich.

„Sie waren es, denn alles stimmt, obgleich sie andere Namen nannten."

„Ihre Tochter wurde von ihnen über Ihre Schwester und Señor Allan genau ausgefragt?"

„Ja. Sie mußte ihnen sogar ein Zeichen mitgeben, daß sie bei uns gewesen waren." — „Worin bestand dieses Zeichen?"

„In einem Brief, den mir der Mann meiner Schwester nach San José schrieb." — „Lebt Ihr Schwager noch?"

„Ja. Es ist der Besitzer des Hotels Valladolid in der Sutterstreet und heißt Enrique Gonzalez."

„Seit wann ist Señorita Alma von ihm fort?" — „Seit drei Monaten."

„Wollen Sie mir die beiden Leute, denen Sie den Brief mitgegeben haben, recht genau beschreiben?"

Sie tat es, und ich gewann die Überzeugung, daß es in der Tat die beiden Morgans gewesen waren. Sie hätte diese Mitteilung ganz offen bei Tafel machen können, doch konnte ich ihr bei der Wichtigkeit ihrer Nachricht nicht zürnen, daß sie mir Veranlassung zu dem gegenwärtigen kleinen Spaziergang gegeben hatte. Darum dankte ich ihr verbindlich, worauf sie wieder dem Tor zuschritt.

Als auch ich ein wenig später ins Zimmer trat, war ich bereits erwartet worden. Die Gefährten wollten sich zur Ruhe legen, und es sollte die Wache ausgelost werden, da wir diese Maßnahme selbst hier im Rancho für notwendig hielten. Als das geschehen war, suchten wir unser Lager auf.

Um seine Beschaffenheit beurteilen zu können, muß man mit dem Innern eines Ranchos bekannt sein. Ein solches Gebäude hat meist nur einen einzigen wirklichen Wohnraum. Hier wohnt und schläft alles, was zum Haus gehört, nebst den etwaigen Gästen in patriarchalischer Weise beisammen. Mit der Bezeichnung ‚was zum Haus gehört' sind oft auch die milchenden Kühe, die zugerittenen Pferde, die Schafe, Schweine, Hühner, Hunde und Katzen gemeint. Der Boden besteht aus steinfest geschlagenem Lehm, worauf etwas Gras oder Moos ausgebreitet ist, das die Dauerwohnung von Skorpionen, Spinnen, Tausendfüßlern und anderem Gewürm bildet und des Nachts als Unterbett gebraucht wird. Der Poncho dient dabei als Decke.

So war es auch in unserem Rancho. Don Fernando de Venango, Señora Eulalia, Señorita Alma, die alte Negerin, sämtliche Vaqueros und endlich auch wir lagen dicht nebeneinander wie in einer deutschen Herberge, wo man für drei Pfennig das Recht erhält, auf der Streu zu schlafen und sich der Lehne eines umgelegten Stuhls als Kopfkissen zu bedienen. Ich hätte mir lieber draußen im Freien einen Platz gesucht, durfte aber diesen Verstoß gegen die Gastpflichten nicht wagen, da hierin eine große Beleidigung gelegen hätte.

Am anderen Morgen brachen wir auf, gefolgt von den freundlichen Wünschen aller Bewohner des Ranchos. Selbst der Vaquero, den ich niedergeschlagen hatte, mußte uns — Señora Eulalia zu Gefallen — wohl oder übel eine glückliche Reise wünschen.

Don Fernando de Venango y Colonna de Molynares de Gajalpa y Rostredo begleitete uns eine bedeutende Strecke Wegs zu Pferd und kehrte erst gegen Mittag wieder um. Er schien die Mormonenmissionare ungern scheiden zu sehen, obgleich er durch sie um seinen ganzen Basilikjulep gekommen war.

Infolge der geheimnisvollen Mitteilung Señora Eulalias brauchten wir unseren früheren Reiseplan nicht streng einzuhalten, und als wir den Mono-See erreichten, hielten wir dort eine viel kürzere Rast, als vorher geplant gewesen war. Unsere Pferde hatten ja im Rancho beinahe einen vollen Tag ausgeruht.

Dann ging es in raschen Tagemärschen über die Sierra Nevada hinab nach Modesto und von dort mit der Bahn über Stockton nach San Francisco, dem Ziel unserer Reise.

9. Eine seltsame Gaststätte

San Francisco liegt auf der äußersten Spitze einer Landzunge, hat das große Weltmeer im Westen, die herrliche Bai im Osten und den Eingang zu dieser Bai im Norden. Der Hafen von San Francisco ist vielleicht der schönste und sicherste der ganzen Erde und hat zugleich eine Ausdehnung, die gestatten würde, die Flotten aller Länder darin zu versammeln. Überall sieht man hier das geschäftigste Treiben, ein unbeschreiblich wirres Durcheinander der buntesten Bevölkerung, die man sich nur vorstellen kann. Zu den Europäern aller Staaten gesellen sich die ‚wilden' oder halbzivilisierten Rothäute, die ihre Jagdbeute hier zu Markte bringen und dafür vielleicht zum erstenmal einen Preis erhalten, der nicht geradezu betrügerisch genannt werden kann. Hier geht der stolze, malerisch gekleidete Mexikaner neben dem schlichten Schwaben; der gleichmütige Engländer neben dem beweglichen Franzosen; der indische Kuli im weißen Baumwollkleid begegnet dem schmutzigen polnischen Juden; der elegante Stutzer dem rauhen Hinterwäldler; der handelnde Tiroler dem Goldsucher, dessen Haut gebräunt, dessen Haar ungekämmt und unter dessen wirrem Bart alles verschwunden ist, was man gewöhnlich mit dem Ausdruck ‚Antlitz‘ bezeichnet. Hier ist zu treffen der Mongole aus den Hochebenen Asiens, der Parsi aus Indien, der Malaie der Sunda-Inseln und der Chinese vom Strand des Yangtse-kiang.

Diese ‚Söhne aus dem Reich der Mitte‘ bilden den hervorragendsten fremdländischen Bestandteil der Bevölkerung und geben ihr ein besonderes Gepräge. Sie scheinen alle samt und sonders über einen Kamm geschoren und über einen Leisten geschlagen zu sein. Bei allen ist die Nase kurz und gestülpt; bei allen ragt der Unterkiefer über den Oberkiefer vor; alle haben die derb aufgeworfenen Lippen, die eckig hervorstehenden Backenknochen, die schiefgeschlitzten Augen, die nämliche Gesichtsfarbe, bräunlichgrün ohne alle Schattierung, ohne eine Spur von dunklerer Färbung der Wangen, hellerer Tönung der Stirn; überall sieht man in den unbeweglichen, nichtssagenden Zügen den Ausdruck, den man mit dem Wort ‚leer‘ bezeichnen möchte und der infolgedessen nicht einmal ein Ausdruck wäre, wenn nicht aus den zugekniffenen Augen ein Etwas blickte, das sie alle kennzeichnet: die Verschlagenheit.

Die Chinesen sind die fleißigsten Arbeiter San Franciscos. Diese kleinen, runden, wohlgenährten und dabei doch so beweglichen Gestalten besitzen eine seltene Anlage für jede nur erdenkliche Art von Verrichtung und besonders eine hervorragende Fertigkeit in allen Arbeiten, bei denen es auf Geschicklichkeit der Hände und auf Geduld ankommt. Sie schnitzen in Elfenbein oder Holz, drechseln in Metall, sticken auf Tuch, Leder, Baumwolle, Leinen und Seide. Sie stricken und weben, zeichnen und malen, klöppeln und nähen. Sie flechten die scheinbar unschmiegsamsten Dinge zusammen und bringen seltsame, bewundernswerte Arbeiten hervor, die ihnen die Kundschaft aller Sammler von Seltenheit sichert.

Dazu kommt, daß sie bescheiden sind und mit dem kleinsten Nutzen fürlieb nehmen. Sie fordern zwar unverschämt, aber man weiß, daß sie mit sich handeln lassen und zuschlagen werden, wenn man ihnen ein Drittel oder gar nur ein Viertel ihrer Forderung bietet. Auch der Tagelohn, den man ihnen zahlt, ist geringer als der, den man einem Weißen gibt. Allein er ist doch noch zehnmal höher als in ihrem Vaterland, und da sie wenig ausgeben, weil sie über alle Begriffe genügsam und sparsam leben, kommen sie gut voran. Sämtliche kleinen Handwerke sind in ihren Händen, und sowohl die Wäsche als auch die Bedienung des Hauses und der Küche wird von ihnen besorgt.

Aber nicht nur die Chinesen sind rührig, sondern fabelhaft ist überhaupt die Geschäftstüchtigkeit aller Bewohner der Stadt. Die Leute haben alle nur ein Ziel: sie wollen Geld verdienen, und zwar möglichst viel und schnell. Alle wissen, daß Zeit Geld ist und daß jeder, der den anderen aufhält, sich selbst hinderlich ist, und darum geht alles ohne Stockung ab.

So ist es in den Häusern und Höfen, so ist es auch auf den Straßen und Plätzen der Stadt. Die blasse, schmächtige Amerikanerin, die stolze, schwarzäugige Spanierin, die blonde Deutsche, die zierliche Französin, die farbigen ‚Damen‘ alle, sie gehen, schweben, eilen trippeln hin und her. Der reiche Bankier mit Frack, Handschuh und Zylinder trägt in der einen Hand einen Schinken und in der anderen einen Gemüsekorb. Der Ranchero schwingt ein Netz mit Fischen über die Schulter, um damit den Festtag zu feiern. Ein Milizoffizier hält einen gemästeten Kapaun in der Hand. Ein Quäker hat einige mächtige Hummer in die gleich einer Schürze aufgerafften Schöße seines langen Rocks verpackt — und das alles bewegt sich neben-, vor-, hinter und durcheinander, ohne sich zu stören.

Wir kamen bei unserem Einzug in die Hauptstadt des Goldlandes unbehelligt und unbelästigt durch das Gewimmel und Getümmel bis in die Sutterstreet, wo wir bald das Hotel Valladolid fanden. Es war ein Gasthaus im kalifornischen Stil und bestand aus einem langen, einstöckigen Brettergebäude, ähnlich den Eintags-Trinkbuden, die man auf unseren Schützenfesten errichtet.

Unsere Pferde übergaben wir dem Horsekeeper, der sie in einen kleinen Schuppen brachte. Wir selbst aber traten in die Gaststube, die trotz ihrer ungeheuren Größe so voll war, daß wir kaum einen Tisch für uns zu erobern vermochten. Ein Kellner kam herbei. Wir bestellten jeder nach seinem Geschmack, und als das Verlangte gebracht wurde, begannen auch sofort meine Erkundigungen:

„Ist Señor Enrique Gonzalez zu sprechen?"

„*Yes*, Sir. Wünscht Ihr ihn?" — „Ja, wenn ich bitten darf!"

Ein hoher, ernster Spanier kam auf uns zu und stellte sich als Señor Gonzalez vor.

„Könnt Ihr nicht sagen, ob ein gewisser Allan Marshal noch bei Euch wohnt?" fragte ich ihn.

„Weiß nicht, Señor, kenne ihn nicht, kenne keinen, kümmere mich überhaupt nicht um die Namen meiner Gäste. Das gehört zum Bereich der Señora." — „Ist sie zu sprechen?"

„Weiß auch nicht. Müßt eins der Mädchen fragen."

Damit wandte er sich ab. Er schien zur Señora in dem gleichen Verhältnis zu stehen, wie der Ranchero Fernando de Venango zu Señora Eulalia, ihrer Schwester. Ich erhob mich also und steuerte der Himmelsrichtung zu, aus der sich ein einladender Bratenduft durch das ganze Haus verbreitete. Dabei traf ich auf eine kleine, schlanke Frauensperson, die eilig an mir vorbeihuschen wollte. Ich ergriff sie beim Arm und hielt sie fest. — „Wo ist die Señora, meine Kleine?"

Ihre dunklen Augen blitzten mich zornig an. „*Vous êtes un âne!*"

Aha, eine Französin! Sie riß sich unwillig los und eilte fort. Ich steuerte weiter. An der Ecke eines Tisches traf ich mit einer zweiten Hebe zusammen.

„Mademoiselle, wollen Sie mir wohl sagen, ob Señora zu sprechen ist?" — „*I am not mademoiselle!*"

Weg war sie. Also eine Engländerin oder Amerikanerin! Wenn ich so der Reihe nach alle Völker und Sprachen durchgehen mußte, bevor ich zu meiner Señora gelangte, kam ich gewiß vor Abend nicht zu ihr. Doch da drüben stand eine, die mir mit den Augen folgte und — ja wirklich, dieses Gesicht mußte ich schon gesehen haben! Ich stach von neuem in See und hielt gerade auf sie zu. Aber noch hatte ich sie nicht ganz erreicht, da schlug sie die Hände zusammen und sprang auf mich los, als ob sie es darauf abgesehen hätte, mich in den Grund zu rammen.

„Herr Nachbar, ist's möglich? Fast hätte ich Sie nicht erkannt, so einen Bart lassen Sie sich hier stehen!"

„Zum Kuckuck! Gustel, Eberbachs Gustel! Beinahe hätte auch ich

Sie nicht erkannt, so herausgewachsen sind Sie! Aber wie kommen Sie von daheim herüber nach Amerika, nach Kalifornien?"

„Die Mutter starb, kurz nachdem Sie wieder in alle Welt gegangen waren. Da kam ein Vermittler, und der Vater ließ sich bereden. Es ging anders, als er dachte. Er ist jetzt mit den Brüdern da oben, wo so viel Gold liegen soll, und hat mich hiergelassen, wo ich es gut habe und warten werde, bis die Meinen zurückkehren."

„Wir werden uns noch weiter sprechen", erklärte ich. „Jetzt aber sagen Sie mir, wo die Señora zu finden ist! Ich habe zwei Ihrer Berufsgenossinnen nach ihr gefragt und nur Grobheiten als Antwort erhalten."

„Das ist leicht erklärlich, denn die Madame darf nur Doña genannt werden, am liebsten Doña Elvira."

„Werde es beherzigen! Also, ist sie zu sprechen?"

„Ich will nachsehen. Wo sitzen Sie?" — „Dort am zweiten Tisch."

„Gehen Sie einstweilen wieder hin. Ich werde Sie benachrichtigen, Herr Nachbar!"

Das war wieder eines jener wunderbaren Zusammentreffen, deren ich so viele zu verzeichnen habe. Gustel Eberbachs Vater und der meinige waren Nachbarn, und beide hatten sich gegenseitig Gevatter gestanden. Jetzt steckte der alte Tischlermeister droben in den Goldminen. Seine beiden Söhne, von denen der ältere mein Schulkamerad war, befanden sich bei ihm, und im ersten Wirtshaus, das ich hier in San Francisco betrat, mußte ich seine Jüngste finden, die Gustel, die mir, als ich sie noch auf den Armen trug, immer das dichte Haar zerzauste, daß es wirr in die Höhe stand. Dann lachte sie und pinselte mir mit dem kleinen Näschen im Gesicht herum. Ich hätte damals nicht gedacht, daß wir uns in Kalifornien wiedersehen würden. Sie kam bereits nach kurzer Zeit zu mir.

„Die Señora will Sie sehen, obgleich sie jetzt eigentlich keine Sprechstunde hat." — „Sprechstunde? Eine Wirtin?"

Gustel zuckte die Achsel.

„Sie hat sie aber, und zwar täglich zweimal: morgens von elf bis zwölf und nachmittags von sechs bis sieben. Wer außer dieser Zeit kommt, muß warten, wenn er nicht gut empfohlen ist."

„Aha, danke schön!" lachte ich. „Man glaubt gar nicht, was eine freundliche Nachbarin zu bedeuten hat!"

„Nicht wahr? Na, kommen Sie!"

Die Sache hatte ganz den Anstrich, als sollte ich einen Empfang bei einer hervorragenden Größe haben. Ich wurde in einen kleinen Raum geführt, der wie ein Vorzimmer ausgestattet war. Hier sollte ich nach Gustels Weisung so lange warten, bis hinter dem Vorhang eine Klingel ertönt.

Das war recht seltsam, zumal ich beinah eine halbe Stunde warten mußte, bis das Zeichen gegeben wurde. Ich trat ein und befand mich in einem Zimmer, das mit einer Sammlung von allen möglichen Möbeln und Ausstattungsgegenständen förmlich überladen war. Doña Elvira mußte unbedingt ein Zimmer haben, ein schön und reich ausgestattetes Zimmer, und sie hatte es sich auch ausgestattet, daß man von der Wand nicht die Breite eines Zentimeters zu finden vermochte. Sie saß auf einem Sofa, sich mit der Hand auf eine Landkarte stützend, die über die Seitenlehne herunterhing. Auf ihrem Schoß lag eine Gitarre, neben ihr eine angefangene Stickerei, und vor ihr stand eine Staffelei, aber so zwischen ihr und dem Fenster, daß von Licht keine

Rede war. Auf dem aufgeklebten weißen Bogen bemerkte ich zwei halbfertige Skizzen. Die eine sollte, wenn ich nicht irre, den Kopf eines Katers oder einer alten Frau wiedergeben, der die Morgenhaube noch fehlte, und die andere war sicherlich zoologischer Art, nur konnte ich den Gegenstand nicht so recht bestimmen. Entweder sollte diese Zeichnung einen Pottwal in hundertfacher Verdünnung oder einen Bandwurm in entsprechender Verdickung darstellen.

Ich verbeugte mich tief und unterwürfig. Die Señora schien es nicht zu bemerken, sondern hielt ihr Auge starr auf einen Punkt der Decke gerichtet, an der ich nichts Beachtenswertes finden konnte. Plötzlich aber warf sie den Kopf mit einem schnellen Ruck herum und fragte mich auf englisch: „Wie weit ist der Mond von der Erde entfernt?"

Diese Frage überraschte mich nicht. Ich hatte eine solche Absonderlichkeit erwartet. Aber — kommst du mir so, komme ich dir so!"

„Vierundfünfzigtausend Meilen, nämlich montags", antwortete ich. „Sonnabends in der Erdnähe nur etwa fünfzigtausend." — „Richtig!"

Sie studierte den betreffenden Punkt von neuem. Dann erfolgte der gleiche plötzliche Ruck zu mir herum, und sie fragte:

„Woraus werden die Rosinen gemacht?" — „Aus Weintrauben." „Sehr richtig!"

Der unglückliche Punkt mußte zum drittenmal herhalten, dann schleuderte sie mir die Frage entgegen: „Was ist *Poil de chèvre?*"

„Ein Kleiderstoff, fünfzehn Ellen für den Escudo de oro, wird aber jetzt nicht mehr viel getragen."

„Richtig! Und nun seid mir willkommen, Señor! Augusta bat mich um meine Gunst für Euch. Ich bin aber damit nicht sehr verschwenderisch und pflege jeden, der sich darum bewirbt, einer Prüfung zu unterwerfen. Ihr Deutschen seid wegen Eurer Gelehrsamkeit bekannt, darum habe ich Euch aus den verschiedenen Gebieten des menschlichen Wissens die schwierigsten Fragen herausgesucht, und Ihr habt trefflich bestanden, obgleich Ihr eher das Aussehen eines Bären als das eines Gelehrten habt. Augusta sagte mir jedoch, daß Ihr viele Schulen besucht und alle Länder und Völker kennengelernt habt. Setzt Euch nieder, Señor!"

„Danke, Doña Elvira de Gonzalez", entgegnete ich, bescheiden auf der Ecke eines Stuhls Platz nehmend.

„Ihr wünscht, in meinem Haus zu wohnen?" — „Ja."

„Ihr dürft es, denn Ihr seid ein sehr höflicher Mann, wie ich sehe, und auch Euer Äußeres wird anständiger werden, wenn Ihr Euch ein wenig Mühe gebt. Wart Ihr in Spanien?" — „Ja."

„Was sagt Ihr zu dieser Karte, die ich von meinem Vaterland entworfen habe?"

Sie reichte mir das Blatt hin. Die Karte war durch Seidenpapier nachgezeichnet, und zwar nach einer schlechten Arbeit.

„Sehr genau, Doña Elvira de Gonzalez!"

Die sonderbare Dame nahm mein Lob als etwas Selbstverständliches entgegen.

„Ja, wir Frauen haben uns endlich auf uns selbst besonnen, und unser größter Ruhm ist es, in die Tiefen der Wissenschaft einzudringen und es auch in den schönen Künsten den Männer zuvorzutun. Seht Euch diese beiden Gemälde an. Sie sind unübertrefflich in der Erhabenheit des Vorwurfs. Diese Feinheit der Linien, diese Schattierung, dieses Widerspiel des Lichts! Ihr seid ein Kenner, aber dennoch muß ich Euch prüfen. Was stellt hier dieses vor?" — Bestimmt hätte ich eine schmähliche Niederlage erlitten, wenn mir nicht die ,Erhabenheit des Vorwurfs' einen deutlichen Fingerzeig gegeben hätte. Darum erwiderte ich mit kalter Verwegenheit:

„Die Seeschlange."

„Richtig! Zwar hat sie noch niemand deutlich gesehen, aber wenn der Geist des Forschers Räume mißt, in die er niemals eindringen kann, so ist es auch dem Auge des Künstlers gegeben, Gestalten zu erfassen, die er noch nicht erblicken konnte. Und diese Zeichnung?"

„Ist der Gorilla des berühmten Du Chailly."

„Richtig! Ihr seid der gelehrteste Mann, der mir je vorgekommen ist, denn noch keiner hat vor Euch die Seeschlange und den Gorilla sofort erkannt. Ihr seid zu jeder akademischen Würde reif!"

Diese Anerkennung, die mich mit Stolz erfüllen sollte, hatte fast die gleiche Wirkung wie der Knoblauch und die Zwiebeln der guten Señora Eulalia. Deren geistsprühende Schwester zeigte auf den Tisch, der am Eingang stand.

„Ich beherrsche mein Haus, ohne in nähere Berührung mit den gewöhnlichen Dingen der Wirtschaft zu kommen. Dort ist Tinte, Feder und Buch. Schreibt Euern Namen ein!"

Das tat ich und fragte darauf:

„Darf ich vielleicht auch gleich die Namen meiner Gefährten eintragen?" — „Ihr habt Gefährten? Wer sind sie?"

Ich fing bei dem Farbigen an. „Cäsar, mein schwarzer Diener."

„Natürlich, denn ein Mann, der meine Seeschlange auf den ersten Blick erkennt, kann nur mit Dienerschaft reisen. Aber die trägt man nicht ein. Weiter!" — „Winnetou, der Häuptling der Apatschen."

Sie machte eine Bewegung der Überraschung.

„Der berühmte Winnetou?" — „Gewiß."

„Den muß ich sehen. Den stellt Ihr mir vor! Schreibt ihn ein!"

„Sodann ein gewisser Sans-ear, der —"

„Der Indianertöter?" — „Ja."

„Tragt ihn ein! Ihr reist ja in ganz erlesener Gesellschaft. — Weiter!"

„Der vierte und letzte ist Mr. Bernard Marshal, Juwelier aus Louisville, Kentucky."

Jetzt wäre sie beinahe von ihrem Sitz aufgesprungen.

„Was Ihr da sagt! Ein Juwelier Marshal aus Louisville!"

„Bernard hat einen Bruder, namens Allan", ergänzte ich, „der so glücklich war, bei Euch wohnen zu dürfen, Doña Elvira de Gonzalez."

„Also vermutete ich richtig! Schreibt auch ihn sofort ein, Señor! Ihr sollt den besten Schlafraum haben. Zimmer gibt es im Hotel Valladolid allerdings nicht, aber Ihr sollt dennoch mit meinem Haus zufrieden sein, und für heute abend seid Ihr alle in mein Privatspeisezimmer zur Tafel geladen."

„Danke, Doña Elvira. Ich gebe Euch die Versicherung, daß ich eine solche Auszeichnung wohl zu schätzen weiß. Ich pflege die Erfahrungen, die ich auf meinen Reisen sammle, im Druck der Öffentlichkeit zu übergeben und werde nicht versäumen, Hotel Valladolid warm zu empfehlen."

„Tut es, Señor, obgleich ich mir Eure Erscheinung nicht gut beim Schreibtisch denken kann! Habt Ihr vielleicht eine Bitte? Ich werde sie Euch gern erfüllen!"

„Eine Bitte nicht, aber eine Erkundigung möchte ich mir gestatten."

„Eine Erkundigung?"

„Ja. Allan Marshal wohnt nicht mehr bei Euch?"

„Nein. Er hat mein Haus vor fast vier Monaten verlassen."

„Wohin ging er?" — „In die Diggins am Sacramento."

„Erhieltet Ihr Nachricht von ihm?"

„Ja, einmal. Er gab mir den Platz an, wohin ich ihm gegebenenfalls Briefe nachsenden sollte." — „Könnt Ihr Euch der Anschrift entsinnen?"

„Sehr gut, denn der Mittelsmann, an den die Briefe geschickt werden sollten, ist ein Bekannter meines Hauses. Mr. Holfey, Yellow Water Ground, ein Kaufmann, bei dem die Goldsucher alles bekommen können."

„Sind seit seiner Abreise von hier Briefe an Allan angekommen?"

„Einige, die ich ihm stets mit der nächsten Gelegenheit nachgeschickt habe. Und dann — ja, kürzlich waren zwei Männer da, die nach ihm fragten — Geschäftsfreunde, die notwendig mit ihm zu verhandeln hatten; auch ihnen habe ich seine Anschrift gegeben."

„Seit wann sind diese beiden Männer fort?"

„Wartet, ja — gestern früh ritten sie fort."

„Ein älterer und ein jüngerer?"

„Stimmt. Sie schienen Vater und Sohn zu sein. Sie waren mir von meiner Schwester empfohlen, bei der sie Gastfreundschaft genossen hatten." Ich nickte.

„Ihr meint den Rancho von Don Fernando de Venango y Colonna de Molynares de Gajalpa y Rostredo!"

„Was, Ihr kennt diesen Mann?"

„Sehr gut, und ebenso auch Eure Schwester Doña Eulalia, bei der wir gewesen sind, ohne daß ich sie gebeten habe, mir einen Brief als Ausweis mitzugeben." — „Ist das möglich? Erzählt, Señor, erzählt!"

Wunschgemäß erstattete ich ihr Bericht, wobei ich allerdings nicht an allzu großer Offenherzigkeit litt. Sie hörte mir mit reger Teilnahme zu und meinte, als ich fertig war: „Ich danke Euch, Señor! Ihr seid der erste Deutsche, der mit einer spanischen Señora in der rechten Weise zu verkehren versteht. Ich freue mich auf das heutige Abendessen und werde Euch zeitig benachrichtigen lassen. *Hasta luego!*"

Mit einer ehrfurchtsvollen Verbeugung, die zu meinem Äußeren gewiß in lebhaftem Widerspruch stand, bewegte ich mich rückwärts hinaus. Als ich in die Gaststube trat, richteten sich die Blicke der bedienenden Geister mit sichtbarer Achtung auf mich. Gustel Eberbach kam gleich herbei.

„Nein, Herr Nachbar, sind Sie ein Glückskind! So lange hat noch kein Mensch Audienz bei der Señora gehabt, nicht einmal halb so lange. Sie müssen ihr sehr gefallen haben!"

„Im Gegenteil!" erwiderte ich lachend. „Sie will mich nur unter der Bedingung hierbehalten, daß ich mich bessere. Sie meinte, ich sehe leibhaftig wie ein Bär aus."

„Hm, so ganz unrecht hat sie nicht. Aber da kann ich helfen. Ich werde Sie in meine Kammer hinaufführen und Ihnen alles besorgen, was Sie brauchen: Rasierzeug, Wasser, Seife, alles!"

„Das wird nicht nötig sein, denn wir werden bald unseren Schlafraum angewiesen bekommen", meinte ich.

„Glauben Sie das nicht! Die Befehle wegen der Verteilung der Schlafräume darf ich erst um Punkt acht holen, keine Minute früher."

„Wir werden die beste Unterkunft bekommen, sagte die Señora. Wo wird das sein?"

„Die Schlafstätten sind allesamt droben unter dem Dach. Sie werden also den Verschlag erhalten, der sich durch die frischeste Luft auszeichnet."

In diesem Augenblick ertönte der laute Schlag einer Glocke.

„Das ist sie, Herr Nachbar. Ich muß eilen; denn wenn sie zur ungewohnten Zeit ruft, muß etwas geschehen sein."

Gustel lief davon, und ich setzte mich zu den Gefährten, die, obwohl hier in San Francisco das Erscheinen eines Westmanns oder eines Indianers etwas Alltägliches ist, dennoch die Blicke der Gäste auf sich zogen. Besonders war es die prächtige Erscheinung Winnetous, die Aufmerksamkeit erregte, und daß Mark, dem Kleinen, die Ohren fehlten, mußte jeden zu der Überzeugung bringen, daß er Außergewöhnliches erlebt hatte. „Nun?" fragte Bernard.

„Euer Bruder ist über drei Monate fort und hat nur ein einziges Mal vom Yellow Water Ground Nachricht gegeben. Eure Briefe sind ihm dorthin nachgeschickt worden." — „Wo ist dieser Ort?"

„Es ist, soviel ich mich entsinne, ein Nebental des Sacramento, wo viel Gold gefunden worden ist. Es soll dort von Diggers[1] förmlich gewimmelt haben, jetzt aber scheinen sie weiter am Fluß hinaufgezogen zu sein." — „Hat Allan hier irgend etwas hinterlassen?"

„Habe Doña Elvira wirklich nicht danach gefragt."

„Müssen sie aber fragen."

„Dazu wird sich bald die Gelegenheit geben. Wir sind nämlich alle zum Abendessen eingeladen."

„Ah, das läßt sich hören! Übrigens werde ich mich bei unserem hiesigen Bankhaus erkundigen, ob er dagewesen ist."

Jetzt kam Gustel auf uns zu.

„Herr Nachbar, ich wurde Ihretwegen gerufen. Das Abendessen ist um neun Uhr, und Ihr Zimmer soll ich Ihnen schon jetzt anweisen!"

„Zimmer? Ich denke, es gibt nur Verschläge!"

„Es befindet sich dahinten ein Anbau, der einige Räume enthält. Dabei sind zwei Stuben, die Doña Elvira nur benutzt, wenn Besuch von Verwandten kommt."

„Dort hat wohl auch Señorita Alma gewohnt?"

„Ja, ich habe davon gehört, obgleich ich damals noch nicht hiergewesen bin."

„Haben Sie nicht auch gehört, ob diese Dame einen gewissen Allan Marshal kannte, der damals hier gewohnt hat?"

„O ja! Man hat darüber viel gesprochen und gelacht: Sie hat diesem Herrn förmlich nachgestellt, so daß er sich ihrer kaum erwehren konnte. Doch kommen Sie! Ich habe bereits die Schlüssel."

Wir standen auf und folgten ihr. Die beiden Stuben, die wir erhielten, waren gegen die übrige Ausstattung des ‚Hotels' kostbar zu nennen. Die eine bekamen Bernard und Sans-ear und die andere Winnetou und ich. Cäsar wurde in einem gesonderten Raum untergebracht.

Die gefällige Nachbarstochter versorgte uns mit allem, was nötig war, um unserem äußeren Menschen ein angenehmeres Aussehen zu geben, und so waren wir bald in der Lage, ausgehen zu können. Winnetou blieb zurück. Er war zu stolz, um den Menschen auf der Straße

[1] Goldsucher

und den Plätzen der Stadt als Gegenstand der Schaulust zu dienen. Auch Mark streckte sich auf sein Lager.

„Was soll ich in der Stadt?" meinte er. „Laufen kann ich, das brauche ich hier zum Beispiel nicht erst zu üben, und Häuser und Menschen habe ich schon genug gesehen. Macht, daß wir aus diesem unruhigen Nest bald wieder hinauskommen in die Savanne, sonst wachsen mir vor lauter Langeweile die Ohren wieder, und dann hat es mit ‚Sans-ear' ein Ende!"

Der gute Mark befand sich erst seit wenigen Stunden hier und empfand doch bereits Sehnsucht nach der freien Prärie. Wie muß es da den ‚Wilden' zumute sein, wenn sie, um ‚gebessert' zu werden, in die enge, einsame Zelle einer Philadelphischen oder Auburnschen Zwingburg gesteckt werden, weil sie sich wehren, hinausgeworfen zu werden aus den Gründen, die ihre Heimat sind, ihnen Nahrung geben und die Gräber ihrer Väter und Brüder bergen!

Unser Gang in die Stadt war nicht grundlos. Bernard und ich suchten den Bankier auf, mit dem die Marshals in Geschäftsbeziehungen standen. Wir erfuhren allerdings nur, daß Allan einige Male vorgesprochen hatte und dann nach einem kurzen Abschied in die Minen gezogen war. Er hatte alle Geldmittel flüssiggemacht und mitgenommen, um damit Nuggets zu kaufen.

Nach diesem erfolglosen Besuch schlenderten wir durch die Straßen, bis mich Bernard plötzlich in einen Store[1] zog, wo alle möglichen Arten und Größen von Kleidungsstücken zum Verkauf hingen. Hier konnte man sich die feinste mexikanische Tracht auswählen, ebenso wie den leinenen Arbeitskittel des Kulis.

Die Absicht Bernards war leicht zu erraten. Unsere Anzüge, obwohl sie aus derbem Stoff bestanden, hatten während der langen Reise so gelitten, daß wir wirklich nicht nur ein wenig, sondern sogar recht schäbig aussahen. Rasiert waren wir, das Haar hatten wir uns gegenseitig auch geschnitten, aber mit dem Anzug stand es schon schlimm. Ich merkte beim Einkauf, daß der gute Bernard Geschmack besaß. Er wählte für sich einen Trapperanzug, der ihm ganz nett stand. Nur war der Preis den Verhältnissen San Franciscos angemessen. — „Nun kommt, Charley; auch für Euch einen!" meinte er, als er versorgt war. „Ich werde Euch aussuchen helfen."

Hm, ich brauchte allerdings so etwas notwendig, aber für diese Preislagen war meine Kasse nicht ganz eingerichtet. Ich habe niemals zu den unglücklichen Leuten gehört, die überall, wo sie hingreifen, einen Hundertmarkschein zwischen die Finger bekommen und überall, wo sie hingehen, über einen Sack mit Talern stolpern, sondern ich gehöre zu jenen Beneidenswerten, die das süße Bewußtsein haben, heute zu verdienen, was sie morgen brauchen. Und deshalb mag ich wohl ein etwas verlegenes Gesicht gezogen haben, als sich Marshal nach seinen Worten sofort ans ‚Aussuchen' machte.

Seine Wahl fiel auf einen Anzug, der aus folgenden Stücken bestand: einem Jagdhemd von schneeweiß gegerbtem Hirschkalbleder, von Indianerinnenhänden zierlich mit Rot bestickt; Leggins aus Hirschrücken, an den Seiten ausgefranst; einen Jagdrock von Büffelhaut, aber doch geschmeidig wie ein Eichhörnchenfell; Stiefeln von Bärenleder, deren Schäfte ich weit über die Lenden heraufziehen konnte, die Sohlen aus dem besten Stoff, den es für diesen Zweck nur geben

[1] Laden

158

kann, nämlich aus der Haut vom Schwanz eines ausgewachsenen Alligators; und endlich einer Bibermütze, deren oberer Rand und Deckel mit einer Klapperschlangenhaut verziert waren. Bernard tat es nicht anders, ich mußte in einem kleinen Verschlag den Anzug anlegen, und als ich heraustrat, hatte er ihn bereits bezahlt, wogegen ich vergeblich Einspruch erhob.

„Laßt das gut sein, Charley!" meinte er. „Ich bin Euch noch viel schuldig, und wenn Ihr das nicht zugeben wollt, so werde ich diese Sachen auf Eure Rechnung schreiben, die wir schon einmal begleichen werden."

Auch für Mark wollte er einiges mitnehmen. Ich riet ihm aber davon ab, weil ich die Anhänglichkeit des Kleinen an seinen uralten Anzug genau kannte, und weil überdies unser Sans-ear eine Gestalt besaß, der kein fertiger Anzug paßte.

Die größte Freude über meine Umwandlung verriet Cäsar, als wir ins ‚Hotel Valladolid' zurückkehrten.

„Oh, Massa, nun sehen sehr viel gut schön aus, so schön, wie Cäsar, wenn hätten bekommen auch neu Rock und Mütze!"

Ich konnte nicht anders, ich mußte ihn für diesen gütigen Vergleich mit einem dankbaren Blick belohnen, denn ich wußte, daß der Neger damit das denkbar Höchste geleistet hatte.

Mark Jorrocks war es in seinem Zimmer doch etwas zu eng geworden. Er saß im Gastraum an einem der Tische allein und winkte uns, als er uns eintreten sah, wir möchten uns zu ihm setzen.

„Hört!" meinte er halblaut. „Da neben uns gibt es ein Gespräch, das zum Beispiel auch uns angehen wird." — „Worüber?"

„Es sind da oben in den Minen und Diggins Dinge vorgegangen, die man nicht gutheißen kann. Es gibt dort eine Menge Bravos, aber keine Indios, sondern Weiße, wie es scheint, die sich über die heimkehrenden Digger hermachen und ihnen das Leben nehmen und noch einiges dazu. Da sitzt einer, der ihnen nur mit genauer Not entgangen ist. Er erzählt eben sein Abenteuer. Hört!"

An dem Tisch hinter uns bemerkte ich mehrere Männer, denen man es ansah, daß sie des Lebens Gefahren und Drangsale kennengelernt hatten, und einer von ihnen hielt soeben einen Vortrag, dem alle Umsitzenden mit der größten Spannung zuhörten.

„Well", meinte er gerade, „ich bin ein Ohiomann, und das soll heißen, daß ich etwas erfahren habe auf dem Strom und in der Savanne, zu Wasser und zu Land, auf den Bergen und unten in den Tälern des Westens. Ich habe die Flußpiraten des Mississippi und die Buschklepper der Woodlands kennengelernt und gar manchen Strauß mit ihnen ausgefochten. Ich halte manchen Streich für möglich, den ein anderer grün und weiß bezweifeln würde, aber daß solche Dinge auf einer so belebten Straße vorkommen können und noch dazu am hellen Tag, das geht doch über die alte Gun[1], womit man um die Ecke zu schießen vermag."

„Und dennoch klingt es nicht genau nach Wahrheit", meinte ein anderer. „Ihr wart doch eine ganze Karawane von fünfzehn Mann gegen acht Räuber. Wäre es nicht eine Schande, wenn sich alles so zugetragen hätte, wie Ihr erzählt?"

„Ihr sprecht sehr klug und weise, Mann, aber macht es nur erst selber mit!" lautete die Antwort. „Wir waren allerdings fünfzehn

[1] Gewehr, Büchse

Männer, das heißt nämlich sechs Tropeiros[1] und neun Miners. Wenn Ihr Euch auf diese Tropeiros verlassen wollt, so seid Ihr verloren, und von den neun Miners hatten drei das Fieber. Sie konnten sich kaum auf den Maultieren halten und wurden von der Krankheit hin und her geworfen, so daß sie weder einen sicheren Schuß noch einen guten Messerstoß abgeben konnten. Nun, waren wir also wirklich fünfzehn Männer, he?"

„Wenn Ihr die Sache so darstellt, wird sie allerdings ein wenig einleuchtender. Aber die Straße ist doch so befahren, beritten und auch begangen, daß zu jeder Zeit Leute in der Nähe sind, von denen Hilfe zu erwarten ist!"

„Gewiß, aber was hindert die Schelme, gerade einen solchen Augenblick abzuwarten, wo das nicht der Fall ist?"

„So erzählt das Ding nur richtig der Reihe nach, damit man daraus klug werden kann!"

„Ganz, wie es Euch beliebt, Mann! Also wir hatten da droben am Pyramidensee ein Placer gefunden, wie es kein besseres und reichhaltigeres geben kann, und Ihr müßt es eben glauben, daß nach acht Wochen ein jeder von uns vieren seinen Zentner Staub und Nuggets beisammen hatte. Weiter ging es nicht, denn der Platz war ausgewaschen, und zwei von uns hatten die Kälte in die Gelenke bekommen. Es ist nun kein leichtes, bis früh bis spät bis über die Hüften im Wasser zu stehen, um die Batea[2] zu schütteln. Wir packten also zusammen und gingen zurück bis in den Yellow Water Ground, wo wir unsere Ausbeute an einen Yankee verkauften, der ein Beträchtliches mehr zahlte als die Schurken von Tauschhändlern, bei denen man für eine Unze reines Gold ein Pfund schlechtes Mehl oder ein halbes Pfund noch schlechteren Tabak bekommt. Aber der Mann hat dennoch Geschäfte gemacht. Ich glaube, er hieß Marshal und war in Kentucky oder daherum zu Haus."

Schnell drehte sich Bernard um. „Ist er noch dort am Platz?"

„Weiß es nicht, geht mich auch nichts an. Aber laßt mich in Ruhe mit unnützen Fragen; denn wenn ich das Ding wirklich so der Reihe nach erzählen soll, wie es dieser Mann hier verlangt, so darf ich nicht gestört werden! Also dieser Marshal, Allan Marshal hieß er wohl, kaufte uns ab, was wir hatten. Wären wir nun klug gewesen, so hätten wir uns auf die Beine gemacht. Aber erstens wollten wir uns zunächst von den erlittenen Strapazen ausruhen — denn unsere Knochen bedurften der Pflege — und zweitens war auch nicht gerade eine passende Reisegelegenheit da. Man munkelte so mancherlei von Raubüberfällen und nannte sogar die Namen verschiedener Männer, die die Diggins verlassen hatten und niemals in Sacramento oder San Francisco angekommen sind." — „War das an dem?"

„Werdet es hören, wenn ich weiter berichte. — Wir warteten einige Wochen. Doch das Leben da oben ist verteufelt teuer, und da man wußte, daß wir keine leeren Taschen hatten, bestand unser ganzes Vergnügen in einer immerwährenden Abwehr von Falschspielern und ähnlichem Ungeziefer, das uns stündlich umschwärmte. Auch war es mit den Gelenken der beiden Kameraden ein wenig besser geworden, und so beschlossen wir, nicht länger zu warten, sondern uns mit fünf Männern zusammenzutun, die, ebenso wie wir, nicht mehr blei-

[1] Maultierführer; von tropa, die Herde
[2] Schüsselförmiges Gefäß, worin die goldhaltige Erde gewaschen wird

ben wollten. Wir waren nun neun Personen und mieteten uns die nötigen Maultiere, wodurch unsere Anzahl um sechs Tropeiros vermehrt wurde. Bewaffnet waren wir alle vorzüglich, auch die Tropeiros, von denen übrigens jeder einzelne aussah, als könne er es mit zehn Gegnern aufnehmen. Die Reise wurde angetreten und ging anfänglich auch gut vonstatten. Dann aber begann es so anhaltend zu regnen, daß sich bei unseren Kranken das Fieber wieder einstellte. Dazu weichte das Wasser den Weg derartig auf, daß nur außerordentlich schwer fortzukommen war. Wir legten an einem vollen Tag kaum acht Meilen zurück und waren des Nachts selbst in unseren Zelten nicht sicher vor der Flut, die vom Himmel stürzte, als hätte jemand da oben eine Riesentonne umgeworfen. Dadurch wurde das Fieber immer schlimmer, so daß wir die Kranken während des Ritts auf die Maultiere binden mußten."

„Verdammt schlechte Geschichte", meinte einer der Umsitzenden. „Habe solche Staupen auch durchgemacht und weiß, wie einem dabei zumute ist."

„Well! Also wir hatten ungefähr zwei Drittel des Weges zurückgelegt und des Abends einen Lagerplatz gesucht. Waren gerade damit beschäftigt, die Zelte aufzuschlagen, und schürten ein Feuer, das groß genug war, die Gegend taghell zu erleuchten: da krachte plötzlich eine Salve rundum. Ich kniete eben im Schatten eines Zeltes am Boden und war dabei, eine Leine an den Pflock zu binden, weswegen man mich nicht sehen konnte. Schnell fuhr ich in die Höhe, und zwar gerade zur rechten Zeit, um unsere Tropeiros aufsitzen und davonreiten zu sehen. Das geschah aber mit solcher Gelassenheit, daß sie von den Bravos zehnmal hätten niedergeschossen werden können. Ich war im Begriff gewesen, die Büchse zu erheben, aber was hier vor sich ging, hielt mich davon ab. Die Kugeln der acht Räuber hatten ihr Ziel so sicher getroffen, daß die fünf Gesunden, die beim Schein der Flamme gearbeitet hatten, tot am Boden lagen. Just in dem Augenblick, als ich zu meiner Büchse griff, wurden die drei Kranken niedergemacht. Ich war ganz allein übrig. Was hättet ihr in dieser Lage gemacht, he?"

„Hell und damnation! Ich hätte mich sogleich auf die Schufte geworfen und getan, was in meinen Kräften stand!" meinte einer.

„Nein, ich hätte einige von ihnen mit meinen Kugeln weggeputzt", versicherte ein anderer.

„Sehr gut!" erklärte der Erzähler. „Das sagt ihr, gehandelt aber hättet ihr alle nur so, wie ich auch handelte. Mich auf sie stürzen, wäre Wahnsinn gewesen. Auf sie zu schießen, war ebenso wenig geraten, denn dann wäre ich auch verloren gewesen. Es durfte doch kein Zeuge des Überfalls leben bleiben. Deshalb hätten die Mörder mich verfolgt, soweit ich nur laufen mochte, und getötet hätte ich doch nur einen oder zwei." — „Nun, was tatet Ihr denn?"

„Mein Geld hatte ich in guten Papieren in der Tasche; mein Maultier war unweit der Zelte bei den übrigen Tieren angebunden. Ich schlich also, als die Schurken eben die Zelte untersuchten, hinzu und band es los. Da stieß einer von ihnen einen Pfiff aus; ich hörte ein Getrappel, und — was denkt Ihr, was geschah?" — „Nun?"

„Die Tropeiros kehrten zurück. Sie hatten uns an die Halunken verraten und sollten nun ihren Teil von der Beute erhalten. Jetzt waren die Schufte vierzehn Mann stark. Ich setzte mich auf mein Tier und galoppierte davon, so schnell es laufen konnte. Zu meinem Glück war es ein sanftmütiges Geschöpf und kein so störrisches Viehzeug, wie man sie unter dieser Gattung so häufig trifft. Ich hörte zwar laute Flüche und einen tüchtigen Lärm hinter mir, dann vernahm ich auch Hufschlag, aber es war dunkel, und ich entkam glücklich."

„Und nachher?"

„Was nachher! Ich habe gemacht, daß ich nach San Francisco kam, und ich bin froh, mit heiler Haut hier zu sitzen und mein Glas Porter zu schlürfen." — „Habt Ihr keinen von den Bravos erkannt?"

„Sie trugen schwarze Masken. Nur der eine, der der Anführer zu sein schien, nahm, als er den Finger in den Mund steckte, um zu pfeifen, den Lappen herunter, und ich konnte sein Gesicht sehen. Ich würde den Kerl sicher sofort wiedererkennen, wenn er mir abermals vor die Augen käme. Es war ein Mulatte. Über seine rechte Wange zog sich eine breite Wundnarbe, die von einem tiefen Messerschnitt herrühren mußte." — „Und die Tropeiros?"

„Würde ich alle wiedererkennen, aber ich komme ja nicht wieder hinauf in jene Hölle, wo der Teufel sein Gold siedet und schmilzt, um die Seelen in Tod und Verderben zu locken."

„Wie heißt der Mulero[1]? Es ist oft gut, wenn man den Namen eines solchen Ehrenmannes kennt!"

„Er nennt sich Sanchez, wird aber wohl früher schon einen oder einige andere Namen gehabt haben. Schätze, daß die meisten dieser Schurken zu den Hounds[2] gehören, die San Francisco über sämtliche Minendistrikte ausgespien hat und die nun als Vermittler, Tropeiros, Muleros und Räuber einander in die Hände arbeiten. Es wäre am besten, die Miners bildeten, wie damals in San Francisco, ein Vigilance-Committee, das die Verfolgung und Ausrottung dieser Banden übernehmen könnte, bis in den Diggins bessere Zustände zu herrschen beginnen. So, jetzt habe ich alles der Reihe nach erzählt und bin fertig."

„Dann erlaubt Ihr mir wohl, mich noch einmal nach jenem Allan Marshal zu erkundigen, von dem Ihr vorhin gesprochen habt", meldete sich Bernard. „Er ist mein Bruder."

„Euer Bruder? Wahrhaftig, mir scheint, daß Ihr ihm ähnlich seht! So sagt, was Ihr von ihm wissen wollt!"

„Alles, was Ihr selber von ihm wißt. Wie lange ist es her, daß Ihr ihn zum letztenmal gesehen habt?" — „Nun, wohl an die fünf Wochen."

„Meint Ihr, daß er sich noch im Yellow Water Ground befindet?"

„Weiß es nicht. Da oben in den Minen ist man heute da und morgen dort, obgleich man sich vornimmt, gewiß nicht fortzugehen."

„Allan hat mir nie geschrieben, obwohl er mehrere Briefe von mir erhalten hat."

„Das dürft Ihr nicht so sicher annehmen. Denkt nur an das, was ich jetzt erzählt habe! Gibt es eine Post von hier hinauf in die Minen? Ja, aber was Ihr so nennt, das ist keine Post. Ich sage Euch, es wird mancher Brief hinauf- und heruntergeschickt und gelangt nie in die Hand, die ihn öffnen soll. Ihr kommt dort oben in eine Trinkbude, und der Wirt gehört zu den Hounds. Ihr geht in einen Store, und der Krämer ist ein Hound. Ihr spielt mit drei Männern Monte, und einer, vielleicht zwei oder gar alle drei sind Hounds. Ihr arbeitet mit einem

---

[1] Anführer der Tropeiros   [2] So wurden die Diebe und Mörder genannt, die zu San Francisco in den berüchtigten Sidney-Coves eine förmliche Gewaltherrschaft errichtet hatten, bis sie durch das Zusammentreten der Einwohner vertrieben wurden.

gemeinschaftlich an Eurem Claim, und er ist ein Hound, der Euch entweder abnimmt, was Ihr erbeutet, oder, wenn Ihr ihm zu stark und zu wachsam seid, Euch an die Bravos verrät, um wenigstens einen Teil Eures Eigentums zu erhalten. Bei der Platzverwaltung sind Hounds, überall sind Hounds. Warum sollten nicht auch bei der Post Hounds sein, denen daran liegt, verschiedenes nicht an den richtigen Mann gelangen zu lassen?"

Das war nun allerdings kein lockendes Bild von den Verhältnissen in den Minen. Bernard schwieg.

„Wollt Ihr hinauf zu dem Bruder?" erkundigte sich nun der Ohiomann. — „Allerdings."

„Well, so werde ich Euch einen guten Rat geben. Ob Ihr ihn befolgt, ist Eure Sache. Wißt Ihr, wo der Yellow Water Ground liegt?"

„Ich weiß nur, daß er ein Seitental des Sacramento bildet, weiter nichts."

„Der Weg geht drei Viertel um die Bai von San Francisco herum und dann über den Rio San Joaquin hinüber und hinauf zum Sacramento-Tal. Hier braucht Ihr nur immer aufwärts zu reiten und könnt von jedem Begegnenden oder an jedem Claim erfahren, wo Euer Ziel zu finden ist. Wenn Ihr nicht viel Gepäck bei Euch habt, mögt Ihr in fünf Tagen hingelangen. Von diesem Weg aber rate ich Euch ab."

„Weshalb?"

„Erstens ist er zwar der bequemere, aber nicht der kürzere. Zweitens wird gerade er durch die Hounds unsicher gemacht. Allerdings fallen sie lieber die von den Minen Kommenden als die dorthin Gehenden an, aber man weiß doch nicht, ob sie nicht vielleicht einmal das Gegenteil tun. Und drittens ist dieser Weg gepflastert, und zwar mit Dollars, die man den Reisenden förmlich aus der Tasche zieht. In den Gasthäusern ist man in der Kultur so weit fortgeschritten, daß man Rechnungen schreibt. Aber ein solches Ding ist leichter zu lesen als zu bezahlen. Ihr gebt da für das Zimmer einen Dollar — und bekommt zwei Hände voll altes Stroh; für Licht einen Dollar — und habt den Mond zur Laterne; für Bedienung einen Dollar — und habt keinen Diener zu sehen bekommen; für das Waschbecken einen Dollar — und müßt Euch im Sacramento waschen; für das Handtuch einen Dollar — und trocknet Euch an Eurem eigenen Jagdrock ab. Der einzige Posten, den man bezahlt und wirklich auch bekommt, ist: für die Rechnung einen Dollar! Wie gefällt Euch das, Mr. Marshal?" — „Nicht übel!"

„Meine es auch. Deshalb werde ich Euch einen anderen und besseren Weg sagen, auf dem Ihr, wenn Ihr gut beritten seid, den Yellow Water Ground in vier Tagen erreichen könnt: Ihr setzt mit der Fähre über die Bai und haltet von da aus gerade auf die Berge von St. Johns zu, wendet Euch dann nach Osten, und wenn Ihr auf den Sacramento trefft, seid Ihr auch am Ziel, wenigstens ganz in seiner Nähe. Wasserläufe, die Euch in dieser Richtung führen, gibt es genug."

„Danke, Sir! Werde Euren Rat befolgen."

„Well! Und wenn Ihr dann am Sacramento oder in der Höhe einen Mulatten trefft, der einen Schnitt über die rechte Wange hat, so gebt ihm Euer Messer oder Eure Kugel zu kosten, denn ich sage Euch, daß Ihr damit ein gutes Werk tut!"

Mittlerweile war die Zeit des Abendessens herangerückt, und Gustel kam, uns zu benachrichtigen. Sie führte uns in ein Nebenzimmer, wo gedeckt war, als sollte eine Gesellschaft spanischer Granden gespeist werden. Doña Elvira erwartete uns bereits. Der Wirt war nicht zu sehen. Die Señora empfing ihre Gäste, die ich ihr mit der nötigen Feierlichkeit vorstellte, mit der Miene einer Herrscherin, die eine Gnadenaudienz erteilt, und mit einer Herablassung, wie sie ein indischer Fürst wohl nicht besser zuwege gebracht hätte.

Da ihr daran lag, möglichst Eindruck zu machen, bewegte sich die Unterhaltung zunächst auf dem Gebiet der Kunst und Wissenschaft, später aber, als wir mit der gehörigen Hochachtung erfüllt schienen, gab die Señora der Teilnahme für uns und unsere Verhältnisse Raum, und wir mußten ihr unsere Erlebnisse erzählen.

Als sie die Tafel aufhob, sagte sie: „Señores, ich hoffe, Euch bewiesen zu haben, daß ich Euch meinen anderen Gästen vorziehe, und denke, daß es Euch bei mir recht lange gefallen wird!"

„Doña Elvira de Gonzalez, wir danken Euch für Eure Güte", erwiderte ich. „Wir werden allerdings längere Zeit in Eurem gastlichen Hause verweilen, aber nicht jetzt, denn wir müssen schon morgen in der Frühe zunächst noch einen kleinen Abstecher machen."

„Wohin, Señor?" — „Zum Sacramento, um Allan aufzusuchen. Wir bringen ihn dann mit hierher!"

„Recht so, Señores! Nehmt Euch von mir alles mit, was Ihr braucht. Berechnen werde ich es später! Und wenn Ihr noch einen Wunsch habt, so wendet Euch nur an Augusta! Allerdings hoffe ich, daß Ihr mir *á dios* sagen werdet, bevor Ihr morgen fortgeht!"

Sie rauschte hinaus, und wir folgten ihr, um nach unseren Pferden zu sehen und uns dann zur Ruhe zu begeben. Am anderen Morgen schwammen wir mit der Fähre über die Bai und stiegen an der San Francisco gegenüberliegenden Landzunge aus.

10. Tödlicher Staub

Wir folgten der Richtung, die uns der Goldsucher angedeutet hatte, erreichten am Abend des dritten Tages die Höhen von St. Johns und wandten uns dann gegen Sonnenaufgang. Am anderen Mittag ritten wir in das Tal des Sacramento hinab und fanden nun allenthalben zahlreiche Spuren jener fieberhaften Tätigkeit, die überall die Erde aufgewühlt hatte, um nach dem *deadly dust* zu suchen, dessen Glanz das Auge blendet, die Sinne verwirrt und das Herz betört.

Es ist so viel über diese Arbeit geschrieben und gesprochen worden, daß ich mich einer Bemerkung darüber enthalte. Aber ich muß gestehen, das Goldfieber ergreift auch den nüchternsten Mann, sobald er jene Gegend betritt und sich von den Männern umgeben sieht, die — oft mit hohlen Wangen und meist mit Lumpen umhüllt — ihre Gesundheit und vielleicht ihr Leben opfern, um schnell reich zu werden, und diesen Reichtum, wenn sie ja so ‚glücklich' sein sollten, ihn zu erlangen, oft ebenso schnell wieder verlieren. Sie arbeiten häufig monatelang mit Aufbietung aller Kräfte ohne einen nennenswerten Erfolg. Flüche und Verwünschungen begleiten jeden Griff, den sie tun. Das blasse Gespenst des Hungers, der Not und der Verzweiflung tritt an sie heran, und schon wollen sie die ermattete Hand abziehen vom Werk, da verbreitet sich das Gerücht von einem außerordentlichen Fund, den irgend jemand irgendwo gemacht hat oder gemacht haben soll, und sie legen wieder Hand an die Batea, um der gewaltigen Leidenschaft von neuem zum Opfer zu fallen. —

Am Nachmittag erreichten wir den Yellow Water Ground, ein langes, schmales Tal, das einen dünnen Wasserlauf dem Sacramento zuführte. Von oben bis unten aufgewühlt, ließ es die einzelnen Claims deutlich erkennen. Erdhütten und Zelte gab es genug, und dennoch sah man sogleich, daß die Glanzzeit dieses Teils der Minen vorüber war.

Ungefähr in der Mitte des Tals stand eine niedrige, aber breite und tiefe Bretterbude, über deren Eingang mit Kreide die Worte ‚Store and Boardinghouse of Yellow Water Ground‘ geschrieben waren. Der Wirt dieses Wohn-, Kauf- und Trinkladens war wohl am besten imstande, uns Auskunft zu erteilen. Wir stiegen also ab, ließen Cäsar bei den Pferden und traten ein.

Die roh gezimmerten Bänke und Tische waren teils von elenden, teils von verwegen aussehenden Gestalten besetzt, die uns neugierig betrachteten.

„Neue Miners!" lachte einer. „Werden vielleicht mehr finden als wir. Komm her, Rothaut, und halte einen ‚Drink‘ mit mir!"

Winnetou tat, als hätte er die Aufforderung nicht gehört. Da erhob sich der Mann, nahm das Schnapsglas zur Hand und trat mit herausfordernder Miene auf den Apatschen zu.

„Schuft, weißt du nicht, daß es die größte Beleidigung für einen Miner ist, wenn man ihm den Drink ausschlägt? Ich frage dich, ob du trinken willst und auch ‚einen‘ zum besten geben wirst?"

„Der rote Krieger trinkt kein Feuerwasser, doch will er den weißen Mann nicht beleidigen." — „So fahr zum Teufel!"

Der Miner schleuderte dem Apatschen das Glas samt dem Branntwein ins Gesicht, riß das Messer heraus und tat einen Sprung, um es Winnetou ins Herz zu stoßen. Aber er taumelte mit einem lauten Schrei zurück und stürzte röchelnd zu Boden. Der Apatsche besaß auch ein Messer — er hielt es noch in der Hand — die Klinge blank wie zuvor. Es war nur den zehnten Teil einer Sekunde im Leib des Miners gewesen. Nun lag der Mann tot am Boden.

Sofort erhoben sich die anderen. In ihren Fäusten funkelten die Klingen. Doch unsere Büchsen waren schon an den Wangen, und sogar Cäsar, der gerade zur Tür hereingesehen hatte, stand da und hatte sein Gewehr schußfertig.

„Stop!" rief da der Wirt. „Setzt Euch, Ihr Leute! Die Sache war nicht Eure Angelegenheit. Sie geht Euch nichts an, denn sie war nur zwischen Jim und dem Indianer auszumachen, und sie ist ausgemacht. Nell, schaff den Toten fort!"

Die Miners gehorchten. Unsere drohende Haltung schien ebensoviel Eindruck auf sie zu machen wie die Worte des Wirts. Hinter dem Schenktisch aber trat der Barkeeper hervor, nahm den Toten auf die Schulter und trug ihn hinaus, um ihn, wie wir dann bemerkten, in eine verlassene Grube zu legen und ein wenig Erde darauf zu werfen. Dieser Jim war auch hierher gekommen, um Gold zu suchen, und hatte, durch eigene Schuld allerdings, den Tod gefunden — *deadly dust!* Wie oft mochten sich ähnliche Auftritte in den Minen abspielen!

Wir nahmen abseits von den übrigen Platz. — „Was trinkt Ihr, Mesch'schurs?" fragte der Wirt. — „Bier", antwortete Bernard.

„Porter oder Ale?" — „Was besser ist!"

„Dann nehmt Ale, Mesch'schurs! Es ist echtes Burton-Ale aus Burton in Staffordshire."

Ich war ein wenig neugierig auf diesen Trank, der aus England und noch dazu von dem Ort, der wegen des besten Biers weltberühmt ist, zum Sacramento gekommen sein sollte. Wir bekamen fünf Flaschen, wovon ich eine nahm und sie zu Cäsar hinaustrug. Er streckte den Hals der Bottle in den Mund, daß ich dachte, er müsse ihm bis hinab in den Magen reichen, und leerte sie auf einen Zug. Kaum aber hatte er die Flasche wieder herausgezogen, so verdrehte er die Augen, riß den Mund auf, daß er drei Viertel seines Gesichts einnahm, und stieß einen Laut aus wie ein Schiffbrüchiger, der zum letztenmal über Wasser kommt.

„Was ist los?" fragte ich, in der Meinung, er hätte sich mit dem Hals der Flasche den Gaumen verletzt.

„Massa, oh, ah, Cäsar sterben! Cäsar haben trinken Gift!"

„Gift? Es ist ja englisches Ale!"

„Ale? Nein, oh, nein! Cäsar kennen Ale. Cäsar haben trinken Gift; Cäsar fühlen im Mund und Leib Arsen und Tollkirsch!"

Unser guter Neger war kein Feinschmecker. Wie also mußte dieses Ale erst einem verwöhnten Gaumen munden! Ich trat wieder in den Store und kam gerade recht, um die Frage des Wirts zu hören:

„Könnt Ihr gerade zahlen, Mesch'schurs?"

Bernard zeigte eine beleidigte Miene und griff in die Tasche.

„Halt, Mr. Bernard!" meinte Mark. „Diese Rechnung werde ich abmachen. Was kostet das Bier?"

„Die Bottle drei Dollars, macht fünfzehn Dollars."

„Das ist billig, Mann, zumal man die Bottle mitbekommt, nicht wahr?" — „Allerdings."

„Wir werden sie Euch aber hier lassen, denn Leute, die Placers wissen, wo das Gold sozusagen in schweren Stufen zutage liegt, brauchen sich um ein Stückchen Glas nicht zu kümmern. Holt Eure Waage!"

„Wollt Ihr in Gold bezahlen?" — „Gewiß."

Mark öffnete seinen Kugelbeutel und zog einige Nuggets hervor, wovon eins die Größe eines Taubeneies hatte.

„Alle Wetter, Mann, wo habt Ihr diese Stücke gefunden?" fragte der Wirt. — „Auf meinem Placer." — „Und wo ist das?"

„In Amerika ungefähr. Ich habe zum Beispiel ein schlechtes Gedächtnis und besinne mich auf den Ort gewöhnlich nur dann, wenn ich selber etwas Gold brauche."

Der Wirt mußte diese Zurechtweisung einstecken. Doch seine Augen funkelten vor Begierde, als er eins der Nuggets abwog und den Überschuß in Geld herausgab. Er nahm das Gold zu einem sehr niedrigen Preis, und seine Waage mochte wohl auch einige Eigentümlichkeiten besitzen. Mark aber steckte das Geld, das er herausbekam, mit der Miene eines Mannes ein, dem es auf einige Dollars mehr oder weniger nicht ankommt. Er hatte zwischen seinen Kugeln heimlich ein ganz allerliebstes Sümmchen mit sich herumgetragen, und ich mußte jetzt an seine Bemerkung bei unserem ersten Zusammentreffen denken, daß er in den Bergen genug Gold wisse, um einen Freund damit reich zu machen.

Jetzt wurde das Bier gekostet. Wären wir geradewegs aus der Savanne hierhergekommen, so hätten wir es vielleicht genießen können. Da wir unsere zerrütteten Gaumen aber im Hotel Valladolid bei der gastfreundlichen Doña Elvira bereits wiederhergestellt hatten, war das Zeug auf keinen Fall hinunterzubringen. Es war klar, der Mann kochte sich sein Ale aus irgendwelchen Kräutern und Zutaten selbst zusammen und verkaufte es — die Flasche zu drei Dollars. Das ist eins von den vielen Beispielen, daß in den Minen nicht immer der Goldsucher auch der Goldfinder ist.

Übrigens schien sich der Wirt mit der Zurechtweisung von seiten Marks keineswegs zufriedenzugeben. Er setzte sich vielmehr zu uns und erkundigte sich weiter.

„Ist das Placer, das Ihr wißt, sehr weit von hier, Sir?"

„Welches? Ich weiß deren vier oder fünf."

„Vier oder fünf? Unmöglich! Denn sonst würdet Ihr nicht in diesen traurigen Yellow Water Ground kommen, wo fast gar nichts mehr gefunden wird."

„Ob Ihr's glaubt oder nicht, das ist zum Beispiel Eure Sache!"

„Und Ihr nehmt Euch immer nur so viel weg, wie Ihr braucht?"

„Ja."

„Welcher Leichtsinn, welche Unvorsichtigkeit! Wenn nun andere kommen und Euch fortholen, was Ihr Euch sichern könntet!"

„Das geschieht nicht, Mr. Ale-man!"

„Ich will Euch eins von diesen Placers abkaufen, Sir!"

„Könnt Ihr gar nicht bezahlen! Oder hättet Ihr genug, um fünfzig oder sechzig Zentner Gold mit Dollars oder Noten aufzuwiegen?"

„*Bounce!* So viel? Man müßte sich einen Teilhaber anschaffen oder auch zwei und drei. Hm, so einen zum Beispiel, wie dieser Allan Marshal war, der mit einigen tausend Dollars hergekommen und mit einem wirklichen Reichtum fortgegangen ist. Der verstand sein Fach!"

„Ein Goldkäufer?" — „*Yes.*" — „Ein guter Bekannter von Euch?"

„Ein guter Bekannter von Euch?"

„Nein. Er hatte einen Gehilfen, den er zurückgelassen hat, weil er von ihm bestohlen wurde. Der Mann hat alles erzählt. Den Staub und die kleineren Körner hat Marshal in Sacramento zu Banknoten gemacht und die größeren Nuggets in seinem Zelt vergraben. Dann war er plötzlich verschwunden, man weiß nicht wie und wohin."

„Hatte dieser Marshal Tiere in seinem Besitz?" — „Nur ein Pferd. Übrigens wurde er vorgestern gesucht." — „Ah! Von wem?"

„Von drei Männern — zwei Weißen und einem Mulatten —, die sich bei mir nach ihm erkundigten. Auch Ihr scheint ihn zu kennen?"

„Ein wenig, und deshalb wollten wir auch zu ihm. Wohin gingen die drei dann?"

„Sie suchten den Ort auf, wo sein Zelt gestanden hat. Hierauf kamen sie zurück und saßen lange bei einem Stück Papier, das sie dort gefunden haben mußten. Ich sah einmal von ungefähr darauf und bemerkte, daß es offenbar eine Landkarte oder ein Plan war."

„Und dann?"

„Fragten sie nach dem Short-Rivulet-Tal. Ich beschrieb es ihnen und den Weg dorthin, und den haben sie auch eingeschlagen."

„Den Short Rivulet werden sie von hier aus, nur nach einer einfachen Beschreibung, schwerlich finden." — „Kennt Ihr ihn?"

„Ich war einmal dort. Könnt Ihr uns nicht den Platz zeigen, wo das Zelt gestanden hat?"

„Ihr könnt ihn von hier aus sehen. Dort rechts am Hang bei den

Dornsträuchern. Wenn Ihr hinkommt, bemerkt Ihr gleich die Feuerstelle und das übrige."

„Und wie heißt der Mann, der Marshals Diener war?"

„Fred Buller. Er arbeitet im zweiten Claim links von oben herunter."

Ich winkte Bernard. Wir verließen miteinander den Store und schritten den Bach hinauf. Bei dem angegebenen Claim blieben wir stehen. Es arbeiteten nur zwei Männer dort.

„*Good day*, Mesch'schurs! Ist hier bei Euch ein Mr. Buller zu finden?" fragte ich.

„*Yes*, Sir; der bin ich!" entgegnete der eine.

„Habt Ihr Zeit, mir auf einige Fragen zu antworten?"

„Vielleicht, wenn es gut lohnt. Bei dieser Arbeit kostet jede Minute ihr Geld."

„Wieviel Geld fordert Ihr für zehn Minuten?" — „Einen Dollar."

„Hier habt Ihr ihn!" sagte Marshal, indem er Buller das Geld hinreichte.

„Danke, Sir; Ihr scheint mir freigebige Gentlemen zu sein."

„Vielleicht verspürt Ihr noch mehr von dieser Freigebigkeit, wenn Ihr unsere Fragen gut beantwortet", suchte ich den Mann zu ködern.

„*Well*, Sir. So fragt nur!"

Dem Menschen sah der Spitzbube aus den Augen. Wie sollte ich ihn packen? Ich entschloß mich schnell, zu tun, als sei ich einer seines Schlages. „Wollt Ihr nicht ein wenig mit abseits kommen?"

„*Bless my soul*, Sir. Ihr scheint gute Waffen zu haben!"

Aha, der Kerl hatte ein böses Gewissen!

„Gute Waffen für unsere Feinde und gutes Geld für unsere Freunde. Wollt Ihr mitkommen?" — „Meinetwegen!"

Buller stieg aus der Grube und ging ein Stück mit uns.

„Es sind vorgestern drei Männer bei Euch gewesen?" forschte ich.

„Ja." — „Zwei Weiße und ein Mulatte?" — „Ja, warum?"

„Die Weißen waren Vater und Sohn?"

„Ja. Der Mulatte ist ein Bekannter von mir und auch von ihnen."

„Ah!" — Ich weiß nicht, woher mir der Gedanke kam, dem ich sofort Ausdruck gab. „Den Mulatten kenne ich auch. Er hat eine Messerwunde über der rechten Wange?"

„Wirklich, Ihr kennt den Cap — — Ihr kennt Mr. Shelley! Wo habt Ihr ihn kennengelernt?"

„Wir hatten Geschäfte miteinander, und ich möchte gern wissen, wo er jetzt ist." — „Weiß es nicht, Sir!"

Buller sprach mit diesen Worten die Wahrheit, das sah ich ihm an.

„Was wollten die Männer bei Euch?" fragte ich weiter.

„Sir, schätze, die bezahlten zehn Minuten werden wohl schon abgelaufen sein!"

„Noch nicht! Aber ich will Euch sagen, daß sich die drei nach Eurem früheren Herrn, Mr. Marshal, erkundigt haben. Übrigens sollt Ihr bis zum Ende unserer Unterredung noch zwei Dollars haben!"

Bernard griff in die Tasche und gab sie ihm.

„Danke, Sir! Ihr seid andere Leute als diese Morgans und dieser Shelley, und ich werde Euch bessere Auskunft geben als ihm. Da Ihr mit ihm Geschäfte gemacht habt, werdet Ihr auch wissen, wie filzig er ist. Er sollte doch einen Kameraden von Sid —"

Er stockte beinahe erschrocken über das Wort, das er begonnen hatte.

„Sidney Coves, sagt es nur!" half ich nach. „Ich kenne das auch."

„Auch? Nun seht, dann versteht Ihr jedenfalls zu beurteilen, was kleine Dienste oft zu bedeuten haben. Wohin die drei sind, weiß ich nicht, aber sie haben da drüben lange herumgesucht und ein Papier gefunden. Hätte Mr. Shelley anders mit mir gesprochen, so hätte er auch von mir ein paar wichtige Papiere bekommen."

„Und wie muß man mit Euch sprechen, um das Richtige zu erhalten?" Der Halunke lachte niederträchtig und fügte bei: „Wie bisher!"

Also eine Unterhaltung in Dollars! Der Kerl war jedenfalls ein ganz abgefeimter Bursche.

„Was für Papiere sind es?" erkundigte ich mich.

„Briefe." — „Von wem und an wen?" — „Hm, Sir, wie soll ich das sagen, ohne daß ich weiß, ob Ihr auch wirklich in meiner Sprache mit mir reden werdet?" — „Nennt den Preis!" — „Hundert Dollars!"

„Nicht übel! Ihr unterschlagt die Briefe Eures Herrn, um sie dem Anführer der Bravos zu übergeben, und da Euch der Mann zu wenig zahlt, behaltet Ihr die Briefe für Euch, weil Ihr denkt, was Mr. Shelley Nutzen bringt, wird auch Euch keinen Schaden tun. Ich sage Euch, das Ding kann Euch dennoch Schaden bringen! Wollt Ihr fünfzig?"

Ich hatte nur eine Vermutung ausgesprochen, die sich aus der einfachen Verknüpfung dessen, was ich bisher gehört hatte, von selbst ergab. Daß ich aber das Richtige getroffen hatte, sah ich der Miene des Mannes an. Er ging auch sofort auf mein Angebot ein.

„Nun sehe ich wirklich, daß Ihr mit dem Captain Geschäfte gemacht habt. Ihr wißt alles. Deshalb will ich Euch nicht drücken und die fünfzig nehmen."

„Wo sind die Papiere?" — „Kommt mit in unser Zelt!"

Wir gingen ein Stück zurück, bis an das Ding, das er ‚unser Zelt' nannte. Es bestand aus vier Erdwänden, über die eine mehrfach durchlöcherte Filzdecke gespannt war. In jeder der vier Ecken befand sich ein Loch, das als Spind benutzt zu werden schien, denn Buller griff in eins und brachte ein zerrissenes Tuch hervor, worin verschiedene Gegenstände eingeschlagen waren. Er öffnete es und zog zwei Briefe heraus, die er mir entgegenstreckte. Ich wollte zugreifen, aber er zog schnell die Hand zurück. — „Halt, Sir! Erst das Geld!"

„Nicht eher, als bis ich wenigstens die Anschriften gelesen habe!" widersprach ich.

„Gut! Ich halte die Briefe, und Ihr seht sie Euch an!"

Er hielt sie uns entgegen, und wir beide blickten zugleich darauf. „Richtig", nickte ich. „Gebt ihm das Geld, Bernard!"

Die Briefe waren an Bernards Vater gerichtet. Allan hatte sie geschrieben und seinem Diener zur Beförderung übergeben, da er noch gar nicht wußte, daß der alte Juwelier ermordet worden war. Und der Diener hatte die Schriftstücke zurückbehalten. Bernard zog eilig das Geld hervor, aber ich sah es ihm an, daß es ihm widerstrebte, eine Unterschlagung, die ihn jedenfalls geschädigt hatte, noch mit einer solchen Summe belohnen zu müssen. Buller steckte das Geld befriedigt ein und wollte das Tuch zusammenschlagen. Da sahen wir beide etwas Goldenes blinken, und sofort griff Bernard zu. Es war eine Uhr, die in einer gediegenen Goldkapsel steckte.

„Was wollt Ihr mit meiner Uhr?" fuhr Buller auf.

„Sie einmal öffnen, um zu sehen, welche Zeit wir haben", erwiderte Marshal schlagfertig.

„Sie ist nicht aufgezogen", meinte der Gauner, indem er hastig danach griff. „Gebt sie her, Sir!"

„Halt!" gebot ich und packte seinen Arm. „Wenn sie auch steht, werdet wenigstens Ihr vielleicht erfahren, was es geschlagen hat!"

„Allans Uhr!" rief Bernard.

„Wie kommt diese Uhr in Eure Hand, Mann?" forschte ich.

„Geht Euch das etwas an?" fragte er trotzig zurück, indem er sich zu befreien suchte.

„Allerdings, denn dieser Gentleman ist der Bruder des Mannes, dem sie gehört hat. Also, wie kommt Ihr zu der Uhr von Mr. Marshal?"

Der Dieb befand sich in sichtlicher Verlegenheit.

„Mr. Allan Marshal hat sie mir geschenkt", erklärte er.

„Das ist eine Lüge!" entgegnete Bernard. „Seht diese Steine, Charley! Eine Uhr für dreihundert Dollars schenkt man nicht seinem Diener." — „Well, Bernard. Sucht hier nach! Ich werde den Mann einstweilen festhalten."

Ich nahm Buller bei beiden Armen. Er wollte sich losreißen, es gelang ihm aber nicht.

„Wer seid Ihr? Wer gibt Euch das Recht, in meinem Zelt eine Durchsuchung zu veranstalten? Ich werde um Hilfe schreien und Euch lynchen lassen!"

„Macht keinen dummen Spaß, Mann, sonst könnte Richter Lynch Euch selbst über den Hals kommen! Beim ersten Ruf, den Ihr tun solltet, drücke ich ein wenig fester zu!" drohte ich.

Jetzt hatte ich ihn mit der Linken beim Arm und mit der Rechten im Genick gepackt. Er befand sich ganz in meiner Gewalt und sah, daß er sich fügen mußte.

„Ich finde weiter nichts", berichtete Bernard, als er fertig war.

„Nun also! Laßt mich los und gebt die Uhr heraus!" trotzte Buller.

„Sachte, sachte!" mahnte ich. „Ich werde Euch noch halten, bis wir darüber einig sind, was mit Euch zu machen ist. Was meint Ihr, Bernard?" — „Er hat die Uhr gestohlen", erklärte Marshal.

„Ohne Zweifel." — „Er muß sie hergeben." — „Gewiß."

„Und seine Strafe?"

„Wollen es gnädig mit ihm machen. Ein Lynchgericht kann uns nichts nützen. Er mag also für die Unterschlagung und den Diebstahl die Briefe umsonst ausliefern." — „Umsonst? Wieso?"

„Sehr einfach: Er gibt die fünfzig, die zwei und auch den einen Dollar wieder heraus. Das ist sehr gnädig von uns. Greift nur getrost in seine Tasche!"

Das Geld wurde Buller trotz seines Sträubens wieder abgenommen; dann ließ ich ihn los. Kaum war er frei, so rannte er aus dem Zelt hinaus, am Wasser hinunter und hinein ins Boarding-House.

Wir gingen ihm langsam nach, vernahmen aber bald schon von weitem ein wütendes Geschrei. Jetzt verdoppelten wir unsere Schritte. Unsere Pferde standen vor der Tür, Cäsar war nicht zu sehen. Schnell traten wir ein und — sahen uns auf einem Kampfplatz. In der einen Ecke stand Winnetou, der mit der Linken den Uhrendieb bei der Kehle gepackt hatte und mit der Rechten die umgedrehte Silberbüchse schwang. Neben ihm wehrte sich Sans-ear gegen einige Angreifer. In der anderen Ecke befand sich Cäsar, dem das Gewehr bereits entrissen worden war, und der nun kräftig mit Messer und Faust Widerstand leistete. Buller hatte, wie ich später erfuhr, die Miners aufgefordert, Bernard und mich gefangenzunehmen, und Mark war diesem Vorhaben entgegengetreten. Da nun die Diggers noch wegen Jim ergrimmt waren und der Wirt die Überzeugung gewonnen hatte, daß mit Sans-ear kein Geschäft zu machen sei, war unter seinem Schutz ein Angriff erfolgt, der die drei das Leben gekostet hätte, wenn wir beide nicht zur rechten Zeit dazugekommen wären.

Winnetou und Mark konnten sich noch halten. Wir mußten erst Cäsar heraushauen.

„Nur im Notfall schießen. Nehmt den Kolben, Bernard!" rief ich.

Dabei warf ich mich auf die Diggers, und in kaum einer Minute war der Neger neben uns und hatte seine Büchse wieder in der Hand. Wie ein losgelassener Tiger sprang er nun auf die Feinde los. Die Gegner hatten keine Schußwaffen. Das war unser Glück.

„Ah, Charley", frohlockte Mark, „drauf jetzt mit dem Kolben! Nur flach aufschlagen!"

Wir folgten seiner Weisung, und das war nun kein Kampf mehr, sondern eine Lust. Kaum hatten zwei oder drei ihren flachen Schädelhieb weg, so stob die ganze Schar zur Tür hinaus. Seit unserem Eintritt waren noch keine zwei Minuten vergangen, und schon sahen wir uns mit dem Wirt und Buller allein.

„Hast du diesem Mann wirklich die Uhr und das Geld gestohlen, Charley?" fragte Mark. — „Pah! Er hat vielmehr Bernards Bruder die Briefe unterschlagen und die Uhr geraubt."

„Und da laßt Ihr ihn laufen? — Doch das geht mich nichts an. Aber daß er diese Goldkäfer gegen uns gehetzt hat, das geht mich etwas an, und dafür soll er jetzt zum Beispiel seinen Lohn erhalten."

„Du wirst ihn nicht töten, Mark!"

„Wäre der Strolch ja gar nicht wert! Festgehalten, Cäsar!"

Der Neger hielt den Mann so fest, daß er sich nicht zu rühren vermochte. Mark zog sein Messer und zielte. Ein kurzer Streich — ein Schrei Bullers — Mark hatte ihm die Nasenspitze abgehauen.

„So, mein Junge! Es ist nicht gut, wenn man erfahrene und ehrliche Westmänner morden will. Denn steckt man seine Nase zum Beispiel in solch schlimme Angelegenheiten, so wird sie einem zuweilen abgeschnitten. Und unser Mr. Store-man? Dort ist er! Kommt doch her, mein Lieber, laßt mich sehen, wie viele Ellen Nase Ihr übrighabt!"

Mit dieser Aufforderung schien der Wirt nicht recht einverstanden zu sein. Er trat zögernd nur einen einzigen Schritt näher.

„Ich hoffe nicht, Gentlemen, daß Ihr meine Gastfreundschaft auf diese Weise lohnen werdet!" sagte er.

„Gastfreundschaft? Nennt Ihr das Gastfreundschaft, wenn Ihr Euch für ein halbes Maß Erlen- oder Pottaschewasser drei Dollar bezahlen laßt?"

„Ich werde Euch das Geld sofort wiedergeben, Mesch'schurs!"

„Behaltet es und habt keine Angst! Wer sollte hier fernerhin Porter und Ale kochen, wenn wir Euch das Handwerk legten? — Doch nun fort, ihr Leute, sonst könnten uns die Goldwürmer zum Beispiel noch einmal auf den Nacken kommen!"

„Massa Mark wollen gehen? Oh, ah, weshalb gehen und nicht strafen wieder Wirt für Gift? Neger Cäsar werden strafen!"

Er packte eine der Flaschen vom Bartisch und hielt sie dem Wirt vor.

„Trinken selber Flaschen hinein in Magen! Schnell, sonst Cäsar schießen tot Wirt!"

Der Wirt war gezwungen, die Flasche zu ergreifen und auszutrinken. Aber schon hielt ihm Cäsar eine zweite hin.

„Noch trinken eine!" Auch sie wurde geleert. „Wieder trinken eine!"

Auf diese Weise mußte der geängstigte Mann fünf Flaschen austrinken, und es war tragikomisch anzusehen, welch ein Mienenspiel er dabei zeigte.

„So, ah, oh, nun haben trinken Wirt fünfmal drei Dollar und haben im Leib viel gut schön Blausäure!"

Wir waren fertig. Der bestrafte Dieb war heulend entflohen. Wir schwangen uns auf unsere Pferde und ritten davon. Es war aber auch die höchste Zeit, denn unweit des Hauses versammelten sich die Diggers mit ihren Schießgewehren. Glücklicherweise waren sie noch lange nicht vollzählig, und so erreichten wir unangefochten den Sacramento. — „Wo liegt der Short Rivulet?" fragte Bernard.

„Einstweilen reiten wir am Fluß aufwärts", wies Mark den Weg.

So ging es im scharfen Trab vorwärts, bis wir annehmen konnten, daß wir vor den Miners sicher seien.

„Jetzt halt!" gebot Bernard. „Ich muß endlich die Briefe meines Bruders lesen."

Wir stiegen ab und setzten uns. Marshal öffnete die Schreiben und las sie.

„Es sind die beiden zuletzt verfaßten", stellte er fest. „Allan beklagt sich, daß wir ihm keine Antwort zukommen lassen, und fügt im letzten Brief eine Bemerkung hinzu, die von großer Wichtigkeit für uns ist. Sie lautet:

‚— übrigens mache ich hier noch bessere Geschäfte, als ich vorher dachte. Den Staub und diese Nuggets habe ich durch sichere Leute nach Sacramento und auch nach San Francisco geschickt, wo ich einen bedeutend höheren Preis erhalte, als ich selbst gebe. Auf diese Weise habe ich die Summe, die mir zur Verfügung stand, vervielfacht. Jetzt aber verlasse ich den Yellow Water Ground, denn es gibt hier nicht mehr den vierten Teil der früheren Ausbeute, und außerdem ist der Weg so unsicher geworden, daß ich keine Sendung mehr wagen kann. Ich vermute sogar aus verschiedenen Anzeichen, daß die Bravos meinem Zelt einen Besuch abstatten wollen. Daher werde ich ganz unerwartet von hier weggehen, ohne eine Spur zurückzulassen, da ich sonst gewärtig sein müßte, daß mir die Räuber folgen. Ich gehe mit einem Gewinn von Tausenden ins Short-Rivulet-Tal, wo äußerst ergiebige Placers entdeckt worden sind und ich in einem Monat die gleichen Geschäfte machen kann, wie hier in der vierfachen Zeit. Von da reise ich über die Lynn-Berge zum Humboldthafen, wo ich sicher ein Schiff finde, das mich nach San Francisco zurückbringt —' "

„Das mit dem Short-Rivulet-Tal stimmt also", ließ sich Mark vernehmen. „Ist das nicht eigentümlich, Charley? Die Morgans haben das auch gewußt. Woher denn, he?"

„Jedenfalls hat auf dem Papier, das sie auf Allans Zeltplatz fanden, eine Andeutung gestanden."

„Möglich", fiel Bernard ein. „Ich entdecke hier unten eine Stelle, die uns vielleicht einen Anhalt darüber bietet. Hört!

‚— zumal ich keine zahlreiche Begleitung nötig habe. Nicht einmal einen Führer brauche ich, denn ich habe mir nach den neuesten Karten einen Reiseplan oder vielmehr einen Weg vorgezeichnet, den ich mit Vertrauen einschlagen darf. —' "

„Sollte Allan die Zeichnung verloren oder den Entwurf achtlos weggeworfen haben?" mutmaßte ich.

„Nicht ausgeschlossen", meinte Mark, „denn ein Westmann ist er nicht, hat also noch nicht gelernt, daß an dem kleinsten Umstand zum Beispiel das Leben hängen kann. Und wenn er glücklich hingekommen ist, fragt es sich immer noch, wie er mit den Schlangen-Indianern fertig wird, die da oben ihre Dörfer und dem Snake River zu ihre Jagdgründe haben."

„Sind sie so schlimm wie die Komantschen?" erkundigte sich Bernard besorgt.

„Die Roten sind sich alle gleich", ließ sich Mark vernehmen, „edel gegen den Freund und furchtbar dem Feind. Wir brauchen jedoch keine Sorge zu haben, denn ich bin längere Zeit bei ihnen gewesen, und jeder Snake-Indsman kennt Sans-ear, wenn nicht persönlich, so doch dem Ruf nach."

„Snake?" fragte jetzt Winnetou. „Der Häuptling der Apatschen kennt die Schoschonen[1], die seine Brüder sind. Die Krieger der Schoschonen sind tapfer und treu. Sie werden sich freuen, Winnetou zu sehen, der viele Male das Kalumet mit ihnen rauchte."

Also waren zwei Sorgen auf einmal behoben, zumal auch ich früher bereits mit einer anderen Abteilung der Schoschonen in Wyoming zusammengetroffen war. Sowohl Winnetou als auch Mark waren die Schoschonen keine Fremden, und beide kannten die Gegend, wo das Short-Rivulet-Tal zu suchen war. Sie führten uns jetzt weiter.

Das Gelände, das wir berührten, war meist gebirgig, denn wir hatten das Sacramento-Tal bald überschritten und hielten auf die Berge hinter Chico zu. Das war ein beschwerlicher, aber der geradeste und kürzeste Weg, der uns vielleicht ermöglichte, den zwei Räubern zuvorzukommen. Sie hatten zwar einen Vorsprung von zwei Tagen, doch war ihr Weg jedenfalls länger, da wir sonst wohl ihre Spur getroffen hätten.

Von Chico aus wandten wir uns gegen Nordost und gelangten am vierten Tag nach unserer Abreise vom Yellow Water Ground an einen mächtigen Bergstock, der sich mit einem Durchmesser von mehr als fünfzehn Meilen wie ein riesiger, abgestumpfter Kegel über das Gebirge erhob und an seinem Fuß dichte Laubhölzer, weiter oben aber beinahe undurchdringlichen Nadelholzurwald trug. Da oben lag gerade in der Mitte der Hochfläche ein See, der seines finsteren Aussehens und seiner düsteren Umgebung wegen das Black-eye[2] genannt wird. In ihn ergießt sich von Westen her der Short Rivulet.

Wie kam es, daß dort oben Gold zu finden war? Von anderen Höhen konnte es nicht herabgespült worden sein, vielmehr mußte es einen plutonischen Ursprung haben. Die Gewalten des Erdinnern hatten beim Emportreiben dieses mächtigen Gebirgsstocks die goldenen Schätze der Unterwelt mit herausgeworfen, und es ließ sich leicht denken, daß dort statt des goldhaltigen Sandes ganze Adern und Nester vorhanden waren, die eine größere Ausbeute gaben als selbst das Tal des berühmten Sacramento.

Wir traten hier in eine Wildnis ein, die uns so urwüchsig entgegenstarrte, daß wir beinahe den Mut verloren, in das unüberwindlich scheinende Gewirr von Fels und Waldung einzudringen. Aber je wei-

---

[1] Schoschonen werden auch Snake- oder Schlangenindianer genannt
[2] Schwarzauge

ter wir kamen, desto besser ging es. Das beschwerliche Unterholz verlor sich nach und nach, und endlich ritten wir in einem riesigen Dom, dessen Decke aus dichtem Laubgewind bestand und dessen Millionen Säulen — so stark, daß eine davon kaum von drei Männern umspannt werden konnte — oft sechs und mehr Meter auseinander standen.

Ein solcher Urwald macht auf das empfängliche Gemüt den gleichen Eindruck, den das Gotteshaus auf ein Kind hervorbringt, das es zum erstenmal betritt.

> *„Du hast die Säule dir aufgebaut*
> *und deine Tempel gegründet;*
> *wohin mein gläubiges Auge schaut,*
> *es dich, Herr und Vater, nur findet."*

So hallt, webt und weht es einem aus allen Richtungen entgegen. Das Herz wird weit und groß, der Glaube schlägt seine Wurzeln tiefer und fester, und der Sohn des Staubes dünkt sich so klein wie der Wurm, der sich vergeblich bemüht, an der Rinde der riesigen Eiche hinaufzuklimmen. Bevor er ihre Spitze erreicht, ist er tot. So auch der Mensch, der sich Herr der Schöpfung dünkt und doch nur von der Gnade Gottes den obersten Platz unter den sterblichen Geschöpfen als unverdientes Geschenk erhielt.

Langsam und stetig ritten wir aufwärts, bis wir die Hochebene gewannen. Nun war es leichter, rasch vorwärts zu kommen, und als es Abend wurde, erreichten wir das südliche Ufer des ‚Schwarzauges‘, dessen tiefe, unbewegliche Wasser uns entgegenschimmerten wie ein Rätsel, das jedem, der es zu lösen versucht, den Tod bringt.

Ins Tal vermochte die Sonne nicht mehr zu dringen. Hier oben aber war die Dämmerung eben erst angebrochen, und es wäre uns recht gut möglich gewesen, noch einen Teil des Ufers abzusuchen.

„Reiten wir weiter?" fragte Marshal, der sich sehnte, das Wiedersehen mit seinem Bruder zu feiern. — „Meine Brüder werden hier lagern", erklärte Winnetou in seiner kurzen und bestimmten Art.

„*Well*", stimmte Mark bei. „Hier gibt es prachtvolles Moos für uns zum Lagern und am Wasser auch Gras für die Pferde. Und wenn wir uns einen versteckten Ort aussuchen, wozu zum Beispiel später keine Zeit mehr wäre, könnten wir sogar ein kleines indianisches Feuer machen, um den Puter zu braten, den Cäsar heute erlegt hat."

Ja, Cäsar hatte heute tatsächlich zum erstenmal einen Braten geschossen und er war nicht wenig stolz auf diesen unumstößlichen Beweis, daß er ein recht nützliches Mitglied unserer Gesellschaft war. Nach einigem Suchen fanden wir einen Platz, wie Mark ihn wünschte, und lagerten uns.

Bald brannte das Feuer, und der Neger war emsig beschäftigt, dem Vogel sein Federkleid auszuziehen. Unterdessen wurde es nun wirklich Nacht — pechschwarze Nacht, und die leise flackernde Flamme ließ uns die Bäume, Äste und Zweige der Umgebung in wunderlichen Formen erscheinen. Jetzt war auch der Puter gebraten. Wir hielten eine köstliche Mahlzeit und schliefen dann ungestört bis früh.

Am Morgen brachen wir auf und gelangten bald in das Tal des Short Rivulet. Es war nicht lang, wie ja auch sein Name sagt[1]. Der

---

[1] Kurzes Flüßchen

Bach hatte nur schwachen Zufluß von wenigen hügelförmigen Höhen her, und er schien während der warmen Jahreszeit ganz auszutrocknen.

Wir fanden zerstörte Zelte, aufgewühlte Placers, eingestürzte Erdhütten und überall Spuren eines heftigen Kampfes.

Kein Zweifel, die Goldgräber waren von Räubern überfallen worden. Aber wir sahen keine Leichen.

Nach längerem Suchen bemerkten wir drüben unter den Bäumen des Urwalds ein größeres Zelt. Es war auch zerrissen, zerschnitten und zerfetzt. Keine einzige Spur, kein Fund, kein noch so kleiner Gegenstand verriet, wem es gehört hatte.

Wie enttäuscht war Bernard, der überzeugt gewesen war, seinen Bruder hier zu treffen! „Hier hat Allan gewohnt", behauptete er.

Er ahnte es, und die Ahnung mochte ihm wohl das Richtige sagen. Wir umritten das rings vom Urwald eingefaßte Tal und entdeckten die Spuren der Räuber. Sie führten dem Westabhang des Gebirgsstocks zu.

„Allan wollte von hier aus über die Lynn-Berge zum Humboldthafen. Die Räuber sind ihm nach!" meinte Bernard.

„Gewiß; vorausgesetzt, daß Euer Bruder entkommen ist", gab ich zu bedenken. „Der Umstand, daß wir hier keine Leiche sehen, beweist noch nicht, daß die Überfallenen wirklich entkommen sind. Ich denke, die Toten wurden in den See geworfen."

Tief unter den Wassern des Black-eye lagen wohl jetzt die Männer, die von Reichtum, Glück und Genuß geträumt hatten. Der finstere Dämon, Gold genannt, hatte sie aus ihren Träumen gerissen und in den Tod gestürzt!

„Und wer waren die Mörder?" fragte Marshal grimmig.

„Der Mulatte Shelley und die beiden Morgans, die uns so lange entgangen sind, obwohl wir uns an ihre Fersen geheftet haben."

„Jetzt aber werden sie unser", behauptete Sans-ear, „und dann gehören sie keinem anderen als Mark Jorrocks, der seine Abrechnung mit ihnen halten wird." — „Also vorwärts, ihnen nach!"

Die Fährte war nicht so deutlich, daß wir die einzelnen Spuren hätten zählen können. Weiter unten jedoch hatte sich im Hochwald ein jeder seine eigene Bahn gesucht, und wir stellten zwanzig Tiere fest. Ich betrachtete die Eindrücke eine Strecke lang genauer.

„Es sind sechzehn Reiter und vier bepackte Maultiere", stellte ich fest. „Die Hufe der vier haben sich schärfer abgezeichnet, und Maultiere sind es, das sieht man daraus, daß sie kleine Hufe haben und öfters störrisch gewesen sind. Die Räuber werden also nicht so schnell vorwärts kommen wie wir, und so ist alle Hoffnung vorhanden, daß wir an sie kommen, noch bevor sie Allan ereilen."

Am Nachmittag erreichten wir die Stelle, wo sie ihr erstes Nachtlager gehalten hatten. Wir setzten unseren Ritt fort, solange wir die Fährte erkennen konnten, und legten uns dann nur auf einige Stunden zur Ruhe. Bei Tagesgrauen ging es schon wieder weiter, und bereits am Vormittag kamen wir an den Ort ihres zweiten Nachtlagers. Wir waren ihnen also um einen Tag näher gerückt.

Am Abend wollten wir am oberen Sacramento sein, der hier vom Mount Shasta niederströmt und durften dann hoffen, die Bravos morgen einzuholen. Aber wir gerieten zunächst auf ein Hindernis. Die Fährte teilte sich nämlich. Der Sacramento machte hier einen weiten

Bogen, und grad auf die Mitte dieses Bogens hielten wir zu. Nun aber ging die Spur von den vier Maultieren und sechs Reitern links ab, um den Bogen abzuschneiden, während die anderen die vorige Richtung beibehalten hatten.

„*The devil*, das ist dumm", meinte Mark. „Ist das eine Kriegslist oder ist es zum Beispiel nur Zufall?" — „Uns gegenüber gewiß keine Absicht", vermutete ich. — „Aber weshalb teilen sie sich?" fragte Bernard.

„Das ist leicht einzusehen", erklärte ich. „Die Maultiere, die die Beute vom Black-eye tragen, sind den Bravos am schnellen Vorwärtskommen hinderlich. Deshalb wird die Fracht zum gemeinsamen Endziel vorausgeschickt, während die anderen nun mit vermehrter Eile Allan nachjagen. Haben sie ihm das Seinige abgenommen, so wird es wohl am Sacramento einen Ort geben, wo man sich wieder trifft."

„*Well*, so lassen wir die Maultiere zum Beispiel laufen und jagen mit vermehrter Eile hinter den anderen her!" rief Sans-ear. „Meine Tony hat es schon längst übelgenommen, daß wir wie die Schnecken schleichen."

„Schöner Schneckenritt!" lachte ich. „Übrigens gibt es hier noch eins zu bedenken, Mark. Welchen von den beiden Morgans willst du für dich haben?"

„*Zounds*, wie du nur fragen kannst, Charley! Alle beide!"

„Hm, das wird nicht gut gehen." — „Weshalb nicht?"

„Die Maultiere tragen Gold. Wenn Fred Morgan sie von sich schickt, wem wird er sie dann anvertrauen?" — „Nun?"

„Wohl nur seinem Sohn." — „Du hast recht. Aber was machen?"

„Welchen möchtest du zuerst haben?" — „Den Alten!"

„Nun gut; dann also geradeaus!"

Wir setzten wirklich zur vorhergedachten Zeit über den Sacramento und hielten drüben unser Lager. Dann ging es am Morgen weiter ins Land hinein, immer der Fährte nach, die stets deutlich blieb. Am Mittag erreichten wir eine Ebene, und die Spuren waren so frisch, daß der Trupp kaum noch fünf Meilen vor uns sein konnte.

Jetzt strengten wir unsere Pferde zu einem letzten Ritt an. Es war unser Bestreben, den Verfolgern so nahe zu kommen, daß wir an ihr Nachtlager schleichen konnten. Wir befanden uns alle in einer beinahe fieberhaften Aufregung, denn nun hatten wir ja die Mörder, denen wir so lange vergeblich nachgejagt waren, zum Greifen vor uns. Mein Rapphengst trug mich immer voran, hart hinter mir kam das Pferd des Apatschen.

Da, was war das? Eine solche Menge von Hufabdrücken, daß hier wenigstens hundert Reiter gewesen sein mußten. Der Boden zeigte Spuren eines Kampfes, und an einer großblättrigen Pflanze sah ich Blut kleben.

Wir durchforschten den Platz genau. Links hinüber führte die Fährte dreier Pferde in die Ebene, während eine breite Hufspur geradeaus ging.

Wir folgten der breiten Bahn in höchster Eile. Die Reiter waren jedenfalls Indianer gewesen, und da Allan keinen großen Vorsprung hatte, konnte er recht gut in ihre Hände geraten sein. Noch nicht weiter als eine Meile waren wir gekommen, da sahen wir die Zelte eines Indianerlagers vor uns. „Schoschonen!" rief Winnetou.

„Schlangen-Indianer!" stimmte Mark bei, und wir ritten ohne anzuhalten ins Lager ein.

In der Mitte der Zelte standen mehr als hundert Krieger um einen Häuptling versammelt. Als sie uns kommen sahen, griffen sie zu ihren Gewehren und Tomahawks und öffneten den Kreis.

„Ko-tu-cho[1]!" rief Winnetou, auf den Häuptling zusprengend, als wollte er ihn über den Haufen reiten. Einen einzigen Schritt vor ihm aber zügelte er sein Pferd.

Der Angerufene hatte bei dem waghalsigen Reiterstückchen Winnetous mit keiner Wimper gezuckt. Jetzt streckte er die Hand aus.

„Winnetou, der Häuptling der Apatschen! Es kehrt Freude ein bei den Kriegern der Schoschonen und Wonne in dem Herzen ihres Häuptlings, denn Ko-tu-cho hat sich gesehnt, seinen tapferen Bruder wiederzusehen!"

„Und mich!" rief Mark. „Kennt der Häuptling der Schlangen seinen Freund Sans-ear nicht mehr?"

„Ko-tu-cho kennt alle seine Freunde und Brüder. Sie seien willkommen in den Wigwams seiner Krieger!"

Da ertönte seitwärts ein gräßlicher Schrei. Ich wandte mich um und sah Bernard bei einer menschlichen Gestalt am Boden knien. Schnell trat ich hinzu. Der da neben dem Zelt lag, war tot. Eine Kugel war ihm in die Brust gedrungen. Es war ein Weißer, den ich sofort erkannte: Allan Marshal, der Bruder Bernards.

Auch die Freunde kamen herbei. Keiner sprach ein Wort. Bernard kniete lautlos neben dem Ermordeten, küßte ihn auf Lippen, Stirn und Wangen, strich ihm das wirre Haar aus dem Gesicht und schlang die Arme um seinen Nacken. Dann erhob er sich.

„Wer hat ihn getötet?" fragte er. Der Häuptling gab Auskunft.

„Ko-tu-cho sandte seine Krieger aus, ihre Rosse zu üben. Da sahen sie drei Bleichgesichter kommen und hinter ihnen andere Bleichgesichter als Verfolger. Wenn zehn Männer drei Männer verfolgen, so sind die zehn nicht gut und tapfer. Daher eilten die roten Krieger den dreien entgegen, um ihnen zu helfen. Aber die zehn schossen auf die Verfolgten, und dieses Bleichgesicht wurde getroffen. Da nahmen die roten Krieger sieben gefangen, während drei entkamen. Dieses Bleichgesicht aber starb in ihren Armen, und die beiden, die mit ihm waren, ruhen auf den Matten des Wigwams."

„Ich muß sie auf der Stelle sehen! Dieser Tote ist mein Bruder, ist der Sohn meines Vaters", fügte Bernard hinzu, an die weitere Bedeutung denkend, die das Wort Bruder bei den Roten hat.

„Mein weißer Bruder ist mit Winnetou und Sans-ear gekommen, den Freunden der Schoschonen. Deshalb wird Ko-tu-cho tun, was er begehrt. Er folge mir!"

Wir wurden in ein großes Zelt geführt, worin die Gefangenen lagen, mit Riemen an Händen und Füßen gebunden. Der Mulatte Shelley war dabei: er hatte eine Narbe auf der rechten Wange. Fred Morgan war nicht zu sehen.

„Was werden meine roten Brüder mit diesen Bleichgesichtern tun?" fragte ich. — „Mein weißer Bruder kennt sie auch?"

„Ich kenne sie. Es sind Räuber, die den Tod vieler Männer auf ihrem Gewissen haben."

„So mögen meine weißen Brüder über sie richten."

Ich wechselte mit den anderen einen Blick des Einverständnisses und erwiderte:

[1] „Der schmetternde Blitz"

177

„Sie haben den Tod verdient, doch fehlt uns die Zeit, sie zu richten. Wir übergeben sie unseren roten Brüdern." — „Mein Bruder tut recht daran." — „Wo sind die beiden Weißen, die bei dem Toten waren?" „Meine Brüder mögen mir abermals folgen!"

Wir wurden in ein zweites Zelt geführt, wo zwei Männer im Schlaf lagen. Sie waren wie Tropeiros gekleidet. Man weckte sie sogleich. Ihre Auskünfte überzeugten uns, daß sie in einem rein dienstlichen Verhältnis zu Allan gestanden hatten und uns nur über Belanglosigkeiten Bescheid geben konnten. Wir kehrten wieder zu dem Toten zurück.

Bernard hatte während der letzten Monate eine harte Schule durchgemacht. Er war äußerlich und innerlich stärker geworden, aber seine Hände zitterten doch, als er die Taschen des Bruders untersuchte. Sorgsam betrachtete er jeden einzelnen Gegenstand, und als er das Taschenbuch aufschlug und die Schriftzüge Allans erblickte, brach er in ein bitteres Schluchzen aus. Ich teilte sein Empfinden und konnte nicht verhindern, daß auch mir die Tränen über die Wangen rannen.

Die Schoschonen standen dabei, und in den Mienen des Häuptlings zuckte es wie Verachtung über unsere Schwäche. Winnetou mochte das nicht leiden. Er deutete auf uns.

„Der Häuptling der Schoschonen denke nicht, daß diese Männer wie die Weiber sind! Der Bruder dieses Toten hat mit den Pfahlmännern und Komantschen gekämpft und eine starke Hand gezeigt, und dieses Bleichgesicht ist ein berühmter Jäger. Sein Name lautet Old Shatterhand."

Ein leises Gemurmel durchlief die Reihen der Schlangen-Indianer. Ihr Häuptling trat näher und bot uns seine Hand.

„Dieser Tag wird gefeiert werden in allen Wigwams der Schoschonen. Meine Brüder werden in unseren Hütten bleiben. Sie werden von unserem Fleisch essen, die Pfeife der Freundschaft mit uns rauchen und die Spiele unserer Krieger schauen."

„Die weißen Männer sind gerne die Gäste der roten Brüder, aber nicht heute; sie werden wiederkommen. Sie werden die Leiche und die Habe ihres erschlagenen Bruders zurücklassen und sofort den entflohenen Mördern nachjagen", entgegnete ich.

„Ja", bestätigte Bernard, „ich lasse Allan und seine Diener hier und werde keine Minute länger warten. Wer schließt sich der Verfolgung an?" — „Wir alle!" erklärte ich.

Winnetou und Mark schritten bereits zu ihren Pferden. Der Häuptling gab den Seinigen einige leise Befehle. Ein prächtiges, indianisch aufgezäumtes Roß wurde ihm gebracht.

„Ko-tu-cho wird mit seinen Brüdern reiten. Das Eigentum des toten Bleichgesichts wird im Wigwam des Häuptlings aufbewahrt werden, und seine Frauen werden klagen und singen für den Toten!"

Das war ein kurzer Besuch bei den tapferen Schoschonen. Wir nahmen eine tüchtige Kraft mit zur Verfolgung der Räuber.

Ihre Spur war leicht zu finden. Sie hatten wenig über zwei Stunden Vorsprung. Obendrein war es, als verstünden die Pferde unsere Absicht: sie fegten über die Ebene, daß die Funken gesprüht hätten, wenn der Boden steinig gewesen wäre. Nur Cäsars Brauner zeigte sich ermüdet, aber der Neger trieb das Tier unaufhörlich an, so daß es Schritt halten mußte. „Hoh, hüh, hüh!" brüllte er. „Pferd müssen laufen, müssen viel rennen, Cäsar erwischen Mörder von gut Massa Allan!"

Wir brausten dahin.

Die Mitte des Nachmittags war bereits da, und die Fliehenden mußten noch vor Einbruch des Abends erreicht werden. So ging es fort, über drei Stunden. Da stieg ich vom Pferd, um die Spur zu untersuchen. Sie erschien sehr scharf, obgleich der Boden mit dichtem, kurzem Gras bedeckt war. Noch kein einziger Halm hatte sich wieder aufgerichtet. Die Räuber konnten also höchstens eine Meile von uns entfernt sein.

Jetzt nahm ich von Zeit zu Zeit mein Fernrohr zur Hand, um in der Richtung der Fährte den Rand des Gesichtsfeldes abzusuchen. Endlich erblickte ich drei Punkte, die sich scheinbar langsam vor uns her bewegten. — „Da vorn sind sie!"

„Halloo, drauf!" rief Bernard und trieb sein Pferd an.

„Halt!" mahnte ich. „Damit ist uns nicht gedient. Wir müssen sie umzingeln. Mein Hengst und das Pferd des Häuptlings der Schlangen halten den Ritt noch aus. Ich reite rechts, Ko-tu-cho links. In zwanzig Minuten haben wir sie überholt, ohne daß sie uns bemerken, und dann sprengt ihr auf sie los." — „Uff!" bestätigte Winnetou.

„Uff!" rief auch der Häuptling der Schoschonen, und wie von einer Sehne geschnellt, flog er links hinüber.

Ich ebenso rechts ab, und in zehn Minuten hatte ich die Gefährten, obgleich sie ebenfalls weiterritten, aus den Augen verloren. Ich mußte mich schon in gleicher Höhe mit den Verfolgten befinden. Mein Hengst zeigte trotz der Anstrengung der letzten Tage keine Ermattung. Er hatte Flöckchen Schaum vor seinem Maul und keinen Anflug von Schweiß auf seinem glatten Fell und fegte dahin, so schmiegsam, als bestände sein schön gebauter Körper aus Gummi.

Nach fünfzehn Minuten bog ich links ein, und nach weiteren fünf Minuten sah ich die drei Mörder seitwärts hinter mir und den Häuptling der Schlangen-Indianer, wenn auch ein wenig zurück im Verhältnis zu mir, gleichfalls vor ihnen. Er hielt jetzt auf sie zu, und ich tat das gleiche.

Da wir uns entgegenritten, bemerkten sie uns sehr bald. Sie blickten hinter sich und sahen sich verfolgt. Nun wußten sie, wie die Dinge für sie standen. Es gab für sie nur eine Art des Entkommens: den Durchbruch. Sie wandten sich hinüber zu dem Schoschonen.

„Jetzt halt aus, mein Rappe!"

Jenen schrillen, scharfen Schrei ausstoßend, der ein indianisch geschultes Pferd zur Aufbietung seiner ganzen Kraft und Schnelligkeit antreibt, warf ich den Arm hoch, und stellte mich aufrecht in die Bügel, um dem Tier die Last und das Atmen zu erleichtern. Es war ein Ritt, wie man ihn sonst nur macht, wenn der Savannenbrand hinter dem Reiter hertobt.

Da zügelte der eine, in dem ich Fred Morgan erkannte, sein Pferd und legte das Gewehr an. Als es aufblitzte, stürzte der Häuptling, wie vom Wetter getroffen, samt dem Pferd zur Erde. Ich glaubte, der Schuß habe ihn oder sein Pferd getötet, und stieß einen Schrei der Wut aus. Doch ich hatte mich geirrt, denn schon im nächsten Augenblick saß Ko-tu-cho wieder auf und stürmte mit geschwungenem Tomahawk auf die drei ein. Der Sturz war eines jener Kunststücke gewesen, zu denen die Indianer ihre Pferde jahrelang einüben. Sein Tier war abgerichtet, sich auf ein bestimmtes Wort blitzschnell zur Erde zu werfen. So mußte die Kugel über beide hinwegfliegen.

Eben schlug der Schoschone den einen nieder, als ich auf Fred Morgan eindrang. Ich wollte ihn lebendig haben und achtete nicht darauf, daß er seine Büchse, deren anderer Lauf noch geladen war, auf mich richtete. Sein Pferd stand nicht ruhig. Der Schuß krachte, und die Kugel fuhr durch den Ärmel meines Jagdrocks.

„Hurra, hier ist Old Shatterhand!" rief ich.

Der Lasso sauste. Mein Pferd warf sich herum und galoppierte zurück. Ich fühlte einen starken Ruck, doch lange nicht so stark wie damals bei der Kuh des ehrenwerten Don Fernando de Venango y Colonna de Molynares de Gajalpa y Rostredo, und blickte mich um. Die Schlinge hatte Fred Morgan beide Arme an den Leib gezogen und riß ihn hinter mir her. Zu gleicher Zeit sah ich, daß auch Winnetou und Mark mit den beiden anderen den Platz erreicht hatten. Der dritte Räuber schoß auf Bernard, wurde aber im gleichen Augenblick von der Kugel Marks niedergestreckt.

Ich sprang ab. Endlich, endlich hatten wir Fred Morgan! Er war durch den Sturz vom Pferd betäubt. Meinen Lasso nahm ich wieder an mich und band den Gefangenen mit seinem eigenen. Nun kamen auch die anderen herbei. Der Neger war der erste, der vom Pferd stieg. Er zog das Messer.

„Oh, ah, da sein Cäsar mit Messer, der stechen langsam zu Tod schlecht bös Räuber und Mörder!"

„Stop!" rief Mark, ihn bei der Hand fassend. „Dieser Mann ist mein!"

„Sind die anderen tot?" erkundigte ich mich.

„Beide!" bestätigte Bernard, dem das Blut vom rechten Schenkel niederlief. — „Seid Ihr verwundet?" — „Nur gestreift."

„Das ist trotzdem schlimm, da wir noch einen weiten Ritt vor uns haben. Wir müssen ja den Maultieren nach! Was tun wir mit Fred Morgan?"

„Er ist mein", erklärte Mark, „und so habe ich über ihn zu bestimmen. Ich übergebe ihn Mr. Bernard und Cäsar, die ihn zum Lager der Schoschonen bringen und dort bewachen werden, bis wir zurückkehren. Bernard ist verwundet und hat zum Beispiel mit seinem Bruder zu schaffen. Cäsar muß bei ihm sein, und wir vier sind, wie ich denke, Manns genug für die sechs Halunken bei den Maultieren."

„Der Plan ist gut, also rasch!"

Morgan wurde auf sein Pferd gebunden; Bernard und Cäsar nahmen den Gefangenen in ihre Mitte und kehrten zum Lager der Schoschonen zurück. Wir anderen aber blieben hier, um unsere Pferde zunächst verschnaufen und ein wenig weiden zu lassen.

„Lange dürfen wir uns nicht verweilen", meinte ich. „Wir müssen den Tag noch benutzen, um vorwärts zu kommen."

„Wohin gehen meine Brüder?" fragte Ko-tu-cho.

„Zum Wasser des Sacramento südöstlich von hier", gab Mark Auskunft.

„So mögen sie keine Sorge haben! Der Häuptling der Schoschonen kennt jeden Schritt des Weges dorthin. Sie können ihre Tiere grasen lassen und dann des Nachts reiten."

„Wir hätten Fred Morgan doch nicht so schnell fortschicken sollen" bemerkte Mark. — „Weshalb?" — „Wir konnten ihn verhören."

„Das werden wir später tun oder vielmehr, das brauchen wir gar nicht zu tun. Seine Schuld ist zehnmal erwiesen", erklärte ich.

„Aber wir konnten von ihm erfahren, wo er mit den Maultieren zusammentreffen wollte!" — „Pshaw! Glaubst du wirklich, daß er uns das gesagt hätte?" — „Möglich!"

„Nein. Er wird uns seinen Sohn und die geraubten Schätze nicht ausliefern, besonders da er genau weiß, daß er damit sein Schicksal nicht zu ändern vermag."

„Mein Bruder Scharlih hat recht!" bestätigte Winnetou. „Und die Augen der roten und weißen Jäger sind scharf genug, um die Spuren der Maultiere unter allen Umständen zu finden."

Das stimmte allerdings, doch hätten wir sicher Zeit erspart, wenn wir den Ort erfahren konnten.

„Wen suchen meine Brüder?" fragte der Schoschone, ganz gegen die sonstige Gewohnheit dieser Leute, die Fremden gegenüber niemals Neugier verraten. Hier aber befand er sich bei Männern, die er sich ebenbürtig wußte, und konnte daher von der sonst gebotenen Zurückhaltung abweichen.

„Die Gefährten der Räuber, die von den Kriegern der Schoschonen gefangen wurden." — „Wie viele sind es?" — „Sechs."

„Die wird ein einzelner meiner Brüder besiegen. Wir werden sie finden und zu den übrigen versammeln."

Als die Dämmerung hereinbrechen wollte, waren unsere Pferde so frisch, daß wir sie von neuem anstrengen durften. Wir saßen auf und überließen uns der Führung des Häuptlings Ko-tu-cho, der uns während der ganzen Nacht voranritt und dabei eine Sicherheit bekundete, die uns die Wahrheit seiner Worte bewies, daß er jeden Schritt des Weges kenne.

Die Prärie lag längst hinter uns. Wir mußten bald Berge erklimmen, bald Täler durchreiten und bald kurze Wald- und Savannenstrecken durchschneiden. Nach einer Rast am Morgen folgten wir der eingeschlagenen Richtung, bis wir das Tal des Sacramento vor uns sahen.

Wir ritten hinab und setzten über den Fluß. Gerade vor uns lag an einer Stelle, von der aus sich links und rechts ein Seitental in die Berge zog, ein Haus, aufgeführt aus Erdmauern, die mit Brettern verkleidet waren. Die Türüberschrift bezeichnete es als ‚Hotel'. Der Besitzer hatte einen sehr günstigen Punkt für seine Niederlassung gewählt. Das zeigte der Zuspruch, dessen er sich zu erfreuen haben mochte, denn vor dem Haus stand eine große Anzahl Karren, Reit- und Lasttiere, und das Innere konnte wohl nicht alle Gäste fassen, da die im Freien aufgestellten Tische und Bänke gut besetzt waren.

„Gehen wir dort hinein, um uns zu erkundigen?" fragte mich Mark.

„Hast du noch Nuggets für Ale aus Burton in Staffordshire?" entgegnete ich lachend.

„Habe noch einiges von dieser Sorte." — „So gehen wir hinein!"

„Hinein nicht, sondern nur hin, wenn es dir gefällig ist; denn ich liebe zum Beispiel nichts so sehr wie einen Mund voll frischer Luft."

Wir ritten hinzu, banden unsere Pferde an und setzten uns in einen Bretterverschlag, über dem die stolze Inschrift ‚Veranda' prangte.

„Was trinken die Herren?" fragte der herbeieilende Ganymed.

„Bier. Was kostet es?"

Aha, der gute Mark war heute vorsichtiger als damals im Yellow Water Ground.

„Porter einen halben Dollar, Ale ebenso." — „Dann Porter!"

Der Kellner brachte vier Flaschen, und soeben wollte Mark die Erkundigung beginnen, als ich einen Blick durch das Loch warf, das auf der Straßenseite als Fenster diente, und ihm schleunigst einen Wink gab.

Das eine Seitental herab kamen nämlich sechs Reiter, von denen zwei vier Maultiere am Zügel führten, und der vorderste war kein anderer als Patrick Morgan. Sie hielten auf das ‚Hotel‘ zu, banden ihre Tiere an und setzten sich dann an einen Tisch, der draußen unter unserem Fenster stand. Besser und bequemer konnten wir es uns ja gar nicht wünschen!

Aber weshalb waren ihre Maultiere nicht mehr beladen? Sicher hatten sie die geraubten Gegenstände in irgendeinem Versteck untergebracht und begaben sich nun zu dem Stelldichein, wo sie mit ihren Gefährten zusammentreffen wollten.

Die Gauner bestellten Brandy und begannen dann ihre Unterhaltung, die wir gut verstehen konnten.

„Ob wir Euren Vater und den Captain schon treffen werden?" fragte der eine.

„Möglich", antwortete Patrick. „Sie konnten rascher reiten als wir und werden mit diesem Marshal wohl leicht fertig geworden sein. Er hat ja nur zwei Begleiter."

„Ein recht unvorsichtiger Mensch. Solche Schätze bei sich zu führen und nur zu dreien zu reisen."

„Desto besser für uns! Unvorsichtig scheint er überhaupt stets gewesen zu sein, sonst hätte er im Yellow Water Ground nicht seinen geschriebenen Reiseplan weggeworfen. Aber, *hang it all*, was ist denn das?"

„Was?" — „Seht Euch dort die vier Pferde an!"

„Drei prächtige Tiere, und das vierte ist einzig in seiner Art. Welcher vernünftige Mensch setzt sich auf eine solch scheußliche Kreatur!"

Mark ballte die Faust. „Werde euch bekreaturen, daß euch zum Beispiel die Seele aus der Haut fahren soll!" brummte er.

„Ja, einzig ist es allerdings, dieses Pferd; aber trotz seines häßlichen Aussehens ist es eins der bekanntesten und berühmtesten Pferde des Wilden Westens. Wißt Ihr, wem es gehört?" — „Nun?" — „Sans-ear."

„*Zounds!* Der soll allerdings einen solchen Ziegenbock reiten!"

„Dieser Kerl ist also hier! — Trinkt aus! Ich habe einmal ein kleines Zusammentreffen mit ihm gehabt und mag mich nicht von ihm erblicken lassen."

„Wirst es aber doch nicht umgehen können", murmelte Mark.

Die sechs stiegen auf und ritten talwärts davon.

„Das sind die Männer, die wir suchen", erklärte ich dem Schoschonen. „Meine beiden roten Brüder werden sie überholen, und ich folge mit Sans-ear. Dann nehmen wir sie zwischen uns."

„Uff!" bestätigte Ko-tu-cho und erhob sich.

Er und Winnetou stiegen zu Pferd. Mark bezahlte das Porterbier, das gar nicht so übel gewesen war, und dann ritten wir hinterdrein, uns immer so haltend, daß wir vor den Blicken der Verfolgten gedeckt waren.

Die Gegend wurde schnell einsam, und als wir ein Gelände erreichten, wo uns kein Gebüsch und keine Ecke des Weges mehr verbergen konnte, ließen wir unsere Pferde weit ausgreifen. Wir erreichten die Galgenvögel, bevor sie sich nur recht bewußt wurden, daß es ihnen galt. Hart vor ihnen befand sich Winnetou mit Ko-tu-cho.

„*Good day*, Mr. Mercroft!" grüßte Mark. „Sind das noch immer die Pferde, die Ihr den Komantschen gestohlen habt?"

„*s' death!*" fluchte der Angeredete und raffte das Gewehr auf, wurde aber vom Pferd gerissen, bevor er losdrücken konnte.

Die beiden Häuptlinge hatten nur wenige Schritte vor den Bravos die Pferde gezügelt, und der Lasso Winnetous war Patrick um die Schulter geflogen. Im Nu stoben die anderen fünf Strolche auseinander. Mark und der Schoschone schossen ihre Gewehre auf sie ab und wollten ihnen folgen.

„Halt, laßt sie!" rief ich. „Wir haben ja den Hauptspitzbuben!"

Sie hörten aber nicht darauf. Noch zwei Schüsse krachten, und den letzten schlug der nachsetzende Ko-tu-cho vom Pferd.

„Was tut Ihr nur?" schalt ich Mark. „Ihre Spur hätte uns sicherlich erst zum Stelldichein und dann an den Ort geführt, wo sie ihren Raub verborgen haben!" — „Dieser Morgan hier wird ihn uns auch sagen müssen!" — „Wird sich hüten!"

Es zeigte sich bald, daß ich recht hatte, denn Patrick gab trotz aller Drohungen auf keine unserer Fragen eine Antwort. Das Gold, weswegen so viele Menschen hatten sterben müssen, war verloren — *deadly dust!*

Wir banden ihn, wie vorher seinen Vater, aufs Pferd, ritten, um das ‚Hotel' zu vermeiden, durch den Sacramento, der hier nicht tief war, und erreichten die Berge, ohne von jemandem behelligt zu werden.

Auch während unseres ganzen weiteren Rittes war kein Wort aus dem Gefangenen herauszubringen, und nur, als wir ins Lager zurückkehrten und er den uns entgegenkommenden Juwelier erkannte, murmelte er einen Fluch vor sich hin. Ich schaffte Patrick ins Zelt, wo sich noch die anderen Gefangenen befanden. Auch sein Vater lag da.

„Mr. Morgan, hier stelle ich Euch Euren Sohn vor, nach dem Ihr wohl eine große Sehnsucht gehabt habt", sagte ich.

Der Alte blitzte mich mit wütenden Augen an, sprach aber kein Wort.

Es war gegen Abend, als wir das Lager erreicht hatten. Das Gericht über die Gefangenen mußte also bis morgen verschoben werden. Wir hielten als Gäste des Häuptlings in dessen Zelt unser Nachtmahl und rauchten das ‚Kalumet des Friedens'. Dann begab sich jeder in das ihm angewiesene Zelt.

Die letzten Tage hatten mich doch ermüdet, und ich schlief sehr fest, was hier mitten im Lager auch sein durfte, draußen in der Prärie aber sicherlich nicht geschehen wäre. Träumte ich, oder war es Wahrheit? Ich befand mich im Kampf mit wilden Gestalten, die mich drohend umringten. Wie rasend schlug ich um mich, und doch wuchsen die Feinde zu Dutzenden immer wieder aus dem Boden auf. Der Schweiß lief mir von der Stirn, ich sah meine letzte Stunde kommen und fühlte die Angst des Todes mich erfassen. Es war ein Traum, und die Beklemmung weckte mich endlich. Kaum aber war ich halb wach geworden, so vernahm ich von draußen her ein lautes Getümmel.

Sofort sprang ich auf, griff, ohne völlig bekleidet zu sein, zu den Waffen und eilte hinaus. Die Gefangenen hatten sich auf eine auch später nicht zu erklärende Weise ihrer Fesseln entledigt, waren aus dem Zelt entkommen und hatten die Wachen überrumpeln wollen.

Aus allen Zelten stürzten die braunen Gestalten der Indianer hervor, der eine nur mit dem Messer, der andere mit dem Schlachtbeil und ein dritter mit dem Gewehr bewaffnet. Eben kam auch Winnetou herbei und überflog mit einem raschen Blick den Auftritt, der sich im Schein der Wachtfeuer abspielte.

„Rund um das Lager!" donnerte er in das Getümmel hinein, und sofort huschten sechzig bis achtzig Gestalten zwischen die Zelte.

Ich erkannte, daß meine Teilnahme am Kampf nicht nötig war. Die Gefangenen hatten keine Waffen, und die Indianer waren ihnen an Zahl zehnfach überlegen. Als ich auch Marks Stimme mitten im Knäuel der Ringenden vernahm, konnte ich vollends beruhigt sein. Und in der Tat, es dauerte keine zehn Minuten, so erscholl der Todesschrei des letzten, der niedergemacht wurde. Ich sah von weitem sein fahles Gesicht. Es war Fred Morgan, den Marks Messer getroffen hatte.

Langsam kam der Rächer nun zwischen den Zelten heraufgeschritten. Er erblickte mich und sagte: „Charley! Warum warst du nicht dabei?"

„Ich dachte, ihr schafft's allein."

„Well, ist auch so gewesen! Aber wenn ich nicht selbst vor dem Zelt der Gefangenen gewacht hätte, wären sie zum Beispiel vielleicht glücklich durchgekommen. Ich lag ganz an der Wand und hörte das Geräusch drinnen, und weil ich sofort die Wachen warnte, waren sie aufmerksam."

„Ist jemand entwischt?"

„Keiner! Habe sie gezählt. Hatte mir aber meine Abrechnung mit den Morgans anders gedacht!"

Er kauerte sich vor mir nieder und schnitt die lang ersehnten zwei Kerben in den Kolben seines Gewehrs ein.

„So, jetzt sind sie gerächt, die ich lieb hatte, Charley, und nun mag der Tod kommen, heute oder morgen!"

„Mark, wir wollen als Christen hinzufügen: Möge Gott den Verbrechern ein gnädiger Richter sein!"

„Well, Charley. Ich hasse sie nicht über das Grab hinaus."

Sans-ear ging langsam weiter und kroch ins Zelt.

Am anderen Tag gab es eine traurige Feier: Allan Marshal wurde begraben. In Ermangelung eines Sarges war er in Büffelfell eingeschlagen worden. Die Schoschonen hatten von Steinen ein Viereck aufgebaut, in das die Leiche gelegt wurde. Dann wurde das Viereck zu einer Pyramide zugespitzt, um die man so viel Steine häufte, wie zu finden waren. Oben auf die Spitze steckte ich ein Kreuz aus Baumästen — das Siegeszeichen der Erlösung. Bernard bat mich, eine kurze Leichenrede zu sprechen und ein Vaterunser vorzubeten. Ich tat es ergriffen und sah mit inniger Rührung, mit welchem Ernst die uns umstehenden Schoschonen an der schlichten Feier teilnahmen.

Als das Begräbnis beendet war, ließen die Schoschonen dem trauernden Bernard keine Zeit, seinem Schmerz nachzuhängen. Wir blieben eine volle Woche da, die wir so mit Jagd, Kampfspielen und anderen Unterhaltungen verbrachten, daß sie uns wie ein Tag wurde. Dann kehrten wir nach San Francisco zurück.

11. Die Railtroublers

Im Territorium Wyoming, nahe dem Ursprung des Yellowstone River, mitten im wilden, märchenhaft schönen Felsengebirge, liegt der Nationalpark der Vereinigten Staaten, ein Naturschutzgebiet von 8670 Quadratkilometern, ein Wunderland, wie es auf Erden wohl kaum zum zweitenmal gefunden werden dürfte. Die ersten ungewissen Nachrichten davon erhielt General Warren im Jahre 1856. Er fühlte sich dadurch veranlaßt, eine Expedition dahin auszurüsten, die aber leider ihr Ziel nicht erreichte. Erst zehn Jahre später gelang es anderen, den Schleier teilweise zu lüften und die Welt eine reiche, nie geahnte Fülle der großartigsten Naturwunder ahnen zu lassen. Im Sommer des Jahres 1871 drang Professor Hayden erfolgreich vor, und seine Berichte, so sachlich und nüchtern sie auch gehalten waren, begeisterten den Kongreß der Vereinigten Staaten zu dem Entschluß, jenes wunderbare Land zum Nationalpark zu erklären und so dem gemeinen Schacher aus den Händen zu nehmen.

Jenseits der weiten westlichen Prärien, fern noch hinter dem Höhenzug der Black Hills, ragen die riesigen Wände des Felsengebirges zum Himmel empor. Man möchte sagen, hier habe nicht die Hand, sondern die Faust des Schöpfers gewaltet. Wo sind die Zyklopen, die solche Basteien zu türmen vermochten? Wo sind die Titanen, die solche Lasten bis über die Wolken treiben konnten? Wo ist der Meister, der jene Firne mit ewigem Schnee und Eis krönte? Hier hat der Schöpfer ‚ein Gedächtnis seiner Wunder' errichtet, das nicht wirkungsvoller und ergreifender sein könnte.

Und hinter jenen riesigen Mauern wallt und siedet, dampft und brodelt es noch heut aus den kochenden Tiefen des Erdinnern hervor. Da treibt der dünne Erdkruste Blasen, da zischen glühendheiße Schwefeldämpfe empor, und mit einem Getöse, das dem Kanonendonner gleicht, sprühen riesige Geiser ihre siedenden Wassermassen in die zitternden Lüfte. Plutonische und vulkanische Gewalten kämpfen gegen die Gestaltungen des Lichts. Die Unterwelt öffnet von Minute zu Minute den Rachen, um die Feuer der Tiefe auszuspeien und die Gebilde des Tages in den tosenden Schlund hinabzusaugen.

Hier ist oft jeder Schritt mit Todesgefahr verbunden. Der Fuß kann durch die trügerische Kruste brechen, der dampfende Strudel den müden Wanderer erfassen, der unterhöhlte Felsen mit dem Ruhenden in den gähnenden Abgrund stürzen. Aber diese Todesfelder werden einst Tausende von Wallfahrern sehen, die in den heißen Quellen und ozonreichen Lüften Heilung ihrer Leiden suchen und dann wird man vielleicht auch jene wunderbaren Schlüchte und Klüfte entdecken, in denen die geizige Einsamkeit märchenhafte Schätze an Steinen und anderen Werten aufgespeichert hat. —

Eine kleine geschäftliche Angelegenheit rief mich nach Hamburg, wo ich einen Bekannten traf, dessen Anblick alte Erinnerungen plötzlich aufleben ließ. Er war aus St. Louis, und wir hatten in den Sümpfen des Mississippi gar manches Stück Wild miteinander geschossen. Er war reich, sehr reich und bot mir freie Überfahrt an, wenn ich ihm die Freude machen wollte, ihn nach St. Louis zu begleiten. Da ergriff mich die Präriekrankheit mit aller, siegreicher Gewalt. Ich sagte zu, drahtete nach Hause, um mir meine Gewehre und sonstigen Ausrüstungsstücke schleunigst kommen zu lassen, und fünf Tage nach unserem Wiedersehen schwammen wir bereits auf der Elbe dem Ozean entgegen.

Drüben vertieften wir uns zunächst für einige Wochen in die Wälder des unteren Missouri. Dann mußte mein Gefährte umkehren, während ich stromaufwärts nach Omaha fuhr, um von da aus auf der großen Pacificbahn weiter nach Westen vorzudringen.

Ich hatte meine guten Gründe, gerade diesen Weg einzuschlagen. Das Felsengebirge kannte ich vom Norden Montanas bis hinunter zur Wüste Mapimi, aber keine Strecke hatte auf mich einen solch nachhaltigen Eindruck gemacht wie die zwischen Helena und dem Nordpark. Denn gerade hier sind die merkwürdigsten Punkte dieses Gebirges zu suchen: die Teton Range, die Windriverberge, der South Pass und ganz besonders die Quellgebiete des Yellowstone River, des Schlangenflusses und des Green River.

Aus diesem Grunde zog es mich auch diesmal wieder in jenes wiederholt besuchte Gebiet[1]. Dorthin kommt außer dem schleichenden Indianer oder dem kühnen Trapper kein Mensch, und die Versuchung ist fast unwiderstehlich, sich dem Wagnis zu unterziehen, in diese unwirtlichen, nach der Sage der Rothäute von bösen Geistern belebten Schluchten und Cañons einzudringen.

Freilich war das nicht so leicht, wie es sich erzählen läßt. Welche umständlichen und umfangreichen Vorbereitungen trifft etwa der Schweizreisende, bevor er sich anschickt, einen der Alpenberge zu besteigen! Und was ist ein Unternehmen gegen das eines einsamen Westmannes, der es wagt, im Vertrauen auf sich allein und seine gute Büchse Gefahren entgegenzugehen, von denen der zahme europäische Wanderer keine Ahnung hat! Aber gerade diese Gefahren sind es, die den Jäger locken und bezaubern. Seine Muskeln sind von Eisen und seine Sehnen von Stahl, sein Körper trotzt allen Anstrengungen und Entbehrungen, und alle Tätigkeiten seines Geistes haben durch unausgesetzte Übung eine Ausdauer und Schärfe erlangt, die ihn selbst in der größten Not noch ein Rettungsmittel finden lassen. Daher ist seines Bleibens nicht in zivilisierten Gegenden, wo er seine Fähigkeiten nicht üben und betätigen kann. Er muß hinaus in die endlose Savanne, hinein in die todbringenden Abgründe des Gebirges, und je drohender die Gefahren auf ihn einstürmen, desto mehr fühlt er sich in seinem ureigensten Bereich, desto höher wächst sein Mut, desto größer wird sein Selbstvertrauen, und desto inniger hält er die Überzeugung fest, daß er auch in der wildesten Einsamkeit von einer Hand geleitet wird, die stärker ist als alle irdische Gewalt.

Ich war zu einem solchen Unternehmen wohl vorbereitet. Nur eines fehlte mir, ohne das es geradezu unmöglich ist, in den ‚dark and bloody grounds' zu bestehen — ein gutes, zuverlässiges Pferd. Doch verursachte mir dieser Mangel keine Kopfschmerzen. Der alte Wallach, der mich während der Jagd am unteren Missouri getragen hatte, war bald danach von mir verkauft worden, und in Omaha setzte ich mich mit der festen Überzeugung in den Bahnwagen, daß ich ein gutes Pferd auch bekommen würde, sobald ich es brauchte.

Es gab damals auf dieser Bahn noch immer Strecken, die erst notdürftig befahrbar waren. Daher erblickte man während der Fahrt an vielen Stellen noch Arbeiter, die beschäftigt waren, Brücken und Überführungen zu verstärken oder solche Punkte, die bereits schadhaft geworden waren, wieder auszubessern. Diese Leute hatten sich, wenn sie nicht in der Nähe einer der Ansiedlungen arbeiteten, die damals wie Pilze aus der Erde schossen, gewöhnlich ein Camp, ein Lager, errichtet, das mit einigen Befestigungen versehen war. Das war notwendig der Indianer wegen, die den Bau der Eisenbahn als einen

[1] Vgl. die Erzählung „Die Söhne des Upsaroka" aus „Das Zauberwasser", sowie Bd. T 24, „Weihnacht" und Bd. T 35 „Unter Geiern"

Eingriff in ihre Rechte betrachteten und auf jede Weise zu verhindern oder wenigstens zu erschweren suchten.

Aber auch noch andere Feinde gab es in diesen Gegenden, Feinde, die fast noch mehr zu fürchten waren als die Rothäute.

Es trieb sich nämlich in der Prärie eine Menge Gesindel herum, das sich aus den Gestalten zusammensetzte, die der zivilisierte Osten ausgestoßen hatte, zweifelhafte Erscheinungen, die in jeder Beziehung Schiffbruch erlitten und nun vom Leben nichts mehr zu erwarten hatten. Diese Menschen rotteten sich bald zu diesem, bald zu jenem verbrecherischen Zweck zusammen und waren gefährlicher als selbst die wildesten Indianerhorden. Zur Zeit des Eisenbahnbaus hatten sie es besonders auf die jungen Ansiedlungen und auf die Camps abgesehen, die entlang der Bahnstrecke entstanden, und es war daher nicht zu verwundern, daß diese Camps Befestigungen erhielten und daß ihre Bewohner selbst während der Arbeit Waffen trugen.

Wegen der Angriffe, die diese Räuber auf die Camps und auf die Güterzüge unternahmen, wobei sie gewöhnlich den Schienenweg zerstörten, um den Zug zum Stehen zu bringen, wurden sie Railtroublers, Schienenzerstörer, genannt. Man hatte ein scharfes Auge auf sie, so daß sie schließlich ihre Überfälle nur noch unternehmen konnten, wenn sich mehrere Trupps vereinigt hatten, sie sich also zahlreich genug wußten. Übrigens herrschte gegen sie eine solche Erbitterung, daß jeder gefangene Railtroubler den sicheren Tod erwarten mußte. Diese Banden mordeten ohne Unterschied des Alters und Geschlechts, und so konnte auch gegen sie von keiner Gnade die Rede sein.

Es war gegen Mittag, als wir mit dem Zug Omaha verließen. Unter den Reisegefährten befand sich kein einziger, der meine Beachtung mehr als vorübergehend in Anspruch nahm. Erst später stieg in Fremont ein Mann ein, dessen Äußeres sofort meine Aufmerksamkeit auf ihn lenkte. Da er in meiner unmittelbaren Nähe Platz nahm, hatte ich die beste Gelegenheit, ihn genau zu betrachten.

Sein Aussehen hätte in den Städten des Ostens gewiß einiges Kopfschütteln erregt. Im Wilden Westen ist man an derartige Erscheinungen hinreichend gewöhnt. Der Mann war von kleiner Gestalt, dabei aber ziemlich dick. Er trug einen Schafpelz, dessen rauhe Seite nach außen gekehrt war. Diese rauhe Seite war früher einmal behaart gewesen, jetzt aber war die Wolle verschwunden, und nur hier und da erblickte man ein kleines, einsames Flöckchen, das sich auf dem nackten Leder wie eine Oase in der Wüste ausnahm. Vor Zeiten mochte dieser Pelz seinem Besitzer gepaßt haben, dann aber war er unter dem Einfluß von Schnee und Regen, von Hitze und Kälte so zusammengeschrumpft, daß sein unterer Rand das Knie nicht mehr erreichte. Er konnte nicht mehr zugeknöpft werden, und die Ärmel hatten sich bis in die Gegend des Ellbogens zurückgezogen. Unter diesem Pelz sah man eine rotflanellene Jacke und eine Lederhose, die jedenfalls einmal schwarz gewesen war, jetzt aber in allen Regenbogenfarben funkelte und vermuten ließ, daß sie dem Besitzer als Wisch-, Tisch- und Taschentuch zu dienen bestimmt sei. Unterhalb dieser vorsintflutlichen Hose erblickte man die nackten, blau gefrorenen Fußknöchel des Mannes und dann ein Paar Schuhe, die eine ganze Ewigkeit aushalten konnten. Sie waren aus rindsledernen Stiefeln geschnitten und hatten Doppelsohlen, die mit so starken Nägeln beschlagen waren, daß man mit ihnen ein Krokodil hätte tottreten können. Auf dem Kopf trug der Mann einen Hut, der außer der Form auch einen Teil der Krempe verloren hatte. Um seine Hüften schlang sich ein alter Schal, dessen Farbe jedoch gänzlich abhanden gekommen war. Darin steckte eine urahnenhafte Reiterpistole samt einem Bowiemesser. Neben diesen beiden Waffen hingen ein Kugel- und ein Tabakbeutel, ein kleiner Spiegel, wie man ihn auf deutschen Jahrmärkten für zehn Pfennig kauft, eine eingestrickte Feldflasche und vier Patenthufeisen, die dem Pferd wie Schuhe angezogen und festgeschraubt werden können. Daneben erblickte ich ein Behältnis, dessen Inhalt mir jetzt noch verborgen war. Später erfuhr ich, daß es ein vollständiges Rasierzeug enthielt.

Das Wunderlichste aber an diesem Mann war sein Gesicht. Es war so vorzüglich rasiert, als käme er soeben aus dem Laden eines Barbiers. Die beinahe rosenroten Wangen waren so dick und fest, daß das kleine, kurze Stumpfnäschen zwischen ihnen fast verschwand und die zwei lebhaften braunen Augen Mühe hatten, über sie hinwegzusehen. Sobald die mehr als vollen Lippen sich öffneten, erblickte man zwei Reihen blendendweißer Zähne, die ich aber leider sofort im Verdacht hatte, unecht zu sein.

So saß er vor mir und hielt zwischen den kurzen, dicken Elefantenbeinen ein Schießeisen eingeklemmt, das der Liddy meines alten Sam Hawkens ähnelte wie ein Ei dem anderen.

Er hatte mit einem einfachen *„Good day, Sir!"* bei mir Platz genommen und schien sich dann nicht weiter um mich zu kümmern. Erst eine Stunde später bat er mich um die Erlaubnis, eine Pfeife rauchen zu dürfen. Das fiel mir auf, denn ein echter, rechter Trapper oder Fallensteller fragt nicht danach, ob das, was ihm zu tun beliebt, von anderen gutgeheißen wird.

„Raucht, soviel Ihr wollt, Sir!" antwortete ich. „Ich werde Euch Gesellschaft leisten. Wollt Ihr Euch eine von meinen Zigarren anstecken?" — „Danke, Sir!" meinte er. „Diese Dinger, die man Zigarren nennt, sind mir zu fein. Ich halte es mit meiner Pfeife."

Der Dicke hatte nach Trapperart die kurze, schmierige Pfeife an einer Schnur am Hals hängen. Als er sie gestopft hatte, beeilte ich mich, ein Hölzchen hervorzulangen. Er aber schüttelte abwehrend den Kopf, griff in die Tasche seines Pelzes und brachte eines jener Präriefeuerzeuge zum Vorschein, die Punks genannt werden und trockenen Baummoder als Zunder enthalten.

„Auch so eine von den neuzeitlichen Erfindungen, diese Zündhölzer, die nicht für die Savanne taugen", bemerkte er. „Man darf sich nicht verwöhnen."

Damit war das kurze Gespräch beendet, und der Dicke schien nicht die mindeste Lust zu haben, ein neues anzuknüpfen. Er rauchte ein Kraut, dessen Duft mich lebhaft an Walnußblätter erinnerte, und widmete dabei der Gegend seine ganze Aufmerksamkeit. So erreichten wir die Station North Plate am Vereinigungspunkt des North und South Plate River. Hier stieg er für kurze Zeit aus und machte sich an einem der vorderen Wagen zu schaffen. Ich bemerkte, daß sich ein Pferd darin befand, offenbar sein Reittier.

Als er wieder eingestiegen war und der Zug sich in Bewegung gesetzt hatte, beobachtete er weiter sein Schweigen, und erst als wir gegen Mitternacht in Cheyenne am Fuß der Laramie Mountains hielten, fragte er:

„Fahrt Ihr von hier aus vielleicht mit der Coloradobahn nach Denver, Sir?" — „Nein", erwiderte ich. — „Well, so bleiben wir Nachbarn..." — „Fahrt Ihr sehr weit mit der Pacific?" erkundigte ich mich nun. — „Hm! Ja und nein — wie es mir gefällt. Und Ihr?" — „Ich möchte nach Ogden." — „Ah! Ihr wollt die Mormonenstadt sehen?"

„Ein wenig, und dann hinauf in die Windriverberge und in die Teton Range." — Er musterte mich mit einem ungläubigen Blick und meinte: „Dahinauf? Das bringt nur ein sehr kühner Westmann fertig. Habt Ihr Gesellschaft?" — „Nein."

Jetzt blickten mich seine kleinen Äuglein fast belustigt an.

„Allein? Hinauf in die Tetonberge? Mitten unter die Sioux und grauen Bären? *Pshaw!* Habt Ihr vielleicht einmal gehört, was ein Sioux oder grauer Bär zu bedeuten hat? "— „Ich denke."

„Hm! Darf ich fragen, was Ihr seid, Sir?" — „Ich bin *writer.*"

„*Writer?* Schriftsteller? So! Ihr macht also Bücher?" — „Ja."

Jetzt lachte er übers ganze Gesicht. Es machte ihm, genauso wie früher dem braven Sans-ear, gewaltigen Spaß, daß ein Schriftsteller den Gedanken gefaßt hatte, ganz allein und nur auf sich selbst angewiesen, den gefährlichsten Teil des Felsengebirges aufzusuchen.

„Schön!" sagte er kichernd. „So wollt Ihr wohl über die Tetons ein Buch schreiben, mein werter Sir?" — „Vielleicht."

„Und Ihr habt wohl ein Buch gesehen, worin ein Indianer oder ein Bär abgebildet war?" — „Versteht sich", nickte ich herab.

„Und nun glaubt Ihr, daß Ihr da mitmachen könnt?" — „Allerdings!"

„Und Ihr habt wohl auch eine Flinte mit, die da in Eure Decke eingewickelt ist?" — „Gewiß."

„So will ich Euch einen guten Rat geben, Sir! Steigt schleunigst aus und macht, daß Ihr wieder heimkommt! Ihr seid zwar, wie es scheint, ein starker Kerl, aber Ihr seht mir gar nicht so aus, als könntet Ihr ein Eichhorn schießen, viel weniger einen Bären. Das Lesen hat Euch den Kopf benebelt. Es wäre jammerschade um Euer junges Leben, wenn Euch beim Anblick eines Wildkätzchens der Schlag rühren sollte. Ihr habt gewiß einmal den Cooper gelesen?" — „Ei freilich!"

„Dachte es mir. Habt vielleicht auch von berühmten Präriemännern gehört?" — „Ja", bestätigte ich abermals bescheiden.

„Von Winnetou, von Old Firehand, von Old Shatterhand, von Sharpeye[1] oder von der Tante Droll?" — „Von allen", nickte ich.

Das dicke Männchen ahnte nicht, daß es mir wenigstens ebensoviel Spaß machte, wie ihm.

„Ja", meinte er, „solche Bücher und Geschichten lesen und hören sich freilich vortrefflich an. Das klingt alles so schön und leicht. Aber, Sir, nehmt mir's nicht übel, Ihr dauert mich. Dieser Winnetou ist ein Apatschen-Häuptling, der nötigenfalls mit tausend Teufeln kämpfen würde. Dieser Old Firehand schießt Euch jede einzelne Mücke aus dem Schwarm heraus, und Old Shatterhand hat noch niemals einen Fehlschuß getan und schlägt die stärkste Rothaut mit einem einzigen Hieb zu Brei. Wenn einer von diesen Kerlen sagt, daß er hinauf will in die Tetonberge, so ist das zwar immer noch ein Wagnis, aber man denkt doch, daß es bestehen kann. Dagegen Ihr — ein Büchermacher? *Pshaw!* Wo habt Ihr denn Euer Pferd?" — „Habe keins."

Jetzt konnte er sich nicht länger halten. Er platzte mit einem lauten Gelächter heraus.

[1] Scharfauge, Spürauge

„Kein Pferd, und hinauf ins Tetongebirge! Seid Ihr verrückt, Sir?"
„Ich glaube nicht. Wenn ich auch jetzt noch kein Pferd habe, so werde ich mir doch eines kaufen oder fangen." — „Ah! Wo denn?"
„Wo es mir paßt." — „Ihr, Ihr selber wollt es Euch fangen?" — „Ja."
„Das ist lustig, Sir! Ihr habt zwar einen Lasso da um Eure Schultern gewickelt, aber damit fangt Ihr keine Fliege, viel weniger einen wilden Mustang!"
„Warum?"
„Warum? Na, weil Ihr das seid, was man drüben im alten Land einen Sonntagsjäger nennt!"
„Und weshalb schätzt Ihr mich so ein?"
„Das ist doch einfach! Weil alles an Euch so nett und sauber ist. Seht Euch einen tüchtigen Waldläufer an, und vergleicht ihn mit Euch! Eure hohen Reitstiefel sind neu, und, wahrhaftig, sie sind ganz blank gewichst! Eure Leggins sind von feinstem Elenleder. Euer Jagdhemd ist ein Meisterstück aus der Hand einer indianischen Squaw. Euer Hut hat wenigstens zwölf Dollar gekostet, und Euer Messer samt dem Revolver hat sicher noch keinem Menschen weh getan! Könnt Ihr schießen, Sir?"
„Ja, ein wenig. Ich bin sogar einmal Schützenkönig gewesen!" erklärte ich mit wichtiger Miene. — „Schützenkönig? Ah, dann seid Ihr am Ende gar ein Deutscher?" — „Freilich."
„Hm! So, so! Also ein Deutscher seid Ihr? Auf einen hölzernen Vogel habt Ihr geschossen, und Schützenkönig seid Ihr da geworden? So sind die Deutschen! Old Shatterhand soll zwar auch ein Deutscher sein, aber der ist eben eine Ausnahme! Sir, ich bitte Euch herzlich, kehrt so bald wie möglich um, sonst geht Ihr zugrunde!"
„Wollen sehen und einstweilen von etwas anderem reden!" wich ich aus. „Wo steckt denn eigentlich dieser Old Shatterhand, von dem Ihr sprecht?"
„Ja, wer weiß das! Als ich vor kurzem in Kansas City war, traf ich den berühmten Sans-ear, der mit ihm geritten war. Der sagte mir, daß Old Shatterhand wieder hinüber sei nach Afrika, in die dumme Gegend, die man die Wüste Sahara nennt. Dort schlägt er sich wohl mit den Indianern herum, die den Namen Araber führen. Dieser Mann hat seinen Namen Shatterhand nämlich davon, daß es ihm ein leichtes ist, mit der bloßen Faust einen Feind niederzuschlagen. Er hat das schon oft getan. Seht Euch dagegen Eure Händchen an! Sie sind so zart und weiß wie die Hände einer Lady. Man merkt sofort, daß Ihr nur mit Papier umgeht und keine andere Waffe kennt als den Gänsekiel. Nehmt Euch meinen Rat zu Herzen, Sir, und geht in das alte Germany zurück! Unser Westen ist keine Gegend für einen Gentleman von Eurer Sorte!"
Mit dieser Warnung beendete er das Gespräch, und ich gab mir keine Mühe, es wieder anzuknüpfen. Richtig war allerdings, daß ich zu Sans-ear gesagt hatte, ich würde später in den Orient gehen.
Der erste Haltepunkt, den wir beim Licht des folgenden Morgens erblickten, war Rawlins. Hinter diesem Ort beginnt eine öde, wüste Gebirgslandschaft, deren einziger Pflanzenwuchs in Artemisiabüschen besteht, ein ungeheueres, unfruchtbares Becken ohne Leben, ohne Flüsse oder Bäche, eine Gebirgs-Sahara, die keine einzige Oase kennt. Bald schmerzt der mit Alkalien gesättigte Boden mit seiner blendenden Weiße das müde Auge; bald nimmt diese Wüste ein Gepräge

finsterer, schwermütiger Größe an, hervorgebracht durch nackte Lehnen, dürre Abhänge und steile Felswände, die von Sturm, Flut und Blitz zerrissen sind.

In dieser trostlosen Gegend liegt die Station Bitter Creek[1], doch sind es von hier aus bis zum nächsten Bach noch drei gute Meilen. Und dennoch wird sich hier einst ein reges Leben entfalten, denn es befinden sich hier unerschöpfliche Kohlenfelder, die dieser Wüste eine Zukunft sichern.

Wir dampften weiter, über Rock Springs und über die Station Green River hinaus, die in Luftlinie reichlich tausend Kilometer westlich von Omaha liegt. Das traurige Aussehen der Gegend hörte auf, der Pflanzenwuchs begann wieder, und die Höhenzüge erhielten eine freundliche, erquickende Färbung. Wir hatten eben ein herrliches Tal durchquert und fuhren hinaus auf eine freie, offene Ebene, als die Maschine in kurzer Reihenfolge jene gellenden Pfiffe ausstieß, die eine drohende Gefahr anzeigen. Wir schnellten von unseren Sitzen hoch. Die Bremsen kreischten, die Räder knirschten — der Zug kam zum Stehen, und wir sprangen aus dem Wagen hinaus auf die sichere Erde.

Der Anblick, der sich uns bot, war schaudererregend. Man hatte hier einen Zug, der Arbeiter und Vorräte in den Westen bringen sollte, überfallen, und die Strecke war bedeckt von den verbrannten und halbverkohlten Trümmern. Der Überfall war während der Nacht geschehen. Railtroublers hatten die Schienen aufgerissen, und infolgedessen war der Zug entgleist und den hohen Damm hinabgestürzt. Was sich nun zugetragen hatte, konnte man ahnen. Es waren beinahe nur noch die Eisenteile des verunglückten Zuges vorhanden. Man hatte an jeden Wagen, nachdem er beraubt worden war, Feuer gelegt, und in der Asche fanden wir die traurigen Überreste vieler Menschen, die bereits bei dem Sturz verunglückt oder dann später von den Railtroublers getötet worden waren. Kein einziger schien lebend entkommen zu sein.

Es war ein Glück für uns, daß unser Maschinist in dem offenen Gelände die Gefahr noch rechtzeitig bemerkt hatte, sonst wären wir auch den Damm hinabgestürzt. Die Lokomotive hielt nur wenige Meter von der Stelle, wo die Zerstörung begann.

Die Aufregung der Reisenden und der Zugbegleitung war gewaltig, und es ist unmöglich, die Kraftworte und Auslassungen wiederzugeben, die ringsum zu hören waren. Man durchwühlte die noch rauchenden Trümmer, aber es gab nichts mehr zu retten, und nachdem der Tatbestand festgestellt worden war, konnte man nichts weiter tun, als die Strecke schleunigst wiederherzustellen. Die notwendigen Werkzeuge dazu waren — wie damals bei jedem amerikanischen Zug — vorhanden. Der Zugführer erklärte, er müsse sich darauf beschränken, auf der nächsten Station Anzeige zu erstatten. Das übrige, also auch die Verfolgung der Verbrecher, sei dann Sache der Jury, die dort jedenfalls sogleich gebildet würde.

Während die anderen Reisenden noch unnötigerweise in den Trümmern wühlten, hielt ich es für das beste, mich nach den Spuren der Railtroublers umzusehen. Das Gelände zeigte eine offene, mit Gras bewachsene und nur von wenigen Büschen unterbrochene Fläche. Ich ging eine Strecke auf dem Gleis zurück und schlug dann um die rechte Seite der Unglücksstelle einen Halbkreis, dessen Grundlinie

[1] Bitterer Bach

191

von dem Bahnkörper gebildet wurde. Auf diese Weise konnte mir bei einiger Aufmerksamkeit nichts entgehen.

In der Entfernung von vielleicht dreihundert Schritten von der Unglücksstelle fand ich zwischen einigen Büschen das Gras niedergedrückt, als hätte hier eine größere Anzahl von Menschen gesessen, und deutlich erkennbare Spuren führten mich an den Platz, wo man die Pferde angekoppelt hatte. Diesen Ort untersuchte ich sorgfältig, um die Anzahl und die Beschaffenheit der Tiere kennenzulernen. Dann setzte ich meine Nachforschungen weiter fort.

Am Schienenweg traf ich mit meinem Nachbar aus dem Eisenbahnabteil zusammen, der, wie ich erst jetzt bemerkte, den gleichen Gedanken gehabt und die Gegend links von der Unglücksstelle abgesucht hatte. Er blickte verwundert auf und fragte:

„Ihr hier, Sir? Was tut Ihr?"

„Das, was jeder Westmann tun wird, wenn er in eine ähnliche Lage kommt: ich suche nach den Spuren der Railtroublers."

„Ihr? Ah! Werdet auch viel finden! Das sind gescheite Kerle gewesen, die es verstanden haben, ihre Spuren zu verwischen. Ich habe nicht das mindeste entdeckt. Was wird da so ein Greenhorn wie Ihr finden?"

„Vielleicht hat das Greenhorn bessere Augen gehabt als Ihr, Sir", lächelte ich. „Weshalb sucht Ihr hier auf der linken Seite nach Spuren? Ihr wollt ein alter, erfahrener Savannenläufer sein und seht doch nicht, daß sich das Gelände hier rechts viel besser zu einem Lagerplatz und zum Versteck eignet als links da drüben, wo fast kein Buschwerk zu finden ist."

Er blickte mir sichtlich überrascht ins Gesicht und meinte dazu:

„Hm, diese Ansicht ist nicht übel. So ein Büchermacher scheint doch zuweilen einen guten Gedanken zu haben. Habt Ihr etwas ausfindig gemacht?"

„Ja. Dort hinter jenen besonders hochgewachsenen wilden Kirschsträuchern haben sie gelagert, und da hinten bei den Haselbüschen standen die Pferde."

„Ah! Da muß ich hin, denn Ihr habt doch nicht die richtigen Augen, um festzustellen, wieviel Tiere es gewesen sind!"

„Es waren sechsundzwanzig."

Wieder blickte er mich mit einer Gebärde der Überraschung an.

„Sechsundzwanzig?" wiederholte er ungläubig. „Woraus erkennt Ihr das?"

„Aus den Wolken jedenfalls nicht, sondern aus den Spuren, Sir", lachte ich. „Von diesen sechsundzwanzig Pferden waren acht beschlagen und achtzehn unbeschlagen; von den Reitern dreiundzwanzig Weiße und drei Indianer. Der Anführer der ganzen Truppe ist ein Weißer, der mit dem rechten Fuß hinkt. Sein Pferd ist vermutlich ein Fuchshengst. Der Indianerhäuptling aber, der dabei war, reitet entweder einen Rapphengst oder einen Braunen, und ich glaube, daß er ein Sioux ist vom Stamm der Ogellallah."

Das Gesicht, das der Dicke jetzt machte, läßt sich gar nicht beschreiben. Der Mund stand ihm vor Erstaunen offen, und die kleinen Äuglein blickten mich mit einem Ausdruck an, als wäre ich ein Gespenst.

„*The devil!*" rief er endlich. „Ihr träumt wohl, Sir?"

„Seht selber nach!" entgegnete ich trocken.

„Aber wie wollt Ihr wissen, wieviel Weiße oder Indsmen es waren? Wie wollt Ihr wissen, welches Pferd braun oder schwarz gewesen ist, welcher Reiter hinkt und zu welchem Stamm die Rothäute gehörten?"

„Ich habe Euch gebeten, selber nachzusehen! Und dann wird es sich ja zeigen, wer bessere Augen hat, ich, das Greenhorn, oder Ihr, der erfahrene Westmann."

„Schön! Werden sehen! Kommt, Sir! Ein Greenhorn, und erraten, wer diese Halunken gewesen sind!"

Lachend eilte er der bezeichneten Stelle zu, und ich folgte ihm langsam.

Als ich ihn wieder erreichte, war er so eifrig mit der Betrachtung der Spuren beschäftigt, daß er mich gar nicht beachtete. Erst als er wohl zehn Minuten lang die Umgebung auf das sorgfältigste abgesucht hatte, kam er zu mir und sagte:

„Wahrhaftig, Ihr habt recht! Sechsundzwanzig sind es gewesen und achtzehn Pferde waren unbeschlagen. Aber das andere ist Unsinn, reiner Unsinn. Hier haben sie gelagert und in dieser Richtung sind sie davongeritten. Weiter sieht man nichts."

„So kommt, Sir!" meinte ich. „Ich will Euch zeigen, welchen Unsinn die Augen eines Greenhorn entdecken!"

„Well, bin neugierig!" nickte er belustigt.

„Seht Euch die Pferdespuren genauer an! Drei Tiere wurden abseits gehalten und waren nicht vorn, sondern übers Kreuz gekoppelt. Das waren also jedenfalls Indianerpferde."

Der Dicke bückte sich, um den Abstand der einzelnen Hufstapfen genau auszumessen. Der Grasboden war feucht, und die Spuren waren für ein geübtes Auge recht leidlich zu erkennen.

„By Jove, Ihr habt recht!" rief er erstaunt. „Das waren Indianergäule."

„So kommt jetzt weiter mit, dorthin zu der kleinen Wasserlache. Hier haben sich die Indsmen die Gesichter abgewaschen und dann wieder neu mit den Kriegsfarben bemalt. Die Farben waren mit Bärenfett angerieben. Seht Ihr die kleinen ringförmigen Eindrücke im weichen Boden? Da sind die Farbennäpfchen gestanden. Es ist warm gewesen, und die Farben waren infolgedessen dünn und haben getropft. Bemerkt Ihr hier im Gras einen schwarzen, einen roten und zwei blaue Tropfen, Sir?" — „Yes! Wahrhaftig, es ist so!"

„Und sind nicht Schwarz-Rot-Blau die Kriegsfarben der Ogellallah?"

Er nickte nur. In seinem Gesicht prägte sich jetzt etwas wie Mißtrauen aus, gepaart mit tiefem Nachdenken. Ich kehrte mich nicht daran und fuhr fort:

„Nun weiter! Als der Trupp hier ankam, hat er da neben der sumpfigen Lache gehalten. Das zeigen die Hufeindrücke, die sich mit Wasser gefüllt haben. Nur zwei sind vorgeritten, also wohl die Anführer. Sie wollten erst Umschau halten, und die anderen mußten zunächst zurückbleiben. Seht hier die Pferdespur im Morast! Das eine Pferd beschlagen und das andere nicht. Dieses zweite trat hinten tiefer als vorn. Es saß also ein Indianer darauf. Der andere Reiter aber war ein Weißer, denn sein Pferd hatte Eisen und trat vorn tiefer als hinten. Ihr kennt wohl den Unterschied zwischen der Art, wie ein Indsman und wie ein Weißer zu Pferd sitzt?"

„Sir", sagte er, „ich glaube gar, Ihr habt —"

„Gut!" unterbrach ich ihn. „Nun paßt genau auf! Sechs Schritte weiter vorn haben sich die Pferde gebissen. Das aber tun nach einem so langen und anstrengenden Ritt, wie ihn diese Leute hinter sich hatten, nur Hengste. Verstanden?"

„Aber wer sagt Euch denn, daß sie einander gebissen haben, he?"

„Erstens die Stellung der Hufstapfen. Das Indianerpferd ist hier gegen das andere angesprungen. Das werdet Ihr zugeben. Und zweitens, seht Euch die Haare an, die ich hier in der Hand halte! Ich fand sie vorhin, als ich die Spuren ohne Euch untersuchte. Das sind vier Mähnenhaare von lichtbrauner Farbe, die das Indianerpferd dem anderen ausgerissen hat und sofort fallen ließ. Weiter vorn aber fand ich diese zwei schwarzen Schweifhaare, und aus der Stellung der Stapfen ersehe ich, das Indianerpferd biß das andere in die Mähne, wurde aber von seinem Reiter sogleich zurückgedrängt und dann vorwärts getrieben. Dabei langte das andere Pferd herüber und riß ihm diese Haare aus dem Schweif, die noch einige Schritte weit im Maul hängenblieben und dann zur Erde fielen. Das Pferd des Roten ist entweder ein Rappe oder ein Brauner und das des Weißen ein Fuchs — kommt weiter! Hier ist der Weiße abgestiegen, um den Bahndamm zu erklettern. Seine Fährte ist im weichen Sand sichtbar geblieben. Ihr könnt genau sehen, daß er mit dem einen Fuß fester und heftiger aufgetreten ist als mit dem anderen. Er hinkt also. Übrigens waren diese Menschen überaus unvorsichtig. Sie haben sich nicht die mindeste Mühe gegeben, ihre Spuren unkenntlich zu machen. Demnach müssen sie sich sehr sicher fühlen, und das kann nur zwei Gründe haben."

„Welche?" fragte er kurz.

„Entweder sie waren gewillt, noch heute eine bedeutende Strecke zwischen sich und die Verfolger zu legen, und das möchte ich bezweifeln, da aus den Spuren zu ersehen ist, daß ihre Pferde recht angegriffen und ermüdet waren. Oder sie wußten einen größeren Trupp der Ihrigen in der Nähe, zu dem sie sich zurückziehen konnten. Diese Deutung ist mir wahrscheinlicher. Und da sich drei vereinzelte Indsmen nicht so leicht an über zwanzig Weiße anschließen, so vermute ich, daß da gegen Norden hin eine beachtliche Schar Ogellallah zu suchen ist, zu der jetzt die dreiundzwanzig Railtroublers gestoßen sind."

Es war wirklich spaßhaft anzusehen, mit welch einer eigentümlichen Miene mich mein Gefährte jetzt vom Kopf bis herab zu den Füßen musterte. „Mann!" rief er endlich. „Wer seid Ihr denn eigentlich, he?" — „Ich habe es Euch ja gesagt."

„Pshaw! Ihr seid kein Greenhorn und auch kein Büchermacher, obgleich Ihr mit Euren gewichsten Stiefeln und Eurer Sonntagsausrüstung ganz danach aussieht. Ihr seid so abgeleckt und sauber, daß Ihr in einem Theaterstück, worin ein Westmann auftreten soll, gleich auf der Bühne erscheinen könntet. Aber unter hundert wirklichen Westmännern ist kaum einer, der so wie Ihr die Fährte zu lesen versteht. By Jove, ich dachte bisher, daß ich auch etwas leiste, aber an Euch komme ich nicht heran, Sir!"

„Und dennoch bin ich ein Bücherschreiber. Doch habe ich bereits früher diese alte Prärie von Norden nach Süden und von Osten bis zum entferntesten Westen durchmessen. Daher kommt es, daß ich mich so leidlich auf die Spuren verstehe." — „Und Ihr wollt tatsächlich hinauf in die Windriverberge?" — „Allerdings."

„Aber, Sir, wer das ausführen will, der muß bedeutend mehr sein als ein guter Spurenfinder, und da — nehmt mir's nicht übel — scheint es bei Euch zu hapern." — „Inwiefern?"

„Wer einen so gefährlichen Weg vor sich hat, der läuft nicht so leichtsinnig ins Blaue hinein wie Ihr, sondern er sieht sich vor allen Dingen nach einem guten Pferd um. Verstanden?"

„Das werde ich noch tun." — „Wo denn?"

„Nun, ein Pferd ist an jeder Station zu kaufen, und wäre es auch nur ein alter Karrengaul. Bin ich dann beritten, so hole ich mir schon aus irgendeiner wilden Herde einen Mustang, der mir paßt."

„Ihr? Ah! Seid Ihr ein solcher Reiter? Könnt Ihr einen Mustang bändigen? Wird es da oben Pferde geben?"

„Ihr vergeßt, daß gerade jetzt die Jahreszeit ist, in der die Büffel und Mustangs ihre Herdenwanderungen antreten. Ich bin überzeugt, daß ich zwischen hier und den Tetonbergen auf eine Herde treffen werde." — „Hm! Also ein Reiter seid Ihr. Aber wie steht es denn mit dem Schießen?"

„Wollt Ihr eine Prüfung mit mir anstellen, Sir?" lachte ich.

„Gewiß", nickte er ernsthaft. „Ich habe nämlich eine Absicht dabei."

„Darf man erfahren, was für eine?"

„Später. Erst müßt Ihr einmal schießen. Holt Euer Gewehr!"

Dieses kleine Zwischenspiel machte mir Spaß. Ich hätte dem Mann einfach sagen können, daß ich Old Shatterhand sei, zog aber vor, es zu verschweigen. Er sollte von selbst darauf kommen. Ich ging also zum Wagen, um die Decke zu holen, in die meine Gewehre gewickelt waren. Man bemerkte das, und sofort schlossen die Fahrgäste einen Halbkreis um uns beide. Der Amerikaner und besonders der Bewohner des Westens läßt bekanntlich keine Gelegenheit, ein Gewehr abschießen zu sehen, unbenutzt vorüber.

Ich schlug die Decke auseinander.

„*Behold*, ein Henrystutzen!" rief der Dicke. „Ein wirklicher, richtiger Henrystutzen! Wie viele Schüsse hat er, Sir?"

„Fünfundzwanzig."

„Ah, eine der fürchterliche Waffe! Mann, um das Gewehr beneide ich Euch!" — „Diese Büchse ist mir noch lieber."

Dabei nahm ich meinen schweren Bärentöter auf.

„*Pshaw!* Ein glattes, gut geputztes Schießeisen!" meinte der Dicke geringschätzig. „Ich lobe mir eine alte, rostige Kentuckybüchse oder meinen alten Schießprügel da!"

„Wollt Ihr Euch nicht einmal die Firma ansehen, Sir?" fragte ich ihn, indem ich ihm das Gewehr entgegenstreckte.

Er warf einen Blick auf die eingeätzte Marke und fuhr überrascht zurück.

„Verzeiht, Sir", rief er, „das ist freilich etwas anderes. Solche Büchsen gibt es nicht mehr viele. Ich habe gehört, daß Old Shatterhand eine hat. Wenn ich jetzt noch wüßte, daß Ihr auch ein guter Schütze seid, dann —" — „Was dann?" — „Hm! Darüber reden wir später. Zeigt erst Eure Kunst!" — „Gut! Gebt an, auf welches Ziel ich schießen soll, Sir!" — „Ladet erst neu!"

„Pah, das ist nicht notwendig. Die Schüsse stecken trocken."

„*Well*, so schießt mir den Vogel dort vom Busch!"

Der betreffende Vogel saß in einer Entfernung von vielleicht zweihundert Schritt auf dem Busch. Ihn zu treffen wäre also keine besondere Leistung gewesen. Ich hatte aber hoch über uns einen Raubvogel bemerkt, der wie ein fester Punkt im Äther stand und blickte jetzt hinauf.

„Seht Ihr den Vogel da oben, Mesch'schurs?" fragte ich rundum blickend. „Ich werde ihn herunterholen."

„Das ist unmöglich!" rief der Dicke. „Das brächte nicht einmal der alte Sans-ear oder Old Firehand fertig!" — „Wollen sehen!"

Ich hob die Büchse und drückte ab.

„Fort!" lachte der Dicke. „Der Schuß hat den Vogel erschreckt. Er ist ausgerissen, hat sich hinter dem Bahndamm in Sicherheit gebracht."

„Nein, er ist nicht ausgerissen, sondern getroffen", meinte ich, die Büchse absetzend. „Geht doch hinüber auf den Damm, er ist dort niedergefallen, ungefähr achtzig Schritt von hier!"

Ich deutete mit der Hand die Stelle an, und sofort sprangen einige der Umstehenden hin. Sie brachten den Vogel, der einwandfrei getroffen war. Mein Gefährte betrachtete abwechselnd den Vogel und mich.

„Getroffen, wahrhaftig getroffen! Sir, das ist ein Schuß, wie ich noch keinen erlebt habe! Ihr scheint es bisher darauf abgesehen zu haben, mit mir ein wenig Verstecken zu spielen. Aber nun ist Schluß damit. Ich weiß, woran ich mit Euch bin. Kommt doch ein wenig mit auf die Seite!"

Mein Gefährte zog mich von den anderen fort, dahin, wo die Pferdespuren am deutlichsten zu sehen waren. Dort holte er ein Papier hervor und legte es in eine der Spuren.

„Well, es ist so!" meinte er gedankenvoll. „Sir, sagt mir doch, ob Ihr vielleicht Herr Eurer Zeit seid, ob Ihr geradewegs hinauf in die Tetons wollt, oder ob Ihr vorher noch einen anderen Ritt unternehmen könntet!" — „Ich kann tun, was mir gefällt", erklärte ich.

„Ausgezeichnet! So will ich Euch etwas sagen. Habt Ihr vielleicht schon von Stephen Moody gehört, den man für gewöhnlich ‚Spürauge' nennt?"

„Ja, er soll ein tüchtiger Westmann sein, ist bestimmt einer der besten Pfadfinder des Gebirges und spricht mehrere Indianermundarten." — „Ich bin dieser Moody, Sir!"

„Etwas ähnliches habe ich mir gedacht. Hier meine Hand! Es freut mich von Herzen, Euch getroffen zu haben, Sir."

„Wirklich? Nun, vielleicht lernen wir einander noch besser kennen. Ich habe nämlich mit einem gewissen Monk einige ernsthafte Worte zu sprechen. Er war in letzter Zeit Anführer einer Schar von Bushheaders und Pferdedieben, ganz abgesehen von dem, was er von früher her schon auf dem Gewissen hat. Jetzt ist er mit seiner Bande weiter nach Westen gezogen, und ich folge ihm. Das Papier in meiner Hand ist die genaue Abbildung von den beiden Hinterhufen seines Pferdes. Sie stimmen mit diesen Spuren überein, und da Monk mit dem rechten Bein hinkt, bin ich überzeugt, daß er der Anführer dieser Railtroublers ist." — „Monk?" fragte ich. „Wie ist sein Vorname?"

„Lew, Lewis. Doch pflegt er verschiedene Namen zu tragen."

„Lewis Monk? Ah, von dem habe ich gehört! War er nicht der Buchhalter des Ölprinzen Rallow? Er ging seinem Herrn mit einer bedeutenden Summe durch!"

„Ja, das ist er! Er verführte den Kassierer, die Kasse auszuräumen und mit ihm zu gehen. Dann erschoß er ihn. Monk wurde von der Polizei verfolgt und tötete zwei Konstabler, die ihn fassen wollten. In New Orleans wurde er ergriffen, als er sich gerade einschiffen wollte.

Es gelang ihm, auch dort zu entkommen, indem er den Kerkermeister erschlug. Dann ging er in den Westen. Etwas anderes blieb ihm nicht übrig, da man ihm den Raub abgenommen hatte. Seit dieser Zeit hat er Verbrechen auf Verbrechen gehäuft, und es wird Zeit, daß dies ein Ende nimmt." — „Ihr wollt ihn ergreifen?" — „Mein muß er werden, tot oder lebendig." — „Ihr habt also eine persönliche Abrechnung mit ihm?"

Moody blickte eine Weile vor sich nieder und entgegnete dann zögernd:

„Ich spreche nicht gern davon, Sir. Vielleicht teile ich es Euch noch mit, sobald wir uns erst näher kennengelernt haben. Und daß wir uns näher kennenlernen, das hoffe ich, Sir. Es ist eine wunderliche Fügung, daß ich mich gerade in diesem Zug befand, aber trotzdem hätte ich die Spur dieses Monk wohl noch lange vergebens gesucht, wenn mich nicht Old Shatterhand mit der Nase daraufgestoßen hätte."

„Aha", lachte ich. „Ihr glaubt, etwas gemerkt zu haben!"

„Glauben?" meinte er. *„Pshaw!* Ich weiß es."

„Und wenn Ihr Euch trotzdem irrt?"

„Ausgeschlossen! Ein Deutscher, der Bücher schreibt, der allein die Fahrt ins Tetongebirge wagt, der einen Henrystutzen und einen alten Bärentöter mit sich herumschleppt, der ein Meister im Fährtenlesen und im Schießen ist — Sir, wer diesen Mann nicht als Old Shatterhand erkennt, der muß auf dem Mond zu Hause sein, aber nicht im Wilden Westen wie Stephen Moody. Also schweigt mit Euren Ausreden und laßt mich zu Ende kommen! Daß der Anführer der Railtroublers lahm geht und einen Fuchs reitet, hätte ich nicht herausgebracht, und doch ist gerade das für meine Annahme maßgebend. Ich werde hier den Zug verlassen, um der Spur zu folgen. Wollt Ihr mich begleiten, Sir?"

„Hm! Wäre es nicht besser für Euch, Euch den Männern anzuschließen, die in Kürze von den nächsten Stationen eintreffen werden, um die Railtroublers zu verfolgen?"

„Nein. Redet mir nicht von einer solchen Verfolgung! Ein einziger Westmann wiegt da schwerer als ein ganzes Schock solcher hergelaufener Pulverschnapper. Ich muß allerdings ehrlich sein und zugeben, daß es kein geringes Wagnis ist, hinter solchen Leuten herzulaufen. Das Leben eines Menschen hängt da nur an einem versengten Haar. Aber ich meine, Ihr seid der Mann, der Abenteuer sucht und auch zu bestehen weiß, und hier findet Ihr eins, das gar nicht aufregender sein könnte."

„Das ist richtig", stimmte ich bei. „Es ist aber niemals meine Leidenschaft gewesen, mich in fremder Leute Sache zu mischen. Dieser Lew Monk geht mich nichts an, und ich weiß ja auch nicht, ob ich zu Euch passen würde."

Er blinzelte mich mit seinen kleinen Äuglein schalkhaft an und lächelte.

„Ihr meint es wohl umgekehrt: ob ich zu Euch passen würde! Na, darum braucht Ihr keine Sorge zu haben. ‚Spürauge' ist nicht der Mann, der mit dem ersten besten Westläufer Kameradschaft macht; darauf könnt Ihr Euch getrost verlassen. Ich bleibe gern für mich, und wenn ich mich einem anderen anschließe, so muß ich Vertrauen zu ihm haben, und er muß ein ganzer Kerl sein. Verstanden?"

„In dieser Beziehung bin ich gerade wie Ihr. Ich bleibe auch am liebsten für mich. Man kann hier in der Wahl seiner Gefährten nicht vorsichtig genug sein. Man findet hier einen Kameraden, legt sich des Abends neben ihm zur Ruhe nieder und ist am Morgen eine Leiche. Der Kamerad aber reitet mit seinem Raub wohlgemut davon."

„*Zounds*, denkt Ihr etwa, daß ich ein solcher Schlingel bin, Sir?"

„Nein. Ihr seid ein ehrlicher Mensch, das sieht man Euch an. Ja noch mehr, Ihr gehört sogar zur Polizei, die doch keine Schlingel unter sich duldet." — Moody erschrak und wechselte die Farbe. „Sir!" rief er. „Was fällt Euch ein?"

„Still, Sir! Euer ganzes Aussehen ist zwar nicht sehr polizeimäßig, aber gerade deshalb seid Ihr vielleicht ein recht brauchbarer Detektiv. Ihr habt zwar keinerlei Andeutung gemacht, aber ich habe Euch doch durchschaut. Seid in Zukunft vorsichtiger! Wenn es sich in diesen Breiten herumspricht, daß ‚Spürauge‘ nur deshalb die Prärie durchstreift, um als Geheimpolizist gewisse abhanden gekommene Gentlemen aufzustöbern und unschädlich zu machen, so habt Ihr vielleicht bald den letzten Schuß getan." — „Ihr irrt Euch, Sir!" versuchte er mir einzureden. Ich aber wehrte ab.

„Bestimmt nicht. Das Abenteuer sagt mir zu, und ich würde mich Euch sofort anschließen, um diesen Railtroublers einen Streich zu spielen. Die Gefahr könnte mich nicht schrecken, denn sie lauert ja überall auf unsereinen, soweit die Prärie reicht. Aber daß Ihr Euch vor mir verstecken wollt, hält mich zurück. Wenn ich mich mit einem Menschen verbünde, so muß ich wissen, woran ich mit ihm bin."

Er blickte nachdenklich zu Boden, dann hob er den Kopf und meinte: „Gut, Sir, Ihr sollt wissen, woran Ihr mit mir seid, so wie ich es nun von Euch weiß, obwohl Ihr noch immer nicht offen Farbe bekannt habt. Ja, ich bin ein Beamter des Privat-Detektive-Corps von Doktor Sumter in St. Louis. Meine Aufgabe ist es, entflohenen Verbrechern im Hinterwald nachzuspüren, gewiß kein leichtes Leben, aber ich verwende meine ganze Kraft darauf. Weshalb ich das tue, erzähle ich Euch später, wenn wir Zeit dazu haben. Es ist eine traurige Geschichte. Und nun sagt, Sir, wollt Ihr mich begleiten?"

„Ich will. Hier meine Hand, Sir! Wir wollen gute Kameraden sein und alle Not und Gefahr miteinander teilen. Und — ich gebe hiermit zu, daß ich der Mann bin, den man Old Shatterhand nennt."

Der Dicke schlug freudig ein.

„Das soll ein Wort sein, Sir! Habt Dank dafür! Ich hoffe, daß wir uns nicht übel zusammenfinden. Aber laßt mir den Sir beiseite und nennt mich lieber Stephen! Das ist kurz und bündig, und ich weiß genau, wer gemeint ist. Ich darf wohl auch wissen, wie ich Euch nennen soll?"

„Ruft mich einfach Charley. Das ist genug!" Dann deutete ich hinüber zur Unfallstelle. „Aber seht, der Damm ist ausgebessert und die Strecke wieder befahrbar. Man wird bald wieder einsteigen."

„So will ich Viktor holen. Ihr braucht über ihn nicht zu erschrecken. Er sieht nach nichts mehr aus, aber er hat mich zwölf Jahre getragen und ich würde ihn nicht gegen den besten Renner der Welt vertauschen. Habt Ihr noch etwas im Wagen?"

„Nein. Ich möchte überhaupt möglichst ohne langen Abschied von hier verschwinden." — „Richtig, Charley. Je weniger man von uns weiß, desto sicherer sind wir."

Stephen trat an den Wagen, worin sich sein Pferd befand, und ließ ihn sich öffnen. Das Gelände eignete sich nicht im mindesten zum Ausladen eines Pferdes, und es war auch keine Rampe dazu vorhanden.

Aber es ging, wie sich zeigte, auch ohne Rampe. „Victor, *come on!*"

Auf den Ruf des Jägers steckte das alte Tier zuerst seinen Kopf heraus, um sich die Sache anzusehen, legte bedenklich die langen Ohren zurück und sprang dann mit einem wirklich verwegenen Satz heraus auf den Damm. Alle, die bei diesem Sprung zugegen waren, klatschten Beifall. Das Tier schien das zu verstehen. Es wedelte mit dem Schweif und stieß ein lautes Wiehern aus.

Dieses Pferd sah gar nicht so aus, als wenn es seinen Namen Viktor, Sieger, mit einer Spur von Recht trüge. Es war ein dürrer, hochbeiniger Fuchs, der sicher fünfzehn Jahre zählte. Die Mähne war ihm ganz abhanden gekommen, der Schweif zeigte nur noch einige dürre Haarsträhnen und die Ohren sahen aus wie Kaninchenlöffel in mehrfacher Vergrößerung. Dennoch hatte ich alle Achtung vor dem Tier, zumal ich bemerkte, daß es ausschlug und biß, als einer der Männer vertraulich nach ihm langte. Viktor hatte, wie man sieht, große Ähnlichkeit mit der alten Tony meines guten Sans-ear. Das Tier war gesattelt und gezäumt. Stephen zog den Sattelgurt an, stieg auf, und sprengte den steilen Damm hinab, ohne sich umzusehen. Man schenkte uns auch keine weitere Beachtung. Wir waren ja fremd, und so kümmerte es niemanden, daß wir den Zug verließen.

Unten am Damm hielt Spürauge an. — „Seht Ihr, Charley, wie gut es nun wäre, wenn Ihr ein Pferd hättet?" meinte er.

„Es wird nicht lange dauern, so habe ich eins", tröstete ich ihn. „Mit Hilfe Eures Viktors werde ich mir wohl leicht eins fangen."

„Ihr? Das müßte ich wohl fangen, denn ich gebe Euch mein Wort, daß Ihr Viktor nicht reiten könnt, obwohl Ihr Old Shatterhand seid. Er trägt keinen anderen Menschen als mich allein."

„Das würde sich finden."

„Es ist aber so, ich versichere es Euch. Wir könnten, damit Euch das Laufen nicht so sehr angreift, zuweilen mit dem Pferd wechseln, aber Viktor wirft Euch sicher ab, und so seid Ihr zum Marschieren verurteilt, bis wir eine Mustangherde treffen. Das ist unangenehm, da wir auf diese Weise nur langsam vorwärts kommen und viel Zeit versäumen. Aber seht, da steigen die Leute ein, der Zug will weiterfahren!"

Es war so, wie er sagte. Die Maschine gab Dampf, die Räder bewegten sich, und der Zug rollte dem Westen weiter entgegen. Nach wenigen Augenblicken war er unseren Augen entschwunden.

„Hängt Eure schwere Büchse an meinen Sattel!" riet Spürauge.

„Ein guter Jäger trennt sich keinen Augenblick von seinem Gewehr", wehrte ich ab. „Ich danke Euch, Stephen. Vorwärts!" — „Ich werde langsam reiten, Charley." — „Laßt den Viktor immerhin einen kräftigen Schritt nehmen! Ich bin ein guter Läufer und halte aus."

„*Well*, so kommt!"

Ich warf die Decke über, hängte den Stutzen über die Achsel, schulterte den Bärentöter und schritt an der Seite des Reiters vorwärts. Die Verfolgung der Railtroublers begann.

12. Wiedersehen auf dem Kriegspfad

Die Fährte der Eisenbahnräuber war so deutlich, daß wir uns nicht die mindeste Mühe zu geben brauchten, sie aufzuspüren. Sie wies über den Green River hinweg genau nach Norden, und wir folgten ihr ohne Aufenthalt bis zur Mittagszeit, wo wir eine kurze Rast machten und einen kleinen Imbiß zu uns nahmen. Er bestand aus dem wenigen, was wir gerade eingesteckt hatten, denn es war uns nicht in den Sinn gekommen, uns mit Hilfe der Vorräte des Zuges auszustatten. Solange der Savannenmann eine Büchse und Pulver besitzt, braucht er keinen Hunger zu leiden. Und in dieser Hinsicht war ich gut versehen, denn mein wasserdichter Ledergürtel enthielt genügend Patronen für lange Zeit. Das Land, das wir durchquerten, war hügelig und reich mit Buschwerk, in feuchten Gegenden auch mit Bäumen bestanden. Die Spur führte an einem kleinen Fluß aufwärts, dessen Ufer teils sandig und teils mit so fettem Gras bewachsen waren, daß die Hufe der Pferde stets einen sichtbaren Eindruck hinterlassen hatten. Am Nachmittag schoß ich eine Antilope, die uns ein gutes Nachtmahl versprach, und als es dunkel wurde, machten wir in einer kleinen, von dichtem Buschwerk verhüllten Felsenschlucht halt, wo wir ohne Gefahr für unsere Sicherheit ein Feuer anzünden und die Antilope braten konnten. Wir fühlten uns an diesem Ort so geborgen, daß wir es für überflüssig hielten zu wachen und uns alle beide schlafen legten, nachdem Stephen seinen Viktor versorgt hatte.

Am anderen Morgen brachen wir in aller Frühe auf und erreichten am Nachmittag den Ort, wo die Railtroublers während der verflossenen Nacht gelagert hatten. Sie hatten mehrere offene Feuer gebrannt, schienen also jeder Verfolgung hohnsprechen zu wollen. Gegen Abend ritten und gingen wir an dem gleichen Flüßchen entlang über eine Ebene hin und hielten auf eine Ecke zu, die der Urwald gegen das Grasland vorschob. Wir hatten die Verfolgten fast eine ganze Tagesreise vor uns und glaubten uns um so sicherer, als wir auch nicht die kleinste Spur von der Anwesenheit eines anderen Menschen bemerkt hatten. So erreichten wir die Ecke und wollten soeben um sie herumbiegen, als wir beide plötzlich zurückfuhren. Vor uns hielt ein Indianer, der zur gleichen Minute im Begriff gestanden hatte, von der anderen Seite um die Waldspitze zu reiten. Er saß auf einem Rappen und führte ein mit einem beladenen Packsattel aufgeschirrtes Pferd neben sich.

Als er uns erblickte, glitt er blitzschnell vom Pferd, so daß er hinter ihm Deckung bekam, und schlug die Büchse auf uns an. Das ging so rasch, daß ich von ihm nur die Gestalt gesehen hatte, aber auch nur flüchtig und undeutlich.

Auch Stephen war mit der gleichen Gewandtheit von seinem Pferd gesprungen und hatte sich dahintergestellt. Ich aber schnellte mich mit einem weiten Satz in die Waldecke hinein, hinter eine starke Fichte. Kaum stand ich da, so blitzte die Büchse des Indianers auf, und seine Kugel schlug in den Stamm des Baums. Nur einen Augenblick früher, so hätte sie mich durchbohrt. Dieser Mann hatte sofort erkannt, daß ich ihm gefährlicher war als Stephen, weil ich, durch die Bäume gedeckt, ihn und seine Pferde umgehen und dann von hinten auf ihn schießen konnte.

Schon während meines Sprungs hatte ich den Stutzen halb erhoben, jetzt aber, als die Kugel in den Baum schlug, ließ ich ihn wieder sinken. Warum?

Der erfahrene Westmann weiß, daß jedes Gewehr seine eigene Stimme hat. Es ist schwierig, den Krach zweier Büchsen in dieser Beziehung zu unterscheiden. Aber das Leben in der Wildnis schärft die

Sinne bis zur höchsten Vollendung, und wer eine Büchse öfter gehört hat, der kennt ihren Knall unter Hunderten heraus. Daher kommt es, daß Jäger, die sich früher trafen und dann lange Zeit nicht mehr sahen, sich bereits von weitem an der Stimme ihrer Gewehre wiedererkennen.

So ging es jetzt auch mir. Die Büchse, womit der Rote geschossen hatte, hätte ich im ganzen Leben nicht vergessen können. Ich erkannte ihren scharfen, volltönenden Knall im Augenblick. Sie gehörte dem berühmten Apatschenhäuptling Winnetou, meinem Blutsbruder, der mein Lehrer gewesen war im wilden Wald- und Savannenleben. War er es selber, der sie zur Stunde trug, oder war sie etwa in eine andere Hand übergegangen? Ich rief in der Mundart der Apatschen hinter dem Baum hervor:

„Toselkhita, shi shteke — schieß nicht, ich bin dein Freund, und du bist Winnetou, der Häuptling der Apatschen!"

„Ha-au — ich bin es!" bestätigte er, hinter dem Pferd hervortretend, denn er hatte meine Stimme erkannt.

Im Nu sprang ich hinter dem Baum hervor und auf ihn zu.

„Scharlih!" frohlockte er und streckte mir beide Hände entgegen. „Scharlih, shi shteke, shi nta-ye — Karl, mein Freund, mein Bruder!" fuhr er voll Freude fort. „Shi intá ni intá, shi itchi ni itchi — mein Auge ist dein Auge, und mein Herz ist dein Herz!"

Auch ich war ehrlich ergriffen von diesem unerwarteten Wiedersehen. Es konnte mir nichts Glücklicheres geschehen als ihn hier zu treffen. Er blickte mich immer von neuem mit liebevollen Augen an; er drückte mich immer von neuem an seine Brust, bis er sich endlich erinnerte, daß wir nicht allein waren.

„Ti ti nte — wer ist dieser Mann?" fragte er, auf Spürauge deutend.

„Aguan nte nshó, shi shteke ni shteke — er ist ein guter Mann, mein Freund und auch dein Freund", erwiderte ich.

„Ti tenlyé aguan — wie ist sein Name?"

„Sharp-eye", nannte ich englisch den Namen meines Gefährten. Da streckte der Apatsche auch Stephen die Hand entgegen und begrüßte ihn: „Der Freund meines Bruders ist auch mein Freund! Fast hätten wir aufeinander geschossen, aber Scharlih hat die Stimme meiner Büchse erkannt, wie auch Winnetou die seine erkannt hätte. Was tun meine weißen Brüder hier?"

„Wir verfolgen die Feinde, deren Fährte du hier im Gras siehst", erklärte ich.

„Der Apatsche hat sie soeben erblickt, denn sein Weg kommt von Osten her an dieses Wasser. Wer sind die Männer, denen ihr folgt?"

„Es sind weiße Räuber und einige Ogellallah."

Bei dem letzten Wort zogen sich seine Brauen zusammen. Er legte die Hand auf den glänzenden Tomahawk, der in seinem Gürtel steckte.

„Die Ogellallah sind wie die Kröten. Wenn sie aus ihren Löchern kommen, werde ich sie zertreten. Darf ich mit meinem Bruder Scharlih gehen, um die Ogellallah zu jagen?"

Nichts konnte uns willkommener sein als dieser Vorschlag. Wenn wir Winnetou zu unserem Verbündeten erhielten, so war das ebenso, als wenn zwanzig Westmänner zu uns gehalten hätten. Ich wußte zwar, daß er mich jetzt keineswegs sogleich verlassen würde, aber daß er sich freiwillig zur Begleitung anbot, war ein Zeichen, daß ihm unser Abenteuer willkommen war. Deshalb griff ich eilig zu.

„Mein Bruder Winnetou ist uns gekommen wie der Sonnenstrahl dem kalten Morgen. Sein Tomahawk mag wie der unsrige sein."

„Meine Hand ist eure Hand, und mein Leben ist euer Leben. Howgh!"

Meinem braven Stephen war es deutlich anzusehen, welch gewaltigen Eindruck der Apatsche auf ihn machte. Es wäre jedem anderen auch so ergangen, denn Winnetou war wirklich das Urbild eines Indianers, und sein Anblick mußte einen jeden Westmann entzücken.

Winnetou war nicht etwa übermäßig hoch und massig gebaut, sondern gerade die zierlichen, dabei aber äußerst nervigen Körperformen und die Spannkraft seiner Bewegungen hätten auch dem stärksten und erfahrensten Trapper Achtung eingeflößt. Wie er jetzt vor uns stand, so hatte ich ihn stets gesehen, sauber in seiner ganzen Erscheinung, ritterlich und gebieterisch in seinem ganzen Eindruck, jeder Zoll an ihm ein Mann, ein Held.

„Meine Brüder mögen sich niedersetzen, um die Pfeife des Friedens mit mir zu rauchen!" sagte der Apatsche.

Er lagerte sich gleich da, wo er stand, ins Gras, langte in den Gürtel, zog eine kleine Menge Tabak, der mit wilden Hanfblättern vermischt war, hervor und stopfte damit sein mit Federn geschmücktes Kalumet. Wir nahmen neben ihm Platz. Die Feierlichkeit der Friedenspfeife war unumgänglich notwendig, denn sie besiegelte das Sonderbündnis, das wir soeben geschlossen hatten, und ehe sie nicht geraucht war, hätte Winnetou sicher kein einziges Wort über unseren Plan gesprochen.

Als Winnetou den Tabak in Brand gesteckt hatte, erhob er sich und stieß einen Mundvoll Rauch zum Himmel empor und ebenso einen zur Erde nieder. Dann verneigte er sich gegen die vier Himmelsgegenden, indem er vier Züge aus der Pfeife tat und den Rauch in die entsprechende Richtung blies. Hierauf setzte er sich wieder und gab mir die Pfeife mit den Worten:

„Der Große Geist hört meinen Schwur: meine Brüder sind wie Winnetou, und Winnetou ist wie sie. Wir sind Freunde!"

Ich ergriff das Kalumet, erhob mich, tat wie er und sagte:

„Der große Manitou, den wir verehren, beherrscht die Erde und die Sterne. Er ist mein Vater und dein Vater. Wir sind Brüder und werden uns beistehen in jeder Gefahr. Die Pfeife des Friedens hat unseren Bund erneuert."

Darauf gab ich die Pfeife an Spürauge, der ebenso wie wir vorher den Rauch in die sechs Richtungen ausstieß und dann gelobte:

„Ich sehe den großen Winnetou, den berühmtesten Häuptling der Apatschen, ich trinke den Rauch seiner Pfeife und bin sein Bruder. Seine Freunde sind meine Freunde und seine Feinde meine Feinde, und nie soll dieser Bund gebrochen werden!"

Stephen nahm dann wieder Platz und gab dem Apatschen die Pfeife zurück, der sie weiterrauchte. Jetzt war der Sitte Genüge getan, und wir konnten uns besprechen.

„Mein lieber Bruder Scharlih mag mir berichten, was er erlebt hat, seit sich unsere Wege schieden, und wie er auf die Fährte der Sioux-Ogellallah gekommen ist", bat Winnetou.

Ich entsprach dem zweiten Teil dieses Wunsches so kurz wie möglich. Was sich seit unserer letzten Trennung getan hatte, das konnte ich ihm später ausführlicher erzählen. Dann forderte ich ihn auf:

„Mein Bruder Winnetou sage mir, was er erlebt hat, seit ich ihn

nicht sah, und wie er so fern vom Pueblo seiner Väter in das Jagdgebiet der Sioux kommt!"

Der Apatsche tat einen langen, bedächtigen Zug aus dem Kalumet
und erwiderte dann:

„Das Wetter stürzt das Wasser aus den Wolken herab, und die
Sonne trägt es wieder empor. So ist es mit dem Leben des Menschen.
Die Tage kommen und verschwinden. Was soll Winnetou viel erzählen
von Stunden, die vorüber sind? Ein Häuptling der Sioux beleidigte
mich. Winnetou folgte ihm und tötete ihn im Zweikampf. Seine Leute
verfolgten den Apatschen. Winnetou vernichtete seine Fährte, kehrte
zu ihren Wigwams zurück und holte sich die Zeichen seines Sieges,
die er auf das Pferd des Häuptlings lud. Da steht es!"

Mit diesen wenigen, anspruchslosen Worten berichtete dieser Mann
eine Heldentat, zu deren Wiedergabe ein anderer Stunden gebraucht
hätte. Aber so war er. Er hatte einen Feind wochenlang durch Urwälder und Prärien verfolgt, ihn endlich im männlichen, offenen Kampf
besiegt, sich dann mitten ins Lager der Gegner gewagt und ihnen die
Siegeszeichen abgenommen. Das war ein Stück, das Winnetou kein
anderer nachmachte, und wie bescheiden sprach er davon!

„Meine Brüder", fuhr er nun fort, „wollen die Ogellallah und die
weißen Männer verfolgen, die man Railtroublers nennt. Dazu bedarf
es guter Pferde. Will mein Freund Scharlih das Roß des Sioux reiten?
Es hat die beste indianische Schulung, und er versteht sich darauf
besser als ein anderes Bleichgesicht."

„Ich bitte meinen Bruder um die Erlaubnis, mir selber ein Pferd zu
fangen. Das Roß des Sioux muß die Beute tragen."

Winnetou schüttelte den Kopf.

„Warum will mein Bruder vergessen, daß alles sein ist, was mir gehört? Warum will er Zeit versäumen mit der Pferdejagd? Soll uns die
Jagd den Ogellallah verraten? Glaubt Scharlih, daß Winnetou diese
Beute bei sich führen wird, wenn er der Fährte der Sioux folgt? Winnetou wird sie vergraben, und das Pferd wird ledig sein. Howgh!"

Dagegen war nichts einzuwenden. Ich mußte die Gabe annehmen.
Übrigens hatte ich das Siouxpferd — Winnetou selbst ritt seinen mir
wohlbekannten Iltschi — schon längst mit bewundernden Augen betrachtet. Es war ein Schwarzschimmel von dunkelster Färbung, kurz
gebaut, kurz gefesselt, fein und doch kräftig gegliedert und so sichtbar geädert, daß man seine Freude an ihm haben mußte. Die volle
Mähne hing bis über den Hals herab, der Schweif berührte beinahe
den Boden, das Innere der Nüstern zeigte jene rötliche Färbung, worauf der Indianer soviel gibt, und in den großen Augen lag bei allem
Feuer doch eine Art ruhiger Überlegung, die hoffen ließ, daß ein
guter Reiter sich auf dieses Pferd verlassen könne.

„Aber der Sattel?" bemerkte Stephen. „Ihr könnt doch nicht auf
einem Packsattel reiten, Charley!"

„Das ist das wenigste", erklärte ich. „Habt Ihr noch nicht gesehen,
wie ein Indsman aus dem Packsattel einen Reitsattel macht? Seid
Ihr noch nie dabeigewesen, wenn sich ein geschickter Jäger aus der
Haut und den Rippen eines frisch erlegten Wildes einen ganz leidlichen Sattel herstellt? Ihr sollt erleben, daß ich bereits morgen mit
einem so bequemen Sitz versorgt bin, daß Ihr mich darum beneiden
werdet." — Der Apatsche nickte zustimmend.

„Winnetou hat nicht weit von hier am Wasser die frische Spur eines großen Wolfs entdeckt. Ehe die Sonne untergegangen ist, werden wir sein Fell und seine Rippen haben, die einen guten Sattel geben. Haben meine Brüder Fleisch zu essen?"

Als ich bejahte, fuhr er fort: „So mögen meine Brüder mit mir aufbrechen, den Wolf zu holen und einen Lagerplatz zu suchen, wo ich die Beute vergraben kann. Sobald die Sonne am Morgen erscheint, werden wir den Spuren der Railtroublers folgen. Sie haben die Wagen des Feuerrosses zerstört, sie haben viele ihrer weißen Brüder beraubt, getötet und verbrannt. Der Große Geist ist zornig über sie und wird sie in unsere Hände geben, denn sie haben nach dem Gesetz der Savanne den Tod verdient."

Wir verließen den Ort dieses glücklichen Zusammentreffens. Der Lagerplatz des Wolfs war bald gefunden. Wir erlegten das Tier, das zu der Art gehörte, die der Indianer Kojote nennt, und saßen kurze Zeit später am Feuer, um einen Sattel anzufertigen. Am anderen Morgen vergruben wir die Beute Winnetous, die aus indianischen Waffen und Medizinen bestand, und bezeichneten den Ort, um ihn später wiederfinden zu können. Dann brachen wir auf, den Mördern nach, die wohl verächtlich gelacht hätten, wenn ihnen bekannt gewesen wäre, daß drei Männer es wagten, sie, die an Zahl so Überlegenen, zur Rechenschaft zu ziehen.

13. ‚Ave Maria' in der Wildnis

Als wir am anderen Morgen aufgebrochen waren, bewährte sich mein Schwarzschimmel als ein ausgezeichnetes Pferd. Ein Reiter, der nichts von indianischer Schulung verstand, wäre freilich keinen Augenblick im Sattel geblieben, wir aber hatten uns bald zusammengefunden. Auch der alte Viktor hielt sehr gut aus, und so kamen wir schnell vorwärts. Bereits am Mittag erreichten wir den letzten Lagerplatz der Railtroublers, waren ihnen also fast um einen halben Tagesritt nähergekommen.

Die Spur, der wir folgten, hatte das Gebiet des vorher erwähnten Flüßchens verlassen und sich wieder nördlich in ein langes Gebirgstal gezogen, durch das sich der Pacific Creek schlängelte. Ich bemerkte, daß Winnetou von jetzt ab den Boden weit aufmerksamer betrachtete als bisher. Auch versuchten seine Augen den Rand des Waldes zu durchdringen, der von den beiden Seitenhöhen bis auf die Talsohle heruntertrat. Endlich hielt er gar an und wandte sich, da wir einer hinter dem anderen ritten, und er der Vorderste war, zu mir um.

„Uff!" rief er. „Was sagt mein Bruder Scharlih zu diesem Weg?"

„Er wird bis zum Höhenkamm hinaufführen." — „Und dann?"

„Auf der anderen Seite wird sich das Ziel der Railtroublers befinden." — „Welches Ziel wird das sein?" — „Der Lagerplatz der Ogellallah."

Winnetou nickte. „Mein Bruder Scharlih hat wie immer das Auge des Adlers und die Witterung des Fuchses. Er hat richtig geraten."

Dann ritt er vorsichtig weiter.

„Wieso Lagerplatz der Ogellallah?" mischte sich Spürauge ein.

„Ich habe Euch bereits einmal gefragt, ob Ihr glaubt, daß sich drei Indianer ohne besondere Gründe einer solchen Schar von Weißen anschließen", entgegnete ich. „Es ist doch klar, daß eine Bande von über zwanzig Spitzbuben hier in dieser Gegend nicht ihr Wesen treiben kann, ohne von den Roten bemerkt zu werden."

„Nein, sicherlich nicht."

„Wozu werden also die Weißen gezwungen sein?"

„Hm, ja! Sie werden sich unter den Schutz der Roten stellen müssen." — „Richtig! Werden sie diesen Schutz umsonst haben?"

„Nein. Sie werden ihn bezahlen müssen."

„Womit?" — „Mit dem, was sie haben, mit Beute."

„Schön! Begreift Ihr nun, was wir beide meinen, Winnetou und ich?"

„Ah, das also ist es! Die Weißen haben den Zug überfallen, und die drei Ogellallah bildeten die Überwachung, denn die Weißen werden einen gewissen Beuteanteil an die Roten abtreten müssen."

„Vielleicht ist es so, vielleicht auch nicht. Sicher aber ist es, daß unsere ehrenwerten weißen Brüder bald zu einer größeren Truppe von Rothäuten stoßen werden. Das sagte ich schon dort unten an der Eisenbahn. Aber weiter! Glaubt Ihr etwa, daß sich Rote und Weiße zusammengetan haben, nur um sich auf die Bärenhaut zu legen? Ihr könnt Euch darauf verlassen, daß sie bald eine neue Teufelei aushecken, zumal die letzte so gut gelungen ist."

„Was könnte das sein?" — „Hm, ich habe so meine Ahnung."

„Das wäre viel! Voraussahnen, was die Leute tun werden, die man noch nicht gesehen hat! Charley, ich habe allerhand Hochachtung vor Old Shatterhand, aber mit dieser Ahnung ist es wohl nichts."

„Wollen es abwarten! Ich habe mich genugsam unter den Indsmen herumgetrieben, um ihre Handlungsweise zu kennen. Und wißt Ihr, wie man am besten erraten kann, was ein Mensch tun wird?" — „Nun?"

„Wenn man sich recht lebhaft in die Lage versetzt, in der er sich befindet, und dabei seine Wesensart mit in Rechnung zieht. Soll ich einmal so kühn sein, zu raten?" — „Ihr macht mich neugierig!"

„Gut! Wem hat unsere Zugbegleitung wohl zuerst die Zerstörung der Bahn und die Vernichtung des Zuges gemeldet?"

„Jedenfalls der nächsten Station."

„Von da aus wird man also Männer zur Unglücksstelle senden, um sie zu untersuchen und die Täter zu verfolgen. Dadurch aber wird diese Station von Leuten entblößt, und sie kann deshalb ohne große Gefahr überfallen werden."

„Egad! Jetzt ahne ich, was Ihr denkt!"

„Nicht wahr? Die Situationen sind jetzt hier noch vorübergehender Natur. Es fragt sich, an welchem Punkt man genug Leute haben wird, um eine Abteilung entbehren zu können. Meiner Ansicht nach wird das wohl die Station Echo sein. Sie hat ihren Namen von dem Echo-Cañon, worin sie liegt."

„Charley, Ihr könnt recht haben. Die Railtroublers und die Roten wissen jedenfalls ebenso wie wir, daß der Ort dann ohne Schutz ist."

„Rechnen wir noch dazu, daß die Sioux ihre Kriegsbeile ausgegraben und sich mit den Kriegsfarben bemalt haben, daß sie also ohne allen Zweifel Feindseligkeiten beabsichtigen, so ist anzunehmen, daß sie es in der Tat auf Echo abgesehen haben. — Doch seht, da ist der Quell des Baches! Jetzt geht es steil bergan, und wir haben keine Zeit mehr zum Plaudern!"

Wir ritten unter hohen Bäumen den South Pass hinan. Das Gelände war schwierig, und wir mußten achtgeben. Oben breitete sich die Höhe tafelartig aus und sank dann wieder zu Tal, wo wir bald den

Sweet-Water-Fluß erreichten, der mir von früher her wohlbekannt war[1].

Hier hatten die Verfolgten zur Mittagszeit haltgemacht und sich dann am Willow Creek nordwärts gewendet. Wir kamen durch mehrere kleine Täler, durch einige Schluchten, und die Spuren wurden nach und nach immer frischer, so daß wir uns zu immer größerer Vorsicht veranlaßt sahen.

Endlich erreichten wir gegen Abend die Höhe eines langgestreckten Bergrückens, und schon wollten wir auf der anderen Seite abwärts biegen, als der voranreitende Apatsche sein Pferd zügelte und mit der ausgestreckten Hand vorwärts deutete.

„Uff!" rief er mit gedämpfter Stimme.

Wir hielten an und wandten unsere Blicke in die angedeutete Richtung. — Zu unserer rechten Hand breitete sich tief unten eine kleine Ebene aus, deren Umfang vielleicht einen Stundenritt betragen mochte. Sie war offen und mit Gras bewachsen. Dort erblickten wir eine Anzahl Indianerzelte, bei denen reges Leben herrschte. Ledige Pferde weideten im fetten Grün, und zahlreiche Männer waren ringsumher beschäftigt. Man hatte Fleisch gemacht. Außerhalb der Zelte lagen die Skelette einiger Büffel, und über Stangen hatte man Schnüre gezogen, woran dünne Stücke des Büffelfleisches zum Trocknen aufgehängt waren. — „Ogellallah!" sagte Stephen. — „Seht Ihr, daß ich recht hatte?" — „Zweiunddreißig Zelte!" fügte er hinzu.

Winnetou spähte scharf hinab.

„Naki gutesnontin nagoiya — zweihundert Krieger!"

„Und die Weißen sind bei ihnen", bemerkte ich. „Wir wollen die Pferde zählen; so gehen wir am sichersten."

Es war uns möglich, die ganze Ebene zu übersehen, und wir zählten zweihundertfünf Pferde. Für einen Jagdzug hatte man zu wenig Fleisch gemacht, auch war dieses Tal kein Ort zu einem einträglichen Büffelfang. Wir hatten es also mit einem Kriegszug zu tun, was auch die Schilde bewiesen, die die Roten mit sich führten. Auf der Jagd ist der Schild ja mehr hinderlich als förderlich. Das größte Zelt stand etwas abseits von den übrigen, und die Adlerfedern, die eine davor eingerammte Lanze zierten, ließen erraten, daß es das Häuptlingszelt war.

„Was denkt mein Bruder Scharlih? Werden diese Kröten von Ogellallah noch lange hierbleiben?" fragte Winnetou. — „Nein."

„Woraus schließt Ihr das, Charley?" forschte Stephen. „Eine solche Frage ist schwer zu beantworten."

„Seht Euch das Gerippe der zerwirkten Büffel an, Stephen! Die Knochen sind bereits weiß. Sie sind gebleicht und liegen gewiß schon vier oder fünf Tage an der Sonne. Das Fleisch ist also wohl ziemlich trocken. Meint Ihr nicht?" — „Jedenfalls!"

„Nun, so können die Roten aufbrechen. Oder meint Ihr, daß sie hierbleiben werden, um noch einige Spiele Schach oder Dame zu erledigen?" — „Ihr werdet spitzig, Charley. Wollte nur hören, was Ihr sagtet", verteidigte sich Spürauge, zeigte dann aber sogleich erregt ins Tal hinab. „Ah, da tritt einer aus dem Häuptlingszelt! Seht!"

Der Apatsche griff in die Satteltasche und zog ein Fernrohr hervor. Er schob die Glieder des Rohrs auseinander und setzte es ans Auge, um den Mann, von dem Stephen gesprochen hatte, genauer zu betrachten. Als er es wieder absetzte und mir hinreichte, zuckte es wie grimmiges Wetterleuchten über sein Gesicht.

[1] Vgl. Bd. T 24 „Weihnacht im Wilden Westen"

„Ko-itse, der Lügner und Verräter!" zürnte er.

Ich blickte durch das Rohr und sah mir den Roten gleichfalls an. Ko-itse heißt Feuermund. Der Träger dieses Namens war ein Häuptling der Ogellallah, bekannt als ein guter Redner, ein verwegener Krieger und ein unversöhnlicher Feind der Weißen. Wenn wir es mit ihm zu tun bekamen, mußten wir auf der Hut sein.

Dann gab ich das Rohr an Spürauge weiter und bemerkte dabei:

„Es wird gut sein, uns zu verstecken. Da unten sind weit mehr Pferde als Männer zu sehen, und wenn auch viele in den Zelten liegen mögen, so ist doch immerhin anzunehmen, daß einige von dem Trupp in der Gegend umherschweifen."

„Meine Brüder mögen warten", meinte der Apatsche. „Winnetou wird einen Ort suchen, wo er sich mit den Freunden verbergen kann."

Schnell verschwand er unter den Bäumen und kehrte erst nach längerer Zeit zurück. Dann führte er uns seitwärts längs des Höhenrückens hin auf eine Stelle zu, wo das Unterholz so dicht war, daß wir es kaum zu durchdringen vermochten. Im Innern dieses Dickichts war genug Raum für uns und unsere Pferde, die wir anbanden, statt sie anzuhobbeln, während der Apatsche noch einmal wegging, um unsere Spuren unbemerkbar zu machen.

Hier lagen wir bis zum Einbruch der Dunkelheit im tiefen, duftenden Waldgras, jeden Augenblick bereit, beim geringsten verdächtigen Geräusch aufzuspringen und den Pferden die Nüstern zu verschließen, damit ihr Schnauben uns nicht verraten habe. Als es völlig finster war, schlich Winnetou abermals fort und kehrte bald mit der Nachricht zurück, daß man unten einige Feuer angebrannt habe.

„Diese Menschen fühlen sich sehr sicher", meinte Spürauge. „Wenn sie wüßten, daß wir ihnen so nahe sind!"

„Daß sie verfolgt werden, können sie sich denken", erwiderte ich. „Wenn sie sich also heute noch sicher fühlen, so kann das nur daher rühren, daß sie überzeugt sind, die Stationsleute können noch nicht hier sein. Daraus möchte ich schließen, daß sie morgen aufbrechen werden. Wir müssen versuchen, etwas zu erfahren."

„Winnetou wird gehen", erklärte der Apatsche.

„Ich gehe mit", meinte ich. „Spürauge mag bei den Pferden bleiben Die Gewehre lassen wir hier. Sie würden uns nur im Weg sein. Messer und Fäuste sind genug, und im äußersten Notfall haben wir noch die Revolver."

Unser Gefährte war sofort einverstanden, zurückzubleiben. Er besaß jedenfalls Mut und Übung genug, sich an die Roten zu pirschen. Was ihn zurückstehen ließ, ahnte ich. Er erkannte Winnetous überlegene Meisterschaft an, und zu Winnetou gehörte eben Old Shatterhand.

Wir standen drei oder vier Tage vor dem Neumond. Der Himmel war bewölkt, und kein Stern ließ sich sehen. Die Nacht war also für unser Vorhaben äußerst günstig. Geräuschlos tappten wir aus dem Dickicht bis zur Stelle hin, wo wir am Nachmittag gehalten hatten.

„Winnetou geht rechts und mein Bruder Scharlih mag links gehen!" flüsterte der Apatsche, und im nächsten Augenblick war er lautlos im Dunkel des Waldes verschwunden.

Der Weisung des Freundes folgend, schlich ich an der linken Seite des ziemlich steilen Abhangs hinunter. Ich erreichte, mich unhörbar zwischen den Büschen und Bäumen hinabwindend, die Talsohle und erblickte nun die Lagerfeuer vor mir. Jetzt nahm ich das Bowiemesser zwischen die Zähne, legte mich lang ins Gras und schob mich langsam dem Häuptlingszelt zu, das ungefähr zweihundert Schritt entfernt lag. Davor brannte ein Feuer, aber das Zelt warf seinen dunklen Schatten auf mich.

Nur Zoll um Zoll kam ich vorwärts, docn hatte ich die Luft gegen mich und brauchte daher keine Sorge wegen der Pferde zu haben, die die Annäherung eines Fremden mit einem Schnauben zu verraten pflegen. In dieser Beziehung mußte Winnetou mehr Schwierigkeiten überwinden als ich.

So war weit über eine halbe Stunde vergangen, bevor ich die zweihundert Schritte zurückgelegt hatte. Nun lag ich unmittelbar hinter dem Büffelhautzelt des Häuptlings, und die Männer, die am Feuer saßen, befanden sich höchstens fünf Meter vor mir. Sie unterhielten sich lebhaft in englischer Sprache miteinander, und als ich es wagte, den Kopf ein wenig vorzustrecken, um sie sehen zu können, bemerkte ich, daß es fünf Weiße und drei Indianer waren.

Die Roten sagten fast keinen Ton. Nur der Weiße wird am Lagerfeuer laut, während der einsilbige und vorsichtige Indianer mehr durch feststehende Zeichen als durch Worte redet. Auch das Feuer brannte hell, nicht nach indianischer Weise.

Einer der Weißen war ein langer, bärtiger Mensch, der die Schmarre eines Messerschnitts auf der Stirn trug. Er schien das große Wort zu führen, und die Art, wie die anderen sich zu ihm stellten, ließ vermuten, daß er eine maßgebende Persönlichkeit war. Ich konnte gut hören, was die Leute sprachen.

„Und wie weit wird es von hier bis Echo sein?" fragte der eine.

„Fast zweihundert Meilen", antwortete der Lange. „In fünf bis sechs Tagemärschen ist es zu erreichen."

„Aber wenn unsere Berechnung falsch ist, wenn man uns nicht verfolgt hat und die Leute dort vollzählig sind?"

Der Lange lachte wegwerfend.

„Unsinn! Man wird uns verfolgen, das ist sicher. Wir haben ihnen ja die Fährte deutlich genug gemacht. Es sind ungefähr dreißig Menschen bei dem Überfall umgekommen, und wir haben eine schöne Beute gehabt. Das wird man hingehen lassen, ohne wenigstens zu versuchen, uns einzuholen."

„Wenn das stimmt, so muß der Schlag gelingen", frohlockte der andere. „Wieviel Leute sind in Echo beschäftigt, Daniels?"

„Gegen hundertfünfzig", erwiderte der Genannte, „alle gut bewaffnet. Außerdem gibt es dort einige wohlgefüllte Stores, mehrere Trinksalons, und daß wir eine volle Bau- und Verwaltungskasse finden, darum brauchen wir keine Sorge zu tragen. Ich habe gehört, daß diese Kasse alle zwischen Green River und Promontory vorkommenden Ausgaben bestreiten muß. Das ist eine Strecke von etwa zweihundertunddreißig Meilen. Man darf also vermuten, daß da viele Tausende vorhanden sein müssen."

„*Heigh-day*, das läßt sich hören! Und du glaubst, daß wir die Verfolger von unserer Spur wegbringen?"

„Auf jeden Fall. Schätze, daß sie morgen am Nachmittag hier sein werden. Wir brechen mit dem Morgengrauen auf, gehen erst eine Strecke nach Norden und teilen uns dann in verschiedenen Richtungen in so viele Trupps, daß sie nicht wissen, welcher Spur sie folgen sollen. Später verwischt jeder Trupp seine Fährte auf das sorgfältigste, und wir kommen da unten am Green River wieder zusammen. Von da aus vermeiden wir alle offenen Plätze und können von heute an in fünf bis sechs Tagen in Echo sein."

„Schicken wir Boten voraus?"

„Versteht sich! Sie gehen morgen früh geradewegs nach Echo und erwarten uns nördlich von der Station. Das ist alles schon ausgemacht. Selbst wenn die Arbeiter vollzählig in Echo vorhanden wären, brauchten wir keine Sorge zu haben. Wir sind ihnen überlegen, und bevor sie zu den Waffen greifen, wird der größte Teil von ihnen abgetan sein."

Ich hätte wahrhaftig in keinem besseren Augenblick als Lauscher erscheinen können, denn was ich hier erfuhr, war weit mehr als ich erwarten durfte. Sollte ich länger bleiben? Nein. Mehr war auf keinen Fall zu erfahren, dagegen konnte der geringste Umstand meine Anwesenheit verraten. Ich zog mich also langsam zurück.

Das geschah immer noch in tiefgebückter Stellung, und zwar rückwärts, denn ich mußte darauf bedacht sein, meine Spur zu verwischen, damit sie morgen früh nicht bemerkt wurde. Das war, da ich nur nach dem Gefühl gehen konnte und fast jeden Grashalm einzeln betasten mußte, eine recht zeitraubende Arbeit, und es dauerte wohl eine Stunde, bis ich den Waldrand wieder erreichte und mich in Sicherheit befand.

Jetzt legte ich die Hände muschelförmig an den Mund und ließ den Ruf der großen grünen Unke ertönen. Das war von jeher ein zwischen Winnetou und mir verabredetes Rückzugszeichen, und ich war überzeugt, daß er es hören und befolgen würde. Den Indianern konnte dieser Unkenruf nicht auffallen, da sich die Gegenwart eines solchen Tieres hier im hohen, feuchten Gras leicht vermuten ließ und es ja auch Abend war, wo diese gewöhnlich laut werden.

Ich hielt es für nötig, dieses Zeichen zu geben. Der Apatsche lag unter dem Wind und konnte leicht entdeckt werden. Was ich erfahren hatte, genügte völlig, und so war es jedenfalls geraten, ihn zu benachrichtigen, daß unser Zweck erreicht war.

Auch die Höhe aufwärts mußte ich die Spur vertilgen, und so war ich froh, als ich endlich trotz der Dunkelheit unser Dickicht glücklich erreichte. — „Nun, wie war es?" fragte Spürauge. — „Wartet, bis Winnetou kommt!" — „Warten? Ich brenne vor Begierde."

„So verbrennt meinetwegen! Man redet nicht gern Überflüssiges, und ich mag meinen Bericht nicht zweimal geben." — Damit mußte er sich begnügen, obgleich es lange dauerte, bis Winnetou kam.

Endlich hörten wir das Strauchwerk rascheln. Er huschte zu uns heran und ließ sich an meiner Seite nieder.

„Mein Bruder Scharlih hat mir das Zeichen gegeben?" fragte er.

„Ja." — „So ist mein Bruder glücklich gewesen?"

„Ja. Und was hat der Häuptling der Apatschen erfahren?"

„Er hat nichts erfahren. Er brauchte viel Zeit, um an den Pferden vorüberzukommen, und als er das eine Lagerfeuer beinahe erreicht hatte, hörte er den Ruf der Kröte. Dann mußte er seine Fährte auslöschen, und die Sterne stiegen hoch, bevor er kommen konnte. Was hat mein Bruder erkundet?"

„Ich habe alles gehört, was wir zu wissen brauchen."

„Mein weißer Bruder ist immer glücklich, wenn er den Feind belauscht. Er mag erzählen!"

Kurz berichtete ich, was ich vernommen hatte. Als ich fertig war, meinte Spürauge: „Demnach ist Eure Vermutung richtig gewesen, Charley. Das mit dem Überfall der Station war gut erraten."

„Es war nicht schwer."

„Und wie sah der Lange aus? Einen Schnitt hatte er über die Stirn?"

„Ja." — „Und einen großen Bart?" — „Ja."

„Er ist's, den ich seit langem suche. Er ist's, obgleich er früher keinen Bart getragen hat. Den Schnitt hat er sich bei dem Überfall einer Farm da unten bei Leavenworth geholt. Und wie wurde er genannt?"

„Daniels."

„Das muß man sich merken. Es ist bereits der vierte falsche Name, den ich von ihm höre. Aber was werden wir tun, Charley? Heute herausholen können wir ihn doch nicht."

„Das ist allerdings unmöglich. Und übrigens kann Euch an seiner Bestrafung allein doch nicht gelegen sein. Die anderen Railtroublers sind nicht weniger schlecht als er. Ich will Euch sagen, Stephen, daß ich mich auf allen meinen Streifzügen möglichst gehütet habe, einen Menschen zu töten, denn Menschenblut ist die kostbarste Flüssigkeit, die es gibt. Ich habe lieber einmal Schaden getragen, als daß ich zur tödlichen Waffe griff, und wenn es doch geschehen mußte, so geschah es sicherlich nur in äußerster Notwehr. Und selbst da habe ich lieber den Feind kampfunfähig gemacht, als daß ich ihm das Leben nahm."

„Ja", meinte Spürauge, „so ist mir Old Shatterhand geschildert worden."

Ich fuhr fort: „Dennoch kann es mir nicht einfallen, einen Bösewicht oder gar eine ganze Schar solcher Kerle ruhig laufen zu lassen. Das hieße ja, ihr Mitschuldiger werden und die Rotte von neuem gegen brave Leute loslassen. Herausholen können wir diesen Monk oder Daniels nicht. Gewiß, es wäre mir ein leichtes gewesen, ihn vorhin unschädlich zu machen. Aber im Vergleich zu dem, was er verbrochen hat, wäre ein so schneller Tod ja geradezu eine Belohnung gewesen. Und vor allem meine ich, daß wir auch seine Helfershelfer fassen müssen, und das kann nur dann geschehen, wenn wir sie ruhig nach Echo ziehen lassen." — „Und wir?"

„Da gibt es nichts zu fragen. Wir kommen ihnen zuvor und warnen die Leute, die überfallen werden sollen."

„Well! Dieser Gedanke kann mir gefallen. Vielleicht gelingt es uns, die Raubmörder lebendig zu fangen. Aber werden sie uns nicht zu zahlreich sein?"

„Wir sind ihnen zu dreien gefolgt, ohne uns zu fürchten, und werden sie noch weniger fürchten, wenn wir in Echo Verbündete gefunden haben." — „Wir werden nur leider nicht viele finden. Die größte Anzahl dieser Leute wird auf der Verfolgung sein."

„Es soll unsere Sorge sein, sie vom Stand der Dinge zu benachrichtigen, so daß sie schleunigst umkehren. Ich schreibe einen Zettel und befestige ihn an einem Baum, dort, wo die Spur, der sie folgen, vorüberführt."

„Hm! Werden sie dieser Botschaft glauben? Es könnte sich dabei doch auch um eine List der Railtroublers handeln, um die Rächer von der Verfolgung abzubringen."

„Das ist richtig. Aber sie werden von unserer Zugbegleitung gehört haben, daß zwei an der Unglücksstelle ausgestiegen sind, und werden auch unsere Fährten gefunden haben. Übrigens fasse ich die

Warnung so ab, daß sie glaubhaft ist. Ferner werde ich die Leute bitten, den oberen Green River und die Gegend nördlich von Echo zu vermeiden, da sich am ersten Ort die Sioux wieder treffen wollen und am zweiten die Kundschafter stecken. Diese dürfen die zurückkehrenden Eisenbahner keineswegs bemerken, und daher will ich noch betonen, daß die Heimkehr nach Echo vom Süden her erfolgen muß."

„Uff!" meinte da Winnetou. „Meine weißen Brüder werden mit mir aufbrechen. Die Sonne soll uns schon weit von hier sehen, wenn sie aufgeht." — „Aber wenn man morgen früh unsere Spuren findet?" hegte Stephen noch immer Bedenken.

„Die Hunde der Ogellallah werden sofort nach Norden ziehen, und keiner von ihnen wird auf diese Höhe kommen. Howgh!"

Damit erhob sich Winnetou und trat zu seinem Iltschi, um ihn loszubinden. Wir führten die Pferde aus dem Dickicht heraus, stiegen auf und ritten den gleichen Weg zurück, den wir gekommen waren. Von einer Nachtruhe war leider keine Rede.

Es war noch ebenso finster wie vorher, und nur ein Westmann durfte sich unternehmen, bei einem so schwierigen Gelände durch den Urwald auf einer Spur zu reiten, die er nicht zu sehen vermochte. Ein europäischer Reiter wäre in dieser Dunkelheit abgestiegen, um sein Pferd zu führen, der Hinterwäldler aber weiß, daß sein Tier bessere Augen hat als er. Hier zeigte sich Winnetou in seiner ganzen Größe. Er ritt voran, über Bäche und Felsen, über Stock und Stein, und nicht ein einziges Mal war er im Zweifel, welche Richtung er einschlagen mußte. Mein Schwarzschimmel bewährte sich vortrefflich, und der alte Viktor schnaubte zwar zuweilen ein wenig mißmutig, hielt aber gleichen Schritt mit uns.

Als es zu grauen begann, waren wir wohl neun bis zehn englische Meilen von dem Lager der Ogellallah entfernt und konnten nun unsere Pferde ausgreifen lassen. Unser Ritt ging einstweilen nach Süden zurück. Als ich eine geeignete Stelle fand, hielten wir an. Ich riß ein Blatt aus meinem Notizbuch, schrieb die notwendigen Bemerkungen mit dem Stift darauf und stach es dann mit einem zugespitzten Hölzchen so in die Rinde eines Baumes ein, daß es einem jeden, der von Süden kam, in die Augen fallen mußte. Dann hielten wir uns mehr rechts, in der Richtung nach Südwesten.

Am Mittag des nächsten Tages gingen wir über den Green River, aber jedenfalls sehr weit entfernt von der Stelle, wo die einzelnen Trupps der Ogellallah zusammentreffen wollten. Die Roten mußten alle offenen Stellen vermeiden und sich auf Umwegen im Urwald halten. Wir aber konnten die möglichst gerade Richtung einschlagen und ließen unseren Pferden nicht eher Ruhe, als bis die Sonne zur Rüste ging.

Am Abend des dritten Tages hatten wir unbedingt über hundertfünfzig englische Meilen zurückgelegt, und es war zu verwundern, daß der alte Viktor immer noch aushielt. Wir ritten zwischen zwei eng zusammentretenden Höhen hin und standen im Begriff, uns einen Ort zu suchen, der zum Lagerplatz geeignet war. Da traten die Höhen plötzlich auseinander, und wir befanden uns am Seiteneingang eines größeren Talkessels, dessen Mitte ein kleiner See einnahm. Er wurde von einem Flüßchen gespeist, das von Osten herüberkam und sich, nachdem es den See verlassen hatte, gegen Westen hin einen Ausgang aus dem Kessel bahnte.

Beim Anblick dieses Talkessels hielten wir überrascht unsere Pferde an. Diese Überraschung galt jedoch nicht dem Tal selbst, sondern etwas anderem. Die uns gegenüberliegende Höhe war nämlich entwaldet und bestand aus Feldern, während im Grund Pferde, Rinder, Schafe und Ziegen weideten. Am Fuß der Höhe lagen fünf große Blockhäuser mit Nebenhütten, unseren deutschen Bauernhöfen ähnlich, und ganz oben auf der höchsten Spitze stand eine kleine Kapelle, über der sich ein mächtiges Kreuz mit dem aus Holz geschnitzten Bild des Erlösers erhob.

Neben dieser Kapelle entdeckten wir mehrere Personen, die uns aber nicht zu bemerken schienen Sie blickten gegen Westen, wo der Sonnenball sich immer tiefer senkte, und als er das Wasser des Flüßchens, das er mit den herrlichsten Tinten färbte, erreicht zu haben schien, erklang von oben herab der silberne Ton einer kleinen Glocke.

Hier, mitten im Wilden Westen, im tiefen Urwald das Bild des Gekreuzigten! Mitten zwischen den Kriegspfaden der Indianer eine Kapelle! Ergriffen nahm ich den Hut ab.

„Ti ti — was ist das?" fragte Winnetou.

„Ein Settlement[1]", entgegnete Spürauge. „Sie läuten das ‚Ave Maria'."

„Uff! Winnetou sieht die Niederlassung, und er hört den Klang der Glocke. Aber wie kommt sie hierher in die Wildnis?"

„Abwarten!" sagte Spürauge, der sah, daß ich in Andacht stand.

Als der letzte Ton des Glöckleins verhallt war, erklang plötzlich ein vierstimmiger Gesang vom Berg herab. Ich horchte auf, erstaunt ob des Gesanges an und für sich, noch erstaunter aber über die Worte:

> „Es will das Licht des Tages scheiden;
> nun bricht die stille Nacht herein.
> Ach könnte doch des Herzens Leiden
> so wie der Tag vergangen sein!
> Ich leg' mein Flehen dir zu Füßen,
> o trag's empor zu Gottes Thron,
> und laß, Madonna, laß dich grüßen
> mit des Gebetes frommem Ton:
> Ave Maria!"

Was war denn das? Das war ja mein eigenes Gedicht, mein ‚Ave Maria'! Wie kam das hierher in die Wildnis des Felsengebirges? Ich war zunächst sprachlos. Dann aber, als die einfachen Harmonien wie ein unsichtbarer Himmelsstrom vom Berg herab über das Tal hinfluteten, überlief es mich mit unwiderstehlicher Gewalt. Das Herz schien sich mir ins Unendliche ausdehnen zu wollen, und die Tränen flossen mir in großen Tropfen die Wangen herab.

Wie kam dieses Lied hierher, an einen Ort, wo ich kaum die Gegenwart eines Indianers, noch viel weniger aber die Anwesenheit eines so gut geschulten Doppelquartetts vermuten konnte? Als ich die letzten Töne über dem Tal verklingen hörte, riß ich die Büchse von der Schulter, feuerte die beiden Läufe schnell hintereinander ab und gab dem Schwarzschimmel die Sporen. Ich sauste über das Tal hinüber, ins Flüßchen hinein, drüben wieder heraus und dann auf die Blockhütte zu, ohne mich nach den Gefährten umzusehen.

[1] Niederlassung

Die beiden Schüsse hatten nicht nur das Echo des Tals geweckt, sondern auch Leben hervorgerufen Die Türen der Blockhäuser öffneten sich, und es erschienen Leute, die besorgt ausschauten, was das Schießen zu bedeuten habe. Als sie einen Weißen mit halbwegs zivilisierten Äußerem erblickten, beruhigten sie sich und traten mir erwartungsvoll entgegen.

Vor der Tür des nächstliegenden Blockhauses stand ein altes Mütterchen. Ihr Gewand war einfach und sauber, ihr ganzes Aussehen zeugte von fleißiger Arbeit, und über ihr Gesicht, das von schneeweißen Haaren eingefaßt wurde, lag jener selig lächelnde Frieden ausgebreitet, der nur das Eigentum einer Seele sein kann, die mit ihrem Gott in unwandelbarem Vertrauen lebt.

„*Good evening, grandmother* — guten Abend, Großmutter! Bitte, erschreckt nicht. Wir sind ehrliche Waldläufer. Wird es uns erlaubt sein, hier abzusteigen?" fragte ich. — Sie nickte lächelnd.

„*Welcome*, Sir! Steigt in Gottes Namen ab! Ein ehrlicher Mann ist uns stets willkommen. Da seht meinen Alten und meinen Willy! Sie werden Euch behilflich sein."

Die Sänger waren durch meine Schüsse aufmerksam gemacht worden und schleunigst von der Höhe herabgestiegen. Jetzt hatten sie die Wohnungen erreicht, voran ein rüstiger Greis und neben ihm ein prächtiger junger Mann, hinter ihnen noch sechs Männer und Burschen, alle in der festen, haltbaren Tracht des Hinterwaldes. Auch die Personen, die ich vor den anderen Gebäuden bemerkt hatte, waren herzugetreten. Der Alte streckte mir mit biederer Miene die Rechte entgegen und begrüßte mich.

„Willkommen, Sir, in Helldorf-Settlement! Das ist eine Freude, einmal Menschen zu sehen! — Willkommen abermals!"

Ich sprang vom Pferd und erwiderte seinen Handschlag. „*Thank you, Sir*! Es gibt keinen schöneren Anblick im Leben als ein freundliches Menschengesicht. Habt Ihr ein Nachtlager für drei müde Reiter?"

„Ja, gewiß! Wir werden doch einen Platz haben für Leute, die uns willkommen sind!"

Bis jetzt hatten wir englisch gesprochen, da aber trat einer der jüngeren Männer näher herbei, betrachtete mich schärfer und rief: „Vater Hillmann, Sie können mit diesem Herrn deutsch reden. Hurra, ist das eine Ehre und eine Freude! Raten Sie, wer das ist!"

Der alte Hillmann blickte verwundert auf und fragte: „Wohl gar ein deutscher Landsmann? Kennst Du ihn?"

„Ja, aber ich mußte mich erst besinnen. Wilkommen, Herr! Nicht wahr, Sie sind es, der das ,Ave Maria' gedichtet und vertont hat, das wir soeben gesungen haben?"

Jetzt war ich an der Reihe, mich zu wundern.

„Allerdings", gab ich zu. „Woher kennen Sie mich?"

„Von Chicago her. Ich war Mitglied im Gesangverein des Direktors Balding, der Ihr Gedicht vertont hat. Können Sie sich noch auf das Konzert besinnen, wo es zum erstenmal aufgeführt wurde? Ich sang damals zweiten Tenor, jetzt aber singe ich ersten Baß. Meine Stimme ist herabgegangen."

„Ein Deutscher — ein Bekannter von Bill — der Dichter von unserem ,Ave Maria'!"

So rief es rund um mich her, und so viel Männer, Frauen, Buben und Mädchen zugegen waren, so viele Hände streckten sich mir entgegen, und so viele Stimmen riefen mir ein immer wiederholtes Willkommen zu. Es war für mich ein Augenblick der Freude, wie man ihn nicht oft erlebt.

Mittlerweile hatten uns auch Winnetou und Spürauge erreicht. Beim Anblick des Apatschen schienen die guten Leute besorgt werden zu wollen. Ich aber suchte ihre Befürchtungen sofort zu zerstreuen.

„Das ist Spürauge, ein namhafter Savannenmann, und hier steht Winnetou, der berühmte Häuptling der Apatschen, vor dem Sie keine Angst zu haben brauchen."

„Winnetou? Ist's möglich?" fragte der alte Hillmann. „Von ihm habe ich hundertmal gehört, und immer nur Gutes. Das hätte ich nicht gedacht. Sein Besuch ist eine Ehre für uns, Herr, denn dieser Mann ist berühmter und geachteter als mancher Fürst da drüben im alten Land."

Er nahm seine Mütze vom ergrauten Haupt und streckte dem Häuptling die Hand entgegen.

„I am your servant, Sir — ich bin Euer Diener, Herr."

Ich gestehe, daß mir diese Redensart einem Indianer gegenüber ein kleines Lächeln abnötigte, aber sie war gut und aufrichtig gemeint, Winnetou nickte freundlich und drückte dem Alten die Hand.

„Winnetou is your friend. He likes the pale-faces if they are good — Winnetou ist Euer Freund. Er liebt die Bleichgesichter, wenn sie gut sind."

Jetzt begann eine Art freundlichen, liebevollen Streites darüber, wer die Gäste bewirten sollte. Hillmann machte ihm ein Ende durch den Schiedsspruch: „Sie sind vor meinem Hause abgestiegen und gehören alle drei mir. Damit ihr aber nicht zu kurz kommt, seid ihr heute abend zu mir eingeladen. Und nun gebt den Herren Ruhe, sie werden ermüdet sein!"

Die anderen schickten sich darein. Unsere Pferde wurden in eine der Nebenhütten geführt, und wir mußten ins Blockhaus treten, wo uns im Wohnraum eine hübsche junge Frau empfing, die Frau Willys, des jungen Hillmann. Es wurde uns alle mögliche Bequemlichkeit geboten, und während des kurzen Imbisses, den wir vor dem eigentlichen Abendessen, das heute ein Festmahl werden sollte, nehmen mußten, erfuhren wir die Verhältnisse der kleinen Ansiedlung.

Sämtliche Settler hatten vorher in Chicago gewohnt. Sie waren aus dem bayerischen Fichtelgebirge, wo es viele Steinschneider gibt, nach Amerika gekommen, hatten in Chicago treu zusammengehalten und fleißig gearbeitet, um sich das Geld zu einer Farm zu verdienen. Das war allen fünf Familien gelungen. Als sie sich entscheiden sollten, in welcher Gegend sie sich eine Heimat gründen wollten, gab es eine schwere Wahl. Da hörten sie einen alten Westmann von den Tetonbergen erzählen und von den Reichtümern, die in jenen unerforschten Gegenden aufgestapelt liegen sollten. Er hatte ihnen zugeschworen, daß da oben ganze Felder von Chalzedonen, Opalen und Achaten, Karneolen und anderen Halbedelsteinen zu finden seien. Hillmann war von Beruf Steinschneider, und dieser Bericht begeisterte ihn. Seine Begeisterung steckte die anderen an, und so wurde beschlossen, in jene Gegenden zu ziehen. Aber die vorsichtigen Deutschen waren klug genug, nicht ihr ganzes Vermögen auf eine Karte zu setzen. Sie beschlossen, in der Nähe der Berge einen für den Farmereibetrieb passenden Ort zu suchen, sich dort als Squatters niederzulassen und erst dann, wenn die Farmen in Gang gebracht waren, nach den Steinfeldern zu forschen. Der alte Hillmann war mit noch zweien auf die Suche gegangen und hatte den prächtigen Talkessel mit dem See gefunden. Dieser Platz paßte für ihr Vorhaben. Man holte die anderen nach, und nun, nach drei arbeitsreichen Jahren, konnten sich die braven Leute die erste Ruhe gönnen.

„Und sind Sie schon droben in den Tetonbergen gewesen?" fragte ich.

„Mein Willy und Bill Meinert, der Sie von Chicago aus kennt, haben es einmal versucht, hinaufzugelangen. Das war im vorigen Herbst. Sie sind aber nur bis zum John Grays See gekommen. Dann ist es ihnen zu wild und bergig geworden. Sie konnten nicht weiter."

„Daran sind sie selber schuld", bemerkte ich. „Sie haben das Unternehmen falsch angefaßt, weil sie keine Westmänner sind."

„Oh, Herr, ich denke doch!" meinte Willy.

„Nehmt mir's nicht übel, wenn ich bei meiner Behauptung bleibe. Selbst bei einem drei Jahre langen Urbarmachen einer Wildnis wird man nur ein Settler, aber kein Westmann. Sie haben die Tetons von hier aus in schnurgerader Linie erreichen wollen, und ein Westmann weiß genau, daß dies unmöglich ist. Wie wollen Sie undurchdringliche Urwälder, die von Bären und Wölfen bevölkert sind, Abgründe und Schluchten, worin ein Fuß kaum Halt findet, Cañons, wo hinter jedem Felsen ein Indsman lauern kann, überwinden? Sie hätten von hier aus den Salt River oder John Days River zu gewinnen suchen sollen. Beide münden unweit voneinander in den Snake River, den Sie dann aufwärts verfolgen mußten. So bekamen Sie zur Linken zunächst die Snake River Range und die ganze Teton Range in einer Länge von über fünfzig englischen Meilen. Aber zu zweien läßt sich solch eine beschwerliche und gefahrvolle Entdeckungsreise überhaupt nicht ausführen. Haben Sie Steine gefunden?"

„Einige Moosachate, weiter nichts." — „Warten Sie! Winnetou kennt das Felsengebirge. Ich will ihn fragen."

Da ich wußte, daß ein Indianer über Gold- und andere Bodenschätze des Westens nur selten und höchst ungern spricht, stellte ich meine Frage in der Sprache der Apatschen. Ich war aber trotzdem überzeugt, daß er jede Auskunft verweigern würde.

„Will mein Bruder Scharlih Gold und Steine suchen?" meinte er ernsthaft.

Ich erklärte ihm den Zusammenhang. Er blickte lange vor sich nieder, dann musterte sein dunkles Auge die Anwesenden, und endlich fragte er: „Werden diese Männer dem Häuptling der Apatschen einen Wunsch erfüllen?" — „Sicherlich gern."

„Wenn sie noch einmal singen, was Winnetou draußen vor dem Tal hörte, so wird er ihnen sagen, wo Steine liegen."

Ich war überrascht. Hatte die schlichte Weise des ‚Ave Maria' auf Winnetou einen so tiefen, gewaltigen Eindruck gemacht, daß er, der Indianer, entschlossen war, dafür die Geheimnisse der Berge zu verraten? — „Sie werden es singen", versicherte ich ihm.

„So mögen sie in den Gros-Ventre-Bergen suchen, da liegen viele Goldkörner. Und im Tal des Beaver-Dam-Flusses, der sein Wasser in einen der südlichen Zipfel des Yellowstone-Sees ergießt, liegen viele solche Steine, wie sie diese Männer suchen."

Während ich den Settlers diese Auskunft übermittelte und ihnen die Lage der beiden angegebenen Punkte erklärte, stellten sich die ersten Nachbarn ein, und wir mußten das Gespräch unterbrechen.

Nach und nach füllte sich der Wohnraum des Blockhauses, und wir feierten einen Abend, wie ich ihn im Westen noch nicht erlebt hatte. Die Männer konnten noch alle Lieder, die sie in der Heimat und dann später in Chicago gesungen hatten. Als echte Deutsche liebten sie den Gesang und hatten sich ganz leidlich zu einem Doppelquartett zusammengeübt. Selbst der alte Hillmann sang mit. Er hatte einen erträglichen Baß. Und so kam es, daß die Pausen des Gesprächs mit deutschen Volksliedern und anderen mehrstimmigen Vortragsstücken ausgefüllt wurden.

Der Apatsche hörte schweigsam zu, endlich aber fragte er mich:

„Wann werden diese Männer ihr Wort halten?"

Daraufhin erinnerte ich Hillmann an das Versprechen, das ich Winnetou gegeben hatte, und sie begannen das ‚Ave Maria'. Kaum jedoch hatten sie angefangen, so streckte der Apatsche abwehrend die Hand aus. — „Nein! Im Haus klingt es nicht gut. Vom Berg her will Winnetou das hören."

„Er hat recht", stimmte Bill Meinert zu. „Dieses Lied muß im Freien gesungen werden. Kommt mit hinaus!"

Die Sänger verließen das Blockhaus und stiegen eine Strecke die Höhe hinan. Wir anderen blieben im Tal. Winnetou stand neben mir, war aber bald verschwunden. Dann erklang es von oben aus dem Dunkel herab in schönen, rein dahingetragenen Tönen:

> *„Es will das Licht des Tages scheiden;*
> *nun bricht die stille Nacht herein.*
> *Ach könnte doch des Herzens Leiden*
> *so wie der Tag vergangen sein — —"*

Wir lauschten in stiller Andacht. Die Finsternis verhüllte die Sänger und den Ort, wo sie standen. Es war, als ob das Lied vom Himmel herab erklänge. Der Komponist hatte keine nach Wirkung haschenden Übergänge, keine kunstreichen Wiederholungen und Umkehrungen, keine anspruchsvolle Verarbeitung des Motivs angewendet. Die Vertonung baute sich nur aus den naheliegenden leitereigenen Vollklängen auf, und die Weise war einfach wie die eines Kirchenliedes. Aber gerade diese Einfachheit der Harmoniefolge gab den Tönen das so tief Ergreifende, dem unsere Herzen nicht widerstehen konnten.

Als das Lied verklungen war, standen wir noch lange still und kehrten nicht eher in die Stube zurück, als bis die Sänger wieder im Tal erschienen. Winnetou aber fehlte. Es verging wohl eine Stunde und noch länger, ohne daß er kam, und da wir hier doch von der Wildnis umgeben waren und ihm möglicherweise etwas zugestoßen sein konnte, warf ich den Stutzen über und trat ins Freie. Vorher jedoch bat ich die Leute, mir nicht zu folgen, außer wenn sie einen Schuß hören sollten. Ich ahnte, was den Apatschen in der Einsamkeit zurückhielt.

Der Richtung folgend, in der ich ihn hatte verschwinden sehen, näherte ich mich dem See. Eine Felsplatte ragte hier über die dunklen Wasser hinaus, und auf ihr sah ich die Gestalt des Gesuchten. Er saß hart am Rand, bewegungslos wie ein Steinbild. Mit leisem Schritt näherte ich mich ihm und ließ mich neben ihm nieder, wo ich in lautlosem Schweigen verharrte.

Es verging eine lange Zeit, ohne daß er sich regte. Endlich aber hob er langsam den Arm, deutete auf das Wasser hinaus und sagte wie unter dem Eindruck eines tiefen, zwingenden Gedankens: „Ti paapu schi itsji — dieser See ist wie mein Herz."

Dann fiel er wieder in sein Schweigen zurück und begann erst nach einer langen Pause von neuem:

„Ntch-nha Manitou nsho; schi aguan t'enese — der Große Geist ist gut; ich liebe ihn."

Ich wußte, daß ich mit einer Entgegnung nur die Entwicklung seiner Gedanken und Gefühle stören würde. Deshalb schwieg ich auch jetzt. Und wirklich fuhr er bald fort:

„Mein Bruder Scharlih ist ein großer Krieger und ein weiser Mann im Rat. Meine Seele ist wie die seinige, aber ich werde ihn nicht sehen, wenn ich einst in die Ewigen Jagdgründe komme."

Dieser Gedanke stimmte ihn traurig. Er war mir ein neuer Beweis dafür, wie lieb mich der Apatsche hatte. Dennoch entgegnete ich jetzt mit gutem Grund: „Mein Bruder Winnetou besitzt mein ganzes Herz. Seine Seele lebt in meinen Taten. Aber ich werde ihn nicht erblicken, wenn ich einst in den Himmel der Seligen gelange."

„Wo ist der Himmel meines Bruders?" erkundigte er sich.

„Wo sind die Jagdgründe meines Freundes?" gab ich die Frage zurück. — „Manitou besitzt die ganze Welt und alle Sterne!" erklärte er.

„Warum gibt der große Manitou seinen roten Söhnen einen so kleinen Teil der Welt und seinen weißen Kindern alles? Was sind die Jagdgründe der Indianer gegen die unendliche Herrlichkeit, in der die Seligen der Weißen wohnen werden? Hat Manitou die Roten weniger lieb? O nein! Meine roten Brüder glauben an eine große, fürchterliche Lüge. Der Glaube der weißen Männer sagt: ,Der gute Manitou ist der Vater aller seiner Kinder im Himmel und auf Erden.' Der Glaube der roten Männer aber sagt: ,Manitou ist nur der Herr der Roten. Er gebietet, die Weißen alle zu töten.' Mein Bruder Winnetou ist gerecht und weise. Er denke nach! Ist der Manitou der Roten auch der Manitou der Weißen? Weshalb betrügt er dann seine roten Söhne? Weshalb läßt er sie von der Erde verschwinden und erlaubt den Weißen, zu Millionen anzuwachsen und die Erde zu beherrschen? Oder ist der Manitou der Roten ein anderer als der Manitou der Weißen? Dann ist der Manitou der Weißen mächtiger und gütiger als der Manitou der Roten. Der Manitou der Bleichgesichter gibt ihnen die ganze Erde mit tausend Freuden und Wonnen, und dann läßt er sie herrschen über die Seligkeit aller Himmel und von Ewigkeit zu Ewigkeit. Der Manitou der Roten aber gibt den Seinen nur die wilde Savanne und die öden Berge, die Tiere des Waldes samt einem immerwährenden Töten und Morden, und sodann verheißt er ihnen nach dem Tod die finsteren Jagdgründe, wo der Krieg und das Morden von neuem beginnen. Die roten Krieger glauben ihren Medizinmännern, die sagen, daß die Indianer in den Ewigen Jagdgründen alle Seelen der Weißen töten werden. Wenn nun mein Bruder in diesen blutigen Gründen einst seinem Freund Scharlih begegnete, würde er ihn töten?"

„Uff!" rief da der Apatsche laut und eifrig. „Winnetou würde die Seele seines guten Bruders verteidigen gegen alle roten Männer. Howgh!" — „So überlege mein Bruder, ob die Medizinmänner nicht eine Lüge sagen!" mahnte ich.

Winnetou schwieg nachdenklich, und ich hütete mich, die Wirkung meiner Worte durch weitere Bemerkungen zu beeinträchtigen.

Wir kannten uns seit Jahren. Wir hatten Leid und Freude redlich geteilt und einander in jeder Gefahr und Not mit todesmutiger Aufopferung beigestanden. Aber niemals war, seiner einstigen Bitte gemäß, zwischen uns ein Wort über den Glauben gesprochen worden. Niemals hatte ich auch nur mit einer Silbe versucht, zerstörend in seine religiösen Anschauungen einzudringen. Ich wußte, daß er mir gerade das hoch anrechnete, und darum mußten meine jetzigen Vorstellungen von doppelter Wirkung auf ihn sein.

„Warum sind nicht alle weißen Männer wie mein Bruder Scharlih? Wären sie so wie er, dann würde Winnetou ihren Priestern glauben!"

„Warum sind nicht alle roten Männer so wie mein Bruder Winnetou?" entgegnete ich. „Es gibt Gute und Böse unter den weißen und unter den roten Männern. Die Erde ist weit über tausend Tagereisen lang und ebenso breit. Mein Freund kennt nur einen ganz kleinen Teil von ihr. Überall herrschen die Weißen, aber gerade da, wo mein Bruder lebt, in der wilden Savanne, verstecken sich die Bösen der Bleichgesichter, die vor den Gesetzen der Guten fliehen mußten. Deshalb denkt Winnetou, die Bleichgesichter seien in der Mehrzahl Bösewichte. Mein Bruder wandert einsam durch die Berge, er jagt den Bison und bekämpft seine Feinde. Worüber kann er sich freuen? Lauert nicht der Tod hinter jedem Baum und Strauch auf ihn? Hat er einmal einem Roten sein ganzes Vertrauen und seine Liebe schenken können? Ist sein Leben nicht bloß Arbeit, Sorge, Wachsamkeit und Enttäuschung gewesen? Findet er Ruhe, Frieden, Trost und Erquickung für seine ermüdete Seele etwa unter den häßlichen Skalpen des Wigwams oder auf dem verräterischen Lager der Wildnis? Der Heiland der weißen Männer aber sagt: ‚Kommet her zu mir alle, die ihr mühselig und beladen seid, ich will euch erquicken!' Ich bin dem Heiland nachgegangen und habe den Frieden des Herzens gefunden. Warum will mein Bruder nicht auch zu ihm gehen?" — „Winnetou kennt diesen Heiland nicht", sagte er. — „Soll ich meinem Freund von ihm erzählen?"

Er senkte den Kopf und meinte nach einer längeren Pause:

„Mein Bruder Scharlih hat recht gesprochen. Winnetou hat keinen Gefährten so geliebt wie ihn. Winnetou hat keinem Menschen so vertraut wie seinem Freund, der ein Bleichgesicht ist und ein Christ. Winnetou glaubt keinem Menschen so wie ihm. Mein Bruder kennt die Länder der Erde und ihre Bewohner, er kennt viele Bücher der Weißen, er ist verwegen im Kampf, weise am Beratungsfeuer und mild gegen die Feinde. Er liebt die roten Männer und meint es gut mit ihnen. Er hat seinen Bruder Winnetou niemals getäuscht und wird ihm auch heute die Wahrheit sagen. Das Wort meines Bruders gilt mir mehr als das Wort aller Medizinmänner und als die Worte aller weißen Lehrer. Die roten Männer brüllen und schreien, die weißen Männer aber haben eine Musik, die vom Himmel kommt und im Herzen des Apatschen weiterklingt. Mein Bruder mag mir die Worte verdolmetschen, die die Männer dieser Niederlassung gesungen haben!"

Ich begann mit der Übersetzung und Erklärung des ‚Ave Maria' und erzählte ihm von dem Glauben der Bleichgesichter. Dabei suchte ich ihm ihr Verhalten gegen die Indianer in einem freundlichen Licht darzustellen, und ich tat es nicht durch den Vortrag gelehrter Glaubenssätze und spitzfindiger Tüfteleien, sondern ich sprach in einfachen, schmucklosen Worten. Ich redete zu ihm in jenem milden, überzeugungsvollen Ton, der zum Herzen dringt, jedes Besserseinwollen vermeidet und den Hörer gefangennimmt, obgleich er ihn denken läßt, er hätte sich aus eigenem Willen und Entschluß ergeben.

Winnetou hörte wortlos zu. Es war ein liebevolles Netzauswerfen nach einer Seele, die es wert war, aus den Banden des Irrtums erlöst zu werden. Als ich geendet hatte, saß er noch lange da, in tiefes Schweigen versunken. Ich hörte die Nachwirkung meiner Worte durch keinen Laut, bis er sich langsam erhob und mir die Hand entgegenstreckte. — „Mein Bruder Scharlih hat Worte gesprochen, die nicht sterben können", begann er tief aufatmend. „Winnetou wird den großen, gütigen Manitou der Weißen, den Sohn des Schöpfers, der am Kreuz gestorben ist, und die Jungfrau, die im Himmel wohnt und den Gesang der Settler hört, nicht vergessen. Der Glaube der roten Männer lehrt Haß und Tod. Der Glaube der weißen Männer lehrt Liebe und Leben. Winnetou hat schon lange Jahre darüber nachgedacht. Jetzt aber ist er zur Klarheit gekommen. Mein Bruder habe Dank! Howgh!"

Wir kehrten zum Blockhaus zurück, wo man um uns beinah besorgt geworden war. Man hatte sich von den Railtroublers und Ogellallah unterhalten. Ich sagte den Leuten, daß sie ihr Settlement als einen so weit vorgeschobenen Posten eigentlich hätten befestigen sollen. Sie sahen das ein und beschlossen, das Versäumte baldigst nachzuholen. Es war klar, daß ihre Niederlassung nur wegen ihrer äußerst abgeschiedenen Lage den Späherblicken der Roten bisher entgangen war. Kam ein feindlicher Indianer in die Nähe, so war es um ihre Sicherheit geschehen. Die vierzehn Männer des Settlements waren zwar mit guten Waffen und hinreichendem Schießbedarf versehen, und auch die Frauen und größeren Kinder besaßen Mut und Übung genug, ein Gewehr abzuschießen, aber was war das gegen eine Horde wilder Gesellen, die zu Hunderten erscheinen konnten! An Stelle dieser Leute hätte ich die Blockhäuser nicht an ihrer gegenwärtigen gefährdeten Stelle, sondern hart am Ufer des Sees errichtet, so daß sie nur von der Landseite angegriffen werden konnten.

Die Richtung, die die Railtroublers einschlagen wollten, ließ vermuten, daß ihr Weg jedenfalls in weiter Entfernung von hier vorüberführte. Dennoch bat ich die Settler, auf ihrer Hut zu sein und besonders ihre noch mangelhaften Fenze[1] zu verstärken.

Es war spät, als wir uns nach dem Weggang der übrigen Gäste niederlegten. Wir ruhten in den weichen Betten Hillmanns, die uns gastfreundlich überlassen wurden, und schieden am anderen Morgen mit herzlichem Dank von den braven Leuten, die uns noch eine Strecke begleiteten. Vorher mußten wir ihnen versprechen, wieder bei ihnen einzukehren, falls uns unser Weg nochmals in die Nähe führe.

Bevor sie endgültig Abschied von uns nahmen, traten die acht Sänger nochmal zusammen, um dem Apatschen das „Ave Maria' zu singen. Als sie geendet hatten, reichte er allen die Hand.

„Winnetou wird das Lied seiner weißen Freunde nie vergessen."

Unsere Pferde hatten sich von dem gestrigen anstrengenden Ritt gut erholt. Sie griffen aus, daß es eine Freude war. Die Bewohner von Helldorf-Settlement, das seinen Namen nach dem bayerischen Dorf führte, woher diese Leute stammten, waren schon öfters in Echo gewesen und hatten uns den kürzesten Weg genau beschrieben, so daß wir bei der Schnelligkeit unserer Pferde hoffen konnten, den Ort bis zum Abend zu erreichen.

[1] Umzäunungen

Winnetou war während des ganzen Tages noch einsilbiger als gewöhnlich, und manchmal, wenn er eine Strecke vor uns ritt und uns außer Hörweite wähnte, war es mir, als hörte ich ihn mit leisem Summen die Weise des ‚Ave Maria' wiederholen, eine Bemerkung, die mich um so mehr überraschen mußte, als die Indianer fast durchgängig ohne musikalisches Gehör sind.

Am Nachmittag wurden die Umrisse der Berge kühner, mächtiger und steiler. Wir gerieten in ein Wirrsal wundervoller, enger und verwickelter Schluchten, bis wir endlich gegen Abend von einer steilen Höhe aus das Ziel unter uns liegen sahen — den Echo-Cañon mit dem Schienenstrang und der friedlichen Station, die wir vor dem Untergang retten wollten.

14. Gerechte Vergeltung

Unter Cañon versteht der Amerikaner eine tiefe Felsschlucht. Das gibt sofort ein Bild des Ortes, den wir jetzt erreicht hatten. Die Bahn führte schon längst durch den Echo-Cañon, aber der Schienenstrang ruhte vorläufig noch ungesichert auf dem Unterbau, und es gab bei der endgültigen Fertigstellung der Bahn so viele Schwierigkeiten zu überwinden, daß eine bedeutende Anzahl Arbeiter dazu nötig war.

Eine kleine Seitenschlucht bot uns Gelegenheit, hinabzukommen, und als wir die Tiefe erreichten, trafen wir schon auf die ersten Arbeiter, die beschäftigt waren, einen Felsen zu sprengen. Sie blickten uns mit Verwunderung entgegen. Zwei fremde, bis an die Zähne bewaffnete Weiße mit einem Indianer als Begleiter, das war für sie ein so besorgniserregender Anblick, daß sie die Werkzeuge weglegten und zu den Waffen griffen.

Ich winkte ihnen beruhigend von weitem und ritt im Galopp auf sie zu. — *Good day!"* grüßte ich. „Legt die Büchsen weg! Wir kommen als Freunde!"

„Wer seid ihr!" fragte einer. — „Wir sind Jäger und bringen euch eine wichtige Botschaft. Wer führt hier in Echo den Befehl?"

„Eigentlich Ingenieur Oberst Rudge. Weil er jedoch nicht da ist, müßt Ihr Euch an Mr. Farell, den Zahlmeister, wenden."

„Wo ist Colonel Rudge?" — „Der Ingenieur verfolgt eine Bande Railtroublers, die einen Zug zum Entgleisen brachte."

„Ah, also doch! Und wo ist Mr. Farell zu finden?"

„Da vorn in der Station, in der größten Baracke!"

Wir ritten in der angegebenen Richtung davon, und sie blickten uns wißbegierig nach. Nachdem wir fünf Minuten lang die Strecke verfolgt hatten, kamen wir an die Station. Sie bestand aus verschiedenen Blockhäusern und zwei aus rohen Steinen schnell und notdürftig aufgemauerten, langgestreckten Häusern. Um das Ganze war eine Mauer gezogen, die nur aus lose übereinandergelegten Blöcken aufgeführt war, trotzdem aber ziemlich fest schien und eine Höhe von vielleicht anderthalb Meter erreichte. Der Eingang, ein stark gezimmertes Tor, war offen. — Da ich keine Baracke bemerkte, fragte ich einen an der Schutzmauer beschäftigten Arbeiter nach dem Zahlmeister und wurde in eins der steinernen Gebäude gewiesen. Es waren hier nicht viel Leute zu sehen, und die wenigen, die ich erblickte, waren gerade dabei, einen Lastwagen voll Schienen abzuladen.

Wir stiegen von den Pferden und traten in das Gebäude. Sein Inneres bestand aus einem einzigen Raum, in dem zahlreiche Kisten, Fässer und Säcke lagerten, woraus wir schlossen, daß hier wohl die Lebensmittelniederlage sei. Eine einzige Person war anwesend, ein kleines, dürres Männchen, das sich bei unserem Eintritt von einer Kiste erhob. — „Was wollt Ihr?" fragte der Mann bei meinem Anblick mit scharfer, dünner Stimme. Da aber sah er Winnetou und fuhr erschrocken zurück. „Ein Indsman! Alle guten Geister."

„Fürchtet Euch nicht, Sir!" sagte ich. „Wir suchen Mr. Farell, den Zahlmeister."

„Der bin ich", erwiderte er mit einem furchtsamen Blick hinter seiner großen Stahlbrille hervor.

„Eigentlich gilt unser Besuch dem Colonel Rudge", fuhr ich fort. „Da der aber nicht anwesend ist und Ihr seine Stelle vertretet, Sir, so erlaubt, daß wir Euch unser Anliegen mitteilen."

„Redet!" forderte mich Farell auf, sehnsüchtig zur Tür schielend.

„Der Colonel ist einer Schar von Railtroublers nach?" — „Ja."

„Wie viele Leute hat er mit?" — „Müßt Ihr das wissen?"

„Nun, notwendig ist es nicht. — Wie viele Männer habt Ihr noch hier?" — „Müßt Ihr das auch wissen?"

Während dieser Frage rückte er immer mehr zur Seite.

„Jetzt eigentlich noch nicht", meinte ich. „Wann ist der Oberst fort?" — „Müßt Ihr das auch wissen?" fragte er immer ängstlicher.

„Nun, ich werde Euch erklären, weshalb —"

Ich hielt inne, denn ich hatte niemanden mehr, zu dem ich sprechen konnte. Der kleine Mr. Farell war nämlich mit einigen unbeschreiblichen Angstsprüngen an uns vorüber- und zum Eingang hinausgeflohen. Im nächsten Augenblick warf er die Tür zu. Die langen Eisenstangen klirrten, der Riegel in dem mächtigen Vorlegeschloß kreischte — wir waren gefangen.

Ich drehte mich um und blickte die beiden Gefährten an. Der ernste Winnetou zeigte seine prachtvollen Elfenbeinzähne, Spürauge zog ein Gesicht, als hätte er Zucker und Alaun verschluckt, und ich — lachte laut und herzlich auf über die nette Überraschung.

„Gefangen, aber nicht Einzelhaft!" stellte Spürauge fest.

„Das Männchen hält uns für Spitzbuben."

Draußen erscholl der laute Ton einer Pfeife, und als ich an die schießschartenartige Fensteröffnung trat, sah ich die außerhalb der Mauer beschäftigten Arbeiter zum Tor hereinspringen, das dann sogleich geschlossen wurde. Ich zählte sechzehn Mann. Sie umringten den Zahlmeister und schienen ihre Weisungen zu erhalten. Dann verschwanden sie in den einzelnen Blockhütten, jedenfalls um ihre Gewehre zu holen.

„Das Theater wird bald beginnen", meldete ich den anderen. „Was tun wir bis dahin?"

„Wir stecken uns eine Zigarre an", meinte Spürauge.

Er langte in ein geöffnetes Kistchen, das auf einem der Ballen stand, nahm eine Zigarre heraus und brannte sie sich an. Ich folgte seinem Beispiel, Winnetou aber nicht.

Kurz danach wurde die Tür vorsichtig geöffnet, und die dünne Stimme des Zahlmeisters ermahnte uns bereits von draußen:

„Schießt ja nicht, ihr Halunken, sonst töten wir euch!"

Farell trat an der Spitze seiner Leute ein, die mit bereitgehaltenen

Gewehren an der Tür stehenblieben, während er sich hinter ein mächtiges Faß stellte und uns von diesem verschanzten Lager aus drohend seine Vogelflinte zeigte.

„Wer seid ihr?" fragte er mit zuversichtlicher Stimme, da er sich unter dem Schutz seiner Leute und des Fasses für unangreifbar hielt.

„Dummheit!" lachte Spürauge. „Vorhin nanntet Ihr uns Halunken, und jetzt fragt Ihr uns, wer wir sind. Geht hinter Eurem Faß hervor dann werden wir mit Euch reden!"

„Das werde ich bleiben lassen! Also, wer seid ihr?" — „Präriejäger."

Da unser Gefährte die Antwort übernehmen zu wollen schien, verhielt ich mich schweigend.

Der Zahlmeister fragte weiter: „Wie sind eure Namen?"

„Tut nichts zur Sache!"

„Also widersetzlich! Ich werde euch noch die Zunge lösen, darauf könnt ihr euch verlassen! Was wollt ihr hier in Echo?"

„Euch warnen." — „Warnen? Vor wem denn?"

„Vor den Indsmen und Railtroublers, die einen Überfall auf Echo planen."

„*Pshaw*, macht euch nicht lächerlich! Ihr gehört zu den Railtroublers und wollt uns überlisten. Aber da kommt ihr an die Unrechten!" Und sich an seine Leute wendend, befahl das Männlein: „Nehmt sie gefangen und bindet sie!"

„Wartet noch ein Weilchen!" meinte Spürauge.

Rasch langte er in die Tasche. Ich ahnte, daß er sein Erkennungszeichen als Detektiv vorzeigen wollte und wehrte ab.

„Das ist nicht notwendig, Stephen. Laßt das Ding stecken! Wir wollen doch sehen, ob siebzehn Railroaders es wagen werden, drei richtige Westmänner anzugreifen. — Wer nur einen Finger gegen uns zuckt, der ist eine Leiche!"

Ich machte die grimmigste Miene, die mir möglich war, warf das Gewehr über den Rücken, nahm in jede Hand einen Revolver und schritt dem Eingang zu. Winnetou und Spürauge taten desgleichen. Einen Augenblick nach meiner Drohung war der tapfere Zahlmeister verschwunden. Er hatte sich so tief wie möglich hinter dem Faß niedergeduckt, und nur der gegen das Dach aufragende Lauf seines Gewehrs gab den Ort an, wo Mr. Farell unter Umständen anzutreffen war.

Die Eisenbahner schienen nicht übel Lust zu haben, dem Vorbild ihres Herrn und Meisters zu folgen. Sie bildeten eine Gasse und ließen uns ungehindert durch.

Das also waren die Leute, die den Ogellallah und Railtroublers widerstehen sollten! Das gab eine schlechte Aussicht für die nächsten Tage. Ich drehte mich um und sagte zu den Railroaders:

„Jetzt können wir den Spieß umkehren und euch einschließen, Mesch'schurs, aber wir wollen es nicht tun. Bringt den tapferen Mr. Farell heraus, damit wir zu einer verständigen Rede kommen! Das ist notwendig, wenn ihr nicht von den Ogellallah ausgelöscht werden wollt!"

Nach einiger Anstrengung gelang es ihnen, den Schmächtigen ans Tageslicht zu befördern, und nun erzählte ich ihnen alles, was vorgefallen war. Als ich geendet hatte, saß der Zahlmeister, vor Angst kreideweiß, auf dem Quaderstein, wo er Platz genommen hatte, und sagte mit unsicherer Stimme:

„Sir, jetzt glaube ich Euch, denn es wurde uns erzählt, daß dort am

Unglücksplatz zwei Männer ausgestiegen sind, um einen Raubvogel totzuschießen. Also dieser Gentleman ist Mr. Winnetou! Habe die Ehre, Sir!" Dabei machte er dem Apatschen eine tiefe Verneigung. „Und der andere Gentleman ist Mr. Moody, den sie Spürauge nennen? Habe die Ehre, Sir! Und nun möchte ich auch Euren Namen wissen!"

Ich nannte Farell meinen Geburts-, nicht aber meinen Präriennamen.

„Habe die Ehre, Sir", sagte er mit einer Verbeugung nun auch gegen mich. Dann fuhr er fort: „Also Ihr glaubt, daß der Colonel den Zettel gesehen hat und schleunigst zurückkommen wird?"

„Ich vermute es."

„Das wäre mir sehr lieb. Ihr könnt es mir glauben."

Das glaube ich ihm auch ohne Versicherung und Schwur. Er aber erklärte uns weiter:

„Ich habe nur vierzig Mann zur Verfügung, von denen die meisten jetzt draußen auf der Strecke beschäftigt sind. Würde es nicht am besten sein, Echo vollständig zu räumen und uns auf die nächste Station zurückzuziehen?"

„Wo denkt Ihr hin! Seid Ihr ein Hase, daß Ihr davonlaufen wollt? Was sollen Eure Vorgesetzten von Euch denken! Es wäre ja sofort um Eure Stellung geschehen!"

„Wißt Ihr was, Sir?" meinte er. „Mein Leben ist mir lieber als meine Stellung. Verstanden?"

„Ich glaube es Euch. Wie viele Leute hat der Oberst bei sich?"

„Genau hundert, und zwar die tapfersten." — „Das merke ich."

„Und wie viele Indsmen waren es?"

„Über zweihundert mit den Railtroublers."

„O weh! Sie schießen uns in Grund und Boden! Ich kenne keine andere Hilfe als die Flucht!"

„*Excellent!*" lachte ich. „Welches ist die bevölkertste Station von hier aus?"

„Promontory. Dort werden jetzt gegen dreihundert Arbeiter sein. Ogden liegt zwar näher, zählt aber vorläufig noch nicht mit."

„So drahtet hin und laßt Euch hundert bewaffnete Männer schikken!" — Er sperrte den Mund auf und starrte mich an. Dann sprang er auf, schlug die Hände freudig zusammen und rief:

„Wahrhaftig, daran hätte ich nicht gedacht."

„Ja, Ihr seid ein gewaltiger Feldherr, wie es scheint! Die Leute mögen Lebensmittel und Schießbedarf mitbringen, wenn es Euch daran fehlen sollte. Und merkt Euch die Hauptsache: es muß alles so geheim wie möglich gehen, da sonst die roten Späher merken, daß sie verraten sind! Drahtet das mit! — Wie weit ist es von hier bis Promontory?" — „Dreiundneunzig Meilen."

„Wird eine Maschine mit Wagen dort sein?" — „Stets."

„Gut, so können, wenn Ihr sofort drahtet, die Hilfsmannschaften bereits morgen vor Tagesanbruch hier eintreffen. Morgen abend werden wohl die Späher kommen. Bis dahin haben wir Zeit, die Station noch mehr zu befestigen. Laßt jetzt Eure vierzig Mann kräftig zufassen und die Umfassungsmauer um einen halben Meter erhöhen! Die Leute von Promontory werden morgen mithelfen. Sie muß über zwei Meter hoch werden, damit die Indsmen nicht hereinblicken und bemerken können, wie viele Männer hier anwesend sind."

„Sie werden es vom Berg aus sehen, Sir!"

„Das läßt sich verhindern. Ich werde den Spionen der Ogellallah entgegenziehen und Euch, sobald ich sie entdecke, ein Zeichen geben. Dann verstecken sich Eure Leute in die Blockhäuser, und die Indsmen werden glauben, daß sie es nur mit wenigen zu tun haben. Noch heute schlagen wir rundum an der Innenseite der Umfassungsmauer Pfähle in die Erde und nageln Bretter oder Bohlen darauf. So entstehen Bänke, auf die sich unsere Leute beim Überfall stellen, um über die Mauer hinwegschießen zu können. Wenn ich richtig vermute, ist der Colonel schon morgen um die Mittagszeit hier. Dann sind wir mit den Leuten aus Promontory über zweihundertvierzig Mann gegen zweihundert Feinde. Wir stehen hinter den Mauern gedeckt, die Roten aber haben keinen Schutz und erwarten keine Gegenwehr. Es wäre also ein wahres Wunder, wenn wir sie nicht gleich mit der ersten Salve so heimschickten, daß sie das Wiederkommen vergessen."

„Und dann verfolgen wir sie!" jubelte der kleine Mann begeistert, denn meine Anordnungen hatten ihm ungeheuer Schneid gemacht.

„Das wird sich finden", erklärte ich. „Jetzt aber sputet Euch! Ihr habt dreierlei zu tun: nach Promontory zu drahten, Eure Leute zum Bau der Mauer anzustellen und uns einen Imbiß nebst Nachtlager zu besorgen."

„Soll geschehen, Sir, sofort! Es wird mir nun gar nicht einfallen, vor den Roten auszureißen. Und was Euch betrifft, so sollt Ihr ein Abendessen haben, mit dem Ihr zufrieden sein könnt. Ich bin nämlich selber Koch gewesen."

Es läßt sich im kurzen sagen, daß alles so geschah, wie ich es vorgeschlagen hatte. Unsere Pferde bekamen ein gutes Futter und wir ein gutes Essen. Mr. Farell schien wirklich mit dem Kochlöffel bewanderter zu sein als mit seiner Vogelflinte. Die Leute arbeiteten mit Feuereifer an der Erhöhung der Mauer. Sie gönnten sich selbst während der Nacht keine Ruhe, und als ich am frühen Morgen vom Schlaf erwachte und nach der Arbeit sah, staunte ich über den Fortschritt, den sie gemacht hatte.

Farell hatte mit dem in Echo anhaltenden Nachtzug auch noch mündliche Botschaft nach Promontory geschickt, doch war schon seine Drahtmeldung berücksichtigt worden, denn bereits am frühen Morgen traf ein Zug ein, der die verlangten hundert Mann brachte und mit ihnen alles, was an Waffen, Schießbedarf und Lebensmitteln notwendig war.

Diese Leute machten sich sogleich mit an die Arbeit, so daß die Mauer schon am Mittag vollendet war. Auf meine Anregung wurden noch sämtliche leeren Fässer mit Wasser gefüllt und hinter die Einfassung geschafft. So viele Leute wollten trinken, und man konnte ja nicht wissen, ob man nicht eine kleine Belagerung auszuhalten oder ein Feuer zu löschen haben würde.

Die Nachbarstationen waren benachrichtigt worden, doch sollten die Züge wie gewöhnlich abgelassen werden, um die Feinde nicht mißtrauisch zu machen.

Nach dem Mittagessen verließen wir drei, Winnetou, Spürauge und ich, den Cañon, um nach den Spähern auszuschauen. Wir hatten diesen Dienst übernommen, weil wir uns am liebsten auf uns selbst verließen. Auch hatte sich von den Railroaders keiner zu dem gefahrvollen Gang gemeldet. Es wurde ausgemacht, daß im Cañon ein Sprengschuß gelöst werden sollte, sobald einer von uns dreien mit der Meldung zurückkäme, daß er die Spione gesehen habe.

Wir mußten uns nämlich trennen. Die Indsmen erschienen jedenfalls von Norden, und da gab es nach der Aussage des Zahlmeisters drei Wege, auf denen sie sich nähern konnten. Ich hatte die westliche Prärie übernommen, Winnetou die mittlere und Spürauge die östliche, so daß er etwa die Strecke überwachen mußte, auf der wir in den Cañon gekommen waren.

Ich klomm die steilen Felswände hinauf, trat oben in den Urwald ein und hielt dann am Rand einer Seitenschlucht immer nach Norden zu. Nach ungefähr dreiviertel Stunden erreichte ich einen Ort, der für mein Vorhaben wie geschaffen schien. Auf der Kuppe des Urwaldes ragte eine riesige Tanne auf und neben ihr eine schlanke Fichte. Ich kletterte an der Fichte hoch und gelangte dadurch auf einen starken Ast der Tanne. Hier war ihr Stamm dünn genug zum Weiterklimmen, und ich turnte nun an ihr so weit wie möglich hinauf.

Das frische, volle Grün der Krone verbarg mich gänzlich, so daß ich von unten nicht bemerkt werden konnte. Vor meinem Blick aber lag die Gegend so frei und offen da, daß ich alle lichten Grasstellen und das Wipfelmeer des Waldes weithin übersehen konnte. Ich machte es mir so bequem wie möglich und hielt dann scharfe Wacht.

Stundenlang saß ich da oben, ohne etwas Auffälliges zu erspähen, doch das durfte meine Wachsamkeit nicht ermüden. Endlich sah ich im Norden vor mir eine Schar Krähen sich von den Baumwipfeln erheben. Das brauchte keine besondere Veranlassung zu haben. Aber die Vögel erhoben sich nicht in geschlossener Schar, um sofort einer bestimmten Richtung zuzufliegen, sondern sie streuten in die Lüfte empor, kreisten einige Minuten wie ratlos über den Wipfeln und ließen sich dann eine Strecke weiter vorsichtig auf andere Bäume nieder. Sie mußten aufgestört worden sein.

In kurzer Zeit wiederholte sich das Spiel und dann zum dritten- und viertenmal. Es war klar: da draußen kam irgendein Wesen, vor dem sich die Krähen fürchteten, von Norden her durch den Wald geschlichen, und zwar so ziemlich in der Richtung auf meinen Standort zu. Ich kletterte eilig hinab und pirschte mich vorsichtig an die verdächtige Gegend heran, immer vorsorglich meine Fährte verwischend.

Dabei erreichte ich ein fast undurchdringliches Espendickicht, in das ich mich hineinarbeitete. Hier legte ich mich nieder und wartete. Nicht lange, so kam es geschlichen, lautlos wie Gespenster: eins, zwei, drei, fünf, sechs Indianer schritten an meinem Versteck vorüber. Ihre Füße berührten nicht den kleinsten Teil eines abgebrochenen Ästchens am Boden. Das Knicken hätte ja Geräusch verursacht.

Das waren die Späher. Sie trugen das Kriegsfarben.

Kaum waren sie vorüber, so huschte ich hervor. Es war klar, daß sie den dichtesten Wald aufsuchen würden. Auch mußten sie beim Vordringen jeden Schrittbreit untersuchen. Das hielt sie auf. Ich aber konnte den geraden Weg einschlagen, die lichtesten Stellen benützen und ohne Sorge vor Entdeckung heimkehren. Dadurch gewann ich einen bedeutenden Vorsprung. In raschem Lauf hastete ich also zurück, und es war kaum eine Viertelstunde vergangen, so glitt ich die steile Wand des Cañons hinab und eilte zur Station.

Dort herrschte ein regeres Leben als vorher, und ich bemerkte sofort, daß neue Leute eingetroffen waren. Eben schritt ich über die Schienenstrecke, als ich zu meinem Erstaunen Winnetou bemerkte, der von der Höhe herabgeklettert kam. Ich erwartete ihn und fragte, als er bei mir anlangte:

„Mein roter Bruder kommt zu gleicher Zeit mit mir. Hat er etwas gesehen?"

„Winnetou kommt, weil er nicht mehr zu warten braucht", erwiderte er. „Mein Bruder Scharlih hat ja die Späher entdeckt."

„Ah! Woher weißt du das?"

„Winnetou saß auf einem Baum und nahm sein Rohr zur Hand. Da erblickte er weit im Westen einen anderen Baum. Das war die Gegend meines Bruders, und weil Winnetou seinen Bruder kennt, wußte er, daß Old Shatterhand diesen Baum ersteigen würde. Dann nach langer Zeit erspähte Winnetou viele Punkte am Himmel. Das waren Vögel, die vor den Spähern flohen. Mein Bruder mußte das auch bemerken und nun die Späher beobachten. Deshalb kehrte der Häuptling der Apatschen zum Lager zurück, denn die Späher sind da." — Das war wieder einmal ein Beispiel vom Scharfsinn meines Freundes.

Noch bevor wir die Station betraten, kam uns ein Mann entgegen, den ich vorher noch nicht gesehen hatte.

„Ah, Sir, Ihr kehrt von der Suche zurück?" fragte er. „Meine Leute sahen Euch vom Felsen steigen und meldeten es mir. Meinen Namen kennt Ihr bereits. Ich bin Colonel Rudge und muß Euch großen Dank abstatten."

„Damit hat es Zeit, Colonel", wehrte ich ab. „Jetzt ist es vorerst notwendig, den Sprengschuß zu lösen, damit mein Kamerad, der noch draußen ist, gewarnt wird. Gebt dann auch Befehl, daß sich die Leute verbergen, denn in einer Viertelstunde werden die Späher der Ogellallah von da oben herab die Station beobachten."

„Well, soll geschehen! Geht einstweilen hinein! Ich werde mich gleich wieder einstellen."

Einige Augenblicke später dröhnte der Schuß, so laut, daß Spürauge ihn unbedingt hören mußte. Dann zogen sich die Arbeiter in die Blockhäuser und die anderen Räumlichkeiten zurück, so daß im Freien nur wenige Leute zu bemerken waren, die sich scheinbar mit der üblichen Streckenarbeit beschäftigten. Rudge suchte uns jetzt im Vorratsraum auf.

„Nun, vor allen Dingen, was habt Ihr erkundet, Sir?" fragte er mich.

„Sechs Ogellallah, die Späher."

„Gut! Wir werden dafür sorgen, daß sie sich täuschen. Im übrigen muß ich noch einmal auf Eure Verdienste um uns zurückkommen. Wir alle hier sind Euch den größten Dank schuldig, Sir, Euch und Euren Gefährten. Sagt, auf welche Weise wir Euch dankbar sein können!"

„Dadurch, daß Ihr gar nicht von Dank redet, Sir. Habt Ihr meinen Zettel gefunden?"

„Allerdings." — „Und seid meiner Warnung auch gefolgt?"

„Wir sind sogleich umgekehrt, sonst könnten wir ja noch nicht hier sein. Und es scheint, als wären wir gerade zur rechten Zeit hier angekommen. Wann werden Eurer Schätzung nach die Ogellallah und Railtroublers wohl erscheinen?"

„Sie werden uns in der morgigen Nacht angreifen."

„So haben wir ja genugsam Muße, uns vorher richtig kennenzulernen, Sir", lachte Rudge. „Kommt, bringt Euren roten Freund mit! Ihr sollt mir liebe Gäste sein!"

Er führte Winnetou und mich zu dem zweiten Steingebäude, das sich in mehrere Abteilungen gliederte. Die eine bildete seine Wohnung, die Raum genug für uns hatte. Oberst Rudge war eine kernhafte Natur, ein Mann, dem ich es zutraute, daß er sich vor den Indsmen nicht fürchtete. Wir hatten bald Vertrauen zueinander gewonnen, und auch Winnetou, dessen Name dem Obersten übrigens längst bekannt war, schien Wohlgefallen an ihm zu finden.

„Kommt, Mesch'schurs, wir wollen einer guten Flasche den Hals brechen, da wir es mit den Roten doch noch nicht tun können!" meinte Rudge. „Macht es Euch bequem und denkt, daß Ihr bei einem Schuldner wohnt! Wenn Euer Kamerad Spürauge kommt, soll er uns Gesellschaft leisten."

Wir waren von jetzt an überzeugt, daß wir von dem Felsen herab beobachtet wurden und verhielten uns danach. Bald kehrte auch Stephen zurück. Er hatte nichts gesehen, aber den Meldeschuß deutlich vernommen.

Solange es noch Tag war, gab es nichts zu tun, doch wurde uns die Zeit nicht lang. Rudge hatte viel erlebt und war ein guter Erzähler. Als dann der Abend hereinbrach, und die Indsmen nichts mehr sehen konnten, wurden die Befestigungen vollendet, und es freute mich, daß der Ingenieur dabei meinen Anordnungen seinen Beifall gab.

So verging die Nacht, und so verging auch der nächste Tag. Es war Neumond, und der Abend senkte sich mit tiefem Dunkel in die Schlucht herab. Dann aber begannen die Sterne zu glänzen und leuchteten so hell, daß man einen ziemlich breiten Streifen des Geländes rings um die Einfassungsmauer leidlich überblicken konnte.

Jeder der Verteidiger war mit einer Büchse und einem Messer versehen. Viele besaßen auch Revolver oder Pistolen. Da die Indianer ihre Angriffe gewöhnlich nach Mitternacht, kurz vor dem Morgengrauen unternehmen, standen jetzt nur die nötigen Posten auf den Bänken, und die anderen lagen, sich leise unterhaltend, rings im Gras. Draußen regte sich kein Lüftchen. Aber das war eine trügerische Ruhe, und als die Mitternacht gekommen war, erhoben sich die Ruhenden, griffen zu ihren Gewehren und nahmen ihre Plätze auf den Bänken ein. Ich stand mit Winnetou am Tor, den Henrystutzen in der Hand. Den Bärentöter hatte ich in der Wohnung gelassen, da der Stutzen hier besser am Platz war.

Wir hatten uns auf alle vier Seiten der Einfassung gleichmäßig verteilt, zweihundertundzehn Mann stark, denn dreißig Mann waren in einen verborgenen Teil des Cañons abgeordnet worden, um die dort versteckten Pferde zu beschützen.

Die Zeit schlich wie im Schneckengang. Mancher mochte bereits denken, alle unsere Befürchtungen seien vergeblich gewesen, da horch! Es klang, als wäre ein Steinchen an eine der Eisenschienen gestoßen worden. Gleich darauf vernahm ich jenes fast unhörbare Geräusch, das ein Ungeübter für das Wehen eines ganz leisen Lüftchens halten würde. Ich aber wußte, woran ich war: sie kamen!

„Aufgepaßt!" flüsterte ich meinem Nebenmann zu.

Der gab das Wort leise weiter, so daß es in kürzester Frist die Runde machte. Flüchtige, geisterhafte Schatten huschten durch die Nacht, nach rechts, nach links, ohne daß dabei der geringste Laut zu hören war. Es bildete sich uns gegenüber eine Linie, die sich ausbreitete und nach und nach um das ganze Lager dehnte. Im nächsten Augenblick mußte es beginnen.

Die Schatten näherten sich. Sie waren nur noch fünfzehn — zwölf — zehn — acht — sechs Schritte von der Mauer entfernt. Da erscholl eine laute, volle Stimme durch die Nacht:

„*Death to the Ogellallah! Here stands Winnetou, chief of the Apaches! Fire!* — Tod den Ogellallah! Hier steht Winnetou, der Häuptling der Apatschen! Gebt Feuer!"

Er hob seine silberbeschlagene Büchse, und bei ihrem Blitz leuchtete es rundum auf. In einem einzigen Augenblick fielen über zweihundert Schüsse. Nur ich hatte nicht geschossen. Ich wollte die Wirkung unserer Salve abwarten, die wie ein Gericht vom Himmel so plötzlich über die Feinde hereinbrach. Einige Sekunden lang herrschte tiefste Stille, dann aber brach es los, jenes furchtbare Geheul, das die Nerven zu zerreißen droht. Das Unerwartete hatte den Roten zunächst die Sprache geraubt, nun aber erklang es wie aus den Mäulern von tausend Teufeln durch den Cañon.

„Nochmals Feuer!" befahl jetzt die Stimme des Obersten, die man selbst durch dieses satanische Geheul hindurch vernehmen konnte.

Eine zweite Salve krachte, dann rief Rudge:

„Hinaus, und mit dem Kolben drauf!"

Im Nu waren die Männer über die Mauer hinweg. Wer von ihnen vorher noch bange gewesen war, der fühlte jetzt den Mut des Löwen in sich. Kein einziger Indsman hatte den Versuch machen können, die Einfassungsmauer zu ersteigen.

Ich blieb auf meinem Posten. Draußen entwickelte sich ein Nahkampf, der nicht lang anhalten konnte, denn die Reihen der Gegner waren schon so stark gelichtet, daß sie ihr Heil in der Flucht suchten. Ich sah sie vorüberhuschen, die dunklen Gestalten, ich blickte ihnen nach — ah, das war ein Weißer! Wieder einer! Die Railtroublers hatten auf der anderen Seite gestanden und flohen nun an mir vorüber.

Jetzt erst legte ich meinen Stutzen an. Fünfundzwanzigmal schießen zu können, ohne laden zu müssen, das war mir hier von Vorteil. Acht Schüsse gab ich ab, dann fand ich kein Ziel mehr. Die unverletzten Feinde waren geflüchtet, die anderen lagen am Boden oder versuchten sich fortzuschleppen. Aber es gelang ihnen nicht, denn sie wurden umzingelt, und wer sich nicht ergab, wurde niedergemacht.

Kurze Zeit später brannten zahlreiche Feuer draußen vor der Mauer, und man konnte die schauerliche Ernte sehen, die der Tod in so kurzer Zeit gehalten hatte. Ich mochte nicht hinschauen, sondern wandte mich ab und ging in die Wohnung des Colonels. Kaum hatte ich mich dort niedergesetzt, so trat auch Winnetou ein. Erstaunt blickte ich ihm entgegen. — „Mein roter Bruder kommt?" fragte ich. „Wie viele Feinde hat er besiegt?"

„Winnetou kämpft, aber er zählt nicht mehr die Häupter der Gefallenen, seitdem er den Gesang vom Berg herab gehört hat. Sein weißer Bruder hat ja überhaupt keinen getötet!"

„Woher weißt du das?"

„Das Gewehr meines Freundes Scharlih schwieg, bis die weißen Mörder an ihm vorüberflohen. Und dann schoß er sie nur ins Bein. Nur diese Verwundeten hat Winnetou gezählt. Es sind ihrer acht. Sie liegen draußen und sind gefangen, denn sie konnten nicht entkommen." — Die Zahl stimmte. Ich hatte also gut getroffen und meinen Zweck erreicht, einige der Railtroublers in unsere Hand zu bekommen. Vielleicht war Monk dabei.

Es dauerte nicht lange, so trat auch Spürauge ein.

„Charley, Winnetou, kommt heraus! Wir haben ihn!" rief er.

„Wen?" fragte ich. — „Lew Monk." — „Ah! Wer hat ihn gefangen?"

„Niemand. Er war verwundet und konnte nicht weiter. Es ist eigenartig. Acht Railtroublers sind verwundet worden, und alle acht an der gleichen Stelle, nämlich am Beckenknochen, so daß sie stürzten und liegenblieben." — „Das ist allerdings eigenartig, Stephen."

„Es hat sich nicht ein einziger verwundeter Ogellallah ergeben, aber alle diese acht Weißen haben um Gnade gebeten."

„Sind ihre Wunden lebensgefährlich?"

„Weiß es nicht. Man hat noch keine Zeit zur Untersuchung gehabt. Weshalb sitzt Ihr hier? Kommt heraus! Es sind im allerhöchsten Fall nur achtzig Feinde entkommen!"

Das war fürchterlich. Aber hatten sie es anders verdient? Diese Menschen hatten heute eine Lehre erhalten, von der sicherlich noch in späterer Zeit erzählt wurde. Es gab Szenen, die jeder Beschreibung spotten, und als ich am frühen Morgen die Leichen hochgetürmt übereinandergeschichtet sah, mußte ich mich fröstelnd abwenden. Ich mußte unwillkürlich an das Wort eines neueren Gelehrten denken, daß der Mensch das größte Raubtier sei.

Erst am Nachmittag kam mit der Bahn ein Arzt, der sich der Verwundeten annahm. Ich hörte, daß Monk nicht zu retten sei. Er hatte bei der Erklärung, daß seine Wunde tödlich sei, nicht die mindeste Reue gezeigt. Spürauge war zugegen gewesen. Er kam zu mir hereingestürzt und rief mir erregt zu: „Charley, auf! Wir müssen fort!"

„Wohin?" — „Zum Helldorf-Settlement."

Dieses Wort erschreckte mich. — „Warum?" forschte ich erregt.

„Weil es von den Ogellallah überfallen wird."

„Mein Gott! Woher wißt Ihr das?"

„Lew Monk hat es gesagt. Ich saß bei ihm und sprach mit dem Colonel. Dabei erwähnte ich den Abend, den wir im Helldorf-Settlement verbrachten. Monk lachte höhnisch auf und meinte, daß wir einen solchen Abend dort wohl nicht wieder erleben würden. Und als ich in ihn drang, erfuhr ich, daß die Niederlassung überfallen werden soll."

„Herr des Himmels, wenn das wahr wäre! Holt rasch Winnetou und laßt unsere Pferde kommen! Ich will selber zu Monk."

Als ich ins Blockhaus trat, wo die verwundeten Gefangenen lagen, stand gerade Colonel Rudge bei Monk. Der lag todesbleich auf einer blutigen Decke und stierte mich mit trotzigen Augen an.

„Ihr seid Daniels oder Monk?" fragte ich ihn.

„Was geht Euch das an?" fauchte er. — „Mehr, als Ihr denkt."

Ich konnte mir vorstellen, daß ich auf eine unverblümte Erkundigung keine Auskunft erhalten würde. Also mußte ich anders anfangen.

„Ich wüßte nicht. Packt Euch fort!" rief er.

„Es hat keiner ein so großes Recht wie ich, Euch zu besuchen", meinte ich. „Die Kugel, die Euch im Leben sitzt, ist von mir."

Da wurden seine Augen größer. Das Blut schoß ihm ins Gesicht, so daß die Narbe anschwoll, und er schrie:

„Hund, sagst du die Wahrheit?" — „Ja".

Was er darauf förmlich brüllte, ist nicht wiederzugeben, ich aber blieb scheinbar ruhig und fuhr fort:

„Ich wollte Euch nur verwunden, und als ich hörte, daß Ihr sterben müßt, bedauerte ich Euch und machte mir Vorwürfe. Nun aber, da ich sehe, was für ein Bösewicht Ihr seid, kann ich ruhig sein. Ich habe der Welt einen Dienst erwiesen, indem ich Euch verwundete. Ihr und Eure Ogellallah werden keinen Schaden mehr anrichten!"

„Meint Ihr?" fragte er, indem er mir seine langen Zähne wie ein gefangenes Raubtier entgegenfletschte. „Geht doch nach Helldorf-Settlement, he!" — „Pshaw! Das liegt sicher."

„Sicher? Da gibt es keinen Stein mehr auf dem anderen. Ich selber habe diesen Ort ausgekundschaftet, und es war ausgemacht, daß erst Echo und dann Helldorf-Settlement genommen werden soll. Hier ist es uns nicht gelungen, dort aber wird es desto besser gelingen, und die Settlers werden mit tausend Martern büßen müssen, was Ihr hier an den Meinen und den Ogellallah verschuldet habt!"

„Gut, das wollte ich wissen. Monk, Ihr seid ein verstockter Sünder, aber auch ein sehr alberner Mensch. Wir werden jetzt nach Helldorf reiten, um zu retten, was zu retten ist. Und wenn die Settlers von den Ogellallah vielleicht fortgeschleppt worden sind, werden wir sie wieder holen. Das alles könnte nicht geschehen, wenn Ihr geschwiegen hättet."

„Den Henker werdet Ihr wieder holen, aber keine Gefangenen!" rief er erbost.

Da hob sein Nachbar, ein Kumpan von ihm, der mich unausgesetzt angestiert hatte, den Kopf. — „Daniels, glaub es! Er wird sie wieder holen. Ich kenne ihn. Er ist Old Shatterhand!"

„Old Shatterhand?" rief der Angeredete. „Also deshalb acht solche Schüsse! Nun, so will ich wünschen —"

Schnell wandte ich mich ab und ging. Die Flüche dieses Bösewichts mochte ich nicht hören. Der Colonel folgte mir und sagte erstaunt:

„Ist's wahr, Sir, daß Ihr Old Shatterhand seid?"

„Ja, ich bin's. Doch das spielt jetzt keine Rolle. — Colonel, Ihr müßt mir Leute geben. Ich muß fort zum Helldorf-Settlement."

„Hm, mein werter Sir, das geht nicht. Ich ginge gleich selber mit und nähme auch alle meine Leute mit, aber ich bin Bahnbeamter und muß meine Pflichten erfüllen."

„Aber, Sir, sollen diese armen Settlers umkommen? Ihr könnt das nicht verantworten!"

„Hört mich an, Mr. Shatterhand. Ich darf meinen Posten nur verlassen, wenn es sich um rein dienstliche Gänge handelt. Ich darf auch meine Leute nicht auffordern, Euch zu begleiten. Aber eins kann und will ich von Herzen gern tun: Ich gebe Euch die Erlaubnis, mit meinen Leuten zu sprechen. Wer von ihnen für einige Zeit aus der Arbeit treten und mit Euch reiten will, den werde ich nicht halten. Ein Pferd, Waffen und alles Nötige soll er auch haben unter der Bedingung, daß ich die Pferde und Waffen später wiedererhalte."

„Gut, ich danke Euch, Sir. Ich bin überzeugt, daß das alles ist, was Ihr tun könnt. Nehmt es mir nicht übel, wenn ich jetzt keine Worte mache! Ich habe Eile. Kehren wir zurück, so soll alles Versäumte nachgeholt werden."

Zwei Stunden später jagte ich mit Winnetou und Spürauge an der Spitze von einigen vierzig wohlbewaffneten Männern den Weg zurück, den wir vor kurzer Zeit von Helldorf-Settlement gekommen waren.

Winnetou war schweigsam wie immer, aber das Feuer, das in seinen Augen glühte, sagte mehr als alle Worte. War die junge Niederlassung wirklich überfallen worden, dann wehe den Tätern!

Es gab kein Halten, auch nicht während der Nacht. Wir kannten ja das Gelände. Ich glaube nicht, daß ich während des ganzen Rittes auch nur hundert Worte gesprochen habe.

Es war am anderen Nachmittag, als wir auf dampfenden Pferden am Rand des Talkessels anlangten, in dem Helldorf-Settlement gestanden hatte. Gleich der erste Blick belehrte uns, daß Monk uns nicht belogen hatte und daß wir zu spät kamen. Die Blockhäuser bildeten nur noch rauchende Trümmerhaufen.

„Uff!" rief Winnetou und deutete auf die Höhe. „Der Sohn des guten Manitou ist fort. Winnetou wird diese Wölfe von Ogellallah zerreißen!"

Wahrhaftig, auch das Kapellchen war zerstört und verbrannt, und das Kreuz hatte man von der Höhe herabgestürzt. Wir stürmten auf die Trümmer zu und sprangen von den Pferden. Hier hielt ich die Railroaders zurück, damit mir keine Fährte verdorben würde. Es war trotz allem Suchen nicht die Spur eines lebenden Wesens zu entdecken. Nun rief ich die Leute herbei. Sie mußten mir helfen, den rauchenden Schutt auseinanderzustöbern. Wir fanden keine menschlichen Überreste, und das war ein großer Trost.

Winnetou hatte, sobald er vom Pferd gestiegen war, sogleich den Kapellenberg erklettert und kam jetzt zurück. Er trug das Glöckchen in den Armen. — „Der Häuptling der Apatschen hat die Stimme aus der Höhe gefunden", sagte er. „Er wird sie hier vergraben, bis er als Sieger zurückkehrt."

Unterdessen suchte ich mit Spürauge in aller Eile die Ufer des Sees ab, um zu sehen, ob man die Settler vielleicht ertränkt habe, glaubte aber, daß es nicht geschehen war. Eine genaue Nachforschung ergab, daß die Niederlassung mitten in der Nacht überfallen worden war. Ein Kampf hatte wohl gar nicht stattgefunden. Dann waren die Sieger mit ihrem Raub und den Gefangenen in der Richtung zur Grenze von Idaho und Wyoming abgezogen.

„Hört, ihr Männer, wir dürfen keinen Augenblick verlieren!" rief ich. „Wir können jetzt nicht ruhen, sondern müssen der Fährte nachreiten, solange wir sie erkennen können, und dann erst, wenn es Abend ist, werden wir Lager machen. Vorwärts!"

Mit diesen Worten bestieg ich den Schwarzschimmel wieder. Die anderen folgten. Der Apatsche ritt an der Spitze und verwandte keinen Blick von den Spuren der Feinde. Man hätte ihn töten müssen, um ihn von dieser Fährte abzubringen, eine solche Erbitterung hatte sich seiner bemächtigt. Und ähnlich ging es uns allen. Wir waren vierzig gegen achtzig Mann, aber in einer solchen Stimmung zählt man die Gegner nicht.

Wir hatten noch volle drei Stunden Tageslicht und legten während dieser Zeit eine so große Strecke zurück, daß wir mit den ungewöhnlichen Leistungen unserer Pferde sehr zufrieden sein konnten. Dann gönnten wir ihnen die wohlverdiente Ruhe.

Am anderen Tag zeigte es sich, daß wir die Ogellallah drei Viertel einer Tagereise vor uns hatten, und später bemerkten wir, daß sie ihren Ritt während der ganzen Nacht fortgesetzt hatten. Der Grund zu dieser Eile ließ sich erraten. Winnetou hatte beim Überfall seinen Namen in die finstere Nacht hinausgerufen. Sie ahnten, daß man sie verfolgen würde, sie wußten den Apatschen hinter sich, und das war Anlaß genug, eilig zu sein.

Da unsere Pferde bis jetzt schon fast Unmögliches geleistet hatten, durften wir sie nicht noch mehr überanstrengen. Es lag viel daran, sie bei Kräften zu erhalten. Daher geschah es, daß wir an diesem Tag den Feinden nicht näherrückten. — „Die Zeit vergeht", brummte Spürauge, „und wir werden zu spät kommen."

„Wir kommen nicht zu spät", entgegnete ich. „Die Gefangenen sind für den Marterpfahl aufgehoben, und ihr Schicksal wird sich erst dann vollenden, wenn die Ogellallah ihre Dörfer erreicht haben."

„Wo befinden sich die Dörfer jetzt?"

„Die Dörfer der Ogellallah sind jetzt droben am Yellowstone", erklärte Winnetou, „und wir werden diese Räuber noch viel eher erreichen."

Am nächsten Tag stießen wir auf ein beträchtliches Hindernis: die Fährte teilte sich. Die eine Hälfte lief nach Norden fort, und die andere bog nach Westen ab. Die nördliche war die bedeutendere.

„Sie wollen uns aufhalten!" meinte Spürauge.

„Die weißen Männer mögen warten!" gebot Winnetou. „Die Spur darf von keinem Fuß berührt werden."

Darauf gab er mir einen Wink, den ich sofort verstand. Ich sollte die gerade fortlaufende, und er wollte die links abgehende Fährte beobachten. Wir ritten also jeder in seiner Richtung weiter. Die anderen mußten zurückbleiben.

Ich ritt wohl eine Viertelstunde weit. Die Zahl der Pferde, die hier getrabt waren, ließ sich schwer bestimmen, da die einzelnen Tiere sich hintereinander bewegt hatten. Aber aus der Tiefe und der Form der gemeinschaftlichen Hufeindrücke konnte ich schließen, daß es nicht viel über zwanzig gewesen waren. Während dieser Untersuchung bemerkte ich im Sand einige kleine, dunkle, runde Flecken, daneben zu beiden Seiten eine eigentümliche Schichtung der trockenen Sandkörner, und vor diesen Zeichen sah ich die Stelle aus, als sei mit einem breiten Gegenstand auf dem Sand hin und her gerieben worden. Ich kehrte sofort im Galopp um und fand Winnetou bereits wartend.

„Was hat mein Bruder gesehen?" fragte ich ihn.

„Nichts als die Fährte von Reitern." — „Vorwärts!"

Mit diesen Worten wandte ich mein Pferd wieder und eilte davon.

„Uff!" rief der Apatsche.

Er wunderte sich über meine Sicherheit und merkte daraus, daß ich einen untrüglichen Beweis dafür gefunden haben müsse, daß die Gefangenen in dieser Richtung fortgeschleppt worden seien. Als ich die Stelle erreichte, die mir kurz vorher aufgefallen war, hielt ich an und fragte Moody: „Stephen, Ihr seid ein tüchtiger Westmann und habt Euch, als wir uns kennenlernten, etwas darauf zugute getan. Seht Euch diese Spur an, und sagt mir, was sie zu bedeuten hat!"

„Spur?" fragte er. „Wo?"

„Hier! Winnetou hat von diesen beinahe unsichtbaren Zeichen wohl die gleiche Ansicht wie ich. Mein roter Bruder mag sie betrachten!"

Der Apatsche stieg ab, bückte sich und warf einen langen, forschenden Blick auf die Stelle.

„Mein Bruder Scharlih hat den richtigen Weg gewählt", erklärte Winnetou. „Hier sind die Gefangenen geritten. Diese Tropfen sind Blut. Rechts und links davon lagen die Hände und vorn der Leib eines Kindes —"

„— das", fiel ich ein, „vom Pferd rutschte und mit dem Gesicht aufschlug, so daß ihm die Nase blutete!"

„Ah!" rief Stephen. „Das ist freilich —"

„Oh, das ist nicht schwer zu sehen! Aber ich vermute, es kommt noch etwas anderes, was uns viel größere Mühe machen wird. Vorwärts!" — Ich hatte recht. Nach kaum zehn Minuten kamen wir an eine felsige Stelle, und von da an hörten alle Spuren auf.

Die anderen mußten halten bleiben, um das Suchen nicht zu erschweren, und es dauerte nicht lange, so stieß der Apatsche einen freudigen Ruf aus und brachte mir einen starken, gelb gefärbten Faden. „Was sagt Ihr dazu, Stephen?" fragte ich.

„Dieser Faden stammt aus einer Decke."

„Richtig! Seht Euch die scharfen Enden an. Man hat Decken zerschnitten und ihre Teile den Pferden um die Hufe gewickelt, damit sie keine Spur hinterlassen. Wir müssen uns aufs äußerste anstrengen."

Wir suchten weiter, und richtig! Einige dreißig Schritt davon bemerkte ich im Gras, das hier auf sandigem Boden wuchs, die schlecht ausgelöschte Spur eines indianischen Mokassins. Die Stellung des Fußes gab uns die Richtung an, wohin der Weg fortgesetzt worden war. — In dieser Richtung fanden wir bald weitere Merkmale, und endlich erkannten wir, daß die Verfolgten hier wesentlich langsamer vorwärtsgekommen waren. Nach langer Zeit wurden die Spuren wieder deutlicher. Man hatte die Pferdehufe von der Umhüllung befreit, und schließlich sahen wir genau, daß neben den Pferden Indianer zu Fuß gegangen waren.

Das war seltsam und gab mir zu denken, bis Winnetou plötzlich sein Pferd anhielt, in die Ferne blickte und eine Gebärde machte, als hätte er sich auf etwas besonnen.

„Uff!" rief er. „Die Höhle des Berges, den die Weißen Hancock nennen!" — „Was ist mit ihr?" fragte ich.

„Winnetou weiß jetzt alles. In dieser Höhle opfern die Sioux ihre Gefangenen dem Großen Geist. Die Ogellallah haben sich geteilt. Der kleinere Teil reitet links, um die zerstreuten Trupps des Stammes herbeizurufen, und der große Teil bringt die Gefangenen zur Höhle. Man hat mehrere auf ein Pferd gebunden, und die Ogellallah laufen nebenher." — „Wie weit ist dieser Berg von hier?"

„Meine Brüder werden ihn am Abend erreichen."

„Unmöglich! Der Berg Hancock liegt ja am oberen Snake River!"

„Mein weißer Bruder mag bedenken, daß es zwei Berge Hancock gibt!"

„Kennt Winnetou den richtigen?" — „Ja." — „Und auch die Höhle?"

„Ja. Winnetou hat mit dem Vater von Ko-itse in dieser Höhle einen Bund geschlossen, den der Ogellallah dann brach. Meine Brüder werden mit mir diese Fährte verlassen und sich dem Häuptling der Apatschen anvertrauen!"

Winnetou gab, als sei er seiner Sache ganz gewiß, seinem Pferd die Fersen zu spüren und sprengte im Galopp davon, wir ihm nach. Es ging eine geraume Zeit durch Täler und Schluchten, bis plötzlich die Berge auseinandertraten und eine ebene Grasfläche vor uns lag, die nur am fernen Himmelsrand von Höhen eingefaßt zu sein schien.

„Das ist I-akom akono, die ‚Prärie des Blutes‘, in der Sprache der Tehuas", erklärte Winnetou, ohne in seinem schnellen Ritt anzuhalten. — Das also war die fürchterliche Blutprärie, von der ich so viel gehört hatte! Hierher hatten die vereinigten Stämme der Dakotas ihre Gefangenen gebracht, sie losgelassen und zu Tode gehetzt. Hier waren

Tausende von unschuldigen Schlachtopfern am Pfahl, im Feuer, durch das Messer gestorben oder gar lebendig vergraben worden. Hierher wagte sich kein fremder Indianer, geschweige denn ein Weißer, und wir ritten über diese Ebene des Fluches so unbesorgt, als befänden wir uns auf dem friedlichsten Boden. Unser Führer dabei konnte nur ein Winnetou sein.

Schon begannen die Pferde vom Jagen zu ermüden. Da erhob sich vor uns langsam eine alleinstehende Höhe, die aus mehreren zusammengeschobenen Bergen zu bestehen schien. Wir erreichten ihren mit Wald und Buschwerk besetzten Fuß und ließen dort die Pferde rasten.

„Das ist der Berg Hancock", unterbrach Winnetou das Schweigen.

„Und die Höhle?" erkundigte ich mich.

„Sie ist auf der anderen Seite des Berges. In einer Stunde wird sie mein Bruder sehen. Er folge mir, lasse aber seine Gewehre zurück!"

„Ich allein?"

„Ja. Wir sind hier am Ort des Todes. Nur ein fester Mann wird hier bestehen. Unsere Brüder mögen sich unter den Bäumen verbergen und warten!"

Der Berg, an dessen Fuß wir uns befanden, war ein vulkanisches Gebilde in der Breite von vielleicht dreiviertel Stunden. Ich legte den Bärentöter und den Stutzen ab und folgte Winnetou, der an der westlichen Seite des Berges hinaufzusteigen begann. Er hielt in kurzen Schlangenlinien dem Gipfel zu. Es war ein beschwerlicher Weg, und mein Führer legte ihn mit einer Vorsicht zurück, als müßte er hinter jedem Strauch einen Feind erwarten. So dauerte es wirklich eine Stunde, bis wir oben an der Spitze anlangten.

„Mein Bruder sei ganz still!" flüsterte Winnetou, indem er sich niederlegte und zwischen zwei Büschen langsam hindurchkroch.

Lautlos folgte ich ihm und — wäre beinahe erschrocken zurückgewichen, denn kaum hatte ich den Kopf durch die Zweige gesteckt, so erblickte ich gerade vor mir den trichterförmigen, steilen Abgrund eines Kraters, dessen Rand ich mit der Hand erreichen konnte. Dieser Abgrund war nur mit einzelnen Sträuchern bestanden und wohl an die fünfundvierzig Meter tief. Unten bildete er eine Fläche von vielleicht zwölf Metern im Durchmesser, und da lagen die von uns gesuchten Bewohner von Helldorf-Settlement, an Händen und Füßen gebunden. Offenbar waren sie sämtlich hierhergeschleppt worden. Bei ihnen befand sich eine mehrköpfige Wache von Ogellallah.

Ich untersuchte mit den Blicken jeden Fußbreit dieses ausgebrannten Kraters, ob man von hier hinunterkönne. Ja, es ging, wenn man kühn war, ein starkes Seil besaß und ein Mittel fand, die Wache zu entfernen. Es waren mehrere Felsvorsprünge da, die man zum Anhalten oder als Stützpunkte für die Füße benutzen konnte.

Jetzt zog sich Winnetou wieder zurück, und ich folgte ihm.

„Das ist die Höhle des Berges?" fragte ich. — „Ja."

„Wo ist der Zugang?" — „An der Seite, die gegen Osten liegt. Aber kein Mensch kann ihn erzwingen."

„So steigen wir hier hinab. Wir haben Lassos, und unsere Bahnarbeiter sind mit Pferdestricken reichlich versehen."

Er nickte, und wir kehrten vorläufig wieder zu den anderen zurück. Es war mir unbegreiflich, warum die Indianer die westliche Seite des Berges nicht bewachten. Eine unbemerkte Annäherung wäre uns dann unmöglich gewesen.

Als wir unten wieder ankamen, tauchte die Sonne soeben hinter dem Himmelsrand hinab, und wir begannen unsere Vorbereitungen. Es wurden alle vorhandenen Stricke gesammelt und zu einem langen Seil verbunden. Winnetou wählte zwanzig der gewandtesten Männer aus. Die anderen sollten bei den Pferden bleiben. Zwei von ihnen aber sollten sich dreiviertel Stunden nach unserem Fortgang auf die Pferde werfen und in einem Bogen um den Berg herum nach Osten reiten, um weit draußen einige Feuer anzuzünden, doch so, daß die Prärie nicht anbrannte. Dann sollten sie schleunigst zurückkehren. Durch diese Feuer wollte Winnetou die Aufmerksamkeit der indianischen Wächter von uns ab und hinaus auf die Prärie lenken.

Die Sonne war verschwunden, und der Westen glühte in hellen Farben, die nach und nach in den tiefsten Purpur übergingen, sich dann wieder entfärbten und im Abendgrau erloschen. Winnetou hatte den gemeinsamen Lagerplatz verlassen. Es war mir in den letzten Stunden ganz anders vorgekommen, als er sonst war. Der feste, sichere Blick seines Auges hatte sich in ein eigentümliches, unruhiges Flackern verwandelt, und auf seiner immer glatten Stirn waren Falten erschienen, die auf ungewöhnliche Sorgen deuteten oder auf Gedanken von solchem Ernst, daß sie imstande waren, das beispiellose Gleichgewicht seines Innern zu stören. Es bedrückte ihn etwas, und ich glaubte nicht nur das Recht, sondern auch die Pflicht zu haben, ihn danach zu fragen. Deshalb ging ich fort, um in zu suchen.

Winnetou stand am Saum des Waldes, an einen Baum gelehnt, und blickte starren Auges gen Westen in die Wolkengebilde am Himmel, deren vorher goldumsäumte Ränder im letzten Erblassen waren. Obwohl ich sehr leise ging und trotz der Versunkenheit, in der er sich augenscheinlich befand, hörte er nicht nur meine Schritte, sondern wußte sogar, wer sich ihm näherte. Ohne sich umzuwenden, sagte er:

„Mein Bruder Scharlih kommt, um nach seinem Freund zu sehen. Er tut recht daran, denn bald wird er vergeblich nach ihm ausschauen." — Ich legte ihm die Hand auf die Schulter.

„Lagern Schatten auf dem Gemüt meines Bruders Winnetou? Er muß sie verjagen." — Da hob er die Hand und deutete nach Westen.

„Dort flammten soeben noch das Feuer und die Glut des Lebens! Nun ist's vorbei, und Finsternis steigt auf. Geh hin! Kannst du die Schatten verjagen, die dort niedersinken?"

„Nein. Aber das Licht kommt am Morgen wieder, und ein neuer Tag bricht an."

„Für den Hancock-Berg wird morgen ein neuer Tag beginnen, aber nicht für Winnetou. Seine irdische Sonne wird erlöschen, wie diese dort erloschen ist, und nimmer wieder aufgehen. Die nächste Morgenröte wird ihm hier nicht mehr lachen."

„Das sind Todesahnungen, denen sich mein Bruder Winnetou nicht hingeben darf! Gewiß, der heutige Abend wird sehr gefährlich für uns werden. Aber wie oft haben wir dem Tod ins Auge geschaut, und doch ist er, sooft er die Hand nach uns ausstreckte, von unserem heiteren, festen Blick zurückgewichen. Verbanne die Schwermut, die dich ergriffen hat! Sie hat ihren Grund nur in den körperlichen und geistigen Anstrengungen der letzten Tage."

„Nein, Winnetou läßt sich von keiner Anstrengung besiegen, und keine Ermüdung kann ihm die Heiterkeit seiner Seele rauben. Mein Bruder Scharlih kennt ihn und weiß, daß der Apatsche nach dem

Wasser der Erkenntnis, des Wissens gedürstet hat. Du hast es ihm gereicht, und er trank davon in vollen Zügen. Winnetou hat viel gelernt, so viel wie keiner von seinen Brüdern, ist aber dennoch ein roter Mann geblieben. Der Weiße gleicht dem gelehrigen Haustier, dessen Witterungsvermögen sich verringert hat, der Indianer aber dem Wild, das nicht nur seine scharfen Sinne behielt, sondern auch mit der Seele hört und sieht. Das Wild weiß es genau, wenn der Tod naht. Es ahnt nicht nur, sondern es fühlt sein Kommen mit Bestimmtheit und verkriecht sich im tiefsten Dickicht des Waldes, um ruhig und einsam zu verenden. Diese Ahnung, dieses Gefühl, das niemals täuscht, empfindet Winnetou." — Ich drückte ihn an mich.

„Und dennoch täuscht es dich. Hast du dieses Gefühl vielleicht schon einmal gehabt?" — „Nein."

„Also heut zum erstenmal?" — „Ja." — „Wie kannst du es da kennen? Wie kannst du wissen, daß es die Ahnung des Todes ist?"

„Es ist so deutlich, daß jede Täuschung ausgeschlossen bleibt. Es sagt mir, daß Winnetou sterben wird mit einer Kugel in der Brust. Denn nur eine Kugel kann ihn werfen. Ein Messer oder einen Tomahawk würde der Häuptling der Apatschen leicht von sich abwehren. Mein Bruder mag mir glauben, sein Freund geht heut in die ewigen Jagd —"

Er hielt inne. ‚In die ewigen Jagdgründe' hatte er nach dem Glauben der Indianer sagen wollen. Was hielt ihn ab, dieses Wort vollends auszusprechen? Ich wußte es: Winnetou war durch den Umgang mit mir in seinem Innern ein Christ geworden, obgleich er es vermieden hatte, dieses Geständnis auszusprechen. Er schlang den Arm um mich und veränderte das anfangs beabsichtigte Wort:

„Ich gehe heute dahin, wohin der Sohn des guten Manitou uns vorangegangen ist, um uns die Wohnungen im Haus seines Vaters zu bereiten, und wohin mir mein Bruder Scharlih einst folgen wird. Dort werden wir uns wiedersehen, und es wird keinen Unterschied mehr geben zwischen den weißen und den roten Kindern des Vaters, der beide mit der gleichen, unendlichen Liebe umfängt. Es wird dann ewiger Friede sein. Es wird kein Morden mehr geben, kein Erwürgen von Menschen, die gut waren und den Weißen friedlich und vertrauend entgegenkamen, aber dafür ausgerottet wurden. Dann wird Manitou die Waagschalen in seiner Hand halten, um die Taten der Weißen und der Roten abzuwägen und das Blut, das unschuldig geflossen ist. Der Häuptling der Apatschen aber wird dabeistehen und für die Mörder seiner roten Brüder um Gnade und Erbarmen bitten."

Winnetou drückte mich an sich und schwieg. Ich war tief bewegt, denn eine innere Stimme flüsterte mir zu: ‚Seine Ahnung hat ihn nie getäuscht. Vielleicht spricht sie auch dieses Mal die Wahrheit!' Dennoch sagte ich:

„Mein Bruder Winnetou hält sich für stärker, als er ist. Er ist der gewaltigste Krieger seines Stammes, aber doch auch nur ein Mensch. Ich habe ihn noch nie ermatten sehen, heute aber ist er müde geworden, denn die vergangenen Tage und Nächte haben allzuviel von uns verlangt. Das drückt die Seele nieder und schwächt das Selbstvertrauen. Es entstehen trübe Gedanken, die rasch wieder verschwinden, wenn die Müdigkeit gewichen ist. Der Apatsche mag sich ausruhen. Er mag sich zu den Männern legen, die hier unten am Berg bleiben." — Er schüttelte langsam den Kopf.

„Das sagt mein Bruder Scharlih nicht im Ernst."

„O doch! Ich habe die Höhle des Berges ja gesehen und mit dem Auge genau gemessen. Es genügt, wenn ich allein die Angreifer anführe."

„Winnetou soll nicht dabei sein?" fragte er da, indem seine Augen erhöhten Glanz bekamen.

„Du hast genug getan, du sollst ruhen."

„Hast du nicht auch genug getan, ja noch viel mehr als Winnetou und alle anderen? Der Apatsche bleibt nicht zurück!"

„Auch nicht, wenn ich dich darum bitte, wenn ich es als ein Opfer der Freundschaft von dir verlange?"

„Auch dann nicht! Soll man sagen, Winnetou, der Häuptling der Apatschen, habe den Tod gefürchtet?"

„Kein Mensch wird wagen, das zu behaupten!"

„Und wenn alle schwiegen und es mir nicht als Feigheit anrechneten, einen würde es doch geben, dessen Vorwurf mir die Röte der Scham in die Wangen triebe." — „Wer wäre das?"

„Winnetou selber! Ich selbst würde diesem Winnetou, der ruhte, als sein Bruder Scharlih kämpfte, ohne sich vor dem Tod zu fürchten, immer und immer wieder in die Ohren schreien, daß er unter die Feiglinge gegangen und nicht länger würdig sei, sich einen Krieger, einen Häuptling seines tapferen Volkes zu nennen. Nein, nein, sprich nicht davon, daß ich zurückbleiben müsse. Soll mein Bruder Scharlih mich im stillen, wenn er es auch nicht laut tun würde, zu den mutlosen Kojoten rechnen? Soll Winnetou sich selbst verachten? Nein! Lieber zehnmal, hundertmal und tausendmal den Tod!"

Dieser letzte Grund gebot mir allerdings zu schweigen. Winnetou wäre wohl wirklich an dem Selbstvorwurf, feig gehandelt zu haben, innerlich und äußerlich zugrunde gegangen. Er fuhr nach einer kurzen Pause fort:

„Wir standen dem Tod so oft gegenüber, und mein Bruder war stets auf ihn vorbereitet und hat für Winnetou in sein Notizbuch eingeschrieben, was geschehen soll, wenn er im Kampf fällt. Der Apatsche soll dann das Buch nehmen und die Einträge lesen und ausführen. Das wird von den Bleichgesichtern ein Testament genannt. Winnetou hat auch ein Testament gemacht, aber noch nichts davon gesagt. Heute, da er die Nähe des Todes fühlt, muß er davon sprechen. Willst du der Vollstrecker sein?"

„Ja. Ich weiß und wünsche, daß deine Ahnung nicht in Erfüllung geht, daß du noch viele Sommer auf der Erde wandelst, aber wenn du einst stirbst und ich deinen letzten Willen kenne, soll es mir die heiligste der Pflichten sein, ihn auszuführen."

„Auch wenn es sehr schwer sein würde und mit großen Kämpfen, Gefahren und Widerwärtigkeiten verbunden wäre?"

„So fragt Winnetou doch nicht im Ernst. Schicke mich in den Tod, ich gehe!"

„Winnetou weiß es, Scharlih. Für ihn würdest du dem Tod in den offenen Rachen springen. Du wirst tun, was ich von dir erbitte. Du allein bist es, der das ausführen kann. Erinnerst du dich, daß wir einst, als dich dein Bruder noch nicht so kannte wie jetzt, über den Reichtum miteinander sprachen?" — „Ja, sehr genau."

„Der Apatsche hörte es damals am Tonfall deiner Worte, daß du doch vielleicht anders dachtest, als du sagtest. Das Gold hatte großen

Wert für dich. War es so?" — „Du hast dich wenigstens nıcht ganz geirrt", gestand ich ein.

„Und jetzt? Du wirst deinem Bruder die Wahrheit sagen!"

„Jeder Weiße kennt den Wert des Besitzes, doch trachte ich nicht nach toten Schätzen und äußeren Genüssen. Das wahre Glück gründet sich nur auf die Schätze, die man im Herzen sammelt."

„Winnetou wußte, daß du heute so sprechen würdest. Es ist dir kein Geheimnis, daß der Apatsche viele Orte kennt, wo Gold in Erzadern und als Nuggets und Staub zu finden ist. Er brauchte dir nur einen einzigen solchen Ort zu nennen, so wärst du ein sehr reicher Mann, aber nicht mehr ein glücklicher. Der gute, weise Manitou hat dich nicht geschaffen, um weichlich in Reichtümern zu schwelgen, dein starker Körper und deine Seele sind zu Besserem bestimmt. Du bist ein Mann und sollst ein Mann bleiben. Deshalb bin ich stets entschlossen gewesen, dir keinen der Fundorte des Goldes zu verraten. Wirst du mir darum zürnen?"

„Nein", entgegnete ich, in diesem Augenblick wirklich der Wahrheit gemäß. Ich stand vor dem besten Freund, den ich je gehabt habe. Er sah den Tod vor sich und vertraute mir seinen letzten Willen an. Wie hätte es mir da beikommen können, niedere Gier nach Gold zu empfinden!

„Und doch wirst du Gold zu sehen bekommen, viel Gold sogar", sprach er weiter. „Aber es ist nicht für dich bestimmt. Wenn ich gestorben bin, so suche das Grab meines Vaters auf. Du kennst es ja. Sofern du an seinem Fuß, genau an der Westseite, in die Erde gräbst, wirst du das Testament deines Winnetou finden, der dann nicht mehr bei dir ist. Dort sind meine Wünsche aufgezeichnet, und du wirst sie erfüllen."

„Mein Wort ist wie ein Schwur", versicherte ıch ihm mit Tränen in den Augen. „Keine Gefahr, und sei sie noch so groß, kann mich abhalten, auszuführen, was du aufgeschrieben hast."

„Ich danke dir. Und nun sind wir fertig. Die Zeit zum Angriff ist gekommen. Winnetou wird den Kampf nicht überleben. Laß uns Abschied nehmen, mein lieber, lieber Scharlih! Der gute Manitou mag dir vergelten, daß du deinem Bruder so viel gewesen bist! Winnetous Herz fühlt mehr, als er mit Worten sagen kann. Laß uns nicht weinen, da wir Männer sind! Begrabe mich in den Gros-Ventre-Bergen, am Ufer des Metsur Creek, auf meinem Pferd und mıt allen meinen Waffen, auch mit meiner Silberbüchse, die in keine anderen Hände kommen soll. Und wenn du dann zu den Menschen zurückgekehrt bist, von denen keiner dich so lieben wird, wie ich dich liebe, so denke zuweilen an deinen Freund und Bruder Winnetou, der dich jetzt segnet, weil du ihm ein Segen warst!"

Er, der Indianer, legte mir die Hände aufs Haupt. Ich hörte, daß er nur mit Mühe das Schluchzen unterdrücken konnte, und riß ihn mit beiden Armen an mich, indem ich weinend hervorstieß:

„Winnetou, mein Winnetou, es ist ja nur eine Ahnung, ein Schatten, der vorübergeht. Du mußt bei mir bleiben, du darfst nicht fort!"

„Winnetou geht fort!" erwiderte er leise, aber bestimmt, machte sich mit Selbstüberwindung von mir los und wendete sich zum Lagerplatz zurück.

Indem ich ihm folgte, suchte ich in meinem Gehirn vergeblich ein Mittel, ihn zu bestimmen, nicht an dem bevorstehenden Kampf teilzunehmen. Ich fand keins, weil es keins gab. Was hätte ich darum gegeben, und was gäbe ich noch heute darum, wenn es mir möglich gewesen wäre, einen Ausweg zu finden!

Ich war heftig erregt, und auch Winnetou hatte trotz der Gewalt, die er über sich besaß, seine Bewegung noch nicht überwunden, denn ich hörte, daß seine Stimme leise zitterte, als er die Leute aufforderte: „Es ist nun völlig dunkel, und wir wollen aufbrechen. Meine Brüder mögen Old Shatterhand und dem Apatschen folgen!"

Wir kletterten einer hinter dem anderen den Berg hinan, auf dem Weg, den Winnetou vorher mit mir eingeschlagen hatte. Das leise Emporklimmen war jetzt in der Finsternis viel schwieriger als am Tag, und wir brauchten länger als eine Stunde, bis wir den Rand des Kraters erreichten. Unten brannte ein mächtiges Feuer, und bei seinem Schein sahen wir die Gefangenen und ihre Wächter liegen. Kein Wort, kein Laut drang herauf zu uns.

Zunächst befestigten wir an einem Steinblock das Seil, das lang genug war, um bis in die Tiefe hinabzureichen. Dann warteten wir auf das Erscheinen der Feuer in der Prärie. Es dauerte nicht lange, so zeigten sich im Osten nacheinander drei, vier, fünf Flammen, die ganz den Feuern eines Lagers glichen. Jetzt blickten und horchten wir gespannt in den Kessel hinab. Wir sollten uns nicht verrechnet haben, denn bereits nach kurzer Zeit sahen wir einen Roten aus einer Spalte erscheinen, der den anderen einige Worte sagte. Die Wächter erhoben sich sofort und verschwanden mit ihm durch die Spalte, um die Feuer zu betrachten.

Jetzt war es Zeit für uns. Ich ergriff den Anfang des Seils, um den ersten zu machen, doch Winnetou nahm ihn mir aus der Hand.

„Der Häuptling der Apatschen ist der Anführer", erklärte er. „Mein Bruder kommt hinter ihm."

Es war vereinbart worden, daß die Unsrigen uns in bestimmten Zwischenräumen folgen sollten, und zwar so, daß sich, nachdem das Seil den Boden erreicht hatte, jeweils nur vier auf einmal daran befanden. Winnetou trat an. Das Seil glitt in die Tiefe. Ich ließ ihn bis zum ersten Vorsprung kommen und folgte ihm dann. Hinter mir kam Spürauge. Es ging viel schneller bergab, als wir gedacht hatten, da wir uns kaum halten konnten. Zum Glück war das Seil fest genug.

Leider rissen wir ab und zu Steine und Geröll zur Tiefe hinab. Einer dieser Steine mochte ein Kind getroffen haben, denn es begann zu schreien. Sofort erschien der Kopf eines Indianers in der vom Feuer erleuchteten Spalte. Er hörte und sah das herabrollende Gestein, blickte in die Höhe und stieß einen lauten Warnungsruf aus.

„Vorwärts, Winnetou!" rief ich. „Sonst ist alles verloren!"

Die Männer oben merkten, was unten vorging, und ließen das Seil schneller laufen. Eine halbe Minute später hatten wir den Boden erreicht, zu gleicher Zeit aber blitzten uns aus der Spalte einige Schüsse entgegen. Winnetou stürzte zu Boden. — Ich stand starr vor Schreck.

„Winnetou, mein Freund", schrie ich auf, „hat eine Kugel getroffen?"

„Winnetou wird sterben!" hauchte er im Niederfallen.

Da erfaßte mich eine Wut, der ich nicht zu widerstehen vermochte. Soeben langte Spürauge hinter mir an.

„Winnetou stirbt!" rief ich ihm zu. „Drauf!"

Ich nahm mir nicht erst Zeit, den Stutzen vom Rücken zu reißen oder ein Messer oder einen Revolver zu ergreifen. Mit hocherhobenen Fäusten stürzte ich mich auf die fünf Indianer, die bereits aus der Spalte gedrungen waren. Der vorderste unter ihnen war der Häuptling. Ich erkannte ihn sogleich.

„Ko-itse, fahr nieder!" rief ich ihm zu.

Ein Faustschlag traf ihn an die Schläfe. Er brach zusammen. Der neben ihm stehende Rote hatte schon den Tomahawk gegen mich zum Schlag erhoben, da fiel der Schein der Flamme hell auf mein Gesicht, und er ließ erschreckt das Schlachtbeil sinken.

„Ká-ut-skamasti — Schmetterhand!" rief er laut.

„Ja, hier ist Old Shatterhand! — Tod über dich!"

Ich kannte mich nicht. Der zweite Hieb traf den Mann so, daß auch er zu Boden stürzte.

„Ká-ut-skamasti!" riefen die anderen Indsmen zaudernd.

„Ja, Old Shatterhand!" schrie Spürauge. „Drauf!"

Da erhielt ich einen Messerstich in die Schulter, aber das fühlte ich gar nicht. Zwei der Roten fielen von den Schüssen Spürauges, und den dritten schlug ich noch nieder. Mittlerweile kamen immer mehr der Unsrigen herab. Ihnen konnte ich die übrigen Indsmen überlassen. Ich wandte mich Winnetou zu und kniete neben ihm nieder.

„Wo ist mein Bruder getroffen?" fragte ich.

„Ntságe tche — hier in die Brust", antwortete er leise, die Linke auf die rechte Seite der Brust legend, die sich von seinem Blut rötete.

Gedankenschnell riß ich das Messer heraus und schnitt ihm die Saltillo-Decke, die sich heraufgeschoben hatte, kurzweg herunter. Ja, die Kugel war ihm in die Lunge gedrungen. Mich erfaßte ein Schmerz, wie ich ihn in meinem ganzen Leben noch nicht gefühlt hatte. — „Noch wird Hoffnung sein, mein Bruder", tröstete ich.

„Mein Freund lege meinen Kopf in seinen Schoß, daß ich den Kampf erkenne!" bat er.

Ich tat es, und nun konnte er sehen, daß alle Indsmen, sobald sie sich in der Spalte blicken ließen, sofort der Reihe nach in Empfang genommen wurden. Unsere Leute kamen nach und nach alle herab. Die Gefangenen wurden von ihren Fesseln befreit und erhoben laute Rufe der Freude und Dankbarkeit. Das kümmerte mich nicht. Ich sah nur den sterbenden Freund, dessen Wunde aufhörte zu bluten. Ich ahnte, daß er sich innerlich verbluten werde.

„Hat mein Bruder noch einen Wunsch?" fragte ich ihn.

Er hatte die Augen geschlossen und antwortete nicht. Sein Kopf ruhte in meinen Armen, und ich wagte nicht die geringste Bewegung.

Der alte Hillmann und die anderen Settlers, die von ihren Banden befreit waren, griffen zu den umherliegenden Waffen und drangen in die Spalte ein. Auch das beachtete ich nicht, denn mein Blick hing nur an den bronzenen Zügen und den geschlossenen Lidern des Apatschen. Später trat Spürauge zu mir, der auch blutete, und meldete:

„Sie sind alle ausgelöscht!"

„Dieser wird auch auslöschen!" entgegnete ich. „Sie alle sind nichts gegen diesen einen!"

Noch immer lag der Apatsche bewegungslos. Die braven Railroaders, die sich so wacker gehalten hatten, und die Settlers mit den Ihrigen bildeten um uns stumm und tief ergriffen einen Kreis. Da endlich schlug Winnetou die Augen auf.

„Hat mein guter Bruder noch einen Wunsch?" wiederholte ich.

Winnetou nickte und bat leise:

„Mein Bruder Scharlih führe die Männer in die Gros-Ventre-Berge! Am Metsurfluß liegen solche Steine, wie sie suchen. Sie haben es verdient."

„Was noch, Winnetou?"

„Mein Bruder vergesse den Apatschen nicht. Er bete für ihn zum großen, guten Manitou! — Können diese Gefangenen mit ihren wunden Gliedern klettern?"

„Ja", meinte ich, obgleich ich sah, wie die Hände und Füße der Settlers unter den schneidenden Fesseln gelitten hatten.

„Winnetou bittet sie, ihm das Lied von der Königin des Himmels zu singen!"

Ich trug den Männern die Bitte des Apatschen vor, und sogleich winkte der alte Hillmann. Sie erklommen einen Felsenabsatz, der zu Häupten Winnetous hervorragte, um den letzten Wunsch des Sterbenden zu erfüllen. Seine Augen folgten ihnen und schlossen sich dann, als die Männer oben standen. Er ergriff meine beiden Hände und hörte nun das ‚Ave Maria' beginnen:

> *„Es will das Licht des Tages scheiden;*
> *nun bricht die stille Nacht herein.*
> *Ach könnte doch des Herzens Leiden*
> *so wie der Tag vergangen sein!*
> *Ich leg' mein Flehen dir zu Füßen;*
> *o trag's empor zu Gottes Thron,*
> *und laß, Madonna, laß dich grüßen*
> *mit des Gebetes frommem Ton:*
> *Ave Maria!"*

Als nun die zweite Strophe anhob, öffneten sich langsam seine Augen und richteten sich mit mildem, lächelndem Ausdruck zu den Sternen empor.

Dann zog Winnetou meine Hände an seine matt atmende Brust und flüsterte; „Scharlih, nicht wahr, jetzt kommen die Worte vom Sterben?"

Ich konnte nicht sprechen. Ich nickte weinend, die dritte Strophe begann:

> *„Es will das Licht des Lebens scheiden;*
> *nun bricht des Todes Nacht herein.*
> *Die Seele will die Schwingen breiten;*
> *es muß, es muß gestorben sein.*
> *Madonna, ach, in deine Hände*
> *leg' ich mein letztes, heißes Flehn:*
> *Erbitte mir ein gläubig Ende*
> *und dann ein selig Auferstehn!*
> *Ave Maria!"*

Als der letzte Ton verklungen war, wollte Winnetou sprechen — es ging nicht mehr. Ich brachte mein Ohr ganz nahe an seinen Mund, und mit der letzten Anstrengung der schwindenden Kräfte flüsterte er:

„Scharlih, ich glaube an den Heiland. Winnetou ist ein Christ. Leb wohl!"

Es ging ein Zucken und Zittern durch seinen Körper, ein Blutstrom quoll aus seinem Mund. Der Häuptling der Apatschen drückte nochmals meine Hände und streckte seine Glieder. Dann lösten sich seine Finger langsam von den meinigen — er war tot — —

Was soll ich weitererzählen? Die wahre Trauer hat keine Worte. Käme doch bald die Zeit, da man solche blutige Geschichten nur noch als alte Sagen kennt!

Wir hatten dem bleichen Tod oft von Angesicht zu Angesicht gegenübergestanden; der Wilde Westen gebietet, jeden Augenblick auf ein plötzliches Ende gefaßt zu sein. Und doch, als der beste, der treueste Freund, den ich je besessen habe, nun entseelt vor mir lag, wollte mir das Herz brechen. Ich befand mich in einem Zustand, der sich nicht beschreiben läßt. Welch ein herrlicher Mensch war er gewesen! Und nun so plötzlich ausgelöscht, ausgelöscht! Geradeso wird binnen kurzem die ganze Rasse ausgelöscht sein, deren edelster Sohn er war.

Ich wachte die ganze Nacht hindurch, wortlos, mit heißen trockenen Augen. Winnetou lag in meinem Schoß, so, wie er gestorben war. Was ich dachte und was ich fühlte? Wer möchte das wohl fragen! Wäre es möglich gewesen, wie gern, wie gern hätte ich die fernere Zeit meines Lebens mit ihm geteilt und nur die Hälfte für mich behalten! So, wie er jetzt in meinem Schoß ruhte, war einst Klekihpetra in dem seinen gestorben und dann auch seine Schwester Nschotschi.

Seine Todesahnung hatte ihn also nicht betrogen, und mit klarer Voraussicht hatte er den Ort bestimmt, wo er begraben sein wollte. Da die deutschen Steinschneider dort die begehrten Halbedelsteine finden sollten, waren sie gern bereit, mit hinzureiten, wodurch mir die Überführung des geliebten Toten sehr erleichtert wurde.

Früh am anderen Morgen verließen wir den Hancock-Berg, da wir jeden Augenblick das Eintreffen der anderen Schar der Roten erwarten konnten. Der Leichnam des Apatschen wurde in Decken gehüllt und auf seinem Rappen Iltschi befestigt. Von hier bis in die Gros-Ventre-Berge waren es nur zwei Tagesreisen. Dorthin nahmen wir unseren Weg, und zwar so vorsichtig, daß kein Indianer unsere Spur aufzufinden vermochte.

Am Abend des zweiten Tages erreichten wir das Tal des Metsurflüßchens. Dort haben wir Winnetou begraben, unter christlichen Gebeten und mit den Ehren, die einem so großen Häuptling zustehen. Er sitzt mit seinen sämtlichen Waffen aufrecht auf seinem Iltschi, der zu diesem Zweck erschossen wurde, im Innern des Erdhügels, den wir um ihn wölbten. Auf diesem Hügel wehten nicht die Skalpe erschlagener Feinde, wie man es auf dem Grab eines Häuptlings zu sehen gewöhnt ist, sondern es sind drei Kreuze darauf errichtet worden.

Im Sand des Tales fanden sich nicht nur die verheißenen Steine, sondern auch eine Ansammlung von Goldstaub, womit sich die Railroaders für den Verlust an Arbeitszeit und Verdienst entschädigten. Eine Anzahl von ihnen entschloß sich, mit den Settlers hier eine Ansiedlung zu gründen, die wieder den Namen Helldorf führen sollte. Die anderen kehrten in den Echo-Cañon zurück, wo sie erfuhren, daß der Railtroubler Monk an seiner Wunde gestorben war. Seine Mitgefangenen wurden bestraft.

Das Glöckchen, das Winnetou vergraben hatte, ist in die neue Ansiedlung geholt worden, wo die Settlers wieder eine kleine Kapelle errichtet haben. Wenn nun seine helle Stimme erschallt und die frommen Ansiedler ihr ‚Ave Maria' ertönen lassen, so denken sie stets auch an den Häuptling der Apatschen und sind überzeugt, daß ihm erfüllt wurde, was er sterbend durch ihre Lippen betete:

> „Madonna, ach, in deine Hände
> leg' ich mein letztes, heißes Flehn:
> Erbitte mir ein gläubig Ende
> und dann ein selig Auferstehn!
> Ave Maria!"

16. Wieder am Nugget Tsil

Winnetou tot! Diese beiden Worte genügen, um die Stimmung zu kennzeichnen, in der ich mich damals befand. Es war, als könnte ich mich von seinem Grab gar nicht trennen. In den ersten Tagen saß ich schweigend daneben und sah dem Treiben der Menschen zu, die an der neuen Niederlassung arbeiteten. Ich sage, ich sah zu, eigentlich aber sah ich nichts. Ich hörte ihre Stimmen, und dennoch hörte ich nichts. Ich war geistesabwesend. Mein Zustand glich dem eines Mannes, der einen Hieb auf den Kopf bekommen hat und, nur halb betäubt, alles wie von weitem vernimmt und alles wie durch eine mattgeschliffene Glasscheibe sieht. Es war ein wahres Glück, daß die Roten unsere Spur nicht gefunden hatten und unseren jetzigen Aufenthalt nicht entdeckten. Ich war jetzt nicht der Mann, es mit ihnen aufzunehmen. Oder wäre es vielleicht doch möglich gewesen, daß mich eine solche Gefahr aus meiner Selbstversunkenheit aufgerüttelt hätte? Vielleicht!

Die guten Leute gaben sich Mühe, mir Teilnahme für ihr Tun und Treiben abzugewinnen, aber der Erfolg trat nur langsam ein. Es verging eine halbe Woche, bis ich mich aufraffte und ihnen bei der Arbeit half. Die wohltätige Wirkung ließ dann allerdings nicht auf sich warten. Man mußte mir zwar noch jedes Wort abkaufen, doch stellte sich die alte Tatkraft wieder ein, und ich war bald wieder der, nach dessen Rat und Ansicht sich die anderen richteten.

Das währte zwei Wochen, dann sagte ich mir, daß ich nicht länger bleiben dürfe. Das Testament des Freundes zog mich fort, zum Nugget Tsil, wo wir Intschu tschuna und seine schöne Tochter Nscho-tschi begraben hatten. Auch war es meine Pflicht, zum Rio Pecos zu reiten und die Apatschen vom Tod des berühmtesten und besten ihrer Häuptlinge zu unterrichten. Zwar wußte ich, wie schnell die Kunde von einem solchen Ereignis über die Prärie zu laufen pflegt — sie konnte schon vor mir dort eintreffen —, doch mußte ich trotzdem selber hin, weil ich als Augenzeuge der traurigen Begebenheit der sicherste Berichterstatter war. Die Ansiedler brauchten mich nicht notwendig, und wenn sie ja einen erprobten Westmann nötig hatten, so konnten sie sich an Spürauge wenden, der entschlossen war, einige Zeit bei ihnen zu bleiben. Es gab einen kurzen herzlichen Abschied. Dann trat ich auf meinem Schwarzschimmel, der sich gut ausgeruht hatte, den weiten Ritt an.

Bemerken muß ich hier noch, daß im Lauf dieser Zeit mein Jagdanzug so schadhaft geworden war, daß ich gezwungen war, ihn durch einen anderen zu ersetzen. Da es aber im Wilden Westen keinen

Kleiderladen gab, so war ich froh, als mir einer der Settler ein selbst-
angefertigtes Gewand anbot, eine Kleidung von der Art, wie sie die
Hinterwäldler allgemein tragen: von blauer Leinwand, selbst erbaut,
selbst gesponnen und gewebt und auch selbst zugeschnitten und zusammengenäht. Solch ein Anzug hat aber keine Spur von Schnitt. Die
Hose gleicht einer zusammengehängten Doppelröhre. Die Weste ist
ein kleiner Sack ohne, und der Rock ein großer, langer Sack mit
Ärmeln. Und da der meinige eigentlich für eine ganz andere Gestalt
bestimmt gewesen war, so läßt es sich denken, daß ich in diesem
Aufputz keine bewundernswerte Rolle spielte. Ich sah wohl allem
anderen, aber nur keinem Westmann ähnlich, und da mein jetziges
wortkarges, menschenscheues Wesen dazukam, so fand ich nirgend-
wo die Beachtung, die Old Shatterhand sonst erregte.

Ein anderer an meiner Stelle wäre wohl bemüht gewesen, auf seinem Weg recht viele Punkte zu berühren, wo es Menschen gab. Ich
dagegen mied nach Möglichkeit solche Orte. Ich wollte mit meiner
Trauer allein sein.

Dieser Wunsch wurde mir bis zum Beaver Creek des Nordcanadian
erfüllt, wo ich ein gefährliches Zusammentreffen mit To-kei-chun, dem
Häuptling der Komantschen hatte, dem wir damals so glücklich entgangen waren. Während wir uns im Norden mit den Sioux herum-
geschlagen hatten, war im Süden von den Komantschen wieder einmal das Kriegsbeil ausgegraben worden, und To-kei-chun hatte sich
mit siebzig Kriegern zum Makik-Natun[1] aufgemacht, um dort an heiliger Stätte bei den Häuptlingsgräbern den Kriegstanz aufzuführen und
die ‚Medizin' zu befragen. Dabei waren ihm mehrere Weiße in die
Hände gefallen, die am Marterpfahl sterben sollten. Es gelang mir aber,
sie ihm zu entreißen. Dieses Erlebnis übergehe ich jedoch hier, weil
es in keiner Beziehung zu Winnetou steht, und werde es bei einer
späteren Gelegenheit erzählen[2]. Ich brachte die Weißen bis an die
Grenze von New Mexico, wo sie sich in Sicherheit befanden, und
hätte von dort aus eigentlich gleich weiter zum Rio Pecos gekonnt.
Aber das Testament Winnetous war mir zu wichtig, als daß ich darüber noch länger hätte in Ungewißheit sein mögen, und so richtete
ich meinen Ritt nach Südosten, um zunächst den Nugget Tsil aufzusuchen.

Dieser Weg war gefährlich, denn er führte mich durch das Gebiet
der Komantschen und durch das der Kiowas[3], vor denen ich mich erst
recht nicht sehen lassen durfte. Ich traf auf verschiedene Fährten,
nahm mich aber sehr in acht und kam glücklich unbemerkt bis in die
Nähe des Canadian. Dort stieß ich auf undeutliche Hufeindrücke, die
in meiner Richtung verliefen. Ich wollte mich vor Roten nicht blicken
lassen und mit Weißen nicht abgeben, hätte also von dieser Fährte
abweichen sollen. Aber da wäre ich zu einem Umweg gezwungen
gewesen, und das behagte mir nicht. Außerdem war es ja auch wichtig, zu erfahren, wen ich vor mir hatte. Deshalb folgte ich der Spur,
die vielleicht eine Stunde alt sein mochte.

Bald sah ich, daß die Fährte von drei Reitern stammte, deren Pferde
beschlagen waren, und dann kam ich an eine Stelle, wo sie kurze Zeit
angehalten hatten. Einer von ihnen war abgestiegen, wahrscheinlich
um einen gelockerten Riemen fester anzuziehen. Der Eindruck seiner

---

[1] Gelber Berg   [2] Siehe Ges. Werke „Der Löwe der Blutrache", 1. Erzählung
[3] Sprich: Kei-o-wehs

Füße verriet mir, daß er Stiefel trug. Ich hatte es also einwandfrei mit Weißen zu tun.

Es gab keine Veranlassung, ihretwegen von meiner Richtung abzuweichen. Und so ritt ich auf ihrer Fährte weiter. Ich war ja, falls ich mit ihnen zusammentraf, nicht gezwungen, bei ihnen zu bleiben. Sie waren langsam geritten, und so kam es, daß ich sie nach zwei Stunden vor mir sah. Zu gleicher Zeit erblickte ich auch die Hügel, zwischen denen sich der Fluß hier abwärts schlängelte.

Es war gegen Abend, und ich hatte die Absicht gehabt, am Fluß zu nachtlagern. Es war wohl nicht nötig, diesen Vorsatz wegen der drei Fremden aufzugeben. Vermutlich hatten sie das gleiche vor, aber ich brauchte ihnen deshalb ja nicht Gesellschaft zu leisten. Ich erreichte das Gesträuch, das die Hügel bedeckte, kurz nachdem sie darin verschwunden waren, und als ich an den Fluß gelangte, waren sie damit beschäftigt, ihre Pferde abzuschirren. Sie schienen recht gut beritten und ebenso gut bewaffnet zu sein, aber ihr Aussehen war nicht sehr vertrauenerweckend.

Die drei erschraken, als sie mich so plötzlich vor sich sahen, beruhigten sich jedoch schnell, erwiderten meinen Gruß und kamen, als ich in einiger Entfernung von ihnen anhielt, zu mir heran.

„Mann, habt Ihr uns erschreckt", begann einer von ihnen.

„Habt Ihr ein böses Gewissen, daß Euch mein Anblick solchen Schreck einjagt?" fragte ich.

„*Pshaw!* Wir schlafen auf unseren Gewissen, also müssen sie gut sein. Aber der Westen ist eine gefährliche Gegend, und wenn so plötzlich ein Fremder vor einem auftaucht, möchte man am liebsten gleich mit der Hand zum Messer greifen. Dürfen wir fragen, woher Ihr kommt?" — „Vom Beaver Creek herüber."

„Und wohin wollt Ihr?" — „Zum Rio Pecos."

„Da habt Ihr es weiter als wir. Wir wollen nur zu den Mugwort Hills[1]." — Das erregte meine Aufmerksamkeit, denn die Mugwort Hills waren meines Wissens die gleiche Berggruppe, die von Winnetou und seinem Vater Nugget Tsil genannt worden war. Was wollten diese drei Männer dort? Wir hatten das gleiche Ziel. Sollte ich mich ihnen anschließen? Um das zu entscheiden, mußte ich erst erfahren, welche Absicht sie hinführte. Darum fragte ich:

„Mugwort Hills? Was für eine Gegend ist das?"

„Eine sehr schöne. Es steht viel wilder Beifuß dort, daher der Name. Aber es ist nicht nur Beifuß dort zu finden, sondern noch etwas ganz anderes." — „Was?"

„Hm! Wenn Ihr das wüßtet! Werde mich aber hüten, es zu sagen! Würdet wohl gleich mit zu den Mugwort Hills wollen!"

„Plappermaul" fuhr ihn jetzt der zweite an. „Rede doch nicht so dumm daher!" — „*Pshaw!* Woran man gern denkt, das hat man auf der Zunge. Wer seid Ihr denn eigentlich, Fremder?"

Es läßt sich denken, daß mich das, was er jetzt gesagt hatte, überraschte. Er sprach wirklich vom Nugget Tsil. Ich selber hatte mehrmals den Beifuß gesehen, der massenhaft dort wuchs. Seine Worte klangen so geheimnisvoll, daß ich beschloß, bei diesen Leuten zu bleiben, ihnen aber nicht zu sagen, wer ich war.

„Bin Fallensteller, wenn Ihr nichts dagegen habt", erklärte ich deshalb.

[1] Beifuß-Berge

„Habe gar nichts dagegen einzuwenden. Und Euer Name? Oder wollt Ihr ihn verschweigen?"

„Kann ihn frei und offen allen Leuten nennen. Ich heiße Jones."

„Seltener Name!" lachte er. „Ob wir ihn uns wohl merken können? Wo habt Ihr denn Eure Fallen?"

„Die sind mir von den Komantschen genommen worden, mitsamt der ganzen Jagdbeute von zwei Monaten." — „Das ist Pech!"

„Ja, großes Pech. Bin aber doch froh, daß sie mich nicht selber erwischt haben "

„Glaube es. Diese Kerle verschonen keinen Weißen, zumal in der jetzigen Zeit. Man muß vorsichtig sein."

„Und die Kiowas sind wohl ebenso schlimm." — „Allerdings."

„Und dennoch wagt Ihr Euch in ihr Gebiet?"

„Bei uns ist's etwas anderes, wir sind sicher bei ihnen. Haben gute Empfehlungen, sehr gute sogar. Mr. Santer ist der Freund ihres Häuptlings Tangua."

Santer! Dieser Name traf mich im Innersten. Ich hatte Mühe, meine Überraschung unter einer gleichgültigen Miene zu verbergen. Diese Leute kannten Santer. Nun stand es fest, daß ich mich ihnen anschließen mußte. Ein anderer Santer als der Mörder von Winnetous Vater und Schwester konnte hier nicht gemeint sein, denn er war ja als Freund des Häuptlings Tangua bezeichnet worden.

„Ist dieser Santer ein so einflußreicher Mann?" erkundigte ich mich scheinbar arglos.

„Will es meinen! Wenigstens bei den Kiowas! — Aber sagt, wollt Ihr nicht absteigen? Der Abend ist nahe, und Ihr wollt doch wohl am Fluß übernachten, wo es Wasser und auch Futter für Euer Pferd gibt."

„Hm! Ich kenne Euch nicht, und Ihr selber sagtet vorhin, man müsse vorsichtig sein."

„Oho! Sehen wir etwa aus wie schlechte Kerle?"

„Nein. Aber Ihr habt mich bisher nur immer ausgefragt und mir noch nicht einmal gesagt, wer Ihr seid."

„Das könnt Ihr sogleich erfahren. Wir sind Westmänner und treiben bald dieses und bald jenes. Man nährt sich, wie man kann. Ich heiße Payne, hier neben mir steht Mr. Clay und der dritte da ist Mr. Summer. Seid Ihr nun zufrieden?" — „Yes."

„So steigt endlich ab, oder reitet weiter, ganz wie Ihr wollt!"

„Wenn Ihr erlaubt, werde ich bei Euch bleiben. Es ist in dieser Gegend immer besser, wenn mehrere beisammen sind."

„Well. Bei uns seid Ihr sicher aufgehoben. Der Name Santer schützt uns alle."

„Was ist dieser Santer eigentlich für ein Mann?" erkundigte ich mich, indem ich abstieg und mein Pferd anhobbelte.

„Ein Gentleman im wahren Sinne des Wortes", erwiderte Payne. „Wir werden ihm viel zu verdanken haben, wenn es wirklich so kommt, wie er uns versprochen hat." — „Kennt Ihr ihn schon lange?"

„Nein, wir haben ihn vor einiger Zeit zum erstenmal gesehen."

„Wo?" — „In Fort Lyon am Arkansas. Aber warum fragt Ihr so nach ihm? Ist er Euch etwa auch bekannt?"

„Würde ich mich nach ihm erkundigen, wenn er mir bekannt wäre, Mr. Payne?" wich ich aus.

„Hm, das ist richtig!" nickte er.

„Ihr sagtet, sein Name gebe Euch Sicherheit, und da ich bei Euch bin, befinde ich mich sozusagen auch unter seinem Schutz. Da muß ich mich doch um ihn kümmern. Nicht?"

„Yes. Und nun setzt Euch her zu uns und macht es Euch bequem! Habt Ihr zu essen?" — „Ein Stück Fleisch."

„Wir haben mehr. Wenn Ihr nicht satt werdet, könnt Ihr noch von uns bekommen."

Erst hatte ich diese drei für Landstreicher angesehen. Nun aber, da ich sie genauer beobachten konnte, war ich mehr und mehr geneigt, sie für ehrliche Leute zu halten, das heißt, was man im Westen noch so knapp ehrlich nennt. Wir schöpften uns an einer klaren Stelle des Flusses Wasser und aßen unser Fleisch. Dabei betrachteten sie mich von oben bis unten. Dann meinte Payne, der überhaupt für sie das Wort zu führen schien:

„Also um Eure Fallen und Felle seid Ihr gekommen? Das ist bedauerlich. Wie wollt Ihr Euch nun nähren?"

„Zunächst von der Jagd."

„Sind Eure Gewehre gut? Ihr habt gleich zwei, wie ich sehe."

„Sie sind leidlich. Diese alte Donnerbüchse schießt mit Kugeln, und für Schrot habe ich das kleine Gewehr."

Payne schüttelte verwundert den Kopf.

„Da seid Ihr ein sonderbarer Heiliger. Ihr schleppt zwei Gewehre mit Euch, das eine für Kugeln, das andere für Schrot. Man nimmt doch ein Doppelgewehr, einen Lauf für Schrot und den anderen für Kugeln!"

„Ist richtig, bin aber einmal an dieses alte Schießzeug gewöhnt."

„Und was habt Ihr da unten am Rio Pecos vor, Mr. Jones?" erkundigte sich Payne weiter.

„Nichts Besonderes. Es soll dort leichteres Jagen sein als hier."

„Wenn Ihr meint, daß die Apatschen Euch dort jagen lassen, so hat man Euch gut berichtet. Glaubt doch diesen Unsinn nicht. Hier habt Ihr nur die Fallen und Felle verloren, dort aber könnt Ihr leicht um Euren eigenen Pelz kommen. Müßt Ihr denn unbedingt hin?"

„Nein, das gerade nicht." — „So kommt mit uns!"

„Ja." — „Zu den Mugwort Hills?" — „Gewiß." — „Was soll ich dort?"

„Hm! Ich weiß nicht, ob ich es Euch sagen darf. Was meint ihr dazu, Clay und Summer?" Die beiden Kameraden sahen einander fragend an, und dann erklärte Clay:

„Die Sache ist zweifelhaft. Mr. Santer hat uns verboten, davon zu sprechen, und doch auch gesagt, daß er gern mehr passende Männer dazu nehmen möchte. Mach, was du willst!"

„Well", nickte Payne. „Wenn Mr. Santer noch andere anwirbt, können wir ihm auch einen mitbringen. Ihr seid also jetzt an nichts gebunden, Mr. Jones?" — „Nein", entgegnete ich.

„Und habt Zeit?" — „Soviel ich will."

„Würdet Ihr Euch an einer Sache beteiligen, die Geld, viel Geld einbringen kann?"

„Warum nicht? Geld verdient jeder gern, und wenn es viel oder gar sehr viel ist, so sehe ich nicht ein, weshalb ich nicht mitmachen sollte. Nur muß ich erst wissen, worum es sich handelt."

„Das ist richtig, und Ihr sollt das Nötige erfahren. Es ist eigentlich ein Geheimnis, aber Ihr gefällt mir. Ihr habt ein so ehrliches, treuherziges Gesicht und würdet uns gewiß nicht übervorteilen und betrügen."

„Na, ein ehrlicher Kerl bin ich wohl. Das könnt Ihr glauben."

„Ich glaube es. Also, wir wollen zu den Mugwort-Bergen, um dort Nuggets zu suchen."

„Nuggets!" rief ich aus. „Gibt's dort welche?"

„Schreit nicht so!" warnte Payne und fuhr dann mit überlegener Miene fort: „Nicht wahr, das packt Euch an? Ja, es gibt dort welche."

„Von wem wißt Ihr das?" — „Eben von Mr. Santer."

„Hat er sie gesehen?"

„Nein, denn in diesem Fall würde er sich hüten, uns mitzunehmen, sondern das Nest für sich allein behalten."

„Also nicht gesehen? Er vermutet es nur? Hm!"

„Es ist keine Vermutung, sondern Gewißheit. Er kennt auch ungefähr den Ort, wo die Nuggets liegen müssen, aber nicht genau die Stelle." — „Das wäre sonderbar."

„Ja, sonderbar, aber dennoch wahr und richtig. Ich werde es Euch genauso erklären, wie er es uns erzählt hat. Habt Ihr von einem gewissen Winnetou gehört?" — „Dem Häuptling der Apatschen? Ja."

„Ist Euch ein gewisser Old Shatterhand bekannt?"

„Habe mir auch von ihm berichten lassen."

„Die beiden sind dicke Freunde und waren früher einmal miteinander an den Mugwort Hills. Der Vater Winnetous war auch dabei und auch noch andere Rote und Weiße. Mr. Santer hat sie belauscht und dabei gehört, daß Winnetou mit seinem Vater in die Berge wollte, um Nuggets zu holen. Wenn man sie dort nur so holen kann, wann und wie es einem beliebt, so müssen sie doch in Massen zu haben sein. Gebt Ihr das zu?" — „Gewiß."

„Nun hört weiter! Mr. Santer hat sich dann auf die Lauer gelegt, um den beiden Apatschen zu folgen und den Fundort zu entdecken. Das kann man ihm nicht verdenken, wie Ihr einsehen werdet, denn was wollen diese roten Kerle mit dem Gold, das sie gar nicht brauchen können? Sie haben keine Verwendung dafür."

„Ist es ihm gelungen?"

„Leider nicht ganz. Er ist ihnen nachgegangen. Sie hatten auch die Schwester Winnetous mit. Santer hat sich nach ihren Spuren richten müssen, und dabei versäumt man immer Zeit. Als er in die Nähe des Fundorts kam, waren sie schon fertig und auf dem Rückweg. Eine ärgerliche Geschichte!" — „Gar nicht ärgerlich!"

„Nicht? Wieso?" — „Santer brauchte die Roten nur ruhig an sich vorüberzulassen und dann auf ihren Spuren weiterzugehen; die hätte ihn zu den Nuggets geführt."

„Alle Wetter! Das ist wahr!" staunte Payne. „Ihr seid kein übler Kopf, wie ich da höre, und könntet uns wohl von Nutzen sein. Damals ist es freilich leider anders gekommen. Santer hat geglaubt, daß sie Nuggets bei sich hätten, und auf sie geschossen, um ihnen dieses Gold abzunehmen." — „Traf er gut? Waren sie tot?"

„Der Alte und das Mädchen ja. Ihre Gräber befinden sich jetzt da droben in den Bergen. Santer hätte auch Winnetou eine Kugel gegeben, hat aber fliehen müssen, weil Old Shatterhand plötzlich dazugekommen ist. Der hat Santer dann mit einigen weißen und roten Gefährten verfolgt und bis zu den Kiowas getrieben, mit deren Häuptling Santer schließlich gut Freund geworden ist. Später ist Santer zu den Mugwort Hills zurückgekehrt, mehrere Male, ja viele Male, und hat sich fast die Augen ausgesucht, aber nie etwas gefun den. Jetzt nun hat er den guten Gedanken gehabt, Leute anzustellen, die ihm suchen helfen. Mehrere sehen ja mehr als einer. Diese Leute sind wir drei, und wenn Ihr wollt, könnt Ihr mit uns reiten."

„Habt Ihr denn Hoffnung auf Erfolg?"

„Große sogar. Die Roten sind so schnell von dem Fundort zurückgekehrt, daß er gar nicht weit von der Stelle liegen kann, wo Mr. Santer auf sie getroffen ist. Es ist also nur eine kurze Strecke abzusuchen, und es müßte mit dem Teufel zugehen, wenn wir das Gold nicht entdeckten. Wir haben ja Zeit genug dazu. Wir können wochen- und monatelang suchen, denn kein Mensch treibt uns fort. Was denkt Ihr von der Sache?" — „Hm! Eigentlich gefällt sie mir nicht."

„Weshalb?" — „Es klebt Blut daran."

„Seid nicht so dumm!" ereiferte sich Payne. „Haben wir oder habt Ihr es vergossen? Trifft uns oder Euch die Schuld? Nicht die Spur! Was liegt an zwei Roten, die erschossen wurden? Sie werden doch alle ausgerottet und ausgelöscht! Was geschehen ist, geht uns nichts an. Wir suchen das Gold, wir finden es und teilen es und leben dann wie Astor und andere Millionäre."

Da hörte ich ja gleich, was für Leute ich vor mir hatte. Sie gehörten wohl nicht zu dem Abschaum, der mir schon so oft begegnet war, aber das Leben eines Indianers stand bei ihnen in keinem höheren Wert als das eines wilden, jagdbaren Tieres, das jeder nach Belieben niederschießen kann. Sie waren noch nicht alt und handelten auch nicht wie erfahrene, vorsichtige Männer, sonst hätten sie sich nicht so schnell auf mein ehrliches Gesicht hin herbeigelassen, mich, den ihnen völlig Unbekannten, in ihr Geheimnis einzuweihen und mir gar die Kameradschaft anzubieten.

Ich brauche wohl nicht zu sagen, wie überrascht ich von diesem Zusammentreffen und wie willkommen es mir war. Santer wieder in Sicht! Diesmal sollte er mir gewiß nicht nochmals entwischen. Ich ließ mir aber nichts merken, neigte den Kopf wie im Zweifel herüber und hinüber und sagte dann:

„Die Nuggets hätte ich wohl gern, aber ich denke, wir bekämen sie gar nicht, auch wenn wir sie fänden."

„Was für ein Gedanke!" rief Payne. „Wenn wir sie finden, haben wir sie doch!"

„Fragt sich nur, auf wie lange! Ich vermute, sie werden uns abgenommen." — „Von wem?" — „Von Santer."

„Von Santer? Ihr seid wohl nicht recht klug?"

„Kennt Ihr ihn?" fragte ich dagegen.

„In dieser Hinsicht ja."

„Und habt ihn doch erst vor kurzem kennengelernt!"

„Santer ist ein ehrlicher Kerl. Wer ihn anschaut, kann unmöglich an seiner guten Gesinnung zweifeln. Und außerdem wurde er von allen gelobt, bei denen wir im Fort uns erkundigten." — „Wo ist er jetzt?"

„Er hat sich gestern von uns getrennt, um, während wir geradewegs zu den Mugworts Hills gehen, zum Salt Fork des Red River zu reiten, wo das Dorf des Kiowahäuptlings Tangua liegt."

„Was will er dort?"

„Tangua eine sehr wichtige Botschaft bringen, nämlich die, daß Winnetou gestorben ist." — „Wie? Winnetou ist tot?"

„Ja. Er ist von den Sioux erschossen worden. Er war der Todfeind Tanguas, also wird der Kiowa vor Freude außer sich sein. Darum wich Mr. Santer vor unserem Weg ab, um Tangua diese Nachricht zu bringen. An den Mugwort Hills treffen wir wieder mit Santer zusammen. Er ist ein ehrenwerter Gentleman, der uns reich machen will, und wird Euch sicher gleich gefallen." — „Will es hoffen, aber auch vorsichtig sein!" — „Gegen ihn?" — „Ja." — „Ich sage Euch, daß es nicht den geringsten Grund gibt, ihm zu mißtrauen."

„Und ich sage Euch, daß ich zwar entschlossen bin, mich Euch anzuschließen, aber dabei die Augen offenhalten werde. Wer um einiger Nuggets willen, die sie bei sich hatten, zwei Menschen erschießt, die ihm nichts taten, dem ist wahrlich zuzutrauen, daß er, wenn wir das Gold gefunden haben, auch uns ermordet, um es für sich allein zu behalten." — „Mr. Jones, was — was — denkt —!"

Payne sprach den Satz nicht zu Ende und starrte mich erschrocken an. Auch Clay und Summer machten bestürzte Gesichter.

„Ja", fuhr ich fort, „es ist nicht nur möglich, sondern sogar wahrscheinlich, daß er Euch in der festen Absicht mitgenommen hat, Euch erst mitsuchen zu lassen und dann, wenn der Schatz entdeckt ist, auf die Seite zu bringen!" — „Ihr scheint zu phantasieren!"

„Durchaus nicht. Wenn Ihr Euch die Sache richtig und ohne Voreingenommenheit für Santer überlegt, so müßt Ihr meine Vermutung teilen. Bedenkt zunächst, daß dieser Santer der Freund von Tangua ist, den man als den größten und unversöhnlichsten Hasser aller Bleichgesichter kennt! Wie kann der Weiße zu der Freundschaft des Roten gekommen sein?"

„Weiß es nicht. Sagt einfach, wie Ihr darüber urteilt, Mr. Jones!"

„Wer ein Freund des Feindes aller Weißen ist, muß wohl bewiesen haben, daß er sich auch aus dem Leben eines Weißen nichts macht, und man hat somit alle Veranlassung, äußerst vorsichtig gegen ihn zu sein. Habe ich recht oder nicht?"

„Es klingt wenigstens so, daß es sich hören läßt. Habt Ihr noch anderes vorzubringen?" — „Ich habe es schon einmal gesagt."

„Daß Santer die zwei Roten erschossen hat? Das ist in meinen Augen kein Grund, ihm zu mißtrauen und ihn für einen schlechten Kerl zu halten."

„Und ich behaupte das Gegenteil und warne Euch noch einmal. Gerade weil Santer aus reiner Goldgier ohne Bedenken zwei Menschenleben geopfert hat, möchte ich darauf schwören, daß wir von dem Augenblick an, da wir das Gold haben, unseres Lebens keine Minute mehr sicher sind." — „Abwarten, Mr. Jones", erwiderte Payne.

„Ich werde es allerdings abwarten."

„Es ist ein großer Unterschied, ob man auf Indianer oder auf Weiße schießt!" fuhr Payne mit überlegener Miene fort.

„Vielleicht im allgemeinen", beharrte ich, „aber nicht für einen Menschen, den das Goldfieber ergriffen hat. Das mögt Ihr glauben."

„Hm! Selbst wenn Ihr im allgemeinen recht hättet, in diesem Fall aber nicht", widersprach Payne nicht weniger beharrlich. „Mr. Santer ist, wie ich schon zweimal sagte, ein Gentleman im wahren Sinn des Wortes." — „Es sollte mich freuen, wenn Ihr Euch nicht irrtet."

„Ich gebe jede Wette mit Euch ein, Mr. Jones. Seht Euch Mr. Santer nur erst an, so wird Euch Euer Auge sofort sagen, daß er volles Vertrauen verdient!"

„Well! Bin also recht begierig auf den Augenblick, da ich ihn zu sehen bekomme." — Da wurde Payne ärgerlich.

„Ihr seid voll Zweifel und Verdacht wie der Wassertümpel voll Kaulquappen und Frösche. Wenn Ihr wirklich glaubt, daß Euch Gefahr droht, so ist es Euch doch sehr leicht, ihr auszuweichen."

„Indem ich nicht mit zu den Mugwort Hills gehe?"

„Ja. Es steht Euch doch frei, Euch auszuschließen. Ich weiß überhaupt noch nicht, ob es Mr. Santer lieb sein wird, wenn wir Euch mitbringen. Ich glaubte, Euch einen Gefallen zu tun."

Payne sagte das in einem beinahe abweisenden Ton. Er nahm es mir ernstlich übel, daß ich ihm in bezug auf Santers Person keinen Glauben schenkte. Deshalb lenkte ich ein. — „Es ist mir ja auch ein Gefallen, für den ich Euch herzlich dankbar bin."

„So zeigt Eure Dankbarkeit in anderer Weise als dadurch, daß Ihr einen Gentleman verleumdet, den Ihr noch nicht gesehen habt! Wollen uns im übrigen nicht länger streiten, sondern die Sache vorläufig auf sich beruhen lassen!"

Damit war dieser Gegenstand abgetan, und wir sprachen von anderen Dingen, wobei es mir gelang, den schlechten Eindruck, den ich mit meinem Mißtrauen hervorgebracht hatte, wieder zu verwischen.

Sicher hätten sie mir recht gegeben, wenn es mir möglich gewesen wäre, mich ihnen offen mitzuteilen. Aber das durfte ich nicht wagen. Sie waren unerfahrene, vertrauensselige Menschen, die mir unter Umständen mehr Schaden als Nutzen bringen konnten.

Später legten wir uns zur Ruhe. Ich hielt den Ort, wo wir uns befanden, für sicher, suchte aber dennoch die Umgebung vorher sorgfältig ab, und da ich nichts Verdachterweckendes entdeckte, unterließ ich es, den Vorschlag zu machen, abwechselnd zu wachen. Sie aber waren so harmlos, gar nicht auf diesen Gedanken zu kommen.

Am nächsten Morgen brachen wir vereint zu den Mugwort Hills auf, ohne daß sie ahnten, daß diese Gegend von Anfang an auch mein Ziel gewesen war.

Der Tag verging mir unter immerwährender innerer Unruhe und Besorgnis. Meine Begleiter fühlten sich sicher. Sie glaubten bei einer Begegnung mit den Kiowas nur den Namen Santer nennen zu brauchen, um als Freunde behandelt zu werden. Ich aber war überzeugt, daß die Roten mich trotz meines Anzuges sofort als ihren Feind erkennen würden. Die drei hielten jede Vorsicht für überflüssig, und ich durfte ihnen nicht widersprechen, wenn ich nicht ihr Mißtrauen erwecken oder mir wenigstens ihren Unwillen zuziehen wollte. Glücklicherweise bekamen wir während des ganzen Tages keinen Menschen zu sehen.

Am Abend lagerten wir auf der offenen Prärie. Die drei hätten gerne ein Feuer angezündet, doch gab es keinen Brennstoff dazu, worüber ich mich im stillen freute. Es bestand überhaupt kein Grund, ein Feuer anzumachen, denn es war nicht kalt, und etwas zu braten hatten wir nicht. Am anderen Morgen wurde, bevor wir den Ritt fortsetzten, das letzte Dörrfleisch gegessen, und nun waren wir auf die Jagd angewiesen. Dazu machte mir Payne eine Bemerkung, die mich heimlich belustigte.

„Ihr seid Fallensteller, aber nicht Jäger, Mr. Jones. Ihr habt zwar gesagt, daß Ihr schießen könnt, doch es wird auch danach sein. Könnt Ihr einen Präriehasen treffen, der hundert Schritt von Euch entfernt vorüberläuft?" — „Hundert Schritt?" verstellte ich mich. „Hm, das ist wohl etwas weit. Nicht?"

„Dachte es! Ihr würdet ihn nicht treffen. Überhaupt tragt Ihr die alte, schwere Donnerbüchse ganz vergeblich mit Euch herum. Mit einem solchen Ding kann man wohl einen Kirchturm zusammenschießen, aber kein Kleinwild erlegen. Das braucht Euch aber keine Schmerzen zu machen, denn wir werden für Euch sorgen."

„Ihr trefft wohl besser als ich?"

„Das könnt Ihr Euch denken! Wir sind Präriejäger, echte Westmänner, verstanden?"

„Das ist aber nicht genug; das reicht noch nicht aus."

„So? Was fehlt denn noch?"

„Das Wild. Ihr könnt noch so fertig sein im Schießen, wenn es hier kein Wild gibt, werden wir doch hungern müssen."

„Darum habt keine Sorge! Wir finden welches."

„Hier auf der Savanne? Hier gibt es doch nur Antilopen, die uns nicht so nahe an sich heranlassen, daß wir zum Schuß kommen."

„Wie klug Ihr redet! Habt allerdings so ziemlich das Richtige getroffen. Aber an den Mugwort Hills finden wir Wald, also auch Wild. Mr. Santer hat es gesagt." — „So, so. Und wann kommen wir hin?"

„Gegen Mittag vielleicht, wenn wir richtig geritten sind, was ich doch hoffe."

Keiner wußte besser als ich, daß wir richtig geritten und den Nugget Tsil noch vor Mittag erreichen mußten. Ich machte ja eigentlich den Führer, ohne daß es die anderen merkten. Sie ritten mit mir, nicht ich mit ihnen.

Noch hatte die Sonne nicht den höchsten Punkt erreicht, da sahen wir im Süden die bewaldeten Höhen aus der Ebene aufsteigen.

„Ob das die Mugwort Hills sind?" fragte Clay.

„Sie sind es", meinte Payne. „Santer hat uns ja genau beschrieben, was für einen Anblick sie bieten, wenn man sich von Norden nähert. Und was wir da vor uns sehen, das stimmt mit der Beschreibung überein. In einer halben Stunde werden wir am Ziel sein."

„Noch nicht", widersprach Summer. — „Wieso?"

„Du hast vergessen, daß die Mugwort Hills an ihrer nördlichen Seite für Reiter unzugänglich sind. Man kann da nicht durchkommen."

„Das weiß ich wohl. Ich meinte nur, daß wir in einer halben Stunde dort sein werden. Dann umreiten wir die Hills, bis wir an der Südseite auf das Tal stoßen, das zwischen sie hineinführt."

Ich hörte, daß Santer ihnen das Gelände wirklich sehr gut beschrieben hatte. Um zu erfahren, wie weit diese Genauigkeit ging, erkundigte ich mich:

„In diesem Tal will Santer wohl mit Euch zusammentreffen, Mr. Payne?" — „Nicht in dem Tal, sondern oben auf der Höhe."

„Wir sollen mit den Pferden hinauf?" — „Ja."

„Gibt es denn da einen Weg?

„Eigentlich nicht, aber ein Wasserbett. Reiten kann man da freilich nicht, sondern man muß steigen und die Pferde nach sich führen."

„Wozu das? Ist es denn notwendig, da hinaufzuklettern? Kann man denn nicht unten bleiben?"

„Nein, der Ort, an dem wir suchen müssen, liegt oben."

„So sollte man wenigstens die Pferde unten lassen. Das wäre jedenfalls besser."

„Unsinn! Man hört, daß Ihr nur Fallensteller seid und kein Westmann. Es vergehen vielleicht Wochen, bevor wir da oben finden, was wir suchen. Können wir die Pferde so lange im Tal lassen? Es müßte stets jemand bei ihnen sein, der sie bewacht. Oben aber haben wir sie in unserer Nähe und brauchen keinen besonderen Wächter für sie. Seht Ihr das nicht ein?"

„Doch! Wer die Örtlichkeit nicht kennt, der kann wohl einmal eine solche Frage stellen."

„Übrigens ist es da oben gar nicht langweilig", fuhr Payne fort. „Wie ich Euch schon gesagt habe, befinden sich dort die Gräber des Apatschenhäuptlings und seiner Tochter."

„Und bei diesen Gräbern lagern wir?" — „Ja."

„Auch des Nachts?"

Ich hatte den triftigsten Grund zu dieser Frage, denn ich mußte an dem Grabmal Intschu tschunas nachgraben, um zu Winnetous Testament zu kommen. Dabei brauchte ich keine Zeugen. Und nun hörte ich, daß wir dort lagern würden. Das war recht unangenehm. Vielleicht ließen sich meine drei Gefährten durch die natürliche Scheu, die viele Menschen vor Begräbnisstätten haben, dazu bestimmen, wenigstens des Nachts die Nähe der beiden Gräber zu meiden. Und selbst das war noch unzulänglich für mich. Des Nachts konnte ich beim Graben nicht sehen und leicht etwas verderben. Außerdem war es in der Finsternis unmöglich, das Loch dann wieder so zu füllen, daß man früh keine Spur davon entdecken konnte.

„Auch des Nachts?" wiederholte Payne meine Frage. „Warum wollt Ihr das wissen?"

„Hm! Des Nachts an Gräbern zu schlafen ist nicht jedermanns Sache."

„Ah, Ihr fürchtet Euch?" — „Das nicht!"

„O doch! Hört Ihr es, Clay und Summer? Mr. Jones fürchtet sich vor den Toten! Er hat Angst vor den beiden Roten! Er denkt, sie gehen um und springen ihm auf den Rücken. Hahahahahaha!"

Payne lachte aus vollem Hals, und die beiden anderen stimmten ein. Ich schwieg dazu, denn ich mußte sie bei dem Glauben lassen, daß ich furchtsam sei, sonst hätten sie meinen Fragen vielleicht Gründe untergelegt, auf die ich sie nicht bringen durfte.

Während dieses Wortwechsels waren wir den Höhen so nahe gekommen, daß wir westlich einbiegen mußten, um sie von dieser Seite zu umreiten. An ihrer Südseite hielten wir uns wieder links und gelangten an das Tal, das in die Berge hineinführte. Dem folgten wir. Später öffnete sich die früher mehrfach erwähnte Seitenschlucht, die wir aufwärts ritten, bis sie sich teilte. Da stiegen wir ab und kletterten, die Pferde nachführend, in dem felsigen Gerinne hoch bis zu der scharfkantigen Höhe, über die man hinüber mußte.

Absichtlich hielt ich mich als letzter. Payne stieg voran. Er blieb einige Male stehen, um über die Beschreibung nachzudenken, die ihm Santer von der Örtlichkeit gegeben hatte, und traf dann stets das Richtige. Er besaß ein gutes Gedächtnis. Dann ging er jenseits hinab und quer durch den Wald, bis die Bäume auseinandertraten. Da hielt Payne wieder die Schritte an.

„Richtig getroffen, ganz richtig! Dort sind die beiden Gräber. Seht Ihr sie? Wir sind an Ort und Stelle. Nun braucht nur Mr. Santer noch zu kommen."

Ja, wir wären da! Vor uns stand das Grabmal Intschu tschunas, des einstigen Häuptlings der Apatschen, der mit einem mehrfachen Steinmantel umgebene Erdhaufen, in dessen Innerem er ruhte, auf seinem Pferd, mit seiner Medizin und seinen Waffen, außer der Silberbüchse. Und daneben befand sich die Steinpyramide mit dem aus ihrer Spitze ragenden Gipfel des Baumes, an dessen Stamm sitzend Nscho-tschi den letzten Schlummer schlief. Ich war mit Winnetou während unserer Streifzüge einige Male hier gewesen, um das Andenken der beiden geliebten Toten zu ehren, und kam nun ohne ihn, der inzwischen auch dahingegangen war. Er hatte den teuren Ort auch ohne mich besucht, wenn ich mich in anderen Ländern befand. Welche Gedanken mochten da hinter seiner Stirn gewohnt, welche Gefühle sein Herz bewegt haben! Zwei wohl vor allem: Santer und Rache! Dieser Mann und das Verlangen nach Wiedervergeltung hatten einst sein ganzes Inneres erfüllt. Einst mit Bestimmtheit, ob aber auch später noch? — Es war Winnetou nicht gelungen, des Täters habhaft zu werden, so daß er ihn bestrafen konnte. Jetzt stand ich hier und erwartete den Mörder. War ich nicht der wohlberechtigte Erbe meines Freundes, der Erbe auch seiner Rache? Hatte nicht der heiße Wunsch nach Vergeltung auch in mir gelebt? War es nicht eine Versündigung gegen Winnetou und die beiden Toten, wenn ich Santer hier in meine Hand bekam und schonte? Aber da hörte ich im Geist des Freundes letzte Worte: ‚Scharlih, ich glaube an den Heiland. Winnetou ist ein Christ. Leb wohl!'

Leider klang auch eine andere Stimme an mein Ohr, nämlich die Stimme Paynes, der mir zurief: „Was steht Ihr denn da und starrt die beiden Erdhaufen an! Seht Ihr vielleicht die Geister schon, vor denen Ihr Euch ängstigt? Wenn das bereits am hellen Tag geschieht, wie soll es dann erst am Abend und in der Nacht werden!"

Ich antwortete nicht, führte mein Pferd auf die Lichtung, sattelte und zäumte es ab, gab es frei und machte mich dann, meiner Gewohnheit gemäß, daran, die Umgebung abzusuchen. Als ich zurückkehrte, hatten sich die drei Gefährten inzwischen gelagert. Sie saßen am Grabmal des Häuptlings, gerade an der Stelle, wo ich graben wollte.

„Wo lauft Ihr denn herum?" fragte Payne. „Habt wohl schon nach Nuggets gesucht? Das laßt bleiben! Es wird nur gemeinschaftlich gesucht, damit nicht einer die Stelle finden und sie den anderen verheimlichen kann."

Dieser Ton behagte mir nicht. Sie wußten zwar nicht, wer ich war, aber in solcher Weise durfte ich doch nicht mit mir sprechen lassen. Deshalb antwortete ich nicht beleidigend, aber doch scharf:

„Fragt Ihr nur aus Neugierde, Sir, oder weil Ihr glaubt, gegen mich den Herrn spielen zu dürfen? Für beide Fälle mache ich Euch darauf aufmerksam, daß ich die Jahre hinter mir habe, in denen man sich schulmeistern läßt! Ich darf wohl gehen, wohin ich will, und ich habe mich nur entfernt, um nachzusehen, ob wir hier sicher sind. Wenn Ihr wirklich so tüchtige Westmänner seid, wie Ihr sagt, müßt Ihr wissen, daß man nie im Wald lagert, ohne sich zu überzeugen, ob man allein da ist oder nicht. Weil Ihr das unterlassen habt, wollte ich es tun und habe damit eigentlich Anerkennung verdient, nicht aber den Ton, den Ihr Euch gegen mich erlaubt, Mr. Payne."

„Ach so!" lenkte er ein. „Spuren habt Ihr gesucht? Versteht Ihr denn, die zu finden?"

„Wahrscheinlich."

„Und ich dachte, Ihr suchtet schon die Nuggets!"

„So dumm bin ich nicht." — „Warum wäre das dumm?"

„Weil ich nicht weiß, auf welcher Seite, in welcher Richtung man von hier aus suchen müßte. Das weiß nur Santer, vorausgesetzt, daß es wirklich Gold hier gibt, was ich aber sehr bezweifle. Es ist wirklich zu verwundern, daß ihr, die erfahrenen Westmänner, nicht längst darauf gekommen seid!"

„Wieso? Sprecht nicht in Rätseln! Redet lieber deutlich! Es hat Gold hier gelegen!" — „Das gebe ich zu."

„Wer soll es fortgeschafft haben?" — „Winnetou?"

„Ach! Wie kommt Ihr auf diesen Einfall?"

„Ich möchte lieber fragen, wie es möglich ist, daß Ihr nicht darauf gekommen seid. Nachdem, was ich von Winnetou weiß, war er nicht nur der tapferste, sondern auch der klügste, der listigste Indianer, den es je in den Savannen gab."

„Das wißt nicht nur Ihr, sondern das weiß jedermann."

„So habt die Güte, einmal nachzudenken! Winnetou ging mit seinem Vater und seiner Schwester hierher, um Gold zu holen. Sie wurden überfallen, und er erkannte als kluger Mann sogleich, daß dem Geheimnis nachgespürt worden war. Er mußte annehmen, daß Santer, der ihm entkam, später zurückkehren würde, um weiter nach den verborgenen Schätzen zu suchen. Was hättet Ihr an seiner Stelle getan, Mr. Payne? Das Gold etwa hier liegengelassen?"

„*Hang it all!*" stieß der Gefragte hervor.

„Nun, so antwortet doch!"

„Das ist allerdings ein Gedanke, aber ein ganz armseliger, jämmerlicher Gedanke!"

„Wenn ich Winnetou für einen Dummkopf gehalten habt, so sucht hier immerhin nach Nuggets", fuhr ich fort, „aber werft nicht etwa mir vor, daß ich hinter Eurem Rücken danach forsche! Eine solche Dummheit lasse ich mir nicht nachsagen."

„Ihr glaubt also, daß nichts zu finden ist?"

„Bin überzeugt davon."

„Warum seid Ihr da mit hierhergeritten?"

Da ich ihm die Wahrheit nicht sagen konnte, redete ich mich heraus. „Weil mir der Gedanke, den ich Euch jetzt mitgeteilt habe, eben erst gekommen ist."

„Also wart Ihr bis jetzt ebenso dumm wie wir! Ich will zugeben, daß Eure Ansicht etwas für sich hat, aber es läßt sich auch allerlei dagegen sagen." — „Was?" forschte ich.

„Ich bringe nur den einen Punkt: Das Versteck war so gut, daß Winnetou nicht zu befürchten brauchte, man könne es entdecken. Ist das nicht auch möglich?" — „Doch!"

„Schön! Ich könnte noch anderes gegen Euch anführen, will aber darauf verzichten. Warten wir, bis Mr. Santer kommt, und hören wir, was er dazu sagen wird!"

„Wann kann er Eurer Schätzung nach hier sein?"

„Heute noch nicht, aber morgen."

„Morgen? Das ist unmöglich. Ich kenne nämlich den Salt Fork des Red River, wohin Santer Eurer Aussage nach geritten ist. Wenn er sich sehr sputet, kann er frühestens übermorgen abend hier eintreffen. Womit verbringen wir bis dahin die Zeit?"

„Mit der Jagd. Wir brauchen Fleisch."

„Hm! Meint Ihr, daß ich auch mitjagen soll?"

Ich sprach diese Frage mit Absicht aus. Sie sollten gehen und mich hier allein lassen. Leider hatte ich nicht den gewünschten Erfolg, denn er erklärte: „Ihr würdet uns wahrscheinlich alles verderben. Wir brauchen Euch nicht. Ich gehe mit Clay und denke, daß wir etwas schießen werden. Ihr könnt mit Summer hierbleiben."

Die beiden Genannten nahmen ihre Gewehre und entfernten sich. Verfolgte Payne etwa im stillen die Absicht, mich nicht ohne Aufsicht zu lassen? Möglich, nur hätte er mich in diesem Fall doch wohl für pfiffiger halten müssen, als er mich zu halten schien. Er sprach zum Beispiel das Wort Fallensteller stets im Ton der Mißachtung aus, war also unerfahren genug, gar nicht zu bedenken, daß es gerade ein Fallensteller zu gar nichts bringen kann, wenn er nicht auch ein guter Schütze, überhaupt ein tüchtiger Westmann ist.

Payne lief mit Clay den ganzen Nachmittag im Wald umher, und der Erfolg war, daß sie gegen Abend glücklich ein armes Häschen brachten, woran sich vier Personen sättigen sollten. Am nächsten Morgen ging er mit Summer fort. Ihre ganze Jagdbeute bestand in einigen Wildtauben, die so alt waren, daß man sie kaum essen konnte. — „Wir haben Pech, riesenhaftes Pech", entschuldigte er sich. „Kein Wild läßt sich sehen!"

„Wenn man Euer vieles Pech braten und verzehren könnte, so wollte ich's loben", spottete ich. „Diese Tauben haben jedenfalls schon zu Methusalems Zeiten gelebt. Es ist jammerschade, daß sie so jung sterben mußten!"

„Wollt Ihr Euch über mich lustig machen, Sir?" murrte er.

„Nein, denn Ihr könnt Euch doch denken, daß es meinem Magen gar nicht so scherzhaft zumute ist.

„So macht's doch besser, wenn Ihr könnt!"

„Gut, ich werde einen Braten holen."

„Bin gespannt darauf, was Ihr bringen werdet."

„Einen Hasen oder eine vorsintflutliche Taube finde ich allemal!"

Ich nahm meine beiden Gewehre und ging fort. Während ich mich langsam entfernte, hörte ich ihn lachend rufen:

„Da läuft er hin mit seinem Riesenböller. Er wird einige alte Bäume zusammenschießen, aber keine Maus treffen!"

Mehr hörte ich nicht. Wäre ich doch stehengeblieben, um zu horchen! Ich hätte noch mehr gehört, darunter etwas, was für mich von großer Wichtigkeit gewesen wäre. Wie ich später erfuhr, waren sie wirklich überzeugt gewesen, daß ich nichts treffen würde. Sie wollten mich beschämen und noch einmal ihr Glück versuchen, um mir, wenn ich mit leeren Händen erschien, eine reiche Beute vorzeigen und mich auslachen zu können. Deshalb gingen sie nach mir auch fort, alle drei. Nun war der Platz verlassen, und ich hätte nachgraben können. Ich hätte das Testament Winnetous gefunden, gelesen, in meine Tasche gesteckt und wäre dann immer noch sicher gewesen, irgendein Wild zu schießen. Wie anders wäre dann wohl alles gekommen! Aber es sollte nicht sein.

Sie waren, um zu jagen, gestern und heute den Weg hinabgestiegen, auf dem wir heraufgeklettert waren. In dieser Richtung, also nach Süden, hatten sie wohl alles Wild vertrieben. Deshalb wendete ich mich nach Norden, die dort liegende Senkung hinab und zum

Wiesenplan, über den wir damals die Kiowas gelockt hatten, um ihnen in der drüben sich öffnenden engen Schlucht eine Falle zu stellen. Hier war wohl seit Jahren kein Mensch gewesen, so daß ich darauf rechnen konnte, zu einem guten Schuß zu kommen. Aber es war Mittag, also keine günstige Tageszeit, und so mußte ich zufrieden sein, als ich es nach Verlauf von einer Stunde zu zwei fetten Turkeyhennen gebracht hatte. Mit dieser Beute kehrte ich zum Lagerplatz zurück.

17. Das Testament des Apatschen

Als ich dort ankam, war kein Mensch da. Wo steckten die drei? Hatten sie sich im Gebüsch verkrochen, um heimlich zu lauschen, was ich bringen würde? Oder waren sie miteinander noch einmal jagen gegangen? Ich rief und bekam keine Antwort.

Ach, wenn sie wirklich fort wären! Aber ich mußte vorsichtig sein und suchte in aller Eile die Umgebung des Platzes ab. Da wurde es mir zur Gewißheit, daß sie sich wirklich entfernt hatten. Jetzt schnell an die Arbeit!

Ich zog das Messer und schnitt genau an der Westseite des Häuptlingsgrabes, hart an seinem Rand, ein Stück Rasen aus, um es dann später wieder so einzusetzen, daß von meinem Nachgraben nichts zu sehen war. Erdbrocken durften also nicht umherliegen. Deshalb breitete ich meine Decke neben mir aus und legte den Boden, den ich aushob, sorgfältig darauf, um damit das entstehende Loch dann wieder auszufüllen.

Nun arbeitete ich mit fieberhafter Geschwindigkeit, denn jeder Augenblick konnte die drei zurückbringen. Dabei horchte ich von Zeit zu Zeit, ob ihre Schritte oder Stimmen zu vernehmen seien. Bei der Aufregung, in der ich mich befand und die ich nicht ganz zu beherrschen vermochte, war es freilich leicht denkbar, daß meine Ohren nicht die übliche Schärfe besaßen.

Das Loch wuchs zusehends, es war schon fast einen Meter tief. Da stieß das Messer auf einen Stein. Ich entfernte ihn und dann auch einen zweiten, der darunter lag, und sah nun einen kleinen, viereckigen, noch völlig trockenen Raum vor mir, dessen Wände von glatten Steinen gebildet wurden. Auf dem Boden lag ein starkes, zusammengefaltetes Leder — das Testament meines Freundes und Bruders Winnetou. Im nächsten Augenblick steckte es in meiner Tasche, und ich beeilte mich, das Loch zuzuwerfen.

Das ging erst recht rasch vonstatten. Ich schüttete die Erde von der Decke nach und nach hinein, stieß sie mit der Faust fest und legte schließlich das ausgestochene Rasenstück obenauf. Kein Mensch konnte nun sehen, daß hier ein Loch gegraben worden war.

Gott sei Dank! Das war gelungen — so dachte ich wenigstens. Ich horchte. Es ließ sich nicht das geringste Geräusch vernehmen, und ich nahm mir also Zeit, das Leder zu öffnen. Es war wie ein Briefumschlag zusammengelegt, mit den Spitzen gegeneinander. Darin befand sich ein zweites, dessen umgeschlagene Ecken Winnetou mit Hirschsehne zusammengenäht hatte. Ich schnitt es auf und gelangte nun zu dem Testament, das aus mehreren eng mit Tinte beschriebenen Papierblättern bestand.

Sollte ich es verbergen, oder durfte ich es auf der Stelle lesen? So fragte ich mich. Warum es verstecken? Es gab ja keinen Grund hierfür. Wenn meine drei Gefährten zurückkehrten und mich lesen sahen, was konnten sie dagegen haben? Wußten sie, was es war? Ein Brief oder sonst etwas, was ich seit langem bei mir trug. Sie hatten nicht einmal das Recht, nach dem Papier zu fragen. Und wenn sie das taten, so konnte ich antworten, wie es mir beliebte. Dabei trieb es mich förmlich zu erfahren, was Winnetou geschrieben hatte. Klekih-petra war, wie in vielem anderen, sein Lehrer auch in dieser Fertigkeit gewesen. Nur hatte der Apatsche wohl wenig Gelegenheit gefunden, sie auszuüben.

Er hatte zuweilen eine Bemerkung in mein Notizbuch geschrieben. Ich kannte also seine Schrift. Sie war nicht schön, nicht ausgebildet, aber kernig. Sie glich der eines vierzehnjährigen Schulknaben, der sich Mühe gegeben hat, schön zu schreiben.

Ich konnte es nicht lassen, setzte mich nieder und schlug die Blätter auseinander. Ja, das war Winnetous Schrift, alle Buchstaben peinlich genau von der gleichen Länge und Lage, nicht wie geschrieben, sondern mit Hingebung einzeln gezeichnet und gemalt! Wo hatte er diese vielen Zeilen wohl verfaßt, und wie lange mochte er darüber zugebracht haben? Die Augen gingen mir über, sie füllten sich mit Tränen. Ich trocknete sie hastig und las:

„Mein lieber, guter Bruder!

Du lebst, und Winnetou, der Dich liebt, ist tot. Doch seine Seele weilt bei Dir. Du hältst sie in Deiner Hand, denn sie spricht aus diesen Blättern zu Dir. Laß sie auf Deinem Herzen ruhen!

Du sollst den letzten Wunsch Deines roten Bruders erfahren und viele Worte von ihm lesen, die Du nie vergessen wirst. Zunächst aber wird er Dir sagen, was am nötigsten ist. Du wirst sehr viel Gold sehen und damit tun, was mein Geist Dir jetzt sagt. Es lag im Nugget Tsil verborgen, doch Santer, der Mörder, trachtete danach. Deshalb hat Winnetou es fortgeschafft zum Deklil-to[1], wo Du einst mit ihm gewesen bist. Erfahre die Stelle, wo es sich befindet! Du reitest den Indeltsche-tschil[2] empor bis zu dem Tse-schosch[3] am fallenden Wasser. Dort steigst Du vom Pferd und kletterst — — "

Bis hierher hatte ich gelesen, als ich eine Stimme hinter mir hörte:

„Good day", Mr. Shatterhand! Ihr versucht Euch wohl im Buchstabieren?"

Ich drehte mich um und sah, daß ich vorhin die größte Dummheit und Nachlässigkeit meines Lebens begangen hatte. Zehn Schritte hinter mir hatte ich die Turkeyhennen und auch die Gewehre hingelegt. Ich saß mit der rechten Seite an das Grabmal gelehnt, also mit dem Rücken zum Weg, der aus dem Tal herauführte. An dieser unverzeihlichen Unachtsamkeit war der Eifer um den letzten Willen Winnetous schuld. So hatte ich nicht sehen können, daß sich der, der jetzt zu mir sprach, hinter mir zu den Gewehren geschlichen hatte, die mir nun nicht erreichbar waren, denn er stand dort und hatte seine eigene Büchse auf mich angelegt. Mit einem Ruck fuhr ich auf, denn der Mann war kein anderer als — Santer!

Im nächsten Augenblick hatte ich beide Hände am — ja wo? Am Gürtel, um die Revolver zu ziehen? Das wollte ich, aber als ich vorhin auf der Erde kniete, um das Loch zu graben, hatte mich der Gür-

[1] Dunkles Wasser   [2] Fichtenwald   [3] Fels des Bären

tel mit den Gegenständen, die darin steckten, gehindert und gedrückt, und ich war im Gefühl der vermeintlichen Sicherheit so unvorsichtig gewesen, ihn abzuschnallen. Nun lag er da drüben am Boden und bei ihm auch das Messer. Ich war also augenblicklich ohne Waffe, Santer sah die nutzlose Bewegung meiner Hände, lachte höhnisch auf und drohte: „Keinen Schritt von der Stelle und keinen Griff zu den Waffen, sonst schieße ich augenblicklich! Es ist mein blutiger Ernst!"

Santers Augen flackerten mich dabei in einer Weise an, die mir sagte, daß ich gegebenenfalls wirklich eine Kugel aus dem auf mich gerichteten Lauf bekommen würde. Sein plötzliches Erscheinen hatte mich gänzlich überrascht, nun aber war ich wieder gefaßt. Ich stand unbeweglich und blickte ihm kaltblütig ins Gesicht.

„Jetzt endlich seid Ihr mein!" fuhr er fort. „Seht Ihr hier meinen Finger am Drücker? Eine leise Berührung, und ich blase Euch eine Kugel ins Gehirn, verlaßt Euch darauf! Regt also kein Glied, sonst schicke ich Euch zum Teufel! Mit Euch muß man sich vorsehen. Habt mich wohl nicht erwartet, he?"

„Noch nicht", entgegnete ich ruhig.

„Ja, habt ausgerechnet, daß ich erst morgen abend kommen könnte. Diese Berechnung war aber falsch."

Das wußte der Schurke, hatte also bereits mit meinen Gefährten gesprochen. Wo waren sie? Daß sie sich mit hier befanden, hätte mich beruhigt, wenn ich nicht schon ruhig gewesen wäre. Sie mochten sein, wer, was und wie sie wollten, Mörder waren sie nicht, und ich hatte also deshalb nicht zu befürchten, in ihrer Gegenwart von Santer umgebracht zu werden, wenn ich ihn nur jetzt nicht reizte. Ich behielt also meine unbewegliche Haltung bei, während er mit dem Ausdruck unversöhnlichen Hasses weitersprach.

„Ich wollte zum Salt Fork des Red River, um Tangua zu sagen, daß der Apatsche, der Hund, endlich verendet ist, traf aber zufällig auf eine Schar Kiowas und bin deshalb eher da. Unten stieß ich auf Payne und hörte von ihm, daß er einen Mr. Jones mitgebracht habe. Ich erfuhr, daß dieser Jones zwei Gewehre hätte, ein großes und ein kleines. Das erregte meinen Verdacht. So ließ ich mir den Mann genau beschreiben und wußte nun, woran ich war. Er hatte sich zwar dumm gestellt, trug auch nur einen gewöhnlichen blauen Leinenanzug, konnte aber doch kein anderer als Old Shatterhand sein. So stieg ich herauf, um mich zu verstecken und ihn bei der Rückkehr von der Jagd festzunehmen, doch er war schon da. Ihr grubt ein Loch, und wir sahen Euch zu. Sagt doch, was für ein Papier Ihr da in Eurer Hand haltet!" — „Eine Schneiderrechnung."

„Hört, glaubt ja nicht, Spaß mit mir machen zu dürfen! Was ist's?"

„Eine Schneiderrechnung. Kommt her, und seht sie Euch an!"

„Werde mich hüten. Muß Euch erst fester haben. Was treibt Ihr überhaupt jetzt hier an den Mugwort Hills, die der Apatsche Nugget Tsil nannte?" — „Schatzgräberei."

„Ah, dachte es mir!"

„Finde aber nur Schneiderrechnungen."

„Werde sie genau betrachten. Euch hat der Teufel ja überall, wohin Ihr nicht gehört. Dieses Mal hat er es endlich einmal gescheit angefangen. Mit Euch ist's aus!"

„Oder mit Euch, denn einer von uns beiden muß dran glauben, das ist gewiß."

„Frecher Köter!" zischte er. „Wahrhaftig, dieser Hund knurrt sogar noch im Sterben! Aber das ohnmächtige Zähnefletschen rettet Euch nicht. Ich wiederhole: es ist aus mit Euch! Und die goldenen Knochen, die Ihr hier ausscharren wolltet, nehmen wir für uns!"

„Nehmt sie immerhin und beißt Euch daran die Zähne aus!"

„Höhnt nicht! Ihr habt zwar gesagt, daß von dem vielen Gold nichts mehr da sei, aber das Papier in Eurer Hand wird uns wohl Auskunft geben." — „So holt's Euch doch!"

„Ja, ich bekomme es, das werde ich Euch gleich beweisen. Merkt nur auf, was ich Euch sage! Bei der geringsten unerlaubten Bewegung und bei der geringsten Weigerung, mir zu gehorchen, drücke ich los. Bei einem anderen würde ich vielleicht nur drohen. Ihr aber seid ein so gefährlicher Halunke, daß ich unbedingt Ernst machen muß."

„Das weiß ich selber gar wohl."

„Schön, daß Ihr das zugebt. Also kommt her, und fesselt ihn!"

Diese Worte waren zur Seite hin gesprochen. Dort hatten Payne, Clay und Summer hinter den Bäumen gesteckt. Sie traten jetzt hervor und kamen langsam auf mich zu. Payne versuchte sich zu entschuldigen, während er einen Riemen aus der Tasche zog.

„Sir, wir haben zu unserem Erstaunen gehört, daß Ihr Old Shatterhand seid. Warum habt Ihr uns belogen? Ihr wolltet uns betrügen, und nun müssen wir Euch binden. Leistet ja keinen Widerstand! Er würde Euch nichts helfen, denn Mr. Santer schießt sofort, darauf könnt Ihr Euch verlassen!"

„Keine unnützen Redereien!" rief Santer. Und mir befahl er: „Laßt das Papier fallen, und gebt ihm die Hände hin!"

Er war überzeugt, mich ganz sicher zu haben, ich aber wußte jetzt, daß ich nicht ihm, sondern er mir gehören würde. Es galt nur, die Lage rasch und kräftig auszunutzen.

„Nun, wird's schnell, sonst schieße ich!" drohte mir Santer. „Fort mit dem Papier!" — Ich ließ es fallen.

„Her mit den Händen!" gebot er weiter.

Scheinbar gehorsam hielt ich Payne die Hände hin, doch so, daß er, als er sie zusammenbinden wollte, zwischen mich und Santer zu stehen kam.

„Weg dort, weg! Ihr steht ja meinem Gewehr im Weg!" rief Santer ihm zu. „Wenn ich schieße —"

Er kam nicht weiter, denn er wurde auf eine sehr unzarte Weise unterbrochen. Anstatt mich binden zu lassen, faßte ich Payne beim Leib, hob ihn hoch und schleuderte ihn auf Santer, der zwar zur Seite springen wollte, doch zu spät. Er wurde niedergerissen, und das Gewehr wurde ihm aus der Hand geschleudert. Im Nu war ich dort und kniete auf ihm. Ein Fausthieb betäubte ihn für kurze Zeit. Dann erhob ich mich ebenso schnell und donnerte Santers Kumpane an:

„Da der Beweis, daß ich wirklich Old Shatterhand bin! Ihr habt Euch an mir vergreifen wollen. Augenblicklich fort mit Euren Waffen, sonst schieße ich! Laßt sie fallen. Auch bei mir ist es Ernst!"

Ich hatte Santer einen Revolver aus dem Gürtel gerissen und richtete ihn auf die drei ‚wirklichen Westmänner', die auch sofort gehorchten. — „Setzt Euch nieder, dort am Grab der Häuptlingstochter — schnell, schnell!"

Sie gingen und setzten sich. Ich hatte ihnen gerade diesen Platz angewiesen, weil ihnen da keine Waffe nahelag.

„Nun bleibt ruhig sitzen!" fuhr ich fort. „Es soll Euch nichts geschehen, denn Ihr seid getäuscht worden. Aber ein Fluchtversuch
oder eine Gegenwehr kostet Euch augenblicklich das Leben!"

„Das ist ja schrecklich, ganz entsetzlich!" klagte Payne, indem er
sich die Glieder rieb. „Das war gerade, als flöge ein Ball durch die
Luft. Ich glaube, ich habe verschiedenes gebrochen!"

„Ist Eure eigene Schuld. Sorgt dafür, daß es nicht noch schlimmer
kommt! Woher hattet Ihr den Riemen?" — „Von Mr. Santer."

„Habt Ihr noch mehr?" — „Yes." — „Gebt sie her!"

Payne zog sie aus der Tasche und reichte sie mir. Ich band Santer
damit die Füße zusammen und die Hände auf den Rücken.

„So, der liegt gut", lachte ich grimmig. „Soll ich Euch etwa auch
fesseln?"

„Danke, Sir!" antwortete Payne. „Habe vollständig genug. Werde
mich hier ganz ruhig verhalten, solange es Euch gefällt."

„Daran tut Ihr sehr wohl, denn wie Ihr seht, verstehe ich keinen
Spaß."

„Danke überhaupt für Euren Spaß! Und da hat man Euch für einen
Fallensteller gehalten!"

„Dieser Irrtum war nicht Euer größter, denn zu einem tüchtigen
Trapper gehört viel mehr, als Ihr zu ahnen scheint. Wie steht es denn
mit Eurer Jagd? Habt Ihr etwas geschossen?" — „Nicht die Bohne!"

„Da seht Euch die zwei Hennen an! Die habe ich gebracht. Wenn
Ihr Euch anständig betragt, könnt Ihr sie nachher braten und mit-
essen. Hoffentlich werdet Ihr bald einsehen, daß Ihr diesen Santer
völlig falsch eingeschätzt habt. Es gibt keinen größeren Schuft unter
der Sonne als ihn. Ihr werdet es gleich hören, denn ich sehe, daß
er erwacht."

Santer bewegte sich, er kam zu sich und schlug die Augen auf. Er
sah, daß ich vor ihm stand und meinen Gürtel umschnallte. Er sah
auch seine drei Gefährten, die waffenlos am Grabmal der Indianerin
saßen und rief erschrocken:

„Was ist das? Ich — ich — bin gefesselt!"

„Ja. Ihr seid gefesselt", nickte ich. „Die Lage ist auf ganz einfache
Weise eine andere geworden. Ich hoffe, daß Ihr nichts dagegen habt."

„Hund!" knirschte er wütend.

„Still! Verschlimmert Euer Schicksal nicht!"

„Hol dich der Teufel, Schuft!"

Dann sah er forschend zu seinen Kameraden hinüber und rief ihnen
zu: „Habt Ihr etwa geplaudert?"

„Nein", versicherte Payne.

„Das wollte ich Euch auch nicht geraten haben!"

„Was ist's? Was sollen sie nicht plaudern?" forschte ich durch
Santers Worte aufmerksam geworden. — „Nichts!"

„Oho! Heraus mit der Sprache, sonst öffne ich Euch den Mund!
Also?"

„Es ist wegen des Goldes", erwiderte er scheinbar gezwungen.

„Wieso wegen des Goldes?"

„Wegen des vermutlichen Verstecks. Ich habe Ihnen das vorhin
gesagt und dachte, sie hätten es ausgeplaudert."

„Ist das wahr?" fragte ich Payne. — „Ja", war seine Antwort.

„Santer meint wirklich nichts anderes?" — „Nein."

„Seid aufrichtig! Ich mache Euch darauf aufmerksam, daß Ihr durch eine etwaige Unwahrheit oder Hinterlist nicht mich, sondern Euch selbst in Schaden bringt."

Payne zögerte einige Augenblicke und versicherte dann: „Ihr könnt es mir glauben, Sir. Es ist keine Lüge. Mr. Santer meinte nur das Gold."

„Ich glaub' es trotzdem nicht. Eure Biederkeit ist nicht echt, und im Gesicht lauert die Hinterlist. Ihr werdet aber dadurch nichts erreichen. Ich fordere Euch nochmals auf, mir die Wahrheit zu sagen, Mr. Payne. Hat Santer mit Euch von den Kiowas gesprochen, als er Euch unten im Tal traf?" — „Ja." — „War er allein?" — „Ja."

„Hat er die Roten tatsächlich getroffen?" — „Ja."

„Und ist infolgedessen nicht am Salt Fork gewesen?"

„Er war nicht dort."

„War es eine bedeutende Schar, der er begegnete?"

„Sechzig Krieger."

„Wer führte sie an?" — „Pida, der Sohn des Häuptlings Tangua."

„Wo sind sie jetzt?" — „Heim in ihr Dorf."

„Ist das auch wirklich wahr?" — „Es ist so, wie ich sage, Sir!"

„Ganz wie Ihr wollt, Mr. Payne. Des Menschen Wille ist sein Himmelreich, oft aber auch seine Hölle. Wenn Ihr mich anlügt, werdet Ihr es später bestimmt bereuen. Was das Gold betrifft, so ist Euer Ritt hierher vergeblich gewesen. Ihr findet nichts, denn es ist nichts mehr da."

Ich hob das Testament Winnetous auf, das noch auf der Erde lag, legte es in die beiden Lederumschläge und steckte es ein.

„Es scheint, Mr. Santer weiß das doch besser als Ihr", widersprach Payne. — „Er weiß gar nichts", erklärte ich kurz.

„Wißt Ihr denn, wo das Gold liegt?" — „Vielleicht."

„So sagt es uns!" — „Das ist mir verboten."

„Da habt Ihr es, Sir!" fuhr Payne verdrossen auf. „Ihr seid nicht auf unseren Nutzen bedacht. Ihr seid kein selbstloser Kamerad."

„Das Gold gehört Euch nicht."

„Es könnte uns aber gehören, denn Mr. Santer will es mit uns ausfindig machen und mit uns teilen."

„Er, der jetzt mein Gefangener ist?"

„Was könntet Ihr ihm tun? Mr. Santer wird seine Freiheit wiedererlangen."

„Schwerlich. Er wird vielmehr seine Taten mit dem Leben bezahlen müssen."

Da ließ Santer ein höhnisches Gelächter hören. Deshalb wandte ich mich zu ihm.

„Es wird Euch später nicht so sehr zum Lachen sein wie jetzt. Was werde ich Eurer Meinung nach wohl jetzt mit Euch tun?"

„Nichts", grinste er mich an.

„Wer hindert mich, Euch eine Kugel in den Kopf zu jagen?"

„Ihr selbst. Man weiß ja, daß sich Old Shatterhand fürchtet, einen Menschen zu töten."

„Ich bin allerdings nicht der Mann, der leichthin einen Menschen tötet. Aber Ihr habt den Tod vielfach verdient. Noch vor wenigen Wochen hätte ich Euch unbedingt erschossen, falls ich auf Euch getroffen wäre. Doch Winnetou ist tot, ist als Christ gestorben. Mit ihm soll auch die Rache begraben sein."

„Führt keine solchen schönen Reden! Old Shatterhand wagt keinen Mord. Ihr könnt nicht, wie Ihr wollt, das ist's!"

Das war eine Unverschämtheit. Ich konnte sie nur mit seiner Verstocktheit erklären, denn ich wußte nicht, was er wußte. Deshalb sagte ich gelassen:

„Lästert mich immerhin! Ein Mensch Eures Schlages kann mich nicht in Zorn bringen. Ich habe allerdings gesagt, daß die Rache mit Winnetou begraben sein soll, aber zwischen Rache und Strafe ist ein Unterschied. Das Christentum kennt zwar keine Rache, doch es verlangt die Bestrafung jeder Schuld. Auf jedes Verbrechen muß die Sühne folgen. Ich werde mich also nicht an Euch rächen, aber Eurer Strafe dürft Ihr dennoch nicht entgehen."

„Pshaw! Nennt es Strafe oder Rache, es ist ganz das gleiche! Lächerlich! Ihr wollt Euch nicht rächen, aber Ihr wollt mich bestrafen, wahrscheinlich mich ermorden. Mord ist Mord. Brüstet Euch doch nicht mit Eurem Christentum!"

Ich ließ mich auch jetzt nicht aus der Ruhe bringen, sondern blieb sachlich. „Ihr irrt. Es fällt mir nicht ein, mich an Eurem Leben zu vergreifen. Ich werde Euch in das nächste Fort schaffen und dort dem Richter übergeben." — „Ah, das ist Eure Absicht?" — „Gewiß."

„Wie wollt Ihr das denn anfangen, Sir?" — „Das ist meine Sache!"

„Wohl auch die meinige, denn ich denke, daß ich auch dabei sein muß. Wahrscheinlich wird es umgekehrt, nämlich so, daß ich Euch fortschaffe. Und weil ich kein so frommer Christ bin, wie Ihr seid, wird es mir dann nicht einfallen, auf meine Rache zu verzichten. Sie ist überhaupt schon da, schon da! Seht, wie sie kommt!"

Santer schrie diese Worte frohlockend, und sein Jubel war nicht unbegründet, denn er wurde noch übertönt von einem Geheul, das in diesem Augenblick rings um uns erscholl, und zu gleicher Zeit tauchten rechts und links, vorn und hinten zahlreiche rote, mit den Kriegsfarben der Kiowas bemalte Gestalten auf, die schlangengleich herbeigeschnellt kamen und mich in ihre Mitte nahmen.

Ich war von Payne belogen worden. Santer hatte die Kiowas zum Nugget Tsil mitgebracht. Sie hatten sich, als sie von ihm die Nachricht vom Tod Winnetous vernahmen, sofort entschlossen, die Feier dieses willkommenen Ereignisses da vorzunehmen, wo sein Vater und seine Schwester begraben lagen. Das war so recht indianisch und paßte genau zur Denkweise des Mörders, dem dann auch noch die Freude widerfahren sollte, mich, den Freund Winnetous, hier in den Mugwort Hills in seine Hand zu bekommen.

Der Überfall brachte mich, so plötzlich er auch kam, keineswegs aus der Fassung. Im ersten Augenblick war ich entschlossen, mich zu verteidigen, und zog die Revolver; aber als ich mich von sechzig Kriegern eingeschlossen sah, steckte ich die Waffen wieder in den Gürtel. Flucht war unmöglich und Widerstand vergeblich. Er konnte meine Lage höchstens verschlimmern. Nur daß ich die Gegner, die mir am nächsten standen und ihre Hände zu mir ausstreckten, zurückstieß und mit lauter Stimme erklärte:

„Old Shatterhand gibt sich den Kriegern der Kiowas gefangen. Ist ihr junger Häuptling Pida da? Ihm, aber auch nur ihm, werde ich mich freiwillig ausliefern."

Die Roten ließen von mir ab und sahen sich nach Pida um, der an dem Überfall nicht teilgenommen hatte und abwartend unter den nächsten Bäumen stand.

„Freiwillig?" höhnte Santer, den seine Helfer inzwischen befreit hatten. „Dieser Kerl, der sich so hochtönend Old Shatterhand nennen läßt, redet noch von freiem Willen! Lächerlich! Er muß sich ergeben, sonst wird er niedergeschlagen. Immer drauf!"

Er hütete sich aber sehr, mich selber anzugreifen. Die Kiowas dagegen gehorchten seinem Ruf und drangen wieder auf mich ein, doch nicht mit den Waffen, sondern mit den Händen, denn sie wollten mich lebendig in ihre Gewalt bekommen. Ich wehrte mich nach Kräften gegen sie und schlug mehrere nieder, hätte jedoch der großen Übermacht auf die Dauer nicht standhalten können und wäre zu Boden gerissen worden, wenn Pida nicht befohlen hätte:

„Halt, laßt von Old Shatterhand ab! Er will sich mir ergeben."

Sie wichen von mir zurück. Da rief Santer zornig:

„Warum soll er geschont werden? Er mag so viele Hiebe und Stöße bekommen, wie Arme und Fäuste da sind. Immer drauf! Ich befehle es!"

Sogleich trat der junge Häuptling auf ihn zu. „Du willst hier befehlen? Weißt du nicht, wer der Anführer dieser Krieger ist?"

„Du bist es."

„Und was bist du?"

„Der Freund der Kiowas, dessen Wille doch hoffentlich etwas gilt!"

„Ein Freund? Wer hat dir das gesagt?"

„Dein Vater."

„Das ist nicht wahr. Tangua, der Häuptling der Kiowas, hat gegen dich nie das Wort Freund gebraucht. Du bist weiter nichts als ein Bleichgesicht, das bei uns geduldet wird."

Gern hätte ich die kurze Zeit dieses Wortwechsels dazu benutzt, mich plötzlich durchzuschlagen und zu entspringen. Es wäre mir vielleicht auch gelungen, denn die Roten richteten ihre Aufmerksamkeit mehr auf Santer und Pida als auf mich, aber ich hätte dabei meine Gewehre zurücklassen müssen, und das wollte ich nicht. Nun kam Pida auf mich zu und sagte:

„Old Shatterhand will mein Gefangener sein. Wird er freiwillig alles ausliefern, was er bei sich hat?"

„Ja", erwiderte ich.

„Und sich binden lassen?"

„Ja."

„So gib mir deine Waffen!"

Es war mir im stillen eine Genugtuung, daß mich Pida so fragte, denn das war ein Zeichen, daß er mich als Gegner richtig einschätzte. Ich gab ihm die Revolver und das Messer. Santer nahm den Henrystutzen und den Bärentöter an sich. Pida sah es und fragte ihn:

„Mit welchem Recht vergreifst du dich an diesen Gewehren? Leg sie wieder hin!"

„Kann mir nicht einfallen! Sie sind mein."

„Sie sind das Eigentum Old Shatterhands gewesen, der sich mir ergeben hat. Also sind sie mit ihm mein Eigentum geworden!"

„Und wem hast du es zu verdanken, daß du ihn gefangen hast? Nur mir. Er befand sich schon in meiner Gewalt. Er gehört mir und mit ihm alles, was er besitzt. Ich verzichte weder auf ihn noch auf den berühmten Henrystutzen."

Da erhob Pida drohend die Hand und befahl noch einmal:

„Leg sie wieder hin, augenblicklich!"

„Nein!"

„Nehmt sie ihm!" gebot der junge Häuptling seinen Leuten.

„Wollt Ihr Euch etwa an mir vergreifen?" trumpfte Santer auf, indem er die Haltung eines Mannes annahm, der sich verteidigen will.

„Nehmt sie ihm!" wiederholte Pida.

Als Santer sah, wie viele Hände sich gegen ihn ausstreckten, warf er die Waffen weg und erklärte:

„Da sind sie! Da habt ihr sie, doch nicht für immer! Ich werde mich bei Tangua beschweren."

„Tu das!" entgegnete Pida mit hörbarer Verachtung.

Die beiden Gewehre wurden ihm gebracht, und ich mußte meine Hände hinhalten, um sie mir wieder zusammenbinden zu lassen. Während das geschah, kam Santer näher herbei und erklärte:

„So behaltet in Teufels Namen die Gewehre, aber alles andere, was in seinen Taschen steckt, ist mein, besonders was er hier —!"

Dabei streckte er die Hand zur Tasche aus, in die ich den letzten Willen Winnetous gesteckt hatte.

„Zurück!" herrschte ich ihn an.

Santer fuhr bei meinem Ton erschrocken zurück, faßte sich aber schnell und grinste mir höhnisch zu.

„*Hang it all,* ist das eine Dreistigkeit von dem Burschen! Ist gefangen und weiß, daß er auf dem letzten Loch pfeift, und fährt mich doch an wie ein Kettenhund! Das hilft Euch aber nichts. Ich will wissen, was Ihr da ausgegraben und vorhin gelesen habt."

„Versuche, es mir zu nehmen!"

„Das werde ich freilich tun. Ich gebe gern zu, daß es Euch bitter kränken muß, wenn ich diesen Schatz in meine Hand bekomme, aber Ihr werdet Euch darein schicken."

Er trat wieder näher und langte mit beiden Händen gegen mich. Noch war ich nicht völlig gebunden, der Riemen war mir erst um ein Handgelenk geknotet worden und sollte nun auch um das andere geschlungen werden. Ich machte mit einem schnellen kräftigen Ruck die Hände frei, nahm mit der Linken Santer bei der Brust und schlug ihm die rechte Faust an den Kopf, daß er zusammenbrach und regungslos nun ein Klotz liegenblieb.

„Uff, uff, uff!" riefen die Roten ringsum.

„Nun, bindet mich wieder!" forderte ich die Kiowas auf, indem ich ihnen die Hände hinhielt.

„Old Shatterhand führt seinen Namen mit Recht", lobte mich Pida. „Was will dieser Santer von dir?"

„Ein sprechendes Papier", entgegnete ich. Was es eigentlich war, durfte ich nicht sagen. — „Santer sprach von einem Schatz!"

„*Pshaw!* Er weiß selbst noch nicht, was auf dem Papier steht. Wessen Gefangener bin ich denn übrigens, der deinige oder der seinige?" — „Du bist mein."

„Warum duldest du da, daß sich Santer an mir vergreift, um mich zu berauben?"

„Die roten Krieger wollen nur deine Waffen haben. Alles andere können sie nicht brauchen."

„Ist das ein Grund, es diesem Menschen zu geben? Ist ein Gefangener Pidas so schutzlos, daß ihm jeder Lump die Taschen leeren darf? Ich habe mich dir ergeben und dich dadurch als Krieger und Häuptling geehrt. Willst du nun vergessen, daß ich ein Mann bin, von dem sich dieser Santer nur Fußtritte holen kann?"

Der Indianer ehrt den Mut und den Stolz selbst an seinem ärgsten Feind. Ich war bei den Roten nicht als Memme bekannt und hatte Pida damals, als ich ihn aus seinem Dorf entführte, um Sam Hawkens zu retten, schonungsvoll behandelt[1]. Darauf baute ich, und es zeigte sich sogleich, daß ich mich in Pida nicht getäuscht hatte. Sein Blick glitt gar nicht feindlich an mir nieder.

„Old Shatterhand ist der tapferste unter allen weißen Jägern. Der aber, den du niedergeschlagen hast, besitzt zwei Zungen, von denen jede anders redet, und zwei Gesichter, die bald so und bald so aussehen; er soll nicht in deine Taschen greifen dürfen."

„Ich danke dir. Du bist wert, ein Häuptling zu sein, und wirst dereinst zu den berühmtesten Männern der Kiowas gehören. Ein edler Krieger tötet den Feind, aber er erniedrigt ihn nicht."

Ich sah, wie stolz ihn diese Worte machten, und es klang beinahe bedauernd, als er sagte:

„Ja, er tötet den Feind. Old Shatterhand wird sterben müssen, und nicht nur sterben, er wird unerbittlich gemartert werden."

„Martert mich und tötet mich, Ihr werdet keine Klage aus meinem Munde hören! Aber diesen Kerl haltet fern von mir!"

Als mir die Hände zusammengebunden waren, mußte ich mich niederlegen, worauf man mir auch um die Fußgelenke einen Riemen schlang. Unterdessen erholte sich Santer von seiner Betäubung. Er stand auf, kam zu mir heran, versetzte mir einen Fußtritt und schrie dabei: „Du hast mich geschlagen, Hund! Das sollst du büßen! Ich erwürge dich!"

Er bückte sich nieder, um mit beiden Händen meinen Hals zu ergreifen.

„Halt, rühre ihn nicht an!" rief Pida ihm zu. „Ich verbiete es dir!"

„Du hast mir nichts zu verbieten! Dieser Halunke ist mein Todfeind und hat es gewagt, mich zu schlagen. Dafür soll er jetzt erfahren, wie —"

Santer konnte den Satz nicht vollenden, denn ich zog plötzlich die Knie an den Leib und gab ihm, der einen solchen Angriff nicht erwartet hatte, mit den Füßen einen so gewaltigen Stoß, daß er weit fortgeschleudert wurde und, sich nach hinten überschlagend, wieder zu Boden stürzte. Jetzt brüllte er vor Grimm wie ein wildes Tier. Er wollte schnell aufspringen, um sich von neuem auf mich zu werfen, brachte es aber nicht fertig. Seine Glieder schmerzten ihn. Santer kam nur langsam auf, verzichtete jedoch noch immer nicht auf die augenblickliche Rache, sondern zog seinen Revolver, richtete ihn auf mich und schrie:

„Deine letzte Stunde ist gekommen, du Schurke! Fahr zur Hölle, wohin du gehörst!"

Ein Indianer, der neben ihm stand, faßte ihn bei der Hand. Deshalb ging, als er doch abdrückte, die Kugel fehl.

„Was hinderst du mich?" fuhr Santer den Roten an. „Ich kann tun, was ich will, und dieser Schuft, der mich erst geschlagen und dann getreten hat, muß sterben."

„Nein, du darfst nicht tun, was du willst", erklärte Pida, indem er hinzutrat und Santer warnend die Hand auf den Arm legte. „Old Shatterhand gehört mir, und niemand sonst darf ihn berühren. Sein Leben ist mein Eigentum, und kein anderer darf es ihm nehmen."

[1] „Winnetou I", Kap. 22

„Aber ich habe eine Rache gegen ihn, der er schon längst verfallen ist", beharrte Santer.

„Das geht Pida nichts an. Du hast meinem Vater, dem obersten Häuptling, einige Dienste erwiesen, wofür er dir erlaubt, gelegentlich bei uns zu sein. Das ist aber auch alles. Nimm dir nicht zuviel heraus! Ich sage dir: Wenn du dich an Old Shatterhand vergreifst, stirbst du von meiner eigenen Hand!"

„Was soll denn eigentlich mit ihm geschehen?" fragte Santer eingeschüchtert.

„Darüber werden wir beraten."

„Was gibt es da erst zu beraten? Was ihr zu tun habt, ist doch klar!"

„Was?"

„Ihn töten."

„Das wird auch geschehen."

„Aber wann? Ihr seid hierhergekommen, um den Tod Winnetous, Eures ärgsten Feindes, zu feiern. Wie könnt Ihr das besser tun als dadurch, daß Ihr gerade hier an dieser Stelle Old Shatterhand zu Tode quält, der sein bester Freund war."

„Das dürfen wir nicht."

„Weshalb nicht?"

„Weil wir ihn in unser Dorf schaffen müssen."

„In Euer Dorf? Wozu das?"

„Um ihn Tangua, meinem Vater, zu bringen. Old Shatterhand hat ihm einst beide Knie zerschmettert und gehört also ihm. Tangua hat zu bestimmen, auf welche Weise er sterben soll."

„Unsinn! Ihn erst in Euer Dorf schaffen! Das ist eine Dummheit, wie es gar keine größere geben kann!"

„Schweig! Pida, der junge Häuptling der Kiowas, begeht keine Dummheiten!"

„Es ist doch eine! Hast du denn nicht erfahren, wie oft dieser Old Shatterhand schon gefangen war? Und stets hat er es durch seine List fertiggebracht, wieder zu entkommen. Wenn Ihr ihn nicht gleich tötet, sondern erst lange mit Euch herumschleppt, wird er bald wieder verschwunden sein."

„Er wird uns nicht entkommen. Wir werden ihn so behandeln, wie solch ein bewährter Krieger behandelt werden muß, aber dabei doch so wachsam sein, daß ihm die Flucht unmöglich ist."

„Hang it all! Ihn auch noch wie einen berühmten Mann behandeln! Wollt Ihr ihn nicht gar noch mit Blumengewinden umwickeln und seine Brust mit Orden behängen?"

„Pida weiß nicht, was Orden sind, aber das weiß er, daß wir gegen Old Shatterhand anders sein müssen, als wir gegen dich sein würden, wenn du unser Gefangener wärst."

„Gut, gut! Ich weiß nun, woran ich bin. Habe auch Rechte auf ihn, große Rechte sogar. Ich wollte euretwegen darauf verzichten, sein Leben sollte euch gehören. Nun aber denke ich anders. Er gehört mir ebensogut wie euch, und wenn ihr gedenkt, ihn als einen berühmten Mann zu behandeln, so werde wenigstens ich dafür sorgen, daß es ihm nicht allzu wohl geht. Euch mag er täuschen, euch würde er entfliehen. Ich aber werde darüber wachen, daß er den Lohn, den er an mir verdient hat, auch wirklich bekommt. Wenn ihr ihn in euer Dorf schafft, reite ich mit."

„Pida kann dir nicht verbieten, mit uns zu kommen, aber er wiederholt seine Rede: Wenn du dich an ihm vergreifst, erleidest du den
Tod durch Pidas eigene Hand! Und nun werden wir darüber beraten,
was geschehen soll."

„Das bedarf keiner Beratung, ich kann es euch jetzt gleich sagen."

„Santers Stimme wird nicht gebraucht. Er gehört nicht in die Versammlung unserer Männer."

Pida wendete sich ab und suchte die ältesten unter seinen Kriegern
aus. Mit ihnen setzte er sich zur Besprechung abseits nieder. Die anderen hockten sich um mich her und flüsterten sich so leise Bemerkungen zu, daß ich sie nicht verstand. Sie waren jedenfalls überaus
froh darüber und ebenso stolz darauf, Old Shatterhand gefangen zu
haben. Mich totzumartern, das war für sie eine große Ehre und
brachte ihnen einen Ruhm, um den sie sicher jeder andere Stamm be-
neidete.

Ich tat, als beachte ich sie gar nicht, prüfte aber heimlich jedes einzelne Gesicht und das, was darin geschrieben stand. Das war keine
erbitterte, leidenschaftliche und rücksichtslose Feindschaft. Damals,
als ich noch keinen Westmannsruhm besaß und ihren Häuptling so
schwer verwundete, ja zum Krüppel geschossen hatte, damals war
ihre Wut gegen mich grenzenlos. Seitdem aber waren Jahre vergangen, und die hochgradige Erbitterung von einst hatte sich gelegt. Ich
war ein namhafter Westmann geworden und hatte oft bewiesen, daß
ein roter Mensch für mich einen ebenso hohen Wert besaß wie ein
weißer. Höchstens war es Tangua, der Häuptling, der mich noch
ebenso grimmig haßte wie früher, eine ganz natürlich Folge seiner
Gebrechlichkeit, die er mir zu verdanken hatte. Denn daß er eigentlich selber daran schuld war, das gab er wohl nicht zu.

Daß ich Pida damals gefangengenommen und trotz der zwischen
uns herrschenden Feindschaft so schonend behandelt hatte, mußte für
mich in die Waagschale fallen. Ich war jetzt für die Kiowas wohl
mehr der vielbesprochene Old Shatterhand als der Weiße, den ihr
Häuptling gezwungen hatte, ihn in die Beine zu schießen. Das sah
ich den Blicken an, die sie auf mich warfen und die ich beinahe
achtungsvoll nennen möchte. Das durfte mich aber nicht verführen, in
bezug auf meine gegenwärtige Lage irgendwelche Hoffnungen zu
hegen. Sie mochten mich achten, so sehr sie wollten, deshalb hatte ich
von ihnen noch lange keine Gnade zu erwarten. Ja, einen anderen
hätten sie vielleicht freigelassen, aber nicht mich, dessen Gefangennahme und Tod ihnen den Neid aller anderen roten Stämme einbringen
mußte. In ihren Augen war ich dem unvermeidlichen Tod am Marterpfahl verfallen, und wie ein Weißer in höchster Spannung im Theater
sitzt, wenn das Werk eines großen Dichters oder Komponisten zum
erstenmal gegeben wird, genauso begierig waren sie schon jetzt darauf, zu sehen, wie sich Old Shatterhand bei den Qualen verhalten
würde, denen er entgegenging.

Obwohl ich mir das sagte, hatte ich nicht die geringste Angst, ja
nicht einmal Sorge um mich. Welchen Gefahren war ich nicht schon
glücklich entronnen! Es war mir auch jetzt gar nicht so zumute, als
müßte ich mich nun gänzlich aufgeben. Der Mensch soll bis zum
letzten Augenblick hoffen, aber freilich auch all das Seine dazu bei-
tragen, daß diese Hoffnung in Erfüllung geht. Wer das nicht tut, ist
allerdings verloren.

Santer hatte sich zu meinen bisherigen drei Gefährten gesetzt und sprach leise und angelegentlich auf sie ein. Ich ahnte, was der Gegenstand seiner Rede war. Auch sie hatten oft von Old Shatterhand gehört, sie wußten, daß dieser Mann kein Lump, kein Schurke war, und so konnte Santers Verhalten gegen mich unmöglich einen guten Eindruck auf sie hervorgebracht haben. Dazu kamen wahrscheinlich die stillen Vorwürfe, die sie sich machten. Sie hatten mich auf seine Veranlassung hin belogen, hatten mir verschwiegen, daß die Indianer in der Nähe waren. Sie trugen also eigentlich die Schuld an meiner Gefangennahme, und das beunruhigte sie vermutlich, denn sie waren keine ganz schlechten Menschen. Nun gab sich Santer Mühe, ihnen die Angelegenheit so darzustellen, daß sie sich keine Vorwürfe zu machen brauchten.

Die Beratung der Kiowas dauerte nicht lange. Die Roten, die daran teilgenommen hatten, erhoben sich von ihren Plätzen und Pida verkündete seinen Leuten:

„Die Krieger der Kiowas werden nicht hierbleiben, sondern in ihr Dorf aufbrechen, sobald sie gegessen haben. Sie mögen sich fertigmachen, in Kürze von hier fortzureiten!"

Ich hatte so etwas erwartet, nicht aber Santer. Er sprang überrascht auf, näherte sich Pida und fragte:

„Fort wollt Ihr? Es war aber doch bestimmt, daß wir hier einige Tage verweilen würden!"

„Es ist oft etwas bestimmt, was später anders wird", entgegnete kurz der Häuptling.

„Ihr wolltet den Tod Winnetous feiern!"

„Das werden wir auch tun, nur heute noch nicht."

„Wann denn?"

„Das werden wir von Tangua erfahren."

„Aber welche Gründe könnt ihr denn haben, so plötzlich anderen Sinnes zu werden?"

„Pida ist dir keine Rechenschaft schuldig, doch er will es dir sagen, weil es dabei Old Shatterhand auch mit hört."

Und mehr zu mir als zu Santer gewendet, fuhr Pida fort:

„Als wir hierherkamen, um uns über den Tod Winnetous, des Häuptlings der Apatschen, zu freuen, ahnten wir nicht, daß uns sein Freund und Bruder Old Shatterhand in die Hände fallen sollte. Dieses wichtige Ereignis ist eingetreten und verdoppelt unsere Freude. Winnetou war unser Feind, aber doch ein roter Mann. Old Shatterhand ist auch unser Feind und dazu ein Bleichgesicht. Sein Tod muß in unseren Zelten noch größeren Jubel hervorbringen als der Winnetous, und die Söhne und Töchter der Kiowas werden das Ende ihrer berühmtesten Gegner zu gleicher Zeit feiern. Hier steht nur ein geringer Teil unserer Krieger, und ich bin nicht alt genug, um zu bestimmen, wie Old Shatterhand sterben soll. Dazu muß der ganze Stamm zusammenkommen, und Tangua, der größte und älteste Häuptling, muß seine Stimme erheben, um zu sagen, was erfolgen soll. Deshalb bleiben wir nicht hier, sondern beeilen uns heimzukommen, denn unsere Brüder und Schwestern können nicht früh genug hören, was geschehen ist."

„Aber es gibt doch keinen geeigneteren Ort, Old Shatterhand zu Tode zu martern, als den, wo wir uns jetzt befinden!"

„Das weiß Pida auch. Aber ist es denn schon fest bestimmt, daß er an einem anderen Ort sterben soll? Können wir nicht später hierher zurückkehren?"

„Das geht nicht, weil Tangua, der doch dann sicherlich dabei sein will, nicht reiten kann."

„So läßt er sich von zwei Pferden hertragen", erklärte Pida. „Im übrigen mag er bestimmen, was er will, auf alle Fälle wird Old Shatterhand hier begraben werden."

„Auch wenn er unten am Salt Fork sterben muß?"

„Auch dann."

„Er soll dann als Leiche hierhergeschafft werden?"

„Ja."

„Von wem?" — „Von mir."

„Unbegreiflich! Welchen Grund kann ein vernünftiger roter Krieger haben, um sich mit dem Aas eines toten weißen Hundes solche Mühe zu geben!"

„Ich will es dir sagen, damit du Pida, den jungen Häuptling der Kiowas, besser kennenlernst, als du ihn zu kennen scheinst, und damit Old Shatterhand erfährt, wie ich es ihm danke, daß er mich damals nicht getötet, sondern gegen ein Bleichgesicht ausgewechselt hat."

Und sich abermals mehr an mich als an Santer wendend, erklärte er:

„Old Shatterhand ist zwar unser Feind, aber ein edler Krieger. Er konnte Tangua einst unten am Rio Pecos erschießen, hat es jedoch nicht getan, sondern ihn nur gelähmt. Und so hat er stets gehandelt. Alle roten Männer wissen das und müssen ihn deshalb ehren. Sein Tod ist unvermeidlich, aber er soll wie ein großer Held sterben, indem er uns beweist, daß ihm Martern, die noch kein Mensch erduldet hat, keinen Laut des Schmerzes zu entlocken vermögen. Und dann, wenn er gestorben ist, soll sein Leib nicht im Fluß von den Fischen gefressen oder auf der Prärie von den Wölfen und Geiern zerrissen werden. Ein bewährter Häuptling wie er ist, muß ein Grab erhalten zu unserer eigenen Ehre, die wir ihn besiegten. Und wo soll dieses Grabmal stehen? Pida hat gehört, daß Nscho-tschi, die schöne Tochter der Apatschen, ihm einst ihre Seele schenkte. Deshalb soll seine Leiche neben der ihrigen ruhen, damit sich sein Geist in den Ewigen Jagdgründen mit dem ihrigen vereinigen kann. Das ist der Dank, den Pida dem Gegner bringt, der ihm einst das Leben schenkte. Meine roten Brüder haben meine Worte vernommen. Sind sie mit mir einverstanden?"

Er sah sich fragend im Kreis der Seinigen um.

„Howgh, howgh, howgh!" erscholl es zustimmend aus aller Mund. Wahrlich, dieser junge Kiowa war ein ungewöhnlicher und, für seine Verhältnisse, ein edler Mensch! Daß er so bestimmt von meinem Martertod sprach, berührte mich jetzt nicht, aber daß dieser Tod so fürchterlich, also für mich so ruhmvoll sein sollte, dafür mußte ich ihm dankbar sein, und daß er mich neben Intschu tschuna und Nscho-tschi begraben wollte, das war ein Zug von Zartgefühl, wie man es bei einem Roten gar nicht zu finden glaubt. Während seine Krieger ihr beistimmendes Howgh hören ließen, lachte Santer laut auf und rief mir zu:

„Kerl, da muß man Euch ja beglückwünschen! In den Ewigen Jagdgründen mit einer hübschen Indianerin Hochzeit machen, wer es doch auch so gut haben könnte! Ich wollte, ich dürfte wenigstens als Gast dabei sein, da ich nun mal nicht der Bräutigam bin! Wollt Ihr mich nicht einladen?"

„Eine Einladung ist nicht nötig", erklärte ich gelassen, „denn Ihr werdet noch viel eher dort sein als ich."

„Ah, eher dort sein? Ihr gebt Euch also noch nicht verloren? Gut, daß Ihr das so offen sagt. Ich werde Euch festhalten, darauf könnt Ihr Euch verlassen!"

Jetzt brachen die Indianer auf, um ins Tal hinabzusteigen, wo sie ihre Pferde zurückgelassen hatten. Man gab mir die Füße frei, band mich aber an zwei Rote, zwischen denen ich gehen mußte. Pida hängte sich meine beiden Gewehre über. Santer folgte mit den drei anderen Weißen, die ihre Pferde führten, denn wir hatten unsere Tiere ja mit heraufgenommen. Das meinige ergriff ein Kiowa am Zügel.

Unten wurde zunächst wieder gelagert. Die Indsmen brannten einige Feuer an und brieten Wildbret, das sie mitgebracht hatten. Sie besaßen auch noch Dörrfleisch in ihren Sattelsäcken. Ich bekam ein vortreffliches und so großes Stück, daß ich es kaum aufessen konnte, verzehrte es aber doch, denn es lag mir viel daran, gut bei Kräften zu bleiben. Man mußte mir, damit ich essen konnte, die Hände freigeben, bewachte mich jedoch während dieser kurzen Zeit so gut, daß mir ein Fluchtgedanke gar nicht kam. Dann, als man gegessen hatte, wurde ich auf mein Pferd gebunden, und der Ritt zum Dorf der Kiowas begann.

Draußen auf der Ebene drehte ich mich im Sattel um, um noch einen Scheideblick auf den Nugget Tsil zu werfen. Ob ich die Gräber Intschu tschunas und seiner Tochter wiedersehen würde? Hoffentlich! Und zwar als freier Mann!

Der Weg von hier zum Dorf am Salt Fork des Red River ist dem Leser bekannt. Ich brauche ihn nicht abermals zu beschreiben. Auch geschah unterwegs nichts Erwähnenswertes. Die Roten bewachten mich scharf, und wenn sie das nicht getan hätten, so wäre mir doch jeder Fluchtversuch vereitelt worden, weil Santer sein Wort hielt und dafür sorgte, daß ich nicht die geringste Gelegenheit dazu bekam. Er gab sich alle Mühe, mir den Ritt so schwer wie möglich zu machen, mir Unbequemlichkeiten zu bereiten und mich zu ärgern. Was den Ärger betrifft, so waren seine Anstrengungen vergeblich, denn ich ließ mich durch die höhnischen Reden, womit er mich ständig überschüttete, nicht aus der Ruhe bringen. Ich setzte ihm einen unerschütterlichen Gleichmut entgegen und tat ihm nicht ein einziges Mal den Gefallen, ihn einer Antwort zu würdigen. Und seine anderen Bemühungen wurden von Pida zurückgewiesen, der nicht duldete, daß mir meine Lage peinvoller gemacht wurde, als unbedingt notwendig war.

Payne, Clay und Summer wurden von den Indsmen fast gar nicht beachtet. Sie mußten sich an Santer halten. Wohl bemerkte ich, daß sie gern einmal mit mir gesprochen hätten, was ihnen von Pida wahrscheinlich nicht verboten worden wäre, doch Santer wußte es stets zu verhindern. Es lag ihm begreiflicherweise viel daran, zu verhüten, daß ich Gelegenheit fand, sie aufzuklären. Übrigens behandelte er sie keineswegs als Kameraden. Sie hatten ihm helfen sollen, nach dem Gold zu suchen, und ich war überzeugt, daß er sich ihrer, sobald es gefunden worden wäre, entledigt hätte. Er wäre schlimmstenfalls selbst vor einem dreifachen Mord nicht zurückgeschreckt. Jetzt aber hatte sich die Lage verändert. Sie hatten ihm vermutlich mitgeteilt, daß ich die Meinung hegte, Winnetou habe die Nuggets fortgeschafft, und die Blätter, die er in meinen Händen gesehen hatte, mußten in seinen Augen ein Beweis dafür sein, daß diese Meinung begründet war. Wenn aber das Gold anderswo lag, so war es vergeblich, hier danach zu suchen, und er hatte keine Helfer mehr nötig. Deshalb waren ihm Payne, Clay und Summer jetzt eine Last, die er am liebsten abgeschüttelt hätte. Aber wie? Konnte er sie einfach fortschicken? Nein. Er mußte sie mitnehmen, tat das jedoch nur in der Absicht, sich bei der ersten Gelegenheit von ihnen frei zu machen.

Es läßt sich denken, daß Santers Sinnen und Trachten von nun an auf meine Papiere gerichtet war, die er wahrscheinlich — nicht ganz mit Unrecht — für einen Lageplan des neuen Goldverstecks der Apatschen hielt. Er hegte den heißen Wunsch, sie in seine Hände zu bringen. Sie mir offen zu nehmen, durfte er Pidas wegen nicht wagen. Es gab also zwei Wege für ihn, sie zu bekommen: entweder er stahl sie mir während des Schlafs, oder er wartete unsere Ankunft im Dorf der Kiowas ab, um Tangua zu bestimmen, sie ihm zuzusprechen. Es war für ihn gar nicht schwer, auf einem dieser Wege seinen Zweck zu erreichen. Die Papiere befanden sich noch in meiner Tasche. Wo hätte ich sie verstecken sollen? An irgendeiner Stelle meiner Kleidung? Das hätte heimlich geschehen müssen, also wenn ich allein war. Aber da war ich ja stets gefesselt. Und dem Häuptling hatte er Dienste erwiesen, wofür ihm Tangua dankbar war. Wie leicht mußte es da für Santer sein, Tangua zu bewegen, mir die Blätter zu nehmen und sie ihm zu geben!

Das verursachte mir Kopfschmerzen. Um mich selbst, um meine Person und mein Leben, war ich nicht besorgt, um so mehr aber um die Hinterlassenschaft meines Winnetou.

18. Im Kiowadorf

Das Kiowadorf lag noch an der gleichen Stelle wie früher, also an der Einmündung des Salt Fork in den Nordarm des Red River. Wir mußten den Nordarm überschreiten und taten das an einer Stelle, wo das Wasser seicht war. Dann, als wir nur noch einige Stunden zu reiten hatten, schickte Pida zwei Mann voraus, die unsere Ankunft melden sollten. Welche Aufregung, welchen Jubel mußte die Nachricht hervorbringen, daß die heimkehrende Schar Old Shatterhand als Gefangenen mitbrachte!

Wir befanden uns noch auf der offenen Prärie und sahen noch lange nicht den Wald an den Ufern der beiden Flüsse, da kamen uns schon Reiter entgegengesprengt, nicht in geschlossenen Trupps, sondern einzeln oder zu zweien und dreien, wie die verschiedene Schnelligkeit ihrer Pferde es ergab. Es waren Kiowas, von denen jeder der erste sein wollte, der Old Shatterhand zu sehen bekam.

Keiner versäumte, uns mit einem lauten Schrei, einem schrillen Ruf zu begrüßen, einen kurzen, forschenden Blick auf mich zu werfen und sich dann hinten anzureihen. Ich wurde nicht etwa angestaunt und angegafft, was an einem zivilisierten Ort sicherlich der Fall gewesen wäre. Die Roten sind viel zu stolz, sich die Befriedigung, die sie fühlen, oder die Aufregung, in der sie sich befinden, anmerken zu lassen.

So wurde unser Trupp von Minute zu Minute größer, ohne daß ich eine Belästigung dabei empfand, und als wir endlich den Wald vor uns hatten, der hier am Salt Fork nur einen schmalen Streifen bildete, waren wohl an die vierhundert Indianer um mich her, lauter erwachsene Krieger. Das Dorf mußte an Ausdehnung und Bewohnerzahl gewonnen haben.

Unter den Bäumen standen Zelte, worin sich jetzt wohl kein einziger Mensch befand, denn alles, was da hauste, bewegte sich im Freien, um uns kommen zu sehen. Da gab es eine Menge junger, halberwachsener Burschen, Mädchen und Kinder. Diese brauchten nicht so zurückhaltend zu sein wie die ernsten, wortkargen Krieger, und sie machten von dieser Freiheit auch einen so ausgiebigen Gebrauch, daß ich mir hätte die Ohren zuhalten mögen, wenn das bei meinen gefesselten Händen möglich gewesen wäre. Sie schrien, jauchzten, brüllten, lachten, quiekten, kurz, machten einen Lärm, der mir bewies, wie willkommen ich diesen Leuten war.

Da hob Pida, der voranritt, plötzlich die Hand, machte damit eine schnelle, waagrechte Bewegung, und sofort verstummte der Lärm. Auf ein weiteres Zeichen von ihm bildete die Reiterschar einen Halbkreis, in dessen Mitte ich genommen wurde. Pida hielt neben mir, dabei zwei Rote, deren besondere Aufgabe es war, nicht von meiner Seite zu weichen. Auch Santer drängte sich mit heran. Der junge Häuptling tat so, als sähe er ihn gar nicht.

Wir ritten auf ein großes Zelt zu. Vor dem Eingang gewahrte ich Tangua in halb sitzender, halb liegender Stellung. Er war unverhältnismäßig gealtert und dürr geworden wie ein Skelett, aus dessen tiefen Augenhöhlen mich ein Blick traf, spitz wie ein Dolch, scharf wie ein Bowiemesser und unversöhnlich wie — nun eben wie Tangua. Sein langes Haar war stark ergraut.

Pida sprang vom Pferd. Seine Krieger taten ebenso und traten eng um uns zusammen. Jeder wollte die Worte hören, mit denen ich von Tangua empfangen wurde. Man band mich von meinem Reittier los und ließ mir zunächst noch die Füße frei, so daß ich stehen konnte. Ich selber war begierig auf die erste Anrede des Alten, mußte aber lange darauf warten.

Er betrachtete mich von oben bis unten, dann von unten bis oben, noch einmal und noch einmal. Es war ein grausamer Blick, der mir hätte Angst einflößen können. Dann schloß er die Augen. Kein Mensch sprach. Es herrschte die tiefste Stille, die nur von dem Geräusch, das die Pferde hinter uns machten, unterbrochen wurde. Das war mir lästig, und eben wollte ich das Schweigen brechen, da sagte Tangua, langsam und feierlich, ohne die Augen zu öffnen:

„Die Blume hofft auf den Tau; er will nicht kommen. Sie senkt das Haupt und welkt. Schon ist sie am Sterben, da kommt er endlich doch!"

Wieder schwieg er eine Weile. Hierauf begann er abermals: „Der Büffel scharrt im Schnee, unter dem er keinen Grashalm findet. Er brüllt hungrig den Frühling herbei, der nicht erscheinen will. Er magert ab, sein Höcker schwindet, seine Kraft wird klein und fast muß er verenden. Da weht ein warmer Wind, und hart am Tod sieht er den Frühling noch."

Wieder trat eine Pause ein. Ich füllte sie mit eigenartigen Er-
wägungen aus.

Was ist der Mensch doch für ein sonderbares, unbegreifliches Geschöpf! Dieser Indianer hatte mich gekränkt, beleidigt und verhöhnt
wie noch nie vorher ein anderer, hatte mich gehaßt und verfolgt, mir
nach dem Leben getrachtet, und wie hatte ich ihm das vergolten?
Mit Nachsicht. Anstatt ihn zu erschießen, hatte ich ihm meine Kugel
nur in die Beine geschickt, und auch das nur notgedrungen. Und nun,
da er vor mir lag als die Ruine eines Kriegers, eine Menschenhaut,
die über klappernde Knochen gezogen war, und mit hohler Stimme
wie im Traum, wie aus dem Grab redend, da dauerte er mich, und ich
wünschte, ich hätte damals gar nicht auf ihn geschossen. Und das
fühlte und wünschte ich, obgleich ich wußte, daß er nach Rache
förmlich lechzte und jetzt die Augen nur im Übermaß der Freude, des
Entzückens geschlossen hielt, des Entzückens darüber, daß er nun
endlich, endlich den Durst nach meinem Blut stillen könne. Ja, der
Mensch ist zuweilen ein recht sonderbarer Kauz, zumal, wenn er —
ein Deutscher ist!

Jetzt sprach Tangua von neuem, ohne etwas anderes als seine blut-
leeren Lippen zu bewegen.

„Tangua war die Blume und war der hungernde Büffel. Er sehnte
sich und brüllte nach Rache; sie wollte nicht kommen. Er schwand
dahin von Tag zu Tag, von Woche zu Woche, von Mond zu Mond;
sie zögerte noch immer. Schon war ihm der Tod des Verschmachtens
nahe, da erschien sie doch!"

Während er das ganz in der vorigen Weise gesprochen hatte, riß
er jetzt plötzlich die Augen weit auf, richtete sich empor, soweit ihm
seine steifen Beine das gestatteten, streckte die hageren Arme mit
weit auseinandergespreizten Fingern gegen mich aus und schrie mit
überschnappender Stimme:

„Ja, sie kommt, sie kommt! Sie ist da, sie ist da! Tangua sieht sie
hier, da gleich vor sich! Hund, wie, wie sollst du sterben!"

Er sank ermattet zurück und schloß die Augen wieder. Niemand
wagte es, die Stille zu unterbrechen. Selbst Pida, sein Sohn, schwieg.
Erst nach einer längeren Pause öffnete Tangua die Lider abermals und
fragte:

„Wie ist diese stinkende Kröte in eure Hände gefallen? Tangua will
es wissen."

Diese Gelegenheit ergriff Santer sofort. Ohne abzuwarten, was Pida,
dessen Sache das doch gewesen wäre, antworten würde, erwiderte er
schnell:

„Ich weiß es am besten. Soll ich dir's sagen?"

„Sprich!"

Santer erzählte und versäumte nicht, sein Verdienst dabei in das
hellste Licht zu stellen. Niemand unterbrach ihn. Pida war zu stolz
dazu, und mir konnte es gleichgültig sein, ob der Kerl sich lobte oder
nicht. Als er zu Ende war, fügte er hinzu:

„Es ist also leicht einzusehen, daß ihr es mir zu verdanken habt,
wenn ihr euch jetzt an ihm rächen könnt. Gibst du das zu?"

„Ja", nickte der Alte.

„Würdest du mir dafür einen Gefallen erweisen?"

„Wenn ich kann."

„Du kannst."

„So sag, was du wünschest!"

„Old Shatterhand hat in seiner Tasche ein sprechendes Papier. Das möchte ich haben."

„Hat er es dir genommen?"

„Nein."

„Wem gehört es?"

„Ihm nicht, er hat es gefunden. Ich aber bin zu den Mugwort Hills geritten, um es zu suchen. Leider kam er früher."

„Es sei dein. Nimm es ihm ab!"

Santer war froh, so viel erreicht zu haben. Er näherte sich mir. Ich sagte nichts, bewegte mich auch nicht, sah ihm aber drohend ins Gesicht. Er bekam Angst und zögerte, sich an mir zu vergreifen.

„Ihr habt gehört, was der Häuptling befohlen hat, Sir", sagte er zu mir.

Ich antwortete nicht. Darum fügte er noch hinzu:

„Mr. Shatterhand, es ist das beste für Euch, Euch nicht zu weigern. Ergebt Euch also drein! Ich werde Euch jetzt in die Tasche greifen."

Der Schurke trat noch näher und streckte die Hände aus. Da stieß ich ihm die Fäuste, obgleich sie zusammengebunden waren, mit solcher Wucht unter das Kinn, daß er hintenüber zur Erde flog.

„Uff!" riefen einige Rote staunend.

Tangua aber war anderer Ansicht, denn er schrie zornig:

„Dieser Hund wehrt sich, obgleich er gefesselt ist! Bindet ihn so, daß er sich nicht bewegen kann, und nehmt ihm dann das sprechende Papier aus der Tasche!"

Da endlich ergriff sein Sohn Pida zum erstenmal das Wort.

„Mein Vater, der große Häuptling der Kiowas, ist weise und gerecht. Er wird auf die Stimme seines Sohnes hören."

Während der Alte bis vorhin wie abwesend, wie in einem Zustand der Entrücktheit gesprochen hatte, wurde sein Auge jetzt klarer. Er sah Pida hell an, und auch seine Stimme war eine andere, nicht mehr so dumpf, als er erwiderte:

„Warum spricht mein Sohn diese Worte? Ist das, was das Bleichgesicht gefordert hat, ein Unrecht?"

„Ja."

„Wieso?"

„Nicht Santer hat Old Shatterhand besiegt, sondern wir haben das getan. Old Shatterhand hat auf alle Gegenwehr verzichtet und keinen von uns verletzt, sondern sich mir freiwillig ergeben. Wessen Gefangener ist er da?"

„Der deinige."

„Wem gehören also sein Pferd, seine Waffen und alles, was er bei sich trug?"

„Dir."

„Ja, mir. Ich habe eine große, wertvolle Beute gemacht. Wie kann da dieser Santer das sprechende Papier für sich verlangen?"

„Weil es ihm gehört."

„Kann er das beweisen?"

„Ja. Er ist zu den Mugwort Hills geritten, um es zu suchen, Old Shatterhand aber kam ihm zuvor."

„Wenn er es gesucht hat, muß er es gekannt haben, muß also wissen, was es enthält. Mein Vater mag sagen, ob das richtig ist oder nicht!"

„Es ist richtig."

„So soll Santer uns jetzt mitteilen, welche Worte das Papier zu sprechen hat."

„Ja, das mag er tun! Wenn er es vermag, so kennt er das Papier, und es ist sein!"

Diese Aufforderung brachte Santer in nicht geringe Verlegenheit. Er konnte sich freilich denken, daß sich der Inhalt der Blätter auf das am Nugget Tsil versteckt gewesene Gold bezog, aber wenn er das behauptete, und es stellte sich dann etwas anderes heraus, so hatte er verspielt. Und wenn es wirklich so war, durfte er es sagen? Es mußte ihm ja daran liegen, alleiniger Besitzer des Geheimnisses zu bleiben, sobald ich endgültig beseitigt war. Deshalb versuchte er es mit einer Ausrede.

„Was das sprechende Papier enthält, ist für keinen anderen Menschen von Wichtigkeit, als nur für mich. Daß es mir gehört, habe ich dadurch bewiesen, daß ich allein seinetwegen in die Mugwort Hills geritten bin. Daß Old Shatterhand es vor mir fand, ist nur ein Zufall."

„Das war klug gesprochen", erklärte Tangua. „Santer soll das sprechende Papier bekommen. Es ist sein Eigentum."

Jetzt war es Zeit für mich, auch ein Wort zu sagen, denn ich las aus Pidas Gesicht, daß er sich bewogen fühlte, seinen Widerstand aufzugeben.

„Ja, das war klug, aber nicht wahr gesprochen", bemerkte ich. „Santer ist nicht dieses Papiers wegen in die Mugwort Hills gekommen."

Der Alte fuhr beim Klang meiner Stimme zusammen wie einer, der vor einer Gefahr erschrickt. Er zischte mich giftig an:

„Der stinkende Hund beginnt zu bellen, doch es wird ihm nichts nützen!"

„Pida, der junge, tapfere Häuptling der Kiowas, sagte vorhin, daß Tangua gerecht und weise sei", fuhr ich fort. „Wenn das wahr ist, wird Tangua nicht parteiisch handeln."

„Es ist wahr."

„So sag, ob du erwartest, von mir eine Lüge zu hören?"

„Nein. Old Shatterhand ist das gefährlichste der Bleichgesichter und mein ärgster Feind, aber er hat nie mit zwei Zungen gesprochen."

„So erkläre ich dir, daß kein anderer Mensch als ich allein wissen konnte, wo das Papier lag und was es enthält. Santer hatte keine Ahnung davon, und nicht ich, sondern er kam dazu, als es gefunden worden war. Ich hoffe, daß du mir das glaubst."

„Tangua nimmt an, daß Old Shatterhand nicht lügt. Aber Santer behauptet auch, die Wahrheit gesagt zu haben. Wie soll Tangua da entscheiden, wenn er gerecht sein will?"

„Es ist gut, wenn sich die Gerechtigkeit mit der Klugheit paart. Santer ist oft bei den Mugwort Hills gewesen. Er hat dort Gold gesucht, ohne es zu finden. Das weiß Tangua genau, denn er hat ihm das Suchen ja erlaubt. Santer kam auch diesmal nur des Goldes wegen."

„Das ist Lüge!" fuhr mich Santer an.

„Es ist die Wahrheit", versicherte ich. „Tangua mag sich bei den drei anderen Bleichgesichtern erkundigen. Santer hat sie mitgebracht, damit sie ihm suchen helfen."

Der Alte tat das, und Payne, Clay und Summer mußten zugeben, daß es so war, wie ich gesagt hatte. Da machte Santer einen letzten zornigen Versuch.

„Und dennoch kam ich des Papiers wegen! Allerdings wollte ich nebenbei dort auch wieder nach den Nuggets suchen und nahm diese drei Männer mit, daß sie mir helfen sollten, doch von dem Papier sagte ich ihnen nichts, weil nur ich davon wissen durfte."

Das brachte den alten Häuptling wieder aus der Fassung. Er rief mißmutig aus:

„Da hat nun jeder recht! Was soll Tangua tun?"

„Klug sein", entgegnete ich. „Santer mag mir einige Fragen beantworten. Ist es nur ein Papier, oder sind es mehrere?"

„Mehrere", erwiderte er. Vermutlich hatte er das gesehen, als ich am Grab saß und las.

„Wie viele? Zwei — drei — vier — fünf?"

Er schwieg. Wenn er jetzt nicht das Richtige traf, war er überführt.

„Seht, daß er schweigt!" frohlockte ich. „Er weiß es nicht."

„Ich habe die Blätter nicht gezählt. Wer achtet denn genau auf so etwas?"

„Wenn diese Papiere so ungeheuer wichtig für ihn sind, muß er genau wissen, um wie viele Blätter es sich handelt. Und selbst wenn es Santer früher gewußt und dann später vergessen haben sollte, so wird er wenigstens bestimmt angeben können, ob sie mit Tinte oder mit Blei beschrieben sind. Aber ich vermute, daß er auch da wieder schweigen wird."

Diese letzten Worte sagte ich in stark spöttischem Ton, um ihn zu einer schnellen Antwort zu verleiten. Ich erwartete, daß er das Richtige nicht erraten würde, weil im Wilden Westen Tinte nur in den Forts zu finden ist und es viel eher vorkommen kann, daß jemand einen Bleistift bei sich hat. Diese Berechnung war richtig, denn er erwiderte meine spöttische Bemerkung sogleich mit der unbedachten Behauptung:

„Natürlich weiß ich das, denn so etwas vergißt man nicht. Die Papiere sind mit Bleistift geschrieben."

„Sollte das kein Irrtum sein?" fragte ich der Sicherheit wegen noch einmal.

„Ich irre mich nicht. Es ist Bleistift und nicht Tinte!"

„Gut! Wer von den anwesenden Kriegern hat sprechende Papiere der Bleichgesichter gesehen, so daß er Tinte von Blei unterscheiden kann?"

Es gab einige, die sich getrauten, diesen Unterschied festzustellen. Übrigens waren ja auch Payne, Clay und Summer da. Deshalb forderte ich Pida auf:

„Der junge Häuptling der Kiowas mag die Papiere aus meiner Tasche nehmen und sie prüfen lassen, sie aber Santer ja nicht zeigen."

Pida tat das, und sorgte dabei dafür, daß die drei Weißen die Zeilen zwar zu sehen, doch nicht zu lesen bekamen. Sie erklärten, daß sie mit Tinte geschrieben seien, und Tangua und Pida stimmten, obgleich sie wohl nicht viel davon verstanden, dieser Meinung bei.

„Ihr Dummköpfe!" fuhr Santer seine drei Kumpane an. „Hätte ich mich doch niemals mit euch abgegeben! Ihr wißt ja nicht einmal, was Tinte und was Bleistift ist!"

„Na, so dumm, wie Ihr da sagt, sind wir nun doch nicht", entgegnete Payne. „Es ist Tinte und wird Tinte bleiben."

„Ja, und ihr steckt drin in dieser Tinte und werdet nicht so leicht herauskommen!"

Zu sagen, daß sie hätten lügen sollen, das wagte er freilich nicht. Nun wendete sich Pida, indem er die Blätter wieder in die Lederumschläge steckte, an seinen Vater.

„Old Shatterhand hat seinen Gegner überführt. Mein Vater wird jetzt wissen, ob Santer ein Recht auf diese Papiere besitzt."

„Sie waren nicht sein, sondern sie gehörten Old Shatterhand", entschied der Alte.

„Die Papiere sind nun mein Eigentum, denn Old Shatterhand ist mein Gefangener. Wenn zwei Männer darum streiten, müssen sie sehr eilig sein. Ich werde sie gut aufbewahren in meiner Medizin."

Pida steckte sie ein. Das war mir einesteils unangenehm, anderenteils auch wieder lieb. Unangenehm, weil die Papiere doch am besten bei mir selbst aufgehoben waren. Wie sollte ich nun zu ihnen kommen, im Fall mir die Flucht gelang? Und doch auch lieb, denn ich traute Santer nicht. Hätte ich sie behalten dürfen, wäre er wahrscheinlich auf den Gedanken verfallen, sie mir zu nehmen, wenn nicht während des Schlafs, dann mit Anwendung von Gewalt. Ich war ja gefesselt und konnte mich nicht nachhaltig wehren. Da war es doch vielleicht besser, wenn sich die Blätter im Besitz des jungen Häuptlings befanden, an dem sich Santer nicht vergreifen durfte. Jedenfalls sagte er jetzt zu Pida, und zwar in einem Ton, als ob er nun nichts mehr von den Aufzeichnungen wissen wollte:

„Ja, behalte die sprechenden Papiere! Sie werden dir nichts nützen, denn du kannst nicht lesen. Ich hätte sie zwar gern gehabt, denn sie sind mir wichtig, kann sie aber auch entbehren, weil ich ihren Inhalt genau kenne. Kommt, Mesch'schurs! Wir haben hier nichts mehr zu suchen und wollen sehen, wo wir ein Unterkommen finden."

Santer entfernte sich mit Payne, Clay und Summer und niemand fühlte sich veranlaßt, sie zurückzuhalten. Das mit den Papieren war entschieden, und ich erwartete, daß man sich nun mit meiner Person beschäftigen würde. Es kam auch so, doch fragte Tangua vorher seinen Sohn:

„Old Shatterhand hatte die sprechenden Papiere noch bei sich. Habt Ihr ihm die Taschen denn nicht leergemacht?"

„Nein", erwiderte Pida. „Er ist ein großer Krieger. Wir werden ihn zwar töten, aber seinen Namen und seine Tapferkeit nicht dadurch kränken, daß wir ihm in die Taschen greifen. Wir haben seine Waffen, das ist genug. Alles andere wird er mir doch hinterlassen, wenn er gestorben ist."

Ich erwartete, daß der Alte damit nicht einverstanden wäre, irrte mich aber, denn er warf einen stolzen, wohlgefälligen, ja fast liebevollen Blick auf seinen Sohn und sagte:

„Pida, der junge Häuptling der Kiowas, ist ein edler Krieger. Er schont selbst seine ärgsten Feinde! Er tötet sie zwar, aber er beschimpft und entehrt sie nicht. Sein Name wird noch größer und berühmter werden als der von Winnetou, dem Hund der Apatschen. Deshalb will ich ihm erlauben, sein Messer in das Herz Old Shatterhands zu senken, wenn der Gefangene so gemartert ist, daß ihn das Leben entfliehen will. Pida soll den Ruhm haben, von sich sagen zu können, daß das gefährlichste und berühmteste der Bleichgesichter von seiner Hand gestorben ist. Jetzt hole man die Alten herbei! Wir wollen beraten, wann und wie dieser bissige weiße Hund sein Leben hergeben soll. Er mag inzwischen an den Baum des Todes gefesselt werden."

Was für ein Baum das war, sollte ich sogleich erfahren. Ich wurde zu einer starken Kiefer geschafft. Rundum waren viermal vier Pfähle eingerammt, deren Zweck ich erst am Abend kennenlernte. Diese Kiefer hieß der Baum des Todes, weil an ihr die Gefangenen angebunden wurden, die dem Martertod geweiht waren. An dem untersten Ast hingen die nötigen Riemen bereit. Ich wurde genau so an dem Baum befestigt, wie einst Winnetou und sein Vater, als sie in unsere Hände und in die der Kiowas geraten waren[1]. Zwei bewaffnete Krieger setzten sich als Wächter rechts und links vor mir nieder. Inzwischen bildete sich vor dem Zelt des Häuptlings, Tangua gegenüber, ein Halbkreis der Ältesten, um über mein Schicksal oder vielmehr, da das ja schon beschlossene Sache war, über die Art meines Todes zu beraten. Bevor damit begonnen wurde, kam Pida zu mir und untersuchte die Riemen. Sie waren grausam straff angezogen. Er lockerte sie ein wenig und sagte zu den Wächtern:

„Ihr sollt streng auf Old Shatterhand achtgeben, ihn aber nicht quälen. Er ist ein großer Häuptling der Weißen und hat niemals einem roten Krieger unnötig Schmerzen bereitet."

Dann entfernte er sich wieder, um an der Beratung teilzunehmen.

Ich stand aufrecht an den Baum gebunden, mit dem Rücken am Stamm, und ich sah die Menge der Frauen, Mädchen und Kinder, die herbeikamen, um mich zu betrachten. Die Krieger hielten sich fern. Ja selbst die Knaben, die kleinen ausgenommen, waren schon zu stolz, mich mit ihrer Neugierde zu belästigen. Haß las ich in keinem einzigen Gesicht, sondern nur eine mit Achtung gepaarte Teilnahme. Sie wollten den weißen Jäger sehen, von dem sie so viel gehört hatten und dessen Tod ihnen ein Schauspiel bieten sollte, wie sie es so grausam und aufregend vielleicht noch nicht erlebt hatten.

Unter ihnen fiel mir eine junge Indianerin auf, die noch nicht Squaw zu sein schien. Sie ging, als sie mein Auge auf sich gerichtet merkte, abseits, blieb dort abgesondert von den anderen stehen und blickte nur noch verstohlen zu mir herüber, als schäme sie sich, bei der Menge der Gaffer gestanden zu haben. Sie war nicht gerade schön, aber doch keineswegs häßlich. Ich hätte sie anziehend nennen können. Ihre weichen Gesichtszüge gewannen durch den milden, ernsten und offenen Blick ihres großen Auges an Reiz. Dieses Auge erinnerte mich lebhaft an Nscho-tschi, wenn sie auch sonst keine Ähnlichkeit mit der Schwester des Apatschen hatte. Einer augenblicklichen Regung folgend, nickte ich ihr freundlich zu. Da errötete sie bis unter die Haarwurzeln, wendete sich ab und entfernte sich. Nach kurzer Zeit zögerte sie einen Augenblick, um sich noch einmal nach mir umzusehen. Dann verschwand sie im Eingang eines der größeren und besseren Zelte.

„Wer war die junge Tochter der Kiowas, die dort allein stand und jetzt fortgegangen ist?" fragte ich meine Wächter.

Es war ihnen nicht untersagt, mit mir zu sprechen, und so gab der eine Bescheid.

„Das war Kakho-Oto[2], die Tochter von Sus-Homascha[3], der sich

[1] Siehe „Winnetou I"
[2] Dunkles Haar   [3] Eine Feder

279

schon als Knabe die Auszeichnung errungen hat, eine Feder im Haar zu tragen. Gefällt sie dir?"

„Ja", erwiderte ich, obgleich diese Frage in meiner Lage und von einem Roten ziemlich sonderbar klang.

„Die Squaw unseres jungen Häuptlings ist ihre Schwester", fügte er hinzu.

„Pidas Squaw?"

„Ja. Du siehst ihren Vater mit der einen großen Feder im Schopf dort bei der Beratung sitzen."

Damit war das kurze Gespräch beendet. Es sollte Folgen haben, die ich gar nicht beabsichtigt hatte.

Die Beratung währte lange, wohl über zwei Stunden. Dann wurde ich geholt, um mein Schicksal zu vernehmen. Ich mußte weitschweifige Reden über die Verbrechen der Weißen überhaupt und dann über meine eigenen im besondern anhören. Tangua brachte einen endlosen Bericht über unsere damalige Gegnerschaft, die mit der Lähmung seiner beiden Beine endete. Es blieb auch nicht unerwähnt, daß ich dann später Sam Hawkens befreit und mich an Pida vergriffen hatte. Kurz, ich bekam eine Sündenliste zu hören, vor der kein Gedanke an Gnade oder Schonung aufkommen konnte. Aber noch viel länger war dann das Verzeichnis der Qualen, die meiner warteten. Ich glaube nicht, daß sich unter allen Weißen, die jeweils von den Indianern zu Tode gemartert wurden, einer befunden hat, der eines so fürchterlichen und langsamen Todes gestorben ist, wie er mir in Aussicht stand. Ich konnte stolz auf diese große Auswahl sein, denn sie war der sicherste Maßstab der Achtung, in der ich bei diesen liebenswürdigen Leuten stand. Das einzige Tröstliche dabei war, daß man mir eine Gnadenfrist stellte, was seinen Grund in dem Umstand hatte, daß sich eine Abteilung Kiowas nicht daheim befand. Sie sollte nicht um den Hochgenuß kommen, Old Shatterhand sterben zu sehen, und so mußte ihre Rückkehr abgewartet werden.

Bei Verkündung des Urteilsspruches verhielt ich mich so, wie sich ein Mann, der den Tod nicht fürchtet, verhalten muß, sagte aber, was ich zu sagen hatte, so kurz wie möglich und hütete mich, eine Äußerung zu tun, wodurch sich die Roten beleidigt fühlen konnten.

Das war dem in solchen Fällen üblichen Verhalten ganz entgegengesetzt, da es bei den Indianern für ein Zeichen des Mutes gilt, wenn der Verurteilte seine Peiniger auf alle mögliche Weise zu erbittern trachtet. Ich unterließ das wegen Pida, der sich so edelmütig gegen mich benahm, und auch wegen des Verhaltens der Kiowas überhaupt. Hatte ich doch bei ihnen eine ganz andere Aufnahme gefunden, als bei ihrer Wesensart und der zwischen ihnen und den Apatschen herrschenden Feindschaft zu erwarten war. Daß diese Ruhe als Feigheit ausgelegt werden könne, hätte wohl ein anderer zu befürchten gehabt, nicht aber Old Shatterhand.

Als ich fortgeführt wurde, um wieder an den Baum des Todes gebunden zu werden, kam ich an dem Zelt vorüber, das dem alten Sus-Homascha gehörte. Seine Tochter stand unter dem Eingang. Ohne mir etwas dabei zu denken, fragte ich sie:

„Meine junge rote Schwester freut sich wohl auch sehr darüber, daß der böse Old Shatterhand ergriffen worden ist?"

Sie wurde verlegen wie vorhin, als ich ihr zunickte, und zögerte einen Augenblick mit der Antwort.

„Old Shatterhand ist nicht böse", entgegnete sie dann.

„Woher weißt du das?"

„Alle wissen es."

„Warum wollt ihr mich dann töten?"

„Du hast Tangua gelähmt und bist kein Bleichgesicht mehr, sondern ein Apatsche."

„Ich bin ein Bleichgesicht und werde es stets bleiben."

„Nein, Intschu tschuna hat dich damals unter die Apatschen aufgenommen und dich sogar zu einer ihrer Häuptlinge gemacht. Hast du nicht einst mit Winnetou Blutsbrüderschaft getrunken?"

„Das haben wir allerdings getan, aber es hat nie ein Kiowa durch mich ein Leid erlitten, außer wenn er selbst mich dazu zwang. Das mag Kakho-Oto nicht vergessen!"

„Wie? Old Shatterhand kennt meinen Namen?"

„Ich habe mich danach erkundigt, denn ich sah, daß du die Tochter eines großen und vornehmen Kriegers bist. Mögest du noch mehr schöne Sommer erleben, als mir Stunden übrigbleiben!"

Ich ging. Meine Wächter hatten nichts dagegen gehabt, daß ich mit ihr sprach. Ein anderer Gefangener wäre wohl nicht mit solcher Rücksicht behandelt worden. Das war nicht nur eine Auswirkung von Pidas Denkart und Gesinnung, sondern sicher auch eine Folge des Umstandes, daß sein Vater ein anderer geworden war. Und diese Veränderung hatte ihren Grund nicht in dem Alter, das entweder milder stimmt oder die Tatkraft raubt, sondern die Gesinnung des Sohnes hatte ihren Einfluß auf den Vater nicht verfehlt. Ein edles Reis gibt dem alten Stamm neuen Wert und bessere Säfte.

Als ich wieder angebunden war, blieben mir nicht nur die Krieger, sondern auch die Weiber und die Kinder fern. Es schien in dieser Hinsicht ein Befehl erteilt worden zu sein, und das war mir lieb, denn es ist nicht angenehm, als seltenes Schaustück an einen Baum gebunden zu sein und, wenn auch nur von Frauen und Kindern, angestaunt zu werden.

Später sah ich ‚Dunkles Haar' aus ihrem Zelt treten. Sie hatte ein flaches, tönernes Gefäß in der Hand und kam damit zu mir.

„Mein Vater hat mir erlaubt, dir zu essen zu geben. Willst du es nehmen?" fragte sie.

„Gern", erwiderte ich. „Nur kann ich mich meiner Hände nicht bedienen, weil sie gefesselt sind."

„Du brauchst nicht losgebunden zu werden. Ich will dir helfen."

Was sie gebracht hatte, war gebratenes und in Stücke zerschnittenes Büffelfleisch. Sie hatte ein Messer in der Hand, womit sie die Stücke aufspießte und mir in den Mund schob. Old Shatterhand, von einer jungen Indianerin wie ein Kind gefüttert! Ich hätte trotz meiner keineswegs beneidenswerten Lage darüber lachen mögen. Zu schämen brauchte ich mich dieser Handlung nicht, denn die sich mir so hilfreich erwies, war keine zimperliche weiße Lady oder Señorita, sondern eine Kiowa-Indianerin, der solche Fälle nicht fremd waren.

Die beiden Wärter sahen ernsthaft zu. Als ich den letzten Bissen gegessen hatte, hielt es der eine von ihnen für angebracht, das gute Mädchen dadurch zu belohnen, daß er aus der Schule schwatzte.

„Old Shatterhand hat gesagt, daß ‚Dunkles Haar' ihm sehr gefällt."

Kakho-Oto sah mich prüfend an. Ich glaube, daß ich fast ebenso rot geworden bin, wie sie es war. Dann wendete sie sich, um zu gehen.

Aber sie hatte nur wenige Schritte getan, da drehte sie sich wieder zu mir um und fragte: „Hat dieser Krieger jetzt die Wahrheit gesprochen?"

„Er fragte mich, ob du mir gefällst, und ich habe ja gesagt", erklärte ich der Wahrheit gemäß.

Sie ging, und ich blickte ihr sinnend nach.

Am Spätnachmittag sah ich Payne, der zwischen den Zelten umherschlenderte.

„Darf ich mit dem Bleichgesicht da drüben sprechen?" fragte ich meine Aufseher.

„Ja", lautete der Bescheid. „Doch dürft Ihr nicht etwa von Flucht reden!"

„Deshalb braucht der rote Krieger keine Sorge zu haben."

Ich rief Payne zu mir, und er kam langsam und zögernd herbei wie einer, der nicht recht weiß, ob er es tun darf oder nicht.

„Nur immer heran!" forderte ich ihn auf. „Oder ist Euch verboten worden, mit mir zu sprechen?"

„Mr. Santer sieht es nicht gern", gestand er.

„Das glaube ich. Er befürchtet, daß ich Euch ein helles Licht über ihn anbrenne."

„Ihr denkt noch immer falsch von ihm, Mr. Shatterhand!"

„Ich nicht, sondern ihr!"

„Er ist ein Gentleman!"

„Mit Eurer Menschenkenntnis ist es nicht weit her. Ich kann Euch das Gegenteil mit schlagenden Gründen belegen."

„Ich mag sie nicht hören. Ihr seid ihm nun einmal feindlich gesinnt."

„Allerdings, und zwar so feindlich, daß er alle Veranlassung hat, sich vor mir in acht zu nehmen."

„Vor Euch? Hm! Sir, nehmt es mir nicht übel, wenn ich offen bin, aber vor Euch braucht sich niemand mehr in acht zu nehmen."

„Weil ich hier sterben soll?"

„Gewiß."

„Zwischen Sollen und Werden ist ein großer Unterschied. Ich habe schon oft sterben sollen, lebe aber noch immer. Doch sagt: Könnt Ihr denn wirklich glauben, daß Old Shatterhand ein so schlechter Kerl ist, wie Santer sagt?"

„Ich glaube da alles oder auch nichts. Ihr seid Feinde. Wer recht hat, ob er oder Ihr, das geht mich nichts an."

„Dann hättet Ihr mich wenigstens nicht täuschen und belügen sollen, damals in den Mugwort Hills, als Ihr mir verschwiegt, daß die Kiowas da waren. Wärt Ihr ehrlich gewesen, so stände ich jetzt nicht als Gefangener hier."

„Seid Ihr etwa aufrichtiger gewesen?"

„Habe ich Euch getäuscht oder gar betrogen?" fragte ich dagegen.

„Ihr nanntet Euch Jones", erklärte er.

„Das nennt Ihr einen Betrug, Mr. Payne? Daß ich meinen Namen verschwieg und einen anderen nannte, möchte ich nicht einmal als List bezeichnen, sondern es war die einfachste Notwendigkeit. Santer ist ein vielfacher Mörder, ein großartiger Betrüger, ein ganz gefährlicher Mensch. Er trachtet mir nach dem Leben. Ihr wart seine Gefährten. Durfte ich Euch da sagen, wer ich bin und daß ich in die Mugwort Hills wollte?"

„Hm!" brummte er.

„Hm? Nehmt es mir nicht übel, Mr. Payne, aber wenn Ihr da noch im Zweifel seid, ob ich recht habe oder nicht, so kann ich Euch nicht begreifen."

„Ihr hättet uns trotz alledem die Wahrheit sagen sollen. Dann hätten wir Euch doch wohl Glauben geschenkt."

„Bestimmt nicht! Glaubt Ihr mir etwa jetzt, wo Ihr doch nun wißt, daß ich Old Shatterhand bin, weshalb ich meinen Namen verschweigen mußte, und, was die Hauptsache ist, nachdem Ihr gesehen und erfahren habt, wie Santer gegen mich handelt?"

„Mr. Santer will Euch ja gar nichts tun."

„Wer hat das gesagt?"

„Er selbst."

„Damit will er Euch täuschen. Er brennt förmlich darauf, mich ums Leben zu bringen."

„Nein, er lügt nicht."

„Seht Ihr, daß Ihr auch jetzt noch zu ihm haltet, mir aber mißtraut? Da wäre es erst recht vergeblich gewesen, wenn ich mich Euch an den Mugwort Hills offenbart hätte. Ich habe mir dort alle Mühe gegeben, Euch dreien zu beweisen, daß er es unredlich meint. Das glaubt Ihr selbst jetzt noch nicht, wo es für Euch als Weiße doch Pflicht sein sollte, mir beizustehen, dem Gefangenen, der von den Roten hingemordet werden soll!"

„Santer sagte vorhin, daß er Euch retten will."

„Lüge, nichts als Lüge! Ich sehe, Ihr seid nicht zu überzeugen. Er hat Euch umgarnt, und Ihr müßt durch Schaden klug werden."

„Von Schaden ist keine Rede. Gegen Euch mag er anders gewesen sein, weil Ihr ihn verfolgt und ihm nach dem Leben getrachtet habt, mit uns aber meint er es ehrlich."

„So hofft Ihr noch immer auf das Gold?" fragte ich. — „Ja."

„Es gibt keins in den Mugwort Hills, wie ich Euch schon erklärte."

„So liegt es anderswo."

„Wo denn?"

„Das wissen wir nicht, werden es aber erfahren."

„Von wem?"

„Santer will es entdecken."

„Auf welche Weise? Hat er Euch das gesagt?" — „Nein."

„Da habt Ihr es ja wieder, daß er nicht ehrlich gegen Euch ist!"

„Mr. Santer kann uns doch nicht etwas sagen, was er selber noch nicht weiß!"

„Er weiß es, er weiß es sogar ganz genau, wenigstens auf welche Weise er den Ort entdecken kann, wo sich die Nuggets jetzt befinden!"

„Wenn Ihr das so bestimmt sagt, müßt Ihr es doch auch wissen."

„Allerdings."

„So sagt es mir!"

„Das geht nicht."

„Ah! Seht Ihr, daß Ihr selbst nicht ehrlich gegen uns seid? Und da sollen wir es mit Euch halten?"

„Ich würde aufrichtig mit Euch sein, wenn ich mich auf Euch verlassen dürfte. Ihr könnt mir keine Vorwürfe machen, denn Ihr selbst zwingt mich, verschwiegen zu sein. — Wo habt Ihr denn hier Euer Unterkommen gefunden?"

„Wir wohnen zusammen in einem Zelt, das Santer für uns ausgewählt hat."

„Und er wohnt bei Euch?"

„Ja."

„Wo liegt dieses Zelt?"

„Neben dem, das Pida gehört."

„Sonderbar! Und das hat er sich selbst ausgesucht?"

„Ja. Tangua erlaubte ihm zu wohnen, wo er wollte."

„Und da hat er sich gerade das Zelt neben Pida ausgesucht, der ihm kein solches Wohlwollen entgegenbringt wie sein Vater? Hm! Nehmt Euch in acht! Es kann leicht vorkommen, daß Santer plötzlich verschwindet und Euch hier sitzen läßt. Dann steht zu erwarten, daß für Euch in der Gesinnung der Roten plötzlich eine Änderung eintritt. Jetzt dulden sie Euch, wenn aber Santer ausreißt, betrachten sie Euch als Feinde. Ob es da —"

„*Heavens!*" unterbrach er mich. „Jetzt sieht er, daß ich hier bei Euch stehe!"

Santer trat nämlich gerade jetzt zwischen den Zelten hervor, erblickte Payne und kam rasch herbei.

„Ihr scheint schreckliche Angst vor diesem Kerl zu haben, dem Ihr doch so ein großes Vertrauen schenkt!" meinte ich spöttisch.

„Angst nicht, aber er will es nicht haben, daß wir zu Euch gehen.'

„So lauft hin zu ihm und bittet um Verzeihung!"

„Was habt Ihr hier zu suchen, Payne?" rief Santer schon von weitem. „Wer hat Euch gesagt, daß Ihr Euch mit diesem Menschen unterhalten sollt?"

„Ich kam nur zufällig vorüber, und da redete er mich an", entschuldigte sich der Angedonnerte.

„Hier kann von Zufall keine Rede sein. Packt Euch fort. Ihr kommt mit mir!"

„Aber, Mr. Santer, ich bin doch kein Kind und —"

„Ihr schweigt und geht mit mir! Vorwärts!"

Santer ergriff Payne beim Arm und zog ihn mit sich fort. Was alles mußte er diesen drei unerfahrenen Männern vorgelogen haben, daß sie es so mit ihm hielten und sich dazu von ihm eine derartige Behandlung gefallen ließen!

Aus sachlichen Grunden waren mir Wächter gegeben worden, die leidlich Englisch verstanden. Sie hatten also gehört, was wir verhandelten, und da bekam ich wieder einen Beweis dafür, daß mein Ansehen bei diesen Roten ein ganz anderes war als das Santers, denn der eine Wächter, der mir schon immer geantwortet hatte, während sich der andere schweigsam verhielt, machte, als Santer mit Payne fortging, die Bemerkung: „Das sind Schafe, die einem Wolf folgen. Er wird sie auffressen, sobald er Hunger verspürt. Weshalb glauben sie nicht der Warnung Old Shatterhands, der es doch gut mit ihnen meint?"

Kurze Zeit darauf kam Pida, um meine Fesseln zu untersuchen und sich zu gleicher Zeit davon zu überzeugen, ob ich mich über etwas zu beklagen hätte. Er deutete auf die erwähnten Pfähle, die zu je vieren in die Erde gerammt waren.

„Old Shatterhand wird vom langen Stehen ermüdet sein. Er soll in der Nacht hier zwischen den Pfählen liegen. Möchte er sich vielleicht schon jetzt niederlegen?"

„Nein", wehrte ich ab, „ich kann es noch aushalten."

„So mag es nach dem Abendessen geschehen. Hat der weiße Jäger noch einen Wunsch?"

„Ja, eine Bitte."

„Sag sie mir! Wenn ich kann, werde ich sie gern erfüllen."

„Ich möchte dich vor Santer warnen."

„Vor Santer? Der ist gegen Pida, den Sohn des Häuptlings Tangua, ein Ungeziefer!"

„Sehr richtig. Aber auch Ungeziefer muß man beachten, wenn es sich einnisten will. Ich habe gehört, daß er jetzt neben dir wohnt."

„Ja, das Zelt stand leer."

„So nimm dich in acht, daß er nicht in das deinige kommt! Er scheint die Absicht zu haben."

„Pida wirft ihn hinaus!"

„Das kannst du tun, wenn er offen kommt. Wie aber, wenn er heimlich herbeischleicht, ohne daß du es merkst?"

„Pida würde es merken."

„Auch wenn du nicht im Zelt bist?"

„So würde sich meine Squaw darin befinden und ihn fortjagen."

„Santer trachtet nach dem sprechenden Papier, das du an dich genommen hast."

„Er wird es nicht bekommen."

„Ich hoffe das. Würdest du mir vielleicht erlauben, es noch einmal anzusehen?"

„Du hast es doch schon gesehen und gelesen."

„Nicht ganz."

„So sollst du es ganz sehen, doch nicht jetzt, denn es wird schon dunkel. Morgen früh, wenn es hell geworden ist, wird Pida es dir bringen."

„Ich danke dir. Und nun noch eins: Santer trachtet nicht nur nach dem sprechenden Papier, sondern auch nach meinen Gewehren. Sie sind berühmt, und er möchte sie gern haben. In wessen Händen befinden sie sich jetzt?"

„In den meinigen."

„So verwahre sie gut!"

„Die Gewehre sind vortrefflich aufgehoben. Selbst wenn Santer am hellen Tag in mein Zelt käme, würde er sie nicht sehen. Ich habe sie in zwei Decken geschlagen und unter mein Lager gelegt, damit sie ja nicht feucht werden. Sie gehören von jetzt an mir. Pida wird in dem Ruhm, einen Henrystutzen zu besitzen, dein Nachfolger sein, und dazu wird ihm Old Shatterhand helfen."

„Wenn ich kann, sehr gern."

„Ich habe die Gewehre genau betrachtet. Mit dem Bärentöter kann ich schießen, aber mit dem Stutzen nicht. Würdest du mir vor deinem Tod wohl zeigen, wie man ihn laden muß?"

„Ja."

„Ich danke dir. Du hättest es nicht notwendig, mir dieses Geheimnis mitzuteilen. Wenn du es mir nicht sagtest, wäre der Stutzen nutzlos für mich. Da du es dennoch tust, werde ich dafür sorgen, daß du bis zum Beginn deiner Martern alles bekommst, was dein Herz begehrt."

Er ging, ohne zu wissen, was für eine Hoffnung er in mir erweckt hatte.

Offen gestanden, hatte ich geglaubt, aus der Anwesenheit von Payne, Clay und Summer einen Nutzen ziehen zu können. Selbst wenn sie nicht gerade meine Freunde sein wollten, so hatten sie als Weiße doch die Pflicht, sich meiner nach Kräften anzunehmen. Wenn sie das taten, mußte sich irgendeine Gelegenheit finden, mir zum Loskommen vom Baum des Todes zu verhelfen. Hatte ich nur erst die Fesseln von den Händen, dann konnte mich gewiß niemand halten. Leider aber mußte ich diesen Gedanken aufgeben. Das Verhalten Paynes hatte mir bewiesen, daß ich auf diese Leute nicht rechnen durfte.

Ich war also auf mich allein angewiesen. Aber auch da mußte sich ein Weg finden, dem Martertod zu entgehen. Nur ein allereinziges Mal die Hand frei und ein Messer darin! Das war doch nicht unmöglich, ja nicht einmal schwer. Mir kam der Gedanke an ‚Dunkles Haar'. Sie schien Teilnahme für mich zu hegen, und ich wußte, wie vielen Weißen es schon gelungen war, eine solche Teilnahme zur Flucht auszunützen. Nicht, daß so etwas von vornherein in meiner Berechnung gelegen, daß ich deshalb nach ihr gefragt und sie dann angesprochen hätte! Nur jetzt fiel mir das ein. Jedenfalls mochte kommen, was da wollte, fort mußte ich! Fort, fort, und wenn ich noch im letzten Augenblick, bevor man mich an den Marterpfahl band, zu einem verzweifelten Mittel greifen sollte!

Und da kam Pida und bat mich, ihm den Gebrauch meines Stutzens zu erklären! Etwas Besseres konnte ich mir gar nicht wünschen. Sollte ich ihm zeigen, wie das Gewehr zu laden, mit es überhaupt zu handhaben war, so mußte er mir die Hände freigeben. Dann ein Griff in seinen Gürtel zum Messer und ein Schnitt durch die Riemen an meinen Füßen, und ich war nicht mehr gebunden und hatte meinen Stutzen mit den vielen Schüssen! Freilich war das ein gewagtes Unternehmen. Aber konnte ich mehr wagen als das Leben, das hier sowieso auf dem Spiel stand?

Besser wäre es allerdings gewesen, wenn sich mir eine Gelegenheit geboten hätte, durch List zu entkommen, ohne mich den Kugeln oder überhaupt den Waffen der Roten aussetzen zu müssen. Bis jetzt gab es noch keine solche Aussicht. Vielleicht fand sich später eine. Ich hatte ja noch Zeit.

Also während der Nacht sollte ich mich legen! Rund um den Baum waren sechzehn Pfähle eingeschlagen, je vier auf jeder der vier Seiten. Sie reichten demnach für vier Gefangene, und aus ihrer Anordnung ersah ich, in welcher Weise man daran befestigt wurde. Wenn man sich zwischen sie hineingelegt hatte, wurden die Hände und die Füße je an einen Pfahl gebunden. Dann lag man so, daß die Arme und Beine weit auseinandergespreizt waren, gewiß eine sehr unbequeme Lage, die den Schlaf wohl kaum aufkommen ließ, die aber den Indianern die Sicherheit bot, daß der Gefangene, selbst wenn er nicht bewacht wurde, nicht loskommen konnte.

19. Am Baum des Todes

Während ich diese Betrachtung anstellte, war es dunkel geworden, und vor den Zelten begannen die Feuer zu leuchten, woran die Squaws die Abendmahlzeit bereiteten. Wieder war es ‚Dunkles Haar', die mir mein Essen und Wasser brachte. Sie mußte ihren Vater bestimmt haben, sich die Erlaubnis von Tangua geben zu lassen. Diesmal sprachen wir nicht miteinander. Nur als sie ging, bedankte ich mich.

Hierauf wurden meine Wächter von zwei anderen abgelöst, die sich nicht unfreundlicher zu mir stellten als die vorigen. Ich fragte sie, wann ich mich niederlegen müsse, und sie sagten, daß Pida kommen würde, um dabeizusein.

Zunächst aber kam statt des jungen Häuptlings ein anderer würdevollen, langsamen Schrittes herbei — ‚Eine Feder‘, der Vater meiner Pflegerin. Er blieb vor mir stehen, betrachtete mich wohl eine ganze Minute lang schweigend und befahl dann den Wächtern:

„Meine Brüder mögen sich entfernen, bis ich sie rufe! Ich will mit dem Bleichgesicht reden.“

Sie gehorchten sofort, er mußte also bei den Kiowas in hohem Ansehen stehen, obgleich er kein Häuptling war. Als sie fort waren, setzte sich Sus-Homascha vor mich hin, und es verging wieder eine Weile, bevor er feierlich begann:

„Die Bleichgesichter wohnten jenseits des großen Wassers. Sie hatten Land genug. Dennoch kamen sie herüber, um unsere Berge, Täler und Ebenen zu rauben.“

Hierauf schwieg er. Seine Worte bildeten nach indianischer Art eine Einleitung, aus der ich schloß, daß er etwas Wichtiges mit mir zu verhandeln hatte. Was konnte das sein? Fast ahnte ich es. Er erwartete wohl eine Antwort von mir. Ich schwieg jedoch, und so fuhr er nach einer Pause fort:

„Sie wurden von den roten Männern gastfreundlich aufgenommen, vergalten aber diese Gastfreundschaft mit Diebstahl, Raub und Mord.“

Wieder eine Pause.

„Noch heute sind sie nur darauf bedacht, uns zu übervorteilen und immer weiter zurückzudrängen, und wenn ihnen das nicht mit List gelingt, so brauchen sie Gewalt.“

Abermals Pause.

„Wenn ein roter Mann einen Weißen sieht, so kann er gewiß sein, einen Todfeind vor sich zu haben. Oder gibt es etwa Bleichgesichter, die nicht unsere Feinde sind?“

Ich merkte wohl, worauf er mit dieser Einleitung lossteuerte, nämlich auf meine Person, auf mich selbst. Als ich auch jetzt noch zögerte, eine Bemerkung zu machen, sprach er die offene Frage aus:

„Will Old Shatterhand mir nicht antworten? Haben die Weißen nicht so an uns gehandelt?“

„Ja, ‚Eine Feder‘ hat recht“, gab ich zu.

„Sind sie nicht unsere Feinde?“

„Sie sind es.“

„Sollte es unter ihnen einige geben, die uns nicht so feindlich gesinnt sind wie die anderen?“

„Es gibt welche.“

„Old Shatterhand mag mir einen nennen!“

„Ich könnte dir mehrere, ja viele Namen sagen, will aber darauf verzichten, denn wenn du die Augen öffnest, so siehst du einen von ihnen vor dir stehen.“

„Ich sehe nur Old Shatterhand.“

„Den meine ich.“

„Also nennst du dich einen Weißen, der nicht so feindlich gegen uns handelt wie die anderen? Hast du nicht mehrfach getötet oder verletzt?“

„Ja, aber nur dann, wenn man mich dazu zwang. Ich bin nicht etwa, wie deine Worte sagten, ein ausgesprochener Feind der Indianer, sondern ich bin ein aufrichtiger Freund der roten Rasse. Das habe ich oft bewiesen. Wo ich nur immer konnte, habe ich den Roten beigestanden und sie vor allem auch gegen die Übergriffe der Bleichgesichter verteidigt. Wenn du gerecht sein willst, mußt du das zugeben."

„,Eine Feder' ist gerecht."

„So will ich in meinem Beweis fortfahren. Denk an Winnetou! Wir sind wie Freunde und Brüder zueinander gewesen! War Winnetou nicht ein roter Mann?"

„Er war es, wenn auch ein Feind von uns."

„Der Apatsche war nicht euer Feind, sondern ihr habt ihn euch zum Feind gemacht. Wie er seine Apatschen liebte, so liebte er alle Indianer. Er trachtete danach, mit allen in Frieden zu leben und überall Frieden zu stiften, seine roten Brüder aber zogen es vor, sich untereinander zu zerfleischen und aufzureiben. Das war sein Kummer, sein Gram, der ihn niemals verlassen hat. Und wie er fühlte und dachte, so habe auch ich gefühlt und gedacht. Alle unsere Handlungen sind der Liebe und der Teilnahme entsprungen, die wir für die rote Rasse hegten."

Ich hatte ebenso langsam und feierlich gesprochen wie er. Als ich nun schwieg, senkte der Kiowa den Kopf und saß so mehrere Minuten lang still. Dann hob er ihn wieder und sagte:

„Old Shatterhand hat die Wahrheit gesprochen. Sus-Homascha ist gerecht und gibt das Gute selbst an seinem Feinde zu. Wären alle roten Männer so, wie Winnetou war, folgten alle Bleichgesichter dem Beispiel, das Old Shatterhand ihnen gibt, so würden die roten und die weißen Völker wie Brüder nebeneinander leben, sich lieben und einander helfen, und die Erde hätte Raum für alle ihre Kinder. Aber es ist gefährlich, ein Beispiel zu geben, dem niemand folgen mag: Winnetou ist gestorben, indem ihn die Kugel eines Feindes traf und Old Shatterhand geht dem Martertod entgegen."

Jetzt hatte er das Gespräch auf dem Punkt, auf den er es hatte bringen wollen. Ich hielt es für geraten, ihm nicht entgegenzukommen. Deshalb schwieg ich. Er fuhr also fort:

„Old Shatterhand ist ein Held. Er wird viele und große Qualen erdulden müssen. Wird er seinen Neidern die Freude machen, ihn schwach zu sehen?"

„Nein. Wenn ich einmal sterben muß, so werde ich als ein Mann in den Tod gehen, dem man ein Grab in Ehren errichten darf."

„Wenn du sterben mußt? Hältst du deinen Tod für zweifelhaft?"

„Ja."

„Du bist sehr aufrichtig!"

„Soll ich dich belügen?"

„Nein. Aber diese Aufrichtigkeit ist gefährlich für dich!"

„Old Shatterhand ist niemals feige gewesen."

„So hoffst du wohl auf Flucht?"

„Ja."

Diese Offenheit war ihm noch viel erstaunlicher als die vorige.

„Uff, uff!" stieß er hervor, indem er beide Hände hob.

„Du bist bis jetzt nachsichtig behandelt worden. Man wird dir mehr Strenge zeigen müssen!"

„Ich fürchte keine Strenge, sie erschreckt mich nicht. Ich bin vielmehr stolz darauf, dir die Wahrheit nicht verschwiegen zu haben."

„Nur Old Shatterhand kann die Kühnheit besitzen, so ehrlich zu sagen, daß er die Flucht ergreifen will. Das war nicht nur kühn, sondern verwegen!"

„Nein. Ein Verwegener handelt entweder nicht mit klarer Einsicht oder verzweifelt, weil er nichts mehr zu verlieren hat. Meine Aufrichtigkeit aber hat einen guten Grund und einen besonderen Zweck."

„Einen Zweck?"

„Ja. Ich kann ihn dir nicht nennen, sondern du mußt selber darauf kommen."

Was ich ihm nicht sagen durfte, war das: Er kam jedenfalls, um mich dadurch zu retten, daß er mir seine Tochter zur Frau anbot. Wenn ich darauf einging, wurde ich nicht getötet, sondern erhielt meine Freiheit wieder und eine junge Frau dazu, mußte aber Kiowa werden. Darauf konnte ich nicht eingehen. Ich war also gezwungen, ‚Eine Feder' mit seinem Antrag zurückzuweisen, was ihn nicht nur bitter kränken, sondern sogar mit Rachedurst erfüllen mußte. Um dem vorzubeugen, sagte ich unverblümt, daß ich meinen Tod nicht für so unvermeidlich hielt wie er. Das sollte heißen: Biete mir deine Tochter nicht an, denn ich rette mich auch, ohne daß ich der Mann einer Indianerin werde! Wenn er diesen Wink verstand, entging er der Kränkung und ich seinem Haß und seiner Rache. Er sann auch wirklich nach, kam aber leider nicht auf den richtigen Gedanken, denn er sagte pfiffig überlegen:

„Old Shatterhand will uns nur Sorge um ihn bereiten, obwohl er weiß, daß er nicht entkommen kann. Er hält es für unter seiner Würde, einzugestehen, daß er verloren ist. Aber Sus-Homascha läßt sich dadurch nicht irremachen. Du weißt genau, daß du sterben mußt."

„Ich weiß genau, daß ich entfliehen werde!" beharrte ich.

„Du wirst zu Tode gemartert!" versicherte er.

„Ich werde entkommen!"

„Flucht ist unmöglich, denn wenn sie Sus-Homascha für möglich hielte, würde er sich selber hersetzen, um dich zu bewachen. Entfliehen wirst du also nicht, aber daß du dem Tod entgehst, dazu ist allerdings eine Möglichkeit vorhanden."

„Welche?" fragte ich, da der Rote nicht davon abzubringen war.

„Mit meiner Hilfe."

„Ich bedarf keiner Hilfe!"

„Du bist noch viel stolzer, als ich dachte. Wer weist eine Hilfe zurück, womit er sein Leben retten kann?"

„Der diese Hilfe nicht braucht, weil er es versteht, sich selbst zu retten."

„Du bleibst bei deinem Stolz, der lieber untergeht, als jemandem Dank schuldet. Aber Sus-Homascha fordert keinen Dank. Er will dich frei sehen. Du weißt, daß ‚Dunkles Haar' meine Tochter ist?"

„Ja."

„Sie hat großes Mitleid mit dir."

„So muß Old Shatterhand ein sehr bedauerns- und beklagenswerter Mensch, aber kein tapferer Krieger sein. Mitleid ist ja eine Beleidigung!"

Ich bediente mich mit Absicht dieses barschen Ausdrucks, um ihn von seinem Plan abzubringen, aber auch das gelang mir nicht. Er versicherte mild·

„Beleidigen wollte dich Sus-Homascha nicht. Noch bevor dich Kakho-Oto sah, hat sie viel von dir gehört. Sie weiß, daß Old Shatterhand der größte weiße Krieger ist, und möchte dich gern retten."

„Das zeigt, daß ‚Dunkles Haar' ein gutes Herz besitzt. Aber daß sie mich rettet, das ist geradezu eine Unmöglichkeit."

„Es ist nicht unmöglich, sondern sogar leicht. Du kennst alle Gebräuche der roten Männer, aber dieser scheint dir unbekannt zu sein. Du wirst dir diesen Gebrauch zunutze machen, denn du hast zu ‚Dunkles Haar' gesagt, daß sie dir gefällt."

„Das ist eine Täuschung. Ich habe das nicht zu ihr gesagt."

„Sie gestand es mir aber doch. Und meine Tochter hat mir noch nie die Unwahrheit gesagt."

„Dann liegt eine Verwechslung vor. ‚Dunkles Haar' brachte mir zu essen. Da fragte mich der Wächter, ob sie mir gefiele, und ich sagte ja. So war es."

„Das ist das gleiche. Jedenfalls hat sie dir gefallen. Weißt du, daß der zum Stamm gehört oder in den Stamm aufgenommen werden kann, der eine seiner Töchter zur Squaw nimmt?"

„Ja."

„Auch wenn er vorher ein Feind oder gar ein Gefangener des Stammes gewesen ist?"

„Ich weiß es."

„Und daß ihm dann seine Schuld erlassen und sein Leben geschenkt wird?"

„Auch das ist mir bekannt."

„Uff! So wirst du mich verstehen."

„Ja, ich verstehe dich."

„‚Dunkles Haar' gefällt dir, und du gefällst ihr. Willst du sie zur Squaw nehmen?" — „Nein."

Es trat eine tiefe, bedrückende Stille ein. Das hatte er nicht erwartet. Ich war dem Tod verfallen und sie eines der begehrenswertesten Mädchen, die Tochter eines der angesehensten Krieger des Stammes, und dennoch schlug ich sie aus! War so etwas möglich? — Endlich fragte er kurz und unfreundlich: „Warum nicht?"

Konnte ich ihm meine eigentlichen Gründe sagen? Daß ein gebildeter Europäer nicht seine ganze Zukunft dadurch preisgeben kann, daß er ein rotes Mädchen heiratet? Daß einem solchen Mann die Ehe mit einer Indianerin nicht das bieten kann, was sie ihm bieten soll und muß? Daß Old Shatterhand nicht zu den weißen Halunken gehört, die eine rote Squaw nehmen, nur um sie später zu verlassen, die oft gar bei jedem Stamm eine andere Frau haben? Diese und viele andere Gründe, die nicht innerhalb seines Begriffsvermögens lagen, konnte ich nicht nennen? Nein. Ich mußte einen Grund bringen, den er verstand und begriff, und so entgegnete ich:

„Mein roter Bruder hat erklärt, daß er Old Shatterhand für einen großen Krieger hält. Das scheint aber nicht wahr zu sein."

„Es ist wahr."

„Und doch soll ich mein Leben aus der Hand eines Weibes nehmen? Würde Sus-Homascha das tun?"

„Uff!" rief er verdutzt. Dann war er still. Dieser Grund schien ihm einzuleuchten, wenigstens einigermaßen. Nach kurzer Zeit fragte er mich: „Was denkt Old Shatterhand von Sus-Homascha?"

„Daß er ein großer, tapferer und erfahrener Krieger ist, auf den sich ein Stamm im Kampf und bei der Beratung verlassen kann."

„Du würdest mein Freund sein mögen?"

„Mit Freuden!"

„Und was sagst du zu Kakho-Oto, die meine jüngste Tochter ist?"

„Sie ist die lieblichste und beste Blume unter den Töchtern der Kiowas."

„Ist sie eines Mannes wert?"

„Jeder Krieger, dem du erlaubst, sie zur Squaw zu nehmen, kann stolz darauf sein."

„Du weist sie also nicht zurück, weil du mich oder sie verachtest?"

„Das sei ferne von mir! Aber Old Shatterhand kann sein Leben verteidigen, kann es sich erkämpfen, doch es aus der Hand eines Weibes nehmen, das kann er nicht."

„Uff, uff!" nickte er.

„Soll Old Shatterhand etwas tun, worüber jeder, der es am Lagerfeuer erzählen hört, die Nase rümpft?"

„Nein."

„Soll man von Old Shatterhand sagen: Er ist vor dem Tod ausgerissen und einer hübschen, jungen Squaw in die Arme gelaufen?"

„Nein."

„Habe ich nicht die Pflicht, meinen Ruf und meine Ehre zu wahren, selbst wenn ich deshalb mein Leben auslöschen lassen muß?"

„Ja."

„So wirst du begreifen, daß ich auf dein Anerbieten nein sagen muß. Aber ich danke dir, und ich danke auch ‚Dunklem Haar', deiner schönen Tochter. Ich wollte, ich könnte euch in anderer Weise als nur mit Worten dankbar sein."

„Uff, uff, uff! Old Shatterhand ist ein ganzer Mann. Es ist zu beklagen, daß er sterben muß. Was ich ihm vorschlug, war das einzige Mittel, ihn zu retten. Aber ich sehe ein, daß ein tapferer Krieger es nicht annehmen kann. Wenn ich das meiner Tochter sage, wird auch sie ihm nicht zürnen."

„Ja, sag ihr das! Es würde mir sehr leid tun, wenn sie dächte, daß ich deinen Vorschlag ihretwegen zurückgewiesen hätte."

„Sie wird dich nun noch mehr lieben und ehren als bisher, und wenn du am Marterpfahl stehst und alle anderen dabei sind, um deine Qualen zu sehen, wird sie im tiefsten und dunkelsten Winkel ihres Zeltes sitzen und ihr Gesicht verhüllen. Howgh!"

Nach diesem Bekräftigungswort stand er auf und entfernte sich, ohne wieder davon zu sprechen, daß er bei mir Wache halten wolle. Die Wächter nahmen, als er fort war, ihre Plätze wieder ein.

Gott sei Dank, das war glücklich überstanden! Das war eine Klippe, woran meine Hoffnung auf Rettung leicht hätte Schiffbruch leiden können, denn wenn ich mir ‚Eine Feder' zum Feind gemacht und seine Rachsucht herausgefordert hätte, wäre mir seine Wachsamkeit gefährlicher gewesen als jedes andere Hindernis.

Bald darauf erschien Pida und ich mußte mich niederlegen. Mit weit auseinandergespreizten Armen und Beinen wurde ich an vier Pfähle gebunden, doch bekam ich eine zusammengerollte Decke als Kopfkissen und wurde mit einer zweiten zugedeckt.

Kaum war Pida fort, so meldete sich anderer Besuch, über den ich mich freute: Mein Schwarzschimmel war es, der in der Nähe geweidet hatte, ohne sich den übrigen Pferden beizugesellen, und der sich, nachdem er mich liebkosend beschnaubt hatte, unweit von mir niederlegte. Die Wächter hinderten ihn nicht daran. Das Pferd konnte mich doch nicht losbinden und entführen.

Diese Treue des Tieres war für mich jetzt von großem Wert. Wenn mir die Flucht je gelang, so war das wahrscheinlich in der Nacht, und wenn es mein Pferd stets so machte wie heute, daß es des Abends zu mir kam, so brauchte ich mich nicht mit einem anderen, mir unbekanntem zu begnügen oder mir die schwere, zeitraubende und gefährliche Arbeit zu machen, es zu suchen.

Es kam so, wie ich vermutet hatte: ich konnte nicht schlafen. Die auseinandergezogenen Arme und Beine begannen zu schmerzen und schliefen ein. Wenn ich einnickte, so wachte ich sehr bald wieder auf, und es war geradezu eine Erlösung für mich, als der Morgen anbrach und ich wieder aufrecht an den Baum gebunden wurde.

Wenn das noch viele Nächte so fortging, mußte ich trotz der guten Ernährung körperlich herunterkommen. Aber sagen durfte ich nichts, denn über Schlaflosigkeit zu klagen, wäre für Old Shatterhand eine Schande gewesen.

Ich war neugierig, wer mir das Frühstück bringen würde. Ob ,Dunkles Haar'? Wohl kaum, denn ich hatte ihren Vater zurückgewiesen! Aber sie kam doch. Sie sagte kein Wort, nur in ihren Augen las ich, daß sie nicht etwa zornig über mich, sondern traurig war.

Als Pida erschien, um nach mir zu sehen, erfuhr ich, daß er mit einem Trupp seiner Krieger auf die Jagd reiten und erst am Nachmittag zurückkehren würde. Ich bemerkte kurze Zeit darauf, daß sie in die Prärie hinaussprengten.

Einige Stunden vergingen, da tauchte Santer unter den Bäumen auf. Er führte sein gesatteltes Pferd an der Hand, hatte sein Gewehr übergeworfen und kam gerade auf mich zu.

„Ich will auch auf die Jagd und halte es für meine Schuldigkeit, Euch das zu melden, Mr. Shatterhand", begann er. „Wahrscheinlich treffe ich Pida da draußen, der Euch so wohlgewogen ist und mich so wenig leiden kann."

Er schien eine Antwort zu erwarten, aber ich tat, als hätte ich ihn weder gehört noch gesehen.

„Ihr seid wohl taub geworden, he?"

Wieder keine Antwort.

„Das tut mir leid, nicht nur um Euch, sondern auch meinetwegen!"

„Fort, Halunke!" fuhr ich ihn an.

„Oh, reden könnt Ihr also, aber hören nicht? Schade, jammerschade! Wollte Euch einiges fragen."

Er sah mir frech ins Gesicht. Das seinige hatte dabei einen eigentümlichen, ich möchte sagen, teuflisch triumphierenden Ausdruck. Er hielt mit etwas hinter dem Berg, das war gewiß.

„Ja, wollte Euch einiges fragen", wiederholte er. „Würdet Euch darüber freuen, wenn Ihr es hörtet, Mr. Shatterhand."

Santer sah mich erwartungsvoll an, ob ich etwas sagen würde. Als das nicht geschah, lachte er:

„Hahahaha, gibt das ein Bild! Der berühmte Old Shatterhand am Todesbaum, und der Schurke Santer ein freier Mann! Aber es kommt noch viel besser, Sir. Ist Euch vielleicht ein Wald bekannt, hm, ja, so eine Art Fichtenwald oder Indeltsche-tschil?"

Dieses Wort verschlug mir beinahe den Atem. Es stand ja in Winnetous Testament. Ich fühlte, daß meine Blicke ihn durchbohren wollten.

„Ah, da guckt er mich an, als hätte er anstatt der Augen Dolche im Kopf!" lachte er „Ja, ja, es soll solche Wälder geben, wie ich gehört habe!"

„Schurke, woher hast du das?" knirschte ich.

„Woher ich auch den Tse-schosch habe. Kennt Ihr den vielleicht?"

„By Jove! Ich werde —"

„Wartet nur, wartet!" unterbrach er mich. „Was für ein sonderbares Ding ist denn das, ein Deklil-to, oder wie es heißt? Ich möchte —"

„Schuft!" rief, nein, schrie, nein brüllte ich. „Ihr habt die Papiere, die ich dem —"

„Ja, die habe ich!" fiel er mir mit höhnisch triumphierendem Gelächter in die Rede.

„Ihr habt Pida bestohlen!"

„Unsinn! Ich habe nur geholt, was mir gehört. Nennt man das stehlen? Ich habe die Papiere, ich habe sie mit allem, was drum und dran ist."

„Haltet ihn! Nehmt ihn fest!" schrie ich außer mir den Wächtern zu.

„Mich halten?" lachte er, indem er schnell in den Sattel stieg. „Versucht es doch!"

„Laßt ihn nicht fort!" brüllte ich. „Er hat Pida bestohlen! Santer darf nicht entkommen — — "

Meine Worte erstickten in der Anstrengung, mich vom Baum loszureißen. Santer ritt im Galopp davon, und die Wächter waren zwar aufgesprungen, taten aber nichts, als daß sie ihm verständnislos nachstierten. Winnetous Testament! Der Letzte Wille meines roten Bruders war geraubt worden! Da draußen jagte der Dieb schon über den offenen Plan, und kein Mensch machte Miene, ihn zu verfolgen!

Ich war wie von Sinnen und zog, zog, zog mit aller Gewalt an dem Riemen, der meine Hände an den Baum schnürte. Ich dachte nicht daran, daß er so gut wie unzerreißbar war und daß ich auch nicht fortgekonnt hätte, wenn er zerrissen wäre, weil meine Füße doch ebenfalls festgebunden waren. Ich fühlte sogar die Schmerzen in den Handgelenken nicht. Ich zog und schrie — — da stürzte ich plötzlich vornüber zur Erde. Der Riemen war geplatzt.

„Uff, uff!" riefen die Wächter. „Old Shatterhand ist los!"

Sie griffen nach mir, um mich zu halten.

„Laßt mich, laßt mich!" brüllte ich. „Ich will ja gar nicht fliehen, ich will nur los, um Santer zu verfolgen und festzuhalten! Er hat Pida bestohlen!"

Mein Geschrei hatte das ganze Dorf auf die Beine gebracht. Alles eilte herbei, um mich zu bändigen. Das war verhältnismäßig leicht, weil ich noch mit den Füßen festhing und sich hundert Hände nach mir ausstreckten. Aber ohne Hiebe und Stöße von meiner und Schrammen und Beulen auf ihrer Seite ging es doch nicht ab, bis ich mit den Händen wieder fest am Baum hing.

Die Roten rieben sich die Stellen, wo ich sie getroffen hatte, schienen mir aber gar nicht sonderlich böse deswegen zu sein, sondern äußerten nur ihr Erstaunen darüber, daß ich den Riemen zersprengt hatte.

„Uff, uff, uff — losgekommen — hätte kein Mensch glauben sollen!"

293

Solche und ähnliche Bewunderungsrufe wurden laut, und nun erst fühlte ich die Schmerzen in meinen Handgelenken. Sie bluteten, denn der Riemen hatte mir, bevor er zerriß, das Fleisch bis auf die Knochen zerschnitten.

„Was steht ihr hier und starrt mich an!" herrschte ich die Roten an. „Habt ihr noch nicht verstanden, was ich gesagt habe? Santer hat Pida bestohlen. Schnell auf die Pferde! Holt Santer zurück!"

Aber keiner gehorchte. Ich war außer mir und schrie noch immer fort, bis endlich einer kam, der verständiger als die anderen war, nämlich ‚Eine Feder'. Er drängte die Gaffer auseinander, trat zu mir und fragte, was geschehen sei. Ich sagte es ihm.

„Das sprechende Papier gehört also jetzt Pida?" erkundigte er sich zum Überfluß.

„Gewiß, gewiß! Du hast ja auch dabeigesessen, als es ihm zugesprochen wurde!"

„Und du weißt genau, daß Santer damit entflohen ist und nicht wiederkommen will?" — „Ja doch, ja!"

„So müssen wir Tangua fragen, was unternommen werden soll, denn er ist der oberste Häuptling."

„Fragt ihn meinetwegen, fragt! Nur zögert nicht, sondern macht schnell, schnell, schnell!"

Aber ‚Eine Feder' verweilte doch noch, denn er sah den Riemen, den ich zerrissen hatte, auf der Erde liegen, bückte sich, betrachtete ihn, schüttelte den Kopf und fragte den nächststehenden Roten:

„Das ist der Riemen, den er zersprengt hat?" — „Ja."

„Uff, uff! Ja, er ist Shatterhand! Und dieser Mann muß sterben! Warum ist er kein roter Krieger, kein Kiowa, sondern ein Bleichgesicht?" Nun erst ging er fort und nahm den Riemen mit. Die anderen, außer meinen Wächtern, folgten ihm.

Ich wartete mit Spannung, mit verzehrender Ungeduld darauf, wann die Verfolgung des Diebes beginnen würde. Keine Spur davon! Nach kurzer Zeit ging das ruhige Dorfleben in seinen bisherigen Bahnen weiter. Das hätte mich rasend machen können. Da bat ich meine Wächter, sich doch zu erkundigen. Sie durften nicht fort. Sie riefen einen anderen herbei. Durch ihn erfuhr ich, Tangua hätte die Verfolgung untersagt. An dem sprechenden Papier liege nichts, denn Pida könne es nicht lesen und nicht brauchen.

Man kann sich meine Aufregung, meinen Ärger, nein, meine Wut denken. Ich knirschte mit den Zähnen, daß meine Wächter besorgt zu mir aufblickten, und war nahe daran, mich wieder loszureißen, trotz der Schmerzen, die mir das verursachte. Ich stöhnte förmlich vor Grimm. Aber was konnte das nützen und helfen? Nichts, gar nichts! Ich mußte mich darein ergeben. Das sah ich endlich ein und zwang mich doch zur äußerlichen Ruhe.

So mochten drei Stunden vergangen sein, als ich eine weibliche Stimme laut rufen hörte. Vorhin hatte ich wohl gesehen, aber nicht sonderlich beachtet, daß ‚Dunkles Haar' aus ihrem Zelt getreten und fortgegangen war. Jetzt kam sie eiligen Laufes und laut schreiend zurück, verschwand im Eingang und erschien dann wieder mit ihrem Vater, der, ebenfalls laut rufend, mit ihr davonrannte. Alle, die sich in der Nähe befanden, liefen hinter ihnen her. Da mußte etwas Wichtiges vorgefallen sein! Vielleicht bezog es sich auf den Diebstahl der Papiere!

Es dauerte nicht lange, so kam ‚Eine Feder' stracks zu der Stelle gerannt, wo ich am Baum hing, und rief mir schon von weitem zu:

„Old Shatterhand versteht alles. Ist er auch ein Arzt?"

„Ja", versicherte ich in der Hoffnung, zu einem Kranken geführt zu werden, denn in diesem Fall mußte man mich losbinden.

„Du kannst also Kranke heilen?"

„Ja."

„Aber nicht Tote erwecken?"

„Ist jemand tot?"

„Ja, meine Tochter."

„Deine Tochter? ‚Dunkles Haar'?" fragte ich erschrocken.

„Nein, sondern ihre Schwester, die Squaw des jungen Häuptlings Pida. Sie lag gefesselt auf der Erde und regte sich nicht. Der Medizinmann hat sie untersucht und gesagt, sie sei gestorben, erschlagen von Santer, dem Räuber des sprechenden Papieres. Will Old Shatterhand ihr das Leben wiedergeben?"

„Führe mich zu ihr!"

Sofort wurde ich losgebunden. Dann schnürte man mir die Hände fest zusammen und fesselte mir die Füße so, daß ich wohl ausschreiten, aber nicht davonlaufen konnte. Auf diese Weise wurde ich durch das Dorf zu Pidas Zelt geführt. Daß ich dieses Zelt und seine Lage jetzt kennenlernte, war mir sehr lieb, weil sich darin meine beiden Gewehre befanden. Der Platz wimmelte von roten Männern, Frauen und Kindern, die ehrerbietig eine Gasse bildeten, so daß ich hindurch konnte.

Ich trat mit ‚Eine Feder' in das Zelt, wo ‚Dunkles Haar' und ein alter häßlicher Kerl neben der am Boden liegenden vermeintlichen Leiche hockten. Dieser Alte war der Medizinmann. Beide standen auf, als sie mich eintreten sahen. Unauffällig überflog ich den Raum. Ah, da links lag mein Sattel mit der Decke, an einer der Seitenstangen hingen meine Revolver, und darüber steckte das Bowiemesser im Pfahlholz! Der Besitzer des Zeltes hatte auch diese Gegenstände als sein Eigentum an sich genommen. Es läßt sich denken, wie froh ich darüber war.

„Old Shatterhand mag die Tote ansehen, ob er sie wieder lebendig machen kann!" bat mich ‚Eine Feder'.

Sogleich kniete ich nieder und untersuchte die Frau mit den gefesselten Händen. Erst nach längerer Zeit entdeckte ich, daß ihr Blut noch in Bewegung war. Ihr Vater und ihre Schwester hielten die Augen mit angstvoller Spannung auf mich gerichtet.

„Sie ist tot, und kein Mensch kann Tote erwecken", erklärte der Medizinmann, der die schwachen Lebensspuren im Körper der Bewußtlosen nicht bemerkt hatte.

„Old Shatterhand kann es", behauptete ich.

„Du kannst es, du?" fragte ‚Eine Feder' schnell und froh.

„Weck sie auf, o weck sie auf!" bat ‚Dunkles Haar', indem sie mir beide Hände auf die Schulter legte.

„Ja, ich kann es, und werde es tun", wiederholte ich, „aber wenn das Leben wiederkehren soll, darf kein Mensch als ich allein bei der Toten sein."

„Wir sollen also hinausgehen?" fragte der Vater.

„Ja."

„Uff! Weißt du, was du verlangst?"

„Was?" erkundigte ich mich, obwohl ich es sehr wohl wußte.

„Hier sind deine Waffen. Wenn du sie bekommst, bist du frei. Versprichst du mir, sie nicht anzurühren?"

Es läßt sich denken, wie schwer mir die Antwort wurde. Mit dem Messer konnte ich meine Fesseln trennen. Hatte ich dann die Revolver und den Stutzen, so hätte ich den sehen mögen, der so tollkühn gewesen wäre, sich an mich zu wagen! Aber nein! Es konnte dabei zum Kampf kommen, was ich möglichst vermeiden wollte, und es widerstrebte mir außerdem, die Ohnmacht eines Weibes zu einem solchen Zweck auszubeuten.

Aber ein anderer rettender Gedanke kam mir im gleichen Augenblick. Auf einem für weibliche Arbeiten aufgespannten Fell sah ich verschiedene Handwerkzeuge, Nadel, Bohrer und dergleichen liegen, dabei auch zwei, drei kleine Messer, wie sie von den Indianerinnen zum Auftrennen der starken, festen Sehnennähte gebraucht werden. Diese kleinen, dünnen Klingen sind meist sehr scharf. Ich brauchte nur ein solches Messer, um mich zu befreien. Darum erklärte ich getrost: „Ich verspreche es. Ihr könnt ja auch, um ganz sicher zu sein, die Waffen mit hinausnehmen!"

„Nein, das ist unnötig. Was Old Shatterhand verspricht, das hält er. Aber das genügt noch nicht."

„Was noch?"

„Du könntest, da du einmal vom Baum los bist, die Flucht auch ohne deine Waffen auf andere Art ergreifen. Willst du mir versprechen, das jetzt nicht zu tun?"

„Ja."

„Wieder zum Baum des Todes zurückzukehren und dich anbinden zu lassen?"

„Ich gebe dir mein Wort darauf!"

„So kommt mit hinaus! Old Shatterhand ist kein Lügner wie Santer, wir dürfen ihm vertrauen."

Als die Roten das Zelt verlassen hatten, war es mein erstes, eines der kleinen Messer unter den zugeknöpften linken Ärmelbund meines Hemdes zu schieben. Dann beschäftigte ich mich mit der Frau.

Ihr Mann war auf der Jagd. Das hatte Santer benutzt, bei ihr einzudringen. Seitdem war schon eine geraume Zeit vergangen, und sie lag noch immer besinnungslos. Das konnte nicht nur eine vom Schreck verursachte Ohnmacht sein, sondern es war eine tiefer begründete Betäubung. Ich griff ihr also an den Kopf und fühlte, daß die Schädeldecke in der Gegend der Pfeilnaht stark geschwollen war. Als ich drückte, stieß die Frau einen schmerzlichen Seufzer aus. Ich drückte wieder und wieder, bis sie die Augen öffnete und mich ansah, erst stier, dann aber hauchte sie meinen Namen: „Old Shatterhand!"

„Kennst du mich?" fragte ich.

„Ja."

„Besinne dich! Werde nicht wieder ohnmächtig, sonst stirbst du! Was ist geschehen?"

Meine Warnung, daß sie sterben würde, war von guter Wirkung. Sie gab sich Mühe, nahm sich zusammen, richtete sich mit meiner Hilfe sitzend auf und legte die Hände auf den schmerzenden Kopf.

„Ich war allein. Der weiße Mann kam herein und verlangte die Medizin. Ich gab sie ihm nicht, da schlug er mich."

„Wo war die Medizin? Ist sie fort?"

Die Squaw blickte auf eine Stange und rief erschrocken, wenn auch mit matter Stimme:

„Uff! Sie ist fort! Er hat sie genommen! Als er mich schlug, sank ich um. Weiter weiß ich nichts."

Erst jetzt fiel es mir ein, daß sich Santer heute vor mir gerühmt hatte, die Papiere mit allem Drum und Dran zu besitzen. Er hatte also die beschriebenen Blätter samt der Medizin, worin sie Pida demnach gelassen hatte, genommen. Dem Häuptling Pida war die Medizin geraubt worden, ein beinahe unersetzlicher Verlust! Er mußte, um sie wieder zu erlangen, alles in Bewegung setzen.

„Bist du stark genug, wach zu bleiben? Oder wirst du wieder umfallen?" fragte ich.

„Ich falle nicht um", erklärte die Frau. „Du hast mir das Leben zurückgegeben, ich danke dir!"

Da stand ich auf und öffnete die Felltür. Vater und Schwester standen in der Nähe, weiter abseits die Dorfbewohner.

„Kommt herein!" forderte ich die beiden auf. „Die Tote ist wieder lebendig geworden."

Welche Freude diese Worte hervorbrachten, brauche ich nicht zu sagen. Vater und Tochter und dann später auch alle Kiowas waren überzeugt, daß ich ein wirkliches Wunder getan hätte. Es gab für mich keinen Grund, ihnen zu widersprechen. Ich verordnete Umschläge und zeigte, wie sie zu machen seien.

So groß wie diese Freude war dann auch die Wut über das Verschwinden der Medizin. Das schlimme Ereignis wurde Tangua gemeldet, der dem Räuber jetzt endlich eine Kriegerschar nachschickte und auch mehrere Boten aussandte, die Pida suchen sollten. Ich wurde von ‚Eine Feder' wieder zum Baum des Todes geführt und dort angebunden. Er war meines Lobes voll und strömte von Dankbarkeit über, freilich nur nach Indianerart.

„Wir werden dir noch viel größere Qualen am Pfahl bereiten, als wir vorher planten", versicherte er mir. „Noch nie soll ein Mensch so gelitten haben wie du, damit du in den Ewigen Jagdgründen das größte und höchste unter allen Bleichgesichtern wirst, die die Erlaubnis bekommen, dort einzuziehen."

Danke! dachte ich, laut aber sagte ich: „Hättet ihr Santer sofort verfolgt, wie ich verlangte, so wäre er in eure Hände geraten. Nun aber wird er wahrscheinlich entkommen!"

„Wir fangen ihn! Seine Spur wird deutlich sein."

„Ja, wenn ich hinter ihm her sein könnte!" — „Das kannst du doch!"

„Ich? Ich bin ja gefangen und gefesselt!"

„Wir lassen dich mit Pida fortreiten, wenn du versprichst, mit ihm wiederzukommen, und dich martern zu lassen. Sag, ob du das tun willst!"

„Nein. Wenn ich sterben soll, dann lieber so bald wie möglich. Ich kann es kaum erwarten."

„Ja, du bist ein Held, das weiß ich, und das höre ich jetzt abermals, denn nur ein Held kann solche Worte sprechen. Wir alle beklagen es, daß du kein Kiowa bist!"

Er ging, und ich war so rücksichtsvoll, ihm nicht zu sagen, daß seine Klage in meinem Herzen keinen Widerhall fand. Ich hegte sogar die Absicht, alle meine Bewunderer schon in der nächsten Nacht zu verlassen, und zwar ohne Abschied.

Pida wurde schnell gefunden und kam auf schweißtriefendem Pferd ins Dorf gesprengt. Sein erster Weg war in sein Zelt, sein nächster zu seinem Vater, und dann erschien er bei mir. Er sah äußerlich ruhig aus, mußte sich aber wohl große Mühe geben, seine Aufregung zu verbergen.

„Old Shatterhand hat meine Squaw, die ich liebe, vom Tode erweckt und wieder lebendig gemacht", begann er. „Ich danke ihm. Er weiß alles, was vorgefallen ist?"

„Ja. Wie geht es der Squaw?"

„Ihr Kopf schmerzt, doch das Wasser tut ihr wohl. Sie wird bald wieder gesund sein. Aber meine Seele ist krank und kann nicht eher geheilt werden, als bis ich meine Medizin wiederhabe."

„Warum ließt ihr euch nicht warnen!"

„Old Shatterhand hat immer recht. Hätten unsere Krieger ihm wenigstens heute gehorcht und den Räuber sogleich verfolgt, so wäre Santer wohl jetzt schon wieder hier."

„Pida wird die Verfolgung beginnen?"

„Ja. Ich muß eilen und bin nur zu dir gekommen, um Abschied zu nehmen. Nun wird dein Tod abermals aufgeschoben, obgleich du gern schnell sterben möchtest, wie ‚Eine Feder' mir sagte. Du mußt warten, bis ich zurückkomme." — „Gern."

Das war wirklich aufrichtig gemeint, er aber nahm es nach seiner Anschauung und tröstete mich.

„Es ist nicht gut, den Tod so lange vor Augen zu haben aber ich habe befohlen, daß dir diese Zeit so leicht wie möglich gemacht wird. Noch leichter würde sie dir werden, wenn du das tun wolltest, was ich dir jetzt vorschlagen möchte."

„Was ist es?" — „Willst du mit Pida reiten?" — „Ja."

„Uff! Das ist gut, denn nun werden wir den Dieb ganz gewiß ergreifen. Wir werden dich sofort losbinden und dir deine Waffen geben."

„Halt, noch nicht! Ich stelle meine Bedingungen."

„Was für Bedingungen?"

„Daß ich als freier Mann mitreite."

„Uff! Das ist nicht möglich."

„So bleibe ich da."

„Du bist ja frei, solange wir fort sind, dann aber kehrst du mit mir zurück und bist wieder unser Gefangener. Wir verlangen nichts von dir, als daß du uns dein Wort gibst, uns unterwegs nicht zu entfliehen."

„Ihr nehmt mich also nur mit, weil mir keine Fährte entgehen kann? Ich bleibe hier. Als Spürhund läßt sich Old Shatterhand nicht gebrauchen."

„Willst du dich nicht anders besinnen?"

„Nein."

„Bedenke wohl! Es ist dann möglich, daß wir den Dieb meiner Medizin nicht ergreifen."

„Das wäre schlimm für dich. Mir entginge er gewiß nicht, wenn ich ihn haben wollte. Doch ein jeder mag sich selbst holen, was ihm gestohlen wurde."

Er schüttelte, ohne mich zu verstehen, enttäuscht den Kopf und beteuerte mir: „Pida hätte dich gern mitgenommen, um dir dafür zu danken, daß du seine Squaw lebendig gemacht hast. Er kann nicht dafür, daß du nicht willst."

„Wenn du mir wirklich danken willst, so kannst du mir einen Wunsch erfüllen."

„Sag ihn!"

„Ich mache mir so meine Gedanken über die drei Bleichgesichter, die mit Santer gekommen sind. Wo befinden sie sich?"

„Jetzt noch in ihrem Zelt." — „Frei?"

„Nein. Sie sind gefesselt. Sie waren die Freunde des Räubers von Pidas Medizin."

„Aber sie sind unschuldig."

„Das sagen sie, doch Santer ist jetzt unser Feind, und die Freunde meines Feindes sind meine Feinde. Sie werden an den Baum des Todes gebunden, um mit dir zu sterben."

„Und ich versichere, daß sie von Santers Tat nicht das geringste gewußt haben!"

„Das geht uns nichts an. Hätten sie auf dich gehört! Pida weiß, daß du sie gewarnt hast."

„Pida, der junge, tapfere und edle Häuptling der Kiowas, mag hören, was ich ihm sage: Ich soll den Martertod sterben und habe nicht für mich gebeten, für sie aber bitte ich."

„Uff! Wie lautet deine Bitte?" — „Gib die drei Bleichgesichter frei!"

„Pida soll sie ziehen lassen, mit ihren Pferden und ihren Waffen? Wie kann er das?"

„Gib sie frei, um deiner Squaw willen, die du lieb hast, wie du mir erklärst!"

Er wandte sich ab von mir. In seinem Inneren kämpfte es lange Zeit, dann kehrte er sich mir wieder zu und sagte:

„Old Shatterhand ist nicht wie andere Bleichgesichter, überhaupt nicht wie andere Menschen. Man kann ihn nicht begreifen. Wenn er für sich gebeten hätte, so wären wir vielleicht bereit gewesen, ihm Gelegenheit zu geben, dem Tod zu entgehen. Er hätte mit unseren tapfersten und stärksten Kriegern um sein Leben kämpfen dürfen. Doch er mag nichts geschenkt haben und bittet für andere."

„Das tu ich, ich wiederhole sogar meine Bitte."

„Nun wohl, sie sollen frei sein, aber dann habe ich auch eine Bedingung."

„Nenne sie."

„Dir selber wird nun nichts, aber auch gar nichts geschenkt! Für die Rettung meines Weibes hast du keinen Dank mehr zu fordern. Wir sind quitt."

„Gut! Wir sind quitt!" bestätigte ich.

„So werde ich die drei jetzt freilassen. Doch sie sollen beschämt werden. Sie haben dir nicht geglaubt und nicht auf dich gehört, nun mögen sie zu dir kommen, um sich zu bedanken. Howgh!"

Damit drehte er sich um, und ich sah ihn ins Zelt seines Vaters gehen, der ja wissen mußte, was mir der Sohn versprochen hatte. Kurze Zeit darauf trat Pida wieder heraus und verschwand unter den Bäumen. Als er zurückkehrte, folgten ihm die drei Weißen auf ihren Pferden. Er wies sie zu mir, kam aber selber nicht wieder mit.

Payne, Clay und Summer ritten mit wahren Armesündermienen heran.

„Mr. Shatterhand", begann der erste, „wir haben gehört, was sich ereignet hat. Ist es denn etwas gar so Schreckliches, wenn einmal so ein alter Medizinsack abhanden kommt?"

„Diese Frage bestätigt meine Meinung, daß ihr nämlich vom Wilden Westen blutwenig versteht. Die Medizin zu verlieren, ist das Schrecklichste, was einem indianischen Krieger zustoßen kann. Das solltet Ihr doch wissen."

„Well! Darum also war Pida so grimmig, und darum wurden wir gefesselt. Nun wird es Santer schlecht ergehen, wenn sie ihn fangen."

„Das hat er auch verdient. Seht Ihr nun ein, daß er Euch nur betrügen wollte?"

„Uns? Geht uns die Medizin etwas an, mit der er verschwunden ist?"

„Ungeheuer viel! Denn in dem Medizinbeutel befinden sich die Papiere, die er so gern haben wollte."

„Und in welcher Beziehung stehen die Papiere zu uns?"

„Sie enthalten eine genaue Beschreibung der Stelle, wo die Nuggets versteckt sind."

„Hang it all! Ist das wahr?"

„Gewiß!"

„Dann kennt Ihr ja die Stelle auch! Sagt sie uns, Mr. Shatterhand! Wir reiten dem Halunken nach und nehmen ihm das Gold vor der Nase weg!"

„Dazu seid ihr erstens nicht die richtigen Kerle, und zweitens habt Ihr mir bisher nicht geglaubt und braucht mir nun auch nicht glauben. Santer hat euch nur als Spürhunde mitgeschleppt, die ihm helfen sollten, die goldenen Füchse aufzustöbern. Dann hätte er euch niedergeschossen. Jetzt kann er euch entbehren, und er hatte es auch nicht mehr nötig, euch stumm zu machen, denn er durfte bei seiner Flucht damit rechnen, daß die Roten euch als seine Spießgesellen betrachten und behandeln würden."

„Zounds! Also hätten wir wirklich nur Euch unser Leben zu verdanken? Pida sagt es."

„Wird wohl so sein. Euch war bestimmt, mit mir am Marterpfahl zu sterben."

„Und Ihr habt uns losgebeten? Euch selber nicht auch? Sagt, was wird denn mit Euch?"

„Gemartert werde ich, weiter nichts."

„Zu Tode?"

„Ja."

„Das tut uns herzlich leid, Sir! Könnten wir Euch denn nicht auf irgendeine Weise helfen?"

„Danke, Mr. Payne! Bei mir ist jede Hilfe vergeblich. Reitet getrost fort, und wenn Ihr zu Menschen kommt, so könnt ihr erzählen, daß Old Shatterhand nicht mehr lebt, sondern bei den Kiowas am Marterpfahl geendet hat."

„Eine verteufelt traurige Botschaft! Ich wollte, ich könnte Besseres von Euch erzählen!"

„Das würde der Fall sein, wenn Ihr mich in den Mugwort Hills nicht belogen hättet. Ihr seid schuld an meiner Gefangennahme und an meinem Tod, der grausam und häßlich sein wird. Diesen Vorwurf mache ich Euch und wünsche, daß er Euch mitten aus dem Schlaf weckt. Und nun macht Euch fort!"

Er wußte vor Verlegenheit nicht, was er antworten sollte. Clay und Summer, die überhaupt noch kein Wort gesagt hatten, wußten es noch viel weniger, und so hielten sie es für das beste, sich zu trollen. Eigentlich bedankt hatte sich keiner von ihnen, doch leisteten sie mir dadurch Ersatz, daß sie sich, als sie eine kleine Strecke fort waren, noch einmal mit betrübten Mienen zu mir umblickten.

Sie waren noch nicht am Rande des Gesichtskreises verschwunden, so ritt auch Pida fort, doch ohne sich noch einmal zu mir umzusehen; und das mit vollstem Recht, denn wir waren ja quitt. Er glaubte, mich bei seiner Rückkehr noch hier in Fesseln zu finden, und ich war überzeugt, ihn, wenn er auf Santers Fährte blieb, entweder am Rio Pecos oder südlich vom Rio Gila auf der Sierra Rita wieder zu treffen. Wer würde recht behalten, er oder ich?

Als ‚Dunkles Haar‘ mir zu Mittag das Essen brachte und ich mich nach dem Befinden ihrer Schwester erkundigte, hörte ich, daß die Schmerzen fast gänzlich nachgelassen hätten. Das gute Mädchen reichte mir so viel Fleisch, daß ich es nicht aufessen konnte, und bevor sie sich entfernte, blickte sie mich aus feuchten Augen bedauernd an. Ich sah, daß sie etwas auf dem Herzen hatte, sich aber scheute, es ohne Aufforderung zu sagen. Deshalb ermunterte ich sie:

„Meine junge Schwester will mir etwas mitteilen. Ich möchte es erfahren.“ — „Old Shatterhand hat unrecht getan“, begann sie mit sichtbarem Zagen.

„Inwiefern?“

„Daß er nicht mit Pida geritten ist.“

„Ich hatte keinen Grund dazu.“

„Der große weiße Jäger hätte wohl Grund dazu gehabt. Es ist ehrenvoll, ohne Laut am Pfahl zu sterben, doch denkt ‚Dunkles Haar‘, daß ehrenvoll zu leben noch besser ist.“

„Gewiß, aber ich sollte ja in die Gefangenschaft zurückkehren, um dennoch zu sterben.“

„Das mußte Pida fordern, aber es wäre wohl anders gekommen. Vielleicht hätte er Old Shatterhand unterwegs erlaubt, sein Freund und Bruder zu sein und die Pfeife des Friedens mit ihm zu rauchen.“

„Und einen Freund und Bruder, mit dem man das Kalumet geraucht hat, den läßt man nicht am Marterpfahl sterben. So denkst du doch?“

„Ja.“

„Du hast recht, aber ich habe meine eigene Ansicht. — Du möchtest wohl gern, daß ich am Leben bleibe?“

„Ja“, gestand sie aufrichtig. „Du hast doch meiner Schwester das Leben wiedergegeben.“

„So sei nicht allzusehr besorgt um mich! Old Shatterhand weiß stets, was er tut.“

Sie sah sinnend vor sich nieder, warf einen verstohlenen Seitenblick auf die Wächter und machte eine ungeduldige Handbewegung. Ich verstand sie. Sie wünschte, von Flucht mit mir reden zu können, und durfte das nicht. Als sie dann die Lider wieder hob, nickte ich ihr lächelnd zu.

„Das Auge meiner jungen Schwester ist durchsichtig und klar. Old Shatterhand kann ihr bis ins Herz hinabsehen. Er kennt ihre Gedanken.“ — „Sollte er sie wirklich kennen?“

„Ja, und sie werden bald in Erfüllung gehen.“

„Es sei so, wie du sagst. ‚Dunkles Haar‘ wird sich sehr darüber freuen!“

Dieses kurze Gespräch hatte ihr Herz erleichtert und ihren Mut erhöht. Während des Abendessens wagte sie schon mehr. Zu dieser Zeit brannten, wie gestern, bereits die Feuer, sonst war es dunkel unter den Bäumen. Da sie mir die einzelnen Fleischstücke mit dem Messer reichte, stand sie nahe bei mir. Plötzlich trat sie mir bezeichnenderweise auf den Fuß, um meine Aufmerksamkeit auf ihre nächsten Worte zu lenken, und fragte: „Old Shatterhand hat nur noch einige Bissen und wird noch nicht satt sein. Will er noch etwas anderes haben? Ich verschaffe es ihm."

Die Wächter legten diesen Worten keine Bedeutung unter, ich aber wußte, was sie meinte. Ich sollte ihr eine Antwort geben, die allerdings zunächst das Essen betraf, dabei aber den Gegenstand kennzeichnete, den ich brauchte, um mir die Flucht zu ermöglichen. Sie wollte ihn mir verschaffen, wie sie gesagt hatte.

„Meine Schwester ist sehr gut", entgegnete ich, „doch ich danke ihr. Ich bin satt und habe alles, was ich brauche. Wie geht es der Squaw des jungen Häuptlings der Kiowas?"

„Der Schmerz verschwindet mehr und mehr, doch legt sie noch immer Wasser auf."

„Sehr gut. Sie bedarf der Pflege. Wer ist bei ihr?"

„Ich."

„Auch heute abend?"

„Ja."

„Auch des Nachts muß jemand bei ihr sein."

„Ich werde bis zum Morgen bleiben."

Ihre Stimme zitterte, sie hatte mich verstanden.

„Bis zum Morgen? Dann sehen wir uns wieder."

„Ja, dann sehen wir uns wieder!"

Sie ging. Den Wächtern war der Doppelsinn unserer Wechselrede nicht aufgefallen.

Bei meiner Flucht mußte ich zunächst in Pidas Zelt, um dort meine Sachen zu holen. Nach unserem jetzigen Gespräch war ich überzeugt, daß ‚Dunkles Haar' dort sein und mich erwarten würde. Das freute mich, erregte aber auch gerechtfertigte Bedenken in mir. Wenn ich meine Waffen und alles, was sonst noch von mir dort war, in Gegenwart der beiden Schwestern holte, so würden ihnen morgen früh gewiß die schwersten Vorwürfe gemacht. Um mich nicht zu verraten, waren sie gezwungen, ruhig zu bleiben, und doch erforderte es ihre Pflicht, daß sie um Hilfe riefen. Wie war diesem Zwiespalt abzuhelfen? Nicht anders als dadurch, daß sich die beiden Schwestern freiwillig von mir fesseln ließen. War ich dann fort, so konnten sie schreien, soviel sie wollten, und wenn sie gefragt wurden, sagen, ich sei plötzlich im Zelt erschienen und hätte sie überwältigt. Die Frage, ob die Schwester von ‚Dunklem Haar' auch einverstanden war, machte mir keine Schmerzen. Sie hielt mich ja für ihren Lebensretter.

Noch einen Gedanken gab es, über den ich leider nicht so schnell hinwegkommen konnte: War mein Stutzen noch da? Nein, — denn Pida kannte den Wert dieses Gewehrs und hatte es mitgenommen. Ja, — denn Pida konnte nicht damit umgehen und hätte sich, wenn er sich des Stutzens bei der Verfolgung Santers bedienen wollte, gewiß die nötigen Handgriffe vor dem Fortreiten zeigen lassen. Was war nun richtig, das Ja oder das Nein? Das war abzuwarten. Hatte er den Stutzen mitgenommen, so mußte ich zunächst nach dem Gewehr und dann erst nach Santer trachten.

Nun kam die Ablösung der beiden Wächter. ‚Eine Feder' brachte sie. Er war ernst, aber dabei freundlich mit mir und band mich selber los, weil er glaubte, die anderen würden die bis auf die Knochen gehenden Wunden an meinen Handgelenken nicht berücksichtigen. Ich legte mich zwischen die vier Pfähle und zog dabei mit der rechten Hand heimlich das kleine Messerchen aus dem linken Ärmel heraus. Dann hielt ich den linken Arm hin, um mir die Schlinge um das Handgelenk legen zu lassen. Als das geschehen war und die Hand nun an den Pfahl gebunden werden sollte, tat ich, als schmerzte mich der Riemen an der Wunde, und ich zog sie mit einer hastigen Bewegung an den Mund. Dabei schob ich mit der Rechten die Klinge zwischen Handgelenk und den Riemen und schnitt ihn beinahe durch.

„Paß auf!" fuhr ‚Eine Feder' den Roten an, der mich band. „Du bist an die Wunde gekommen. Old Shatterhand soll nicht schon jetzt gequält werden!"

Hierauf ließ ich das Messer ins Gras fallen, merkte mir aber die Stelle, wo es lag, damit ich es später mit der linken Hand erreichen konnte. Dann wurde mir die rechte Hand angebunden, worauf die Füße an die Reihe kamen. Auch zwei Decken erhielt ich wieder, gerade wie gestern, eine unter den Kopf, und die andere wurde über mich ausgebreitet. Schließlich machte Sus-Homascha noch die Bemerkung:

„Heute kann Old Shatterhand gewiß nicht fliehen. Mit solchen Wunden an den Gelenken zerreißt er keine Riemen."

Nach diesen Worten entfernte er sich, und die beiden Wächter hockten sich zu meinen Füßen nieder.

Es gibt Menschen, die vor so wichtigen Augenblicken kaum ihre Erregung beherrschen können, ich aber bin da immer ruhig gewesen, ruhiger noch als sonst. Es verging eine Stunde und noch eine. Die Feuer erloschen, nur das vor dem Zelt des Häuptlings Tangua leuchtete noch. Es wurde kühl und meine Wächter zogen die Knie an den Leib. Das war jedoch eine unbequeme Stellung, und so legten sie sich endlich nieder, die Köpfe mir zugekehrt. Es wurde Zeit für mich. Ein langsamer, aber kräftiger Ruck, und der linke fast zerschnittene Handriemen riß. Diese Hand war frei. Ich zog sie an mich und suchte das Messer, das ich auch wirklich fand. Nun wendete ich, was mir vorher unmöglich gewesen war, den Oberkörper auf die rechte Seite, schob die linke Hand unter der Decke bis zur rechten hinüber und schnitt sie los. Beide Hände frei! Ich fühlte mich schon gerettet.

Jetzt zu den Füßen! Aber wie? Um mit den Händen bis hinab langen zu können, mußte ich mich nicht aufsetzen, sondern ganz hinunterrücken. Dann befand ich mich gleich hinter den Köpfen der beiden Indianer. Waren sie sehr wachsam? Ich bewegte mich einige Male, sie lagen still. Schliefen sie?

Dem mochte sein, wie ihm wollte: besser schnell gehandelt als etwa zu spät! Ich schob die Decke von mir ab, setzte mich und rückte hinunter. Wahrhaftig, die Roten schliefen! Zwei schnelle Schnitte und ich war frei. Zwei ebenso rasche Fausthiebe an ihre Köpfe, und die Wächter waren betäubt. Ich band sie mit den vier zerschnittenen Riemen und riß von der Decke zwei Ecken ab, um sie ihnen als Knebel in den Mund zu schieben, damit sie nach dem Erwachen nicht rufen konnten. Zu meiner Freude sah ich, daß mein Pferd auch heute wieder in der Nähe lag. Nun stand ich auf und streckte die Glieder. Wie wohl das tat! Als die Arme ihre Gelenkigkeit wieder erhalten hatten, legte ich mich nieder und kroch fort, von Baum zu Baum, von Zelt zu Zelt. Nichts regte sich im Dorf, und ich kam glücklich bei Pidas Zelt an.

Schon wollte ich die Türdecke leise zur Seite ziehen, da hörte ich ein Geräusch zu meiner Linken. Ich lauschte. Behutsame Schritte kamen, und kurz vor mir blieb eine weibliche Gestalt stehen.

„Dunkles Haar?" hauchte ich.

„Old Shatterhand?" fragte sie zurück.

Ich stand auf und erwiderte: „Du bist nicht im Zelt. Warum?"

„Es ist überhaupt niemand drin, damit wir morgen früh nicht ausgescholten werden. Meine Schwester ist krank, ich muß sie pflegen und habe sie deshalb in das Zelt des Vaters geholt."

O Weiberlist!

„Und meine Waffen sind noch da?" fragte ich.

„Ja, noch so wie am Tag."

„Da habe ich sie zum Teil gesehen. Aber die Gewehre?"

„Unter dem Lager Pidas. — Hat Old Shatterhand sein Pferd?"

„Es wartet auf mich. — Du bist so gut gegen mich gewesen, ich muß dir danken."

„Old Shatterhand ist gegen alle Menschen gut. Wird er vielleicht wiederkommen?"

„Ich denke es. Dann bringe ich Pida mit, der mein Freund und Bruder sein wird."

„Reitest du ihm nach?"

„Ja, ich werde ihn treffen."

„So sage ja nichts von mir! Niemand, außer der Schwester, darf wissen, was ich tat."

„Du hättest noch mehr getan, ich weiß es. Reich mir die Hand, daß ich dir danke!"

Sie gab sie mir.

„Möge deine Flucht vollends gelingen!" sagte sie hastig. „Ich muß jetzt fort, die Schwester bangt um mich."

Sie zog, ehe ich es hindern konnte, meine Hand an ihre Lippen und huschte fort. Ich stand und lauschte ihr nach. Du gutes Kind!

Dann trat ich ins Zelt und tastete mich zunächst zum Lager hin. Darunter steckten, in eine Decke gewickelt, die Gewehre. Ich nahm sie hervor und hängte sie über. Messer und Revolver waren da, auch der Sattel mit den Taschen. Noch keine fünf Minuten waren vergangen, so verließ ich das Zelt und kehrte zum Baum des Todes zurück, um mein Pferd zu satteln. Als das getan war, beugte ich mich zu den Wächtern nieder. Sie waren wach.

„Die Krieger der Kiowas haben kein Glück mit Old Shatterhand", sagte ich mit unterdrückter Stimme zu ihnen. „Sie werden ihn nie an ihrem Marterpfahl sehen. Ich reite Pida nach, um gemeinsam mit ihm Santer zu fangen, und werde Pida als Freund und Bruder behandeln. Vielleicht kehre ich mit ihm zu euch zurück. Meldet das dem Häuptling Tangua und sagt ihm, er soll um seinen Sohn nicht in Sorge sein, denn ich werde ihn beschützen! Die Kiowas sind freundlich zu mir gewesen. Bringt ihnen meinen Dank und das Versprechen, daß ich ihnen das nie vergessen werde. Howgh!"

Ich nahm meinen Schwarzschimmel beim Zügel und führte ihn fort, denn reiten wollte ich noch nicht, um niemanden aufzuwecken. Erst als ich mich weit genug entfernt hatte, stieg ich in den Sattel und ritt in die Prärie hinein.

Mein Weg führte nach Westen. Das wußte ich, obgleich ich in der nächtlichen Dunkelheit die Spuren Santers und die der Kiowas nicht bemerken konnte. Ich brauchte sie nicht zu sehen und hatte überhaupt nicht die Absicht, mich danach zu richten. Ich wußte, daß Santer zum Rio Pecos ritt, und das war mir genug.

In Winnetous Testament kamen, soweit ich es gelesen hatte, drei Ausdrücke in der Sprache der Apatschen vor. Den einen, Indeltsche-tschil, hatte Santer verstanden, Tse-schosch und Deklil-to hingegen waren ihm fremd. Und selbst wenn er die Bedeutung dieser Worte gekannt hätte, so wußte er doch nicht, wo dieser Fels des Bären und dieses Dunkle Wasser zu suchen waren. Sie lagen weit drüben in der Sierra Rita, wo ich nur ein einziges Mal mit Winnetou gewesen war. Wir selber hatten dem Felsen und dem Wasser diese Namen gegeben. Es kannte also nun, nach Winnetous Tod, weiter niemand mehr die bedeutsamen Örtlichkeiten, als ich und die beiden Apatschen, die uns damals begleitet hatten. Die zwei roten Krieger aber waren jetzt alt und kamen nicht mehr vom Pueblo am Rio Pecos fort. Santer mußte zu ihnen hin, wollte er etwas erfahren.

Wer aber sagte ihm, daß er gerade zu ihnen mußte? — Jeder Apatsche, den er nach dem Deklil-to und dem Tse-schosch fragte, der ganze Stamm kannte diese Namen. Dort gewesen aber waren mit uns nur jene beiden Alten. Daß Santer sich erkundigte, war gewiß, sonst fand er den Ort nicht, und diese Erkundigungen konnten nur bei den Apatschen eingezogen werden, von denen ihn jeder, dem er die betreffenden Namen sagte, ins Pueblo wies.

Aber es gab unter den Apatschen einige, die Santer kannten, und zwar als Winnetous Feind, als den Mörder Intschu tschunas und Nscho-tschis! Durfte er sich ins Pueblo wagen?

Warum nicht? Ein Mensch wie er wagt für Gold alles. Im Notfall gab es ja Ausreden. Gerade das gestohlene Testament konnte ihm als Ausweis dienen, weil auf dem oberen Umschlag das Totem Winnetous eingeschnitten war.

Mein Plan war, eher als er ins Pueblo der Apatschen zu kommen, sie vor ihm zu warnen und ihn bei seiner Ankunft sogleich festzunehmen. Das war das beste, was ich tun konnte, zumal mein Pferd ein tüchtiger Läufer war, so daß es mir nicht schwer werden konnte, den Verfolgten auszustechen. Dieser Plan enthob mich auch der Mühe, sonderlich auf Spuren zu achten und mit dem Lesen der Fährte Zeit zu verschwenden.

Leider hatte ich das Unglück, daß mein Pferd schon am nächsten Tag zu lahmen begann, ohne daß ich die Ursache entdecken konnte. Erst am dritten Tag bemerkte ich eine Entzündung, deren Ursache ein langer spitzer Dorn war, den ich herauszog. Das hatte aber unser Fortkommen so verzögert, daß ich annehmen mußte, hinter Santer wesentlich zurückgeblieben zu sein.

Noch hatte ich den Rio Pecos nicht erreicht und befand mich auf einer grasarmen Savanne, als vor mir zwei Reiter auftauchten, die gerade auf mich zukamen. Es waren Indianer. Weil ich ein einzelner Reiter war, scheuten sie sich nicht, ihren Weg fortzusetzen. Als wir einander näherkamen, schwang der eine von ihnen sein Gewehr, rief meinen Namen und sprengte mir im Galopp entgegen. Es war

Yato-Ka[1], ein Apatschenkrieger, den ich kannte. Den anderen hatte ich noch nicht gesehen. Als wir uns begrüßt hatten, fragte ich:

„Meine Brüder befinden sich auf einem Kriegs- oder Jagdzug, wie ich bemerke. Wohin wollen sie?"

„Hinauf nach Norden in die Gros-Ventre-Berge, um das Grab Winnetous, unseres Häuptlings, zu ehren", gab Yato-Ka Auskunft.

„So wißt ihr schon, daß er gestorben ist?"

„Wir erfuhren es vor wenigen Tagen. Da erhob sich ein großes Klagegeschrei im Pueblo am Rio Pecos."

„Wissen meine Brüder, daß ich bei seinem Tod anwesend war?"

„Ja. Old Shatterhand wird uns alles erzählen und unser Anführer sein, wenn wir den Tod des berühmtesten Häuptlings der Apatschen rächen."

„Darüber sprechen wir später. Ihr beide seid doch nicht allein aufgebrochen, um so weit nach Norden zu reiten?"

„Nein, wir gehen als Kundschafter voraus, weil die Hunde der Komantschen die Kriegsbeile ausgegraben haben. Die anderen kommen eine große Strecke hinter uns her."

„Wie viele Krieger?"

„Fünfmal zehn."

„Wer führt sie an?"

„Til-Lata[2], der dazu erwählt worden ist."

„Ich kenne ihn. Er ist der Mann, der sich am besten dazu eignet. Habt ihr fremde Reiter gesehen?"

„Einen."

„Wann?"

„Gestern. Es war ein Bleichgesicht, das nach dem Tse-schosch fragte. Wir haben es ins Pueblo zu dem alten Inta gewiesen."

„Uff! Dieser Mann ist Santer, der Mörder Intschu tschunas und Nscho-tschis. Ich will ihn fangen."

„Uff, uff!" riefen die beiden, starr vor Schreck. „Der Mörder Intschu tschunas? Und wir wußten es nicht. Wir haben ihn nicht festgehalten!"

„Das tut nichts. Genug, daß Ihr ihn gesehen habt. Ihr könnt euren Weg nicht fortsetzen, sondern müßt umkehren und mir folgen. Ich führe euch später in die Gros-Ventre-Berge. Kommt!"

„Ja, wir kehren um", stimmte Yato-Kai bei. „Wir müssen den Mörder haben!"

Nach einigen Stunden erreichten wir den Rio Pecos, überschritten ihn und setzten den Weg am anderen Ufer fort. Dabei erzählte ich den beiden Apatschen von meinem Zusammentreffen mit Santer am Nugget Tsil und von den weiteren Erlebnissen.

„Also ist Pida, der junge Häuptling, dem entflohenen Mörder nachgeritten?" fragte Yato-Ka.

„Ja."

„Allein?"

„Er folgte den Kriegern, die sein Vater vorher abgesandt hatte, und wird sie rasch eingeholt haben."

„Weiß Old Shatterhand, wie stark die Schar war?"

„Ich sah sie fortreiten und zählte sie, es waren zehn Mann. Also sind es mit Pida elf." — „So wenige?"

„Um einen einzelnen Flüchtling einzufangen, sind elf Krieger nicht zuwenig, eher zuviel."

[1] Schneller Fuß [2] Blutige Hand

„Uff! Die Krieger der Apatschen werden eine große Freude erleben, denn wir werden Pida und seine Krieger fangen und an die Marterpfähle binden!" — „Nein", erklärte ich kurz.

„Nicht? Du meinst, daß sie uns entgehen? Der Mörder Santer ist zu unserem Pueblo geritten, und die Kiowas sind ihm gefolgt, um ihn zu ergreifen. Sie müssen also auch ins Pueblo kommen und werden in unsere Hände fallen."

„Davon bin ich überzeugt, aber an den Marterpfählen werden sie nicht sterben."

„Weshalb nicht? Sie sind doch unsere Feinde!"

„Sie haben mich gut behandelt, und Pida ist trotz allem jetzt mein Freund!"

„Uff!" rief Yato-Ka verwundert aus. „Old Shatterhand ist noch der sonderbare Krieger, der er stets war: er nimmt seine Feinde in Schutz. Ob aber Til-Lata damit einverstanden sein wird?"

„Gewiß!"

„Bedenke, daß er immer ein tapferer Krieger war und jetzt Häuptling geworden ist! Die neue Würde zwingt ihn, zu beweisen, daß er ihrer wert ist. Er darf einem Feind keine Nachsicht zeigen."

„Bin nicht auch ich ein Häuptling der Apatschen?"

„Ja, das ist Old Shatterhand."

„Wurde ich nicht eher Häuptling als Til-Lata?"

„Viele Sommer eher."

„So muß er mir gehorchen. Wenn ihm die Kiowas in die Hände fallen, wird er ihnen nichts tun, weil es so mein Wille ist."

Der Apatsche hätte vielleicht noch Einwände vorgebracht, aber unsere Aufmerksamkeit wurde jetzt durch eine Spur in Anspruch genommen, die von links her durch eine seichte Stelle des Flusses kam und dann ganz so, wie auch wir reiten mußten, dem rechten Ufer des Rio Pecos folgte. Wir stiegen ab, um sie zu untersuchen. Die Leute, die diese Fährte hinterlassen hatten, waren im Gänsemarsch geritten, um ihre Zahl zu verbergen, was man doch nur dann tut, wenn man vorsichtig sein muß. Sie wußten sich offenbar im Feindesland, und ich folgerte daraus, daß wir Pida mit seinen Kiowas vor uns hatten, obgleich ich nicht bestimmen konnte, wieviel Reiter es gewesen waren.

Nach einiger Zeit erreichten wir eine Stelle, wo sie angehalten hatten und aus der Reihe gewichen waren. So gelang es mir, die Eindrücke von elf Pferden festzustellen. Ich hatte mich also nicht geirrt und erkundigte mich bei Yato-Ka.

„Eure Krieger kommen hier am Fluß herauf?"

„Ja, sie werden mit den Kiowas zusammentreffen, die nur elf zählen, während unsere Apatschen zehnmal fünf sind."

„Wie weit sind eure Leute von hier entfernt?"

„Sie waren, als du mit uns zusammentrafst, einen halben Tagesritt hinter uns."

„Und die Kiowas sind, wie ich aus ihrer Fährte ersehe, nur eine halbe Stunde vor uns. Wir müssen uns beeilen, sie einzuholen, noch bevor sie den Apatschen begegnen. Reiten wir schneller!"

Ich setzte mein Pferd in Galopp, denn das Zusammentreffen der beiden feindlichen Trupps konnte jeden Augenblick stattfinden. Pida hatte es verdient, daß ich mich seiner annahm. Es dauerte nicht lange, so machte der Fluß einen Bogen nach links, den die Kiowas kennen mußten, denn sie waren ihm nicht gefolgt, sondern geradeaus geritten, um ihn abzuschneiden. Wir taten ebenso und sahen sie bald vor uns auf der Ebene, wie sie südwärts ritten. Sie bemerkten uns nicht, weil sich keiner umdrehte. Da hielten sie an. Sie stutzten und wendeten dann die Pferde, um schleunigst umzukehren. Nun erblickten sie auch uns, hielten wieder einen Augenblick an und setzten schließlich ihren Rückzug fort, doch nicht gerade auf uns zu.

„Sie haben eure Krieger gesehen", erklärte ich Yato-Ka, „und haben dabei bemerkt, daß ihnen die Apatschen an Zahl weit überlegen sind. Wir aber sind nur drei, und so glauben sie, sich vor uns nicht so sehr fürchten zu müssen."

„Ja, dort kommen unsere Krieger. Siehst du sie da draußen? Sie haben die Kiowas erblickt, denn sie reiten Galopp, um sie zu verfolgen."

„Eilt ihr beide ihnen entgegen und sagt der ‚Blutigen Hand', daß er halten soll, bis ich komme!"

„Warum willst du nicht mit?"

„Ich muß mit Pida sprechen. Vorwärts! Macht schnell!"

Sie gehorchten dieser Aufforderung, während ich mich nach links wendete, wo die Kiowas von weitem an uns vorüber wollten. Sie waren bis jetzt noch zu fern gewesen, um mich zu erkennen. Nun aber, da ich ihnen entgegenritt, sahen sie, wer ich war. Pida stieß einen schrillen Schreckensruf aus und trieb sein Pferd zu größerer Eile an. Ich aber lenkte das meinige so, daß er nicht an mir vorüber konnte, und rief ihm zu: „Pida mag anhalten, denn ich werde ihn gegen die Krieger der Apatschen in Schutz nehmen!"

Er schien trotz des Schrecks, den er soeben gezeigt hatte, großes Vertrauen zu mir zu haben, denn er zügelte sein Pferd und rief seinen Leuten zu, ebenfalls haltenzubleiben. Da er ihnen voraus war, ritten sie vollends zu ihm heran und folgten dann seinem Befehl. Trotz der Selbstbeherrschung, die ein roter Krieger in jeder Lage üben soll, sah ich im Näherkommen, daß es Pida große Mühe kostete, den Eindruck zu verbergen, den mein unerwartetes Erscheinen auf ihn machte. Seinen Leuten gelang es noch viel weniger.

„Old Shatterhand ist frei! Wer hat ihn losgegeben?"

„Niemand", erwiderte ich. „Ich habe mich selber frei gemacht."

„Uff, uff, uff! Das war doch unmöglich!"

„Für mich nicht. Ich wußte, daß ich loskommen würde. Deshalb ritt ich nicht mit dir, deshalb wollte ich nichts von dir geschenkt haben, und deshalb sagte ich zu dir, ein jeder möge sich selbst holen, was ihm gestohlen wurde. Du brauchst über meine Flucht nicht zu erschrecken. Ich bin dein Freund und werde dafür sorgen, daß dir von den Apatschen nichts geschieht."

„Uff! Willst du das wirklich tun?" — „Ja. Ich gebe dir mein Wort."

„Was Old Shatterhand sagt, das glaubt Pida."

„Das darfst du auch getrost. Schau zurück! Da vorne halten die Apatschen, denen ich meine Begleiter entgegengeschickt habe! Sie warten, bis ich zu ihnen komme. Habt ihr Santers Spuren gesehen?"

„Ja, aber ereilen konnten wir ihn noch nicht."

„Er will ins Pueblo der Apatschen."

„Das dachten wir uns, denn wir sahen die Richtung seiner Fährte und folgten ihr."

„Ein großes Wagnis für euch! Jedes Zusammentreffen mit den Apatschen mußte euch den sicheren Tod bringen."

„Wir wissen es, aber Pida muß sein Leben wagen, um seine Medizin wiederzubekommen. Wir wollten das Pueblo umschleichen, bis es uns gelingen würde, Santer zu ergreifen."

„Das wird euch nun leichter werden, da ich die Gefahr von euch abwende. Doch ich kann euch nur dann beschützen, wenn du mein Freund und Bruder bist. Steig ab! Wir werden die Pfeife des Friedens miteinander rauchen."

„Uff!" rief Pida aus. „Hält Old Shatterhand, der große Krieger, dem es gelungen ist, ohne alle Hilfe aus unserer Gefangenschaft zu entkommen, Pida für würdig, sein Freund und Bruder zu sein?"

„Ja. Beeile dich, damit die Krieger der Apatschen nicht ungeduldig werden!"

Wir stiegen ab und rauchten in der vorgeschriebenen Weise die Pfeife, worauf ich Pida aufforderte, an Ort und Stelle zu bleiben und auf meinen Wink zu warten. Dann saß ich wieder auf und ritt zu den Apatschen, die inzwischen von Yato-Ka über sein Zusammentreffen mit mir und über meine gegenwärtigen Absichten unterrichtet worden waren. Sie bildeten, jeder sein Pferd am Zügel, einen Halbkreis, worin Til-Lata, die ‚Blutige Hand', stand.

Ich kannte diesen Apatschen gut. Er war zwar sehr ehrgeizig, mir aber stets gewogen, so daß ich darauf rechnete, bei ihm keinen Widerstand in bezug auf Pida zu finden. Mit einigen freundlichen Worten begrüßte ich ihn und fügte hinzu:

„Old Shatterhand kommt allein, ohne Winnetou, den Häuptling der Apatschen. Meine roten Brüder werden Näheres über den Tod dieses berühmten Kriegers erfahren wollen, und ich werde ihnen alles erzählen. Zunächst aber muß ich mit ihnen über die Kiowas reden."

„Ich weiß, was Old Shatterhand verlangen will. Yato-Ka hat es mitgeteilt", entgegnete ‚Blutige Hand'.

„Und was sagst du dazu?"

„Old Shatterhand ist ein Häuptling der Apatschen. Sie ehren seinen Willen. Die zehn Krieger der Kiowas mögen sofort in ihr Dorf zurückkehren, ohne sich länger hier aufzuhalten. Dann werden wir ihnen nichts tun."

„Und Pida, ihr junger Häuptling?"

„Ich sah, daß er mit Old Shatterhand die Pfeife des Friedens rauchte. Er mag bei uns kommen und unser Gast sein, solange du wünschst, daß er bei uns bleibt, dann aber ist er wieder unser Feind."

„Gut, ich bin einverstanden. Die Krieger der Apatschen werden mit mir umkehren, um den Mörder Intschu tschunas und seiner Tochter zu fangen. Wenn das geschehen ist, werde ich sie zum Grab Winnetous, ihres toten Häuptlings, führen. Howgh!"

„Howgh!" bestätigte ‚Blutige Hand', indem er zur Bekräftigung seine Rechte in die meinige legte.

Hierauf winkte ich Pida herbei, der auf Til-Latas Bedingung einging und seine Kiowas heimschickte. Dann ritten wir weiter am Ufer des Pecos abwärts, bis wir am Abend Lager machten.

Da wir uns auf dem Gebiet der Apatschen befanden, konnten wir ein Feuer anzünden und uns darum lagern. So aßen wir, und dann erzählte ich ausführlich vom Tod Winnetous. Mein Bericht brachte einen tiefen Eindruck auf die Zuhörer hervor, die noch lange wortlos saßen und sich dann wechselseitig einzelne Züge aus dem Leben ihres geliebten und bewunderten Häuptlings ins Gedächtnis zurückriefen. Dabei befand ich mich in einer Stimmung, als hätte ich den Tod Winnetous jetzt noch einmal miterlebt, und als die anderen schliefen, lag ich noch lange wach, ohne Ruhe zu finden. Ich dachte an sein Testament und an das Gold, von dem darin die Rede war. Dann träumte mir von diesem Gold. Es war ein schrecklicher Traum. Das gleißende Metall lag berghoch am Rande eines Abgrundes und wurde von Santer in die Tiefe hinuntergeschaufelt. Ich wollte das nicht dulden, wollte es retten und kämpfte mit ihm, ohne seiner Herr werden zu können. Da barst der Boden unter uns. Ich sprang zurück, und Santer stürzte mit allem Gold hinab in den gähnenden Schlund. In Schweiß gebadet, erwachte ich. Träume sind Schäume, dachte ich. Aber ich konnte während des ganzen folgenden Tages das Gefühl nicht loswerden, dieser Traum habe etwas zu bedeuten. Und doch war er so leicht zu erklären.

Wir ritten sehr schnell und machten zu Mittag nur eine kurze Rast, um nicht zu spät im Pueblo anzukommen, denn Santers Aufenthalt dort war jedenfalls nicht von langer Dauer.

Am Spätnachmittag langten wir in der Nähe des Pueblos an. Rechts stand das Grabmal, das damals für Klekih-petra errichtet worden war, und noch ragte unser Kreuz daraus hervor. Links war die Stelle des Flusses, von wo aus ich hatte um mein Leben schwimmen müssen[1]. Wie oft hatte ich später mit Winnetou hier gestanden und von jenen Tagen gesprochen!

Dann bogen wir rechts ins Nebental ein und hatten das Pueblo vor uns. Es war gegen Abend, und der von den verschiedenen Stockwerken aufsteigende Rauch verriet, daß sich die Bewohner mit der Zubereitung des Abendessens beschäftigten. Man sah uns kommen, dennoch hielt Til-Lata die Hände rund vor den Mund und rief hinauf:

„Old Shatterhand kommt, Old Shatterhand! Eilt, ihr Krieger, ihn zu empfangen!"

Das gab eine große Bewegung von Stockwerk zu Stockwerk. Die Leiterbäume wurden herabgelassen, und als wir von den Pferden gesprungen waren und ins Pueblo hinaufstiegen, streckten sich hundert große und kleine Hände aus, mir den Willkommen zu bieten, einen traurigen Willkommen, denn ich kam heute zum erstenmal ohne Winnetou.

Wie schon früher erwähnt, wurde das Pueblo nur von einem kleinen Teil des Stammes bewohnt. Das waren Krieger, die dem Herzen Winnetous immer am nächsten gestanden hatten, mit ihren Familien, und so läßt es sich denken, daß ich gleich nach der ersten Begrüßung mit tausend Fragen nach ihm bestürmt wurde. Ich vertröstete die Frager auf später und erkundigte mich zunächst:

„Ist Inta hier? Ich muß ihn sprechen." — „Er ist in seiner Kammer", wurde mir geantwortet. „Wir werden ihn holen."

„Nein. Er ist alt und gebrechlich und mag bleiben. Ich gehe zu ihm."

Man führte mich mit Pida in einen kleinen, in den Felsen gehauenen Raum, wo der Alte saß. Er erschrak freudig, als er mich sah, und begann mir eine lange Rede zu halten, die ich jedoch mit der Frage unterbrach: „Sag mir das später! War gestern ein fremdes Bleichgesicht da?"

„Ja", erwiderte Inta.

„Hat der Mann seinen Namen genannt?"

„Nein. Er sagte, Winnetou hätte es ihm verboten."

[1] „Winnetou I", Kap. 14

„Wie lange blieb er hier?"

„Die Zeit ungefähr, die die Bleichgesichter eine Stunde nennen."

„Er hatte zu dir gewollt?"

„Ja, er ließ sich zu mir führen und zeigte mir auf Leder das Totem Winnetous, von dem er einen letzten Befehl ausführen soll."

„Was wollte er von dir?"

„Die Beschreibung des Sees, den Ihr damals Deklil-to genannt habt."

„Du hast sie ihm gegeben?"

„Ich mußte doch, denn Winnetou hatte es befohlen. Ich beschrieb den Weg dorthin und auch die Gegend am Deklil-to."

„Den Fichtenwald, den Fels, den Wasserfall?"

„Alles."

„Auch den Weg über den überhängenden Stein hinauf?"

„Auch ihn. Es erquickte meine Seele, mit einem von den Orten reden zu können, wo ich damals gewesen bin mit Old Shatterhand und Winnetou, dem Häuptling der Apatschen, der uns verlassen hat und in die Ewigen Jagdgründe gegangen ist. Bald werde ich ihn dort wiedersehen."

Dem alten Mann war kein Vorwurf zu machen, er hatte nur das Totem seines geliebten Häuptlings geachtet und danach gehandelt. Ich fragte ihn noch: „War das Pferd dieses Bleichgesichts ermattet?"

„Gar nicht. Als er fortritt, ging es so munter, als hätte es lange Zeit ausgeruht."

„Hat er hier gesessen?"

„Ja, doch nicht viel, denn er hatte keine Zeit dazu. Er fragte nach Fasern zu einer Zündschnur."

„Ah! Hat er welche bekommen?"

„Ja."

„Wozu brauchte er die Schnur?"

„Das sagte er nicht. Auch Pulver mußten wir ihm geben, sehr viel Pulver sogar."

„Zum Schießen?"

„Nein, sondern um etwas auf- oder wegzusprengen."

„Hast Du gesehen, wohin er das Totem steckte?"

„In einen Medizinbeutel. Darüber wunderte ich mich, denn ich weiß doch, daß die Bleichgesichter keine Medizinen haben."

„Uff!" rief Pida, der neben mir stand. „Er hat den Beutel noch! Es ist meine Medizin, die er mir gestohlen hat."

„Gestohlen?" fragte Inta verwundert. „War denn dieser Mann ein Dieb?" — „Noch schlimmer als ein Dieb!" entgegnete ich.

„Und doch hat er das Totem Winnetous?"

„Das hat er auch gestohlen. Es war Santer, der Intschu tschuna und Nscho-tschi ermordete."

Der Alte stand einer Bildsäule gleich. Wir mußten ihn seinem Schreck überlassen und entfernten uns.

Also war es uns nicht gelungen, Santer einzuholen, ja, wir hatten ihm nicht einmal einen kleinen Teil seines Vorsprungs abgewonnen. Das war unangenehm, und ‚Blutige Hand' schlug darum vor:

„Wir verweilen gar nicht hier, sondern reiten sogleich wieder fort. Vielleicht holen wir ihn auf diese Weise doch noch ein, bevor er das Dunkle Wasser erreicht."

„Glaubst du, das tun zu können, ohne auszuruhen?" fragte ich. „Wir haben allerdings Mondschein und können während der Nacht reiten."

„Til-Lata braucht keine Ruhe!" — „Und Pida?"

„Pida kann nicht eher rasten, als bis er seine Medizin wieder hat."

„Gut, so essen wir und nehmen dann frische Pferde. Meinen Schwarzschimmel werde ich hierlassen. Auch mich treibt es fort. Daß sich Santer Pulver und Zündschnur hat geben lassen, deutet auf eine Sprengung hin, durch die er mir alles zerstören kann. Wir müssen uns beeilen."

Die Bewohner des Pueblos baten uns freilich dringend, zu bleiben. Ich sollte ihnen von Winnetou erzählen, von unseren letzten Erlebnissen und von seinem Tod. Doch ich vertröstete sie auf meine baldige Rückkehr. Damit mußten sie sich zufriedengeben. Schon zwei Stunden nach unserer Ankunft im Pueblo ritten wir auf frischen Pferden und reichlich mit Lebensmitteln versehen, wieder fort, Til-Lata, Pida, ich und zwanzig Apatschen. Auf so viel Begleitung hatte Til-Lata gedrungen, obgleich wir sie zu unserem Schutz nicht brauchten, denn das Land, durch das wir kamen, gehörte den verwandten Mimbrenjos, von denen wir keine Feindseligkeiten zu erwarten hatten.

Wir mußten, um von dem Pueblo zum See des Dunklen Wassers zu kommen, einen Weg von etwa siebenhundert Kilometern machen, und zwar auf der letzten Strecke durch sehr schwieriges, felsiges Gelände. Wenn ich da für den Tag im Durchschnitt fünfzig Kilometer rechnete, so war das viel, und wir brauchten gut zwei Wochen, um zum Ziel zu gelangen.

Wir gaben uns nicht die Mühe, Santers Spur zu suchen. Damit hätten wir ja doch nur Zeit verloren. Wir ritten einfach in der Richtung, die ich damals mit Winnetou genommen hatte, und konnten hoffen, Santer dabei stets vor uns zu haben, weil ihm Inta keinen anderen Weg hatte beschreiben können. Wich er davon ab, so kam das uns zugute.

Es ereignete sich unterwegs nichts, was ich besonders erwähnen müßte, bis wir am sechzehnten Tag eine Begegnung hatten. Es kam uns ein Roter entgegengeritten, den ich kannte. Es war ein Mimbrenjo, der Winnetou und mich damals mit Fleisch versorgt hatte. Auch er erkannte mich sogleich wieder, hielt sein Pferd an und rief erfreut: „Old Shatterhand! Was sehe ich! Du lebst, du bist nicht tot, nicht gestorben?"

„Soll ich gestorben sein?"

„Ja, von den Sioux erschossen."

Sogleich ahnte ich, daß er Santer getroffen hatte.

„Wer hat das gesagt?" erkundigte ich mich.

„Ein Bleichgesicht, das uns erzählte, auf welche Weise der große Old Shatterhand und der berühmte Winnetou ums Leben gekommen seien. Ich mußte es ihm glauben, denn er besaß das Totem Winnetous und auch seine Medizin."

„Es war trotzdem Lüge, denn du siehst ja, daß ich am Leben bin."

„So ist wohl auch Winnetou nicht tot?"

„Der ist leider wirklich tot. Doch sprich, wie kamst du mit dem Weißen zusammen?"

„In unserem Lager. Er wollte sein müdes Pferd austauschen und einen Führer zum Deklil-to haben. Das war wohl ein falscher Name, und er meinte das Wasser, das bei uns Schisch-tu[1] heißt. Er bot dafür die Medizin Winnetous, und ich ging darauf ein, tauschte ihm ein

[1] ‚Schwarzer See', hat die gleiche Bedeutung wie Deklil-to

frisches Pferd ein und brachte ihn mit meinem Sohn zum Schisch-tu, den er sofort als den richtigen Ort erkannte."

„Er hat dich betrogen. Hast du die Medizin bei dir?"

„Ja, hier!"

„Zeig sie uns!"

Er nahm sie aus der Satteltasche. Pida stieß einen Freudenruf aus und griff danach. Der Mimbrenjo wollte sie nicht hergeben, und so entspann sich ein kurzer Streit, dem ich mit der Erklärung ein Ende machte: „Diese Medizin gehört wirklich dem jungen Häuptling der Kiowas. Winnetou hat sie nie in seinen Händen gehabt."

„Du mußt dich irren!" beharrte der Mimbrenjo.

„Ich weiß es genau."

„Aber ich habe ja nur dieser kostbaren Medizin wegen mit ihm den weiten Weg gemacht und ihm ein besseres Pferd gegeben!"

„Er brauchte ein frisches Pferd, weil er die Verfolger hinter sich wußte, und hat dir eine große Lüge erzählt, um dich zum Tausch zu bewegen."

„Wenn das nicht Old Shatterhand sagte, würde ich es nicht glauben Muß ich die Medizin hergeben?"

„Ja."

„Gut! Aber dann kehre ich wieder um und nehme dem Lügner und Betrüger das Leben!"

„So reite mit uns, denn auch wir wollen sein Leben haben!"

Der Mimbrenjo war einverstanden und ritt mit. Als wir ihm kurz mitteilten, wer Santer war und was er auf dem Gewissen hatte, bereute es der Getäuschte doppelt, den Mörder durch den Pferdetausch unterstützt zu haben; denn durch seinen Beistand und seine Führung hatte er Santer zu einem Vorsprung verholfen.

Pida war glücklich, seine Medizin, und zwar gänzlich unverletzt, wiederzuhaben. Er hatte den Zweck seines Rittes erreicht. Würde ich das auch von mir sagen können?

Am nächsten Tag gelangten wir an den See, aber erst am Abend, wo nichts mehr zu sehen war. Dort lagerten wir uns still unter Bäumen und brannten kein Feuer an, um uns Santer nicht zu verraten. Wir wußten ja nicht, wo der Gesuchte steckte, denn er hatte dem Mimbrenjo nicht gesagt, was er hier wollte, und ihn gleich nach der Ankunft veranlaßt, sofort zurückzureiten.

Unser Weg hatte uns vom Rio Pecos schräg über die südwestliche Ecke von New Mexico geführt, und wir waren jetzt in Arizona, etwa in der Gegend, wo die Gebiete der Gilenjos mit denen der Mimbrenjos zusammenstoßen. Diese Landstriche sind meist öde und traurig. Felsen und nichts als Felsen, Stein und nichts als Stein. Aber wo es Wasser gibt, da entwickelt sich ein reicher, üppiger Pflanzenwuchs, der jedoch nicht weit über die Ufer der Wasserläufe hinausgeht. Die Sonne verbrennt alles, was die nötige Feuchtigkeit nicht schnell wieder ergänzen kann. Wald gibt es da nur wenig.

Hier allerdings, wo wir uns jetzt befanden, machte die Natur eine Ausnahme.

Es war ein Talkessel, der mehrere Quellen besaß. Sie hatten seinen Grund gefüllt und einen See gebildet, dessen Wasser nach Westen ablief, während wir uns jetzt am östlichen Ufer befanden. Die dichtbewaldeten Wände des Tales stiegen hoch empor und gaben dem unergründlich tiefen See jene düstere Farbe, die uns veranlaßt hatte, ihn Dunkles Wasser zu nennen, während die Mimbrenjos ihn, wie wir gestern erfahren hatten, Schwarzen See nannten. Die nördliche Talwand war die höchste. Aus ihr trat in Pfeilergestalt ein nackter Felsen hervor, der senkrecht aus dem Wasser stieg. Hinter ihm sammelte sich die Feuchtigkeit der viel höheren und bewaldeten Kuppen. Sie hatte sich durch sein Gestein einen Abfluß gebohrt, durch den das Wasser wie aus dem Rohr einer Gießkanne wohl dreißig Meter tief in den See hinabstürzte. Das war das Fallende Wasser in Winnetous Testament. Gerade über diesem Wasserfall sah man eine Höhle im Gestein, zu der wir damals nicht gelangen konnten, deren Zugang Winnetou aber später entdeckt haben mußte. Und wieder über dieser Höhle ragte der obere Teil des Felsens wie ein Schutzdach oder eine riesige, frei in die Luft strebende Platte vor, so weit und schwer, daß man sich darüber wunderte, daß sie nicht längst in die Tiefe gestürzt war.

Rechts von diesem Felsen und eng an ihn gelehnt, befand sich ein zweiter, auf dem wir damals einen Grizzly erlegt hatten. Deshalb nannte ihn Winnetou Tse-schosch, Fels des Bären. Dies zur Erläuterung.

Wir standen vor der Entscheidung, und so konnte ich nur wenig schlafen. Kaum graute unten bei uns der Tag, da machten wir uns daran, Santers Spuren zu suchen. Wir fanden nichts. Deshalb beschloß ich, hinaufzusteigen, wo er nun vermutlich zu finden war. Ich nahm nur Til-Lata und Pida mit. Wir folgten dem von Winnetou erwähnten Fichtenwald in die Höhe, bis wir auf dem Felsen des Bären standen.

„Dort steigst du vom Pferd und kletterst —", weiter hatte ich im Testament nicht lesen können. Wohin sollte ich klettern? Höchstwahrscheinlich zur Höhle da oben. Das mußte versucht werden. Das Gelände war sehr steil, aber es ging, höher und höher und immer höher, bis wir uns seitlich unter der Höhle befanden. Weiter konnten wir nicht. Wenn es da einen Weg gab, so hatten wir ihn verfehlt, weil ich Winnetous Beschreibung nicht besaß. Eben wollte ich umkehren, da fiel ein Schuß, und eine Kugel schlug neben mir ans Gestein. Dann schrie eine Stimme von oben herab:

„Hund, du bist wieder frei? Ich glaubte nur die Kiowas hinter mir. Fahr zum Teufel!"

Es fiel ein zweiter Schuß, der auch nicht traf. Wir blickten in die Höhe und sahen Santer vorn am Rand der Höhle stehen.

„Willst du dir das Testament des Apatschen holen und den Schatz heben?" hohnlachte er herab. „Du kommst zu spät. Ich bin schon da, und die Zündschnur ist bereits angebrannt. Du bekommst nichts, gar nichts, und die verrückten Stiftungen und Schenkungen nehme ich für mich!"

Er unterbrach sich mit einem wiehernden Gelächter und fuhr dann fort: „Du kennst den Weg nicht, wie ich sehe. Auch den nicht, der drüben wieder hinunterführt. Dahinab schaffe ich das Gold, ohne daß ihr es hindern könnt. Ihr habt den weiten Weg umsonst gemacht. Dieses Mal bin ich der Sieger, hahahahaha!"

Was war da zu tun? Santer war oben bei dem Schatz, und wir konnten nicht hinauf. Vielleicht fanden wir den Weg noch, aber dann war er mit dem Raub wohl schon fort. Er hatte ja von einem zweiten Weg gesprochen. Hier gab es keine Bedenken, ich mußte ihm eine Kugel hinaufschicken. Nur war es schwer, von unserem Standort aus in die Höhe zu schießen. Santer hatte ja nicht einmal von oben getroffen. Ich stieg daher etwas tiefer, schräg hinab, und nahm den Stutzen von der Schulter.

„Ah, der Hund will schießen!" rief er. „Das geht hier schlecht. Ich werde mich dir besser stellen."

Santer verschwand, doch schon nach kurzer Zeit erschien er wieder hoch oben auf der Platte. Da trat er vor, immer weiter vor, beinahe bis an den Rand. Fast schwindelte mir. Er hielt etwas Weißes in der Hand.

„Seht herauf!" schrie er. „Hier ist das Testament! Ich kenne es auswendig und brauche es nicht mehr. Der See da unten soll es haben. Ihr bekommt es nicht."

Damit zerriß er die Blätter und warf die Fetzen in die Luft, so daß sie langsam niederwirbelten und ins Wasser fielen. Das kostbare Testament! Was ich fühlte, war nicht Zorn, auch nicht Grimm, ich spürte aber, daß ich kochte.

„Schuft", brüllte ich hinauf, „hör mich nur einen Augenblick!"

„Jawohl! Ich höre dich!" höhnte er herab.

„Intschu tschuna läßt dich grüßen!"

„Danke!"

„Nscho-tschi auch!"

„Danke sehr, danke!"

„Und im Namen Winnetous schicke ich dir diese Kugel. Zu bedanken brauchst du dich nicht!"

Dieses Mal legte ich den Bärentöter an. Der Schuß war sicherer. Ich mußte treffen. Das Zielen nimmt bei mir kaum einen Augenblick in Anspruch, auch jetzt — aber was war das? Wankte mein Arm? Oder bewegte sich Santer? Oder wankte der Fels? Ich konnte Santer nicht ins Korn bekommen und legte die Büchse ab, um mit beiden Augen zu sehen.

Herrgott, der Felsen wankte hin und her! Es erfolgte ein schwerer, dumpfer Knall, aus der Höhle drang Rauch, und wie von einer unsichtbaren Faust gestoßen, neigte sich der Fels oberhalb der Höhle langsam tiefer und immer tiefer, mit Santer oben auf der Platte, der die Arme in die Luft warf und um Hilfe brüllte. Dann, als der Schwerpunkt verloren war, krachte, prasselte und donnerte die Felsmasse hinab in die Tiefe, hinab in den See! Oben um die Bruchkante spielte noch der Pulverdampf in leichten Wölkchen.

Wir standen sprachlos, entsetzt.

„Uff!" rief Pida, indem er beide Hände hochstreckte. „Der Große Geist hat den Mörder gerichtet und den Felsen unter ihm umgestürzt."

Til-Lata zeigte hinab auf die schäumenden Fluten des Sees, der in diesem Augenblick das Aussehen eines riesigen, brodelnden Kessels hatte, und stammelte, trotz seiner Bronzefarbe blaß bis unter die Haarwurzeln: „Der böse Geist hat ihn hinuntergezogen in das kochende Wasser und wird ihn nicht wieder hergeben bis an das Ende aller Dinge. Er ist verflucht!"

Ich wollte nichts sagen und konnte auch nichts sagen. Mein Traum, mein Traum! Das Gold hinab in den Schlund! Und welch ein Ende für Santer! Es war mir noch im letzten Augenblick erspart worden, ihm eine Kugel zu geben. Er hatte sich selbst gerichtet, oder vielmehr er selber hatte das Urteil eines Höheren an sich vollzogen. Er war sein eigener Henker geworden, denn er hatte die Zündschnur angesteckt.

Unten am Ufer des Sees standen die Apatschen mit dem Mimbrenjo, aufgeregt mit den Händen fuchtelnd. Pida und Til-Lata eilten hinab, um zu forschen, ob etwas von Santer zu sehen sei. Vergebliches Beginnen! Den hatten die Felsmassen ins Wasser gedrückt und auf dem Grund des Sees begraben und zugedeckt.

Mir, dem sonst so kräftigen Menschen, den nichts aus der Fassung zu bringen vermochte, wurde ganz schwach, so schwach, daß ich mich setzen mußte. Mir schwindelte. Ich mußte die Augen schließen, und dennoch sah ich den wankenden, stürzenden Felsen vor mir und hörte Santers Hilferufe.

Wie war das gekommen? Vermutlich infolge einer Vorsichtsmaßnahme Winnetous. Mir wäre es gewiß nicht zugestoßen. Die Beschreibung des Verstecks und der vorzunehmenden Handhabungen da oben war von ihm jedenfalls so abgefaßt worden, daß nur ich sie begreifen konnte, jeder andere aber mißverstehen mußte. Er hatte eine Mine gelegt, die der Unberufene auf Grund dieses Mißverständnisses anzünden mußte, um sich selbst zu verderben. Aber wie stand es mit dem Schatz, mit dem Gold? War es noch oben oder lag es auch unten auf dem Grund des Schwarzen Wassers, von den Trümmern des Felsens den Menschen für immer entzogen?

Und wenn es da unten lag, mich schmerzte es nicht! Doch daß die Zeilen meines toten Bruders zerrissen und zerstört worden waren, das war mir ein Verlust, wie es für mich keinen zweiten geben konnte. Der Gedanke hieran gab mir augenblicklich die verlorene Spannkraft wieder. Ich sprang auf und kletterte so schnell wie möglich den Berg hinunter, denn ich konnte doch vielleicht einige oder mehrere Stücke retten. Ja, da schimmerte es, als ich unten angekommen war, papierweiß von der Mitte des Sees herüber. Sogleich zog ich mich aus, sprang ins Wasser und schwamm hinzu. Richtig, es war ein kleiner Fetzen des Testaments. Ich durchquerte die Oberfläche des Sees nach allen Richtungen und fand noch drei andere Schnitzel. Diese Überbleibsel des Testaments legte ich dann in die Sonne, um sie trocknen zu lassen, und als das erfolgt war, versuchte ich die verwaschenen und zerlaufenen Buchstaben zu entziffern. Einen Zusammenhang konnte das freilich nicht ergeben. Ich las nach langer Anstrengung: ,...eine Hälfte erhalten... weil Armut... Felsen bersten... Christ... austeilen... keine Rache...'

Das war alles, also fast zu nichts und doch genug, um wenigstens einen Teil des Inhalts ahnen zu lassen. Ich habe diese kleinen Papierstücke heilig aufgehoben.

Später, als ich mein inneres Gleichgewicht wiedergefunden hatte, begannen wir die Nachforschungen. Ein Teil der Apatschen wurde rund um den See geschickt, um das Pferd Santers zu suchen. Es mußte gefunden werden, sonst verschmachtete es, wenn es angebunden war. Die übrigen stiegen mit uns hinauf, um den Weg zur Höhle, die es allerdings nicht mehr gab, entdecken zu helfen. Wir bemühten uns mehrere Stunden lang vergeblich, bis ich mir das, was ich von dem Testament gelesen hatte, noch einmal Wort für Wort überlegte. Der letzte Satz, auf den es ankam, lautete: ,Dort steigst Du vom Pferd und kletterst —' Da fiel mir das Wort ,kletterst' auf. Man klettert zwar auch einen Berg hinauf, wenn er sehr steil ist, gewöhnlich wird dieses Wort in anderer Bedeutung gebraucht. Sollte es hier auf einen Baum Beziehung haben? Wir forschten nach, und nun bemerkten wir endlich eine ziemlich starke und hohe Fichte, die nah am Felsen stand, schief auf ihn zu gewachsen war und sich oben an eine seiner Kanten legte. Das mußte es sein! Ich kletterte hinauf. Die Kante war breiter als man von unten dachte. Ich betrat sie und folgte ihr um die Ecke. Richtig! Das war der rechte Weg gewesen! Ein wohl zwei Meter breiter und leicht gangbarer Absatz lag vor mir, der an der hinteren Seite des Felsens ziemlich sanft hinaufführte und jetzt da endete, wo der Felsen abgebrochen war, also auf seiner neuen Platte. Da stand ich nun in einem wüsten Gewirr von größeren und kleineren Steinen, konnte aber doch deutlich den Boden der zerstörten Höhle unterscheiden. Wenn das Gold nicht darunter, sondern in den Wänden des Lochs oder noch höher zur Hochplatte hinauf versteckt gewesen war, so lag es jetzt im See.

Ich rief meine Begleiter herauf, sie sollten mir suchen helfen. Wir wendeten jeden Stein um, fanden aber nichts, keine Andeutung, keine Spur. Obwohl wir doch alle Männer waren, die gelernt hatten und gewohnt waren, aus dem kleinsten Merkmal, dem geringsten Anzeichen den richtigen Schluß zu ziehen, war hier alle Mühe umsonst, war aller Scharfsinn nutzlos. Als wir gegen Abend wieder an den See hinabkamen, um dort zu übernachten, kehrten soeben die nach dem Pferd ausgeschickten Apatschen zurück: sie hatten es gefunden. Ich durchsuchte die Satteltaschen, sie enthielten nichts von Bedeutung.

Wir sind vier volle Tage am Dunklen Wasser gewesen und haben all unseren Spürsinn angestrengt. Ich bin überzeugt, daß das Gold gefunden worden wäre, wenn es sich noch oben am oder im Felsen befunden hätte. Es lag aber unten in der Tiefe bei dem, der es beinahe geraubt hätte und dann mit ihm begraben worden war. Unverrichteterdinge kehrten wir ins Pueblo am Rio Pecos zurück, nahmen jedoch wenigstens die Gewißheit mit, daß Intschu tschuna und Nschotschi endlich, endlich gerächt waren. —

So verschwand das Testament des Apatschen ebenso, wie sein Verfasser schwand und die ganze rote Rasse schwinden wird, reich angelegt, doch ohne den großen Zweck zu erreichen, die ihm gestellte hohe Aufgabe erfüllen zu dürfen. Wie die Fetzen des Testaments, in die Luft gestreut, so halt- und ruhelos und fetzenhaft irrt der rote Mann über die weiten Flächen, die einst ihm gehörten.

Doch wer zwischen den Gros-Ventre-Bergen am Metsurfluß vor dem Grabmal des Apatschen steht, der sagt: „Hier liegt Winnetou begraben, ein roter, aber ein großer Mann!" Und wenn einst der letzte Fetzen des Testaments in Busch und Wasser vermodert ist, dann wird ein rechtlich denkendes und fühlendes Geschlecht vor den Savannen und Bergen des Westens stehen und sagen: „Hier ruht die rote Rasse. Sie wurde nicht groß, weil sie nicht groß werden durfte!"

Nachwort

‚Winnetou' hat eine wahre Flut von Karten und Briefen an mich hervorgerufen. Sie fließt noch immerfort und scheint kein Ende nehmen zu wollen. Welch eine Menge von Vermutungen und Fragen! Wer soll sie alle beantworten? Ich bitte um Geduld.

Ja, um Geduld, denn ich kann dem Leser, dessen Teilnahme, ja Liebe, mein Winnetou gewonnen hat, verraten, daß ich noch oft und viel vom besten meiner Freunde erzählen werde. Die drei Bände ‚Winnetou' sind ja nur eine Auslese aus all dem, was ich in den vierzehn Jahren meiner Freundschaft an seiner Seite erlebte, und was ich noch von ihm zu berichten habe.

Für heute noch eins:

Ich hatte den Apatschen versprochen, sie nach meiner Rückkehr vom Dunklen Wasser in die Gros-Ventre-Berge zum Grab ihres toten Häuptlings zu führen. Das erwies sich indes einstweilen als eine Unmöglichkeit. Wir standen am Ende des Dezember. Die Jahreszeit war also bereits zu weit vorgeschritten, als daß wir einen Ritt in die wildesten und unwirtlichsten Teile des Felsengebirges hätten wagen dürfen, der mindestens zwei Monate in Anspruch nehmen und uns tief in den Winter hineinbringen mußte. Und was das heißt, kann nur jemand würdigen, der wie ich einmal wochenlang in jenen Gegenden im tiefen Schnee festsaß[1]. Die Apatschen, die ein südlicheres und viel milderes Klima gewöhnt waren, konnten sich jedenfalls von den Strapazen, denen sie entgegengegangen wären, keine Vorstellung machen.

Daher vertröstete ich die Ungeduldigen auf das Frühjahr, und versprach, bis dahin bei ihnen zu bleiben, wodurch ich große Freude bei allen hervorrief. Ich will hier gleich einschalten, daß wir den Ritt im Frühjahr ausführten. Wir brauchten über einen Monat bis zum Metsurfluß und kamen gerade zur rechten Zeit, denn wir konnten unseren Freunden in der neuen Helldorf-Siedlung helfen, einen Angriff der Ogellallah zurückzuweisen. Da der Überfall weniger der Siedlung als der Silberbüchse Winnetous gegolten hatte, auf die es die Ogellallah abgesehen hatten, nahm ich mit Zustimmung aller Apatschen die Silberbüchse an mich und später mit in die Heimat als eine der heiligsten Erinnerungen an meinen dahingegangenen Freund.

Die Zeit bis zum Antritt der Rittes wurde mir nicht lang. Da gab es zunächst die Totenfeiern, die dem berühmtesten und geliebtesten Häuptling aller Apatschen zu Ehren gehalten wurden und wochenlang währten. Dann galt es, den Mescaleros einen neuen Häuptling zu geben. Ich mußte meinen Einfluß aufbieten, daß die Wahl auf einen Apatschen fiel, von dem ich hoffen konnte, daß er sein Amt im Sinn der friedfertigen und hochherzigen Bestrebungen meines toten Freundes ausüben werde. Gewählt wurde Til-Lata, trotz seines Namens

[1] Siehe Bd. T 24 „Weihnacht im Wilden Westen"

318

ein verständiger Mann. Namentlich war er von all den Roten, die für die Würde eines Häuptlings in Frage kamen, am wenigsten in den Vorurteilen der roten gegen die weiße Rasse befangen.

Ob es ihm freilich gelingen würde, den überragenden Einfluß zu behaupten, den Winnetou auf die übrigen Apatschenstämme gehabt hatte?

Die Geschichte zeigt später, daß es leider nicht der Fall war. Die einzelnen Apatschenstämme verloren allmählich die enge Fühlung untereinander, die durch Winnetou geschickt, wenn auch mühsam genug, aufrechterhalten worden war, und sie erschöpften sich in blutigen, nutzlosen Kämpfen gegen das Bleichgesicht. Besonders der Name des Häuptlings Geronimo vom Stamm der Chiricahuas ist mit blutigem Griffel eingezeichnet in die Geschichte der westlichen Staaten.

Das Testament des Apatschen, das ich am Nugget Tsil ausgrub, ist vernichtet — verstreut in alle Winde. Aber auch das geistige Erbe, das er hinterließ, wurde von keinem seiner Stammesangehörigen angetreten. Keiner von allen besaß die überragende Größe und den siegreichen und deshalb auch siegversprechenden Mut dazu.

Keiner? Wirklich keiner?

Vielleicht doch!

Das, was ich noch erzählen werde, soll den Beweis liefern, daß, wenn die Zeichen nicht trügen, die rote Rasse beginnt, sich endlich, endlich auf sich selbst zu besinnen, daß also das eben ausgesprochene harte Urteil über sie einer Berichtigung bedarf. Je mehr ich aber erzählen darf, desto herrlicher und strahlender steigt das Bild dessen vor meinen Augen auf, den ich als den Vertreter seines ganzen Volkes gezeichnet und liebgewonnen habe, desto mehr nimmt er, dem ich hoch oben am Ufer des Metsurflusses ein kaltes Grab bereiten mußte, warmes Leben und blühende Gestalt an, er, der edelste der Indianer:

WINNETOU,
der Häuptling der Apatschen!

INHALT

Karl Mays Gesammelte Werke

WINNETOU III

ist als Band 9 der Original-Reihe Karl Mays Gesammelte Werke erschienen
Jeder Band in olivgrünem Ganzleinen mit Goldprägung und farbigem Deckelbild

KARL-MAY-VERLAG · BAMBERG